ボヴァリー夫人

フローベール
山田𣝣 訳

河出書房新社

目次

ボヴァリー夫人——地方風俗

パリ弁護士会会員
元下院議長
元内務大臣

マリ＝アントワヌ＝ジュール・セナールに

高名にして親愛なる友よ、
本書の巻頭、しかもその献辞に先立てて、ご尊名を記させていただきたい。本書の出版は何よりも貴下に負うところが大きいのですから。貴下の堂々の弁護を経て、私の作品は私自身にとってもいわば意想外の権威を獲得したようなものです。ですからどうかここに私の感謝の意をお受けいただきたい。ただ憾《うら》むらくは、私の感謝がいかに大きかろうとも、貴下の雄弁と献身には遠く及ばぬのでありますが。

一八五七年四月十二日、パリにて

ギュスターヴ・フローベール

ルイ・ブイエに捧ぐ

第1部

1

僕らは自習室にいた。と、そこへ校長が、学校の制服でないふつうの服を着た「新入生」と、大きな机をかついだ小使いを従えてはいって来た。眠っていた連中は目をさまし、一同さもさも勉強の最中を驚かされたかっこうで起立した。

校長は僕らに着席の合図をした。そして自習監督のほうを向くと、「ロジェ君」と小声で、「この生徒をひとつ頼みます。いちおう二年に編入するとして、学業操行ともに優秀なようなら、年からいっても『上級』へ上げることになるな」

部屋のすみの、ドアのかげにいるためはっきりとはわからなかったが、この「新入生」は田舎《いなか》の子で、年は十五ぐらい、どうやら背は僕らのだれよりも高そうだった。村の聖歌隊の子どもみたいに髪はお河童《かっぱ》で、生《き》まじめな顔つきが、ひどくてれくさそうだった。肩幅は広くないが、黒ボタンのついた緑色のラシャ地の詰襟《つめえり》は、脇の下がいかにも窮屈そうで、袖口《そでぐち》の折り返しの切り込みから、いつもむきだしにしているらしい赤い手首がまる見えだった。ズボン吊りでぴんと吊り上げた淡黄色のズボンからは、青い靴下をはいた足が臑《すね》までのぞけ、よくみがいてない、鋲《びよう》を打ったごつい短靴をはいていた。

諸課目の暗誦《あんしよう》が始まった。彼は教会でお説教でも聞くように、足も組まず、肱《ひじ》もつかずに聞き入った。二時に始業の鐘が鳴ったときには、自習監督は、みんなといっしょに整列するのだと言ってやらねばならなかった。

僕らが教室にはいるときの習慣では、手に持った品をひとつでも早く手放すために、帽子を床《ゆか》へほうり投げるのだ。帽子がぱっと土ぼこりをたてて壁にぶつかるようにと、入口のところから腰掛けの下をめがけて投げるのがこつで、それが「いかす」のだった。

ところがこのやり方に気がつかないのか、それともまねするのも気がひけるのか、「新入生」は祈禱《きとう》がすんでも帽子を両膝《りようひざ》にのせたままでいた。その帽子というのが、毛皮の軽騎兵帽とポーランド風槍騎兵帽と山高帽と川獺《かわうそ》皮の庇《ひさし》帽とナイト・キャップの諸要素が多少とも見いだされるがそのいずれでもないという混合様式の帽子であり、言うなれば、その黙然たる醜さが白痴の顔のような深刻な表情をたたえているといったていの、あのみじめな珍物の一種だった。それは鯨骨《げいこつ》を芯《しん》に張った中ぶくれの楕円《だえん》形《けい》で、まずいちばん下には三重の腸詰状丸縁《まるべり》がぐるりをとりまき、つぎにビロードの菱形《ひしがた》模様が赤糸の筋をあいだにはさんで兎《うさぎ》の毛の菱形模様と交互にならび、それから上は袋のような形にふくらんで、その天辺《てっぺん》には刺繍《ししゅう》糸でごてごてと一面に縫い取りをほどこした多角形の厚紙があって、そこからやけに長っ細いひもがたれて、その先に飾り総《ふさ》めかして金糸を撚《よ》った小さな十字形がぶら下がっていた。帽子は真新しく、庇が光っていた。

「起立」と先生が言った。

彼は立った。帽子が落ちた。クラスの全員が笑い出した。

かがんで拾おうとする。隣の生徒が肱で突き落とす。彼はまた拾った。

「その兜《かぶと》を早いとこ始末したまえ」と、才人肌の先生が言った。

生徒たちがわっとはやし立てたので、かわいそうに少年はうろたえて、帽子を手に持ったままでいるか、床に置くか、それともかぶりなおしたらいいのかわからなくなった。彼はまた席につき、帽子を膝に置いた。

「君、立って名前を言いたまえ」と先生は言葉をついだ。

「新入生」はむやみと早口に、わけのわからぬ名を発音した。

「もう一度!」

同じ早口の発音が聞こえるまでもなく、クラスじゅうの喚声にかき消された。

「もっと大きく!」と先生は叫んだ。「もっと大きく!」

そこで「新入生」は一大決心のあげく、とてつもない大口をあけると、だれか人でも呼ぶように、声を張り上げて「シャルボヴァリ」とどなった。

たちまちわあっという大騒ぎが起こって、かなきり声をまじえてしだいに高まった。（みんながわめき、吠え、足をふみ鳴らして、「シャルボヴァリ！　シャルボヴァリ！」と繰りかえす）やがて声が切れぎれに間遠《まどお》になってやっとしずまりかけたかと思うと、消え残った花火のようにまだくすくす笑いがちらほら聞こえる腰掛けの列があって、そのあたりからときどき急にまた騒ぎがぶり返したりした。

しかし宿題の雨あられのもとにクラスの秩序は徐々に回復し、先生はやっとのことでシャルル・ボヴァリーという名前を聞き取り、それを改めて言わせ、綴《つづ》らせ、読み返させると、このあわれな少年に、教壇の真下の、不出来《ふでき》な生徒のための特別な席に着くように命じた。彼はそちらへ行きかけたが、行動を開始するにあたって、はたとためらった。

「なにか落とし物かね？」と先生が聞いた。

「僕の帽……」と、あたりを不安げに見まわしながら「新入生」はおずおずと答えた。

「クラス全員、詩を五百行！」憤然と命ずる先生の声が、「われ汝を《クオス・エゴー》(1)」の叫びのように、新たな爆笑の嵐をしずめた。「静かにしたまえ！」と、なおも怒って先生はつづけた。そして、頭巾《ずきん》形の帽子のなかからハンカチを取り出して額《ひたい》の汗をぬぐいながら、

「新入生、君はとくに *ridiculus sum*（私は道化者です）という動詞を二十回清書だ」

それからやさしい声になって、

「なに、見つかるよ、君の帽子は。だれも盗んだわけじゃなし」

クラスは静かになった。生徒たちの頭は紙挟《かみばさ》みの上にかがみこみ、「新入生」は二時間のあいだ模範的な姿勢をとりつづけた。ときどきペン先ではじいて飛ばす紙の玉が顔にあたって、インクのしみをつけたりしたが、彼は手でふくだけで、目を伏せたまま身動きもしなかった。

晩には自習室で彼は机から袖カバーを出してつけ、身のまわりの品々を整頓《せいとん》し、紙へきちんと罫《けい》を引いた。僕らは彼が単語をいちいち辞書で引き、しごくまっとうに猛勉強しているのを見た。たぶんこれほどの熱意の成果であろうが、彼は下級へ落とされずにすんだ。ほかでもない、彼は文法の規則こそ一応わきまえてはいたものの、文章の表現となるとお義理にもほめられたものではなかったからである。両親が節約のためにぎりぎりの年になるまで学校へやらなかったので、彼にラテン語の手ほどきをしてくれたのは村の司祭だった。

父親はシャルル＝ドニ＝バルトロメ・ボヴァリー氏という元軍医補で、この男は一八一二年ごろ徴兵関係の事件に連座して免職処分になると、生来の美貌にものをいわせて、彼の風采に惚《ほ》れ込んださる編物商の娘といっしょに六万フランの持参金を軽く手に入れた。美男子でほら吹きで、拍車の音をさっそうとひびかせ、頰《ほお》ひげは豊かに口ひげにつらなり、指には常時数個の指輪をはめ、はでな色の服を着こんで、勇者の風姿に行商人の安手な調子のよさをかねそなえていた。結婚したとなると、二、三年は細君の金で生活し、晩飯にご馳走を食って朝は寝坊し、大きな陶製のパイプをふかし、夜のご帰館はきまって芝居がはねてから、カフェ通いもしょっちゅうのことという暮らしだった。細君の父親が死んでみると、遺産がたいして無かったので、くやしまぎれに「製造業」に投じたが欠損を招き、ついで田舎に引っ込んで「農場開発」を試みた。しかし農業とても、かつてのインド・サラサ製造業と同様、彼にはかいもく方途が立たず、馬は畑で働かすかわりに自分で乗りまわし、りんご酒は樽《たる》で売るはずのを瓶《びん》で飲み、家禽《かきん》飼養場の鶏は上物から先に食ってしまい、豚の脂《あぶら》で自分の猟靴をみがくというふうだったから、やがてのことにいっさいの計画はご破算とするのが得策とみずから悟る仕儀とはなった。

そこで、年二百フランの契約で、コー地方（ノルマンディー州、セーヌ河の北の海岸地方）とピカルディー州（ノルマンディー州の北に接する州）との境の村に、農家とも地主屋敷ともつかない家を一軒借り受けると、彼は心憂い後悔に身をかまれ、天を恨み世をすねて、人間付き合いに嫌気がさしたから、これからはのんきに暮らすのだと言って、まだ四十五歳というのにそこに引きこもってしまった。

彼の妻は昔は彼に首ったけだった。ただ「はい、はい」と夫の意を迎えたのが、かえって仇《あだ》になって夫を遠ざけることになった。昔は気さくで明るい情の深い女だったが、年をとるにつれて（ちょうど気のぬけたぶどう酒が酢《す》になるように）、がみがみどなる、ヒステリックな、やかまし屋になった。夫が村の娘と見れば相手かまわず追いまわすのを見るにつけ、また夜ともなれば数知れぬ悪所から正体もなく酒くさい息を吐きながら帰って来る夫を迎えるにつけ、最初のうち彼女はどんなに人知れず苦しんだことか！　やがて自尊心が頭をもたげた。そこで彼女は黙った。怒りを内攻させた忍苦の無言の行にはいり、死ぬまでその行をつづけた。彼女はたえず用事で走りまわった。代言人や裁判長をたずね、手形の期日を思い出しては、猶予を乞《こ》うた。家ではアイロンをかけ、縫い物をし、洗濯をし、職人の仕事ぶりを見張り、勘定を払った。しかるに一方、旦那のほうは、心配ごともあらばこそ、年がら年じゅう浮かぬ顔で居眠りにほうけ、目をさませば細君をいびるばかりで、暖炉のわきで煙草を吸っては灰のなかに唾《つば》を吐いていた。

彼女が子どもを生むと、その子は里子にやられたが、やがて手もとに引き取ってからはまるで王子さまのように甘やかされた。母親はやたらとジャムをなめさせ、父親は素足で走りまわらせては、いっぱしの思想家気どりで、いっそ獣の子と同様素っ裸で歩かせたいぐらいのものだなどと言いさえした。母親の考えとはうらはらに、彼の頭には幼少年期に対する一種の男性的理想があって、それにのっとって息子を育てんものと、スパルタ式の厳格な訓練を旨とし、体格の改善を図っては、火の気のない部屋に寝に行かせたり、ラム酒をぐい飲みすることや、教会の行列をばかにすることを教えたりした。しかし生まれつきおとなしいこの子は、はかばかしく彼の努力に応じなかった。母親がいつもこの子を背後に従えていた。画用紙を切り抜いてやったり、お話をしてやったり、はては、さびしいながらも快活を装い、甘ったるいおしゃべりにとりとめもなく浸っては、いつ果てるともしれぬひとり言のお相手をこの子にさせるのだった。ひとりぽっちの日常にあって、彼女はちりぢりに砕け散った自分の虚栄のすべてをこの子の頭上に託した。彼女は息子の出世を夢み、すでに成人して才気あふれる美青年となった息子が、土木技師か司法官にでもなっている姿を思い描いた。彼女は息子に読み方を教え、自分の持っていた古ピアノで小曲を二つ三つ歌えるようにしてやった。しかしおよそ文芸に関心のないボヴァリー氏は、すべてこうしたことを「いらぬことだ」と言った。この子を国立の学校に通わせたり、役人の株や商売の資本を買ってやったりするだけの金が手にはいるあてでもあるというのか？　それに、「男一匹強引に押し出れば、世間は通るときまったものだ」。ボヴァリー夫人は唇をかみ、子どもは村をさまよい歩いた。

彼は百姓たちのあとをつけ、土くれを投げては鴉《からす》を追い払い、飛び立たせた。溝に沿って桑の実を食べ歩き、竿《さお》を持って七面鳥の番をし、刈り入れ時には乾草《ほしくさ》づくりを手つだい、森の中を駆けまわり、雨の日には教会の玄関先で石けりをし、大祭日には教会の小使いに鐘をつかせてくれと頼んで、体ごと大綱にすがって綱といっしょに宙に揺れる気持を味わった。

こうして彼は柏《かしわ》の木のように成長した。手は節くれだち、顔色もよくなった。

十二になると、母親が勉強を始めさせる許しを得た。司祭が見てやることになったが、授業は短いうえに切れぎれなので、たいした効果は上がらなかった。なにしろ司祭にひまのあるときだけが授業時間なので、洗礼式と葬式のあいまに聖器室で立ったままで大急ぎでやってみたり、そうかと思うと「御告《みつ》げの祈り」が済んでから、外出の用事もないままに、司祭が生徒を呼びにやることもあった。司祭の部屋へ上がって席につくと、羽虫や蛾《が》がろうそくのまわりを飛んでいて、暑いので少年はつい居眠りをする、と、老司祭も両手を腹に、うつらうつら、とみるまに口をあけて高いびきとなったりした。ときには、司祭が近所の病家に臨終の聖餐《せいさん》を授けに行っての帰り道、野原をうろついているシャルルを見かけ、呼びつけて十五分ほどお説教をくらわしたあと、ことのついでに木かげで動詞の活用をさらわせることもあった。するとえてして雨が降ってくる、知り合いの人が通りかかる、などの邪魔がはいるのだった。だが、司祭はいつもこの子には点が甘くて、この「若僧」なかなか物覚えがいいなどとほめさえした。

シャルルの勉強はまだまだですと、夫人はあくまで強腰だった。言い負かされて、というよりももうめんどうくさくなって、旦那は言うままになった。そして子どもの初聖体拝受が済むまで、もう一年待った。

それからさらに六ヵ月たった。そしてその翌年、シャルルはついにルーアン（ノルマンディー州の首都）の中学へやられることになり、十月の末、聖ロマン（七世紀のルーアンの司教、十月二十三日がその祭日）祭の市のころに、父親が自分で連れて行った。

今では当時の僕らの仲間で彼のことを覚えているものもあるまい。彼は気立てのおとなしい子で、休み時間にはよく遊び、自習時間にはよく学び、教室では聞き耳をたて、寝室ではぐっすり眠り、食堂ではたらふく食べた。保証人はガントリー街の金物問屋で、月に一回、日曜日に、店じまいのあとで彼を外出させ、港へ船を見がてら散歩にやり、七時になると夕食にまにあうように学校へ連れもどった。毎週木曜日の晩にシャルルは赤インクを使って長い手紙を母親宛てに書き、パンで作った丸い封印を三つ押した。それから歴史のノートをさらったり、自習室にころがっている『アナカルシス(2)』の古本を読んだりした。遠足のときには、自分と同じ田舎出の小使いと話をした。

猛勉強のおかげで彼はいつもクラスの中くらいにいた。一度だけ生物・地学の試験で優等の褒状《ほうじょう》を取ったことさえある。ところが四年の学年末になると、両親は彼が独学で大学の入学資格試験を通るところまでやれるだろうと信じ、中学を退《ひ》かせて医学専攻を目差させた。

母親は知り合いの染物屋の家の、オー゠ド゠ロベック川に面した五階に下宿を選んでやると、下宿代を取り決め、家具類、といっても机ひとつと椅子二脚を購入し、自宅から桜材の古ベッドを運ばせ、そのうえ、かわいいわが子を暖めるための小型の鋳《ちゅう》鉄《てつ》ストーブと薪《まき》のたくわえを買い与えた。そして週末になると、もうこれからはひとり立ちの暮らしだからしっかりするようにと、くどく言いさとして帰って行った。

講義科目を掲示板で読んだとき、彼は目くるめく思いがした。(3) 解剖学講座、病理学講座、生理学講座、調剤学講座、化学、植物学、臨床学、治療学の諸講座、それに衛生学や薬物学はいわずもがな、どれもこれも語源すらわからぬ字の羅列で、そのいずれもが荘厳《そうごん》な闇《やみ》につつまれた聖域の扉《とびら》かと思われた。

何ひとつわからなかった。全身を耳にして傾聴しても雲をつかむようだった。それでも彼は特別に装幀《そうてい》したノートを何冊も持ち込んで勉強した。あらゆる講義に出席し、実習も一度として休まなかった。あたかも調教中の馬が目かくしをされたまま同じ場所をどうどうめぐりするように、彼は自分が刻苦している仕事の内容は何もわからぬままに、日ごとのささやかな勤めを果たしていたのである。

出費を節約させるために、母親は毎週配達夫に託して天火で焼いた犢《こうし》の肉を届けた。病院から帰っている朝は、彼は部屋の壁を靴底で蹴って足を暖めながら、その肉で食事をした。それから市中のあらゆる街路を通って、講義へ、階段教室へ、施療院へと駆けまわり、家へ帰る日常だった。晩は下宿のまずい夕食をすますと、自分の部屋にひきあげ、またもや勉強にとりかかったが、しめった服を着たままなので、真っ赤に焼けたストーブの前で全身から湯気が立った。

晴れわたった夏の夕べ、生暖《なまあたた》かい街路には人通りもなく、女中たちが家の戸口で羽根つきをして遊ぶころおい、彼はよく窓をあけて肱をついた。川のおかげでルーアン市のこの界隈《かいわい》はきたならしい小ヴェニスの観を呈するが、その川が、眼下に低く、黄や紫や青に染まって、橋や鉄柵《てつさく》のあいだを流れていた。職人たちが川ぶちにかがんで、腕を水で洗っていた。屋根裏部屋から突き出した竿《さお》には木綿糸の桛《かせ》が干してあった。正面には、連なる家並みのかなたに遠く、澄みきった大空が拡がり、赤い夕日が沈もうとしていた。あの辺まで行けばどんなにいい気持だろう！　橅《ぶな》の林の木かげはどんなに涼しいだろう！　そこで彼は鼻腔《びこう》をふくらませ、おいしい野の香《かお》りをかごうとした。が、ここまでにおってくるはずもなかった。

彼はやせ、背がのびた。そして顔は一種憂いの色を帯びて、どうやら通用するほどの顔になった。

とりたててなんというきっかけもなしに、なげやりな気持から、ついに彼はかつてみずから誓った決意をいっさい翻した。ある日実習をなまけ、次の日は講義を休むと、だんだん病みつきになって、学校から足が遠のいた。

居酒屋通いの癖がつくのといっしょにドミノ遊びの味も覚えた。毎晩、きたならしいクラブの一室に入りびたって、黒い点々で目を表わした小さな羊の骨のドミノ札を大理石の卓に投げつけるのは、自己の自由の証《あかし》となる尊厳な行為であり、それによってわれとわが身が偉大に思えるのだった。いわばそれは大人の世界への仲間入りを許されることであり、禁断の快楽に触れることであった。クラブの部屋にはいるときには、ほとんど官能的な悦《よろこ》びを身に感じながらドアのノッブに手をかけた。こうなると、今までおさえていた多くのものがあふれ出た。小唄《こうた》の文句を覚えて、女が寄ってくるといい気になって歌って聞かせ、ベランジェ（十九世紀、パリ生まれの俗謡作家）に熱中し、ポンスの作り方をわきまえ、そのうちついに女を知った。

こうした受験勉強のおかげで、彼はまんまと免許医試験に落第した。その日の晩を期して、家では彼の及第祝いの準備をしているというのに！

彼はルーアンから歩いて帰ると、村のはずれにたたずんで、そこまで母親に出て来てもらい、いっさいをうちあけた。母親は落第の原因を試験官たちの不公平におっかぶせて許してやったうえ、あとのことはわたしに任せておきと言ってくれたので、彼もすこしは気が楽になった。ボヴァリー氏が事の真相を知ったのは五年もたってからだった。そのときにはもう昔のことになっていたし、それに自分の実の子がばかだとは思いたくないので、彼もあきらめた。

シャルルはまた勉強をはじめた。試験科目は寝る間も惜しんで目を通し、出題予想問題は残らず前もって暗記した。彼はかなりの好成績で及第した。母親にとってはなんたる晴れの日！　盛大な祝宴が張られた。

さて開業の地をどこに卜《ぼく》したものか？　トストだ。そこには老いぼれの医者がひとりしかいない。ボヴァリー夫人はこの人の死を待機することすでに久しかったが、ついにまだ老人にお迎えの来ないうちから、シャルルは後継者を自任してその真向かいに陣取ったのだった。

だが、息子を育て上げ、医学を修めさせ、開業のためにトストを見つけてやっただけではまだ事成れりというわけにはいかない。嫁さんが要る。そこで母親は嫁を見つけ出した。ディエップに住む執達吏《しったつり》の未亡人で、年は四十五、年収は千二百フランという。

不美人で、薪《たきぎ》のようにひからびているくせに、春先の木の芽にも似た吹出物だらけの女だったが、このデュビュック夫人にも選《え》り好みするだけの求婚者があったことはたしかである。ボヴァリー夫人は自分の目的を遂げるために、これらの敵手たちをことごとく出し抜かねばならなかった。司祭さんたちを後楯《うしろだて》にした、さる豚肉屋の密謀というようなものもあったが、彼女は巧妙に立ちまわってたたきつぶした。

シャルルは結婚によって、よりよき生活状態の到来を予想し、もっと自由になり、好き放題ができて金も勝手に使えるものと思っていた。あにはからんや、細君の天下になった。人さまの前ではこう言いなさい、ああ言ってはいけません。金曜日には肉断ち。細君の選んだ服を着せられ、払いの悪い患者は細君の命令でせっつかなくてはならない。細君は彼に宛てた手紙を開封し、彼の行動をひそかにうかがい、女の患者が来て診察室で話していれば、壁越しに聞き耳を立てた。

彼女は毎朝のおめざに飲むチョコレートからはじまって、際限もなく手のかかる注文を出した。たえず神経か、胸部か、気分かについて愁訴があり、足音がしただけで気持が悪くなったりした。人が向こうへ行けば、孤独に堪えかね、そばへもどれば、「わたしが死にでもすればいいと思って見に来たんでしょう」と言った。晩にシャルルが帰宅すると、シーツの下からやせ細った腕を延ばしてシャルルの頸《くび》を巻き、ベッドのへりに腰かけさせて、あなたはわたしのことを忘れて、よその女を思っているとか、以前にわたしはきっと不幸になる定めだと人に言われたのが今にして思い当たるとか泣きごとを並べたあげくは、滋養のためのいくらかの薬用シロップと、もうすこし多くの愛撫《あいぶ》とを求めるのだった。

2

ある晩、十一時ごろ、夫妻が馬蹄《ばてい》の音に目をさますと、その音はちょうど玄関先で止まった。女中が屋根裏部屋の天窓をあけて、下の往来にいるひとりの男としばらく言い合った。この男は先生を呼びに来たので、手紙を持参していた。ナスタジーは寒さにふるえながら階段を降りて、錠《じょう》をあけ、ひとつひとつ閂《かんぬき》をはずした。男は馬を乗りすて、女中について上がると、そのままずいと夫妻の寝室にはいってきた。彼は鼠《ねずみ》色《いろ》の総《ふさ》のついた毛織の縁なし帽のなかから、布切れに包んだ手紙を取り出して、うやうやしくシャルルに手渡した。シャルルは枕に肱をついて読んだ。ナスタジーはベッドのそばに立って燭台《しょくだい》をかかげ、夫人は恥じらって壁のほうに向き、背を見せていた。

青色の小さな封蠟《ふうろう》で閉じたその手紙の文面は、脚《あし》の骨折を治療していただきたいから、ボヴァリー先生に至急ベルトーの農場へお出向き願いたいということだった。ところで、トストからベルトーまでは、近道をとっても、ロングヴィル、サン＝ヴィクトールを経て六里はたっぷりある。おりからの闇夜のこととて、ボヴァリー若夫人は夫の身にもしものことがあってはと案じた。そこでひとまず馬丁は先に帰ってもらい、シャルルは三時間後に月の出を待ってから出かけるから、先方からは小僧をひとり途中まで迎えに出して、農場まで案内させ、行く先々の柵戸《さくど》をあけさせる手はずにした。

明け方の四時ごろ、シャルルは外套《がいとう》にぴったり身をくるんで、ベルトーへと出発した。ベッドの温《ぬく》もりにまだうつらうつらと、彼はおだやかに跑《だく》をふむ馬の背に揺られて行った。ところどころ畑のへりに掘ってある、茨《いばら》が周囲に生い茂った穴の前に来て、馬がひとりでに歩みをとめると、シャルルははっと目をさまし、折れた脚のことを思い出し、習い覚えたかぎりの骨折の症状を記憶に呼びもどそうとした。雨はいつしかやんで、夜が明けそめ、葉の落ちたりんごの木の枝には、小鳥が小さな羽を冷たい朝風にそそけ立てて、じっと止まっていた。平らな畑地が見渡すかぎり拡がり、地平線上で曇り空にまじらうこの広大な灰色の野づらには、農場を囲む木立ちが間遠に点々と、黒っぽい紫の斑《まだら》を散らしていた。シャルルはときどき目をあいたが、それも束《つか》の間《ま》、やがて頭がかすんで、おのずと眠気をもよおし、いつか半睡状態におちいるのだった。すると今しがたの感覚が昔の思い出と入り乱れて、自分で自分が二重に感じられた。自分は学生であり、しかも結婚もしている。さっきのようにベッドに寝ていると同時に昔のように外科病室を回診してもいる。頭のなかで罨法《あんぽう》薬の暖かいにおいが野露のさわやかな香りにかぶさり、彼の耳は病室のベッド・カーテンの鉄の輪が桿《さお》の上を走る音と妻の寝息とを聞いていた……ヴァソンヴィルを通りかかると、道ばたの溝のそばの草の上にすわっているひとりの子どもを見かけた。

「先生ですか？」とその子がきいた。

シャルルの返事を聞くと、子どもは木靴を脱いで両手に持ち、先に立って駆けだした。

医師は道すがら、この案内人の話を聞くうちに、ルオーの旦那というのはよほどの豪農にちがいないことを知った。ルオーは昨夜、近所の家で「御公現の祝日」(4)を祝っての帰り道、脚を折ったのだった。二年前に女房を亡くしてからは「お嬢さん」との二人暮らしで、この娘が父親を助けて家事をとりしきっているのだという。

轍《わだち》のあとが深まった。ベルトーが近くなったのだ。子どもが生垣の穴を抜けて姿を消した、と見るまに庭のはずれに現われて、そこの柵戸をあけた。馬は濡《ぬ》れた草の上に足をすべらせる。シャルルは身をかがめて枝の下をくぐった。犬小屋につながれた犬どもが鎖をひっぱりながら吠え立てた。ベルトーの農場へはいると、馬は怯《おび》えて大きく跳《は》ねのいた。

一見してりっぱな農場だった。廐《うまや》では、大きな耕作馬が新しい秣棚《まぐさだな》で悠然《ゆうぜん》と餌を食べているのが、あけ放った扉の上から見えた。いくつもの建物沿いに広々と堆肥《たいひ》の山がつらなり、湯気が立ちのぼっているその上で、雌鶏《めんどり》や七面鳥にまじって、コー地方の養禽場では女王格の孔雀《くじやく》が五、六羽餌《えさ》をついばんでいた。羊小屋は長く、穀物倉は高く、壁は人の手のようにみがかれていた。物置には大きな荷馬車が二台と鋤《すき》が四挺、それに鞭《むち》や頸当《くびあて》などの馬具一式が取りそろえてあって、その馬具のひとつの青く染めた羊の毛皮は、屋根裏の納屋から落ちる細かいほこりにまみれていた。庭は母屋《おもや》に向かって爪先《つまさき》上がりになり、左右均斉に間を置いて木が植えてある。鵞鳥《がちよう》の群れの活気のある鳴き声が池のほとりにひびいていた。

青いメリノ毛織の服を着て、スカートに襞《ひだ》飾りを三筋つけた若い娘が玄関にボヴァリー氏を出迎えて、竈《かまど》の火が燃えさかる台所に請《しよう》じ入れた。あたりには大小さまざまの鍋に取り分けた雇人たちの朝食が煮え立っていた。湿った衣類が暖炉の内側に干してある。石炭をすくうシャベル、火挟み、鞴《ふいご》の口、どれもこれもばかでかいのが、みがいた鋼鉄のように光っている。一方、壁に沿ってはふんだんな台所道具が並び、その表面に、竈の明るい炎が、窓ガラスから差し込む朝日の光ともども乱反射していた。

シャルルは患者を見に二階へ上がった。患者はベッドに寝ていたが、掛蒲団《かけぶとん》を何枚もかけた下で汗をかき、ナイト・キャップをずっと遠くまで跳ね飛ばしてしまっていた。五十年配のふとった小男で、肌は白く、目は青く、額は禿《は》げあがり、耳輪をはめていた。食卓用の大きなガラス瓶《びん》にコニャックを入れたのをかたわらの椅子の上に置いて、下腹に力をつけようとときどき注《つ》いでは飲んでいた。しかし、医者が来たのを見ると瘧《おこり》が落ちたようになり、十二時間もわめきつづけたのを忘れて、弱々しくうめきだした。

　骨折は併発症皆無の単純きわまるもので、軽くあれかしと願ったシャルルの期待をなおも上まわった。そこで彼は、かつて自分の先生たちが負傷者のベッドのわきで示した言動を思い出し、出まかせの軽口をたたいて患者を元気づけた。それはメスに塗る油と同じで、いわば外科医のご愛嬌《あいきょう》だった。副木《そえぎ》をつくるだんになって、荷車置場へ割り板の束を取りに行かせた。シャルルはその束から一枚を選《よ》って、さらに小さく切り、ガラスの破片でそれをみがいた。かたわら女中はシーツを裂いて包帯をつくり、エンマ嬢は患部に当てる小さなクッションを縫おうとした。針箱がなかなか見つからないので、父親は腹を立てた。彼女は口答えひとつしなかったが、縫いかけてから何度か針で指を突いた。そのつど彼女は指を口に持っていっては吸った。

　シャルルは彼女の爪が白いのに驚いた。つややかに光って先が細く、ディエップの象牙《ぞうげ》細工よりもすべすべに磨かれて、アーモンド形に切ってあった。だが手は美しいとはいえなかった。皮膚の白さが不足気味だったし、関節もいくらか骨張っていた。それに手全体が長すぎて、輪郭にふくよかな丸みがなかった。彼女の美しいところは目だった。茶色い瞳《ひとみ》が睫毛《まつげ》のせいで黒く見えた。無邪気な大胆さでその視線は率直に相手を見つめた。

　手当がすむと、医者はルオー氏自身の口から、お帰りになるまえに「なにかちょっとおつまみなすって」とすすめられた。

シャルルは下の居間へ降りた。天蓋《てんがい》付きの大型ベッドが、トルコ人の人物模様を染めぬいたインド・サラサにおおわれている、その裾《すそ》のほうに小卓が出され、卓上には二人前の食器が銀の盃を添えて置いてあった。窓の向かいの背の高いオーク材の洋服簞笥《だんす》から、イリス根《こん》散布剤と湿ったシーツのにおいがもれてきた。部屋のすみずみには、小麦の袋が床の上に立てて並べてある。それは石段を三段上がった隣室の穀物倉にはいりきらない分だった。硝石《しょうせき》のしみが浮いて緑のペンキがはげちょろけた壁の真ん中には、部屋の飾りに、黒鉛筆画のミネルヴァ（ローマ神話の学芸の女神）の顔が、金縁の額に入れて釘《くぎ》にかけてあり、絵の下には「愛する父上に」とゴシック字体で書いてあった。

最初は病人の話から、やがて今日の天気のこと、きびしい寒さのこと、夜、野原を駆ける狼《おおかみ》のことなどが話題になった。ルオー嬢は、とくに今では農場の世話をほとんど一手に引き受けているので、田舎の暮らしもさしておもしろくないと言った。部屋が寒いので、彼女は食べながらときどき身ぶるいをしたが、すると、黙っているときにはいつも軽くかんでいる肉づきのいい唇が、すこしばかりめくれて見えた。

白い折り襟《えり》から頸がのぞいていた。真ん中で分けた黒い髪は、左右いずれの鬢《びん》も一本一本の別がなくひと続きに見えるほどなめらかで、分け目の細い筋が頭蓋の曲線どおりに軽くくぼんでいた。さらに髪はこめかみにかけて波うちながら、耳たぶをわずかに見せて項《うなじ》にまわり、合わさって豊かな髷《まげ》につかねてあった。こめかみのウエーヴなど、この田舎医者には生まれてはじめての見ものだった。頰は薔薇《ばら》色だった。まるで男のように、上着のボタンとボタンのあいだに鼈甲《べっこう》ぶちの鼻眼鏡をはさんでいた。

シャルルは二階のルオー爺さんに別れの挨拶《あいさつ》をしてから、帰る前にもう一度居間へ寄ったが、見ると、彼女は立って、額を窓につけて庭をながめていた。庭には隠元豆の添え木が風に吹き倒されていた。彼女は振り向くと、

「なにかお忘れ物ですの？」ときいた。

「いや、鞭《むち》なんですがね」と彼は答えた。

そしてベッドの上やドアの後ろや椅子の下などをさがしはじめた。鞭は袋と壁のあいだの床に落ちていた。エンマ嬢が見つけて、小麦袋の上へ身をかがめた。シャルルは慇懃《いんぎん》な紳士の作法どおり馳《は》せ寄って、同じ方向に腕をのばすと、自分の胸が下にかがんだ令嬢の背にかるく触れるのを感じた。彼女は真っ赤になって身を起こし、鞭を差し出しながら肩越しに彼を見た。

三日後にまた往診するという約束が、翌日を待ちかねて彼はまたベルトーにやって来た。それからというものは、さりげなく、ふいにときどき立ち寄るのは別として、週に二回、定期的に来た。

さいわい経過はしごく順調で、型どおりになおっていった。そして四十六日目にルオー爺《じい》さんが彼のいわゆる「あばらや」のなかでひとり歩きのけいこをしているのを見たときには、ボヴァリー先生はまったく大先生だとみんなが考えはじめた。イヴトーはおろか、ルーアン一流の名医にかかっても、とてもこうはゆかなかったろうとル

オー爺さんは言っていた。

シャルルのほうでは、自分がなぜこうもいそいそとベルトー通いをするのか、考えてみようともしなかった。たとえ考えたにしても、おそらく彼は自分の熱心さを、なにしろ大怪我《けが》だからと思うか、さもなくば当てにしている礼金のせいにしたろう。だが農場への往診が、日ごろの味気ない仕事のなかで、ひときわ際立《きわだ》った楽しみとなっていたのは、はたしてそんな理由からだったろうか？　ベルトー行きの日には朝早く起き、馬を最初からギャロップで駆けさせたうえにも拍車をかけ、馬から降りると草で靴をぬぐい、なかへはいる前に黒手袋をはめた。彼はこうして庭に着き、柵戸を肩で押しあけるときの気持が好きだった。塀の上で鳴く雄鶏《おんどり》も、迎えに出る下男たちも好きだった。穀物倉も廐《うまや》も好きだった。「私の救い主」と彼のことを呼んで、てのひらを打ちつけるようにして握手を求めるルオー爺さんも好きだったし、台所のきれいに洗った石畳を踏むエンマ嬢の小さな木靴も好きだった。木靴の高い踵《かかと》が彼女の背をすこし高く見せた。彼女が先に立って歩いて行くと、木の靴底がすっと上がって、なかにはいている半長靴の革にあたっては、乾いた音でかたかたと鳴った。

彼女はいつも玄関前の階段のいちばん下の段まで彼を見送った。馬がまだまわされていないときには、彼女はそこに立って待った。別れの挨拶はすんでいるので、もう話すこともない。外気が彼女をつつんで、項《うなじ》のほつれ毛を乱したり、前掛けのひもを腰の上になぶって、吹き流しのようによじらせたりした。あるとき、ちょうど雪解けのころで、庭では木の皮が濡れそぼち、屋根の雪が溶けだしていた。彼女は玄関口にたたずんでいたが、パラソルを取って来て、それを開いた。鳩羽色の絹のパラソルに日の光が透いて、彼女の顔の白い肌をゆらめく照り映《は》えで染めた。彼女は傘《かさ》の下から淡い暖かさにほほえみかけた。ぴっちり張った木目模様の傘の絹地へ、ぽつりぽつりと落ちる雫《しずく》の音が聞こえていた。

シャルルがしげしげとベルトーへ通いだした当初は、ボヴァリー若夫人は欠かさず患者の容体を尋ね、自分でつけている複式帳簿にも、ルオー氏の欄として、まっさらな一ページ分を用意したほどだった。ところがこのルオー氏に娘があることを聞くと、八方調査に乗り出した。そしてルオー嬢がウルスラ女子修道会所属の尼僧院で教育され、世間でいわゆる「りっぱなしつけ」を受けたこと、したがってダンスもできれば地理やデッサンもわきまえ、綴織《つづれおり》もやるしピアノもひけるということを知った。それだけ知ればもうたくさん！

「さてはそのためだったのか」と彼女は考えた。「あの娘に会いに行くとなると、あんなにうれしそうな顔をするのも、雨でいたむのも平気で買いたてのチョッキを着こむのも！　ああ、あの女め、あの女め！……」

かくて彼女は本能的にその娘を憎悪《ぞうお》した。最初はそれとなく当てこする程度で憂さをはらした。そんなものはシャルルには通じない。つぎには話のついでに感慨を託してみたが、シャルルは爆発を恐れて聞き流した。ついには鼻っ先でがなり立てると、これにはシャルルは返す言葉がなかった。——ルオーさんはなおったんだし、それにあそこの払いはまだもらってないというのに、またぞろベルトーにお出かけとはどうしたことでしょう？　いや、あそこには「たいしたお方《かた》さま」がいらっしゃるんでしたっけ。話題も豊富で、刺繍もできて、才媛でいらっしゃるお方が。あなたはその人が好きなんでしょう。都会仕込みの娘でなけりゃいけないんでしょう！　それからつづけて、

「ルオー爺さんとこの娘が都会風ですって！　よしてちょうだい！　あそこのお祖父《じい》さんは羊飼いでした。おまけに親類には、なにかの喧嘩《けんか》のとき人をあやめたとかで重罪裁判所まで引っぱられかけた男がいるんですよ。いくらあんなにちゃらちゃらしたって、どこかの伯爵夫人みたいに絹のドレスで日曜日に教会へ乗り込んだって、ごまかしのきくこっちゃない。それにあの爺さんもお大尽《だいじん》どころか、去年は菜種が当たったからよかったようなものの、さもなければ借金の利子も払えないところだったんですよ」

シャルルはまくしたてられてベルトー行きをやめた。妻のエロイーズはここぞと愛情をぶちまけ、さんざんしゃくりあげては泣き、キスをしたあとで、もう行かないと、ミサ典書に手を置いてシャルルに誓わせた。シャルルは従った。しかし、彼の行動の卑屈さに反比例して、欲望の放肆《ほうし》さがつのった。そして彼は、一種可憐な自己欺瞞《ぎまん》から、あの娘に会うのを禁じられたということは、そのかわりあの娘を愛してもいいと

いう権利を与えられたことなのだと考えた。それに後家《ごけ》あがりの細君はやせがれて、前歯がいやに長くて、春夏問わず小さい黒のショールをかけて、その先が肩胛骨《けんこうこつ》のあいだにたれている。こちこちの胴体が刀身で、ドレスの鞘《さや》におさまった格好だが、そのドレスが短すぎて、足首がのぞき、平べったい靴につけた飾りリボンが鼠色の靴下の上で蝶結《ちょうむす》びになっているのが見えた。

シャルルの母親はときどき若夫婦に会いに来たが、二、三日いるうちに、嫁は自分の刃《は》で姑《しゅうとめ》を研《と》ぎすますかと思われた。すると、女ふたりはまるで二挺のナイフのように、意見や小言でシャルルを切りさいなんだ。そんなに食べては食べすぎです！　お客の顔さえ見ればお酒をふるまうなんて！　ネルを着なさいと言ってもきかないのはいったいどういう意地なのか？

春のはじめのころ事件が起こった。デュビュック未亡人の財産を預かっているアングーヴィルの公証人というのが、事務所の有金を懐《ふところ》にして、上げ潮に乗って海外へ高飛びしたのである。それでも、まだエロイーズには時価六千フランと称する船株と、聖フランソワ街に持ち家が一軒残っているという。なるほど。だが、以前あれほどだいした触れ込みだったこの全財産のうち、新家庭に持ち込まれたのは、ほんのわずかばかりの家具と衣類だけだった。この際、事をはっきりさせておかなければならない。するとディエップの家は床《ゆか》の下まで抵当にむしばまれていることがわかった。彼女が公証人に預けたという金の高にしても今となっては神のみぞしろしめす。船株のほうも三千フランがやっとこだった。さては嘘をついたのだ、あの猫っかぶり婆《ばば》あめ！ボヴァリー老人は憤慨の極、椅子を石畳にぶっつけてたたき割ると、うちの息子をあんなやせ馬に、いやはやひどい毛並みだと思ったが、ご持参の馬具も毛並み以下とはあきれかえったあんなやくざ馬に引かせて、あの子をとんでもない目に遭わせたのはお前の罪だと妻をなじった。両親はトストへ出向いた。言い合いのあげく、喧嘩が度重なった。エロイーズは泣いて夫の腕に身を投げかけ、両親にとりなしてくれと嘆願した。シャルルが妻のために口をきこうとすると、両親は怒って帰ってしまった。

しかしこの一撃は彼女に「こたえた」。一週間後、彼女は庭で洗濯物を干しているとき、いきなり血を吐いた。そして翌日、シャルルが背を向けて窓のカーテンを引こうとしている間に、「ああ苦しい！」と言って、ほっとひと息つくと同時に気を失った。死んでいた！　なんたる驚き！

墓地で埋葬式を済ますとシャルルは家へ帰った。階下にはだれもいなかった。二階の寝室に上がると、妻のドレスがまだベッドの裾の壁にかかっているのが見えた。彼は書き物机にもたれて、夜になるまで悲しい思いにくれた。亡き妻は彼を愛してくれたことだけは確かだった。

3

ある朝、ルオー爺さんが脚の治療代を届けに来た。四十スーの貨幣で七十五フラン、⑤それに七面鳥を一羽添えてあった。爺さんはシャルルの不幸を聞いていたので、言葉をつくして慰めた。

「わたしにも覚えのないこっちゃござんせんよ！」と彼はシャルルの肩をたたいて言った。「わたしだって先生と同じことでしたよ！　うちのやつに死なれたときにゃ、ひとさまの顔を見るのがいやさに、よく野っ原に出かけてったもんでさ。木の根っこんとこにぶっ倒れて、おいおい泣いてみたり、神さまの御名を呼ぶかと思や、神さまの悪口を言ってみたり。木の枝にさらされてるもぐらを見りゃ、もぐらになりたかった。あんなふうにお腹《なか》にうようよ蛆《うじ》がわいても、とにかくぶっ死《ち》んでるのがうらやましかったもんです。ほかの奴らは今時分、かわいい女房と乳くり合ってやがるかと思うと、わたしはその辺の地べたをやたらと杖でぶちまくったもんです。まるで気違い、飯も食えなくなりましたよ。嘘みたいな話だが、飲み屋へ行く気にもなりませんでした。ところがです、いつとはなしに日一日と日がたって、冬が春になり、夏が秋になるにつれて、すこうしずつすこうしずつと、かすれてくような具合で、消えてきましたよ。どこかへ行っちまった、と言ったんじゃまずい、そう、降りてったって言うんですか。やっぱりなにかこう底のほうに残ってますからな。なんというか……重石《おもし》みたいなものが、この胸のへんのところに！　しかし、これが人間の定めなんでしょうから、先生もしおたれちゃいけませんや。ひとに死なれたから自分も死のうなんてとんでもない……えい、とひとふんばりなさるんですよ、ボヴァリー先生。苦しいのも一時《いっとき》でさあ！　ちっとはわたしどもへもお出かけなさいまし。娘がときどきお噂《うわさ》をしては、先生はもうわたしのことをお忘れだなんて、そんなことを言ってますよ。春ももう間近ですし、兎狩りにでもご案内しますから、お気晴らしがてら、いかがですか」

シャルルはその勧めに従った。ふたたびベルトーに行ってみた。行ってみれば何もかも以前のまま、つまり五ヵ月前のままだった。梨《なし》の木はもう花をつけ、今ではルオー爺さんが起きて歩きまわっているので、農場はひときわ活気を呈していた。

先生のお気の毒な境遇を思いやって、できるだけ親切にしてさしあげるのが義務だと心得たルオー爺さんは、どうか帽子はそのままでとすすめ、病人あつかいにして小声で話しかけた。クリーム入りのパン粥《がゆ》とか梨の砂糖煮のような、特別に軽い食べ物がシャルルのために用意してなかったりすると、怒ったふりをして見せることもあった。おもしろい話をして聞かせるのでシャルルはつい笑ったが、急に妻のことを思い出して暗然とした。食後のコーヒーが出た。彼はもう妻のことは思わなかった。

やもめ暮らしに慣れるにつれて、妻のことはしだいに頭から去った。気随気儘《きまま》な新生活の楽しさがやがてひとり身のさびしさを耐えやすくした。今では食事の時間をかってに変えることもできるし、家の出入りになんの説明もいらない。疲れたときにはベッドの横幅いっぱい大の字になれる。こうして彼は自分をかわいがり、甘やかし、人の慰めの言葉をうれしく聞いた。また一方、妻の死はかえって商売に好影響をもたらした。というのは、ひと月ほどのあいだはだれもが「お若いのになんともまあお気の毒に！」と言ってくれ、それで名が売れて患者がふえたからである。そのうえ気兼ねなくベルトーへ行くことができた。彼はあてどない希望に燃え、漠《ばく》とした愉悦を胸に覚えた。鏡の前で頬ひげにブラシをあてながら、おれもだんだん好《い》い男になるようだと思った。

ある日彼は三時ごろに着いた。みんな野良に出ていた。台所にはいったが、はじめエンマのいるのがわからなかった。窓の鎧戸《よろいど》がしめてあったのだ。鎧戸のすきまから差し込む日の光が細長い筋をいくつも石畳の上にのばし、その筋の先は家具の角でくだけ、また天井にちらついていた。蠅《はえ》が食卓の上で、飲みさしのコップを伝ってのぼり、底に残ったりんご酒に溺《おぼ》れかけてぶんぶんいっていた。煙突から差しおろす日の光は暖炉の奥壁の煤《すす》をビロードのように光らせ、冷えた灰をほのかに青く照らしていた。窓と暖炉のあいだでエンマは縫い物をしていた。スカーフをしていないので、あらわな肩の上にこまかい汗の玉が見えた。

田舎の流儀でエンマは飲み物をすすめた。彼は断わったが、彼女はきかず、とうとうリキュールを一杯だけだったらわたしもお相伴《しょうばん》しますからと言い、食器棚へキュラソの瓶を取りに行き、小さなグラスを二つ出すと、そのひとつにはなみなみと注《つ》ぎ、もうひとつにはほんの申しわけほど注いで、グラスを触れ合わせてから口へ持っていった。ほとんど空《から》なので、彼女はのけぞるようにして飲んだ。あおむいて、唇をとがらせ、頸をのばしても口のなかになにも感じないのを笑っている、その美しい歯並みのあいだから舌の先が延び、グラスの底をちろちろなめた。

エンマはまた腰をおろして縫い物をつづけた。白木綿の長靴下をつくろっているのだった。彼女はうつむいて針を運んだ。黙っていた。シャルルも黙っていた。ドアの下から吹き込む風が石畳の上にかすかなほこりを立てた。シャルルはそのほこりが床を走るのを見ていた。彼の耳には、こめかみが脈を打つ音と、遠くの庭先で卵を産む雌鶏の鳴き声しか聞こえなかった。エンマはときどき両方のてのひらを当てて頰を冷やし、それからこんどはそのてのひらを大きな薪《まき》掛けの鉄の頭で冷やすのだった。

彼女は、この春先から眩暈《めまい》がすると訴え、海水浴はききめがあるでしょうかときいた。彼女は尼僧院の話を、シャルルは中学の話をはじめた。いつしかふたりとも楽に話せるようになった。二階の彼女の部屋へ行ってみた。彼女は昔の楽譜のノートや、褒美《ほうび》にもらった小さな本や、足付き簞笥《たんす》の下にほうってあった柏《かしわ》の葉の冠などを見せた。また母親の話から墓地の話になると、庭の花壇を指さして、毎月第一金曜日にはあの花を摘んで母のお墓へ供えに行くのですと言った。でも、うちの庭師ときたらまるきり何もわからない男で、それはひどい仕事ぶりなの！　せめて冬のあいだだけでも町へ行って住みたい、もっとも、かんかん照りのつづく夏場のほうが、かえって田舎暮らしは退屈かもしれないけれど。――話すことがらに応じて、彼女の声はあるいは澄んで鋭く、あるいは急に物憂げにかげって、抑揚を長くひいた。ひとり言のように話すときなどは、その抑揚もほとんどつぶやきのようになっていった。——ときには、あどけない目をみはるようにして、うきうきと楽しげに、ときには瞼《まぶた》をなかば閉じ、眼差《まなざし》はけだるげに、とりとめなく思いを馳《は》せるふうだった。

夕方、家へ帰る道すがら、シャルルは彼女の言った言葉をひとつひとつ取りあげ、けんめいに思い出し、わからないところは自分で意味を補うようにして、彼がまだ知らなかったころの彼女の生活を頭のなかに描き出そうとした。しかし、どうしても彼には最初に会ったときの彼女の姿か、さもなくば、たった今別れしなの彼女の姿か、そのどちらかしか思い浮かべられなかった。それから彼は、あのひとはこの先どうするのだろう、結婚するだろうか、相手はだれだろうと考えた。ああ、ルオー爺さんはたいした金持だ。それにあのひとは！……あんなに美しい！　しかもエンマの顔は思うまいとしてもたえず目の前に浮かんできた。そして独楽《こま》のうなるような単調なある声が彼の耳に取りついた。「でもおまえがもらったらどうだ！　おまえがもらったら！」その夜、彼は眠れなかった。喉《のど》がつまって、からからに渇いた。起き上がって水差しの水を飲み、窓を開いた。満天の星の下を暖かい風が吹き、遠くで犬が吠えていた。彼はベルトーのほうへ目をやった。

断わられれば断わられたで損はないと考えたシャルルは、機会がありしだい求婚しようと心に決めた。機会はあったが、そのたびごとに、うまい文句が出てきそうもないというおそれが彼の唇を閉ざした。

ルオー爺さんにしてみれば、もてあまし気味の娘が片づくことに不服はなかった。娘は家にいても役に立つというほどのこともないのだ。だがその点、爺さんは内心あきらめていた。百姓稼業に百万長者の出たためしがない。神さまからのろわれたこんな野良仕事なんどをするには、うちの娘は頭がよすぎるのだと考えていた。爺さん自身百姓をして産を成すどころか、年々損ばかりした。取引きにかけては人後に落ちず、そのほうのからくりはお手のものだったが、本来の野良仕事とか、農場の管理経営となると根っから性《しょう》に合わなかった。ポケットに手を突っ込んだら出すのはきらい、おいしいものをたらふく食って、ぬくぬくと暖まって、のんびり寝たいのが望みだから、自分の暮らしにかんすることなら出費を惜しまなかった。濃いりんご酒や、血のしたたるような生焼けの羊の股肉《ももにく》や、気長にかきまわした「ラム入りコーヒー」が好物だった。台所の暖炉の前にひとりで陣どり、芝居でするように、すっかり膳立てのできた小さなテーブルを運ばせて、食事をした。

シャルルが娘のそばへ行くと顔を赤らめるのは、近いうちに結婚を申し込む前触れだと見てとると、爺さんはあらかじめすべてを考え合わせてみた。なるほど、あの男は見てくれはぱっとしないし、望みどおりの婿《むこ》どのとは言いがたい。だが、噂によると、品行方正で、倹約家で、学問のほうもたいしたものだということだから、持参金に言いがかりをつけてごねる心配はなさそうだ。ところでこちらのルオーさんはとなると、「虎の子の地所」のうち十一エーカーを近々手放さなければならない破目だし、石工《いしく》にも馬具屋にも借りがかさんでいるし、ぶどう圧搾機《あっさくき》の軸も取りかえる時期がきている、というわけだから、

「もし嫁にくれと言ってきたらくれてやろう」と爺さんは考えた。

　聖ミシェル祭（九月二十九日）のころ、シャルルはベルトーへ来て三日間過ごした。いよいよという三日目も前の二日同様、十五分ごとに言い出しそびれては過ぎてしまった。ルオー爺さんはシャルルを見送りに出た。ふたりは窪地《くぼち》の道を歩いて行き、別れの瞬間が迫った。今をおいて時はない。シャルルは生垣の曲がり角をぎりぎりの線と決めた。そしてとうとう、その生垣を通り過ぎてしまったとき、

「ルオーさん、ちょっとお話ししたいことがあるんですが」ともぞもぞ言った。

　ふたりは立ちどまった。シャルルはあとがつづかなかった。

「さあ、言ったり、言ったり、その話てえのを！　わたしにゃ何から何まで見通しですぜ！」と爺さんはにこにこ笑いながら言った。

「ルオーさん……ルオーさん……」とシャルルは口ごもった。

「わたしはこのうえもないご縁だと思ってます」と農場主はつづけた。「娘も異存は万《ばん》あるまいと思いますが、いちおうあれの考えもきいてみにゃならん。先生はずっと歩いていらっしゃるがよい、わたしは家へ引き返します。もしもあれの返事がこちらの案の定《じょう》なら、ようござんすか、人目もあるし、娘もてれくさがるでしょうから、も

どって来なさるにゃおよびません。およびませんが、そのかわり、先生にもよけいな心配をおさせしないように、上首尾の印には窓の鎧戸《よろいど》を壁ぎわまでいっぱいに押しあけましょう。家の後ろへまわって、生垣の上からのぞいてらっしゃれば見えますよ」

こう言いおいて彼は遠ざかった。

シャルルは馬を木につなぐと、小道へ駆け込み、待った。三十分たった。さらに時計を出して十九分かぞえた。突然、壁に物の当たる音がした。鎧戸は押し開かれ、留め金がまだ揺れていた。

翌朝九時からシャルルはもう農場に来ていた。彼がはいって来ると、エンマは体裁上すこし笑おうとしながらも、さすがに顔を赤らめた。ルオー爺さんは未来の婿に接吻した。持参金の打ち合わせなどは後日に延期した。というのも、シャルルが喪の明けるまで、つまり翌年の春ごろまでは、式を挙げるのは憚《はばか》られるので、まだだいぶ先があるわけだった。

期待のうちに冬は過ぎた。ルオー嬢は支度にいそがしかった。衣裳の一部はルーアンの店にあつらえたが、下着や夜帽《ボンネット》は、借りてきた流行型のデザインを見て彼女が自分で仕立てた。シャルルが農場をたずねて来たときは、披露宴の準備が話題になり、晩餐《ばんさん》はどの棟《むね》でしようかと相談したり、料理は幾皿にするか、最初に出す盛り分け《アントレ》の品は何がよかろうかなどと思案したりした。

エンマの望みは男どもとはちがって、真夜中に松明《たいまつ》をともして式を挙げたいというのだったが、ルオー爺さんはそんなわけのわからぬ段取りは一笑に付した。かくて婚礼は、四十三人の招待客がつめかけて延々十六時間食卓をかこみ、翌日それがまた繰りかえされ、その先さらに二、三日間余勢いまだ果てずという仕儀に相成ったのである。

4

当日客たちは早々《はやばや》と到着した。一頭立ての幌《ほろ》馬車、二輪の乗合馬車、古ぼけた無蓋の軽装馬車、皮の覆《おお》いを張った家具運搬馬車など、乗り物の種類もさまざまだった。すぐ近所の村の若い連中は荷馬車に乗って来た。馬が跑《だく》をふんで、こっぴどく揺れるので、彼らは落ちないように手すりにつかまり、並んで立っていた。ゴデルヴィル、ノルマンヴィル、カニーなど、十里も先から来た客もあった。両家の親類はもれなく招《よ》ばれていた。気まずくなった友人たちとも仲直りし、久しく往来しない知り合いにも手紙が出されていた。

ときどき、生垣の向こうで鞭の音が聞こえたと思うと、やがて柵戸が開く。幌馬車がはいって来るのだった。玄関の石段の上がり際《ぎわ》まで駆けて来て、横づけになると、お客をはき出した。客たちは膝をさすったり、伸びをしながら、車の両側から降りてきた。婦人連は布帽子をかぶり、都会風のドレスを着こみ、時計の金鎖を見せ、ケープの端を前で合わせてベルトにはさんだり、色物の小さいスカーフをピンで背中にとめて、襟足《えりあし》をあらわに見せたりしていた。腕白どもは親父《おやじ》とおそろいの服はよかったが、その服が仕立ておろしなのでいかにも窮屈そうだった。（この日、生まれてはじめて長靴をはかされた子どもすら少なくなかった）子どもたちのそばには、彼らの従《い》姉《と》か《こ》姉さんになるのだろう、十四から十六ぐらいの娘たちが見られた。大きくなりすぎた小娘といった格好で、神妙におし黙り、今日のために丈《たけ》をのばした初聖体拝受のときの白衣裳を着せられ、赤い顔をぽうっとさせ、薔薇《ばら》香水入りのポマードを髪に塗りたくり、手袋をよごしはしまいかとびくびくしていた。全部の馬車から馬をはずすには馬丁の手が不足だったので、旦那方が腕まくりして、みずから事に当たった。彼らは分相応の身なりで燕尾《えんび》服やフロックや背広や短燕尾を着ている。――一家じゅうの尊崇の的たる、りゅうとした燕尾服、これは儀式でもなければ箪笥から出ることがない。大きな裾が風にはためき、襟は前開きのない円筒形のフロック、そのポケットのでかいことは袋のようだ。粗《あら》いラシャ地の背広、これには庇《ひさし》を銅線で縁どった帽子がたいてい付きもの。思いきり丈のつまった短燕尾、その背につけた二つの飾りボタンはまるで両の目のように寄って並び、後ろの垂《た》れは、一枚の材木からさっくりと大工の斧《おの》が切り落としたようだ。そうかと思うとある者は（宴席では末座につらなる連中に相違ないが）、晴れ着用の仕事着というのもおかしいが、つまり襟を肩の上まで折り返し、背には細かい襞《ひだ》をとり、縫い付けバンドで低く腰のあたりに飾り布をつけた仕事着を着ていた。

そしてワイシャツは胸の上でさながら鎧《よろい》のようにふくらんでいた！　髪はだれもが刈り立てなので、耳が頭から突き出して見え、顔は念入りに剃ってあった。夜明け前から起き出した人たちだろう、手暗がりでひげをあたったために、鼻下に斜めの切り傷をこしらえた者や、顎《あご》ぞいに三フラン銀貨大の擦《す》りむけをつくった者などもいて、それが途中の冷たい朝風にほてって、連中の晴れ晴れとした大きな白い顔の上に、ところどころ薔薇色の斑《まだら》をつけていた。

教会で式が済むと、村役場というのが農場からわずか半道しかないので、一同は役場までの道を歩いて往復した。行列は最初、青々とした麦畑のあいだをうねる小道に沿って、野中を揺れ動きながらも、ただ一筋の色模様の飾り帯のようにむらなくつづいていたが、いつしかだらだらと延び、いくつかの群れにちぎれ、その群れはそれぞれ話に身が入って、歩くほうはついお留守《るす》になりがちだった。先頭にはまず楽師たちが柄《え》の先にリボンを飾り立てたヴァイオリンを持って進み、新郎新婦がそのあとに立った。親戚知人はだれが先ということなしにつづき、子どもたちが、見つからぬように燕麦《からすむぎ》の穂をむしったり、互いどうしふざけ合ったりして遊びながら、みなのあとにつづいた。エンマのドレスは長すぎて、裾がすこし引きずった。彼女はときどき立ち止まって裾をたくり上げ、それから手袋のままの指先で、剛《こわ》い草の葉や薊《あざみ》の小さな棘《とげ》を取り除く。シャルルはそのあいだ格好のつかない様子で、エンマの終わるのを待っていた。ルオー爺さんは買いたてのシルクハットをかぶり、爪の先まで隠れるような袖の長い燕尾服を着て、ボヴァリー老夫人に腕をかしていた。父親のボヴァリー氏はと見ると、内心ひそかに今日の仲間たちをばかにして、軍隊式に裁《た》ったシングル・ボタンのフロックという準礼装だったが、金髪の田舎娘をつかまえて、飲み屋流儀のおべんちゃらをならべている。娘のほうはお辞儀をしたり、真っ赤になったり、あしらいかねて困っている。ほかの招待客たちは商売の話をしたり、今からもう無礼講気分をそそり合うように、お互いの背中にいたずらをしかけ合ったりしている。しかし、耳を澄ますと、野中を弾きつづけて練ってゆく楽師の安ヴァイオリンの音はたえず聞こえていた。皆がはるか後ろにおくれたのに気がつくと、楽師は立ち止まってひと息入れ、弦がよく鳴るようにのんびりと弓に松脂《まつやに》を塗り、それから、自分でうまく拍子をとるためにヴァイオリンの柄をひょいひょい上げ下げしながら、やおらまた歩きだす、と、楽器の音が遠くから小鳥の群れを飛び立たせた。

　食卓は荷車置場の屋根の下にしつらえられてあった。食卓の上には、牛の腰肉の上《サーロイ》部《ン》を大きく切ったのが四切れ、若鶏のフリカッセ六つ、羊の股《もも》の焼肉三つ、犢肉《こうしにく》のシチュー、そして真ん中には、酸葉《すいば》を薬味に入れた腸詰四本を付け合わせて、みごとな子豚の丸焼きが出ていた。食卓の四すみにはコニャックが飾り瓶に入れて据えられ、瓶詰めの甘口のりんご酒は栓《せん》のまわりに濃厚な泡《あわ》を吹き、コップというコップには今からもうぶどう酒がなみなみと注がれていた。食卓がすこし動いても生き物のようにゆらゆらする黄色いクリームがいくつもの大皿に盛られ、そのなめらかな表面には、新郎新婦の頭文字が小粒の糖菓を唐草模様風につらねて書き表わしてあった。パイやヌガーのためにはとくにイヴトーの町から本職の菓子屋を呼んで来るという念の入れ方だったが、彼は当地には初見参《はつけんざん》のこととて万事腕によりをかけ、デザートにはみずからたいそうなデコレーション・ケーキを運び込んで、一同に嘆声を発せしめた。まず土台は、青いボール紙の四角い箱が神殿をかたどり、まわりには回廊、列柱をめぐらし、化粧漆喰《しっくい》製の小像がそれぞれ金紙の星をちりばめた壁龕《へきがん》のなかにはいって立ち並んでいた。第二段には、鎧草《アンゼリカ》の茎の砂糖漬けやアーモンドや乾ぶどうやオレンジの四半分などを城壁に見立てた中央に、スポンジ・ケーキの天守閣がそびえている。最後に、頂上の平屋根は緑の草原で、岩あり湖水あり、湖水というのはジャムで、その上に榛《はしばみ》の実の殻でつくった舟が浮かんでいる。野原にはまたかわいらしいキューピッドがチョコレートのぶらんこに乗っているのが見え、ぶらんこの二本の柱のてっぺんには、珠《たま》のかわりに本物の薔薇《ばら》のつぼみが二つついていた。

一同は夜になるまで食った。すわり疲れると、庭を歩きまわったり、納屋で銭《ぜに》落としの勝負をしたりして、それからまた食卓にもどって来た。終わりごろには居眠りをしていびきをかく者もいた。しかしコーヒーが出るとまた座がにぎわって、得意の喉を聞かせる者や、力比べを始める者、大きな分銅《ふんどう》を持ち上げる者、親指を頭上に水平にかざしてその下をくぐりぬける格好をする者、荷車を肩にかついで見せる者、そう

(6)

かと思えばいかがわしい冗談を言う者もあり、女に抱きつく者もあった。夜になって、いざ出発というだんになると、馬はみな鼻の先まで燕麦《からすむぎ》をつめこんでいるので、梶棒《かじぼう》のあいだにはいるのを苦しがり、あと足で蹴ったり、棒立ちになったりする。そこで馬具はこわれる、飼い主はどなったり、笑ったりという騒ぎになった。こうしてその夜は一晩じゅう、月の光の下を、この地方の街道一帯、幾台もの狂い馬車が、排水溝に落ちて跳ねかえり、何メートルもの砂利《じゃり》の山をとび越え、土手の斜面にひっかかりながら、勢いすさまじく暴走した。女たちまでが馬の手綱を取ろうとして出入口から身を乗り出したりした。

ベルトーに残った連中は台所で飲み明かした。子どもたちは腰掛けの下で寝入っていた。

花嫁は恒例のいたずらをされるのはご免だからと父親によく頼んでおいたのだったが、親類の魚屋（これはわざわざ雄雌そろいの比目魚《ひらめ》を結婚祝いにさげて来た男）が、口に含んだ水を鍵穴から吹き込みはじめた。そこへルオー爺さんがちょうど来かかって押しとどめ、自分の婿はちゃんとした身分の人だから、無作法なまねはつつしむようにと言い聞かせた。しかし魚屋はそんな理屈にはいっかな服せず、ルオーじじいめお高くとまりやがってと心中おだやかならぬままに、すみっこに四、五人固まっている客の仲間入りをしに行った。この連中というのがまた、さっきの宴席でたまたま肉の上等でない端切れが立てつづけに自分たちのところへまわってきたのを、てっきり差別待遇をされたものと思い込み、この家《や》の主人についてあることないことをささやきかわし、爺さんの破産をひそかに願っていたのだった。

ボヴァリー老夫人は一日じゅう黙りこくっていた。嫁の衣裳のことも祝宴の段取りのことも、あらかじめなんの相談も受けなかったのだ。彼女は早々に引き上げて行った。ご亭主はそのあとを追うどころか、サン＝ヴィクトールの町へ葉巻を買いにやり、夜の明けるまでくゆらしつづけては、桜桃酒《キルシュ》入りのグロッグ（ブランデー、ラム酒などを湯で割ったもの）をあおった。すると同席の客たちには見たこともない混合酒なので、いよいよもって絶大な尊敬が老ボヴァリー氏に寄せられることとなった。

シャルルはもともと気軽にふざけちらすような質《たち》ではなかったから、披露宴のあいだも、この花婿いるのかいないのかわからぬていだった。はじめのスープが出るのを待ちかねて、皆がこの席の義務とばかりに浴びせかける当てこすり、洒落《しゃれ》、地口、ひやかし、際どい冗談の類にも、芸のない受け答えばかりしていた。

ところが翌日になると、彼は人が変わったかに見えた。昨日までの処女が明けての今日は、と言いたいのはむしろ彼のほうで、花嫁のほうは、それと気《け》どらすような顔も態度も、どこひとつ見せない。一言なかるべからざる性悪《しょうわる》どもも、これにはちょっかいも出せず、彼女がそばを通ると、棒をのんだようになって、ただまじまじと見つめるばかりだった。これにひきかえシャルルはまるきり手放しで、エンマのことを「家内が」と言い、「おまえ」と呼び、ちょっといないと、だれかれなしにききまわり、さがし歩いた。そして何度となくエンマを庭に連れ出すと、彼が新妻《にいづま》の腰を抱き、彼のほうからなかばしなだれかかっては、彼女のドレスの襟飾りのレースを頭で皺《しわ》にしながら歩いて行くのが、遠く木立ちのあいだに見えがくれした。

婚礼の二日後、夫妻は出発した。シャルルは患者があるので、これ以上家をあけてはおけなかったのである。ルオー爺さんは自分の馬車でふたりを送らせ、自分もヴァソンヴィルまで同乗した。そこで娘に別れの接吻をし、車を降りて引き返した。百歩ほど行ったところで爺さんは立ち止まった。そして、馬車がしだいに遠ざかり、車輪が土ぼこりの中にまわっているのを見ると、大きな溜息《ためいき》をついた。そして自分の結婚式のこと、若かった日のこと、妻がはじめて身ごもったときのことなどを思い起こした。妻を実家からわが家へ連れて帰ったあの日、妻を馬の尻《しり》に乗せて雪の上を走ったときは、自分だってうれしくてたまらなかったものだ。クリスマスに間近いころで、野原は一面真っ白だった。妻は片方の手で彼につかまり、もう一方の手には籠《かご》を下げていた。コー地方風俗特有の帽子についた長いレースが風にあおられて、ときどき彼の口もとをくすぐった。振り向くと、肩先まぢかに妻の小さい薔薇《ばら》色の顔があって、被《かぶ》り物の金《きん》の留め飾りの下で、黙ってほほえみかけていた。指先がつめたくなると彼女はよく彼の胸にそれを差し入れた。すべてなんと遠い昔のことだろう！　息子が生きていたらもう三十になる！　そこで爺さんは振り返ったが、もう街道にはなにも見えなかった。彼は空家《あきや》のようにがらんどうなさびしさを覚えた。連日の酒宴のあとの二日酔いで靄《もや》のかかった頭のなかに、やさしい昔の面影が悲しい思いと入りまじった。一瞬教会へ寄って行こうかとも考えたが、教会を見たらなおのことわびしさがつのりそうで、そのまま家へ帰った。

シャルル夫妻は、六時ごろトストへ着いた。隣近所の人たちが、先生の今度の奥様を見ようと窓から顔を出した。

年寄りの女中が出て来て挨拶《あいさつ》し、夕食の支度ができていないのを申しわけながり、すぐ支度をいたしますまで奥様はお家のなかをごらんなさるようにとすすめた。

5

家の正面は煉瓦《れんが》造りで、町の通り、というより街道のきわまで出ばっていた。玄関へはいると、小さい襟のついた外套《がいとう》と、馬勒《ばろく》（手綱、おもがい、くつわなどの総称）と、黒革の庇帽《ひさしぼう》が掛けてあり、土間の片すみには乾いた泥にまみれた半長靴が一足置いてある。右手が広間、すなわち食堂兼居間だった。上のほうに水色の花飾り模様を散らして彩《いろどり》を添えたカナリヤ色の壁紙が、裏打ちの布のたるみで全体にぶよついていた。赤い打ちひもで縁どった白いキャラコのカーテンが窓に沿って交差し、狭いマントルピースの上には、医聖ヒポクラテスの頭像を飾った置時計が、楕円形の火屋《ほや》でおおった二本の銀めっきの燭台のあいだに輝いていた。廊下をへだてた向かい側の、間口が約六歩ほどの小さい部屋がシャルルの診察室で、テーブル一台、椅子が三脚と、事務用肱掛《ひじかけ》椅子が一脚あった。『医学辞典』（八折判六十巻、一八一二〜二二年刊）のそろい、ページは切ってないかわりに、次から次へと人手に渡って仮綴のいたんだのが、樅《もみ》材の本棚の六段をほとんどそれだけで占めていた。診察中ブラウン・ソース（メリケン粉を狐色にバターいためしてつくる）のにおいが壁越しにおってくる、ということは、逆に患者が診察室で咳をしたり容態をこまごましゃべり立てたりするのが隣室の台所まで聞こえてくることにもなった。台所の先はパン焼き竈《かまど》のある荒れ果てた大きな部屋で、今は薪小屋と酒倉と物置の用を兼ね、古い屑鉄《くずてつ》だの空《あき》樽《だる》だの廃物の農具だの、そのほかなにに使うのか正体不明のほこりまみれのがらくたが山と積んである。その先はすぐ庭になり、厩《うまや》があった。

　庭は縦長で、杏《あんず》の木を一面にはわせた土塀《どべい》にはさまれて、茨《いばら》の生垣のところまで延び、生垣の向こうが畑になっていた。庭の真ん中にはスレート製の日時計が石の台の上にはめこんであった。やせ枯れた野薔薇《のばら》の生えた四つの花壇が、もっと実用価値のある地面を、つまりまともな野菜の植わった長方形の畑を左右均斉にかこんでいた。庭の奥、栂《つが》の木かげには、石膏像の神父様が祈禱書を読んでいた。

　エンマは二階へ上がった。とっつきの部屋には家具が入れてなかったが、次の部屋は夫婦の寝室で、襞《ひだ》を寄せた赤いカーテンが寝間《アルコーヴ》（ベッドをはめ込みにする壁の凹所）を仕切り、そのなかにマホガニーのベッドがあった。貝殻細工の箱が一つ、簞笥の上を飾っている。そして窓ぎわの書き物机の上には、白繻子《しろじゅす》のリボンで結わえたオレンジの造花が水差しに差してあった。それは花嫁の花束、先妻の花束だった！　エンマはそれを見つめた。シャルルは気がつき、それを取って屋根裏部屋へ持って行った。そのあいだエンマは肱掛椅子に腰かけて（彼女の持ち物があたりに運び込まれているところだった）、ボール箱に入れて持って来た自分の結婚の花束を思い、もしひょっとして自分が死ぬようなことがあったら、その花束はどうなるのだろうと、そんなことをぼんやり考えていた。

最初の数日間、彼女はいろいろと家のなかの模様替えを工夫した。燭台の丸形火屋《ほや》をはずしたり、新しい壁紙を張らせたり、階段を塗りかえさせたり、庭の日時計のまわりにベンチを造らせたりしたあげく、噴水があって魚の飼える池を掘るにはどうしたらいいかと、そんなことまできいた。彼女が馬車を乗りまわすのが好きなのを知った夫は、とうとうどこかから中古《ちゅうぶる》の「軽馬車《ボック》」（無蓋の二人乗り二輪馬車）を見つけて来た。これに新しい角燈と、合わせ縫いした革の泥《どろ》よけをつけると、まずどうやら英国風二輪馬車《ティルベリー》らしく見えるようになった。

かくてシャルルは幸福きわまり、世に思いわずらうこととてなかった。差し向かいの食事、街道沿いの夕方の散歩、分け髪をなでつける妻の手つき、ふと見る窓の掛け金にかかった妻の麦藁《むぎわら》帽子、そのほか、そんなものに喜びを見いだそうとは思いもよらなかったさまざまなものが、今では彼の幸福の尽きせぬ流れを織りなしていた。朝はベッドでひとつ枕に寝ながら、夜帽《ボンネット》の薄地の留め布（左右にたれて、顎の下でボタンでとめる）になかば隠れた、金色にかがやく妻の頰のうぶ毛に、朝日の光がさすのをじっと見つめた。こうして近くから見ると、彼女の目は大きかった。目ざめぎわに幾度もまばたきするときにはとりわけ大きく見えた。陰では黒く、日なたでは濃い青色に見えるその目は、つぎつぎに色の層が重なっているようで、奥のほうは濃く、釉薬《うわぐすり》を塗った陶器を思わせる表面にかけてしだいに明るい色になっていた。シャルルの視線はこの深みのなかへ吸い込まれる、と、そこには薄絹を頭に巻き、パジャマの胸をはだけた自分の姿が、肩まで小さく映って見えた。彼は起き出した。往診に出かけるのを見送りにエンマは窓べに寄る。そして部屋着をふわりとまとったまま、窓敷居の、ジェラニウムの鉢を二つ置いたあいだに肱《ひじ》をついた。シャルルは通りに出て、道ばたの車除けの石に足をかけて拍車をつけている。彼女は上から彼に話しつづけた。話しながら花びらや葉っぱを口でむしり取っては彼のほうへ吹きつける、と、それらは軽やかに舞うかと見れば宙に浮かび、鳥のように半円を描いて地に落ちようとするまえに、玄関先にじっとたたずむ老いた白馬の、櫛《くし》のよくはいっていない鬣《たてがみ》にひっかかるのだった。シャルルは馬にまたがって、彼女に接吻を投げる。彼女はうなずき返して窓をしめる。シャルルは出発する。そして、果てしもなくながながと土ぼこりの帯をつらねる街道の上を、また木立ちが両側からアーケードのように迫《せ》り出している窪地の道を、さてはまた麦が膝までとどく小道のなかを、両肩に日を受け、朝風を鼻いっぱいに吸い込みながら、胸は夜の愉悦にあふれ、心は安らかに、肉は満ち足りて、彼はあたかもご馳走のあと、もう腹のなかへはいってしまった松露《しょうろ》の後味を、いつまでも楽しんでいる人のように、おのれの幸福をじっくりと味わい味わい、去って行くのだった。

今日まで生きてきたこの一生のうち、楽しかったことといえばなんだったか？　あの高い塀に閉じ込められた中学時代がそうだったか？　同級生といえば自分よりは金持か良くできるかで、お母さんがちゃんとお菓子をマフに忍ばせて面会に来てくれるような連中、そのなかでただひとり、田舎言葉をあざけられ、身なりをからかわれてばかりいたあのころだろうか？　それとも、その後医学生だったころ、財布のなかがいつも乏しくて、金さえ見せれば情婦になってくれそうだったお針女《はりこ》にダンスのお礼もできなかったあのころだろうか？　さて学校を出てからの一年と二ヵ月というものは、ベッドにはいっても足が氷のように冷たい後家といっしょに暮らした。ところがどうだ、今こそは最愛のあの美女を永久にわがものとしてしまったのだ。シャルルにとっては、宇宙とは妻のペチコートの絹の手ざわりの内側を超えるものではなかった。まだ愛し足りないのではないかと心配になり、今すぐに妻の顔が見たくなった。急いで引き返し、息をはずませて階段をのぼった。エンマは寝室で化粧をしていた。そっと近づいて背中に接吻すると、彼女はあっと声をあげた。

シャルルはたえず妻の櫛や指輪やスカーフに手を触れずにはいられなかった。ときには彼女の頬に口いっぱいの強い接吻をつづけざまにしたり、あらわな腕に沿って指先から肩まで、小さな一連の接吻をさかのぼらせたりした。そんなとき、エンマはまつわりつく子どもにでもするように、半分はほほえみながら半分はうるさそうにシャルルを押しのけるのだった。

結婚するまで、エンマは恋をしているものと信じて疑わなかった。ところが、その恋から当然生まれてくるはずの幸福がいっこうにやってこないので、これはなにか自分が思い違いをしたのだろうと考えた。そしてエンマは「幸福」とか「情熱」とか「陶酔」とか、書物のなかで読んだときにはあんなにも美しく思われた言葉が、実人生では正確にいってどんな意味を持つものなのかを知ろうと努めた。

6

エンマはかつて『ポールとヴィルジニー』[7]を読んで、竹造りの小屋や黒ん坊のドマンゴや忠犬フィデールを夢みたことがあった。しかし、とりわけ彼女の夢を誘ったのは、鐘楼よりも高い大木によじのぼって赤い木の実を取ってくれたり、砂浜をはだしで走っては鳥の巣を持って来てくれるやさしい兄さんの心暖まる友情だった。

十三になると、父親は彼女を尼僧院の寄宿舎へ入れるために、自分でルーアンの町へ連れて行った。ふたりはサン＝ジェルヴェ街の旅館へ泊まった。夕食のときに焼絵皿が出たが、その絵はラ・ヴァリエール公爵夫人[8]の生涯を描いたものだった。伝説を語る説明の文字は、ナイフが当たってところどころかすんではいたが、どれもこれも、信仰や、心のこまやかさや、宮廷の栄華を讃《たた》えていた。

はじめのうち、エンマは尼僧院で退屈するどころでなく、尼さんたちとの付き合いが楽しかった。尼さんたちはエンマには珍しかろうと、よく礼拝堂へ連れて行ってくれた。食堂から長い廊下づたいに行くのだった。エンマは遊び時間にもほとんど遊ばず、教理問答を十分に会得した。助任司祭のむずかしい質問に答えるのはいつも彼女だった。こうしてぬるま湯のような教室の雰囲気にたえず浸りきり、銅の十字架のついた数珠《じゅず》をつまぐる白皙《はくせき》の聖女たちのあいだに日を送るうち、いつしかエンマは、祭壇の薫香からも、ひんやりとした聖水盤からも、大ろうそくの光明からも目に見えず発散する神秘なけだるさに酔い、とろとろと現《うつつ》を忘れた。ミサに出る間も惜しんで、本の挿絵《さしえ》の藍色《あいいろ》に縁どられた宗教画に見入っては、病める牝羊（罪深い魂の象徴、これを正道に導く牧人に聖職者を擬《す》）や、鋭い矢に射貫《いぬ》かれた主《しゅ》の心臓や、十字架を背負って歩かれる道々しばしば倒れたもうおいたわしいイエスさまを愛した。ある日などは苦行のため終日断食を試みたり、なにか果たすべき誓いはないかといつも気を配っていた。

告解に行くときは、一刻も長くその暗がりにひざまずいて合掌し、格子に顔を寄せて司祭のひそひそ声を聞いていたいばかりに、ありもしない小さな罪を作り出した。説教のなかによく持ち出される、許嫁《いいなずけ》だの、夫だの、天にいます恋人だの、久遠《くおん》の婚姻だのの比喩《たとえ》は、魂の奥底にどきりとするような喜びをかき立てた。

夕方、祈りの前には、自習室で宗教書の朗読があった。ふだんの日は聖書の梗概《こうがい》やフレシヌース師⑨の『説教集』、日曜日には楽しみにもなるものをというので『キリスト教精髄⑩』の数節が読まれた。ロマンチックな憂いの心が、天と地のあらゆる響きに感応してたかなる歎きの声を、最初のうちエンマはどんなにかうっとりと聞きほれたことか！　もし彼女が、商店街の帳場の奥ででも少女時代を過ごしたのだったら、彼女はおそらくこのときを期して、大自然の抒情的な呼びかけに全身ごと応じていただろう。ふつうならこうした呼びかけは作家の筆をとおしてはじめてわれわれの胸に迫ってくるものなのだから。しかし彼女は田舎を知りすぎていた。羊の群れの鳴き声も、乳のしぼり方も、鋤《すき》の使い方も知っていた。のどかな田園風景を見慣れた彼女は、逆に常ならぬものに心ひかれた。海が好きなのは暴風雨があればこそだったし、緑の草木が好きというのも、それが廃墟のなかにちらほらと萌《も》え出るときに限られていた。彼女は物事からいわば自分の得になるものが引き出せねば気に入らなかった。自分の心がそのまま直接に摂取する足しにならないものは、すべて無用のものとして捨てる。――けだしエンマの素質は芸術家のそれよりは感傷家のそれであり、風景自体ではなく感動を求めていたのである。

毎月のうち一週間だけ尼僧院に通って来て、シーツやテーブルクロスなどの縫い物をするひとり者の婆さんがいた。大革命で没落した貴族の名門の出だというので大司教館から庇護《ひご》を受け、食堂では尼さんたちの食卓につらなり、食事がすむと、二階へ仕事に行く前に尼さんたちとちょっとおしゃべりをする。寄宿生たちはよく自習室を抜け出して、この婆さんに会いに行った。すると婆さんは昔の恋歌をいろいろ覚えていて、針を運びながら小声で口ずさんだ。お話をしてくれたり、世間の出来事を教えてくれたり、町へ買物を頼まれもすれば、いつも前掛けのポケットにそっと隠した小説を、こっそり上級生に貸してくれもした。そして、この老嬢自身も仕事のあいまには、その長たらしい何章かを熱読するのだった。中身はといえばおきまりの恋愛沙《ざ》汰《た》、恋する男に恋する女、さびしい離れ家で昏倒《こんとう》する虐《しいた》げられた貴婦人、宿場宿場できまって殺される御者、各ページごとに乗りつぶされる馬——昼なお暗き森、波立ち騒ぐ胸、誓い、すすり泣き、涙、口づけ、月下の小舟、茂みに歌う夜鳴き鳥、そして「殿方」は雄々しいこと獅子《しし》のごとく、やさしい心根は小羊さながら、徳は万人にぬきんで、つねに美々しいいでたちで、泣くとなったらもう手放しで泣くのだった。十五になったエンマはこうして、半年のあいだ、古くさい貸本屋のほこりに手をまみれさせた。次にはウォルター・スコットを読んで往昔《むかし》のことどもにあこがれ、衣裳櫃《びつ》や番卒詰所や吟遊詩人に思いを馳《は》せた。女城主のようにどこかの古い領主館《やかた》に住みたかった。クローバ型の透かし彫りで天辺を飾ったアーチの下で、石に頬杖《ほおづえ》ついて、野の果てから、白い羽根飾りを兜《かぶと》につけた騎士が黒馬を駆ってやってくるのを、明け暮れ待ちながめる女城主のように。エンマはそのころメアリー・スチュアート[11]を崇拝し、有名な女性、もしくは薄幸な女性に熱烈な尊敬を捧げた。ジャンヌ・ダルク、エロイーズ、アニェス・ソレル、うるわしのフェロニエール、クレマンス・イゾールなどが広大無辺な歴史の闇のなかに、彗星《すいせい》のように浮き出して見えた。またそこには、柏の木かげの聖ルイ王(12)や、瀕死《ひんし》のバイヤール、ルイ十一世の非行のかずかず、聖バルテルミーの大虐殺の光景のいくらか、アンリ四世の兜の羽根飾り、そしていつもきまって、ルイ十四世の盛時をたたえたあの焼絵皿の記憶が、ここかしこ、相互になんの関連もなく、いっそう深い闇の奥におぼろに浮き出ていた。

音楽の時間にエンマの歌うロマンチックな歌曲のなかへ出てくるものといえば、金の翼の小天使や、聖母像《マドンナ》や、ヴェニスの潟《かた》や、ゴンドラの船頭たちばかりだったが、これらののどかな歌は、愚にもつかぬ文句とすっ頓狂な節をとおして、それでも彼女の心に甘美な感傷を誘うようすがともなるさまざまな物の姿を、魅惑の魔法幻燈のようにかいま見させてくれた。友だちのなかにはお年玉にもらった贈答本《キープセイク》（十九世紀に流行した年刊の絵入り詩文集）を寄宿舎に持ち込む者もあった。見つからないようにするのが一苦労で、みんなはそれを寝室のなかで読んだ。美しい繻子《しゅす》張りの表紙をそっとめくっては、詩文の終わりにたいていは伯爵とか子爵とか署名している聞き知らぬ作者たちの名の上に、エンマは驚嘆の目を見はるのだった。

胸をおどらせながら、版画の挿絵に上からあててある薄紙を息で吹き起こすと、紙はなかば折り返って、向かい側のページの上にふんわりと落ちる。そして現われる絵は、バルコニーの欄干《らんかん》のかげで、短いマントを着た青年が、ベルトに網細工の袋をつけた白衣の乙女をかきいだいている姿とか、金髪の巻き毛を肩にたらした英国の貴婦《レディ》人《イ》たちが、丸い麦藁《むぎわら》帽子の下から、つぶらな涼しい目でこちらを見ている無署名の肖像画とかだった。また公園を馳《は》せる馬車に、きらびやかに装った貴婦人が乗っている絵もあった。白ズボンの少年御者がふたりで手綱をとる二頭の馬の前には、グレイハウンドが跳《は》ねていた。またある女は、開封した手紙をかたわらに、ソファにもたれ、黒いカーテンになかばおおわれた半開きの窓から、夢見心地に月をながめていた。おぼこ娘は、頬に一粒涙をとどめて、ゴチック式鳥籠の桟《さん》のあいだから雉鳩《きじばと》に接吻したり、首をかしげてほほえみながら、とがり靴の先のようにそり返った細い指先で、雛《ひな》菊《ぎく》の花びらをむしったりしていた。そしてまた忘れもしない、舞妓《まいこ》らの腕にもたれて四阿《あずまや》のかげに陶然と長煙管《きせる》をくゆらすサルタンたちよ、異教徒(13)たちよ、反《そ》り身のトルコ刀よ、トルコ帽よ、おまえらもそこにいた。なかでも忘れがたいのはおまえたち、世の人の焦がれてやまぬ国々を描く鈍色《にびいろ》の風景画よ。おまえらはしばしば、檳榔樹《びんろうじゅ》を、樅《もみ》の木を、右には虎《とら》の群れ、左には一頭の獅子《しし》を、地平はるかに韃靼《だったん》の尖塔《せんとう》、前景にローマの廃墟を、はてはうずくまる駱駝《らくだ》の群れを、ことごとく一望のもとに見せてくれた。――その風景全体をふちどる処女林はあくまで清らかに、直射する日光は水面にゆらめき、くすんだ鋼《はがね》鉄色の水の上には、はなればなれに泳ぎまわる白鳥どもが、白い傷痕のようにくっきりと浮かんでいる。

　そしてエンマの枕もとの壁にかかったケンケ・ランプの笠は、これらすべての世界の図絵を照らし出し、寝室のしじまのなかに、おそい帰りの辻馬車が大通りを走るかすかな響きとともに、その図絵は一枚一枚エンマの前を過ぎて行った。

母親をなくした当初、エンマはひどく泣いた。故人の髪の毛で形見の額を造らせたり、ベルトーへ書いた手紙では、厭世《えんせい》的な感想をつらねたあげく、やがては自分も母と同じ墓に埋めてほしいと頼んだりした。爺さんはてっきり娘が病気にかかったと思って見舞いに来た。エンマは、俗魂のいたりえぬ、清浄な生活の稀有《けう》の理想境へ難くたどり着くことができて内心ひそかによろこんでいた。そこで彼女はラマルチーヌ風の迂路にさまよい込み、湖上の竪琴《たてごと》の響きや、死なんとする白鳥の歌のすべて、落葉の音のひとつひとつ、けがれないままに昇天する処女たちの歌声や、谷間に語りたもう神の御声《みこえ》に耳を傾けた。やがてエンマは飽きてきたが、そんなはずはないと思いたがり、惰性から、つぎには虚栄心から続けてゆくうち、ついにある日ふと気づいてみれば気持もしずまり、額に皺《しわ》がないと同様、心にもはや一片の悲しみすらとどめなくなっていた。

尼さんたちは今までルオー嬢の宗教的天分に多大の期待を寄せていただけに、彼女が自分らの手から抜け出してゆきそうなのに気づいてあっけにとられた。なんのことはない、尼さんたちはエンマに、あまりにも聖務日課だの心霊修行だの九日間の祈禱《きとう》だの説教だのとたてつづけに押しつけ、聖者や殉教者に対していだくべき尊敬を説き、肉体の節制と魂の救済のために有益な教訓をたれすぎたので、エンマは手綱をぐいぐい引かれた馬のようになった、つまり急に立ち止まった、と、とたんに轡《くつわ》が口から抜けてしまったのである。物事に熱中しやすい反面、根は実際的なエンマの心は、これまで花あればこそ教会を愛し、抒情曲の歌詞ゆえに音楽を、情熱的な刺激のゆえに文学を愛してきたのだったが、いまやカトリック信仰の玄義に対して反抗し、ましてや日々の戒律に対しては、生来の反感ともいうべきものが表に出て、我慢がならなくなったのである。父親が彼女を寄宿舎から引きとったとき、彼女が去るのを惜しんだものはなかった。院長などは、エンマが最近尼僧院そのものすらを見下《みくだ》すようになったと、にがにがしく思っていた。

エンマは家へ帰ると、はじめのうちは召使いたちを意のままに動かすのを楽しんでいたが、やがて田舎がくさくさして、尼僧院が恋しくなった。シャルルがはじめてベルトーに来たころ、エンマはもう人生に愛想をつかしたような気で、いまさらなんの知ることもなく、感じるがこともないものとたかをくくっていた。

しかし、このエンマを駆って、あのすばらしい情熱というもの、今まではただ詩の世界の輝かしい天空にのみ飛翔《ひしょう》する薔薇《ばら》色の羽の大きな鳥とばかり見えていたあの情熱を、ついにわがものにしたのだと思い込ませるには、新生活に対する不安、ないしはまたシャルルという男の存在によってかき立てられる胸のときめきだけで十分だったのである。――そして今、いよいよ新生活に乗り出した今となっては、この平穏無事の毎日が、かつて夢見たあの幸福であろうとは、とうていエンマには思えなかった。

7

彼女はときどき、それでもやっぱり今のこのときが自分の一生でいちばん楽しいときなのか、これが世間でいう蜜月《みつげつ》なのかといぶかった。蜜月のその楽しさをぞんぶんに味わうためには、おそらくは旅行に出るべきだったのだ。名を口ずさんでさえ耳に快いあの国々に旅立てば、結婚の翌日の身も心もとろけきったようなけだるさもどんなにかまた格別だったろう！　駅馬車に身を託し、水色の絹のブラインドのかげに、御者の歌声が山羊《やぎ》の鈴の音や滝のにぶい響きに混じって山に谺《こだま》するのを聞きながら、けわしい坂道をゆるゆるとのぼって行く。日が沈むころには、入り江のほとりにレモンの木の香りをかぎ、晩ともなれば別荘のテラスにふたりきりで、指と指をからませ合って、未来の計画を語りながら星空をあおぐ。ある特定の土地にだけ生えて、よそでは育ちにくい植物があるように、この地上のどこかには幸福を生むのに適した国がきっとあるのだと思われる。なぜ彼女は今、スイスの山小屋の見晴らし台に肱《ひじ》をつくことが、あるいはまたスコットランドの瀟洒《しょうしゃ》な小別荘《コテージ》に愁《うれ》い心を封じることができないのか！　そしてなぜそばには、裾《すそ》の長い黒ビロードの上着に、先の尖った帽子をかぶり、柔らかい長靴をはき、袖飾りをつけた夫がいてはくれないのか！

おそらく彼女は、こうした胸のうちのすべてを、だれかに打ち明けたかったのだろう。しかし雲のように姿を変え、風のように渦巻くこのとらえがたい不安をうったえる術《すべ》があったろうか？　つまり彼女には言おうにも言葉がなく、機会もなく、ふんぎりもつかなかったのだ。

それでもなお、シャルルがその気になってくれさえしたら、こちらの心を思いやってくれて、シャルルの目が彼女の思いを一度でも受けとめてくれさえしたら、ちょうど熟《う》れきった果実が手を触れると枝から落ちるように、たちまち無量の思いが胸からどっとあふれ落ちるだろうにと思われた。しかし、ふたりの夫婦生活の表面の結び付きが安定するにつれて、内面の阻隔はいよいよ深まり、彼女の心をシャルルからますます引き離していった。

シャルルの口から出る話といえば、歩道のように平々凡々、そこを世間の相場どおりの思想が、平服のままの一列縦隊で進んでゆくだけだから、感動も笑いも夢もありはしない。ルーアンに暮らしていたあいだ、パリから来た俳優を見に芝居へ行こうなどという酔狂は思いもよらなかった、と彼は言う。水泳も知らず、フェンシングもできず、ピストルも撃てない。ある日などは、エンマが小説のなかに出てくる馬術用語をきいたが、答えられなかった。

男とはそんな者ではないはずだ。知らぬこととてなく、競技百般に通じ、わきたぎる情熱の世界にも、洗練された生活の楽しみにも、あらゆる秘密への手引きをしてくれるべきものではなかろうか？　それなのにこの人はなにも教えてくれない。いや、そもそもなにも知っていないし、なにも望んでいない。彼はエンマを仕合わせだと信じている。しかしエンマには、彼がこんな安閑と落ち着いているのが、はればれと、しかも重々しく構えているのが、あげくは自分が彼に幸福を味わわせていることまでがくやしく思えるのだった。

彼女がデッサンを描《か》いたことがある。するとシャルルにとっては、そのそばに立ちつくして、絵をよく見ようと目をぱちくりさせたり、パン屑《くず》を親指で丸めて小さな玉をいくつも作ったりしながら、エンマが紙挟みの上にかがみこむようにして描いているのをながめるのが、たいへんな楽しみだった。ピアノを弾けば、指の運びが速ければ速いほど感心した。エンマは悠揚《ゆうよう》迫らずキイをたたいては、高音から低音まで小止《おや》みなく全鍵盤を弾きおろした。弦がゆるんでいるこの古ピアノは、エンマがこうして力いっぱいたたくと、窓があいていれば村はずれまで聞こえた。すると、帽子もかぶらずズックの靴をはいて街道を通りすがる執達吏の書記が、書類を手にしたまま、よく立ち止まっては聞きほれていた。

そうかと思うとエンマはまた家事万端をたくみに切りまわした。すこしも請求書らしくない上品な文面の手紙で、患者に往診料の支払いを求めた。日曜日に近所の人たちにご馳走《ちそう》するとなればなったで、しゃれた料理を工夫した。李《すもも》をぶどうの葉を敷いた上にピラミッド形に積みあげるこつをわきまえ、壺のジャムはちゃんと皿に移して供した。デザート用にフィンガー・ボールを買いたいなどと客に話しさえした。すべてこうしたことはボヴァリー先生の名声をいやがうえにも高めるよすがとなった。

当のシャルルまでがしまいには、こんな妻を持てたのも自分が偉いからだと思うようになった。彼は妻が石墨《せきぼく》で描いた二枚の小さなスケッチをばかでかい額縁におさめさせ、壁紙の上に緑色の長いひもでつるして、広間にはいって来る客たちに得意になって見せた。彼がみごとな刺繍入りのスリッパをはいて玄関口に立っているのを、近所の人たちはミサの帰りによく見かけた。

彼はいつも夜おそく、十時、ときには真夜中ごろになって帰って来ると、すぐに夜食をほしがった。女中はもう寝ているので、給仕はいつもエンマの役だった。シャルルはくつろいで食べられるようにフロックを脱ぐ。そして、今日はだれに会ったの彼に会ったの、どこそこの村へまわったの、どんな処方箋を書いたのと立てつづけに話して聞かせ、自分で自分が大満足といった様子でシチューの残りを平らげ、チーズの皮をむき、りんごを一個丸かじりにし、卓上瓶をからにし、さてベッドにはいると、あおむけになってさっそく高いびきだった。

長いあいだ木綿のナイト・キャップをかぶって寝るくせがあったので、絹のスカーフに切りかえてみても耳のところにうまくとまっていてくれなかった。そのため、朝になると、髪の毛が乱れて顔にかかり、おまけに枕のひもが夜のうちに解けてしまうので中身の綿毛が髪の毛に真っ白についていた。いつも頑丈《がんじょう》な長靴を愛用していたが、その靴は足の甲のあたりから踝《くるぶし》にかけて分厚い襞《ひだ》が二つ斜めに走っていて、その先の甲の革は木型を入れたようにぴんと張ってまっすぐに延びていた。「田舎ではこれで上等」と彼は言っていた。

母親はこうした息子のつましさに賛成だった。彼女は自分の家で老ボヴァリーとの諍《いさか》いがちょっと険悪になると、昔と同じように息子の顔を見に出かけて来る。だがボヴァリー老夫人はのっけから今度の嫁が気に入らないようだった。うちの嫁は「とかく分に過ぎたやり口」をすると思った。薪《まき》も砂糖もろうそくも「ご大家なみに見ている端《はた》からなくなる」し、この家の台所に燃えているだけの火があれば、二十五人前の食事だってらくに出せるではないか！　老夫人は嫁の下着類を戸棚にきちんとしまって見せたり、肉屋が肉を届けに来たときごまかされないように目を光らせることを教えたりした。エンマが黙って聞くと、ボヴァリー老夫人のお説教はとめどもない。そこで「嫁や」、「おかあさま」という言葉が朝から晩までかわされることとなったが、そう言う互いの唇はわななき、双方とも怒りにふるえる声で口先だけはやさしい言葉を投げつけ合った。

先妻デュビュック夫人のころは、老夫人はそれでもまだ自分のほうが息子に愛されていると感じることができた。ところが今は、シャルルのエンマに対する愛は、自分の愛情を不当に無視した所業であり、自分の権限への侵害であると思われた。そこで老夫人は、破産した人が、もとの自分の家で食卓についている他人どもを窓ガラスの外からさしのぞくように、息子の幸福を悲しそうにじっとながめていた。彼女はそれ

のだった。

は、そんなにあの子ばかりを夢中になってかわいがるのは片手落ちだろうと言いたい

た。そして、それをエンマの勝手気ままとひきくらべて、けっきょく話の落ち着く先

となく思い出話めかせては、自分がむかし忍んだ苦労、払った犠牲を彼に思い出させ

のだった。

　シャルルは返事のしようもなかった。彼は母を尊敬し、妻を溺愛《できあい》していた。母の判断はいつも正しいと思うかたわら、妻のほうにもなんらの落度はないと思えた。ボヴァリー老夫人が帰ってから、先日来聞かされてきた吐言《こごと》のうち、とりわけ穏やかなところを一つ二つえらんで、母親の言ったとおりの文句をつかい、びくびくもので切り出してみると、エンマは夫のあらぬ思いちがいであることを一言《いちごん》のもとに証明し、夫を患者のほうへ追い返した。

　一方エンマはエンマで、自分が有効と信じている処方に従って恋を感じようとした。庭で月光のもと、そらんじているかぎりの情熱的な詩句を口ずさみ、溜息《ためいき》まじりに憂わしげなアダジオを夫に歌って聞かせた。しかしエンマはそのあと、すぐにまたもとの木阿弥《もくあみ》の冷静な自分に帰ったし、シャルルのほうも、いっこうに恋心をかきたてられたようにも、胸をおどらすようにも見えなかった。

　こうして、夫の胸の上にちょっと火打ち石をたたいてみても、火花ひとつ出すことができないとわかると、そもそも自分で実感しないことは理解できず、なにによらず紋切型の表われ方をしないものは信じられない質《たち》のエンマは、これはもうシャルルの

情熱には強く求める激しさがまるきりなくなったのだと、あっさり思いあきらめてしまった。シャルルの愛情の発露は定期的になってきた。ある決まった時刻に彼女を抱擁するだけ、つまりそれはほかの数ある習慣のひとつで、単調な夕食のあとの、前もって何が出るか知れきったデザートのようなものとなった。

ある密猟監視人の男が先生に肺炎をなおしてもらった、お礼にと、イタリア種のかわいいグレイハウンドの牝を奥様に進呈した。エンマはそれを散歩のお伴にした。時にはしばらくひとりでいたかったし、それにいつ見ても変化のない庭先や、ほこりっぽい街道を眺め暮らすのもうんざりだったから、エンマはときどき外出したのである。

散歩はいつも、バンヌヴィルの橅《ぶな》林のほとり、あるお邸《やしき》の野原に面した外塀の角に建っている、住む人もなく荒れはてた離れ家まで行った。邸のまわりにめぐらした空《から》堀《ぼり》のなかには、雑草にまじって、触れれば手の切れそうな葉をつけた背の高い葦《あし》が生えていた。

まずエンマは、このまえ来たときとなにか変わったところはないかと、ひとわたり見まわしてみるのだった。ジギタリスやにおいあらせいとう、石ころのまわりの蕁麻《いらくさ》の茂み、三つの窓のわきに沿ってぽつぽつ付いている苔《こけ》のかたまり、なにもかも、まえと同じ場所にあった。いつも閉ざされた窓の鎧戸は、錆《さ》びた鉄の桟《さん》の上に、ぼろぼろに腐れ落ちていた。エンマの思いは、最初はなんのあてもなく、ちょうど彼女のグレイハウンドが野原をぐるぐる駆けまわったり、黄色い蝶《ちょう》に吠えついたり、麦畑のへりのひなげしをちょくちょく囓みながら地鼠を追いかけたりしているのに似て、風のまにまにさまよっていたが、いつしかしだいに一点に集中してくる。するとエンマは、芝地に腰をおろし、日傘の先で芝をつつきながら、繰りかえすのだった。

「ああ、なぜまた結婚なんかしてしまったんだろう?」

ひょっとしたら別の巡り合わせで、別の男といっしょになることだってありえたのではないかと、彼女は考えてみる。そして実際には起こらなかったそうしたことを、今とはちがったその生活を、知るよしもないその夫を想像しようとつとめた。まったく世間のすべての夫が今の夫のような男ばかりではないはずだ。自分の夫と決まった人は、美男子で、才気にあふれ、品格おのずとそなわった、すばらしい人だったかもしれないのだ。尼僧院の同級生たちが結婚した相手の人はきっとそうにちがいない。そういえばお友だちはみんな今ごろどうしているだろう? きっと都会に住んで、街路の騒音、劇場のざわめき、舞踏会のまばゆい光につつまれて、心は浮きたち、感覚は花開くような生活を送っているにちがいない。それにひきかえ、私は、この私の生活は、天窓が北に向いた納屋のように冷たい。蜘蛛《くも》のように黙々と、倦怠《けんたい》が心の四すみの闇のなかに巣を張っている。エンマは賞品授与式の日を思い出した。こまごましたご褒美《ほうび》の品々をもらいに壇の上にのぼって行ったっけ。髪を編んでお下げにして、白いドレスの裾をかかげて、黒い毛織の靴をのぞかせた様子は、さぞかしかわいかったのだろう、席へもどって来ると、男の先生方が自分のほうへ身をかがめて、おめでとうと言ってくださった。前庭はいっぱいの四輪馬車で、みんなが車の扉から別れの言葉をかけてくれた。音楽の先生がヴァイオリンのケースを提げて、通りすがりに挨拶をしてくださった。なんと遠い昔のことだ！　それもこれも今では遠い昔のことになってしまった！

彼女はジャーリ[14]を呼んで膝《ひざ》のあいだへ入れ、そのすんなりと細長い鼻先をなでてやりながら、語りかけた。

「さあ、おまえのご主人にキスしておくれ、おまえは悲しみなんかないんだろう？」

そして、のんびりとあくびするこの華奢《きやしや》な獣の、どことなく憂わしげな顔を見ていると、エンマは胸が迫り、ジャーリをわが身になぞらえて、まるで悲嘆にくれた人をなぐさめるように、なにかとまた犬に話しかけるのだった。

ときどき突風が吹いて来た。コー地方の高原一帯をひと吹きにさっとわたって、はるかこの野原にまで、ひんやりした潮の香をもたらす海の風だった。燈心草は地になびいてひゅうひゅうと鳴り、橅の葉はいそがしげにふるえざわめき、梢《こずえ》はたえず揺れ動いて、大きなうめき声を立てつづけた。エンマは肩にショールをしっかり巻きつけると、立ち上がった。

並木道へ出ると、木の葉に照り返す緑の夕日が、エンマの足にふまれてかすかな音をたてる短い苔《こけ》を照らした。日は沈みかけていた。並木の枝のあいだに空は赤く、まっすぐに植えそろえた同じような木々の幹は、さながら褐色の柱廊が金色の背景から浮き出しているようだった。ゆえ知らぬおびえにおそわれて、エンマはジャーリを呼び、本街道から急いでトストへ帰ると、肱掛椅子にぐったりと身を沈め、その宵《よい》はひと言も口をきかなかった。

ところが九月も終わろうとするころ、思いもかけぬ出来事が彼女の生活に突発した。ヴォビエサール荘、といえばつまりダンデルヴィリエ侯爵邸へ招待を受けたのである。

王政復古時代（ブールボン王朝復位の期間、一八一四〜三〇）に国務大臣をつとめた当主の侯爵は、政界に復帰しようとして、このところ久しく下院立候補の準備おさおさおこたりなかった。冬ともなれば薪の束を無数にばらまき、県会では自分の郡のためにいつも卓をたたいて新道路の開設を要求した。真夏のころ、この侯爵の口の中に膿瘍《のうよう》ができたのを、たまたまシャルルが時機をはずさず切開して、奇蹟のようになおしたのだったが、その手術料を払いにトストへ遣わされた執事が、その晩帰ってから、医者の家の小さな庭にみごとな桜桃《さくらんぼう》がなっているのを見かけたと報告した。ところがヴォビエサールでは桜の木の育ちが悪かったので、侯爵はボヴァリーにたのんで、挿枝《さしえだ》を数本わけてもらった。そこでこんどは侯爵自身が礼を言いに来なければなるまいというのでやって来て、エンマに目をとめられ、この女はなかなか姿格好もよいし、会釈《えしやく》の仕方も百姓女ばなれしていると思われた、というようなことから今回侯爵家においては、この若夫婦を招待することはあながち好意の行きすぎというわけでもなく、社交上の失態にもなるまいと考えたのである。

ある水曜日の三時に、ボヴァリー夫婦は自家用の「軽馬車《ボック》」に乗り、車の後ろに大トランクを結わえつけ、帽子の箱を膝掛けの前に置いて、ヴォビエサールをさして出発した。シャルルはおまけになにかボール箱をひとつ股ぐらにはさんでいた。

ふたりは日の暮れがたに着いた。馬車を照らすために庭に提燈《ちょうちん》のともされるころだった。

8

ヴォビエサールの館《やかた》は、両翼がコの字形に突き出し、石の階段を三つそなえたイタリア風の近代建築で、広大な芝生を前にひかえていた。芝生には間遠に植えた大木の木立ちのあいだに牝牛が草をはみ、石南花《しゃくなげ》や梅花《ばいか》卯木《うつぎ》や肝木《かんぼく》など、籠形に刈り込んだ灌木《かんぼく》の茂みが、砂利道のうねりに沿って、大小さまざまな緑の総《ふさ》をこんもりとふくらませていた。橋の下は川が流れていた。霧の向こうのあちこちに茅葺《かやぶ》き屋根の建物が見えるあたりは牧場《まきば》で、木が茂った二つの丘が牧場をふちどっている。その後ろの林のなかには取りこわされた旧城館の名ごりの車置き場や厩《うまや》が二列に並んで立っていた。

シャルルの「軽馬車《ボック》」が正面玄関の石段の前にとまると、下僕たちが現われた。侯爵は進み寄って医者の細君に腕を貸し、玄関へと案内した。

玄関は大理石を敷きつめ、天井がたいそう高く、足音や人声が教会の内部のようにひびいた。正面はまっすぐな階段になり、左手は庭に面した廊下が玉突室に通じていた。戸口からもう象牙の玉の触れ合う音が聞こえている。客間へ行く途中でこの玉突室を抜けたとき、エンマは玉突台のまわりにいかめしい相貌の男たちを見た。高く結んだネクタイの上に顎をおとし、そろって勲章の略綬《りゃくじゅ》をつけ、静かに笑ってキューを突いていた。壁の暗色の鏡板には大きな金縁《きんぶち》の額がずらりと並べてかけてあり、縁の下には黒い字で画中の人物の名が書いてあった。エンマが読んでみると、「ジャン＝アントワンヌ・ダンデルヴィリエ・ディヴェルボンヴィル。ラ・ヴォビエサール侯爵にしてラ・フレネ男爵。一五八七年十月二十日、クートラの役[15]に戦没」とある。もう一枚の下には、「ジャン＝アントワンヌ＝アンリ＝ギー・ダンデルヴィリエ・ド・ラ・ヴォビエサール。海軍大将、聖ミシェル勲章佩用《はいよう》者。一六九二年五月二十九日、ラ・ウーグ＝サン＝ヴァーストの海戦[16]に負傷し、一六九三年一月二十三日、ヴォビエサールに没す」とあった。あとの絵は、ランプの光が玉突台の緑のラシャを照らすばかりで、部屋じゅうに影をただよわせていたので、はっきりとは見わけかねた。光は水平な[17]画面全体を褐色に染めてはいたが、画面に当たるとワニスの亀裂に従い、きらきらした細かい稜角《りょうかく》を散らし、そのため、これらすべての金縁の、大きな黒い四角形のなかからは、ところどころ、絵の明るい部分が――蒼白な額や、じっと見つめる両眼、赤い上着の肩に髪粉を降らせてひろがる鬘《かつら》の毛、肉づきのいい脹脛《ふくらはぎ》の上の靴下どめの留め金などが浮き出ていた。

侯爵は客間の扉を開いた。婦人たちのひとり（これぞほかならぬ侯爵夫人）が立ち上がってエンマのほうに歩み寄ると、二人掛けの長椅子に自分と並んでかけさせ、昔からの知り合いのように親しげに話しだした。四十年配の、美しい肩をあらわした、鷲鼻《わしばな》の人で、一本調子の話し方をした。今宵《こよい》は栗色の髪に糸レースの簡素な肩掛けをし、それを後ろへ三角にたらしている。そばには金髪の若い婦人が高い背凭《せもた》せの椅子にかけていた。また紳士たちはみな上着のボタン穴に小さな花をさして、暖炉をかこんで婦人連と話していた。

七時に晩餐が出た。男は人数が多いので玄関に置かれた第一テーブルに、女のほうは侯爵夫妻といっしょに食堂の第二テーブルに着席した。

エンマは食堂にはいると、とたんに花の薫《かお》りや上物のテーブルクロスやナプキンのにおい、肉の皿から立ちのぼる湯気の香《か》、松露の香などのまじった、むうとする温気《うんき》に包まれるのを感じた。枝付き燭台のろうそくは銀の皿覆いの上に炎を伸ばし、蒸気にくもったカット・グラスは、ほの白い光を投げ合っている。花束はテーブルの端から端まで一列に並び、広縁の皿のなかにナプキンが司教冠型にたたんで立ててある、その両側の襞《ひだ》が口を開いているあいだには、卵形の小さなパンがそれぞれ一つずつはさんであった。伊勢海老《いせえび》の赤い足は皿からはみ出し、透かし編みの籠に盛った大きな果物は、敷き苔の上に幾層にも重なり、鶉《うずら》は羽つきのまま供されて、さかんに湯気を立てていた。そして、絹靴下に短ズボンをはき、白ネクタイに胸飾りをつけた、裁判官のようにゆゆしげな顔つきの給仕長が、あらかじめ切れ目を入れてある皿の料理を客の肩のあいだから突き出し、たくみな匙《さじ》さばきで好みのひと切れをさっと取り分けてくれる。銅の筋で縁どった大型の陶製暖炉の上には、顎までの衣裳を波形の襞で表わした女人像が、客の立て混んだこの部屋を凝然と見つめていた。

ボヴァリー夫人は、何人かの女客がワイン・グラスのなかに手袋（酒を断わるしるし）を入れてはいないのに気づいた。

一方テーブルの上席には、並みいる女客のなかにただひとり老人の姿があって、山もりの皿の上にかがみこみ、子どものように背中で結んだナプキンをかけ、ソースの雫《しずく》を口からたらしながら食べていた。目は充血して赤く、短い辮髪《べんぱつ》の先に黒いリボンを巻いている。これが侯爵の舅《しゅうと》ラヴェルディエール老公爵で、かつてル・ヴォドルーユのコンフラン侯爵邸で狩遊びが行なわれたころには若年のダルトワ伯（後のシャルル十世）のお気に入りだったし、また世の噂《うわさ》では、コワニー、ローザン（いずれもルイ十六世に仕えた将軍）といった名だたるお歴々と並んで王妃マリー・アントワネット（ルイ十六世の妃）の情人だったともいわれている。とにかく決闘、賭博、婦女誘拐に明け暮れる放蕩と波瀾《はらん》の生涯を送り、財産を蕩尽し、一家眷族《けんぞく》をふるえあがらせた人物である。ひとりの下僕が椅子の後ろにひかえていて、彼が何やら口ごもりながら指さす料理の名を、耳もとで大声に告げている。そしてエンマの目は、なにか世にも珍らかな貴人《あてびと》を見るかのように、たえず、この唇のたれ下がった老人のほうへとひとりでにもどってゆくのだった。あの方は宮廷で毎日を送りむかえて、王妃さまの寝台でやすまれた方なのだ！

氷で冷やしたシャンペンが注がれた。その冷たさを口のなかに感じて、エンマは全身の皮膚がふるえた。エンマは柘榴《ざくろ》を見たのもこれがはじめて、パイナップルも食べぞめだった。粉砂糖までがよそよりも白くて細かいような気がした。

婦人たちは、食後、舞踏の身支度にめいめいの部屋へいったん引き揚げた。

エンマは初舞台にのぞむ女優さながら、とびきり入念にお化粧をした。髪ゆいの勧めどおりの髪型にゆい、ベッドの上にひろげたバレージュ織（薄手のウール）のドレスに腕をとおした。シャルルのズボンは下腹を締めつけた。

「ズボンの踏み革（ズボンの裾につけ、靴の下にまわして締める革ひも）が窮屈で、どうも踊るのに困る」と彼は言った。

「踊るおつもり？」とエンマがたずねた。

「そうとも！」

「いやあね、どうかなすったんじゃなくて？　笑われるからじっとしていらっしゃい。そのほうがお医者さまらしくてよ」と彼女はつけ足した。

シャルルはそれきり黙ると、エンマが着つけを終えるのを待ちながら部屋じゅうを歩きまわった。

シャルルは後ろから、二本の燭台のあいだの姿見にうつるエンマの姿をながめた。黒い目が常よりいっそう黒く見える。耳にかけてふくらんだ分け髪がつやつやと青光りに光っていた。項《うなじ》の上の編髪に挿した一輪の薔薇は、葉先に人造の露をのせ、ゆらゆらと茎の上にゆらいでいる。ドレスは薄いサフラン色で、緑の葉をつけたフェアリー・ローズの花束が三つ、いろどりをそえていた。

シャルルは彼女の肩に接吻しようとした。

「よしてよ！　皺になるじゃないの」と彼女は言った。

ヴァイオリンの前奏とホルンの響きが聞こえてきた。彼女は駆け出しそうになるのを抑えて階段をおりた。

カドリーユがはじまっていた。人々がだんだんに集まって来て、押し合うほどの混雑になる。エンマはドアのわきの、凭《もた》れのない長腰掛けに席を占めた。

カドリーユが終わると、嵌《は》め木の床があいたので、紳士たちはいくつもの群れをなして立ち話をかわし、お仕着せの下僕たちが大きな盆を運んで来た。腰掛けた婦人たちの列には絵扇が動き、花束が笑みほころびる口もとをなかば隠し、金の栓《せん》をした香水瓶が、掌《たなごころ》をわずかに見せた手のなかにひねりまわされた。その手には、白手袋が爪の形をきわ立たせ、手首の肉をぴっちり締めつけている。レースの飾り、ダイヤのブローチ、メダルつきの腕輪が、胴《ボディス》にふるえ、胸にきらめき、あらわな腕に鳴っていた。額にぴったりなでつけ、項に束ねた髪には、勿忘草《わすれなぐさ》やジャスミンや柘榴の花、麦の穂、はては矢車菊が、輪にしたり、房《ふさ》にしたり、あるいはまた枝のまま飾られていた。気むずかしげな顔を並べた母親連は赤いターバンを巻きつけて、どっかと自分の席に根を生やしていた。

踊りの相手に指先を取らせて列につき、さてステップを踏み出そうと、ヴァイオリンの弓の最初のひと触れを待ったとき、エンマの胸はそぞろにはずんだ。しかしやがて興奮は消えた。彼女はオーケストラのリズムに乗って体をゆらし、かすかに首を動かしながらすっと踏み出た。ときどきほかの楽器が鳴りをひそめて、独奏ヴァイオリンがひときわ優美な旋律をかなでるときなど、微笑がおのずと口もとに浮かんだ。かたわらのゲーム台のラシャ張りの上に金貨をぶちまける乾いた響きが聞こえてくる。と思うまに、ふたたびオーケストラは全奏となり、コルネットは高らかに鳴りひびく。足はまた拍子を踏みはじめ、スカートはふくれて軽くすれ合い、手と手は組み合わされてはまた離れた。さっきは伏し目になってこちらの視線を避けたはずの同じ目が、いつしかじっとこっちを見つめていたりした。

二十五から四十年配にかけてのいくたりかの男たちが（十五人ほどもいたろうか）、踊り手のなかにまじっているのもあり、戸口に立って話しているのもあったが、それぞれ年のころ、身なり、顔つきはちがっていながら、どことなく同類めいた共通の様子があって、人群れのなかに際立っていた。

彼らの服はほかの人たちよりも仕立てがよく、ラシャの生地もずっと柔らかそうだったし、こめかみのほうに渦を巻かせてなでつけた髪も、とりわけ上等のポマードで光らせたらしく見える。それに顔色が富貴《ふうき》の光沢《つや》を帯びていた。それは磁器のほのかな色や、繻子《しゅす》の木目模様のきらめきや、豪華な家具のニスの輝きなどによっていっそう引き立つ白さ、えりぬきの美食をちょっぴり摂《と》って健康を保っている白さだった。首は低目に結んだネクタイの上に屈託なげにまわり、長い頬ひげは折り返した襟の上にたれて、彼らが頭文字を大きく刺繍したハンカチで口もとをふくと、ハンカチからは甘いにおいがするのだった。初老の人たちはかえって若々しく見え、若い人たちの顔にはすでに老いのかげがきざしていた。彼らの無頓着な目つきには、日ごとに欲情を充足させている人間特有の平静さが浮かんでいた。しかも彼らの優雅な物腰の裏には一種独特の残忍性が透けて見えもした。それは、たとえば駿馬《しゅんめ》を御したり、あばずれ女と付き合ったりするような、たいして困難なことではないが、そのくせ、けっこう体力の訓練になり虚栄心の満足も得られるといった種類のことがらを、これこそわがお手のものと思い込むその自信から来るものなのだ。

　エンマから三歩ばかりのところに、青い服を着たひとりの男が、踊りの相手の、真珠の首飾りをつけた蒼白い顔の若い女とイタリアの話をしていた。ふたりはともどもにサン＝ピエトロ大聖堂（ローマのヴァチカン宮殿に隣る教会）の柱の太さや、ティヴォリの町や、ヴェスヴィオ火山、カステラマーレ（ナポリ湾にのぞむ港、温泉地）やカシーネ（フィレンツェの遊歩場）、ジェノアの薔薇や月下のコロセウム（ローマの円形闘技場遺跡）を讃美していた。エンマはまたもう一方の耳で、わけのわからない言葉がやたらに出てくる会話を聞いていた。先週イギリスで「ミス・アラベル」と「ロムルス」を破り、溝を跳び越えて二千ルイの賞金を手に入れたという、まだごく若い男がその一座の中心だった。持ち馬が肥《ふと》りすぎて困るとこぼす者もあれば、誤植のおかげで自分がとんでもない名前にされたとぼやく者もいた。

舞踏場の空気は重くよどみ、ランプの光も薄れてきた。玉突室へ引き揚げる者もあった。ひとりの下僕が外気を入れるために、椅子の上に立って窓ガラスを二枚たたき割った。ガラスの割れる音に、ボヴァリー夫人は振り向いた。と、窓に鼻をおしつけるようにして外からのぞきこんでいる百姓たちの顔が見えた。ベルトーの思い出がエンマの胸によみがえった。農場や、泥沼や、仕事着を着てりんごの木の下にたたずむ父親の姿、はては搾乳場で、昔よくしたように、鉢のなかの牛乳からクリームを指先ですくいとっている自分の姿までがまざまざと目に浮かんだ。しかし現在のこのまばゆい閃光にいったん照らされると、つい今の今まであれほどくっきりと見えていた過去の生活がさっとかき消えて、ほんとうにそんな生活を昔送ったかどうかも疑わしかった。エンマがそこに立ちつくすうち、いつか舞踏室のまわりは一面に立ちこめる闇だけとなった。そこで彼女は金めっきした銀の貝型皿を左手に持って、桜桃酒《マラスカン》入りのアイスクリームを食べた。そして匙《さじ》をくわえたまま、目を半眼に閉じた。

そばにいた婦人が扇を落とした。ひとりの男客が通りかかった。

「わたしの扇を、すみません！　この長椅子の後ろなんですけれど」とその婦人が言った。

紳士は身をかがめた。そして腕を伸ばしかけたとき、その若い婦人の手が紳士の帽子の中へ三角に折った白いものを投げ入れるのをエンマは見た。紳士は扇を拾ってうやうやしく婦人に差し出す。彼女は軽く頭をさげて花束を嗅《か》ぎはじめた。

夜食が出た。ふんだんなスペインぶどう酒、ライン・ワイン、アーモンド乳液入りの牡蠣《かき》スープ、トラファルガー・プディング、皿のまわりに煮こごり《ジェリー》のふるえるコールド・ミートのいろいろ——そうした夜食のあと、馬車は一台また一台と帰りはじめた。モスリンのカーテンの片すみをかかげて窓の外をのぞくと、馬車の角燈の明かりが闇のなかをすべって行くのが見えた。長腰掛けにかけた人もまばらになった。賭けごとをする連中がまだいくたりか残っていた。楽師たちは指先を舌先にあてて冷やしている。シャルルはドアにもたれて居眠りをしていた。

午前三時にお名ごりのコチヨン⑱がはじまった。エンマはワルツは踊れないので遠慮したが、侯爵夫人からダンデルヴィリエ嬢までが加わってみんな踊った。この時間まで残ったのはおよそ十二人ほどで、邸《やしき》に泊まってゆく客たちばかりだった。

ところが、皆から「子爵」の愛称で呼ばれているワルツの名手、胸先の大きく開いたチョッキがあつらえたようにぴったり身についたひとりのパートナーが、私がリードしますからご心配なくと言って、再三ボヴァリー夫人を誘いに来た。

ふたりはゆるやかに踊りはじめ、やがてしだいに速度を増した。ふたりがぐるぐるまわるにつれて、ランプも家具も壁板も床《ゆか》も、まわりのものがみな、軸をめぐってまわる円盤のようにまわった。ドアのそばを通るとき、エンマのドレスの裾が相手のズボンにまつわり、脚と脚とがからみ合った。彼の目はエンマを見おろし、エンマの目は彼を見あげた。エンマは一瞬ふと気が遠くなってステップをとめたが、また踊りだすと、子爵はいっそう急テンポにエンマを引っぱり、廊下の端へふたりの姿は見えなくなった。エンマは息をはずませていまにも倒れんばかり、しばし男の胸に頭をあずけた。やがて子爵は前と変わらぬワルツを、しかしいくぶんゆっくり目に踊りながら、エンマをもとの席につれもどした。エンマは背を壁にのけぞらせて、片手で目をおさえた。

目をあけると、客間の真ん中では、スツールに腰かけたひとりの婦人が、眼前に三人の踊り手をひざまずかせていた。婦人が選んだのはさっきの子爵だった。ヴァイオリンがまた弾きはじめた。

皆がこのふたりに注目した。ふたりは踊り去り、また踊り帰った。女のほうは体をゆらさず、顎《あご》を引き、男はさっきと同じ姿勢で、ぐっと反《そ》り身に、肱《ひじ》を丸くし、口を突き出していた。この女《ひと》こそはワルツの名手だった！　ふたりの踊りはいつまでも終わらず、見ている人たちを疲れさせた。

それからなおしばらく雑談があって、さておやすみ、というよりは、おはようの挨拶がかわされたのち、泊まり客たちは寝室へ引き揚げた。

シャルルは階段の手すりにすがって上がって行った。膝が「胴体にめり込みそう」なのだった。なにしろ五時間ぶっ通しにゲーム台の前に立ちつづけ、ぜんぜんルールも知らないままにホイストの勝負を観戦していたのである。やっと長靴をぬいだときには、ほっと満足の溜息をついたのも無理からぬしだいだった。

エンマはショールを肩にかけ、窓を開いて肱をついた。外は真っ暗だった。小雨が降っていた。エンマは瞼《まぶた》にひんやりと心地よい、湿った風を吸い込んだ。舞踏会の音楽がまだ耳に鳴っていた。やがてもういとまを告げなければならないこの豪奢な生活の幻を長びかせようと、彼女はひたすら眠るまいと努めた。

夜が明けてきた。エンマは昨日見た人たちの部屋はどれだろうと、はかない当て推量にふけって、邸の窓から窓をあかず見つめた。あの人たちの生活が知りたかった。そこへはいりこみ、いっしょに混ざってしまいたかった。

だが彼女は寒さにふるえていた。衣裳をぬいでシーツのあいだにもぐり込み、眠っているシャルルのそばに身をすぼめた。

午餐にはおおぜいの人が出た。食事は十分間ですんだが、食後にリキュールが出ないのでシャルルは拍子ぬけした。それからダンデルヴィリエ嬢がパン・ケーキのかけらを小さな籠に集めて、池の白鳥へやりに行った。一同は温室のなかへぶらつきに出かけた。そこでは天井に吊り下げた植木鉢の縁から、蛇の巣から蛇がはみ出たように、緑のひもが長くもつれてたれているかと思うと、その下には毛むくじゃらの異様な植物がピラミッド型に重なり合っていた。オレンジの温室はいちばんはずれにあって、そこからは渡り廊下で邸の炊事場のほうに通じていた。侯爵は医者の若い細君へのおもてなしに、廐舎を見せにつれて行った。籠型の秣棚《まぐさだな》の上方には、黒く馬の名を記した瀬戸物の板が打ちつけてある。通りすがりに舌打ちしてあやすと、馬たちはそれぞれの囲いのなかでがさがさ動いた。馬具置場の床は客間の嵌木《はめぎ》床のようにぴかぴかに光っていた。馬車用の馬具類は部屋の中央の二本の回転柱に掛けられ、轡《くつわ》や鞭《むち》や鐙《あぶみ》や轡鎖は整然と壁沿いに並べてあった。

シャルルはそのあいだに、彼の「軽馬車《ボック》」に馬をつけてくれるようにと下僕たちに頼みに行った。馬車が玄関の石段前にまわされ、荷物がすっかり詰め込まれると、ボヴァリー夫妻は侯爵ならびに侯爵夫人に挨拶し、トストをさして帰途についた。

エンマは黙りこくって、車輪がまわるのに目をこらしていた。シャルルは腰掛けの端にすわり、両腕を大きくひろげて馬を御した。小馬は、小さな体にたっぷりすぎる轅《ながえ》の中で、側対歩《アンブル》の跑《だく》をふんでとことこ走った。ゆるんだ手綱は馬の尻《しり》にあたって汗にまみれ、後ろに結わえたトランクは車体にぶつかって、一定の間《ま》を置いてはがたがたた音を立てていた。

チブールヴィルの丘の上まで来ると、いくたりかの騎乗の人々が、葉巻をくわえて、談笑しながら、突然、前方をよぎった。ふと子爵の姿を見かけたような気がして、エンマが振り返ると、もうはるかかなたに、あるいは速歩《はやあし》、あるいは駆歩《かけあし》の、それぞれの歩調のままに、頭がひょいひょい上下するのが見えるばかりだった。

十町ほど行くと、馬の尻帯が切れたので、馬車をとめて綱でつくろうことになった。するとシャルルは馬具の仕上げの点検をした際に、なにか馬の足のあいだに落ちているのを見つけた。拾ってみると、緑色の絹で周囲を縁どり、豪華な自家用馬車の扉のように真ん中に紋章を縫い取った葉巻入れだった。

「ちゃんと葉巻まで二本はいっている」と彼は言った。「今夜の食後の一服とするか」

「あなた、たばこをお吸いになるの？」と彼女はきいた。

「時と場合によりけりさ」

彼はこの思わぬ拾い物をポケットにしまいこむと、おもむろに小馬に鞭を入れた。

家に帰ってみると、夕食の支度がぜんぜんできていない。奥様は逆上した。ナスタジーはふてぶてしい返答をした。

「出てっておくれ！　なんていう口のききようだい。どこへなりと行っておしまい」

とエンマは言った。

夕食のおかずは玉葱《たまねぎ》のスープと、酸葉《すいば》を添えた犢肉《こうしにく》ひと切れですませた。シャルルはエンマと差し向かいで、満悦のていで両手をこすり合わせながら言った。

「なんといっても家が一番だ！」

ナスタジーの泣くのが聞こえた。シャルルはこのあわれな老嬢に同情していた。以前やもめ暮らしのわびしかったころ、この女は毎晩のように話し相手になってくれた。シャルルの最初の患者が彼女だったし、この土地では一番古くからの知り合いでもあった。

「おまえほんとうにあれにひまを出したのかい」と、やっと彼は切り出した。

「そうですとも、いけませんの？」と彼女は答えた。

それからふたりは寝室の用意ができるあいだ、台所で火にあたった。シャルルは葉巻を吸いはじめた。ひょっとこ口をして、しょっちゅう唾《つば》を吐き、煙をひと吹きするごとにあとじさりしながら吸った。

「苦しくなりますよ」とエンマはせせらわらった。

彼は葉巻を置くと、水を飲みにポンプのところへ駆け去った。エンマは葉巻入れをつかむと、すばやく戸棚の奥へほうり込んだ。

その翌日は、なんとも一日が長かった。エンマは小さな庭をそぞろ歩いて、同じ小道を行きつもどりつ、花壇の前や、塀にはわせた杏《あんず》の木の前や、石膏の神父像の前に立ちどまっては、昔から見なれたはずのこれらの物を、はじめて見るような驚きの目で見つめるのだった。あの舞踏会はなんとまあ遠い昔のように思えることか！　一昨《おとと》日《い》の朝と今日の夕方とを、いったいなにものがこんなに遠く引きはなしてしまったのだろう。ほんの一夜の嵐《あらし》が山中に大きな亀裂をつくることがあるように、ヴォビエサール訪問はエンマの生活のなかに一つの大穴をうがってしまった。しかし彼女はあきらめた。あの美々しいイヴニング・ドレスを、繻子《しゅす》の靴までいっしょにうやうやしく箪笥《たんす》のなかへしまい込んだ。靴の底は、お邸の客間の床《ゆか》に塗ってあったなめらかな蠟《ろう》に黄色く染まっていた。エンマの心も靴と同じだった。華麗なものにいったん搔《か》いなでられたその表面には、消えやらぬなにものかが付着してしまった。

かくて、あの舞踏会を思い出すことがエンマの日課のひとつとなった。水曜日がめぐってくるごとに、彼女は朝、目をさますが早いか、心ひそかに思うのだった。「ああ、今から一週間前には……二週間前には……三週間前には、あそこにいたのだった！」そしていつしか、人々の顔が記憶のなかで入りまじり、カドリーユのときの曲の節も忘れていった。下僕たちの仕着せや、部屋部屋の模様もだんだんはっきりとは浮かんでこなくなった。こまかいことはつぎつぎに脱け落ちた、が、せつない未練の思いはあとまで残った。

9

シャルルの留守中、エンマはよく戸棚をあけて、たたんだナプキンのあいだにそっと隠したあの緑色の絹の葉巻入れを取り出した。

彼女はためつすがめつうちながめ、なかをあけ、馬鞭草《くまつづら》の香水とたばこの薫《かお》りの入りまじった裏地のにおいまでも嗅ぐのだった。これはだれの持ち物だったのだろう？……子爵様のだ。恋人《いいひと》からおもらいになったのかしらん。とすれば、これは紫檀《したん》の刺繡台《しゆうだい》の上で縫い取られたのだ。だれにも見せないかわいい手持ちの刺繡台。その上に長い時間がついやされ、思いをこめて針を運ぶそのひとの、柔らかい巻き毛がたれかかったことだろう。恋の息づかいがこの布地《きれじ》の目のあいだを通り抜けたのだ。一針一針が希望と追憶をそこにつないだのだ。そしてこの錯綜する絹糸の一本一本は、みな同じひとりのひとの無言の情熱がたぐり出されたものなのだ。さて、やがてある朝のこと、子爵様はこれを持っていとしい方のもとへといらっしゃる。これが大きなマントルピースの上、花瓶とポンパドゥール・スタイル⑲の置時計のあいだに置いてあったとき、おふたりはなにを語られたことだろう? 彼女はトストにいる。あの方はパリにおいでだ。あの遠いパリに! パリとはどんなところなのか? なんとすばらしい大きな名だろう! パリ! 彼女はその名を繰りかえしささやいては楽しんだ。それは大聖堂の釣鐘のように彼女の耳に鳴りひびき、ポマードの瓶のレッテルに文字となって書かれても、彼女の目に松明《たいまつ》のようにかがやくのだった。

夜ふけに、魚屋の一隊が荷車に乗って、「マヨラナの花」の歌をうたいながら窓の下を通ると、彼女はいつも目をさました。石畳の道を鉄の輪をはめた車輪ががらがらと行くのを聞いていると、町をはずれたあたりから土の道になるので急にその響きが静かになる。

「あの人たちは明日はパリなのか!」とエンマは思う。

そして彼女は空想のなかでその人たちのあとを追い、丘また丘をのぼっては降り、村々を横切り、星明かりのもとに街道をひた走った。際限もなく走ったすえには、かならずどこかよくわからない広場に出て、そこで夢はとぎれるのだった。

エンマはパリの地図を買った。指先で地図の上をたどりながら、パリの町じゅうを駆けめぐった。並木大通り《ブールヴァール》をのぼって行っては、町かどごとに足をとめ、通りの線と線のあいだでも、また家をあらわす白い四角の前でも任意に立ちどまった。ついには目が疲れると瞼《まぶた》を閉じた。すると風にゆらめくガス燈の炎や、劇場正面の列柱の前に、がらがらと降ろされる馬車の踏み段などが、闇のなかに見えた。

エンマは『花壇』という婦人新聞や、『客間《サロン》の精』をとった。芝居の初演や競馬や夜会の記事は、すみからすみまで読みあさり、女歌手の初舞台や商店の店開きなどにも関心をもった。最新のモードや、一流洋裁店の所番地や、ブーローニュの森やオペラ座のにぎわう日取りにも通暁した。ウジェーヌ・シュー（『パリの秘密』などの長篇で有名な大衆小説家）の小説では家具類の描写に心をとめ、バルザックやジョルジュ・サンドを読んでは、そこに彼女自身の渇望をいやす空想の糧《かて》を求めた。食卓にも本を持って来て、シャルルが食べながら話しかけてもうわの空でページを繰った。子爵の思い出がたえず読書のなかに織り込まれた。小説の作中人物はいつも子爵に擬して考えられた。そのうち子爵を中心とする円はしだいに拡がるばかりで、子爵の背負った後光は彼の頭から離れて、さらに遠くまで拡散し、かずかずのほかの夢までも照らし出した。

彼女の目に、パリは大洋よりもなお広く、緋色の靄《もや》のなかにまばゆくかがやいた。しかしこの大都会の喧騒のうちにうごめくあまたの生活は、いくつかの部分にわかたれ、はっきりと別々の画面に仕切られていた。彼女が見ることができたのはその二、三の部分だけに限られていたが、その二、三がほかのすべてをおし隠し、それだけで人間界の全体を代表しているのだった。まず大使たちの社会があった。彼らは鏡を四壁に張りつめた客間のなか、金総《きんぶさ》つきのビロードでおおった楕円形のテーブルをめぐって、みがきあげた嵌木床《はめぎゆか》の上を歩いている。そこには裳裾《もすそ》をひくドレスの群れ、おそろしい秘密、微笑のかげに秘められた苦悩がある。つぎには公爵夫人たちの社会があった。みな青ざめた顔をして、ご起床は夕方の四時。あわれゆかしき婦人たちは、ペチコートの裾にまでイギリス・レースの縁《ふち》どりをしている。男たちは浮薄な外見のもとにあたら才能も世にむなしく、遠出をしては馬を乗りつぶし、避暑にはバーデン＝バーデン（西ドイツの温泉地）に出かけ、四十の坂を越してからやっと金持の跡取り娘と結婚する。真夜中過ぎに夜食を出すレストランの別室には、服装も色とりどりの文士や女優の一群がろうそくの光に笑い興ずる。文士連は王侯のように札びらを切り、空想的な野望と異様な熱狂に取り憑《つ》かれている。それは天と地のあいだにかかり、嵐にもまれた超俗の世界、なにか及びがたく高貴なものであった。残余の世界は、あり場所も定かならず、というよりはまったくの無にひとしく、どこかに消えてしまっていた。だいたい、物が自分の身辺にあればあるほど、エンマの考えはその物から遠のくのだった。直接彼女を取り巻いているもの、退屈な田舎や、愚鈍な町の人たちや、生活の陳腐さは、彼女の目にはこの世の一つの例外、自分だけがなにかのはずみにとらわれた特例と見え、そのかわりかなたには、至福と情熱の広漠とした国土が地平の奥までひろがっていると思えた。エンマは自分の欲望のなかで、奢侈《しゃし》のもたらす感覚の悦楽と、心情の歓喜とを混同し、習俗の優美さと感情のこまやかさとを混同していた。ちょうどインド特産の植物のように、恋愛もまた特別あつらえの土壌と特殊な気候とがあって、はじめて花開くものではなかろうか？　さればこそ、月光のもとにふともれる溜息も、果てしない抱擁も、ふりほどかれた手につたう涙も、肉の悶えも恋の悩みも、すべてこれらは、のどけさのみなぎる宏壮な館《やかた》のバルコニーや、ふかぶかとした絨毯《じゅうたん》を敷きつめ、いっぱいに花を盛った花籠をかざり、ベッドを上段の間《ま》にしつらえて、絹のとばりを張りめぐらした閨房や、はたまた宝石の輝きや、召使いの仕着せにつけた飾り肩ひものきらめきと切りはなしては考えられないのだった。

毎朝、駅馬車の宿場から馬の手入れにやって来る小僧が、ごつい木靴を床《ゆか》に鳴らして廊下を横切って行く。穴だらけの仕事着、木靴の下に布靴をはいたはいいが、その下は素足のままだ。さしずめこれがわが家の半ズボンの別当といった格だが、こんな者で満足しなければならないとは！　小僧は仕事をおえるとその日はもうお役ずみだった。った。というのは、シャルルが帰ると、自分で馬を廐《うまや》へ入れ、鞍をはずすのから、端綱《はづな》をつけるのまでやってのけたし、女中もそばから藁束《わらたば》を運んできては、なんとか秣桶《まぐさおけ》に投げ込むことができたからである。

ナスタジーがいなくなると（この老女中は涙の雨をふらせたあげくトストを去って

行った）、エンマは顔だちのやさしい十四になる孤児の娘をやとい入れた。エンマはこの娘に木綿頭巾《もめんずきん》を禁じ、「あんたさん」などとひとに話しかけてはいけない、水のコップはお皿にのせて持ってきなさい、はいる前にはドアをノックしなさいと言いきかせ、アイロンのかけ方、糊のきかせ方から、着付けの手伝い方まで教えこんで、なんとか自分の小間使いに仕立てようとした。新参の女中、フェリシテは暇を出されないように、言いつけははいはいとよくきいたが、「奥様」がいつも食器戸棚の鍵をそのままにしておかれるのをいいことに、毎晩砂糖をちょっぴりずつ盗み出して、お祈りをすましてからベッドのなかでこっそり食べた。

午後には、女中はときどき御者たちとおしゃべりがしたくて向かいの宿場に出かけて行った。奥様はこのごろ二階の居間にこもりきりだった。

エンマは胸の大きく開いた部屋着をきていた。その胸の開きに、上着の襟のショール型折り返しが見え、さらにその襟のあいだから、金ボタンの三つついた、襞《ひだ》のあるブラウスがのぞいていた。部屋着の帯は大きな総のついた打紐《うちひも》だった。暗紅色の小さなスリッパには幅の広いリボンをいくつもの房に結んだ飾りがついていて、それが足の甲にひろがっていた。だれに手紙を書こうというあてもないのに、吸い取り紙や、便箋《びんせん》や、ペン軸や、封筒が買ってあった。エンマは本棚の塵《ちり》をはらい、姿見に全身をうつし、しまいに本を一冊手に取るが、やがて行のあいだに脳裡の夢をはぐくんでは膝の上にとり落とすのだった。旅がしたい、尼僧院に帰りたいなどと思い、死んでしまいたい気がすると同時に、パリへ行って住みたいとも思った。

シャルルは雪が降ろうが雨が降ろうが間道沿いに馬を馳《は》せた。農家の食卓でオムレツをふるまわれ、しめっぽい寝床へ腕を差し入れ、瀉血《しゃけつ》した血の生《なま》あたたかいしぶきを顔に浴び、瀕死《ひんし》の病人のぜいぜい声を聞かされ、金盥《かなだらい》のなかの汚物をしらべ、よごれた下着をいくつもいくつもまくりあげた。しかし晩になれば、ぱちぱち燃える暖炉の火や、支度のできた食卓や、柔らかい椅子や、清楚なよそおいの、美しい妻が待っている。妻はさわやかなにおいがした。どこからにおってくるのかさえもわからないにおい、あるいは彼女の肌そのものがシュミーズに香をそめているのかと思われるようなにおいだった。

エンマはいろいろと凝《こ》った思いつきでシャルルを魅惑した。新趣向の紙細工でろうそくの受け皿をこしらえたり、スカートの襞飾りをつけかえたりした。ごくありふれた料理を女中が作りそこねても、それに飛びきり上等の名前をつけると、シャルルは喜んでぱくぱくたいらげた。エンマはルーアンで女が懐中時計の鎖の先に飾りを束にしてつけているのを見た。するとさっそくそれと同じ飾りを買った。マントルピースの上に青ガラスの大きな花瓶を二つほしがったかと思うと、こんどは象牙の裁縫箱と金めっきした銀の指貫《ゆびぬき》をほしがった。シャルルはこういうしゃれた好みがぴんとこないだけに、いっそうその魅力を感じた。それらはシャルルの感覚のよろこびと家庭の楽しさになにものかをつけ加えた。それはいわば彼の生活のつましい小道に切れ目なく敷きつめた黄金の砂だった。

シャルルは丈夫で、はればれとした顔をしていた。世間の信用もすっかりついた。えらぶらないところが田舎の人たちに受けた。子どもをかわいがり、居酒屋へは足を向けず、そのうえ浮いた噂ひとつない堅人《かたじん》ぶりが信頼された。カタル性炎症と胸部疾患が得意だった。実をいうとシャルルは患者を殺すのがこわかったから、ほとんど鎮静剤のほかは処方せず、ほんのときたま、吐剤、足湯、吸玉《すいだま》を用いるぐらいだった。さりとて外科をおそれたわけではない証拠には、瀉血となれば馬なみにたっぷり血を取ってくれるし、抜歯にかけては「悪魔の手腕」の評判があった。

それから彼は「学界の尖端をゆく」べく、たまたま内容見本を送って来た新刊雑誌『医事論叢』に購読を申し込んだ。夕食後ちょっと読むのだが、部屋が暖かいのと胃袋がいっぱいなのとで、五分もたつと居眠りが出た。そうなると顎を両手の甲にのせ、髪の毛をまるで鬣《たてがみ》のようにランプの下まではわせたまま、もうぴくりともしなかった。エンマは彼を見て肩をすくめた。せめてものことに自分の夫が、夜な夜な書物に埋もれてすごし、そろそろリューマチも出ようという六十ぐらいの年配になって、ようやく仕立ての悪い燕尾服の胸に勲章掛けをつけるような、そんな男であってくれたら、黙々と一事に専念する男であってくれたら！　エンマは自分の苗字《みょうじ》になったこのボヴァリーという名が有名になってほしかった。その名が本屋の店頭をれいれいしく飾り、新聞紙上に繰りかえされ、フランス国内津々浦々まで知れわたってもらいたかった。

しかるにこのシャルルには野心のひとかけらだにないのだ！　最近シャルルと立会診察をしたイヴトーの医者が、親類の人たちも集まっている患者の枕もとで、少々彼をやっつけたことがあった。晩にシャルルがその話をすると、エンマは口をきわめてその医者の非を鳴らした。シャルルはそれを見て感きわまり、そしてうれし涙を浮かべて彼女の額に接吻した。しかしエンマは恥ずかしさに息がつまった。夫をひっぱたいてやりたかった。廊下へ飛び出して窓を開き、冷たい空気を吸い込んで心をしずめようとした。

「なんて情けない男！　情けない男！」彼女は唇をかみながら小声で言った。

そうでなくとも彼女は近来夫に対してますます気が立ってきていた。夫は年をとるにつれて動作がにぶってきた。食後に空瓶の栓《せん》のコルクをナイフで切ってみたり、物を食べてから歯を舌でせせくってみたり、スープを一口飲むごとに喉《のど》をくっくと鳴らしたりした。そろそろ中年ぶとりのせいか、まえから小さな目が頰骨についた肉に押されてこめかみのほうへ引っつれ上がったようなかっこうに見えた。

エンマはときどき、夫の着ているメリヤス編みの赤いセーターの襟もとをチョッキの下へ押し込んだり、ネクタイを直したり、夫がはめようとする手袋の色が褪《あ》せたのをめざとく見つけてわきへ投げやったりした。しかしそれはなにもシャルルがいい気に思いあがっていたように彼のためにするのではなくて、ただただ彼女自身のため、自愛心が夫の身におよんで、神経がいらだつからだったのだ。またときにはエンマは自分の読んだもの、小説の一節とか、新作の脚本とか、新聞のゴシップ欄に出ている「上流社会」の秘めごととかを夫に話して聞かせた。それもなぜかとなれば、シャルルといえども一個の人間、話の聞き役、相づちの打ち役にはなったからである。いや、彼女は愛犬にまでも心を打ち明けたではないか！　いざともなれば、暖炉の薪、時計の振り子にまでも打ち明け話をしかねなかった。

しかし心の底では彼女はなにかの事件を待ち望んでいた。難破した水夫のように、彼女は生活の孤独の上に絶望の目をさまよわせ、はるかに霧にかすむ水平線に白帆の影をさがし求めた。どんな僥倖《ぎょうこう》が、どんな風《かぜ》に吹きつけられてやって来るのか、そしてその僥倖はどこの岸辺に自分をつれて行ってくれるのか、それは小蒸気《ランチ》なのか三層甲板の巨船なのか、舷門にあふれるその船の積み荷は、はたして苦悩かさては幸福か、彼女はそれも知らなかった。ただ毎朝目をさますと、今日こそはそれが来るのだと期待に燃えて、枕の上からあらゆる音に耳を澄まし、飛び起きてみては、それが来ないのにあきれかえった。やがて日暮れとともに味気なさはいよいよつのり、このうえははやく明日になればよいと念ずるのだった。

また春がめぐってきた。春めいた暖かさがやっと肌に感じられ、梨《なし》の花が咲くころ、エンマはしばしば息切れの発作に悩んだ。

ダンデルヴィリエ侯爵が今年もまたヴォビエサールで舞踏会を催すのではないかと、そればかりを心あてに、エンマは七月のはじめからもう、十月になるまではあと何週間と指折りかぞえた。しかし九月の月は手紙も訪問もなく過ぎた。

この失望の苦さを味わったのち、彼女の心はまたしてもうつろになった。そしてここにまた、同じ毎日毎日の繰りかえしがはじまった。

ではこうして、これからさき、いつも今日は昨日に、明日はまた今日に似た毎日が、数限りもなく、何物ももたらさずに、ずらずらと続いてゆくのか！　ほかの人たちの生活は、たとえどんなに月並みでも、なにか事件のひとつぐらいは起こる機会があるものだ。ふとした出来事が機縁となって果てしない激変が起こることもあろう、がらりと舞台の背景が一変するきっかけにもなるだろう。ところが自分にはなにも起こらない。それが神様のおぼしめしとみえる！　未来は真っ暗なただ一筋の廊下と延びて、その果てには戸がぴたりと閉ざされている。

エンマは音楽をぷっつりやめた。弾いてなんになろう。だれが聞く？　演奏会の壇上、袖の短いビロードのドレスを身にまとい、エラール製ピアノの象牙の鍵盤に軽やかな指を走らせると、感嘆のささやきが微風のようにあたりにそよめく、その思いをついに味わい知ることが自分にはゆるされないのであってみれば、いやいやながらのお稽古《けいこ》などしてなんになる。エンマはデッサンの紙挟みや刺繍をしかけの布までも戸棚にしまい忘れた。ああ、なんになる？　なんになる？　裁縫をしても気がいら立ってたまらない。

「もう本もみな読んでしまった」とエンマはひとりつぶやいた。

そして部屋にこもっては、火箸《ひばし》の先を赤く焼いたり、雨の降るのをながめたりした。日曜日、晩禱の鐘が鳴るときのやるせなさ！　ひびのはいった鐘の音《ね》が一つまた一つと鳴りわたるのを、彼女は虚《うつ》けた心にしみじみと聞いた。どこかの迷い猫が屋根の上をのそのそ歩きながら、かげり日に背を丸めていた。風が街道沿いに幾筋もの土ぼこりをあげていた。ときおり遠くで犬が狼鳴《おおかみな》きしていた。そして鐘は同じ間をおいて単調に鳴りつづけ、余韻は野をこえたかなたに消えていった。

そのうち人々が教会から出て来た。蠟でみがきたてた木靴をはく女たち、新しい仕事着姿の百姓たち、帽子なしでその前をはねまわる子どもたち、みんなが家へと帰って行く。あとはいつ見ても同じ五、六人の暇人どもが、暮れはてるまで旅籠《はたご》屋の大きな戸口の前に残って銭《ぜに》落としをして遊んでいた。

その年の冬はきつかった。窓のガラスは毎朝氷花《ひばな》をつけたので、差し込む日の光はまるで磨《すり》ガラスを透したように白《しら》け、日によっては昼すぎまでそのままだった。夕方の四時には、もうランプをつけねばならなかった。

天気がよいと、エンマは庭へおりてみた。露がキャベツの上に銀色のレースを掛け、きらきらした細長い糸が株から株へと延びていた。鳥の声もなく、すべてが眠ったようだった。塀にはう杏《あんず》の木は霜で菰《こも》をかむったよう、ぶどうの木は塀の笠石の下に病みほうけた大蛇のように見える。近寄って見ると、わらじ虫が塀ぎわにうようよと無数の足を動かしていた。生垣のそばの栂《つが》の木立ちで祈禱書を読んでいる三角帽の神父様は右の足が欠け、おまけに凍《い》てついたために石膏がはげて、顔には白い瘡《かさ》ができていた。

それからまた彼女は二階へもどり、ドアをしめきり、燠《おき》をかきたてた。そして暖炉のぬくみにぐったりすると、前よりもひとしお重い倦怠《けんたい》がのしかかるのを感じた。階《し》下《た》へ降りて女中と話でもしようかと思ったが、それも気がひけた。

毎日、きまった時刻に、黒い絹の縁なし帽をかぶった小学校の先生が自分の家の窓の鎧戸《よろいど》をあけ、畑まわりの巡査が百姓と同じ仕事着の上にサーベルを吊って通った。朝と晩とに、宿場の馬が三頭ずつ引かれて通りを横切り、沼へ水を飲みに行った。ときどき居酒屋の戸口の鈴が鳴った。風があると、床屋《とこや》の看板がわりに吊るした小さな真鍮《しんちゅう》の金盥《かなだらい》が、二本の鉄の棒にすれてきしるのが聞こえた。窓ガラスに一箇所だけ張りつけた古い流行《モード》服の絵と、黄色い髪の毛をした蠟細工の女の胸像とが床屋の店の飾りだった。この髪床の亭主もまた、壁につきあたった自分の商売を、お先真っ暗な自分の前途をなげいていた。そしてたとえばルーアンのような大都会の、港のそばか、劇場の近くに店を出すことを夢見ながら、ふさいだ顔で、それでもお客を迎えに出ているつもりだろうか、一日じゅう役場から教会までの道をぶらぶら歩いていた。ボヴァリー夫人が目をあげて見ると、トルコ帽を目深にかぶり、ラスチング・ラシャの上着をきた彼の姿が、まるで立哨中の歩哨のように、いつもそこにあった。

昼さがり、ときどき広間の窓ガラスの外に、日に焼けて頰ひげの黒い男の顔があらわれて、にっとやさしく白い歯を見せて笑う。と、すぐにワルツの曲がはじまるのだった。オルゴールの上は小さなサロンになっていて、指の長さほどの背丈《せたけ》の踊り手たち、薔薇色のターバンを巻いた女や、晴着姿のチロル山人や、燕尾服を着込んだお猿や、短ズボンに白靴下の紳士たちが、肱掛椅子、長椅子、渦形脚の小卓のあいだをぬってぐるぐるまわる。そのまわる姿が、細く切った金箔紙《きんぱくし》で四隅をつなぎ合わせたたくさんの鏡に映っていた。オルゴール弾きは右を見たり左を見たり、窓を見あげたりしながらハンドルをまわす。ときどき道ばたの車除けの石の上へ、長く尾をひく茶色い唾《つば》をぺっと吐きかける拍子に、膝をまげて楽器をゆすりあげるのは、負い革が固くて肩が疲れるのだろう。そして箱の楽の音《ね》は、あるいは憂いの緩徐調を、あるいは喜びの快速調をかなでて、唐草模様の真鍮の鉤《かぎ》から下げた桃色タフタのカーテンごしにうなるように聞こえてきた。それはどこかの遠い舞台の上でかなでられる曲、サロンで歌われる曲、夜ふけて明るいシャンデリヤの下で踊られる曲だった。それはエンマの耳にまでやっととどいた社交界のこだまだった。果てしもないサラバンド舞曲が彼女の脳裡に鳴ってやまず、彼女の思いは、絨毯《じゅうたん》の花模様を踏んで踊るインドの舞姫のように、音符のひとつひとつに乗って跳《は》ね、夢から夢へ、憂いから憂いへとたゆとうた。楽師はお志のなにがしかを鳥打帽に受け取ると、古ぼけた青いラシャの覆《おお》いをおろし、オルゴールを背中へまわし、のっそりと歩み去る、その後ろ姿をエンマはじっと見送った。

しかし、日常わけてもエンマに我慢がならなかったのは、階下の広間での食事時だった。ストーブはくすぶり、ドアはきしみ、壁は汗をかき、石畳はじとじとしている。生活の苦い味わいがそのままそっくり自分の皿に盛られているように思われた。そして蒸し肉の湯気にまじって、もうひとつのむかつくような息吹きが彼女の魂の底から立ちのぼった。シャルルはいつまでも食べている。エンマは榛《はしばみ》の実をかじったり、食卓に肱をついて、手もちぶさたなままに、ナイフの先で蠟びきのテーブル掛けの上に筋をつけたりした。

エンマは今ではもう家事のいっさいをひとまかせにしていたので、ボヴァリー老夫人が四旬節[20]の数日を過ごしにトストへやって来たときには、この変わりように目を見張った。まったく、前にはあれほど行きとどいて、注文のうるさかったエンマが、今は幾日ものあいだ普段着のままでいたり、鼠色の綿《めん》の靴下をはいたり、裸《はだか》ろうそくをつけたりしていた。貧乏人は分相応に節約が大切ですとことごとに言っては、そのあとにわたしはとても仕合わせで、こんなにうれしいことはない、トストの町が大好きですとつけ加えるなど、そのほかいろいろこの人がと思うような口をきいて、姑《しゅうとめ》を唖然《あぜん》たらしめた。そうかといってエンマは前よりも姑の言いつけをよく聞くようになったかといえば、さにあらずで、一度など、ボヴァリー老夫人が、主人たるものは召使いの信仰に留意すべきであると言い出したところ、それに応じたエンマの目つきはあまりにもおそろしく、口もとの皮肉な微笑がまたあまりにもすごかったので、さすがの老夫人も二度とその問題をむしかえすのはやめにした。

エンマは日ましにわがままになり、気まぐれになった。自分だけの料理をつくらせておきながら、ひと口も食べない。今日は何も入れない牛乳しか飲まないと思えば、あくる日は紅茶を十二杯も飲む。外へなど出たくないと言い張るかと思うと、家のなかは息がつまりそうだというので方々の窓をあけはなち、薄物のドレスに着替えたりすることもよくあった。女中をこっぴどく叱りとばしたあとで、急に物をやったり、近所の仲間の女中のところへ遊びに出したりした。それと同じ伝で、生来あまり気持のやさしいほうでもなく、めったにもらい泣きするような柄《がら》でもないエンマが、ときには財布にありたけの銀貨を乞食に投げ与えることもあった。たいていの百姓家生まれの子がそうであるように、ふだんは彼女も心の底にいわば父親のてのひらにできた胼胝《たこ》の名ごりをとどめていたのだったが。

その父親のルオー爺さんが、二月の末ごろ、全快記念にといって、みごとな七面鳥を自分でさげて来て、トストの婿《むこ》の家に三日間滞在した。シャルルは患者にかかりきっていたので、エンマがお相手をすると、爺さんは部屋のなかでたばこを吸っては暖炉の薪《まき》掛けに唾をはきかけ、農作物のこと、犢《こうし》や牝牛や家禽類のこと、村会のことなどやたらにしゃべり立てた。それで、エンマは爺さんを送り出して玄関の戸をしめたとき、われながら驚くくらいほっとした。いったいエンマはこのごろ何に対しても、だれに向かっても、軽蔑の色をあからさまにあらわすようになっていた。そしてときどき思いもよらぬ妙な意見をはいて、人がよいと言うことを悪いと言い、よこしまな、許しがたいことをよいと言った。シャルルもこれにはあっけにとられるばかりだった。

こんな情けない毎日がいつまでも続くのだろうか？　逃げ出すことはできないのだろうか？　しかも自分のほんとうの値打ちは、幸福な明け暮れを送っている世間の女たちとくらべたって優《まさ》りこそすれ劣りはしないというのに！　ヴォビエサールで見たところでも、侯爵夫人でございのなんのといっても、けっこう自分より体つきももっさりして、立居ふるまいも品のない連中がいくらもいた。こうしてエンマは神の不公平を憎み、壁に頭をもたせてくやし泣きに泣いては、にぎわいさざめく生活を、仮面の夜を、妖《あや》しい歓楽を、そしてそれらが与えてくれるに相違ないのに、まだ自分には味わい知ることのかなわぬすべての狂熱をうらやんだ。

彼女は顔色がいよいよ青ざめ、しきりに動悸《どうき》がした。シャルルは鹿子《かのこ》草《そう》の煎薬《せんやく》とカンフル浴をすすめた。しかしあらゆる処方はますます彼女をいらだたせるように見えた。

何日かのあいだ熱に浮かされたようにとめどもなくしゃべりまくる。と、突然その興奮がおさまって、ぼうっとうつけた状態がくる。そうなると物も言わず、身動きもしなかった。こうしたときに彼女が人並みに元気づくのは、オーデコロンを一瓶分ありったけ両腕にぶちまけるときだけだった。

エンマがたえずトストがいやだいやだとこぼすので、シャルルは病気の原因はおそらくこの土地特有の風土的影響にあるのだと想像し、想像はやがててっきりそうだという確信に変じ、引っ越しを本気で考えるようになった。

するとエンマはやせるために酢《す》を飲み、小さな空咳《からせき》をひっきりなしに聞かせ、食欲がまるっきりなくなってしまった。

四年間も住んで、「やっと落ち着きかかった」今、トストを見捨てるのは、シャルルにはつらかった。だがそれもしかたがない！　彼は妻をルーアンに連れて行き、旧師に診《み》てもらうと、神経性のものだから転地させろと言われた。

方々の土地を当たってみたあげく、ヌーシャテル郡にヨンヴィル＝ラベイという大きな村があり、そこの医者はポーランドからの亡命者だったが、つい先週引きはらったところだということを聞いた。そこでその村の薬剤師に手紙を出して、人口はどれだけで、いちばん近い同業者はどれくらい離れたところにいるか、前の医者の年収はいくらぐらいだったかなどの点について問い合わせた。返事はどうやら満足できるものだったので、エンマの健康がいぜん芳《かんば》しくないようなら、春ごろ引き移ろうということになった。

ある日、早手まわしに引き出しのなかのものを整理していると、エンマはふと指を突いた。結婚の花束についている針金だった。オレンジの蕾《つぼみ》はほこりで黄ばみ、銀糸で縁をかがった繻子《しゅす》のリボンは、その縁のほうがけば立っていた。彼女は花束を火にくべた。それは乾いた藁よりも速く燃えあがり、ついで燃えながらが灰の上に真っ赤な叢《くさむら》のようになって徐々にくずれていった。彼女はじっと見入った。厚紙の小さい実ははぜ、真鍮の針金はくねり、飾りひもは溶けた。紙の花冠はちぢくれて、暖炉の奥の鉄板をつたって黒い胡蝶のように舞っていたが、しまいには煙突から飛び去った。

三月、トストを出立したとき、ボヴァリー夫人は身ごもっていた。

第2部

1

　ヨンヴィル＝ラベイの村（今は遺跡もとどめないが、昔この地にカプチン会の修道院《アベイ》があったためにラベイの名がある）は、ルーアン市から八里、アブヴィル街道とボーヴェー街道のあいだ、リユール川沿いの谷の奥にある。この川はやがてアンデル河にそそぐ小さな川だが、その合流点に近く三台の水車をまわしているあたりは虹鱒《にじます》がいるので、日曜には子どもたちが釣りをして遊ぶ。

　ラ・ボワシエールで本街道をはなれ、しばらく平地を行ってレ・ルー丘陵の上へ出ると、そこからリユール川流域の谷の全景が見はらされる。中央を流れる川が、はっきり相貌を異《こと》にする二つの地域にこの谷間を分かっている。左岸は全部草原、右岸は全部耕地なのだ。草原、つまり牧場はなだらかな曲線をえがく丘陵の下方一帯に延び、先のほうでブレー地方の牧草地に接している。一方、東のほうは耕地がしだいに小高くなって拡がり、見わたすかぎり黄金色の麦畑だ。草原の裾《すそ》を流れる水は、牧場の色と畝《うね》の色とを白ひと筋で区切っている。かくてこの谷の平野の全景は、銀の飾りひもで縁どった緑のビロードの襟《えり》のある大マントを拡げたように見える。[21]

向かいの地平線のかなたは、行ってみるとわかるが、アルグーユの森の柏《かしわ》の木立ちとサン゠ジャン丘陵の絶壁になっている。絶壁の上から下へと長短さまざまな赤い筋がいくつもついているのは、雨水がうがったのだ。その細い筋が、山肌の灰色からくっきり際立《きわだ》って煉瓦色なのは、背後の近接地に多くの含鉄泉がわき出ているためである。

このあたりはノルマンディー、ピカルディー、イル゠ド゠フランス三州の境界線が合する中間地帯なので、風景に特色がないのと同様、言葉にもこれといった訛《なま》りがない。郡内きっての劣等ヌーシャテル・チーズはここの産だし、それに、砂利や石ころだらけのやせ地をこやすには、しこたま肥料がいるので、ここでは農作もけっこう高くつく。

一八三五年までは、ヨンヴィルへ通じる道といっても車馬の往来ができるようなのは一本もなかった。そのころやっと村と村とを結ぶ「街道筋」ができて、アブヴィル街道をアミヤン街道につなぎ、今でもときどき荷車ひきはルーアンからフランドル地方（フランス北部、ベルギー西部オランダ南西部をふくむ地方）へ行くのにこの道を利用する。しかしこの「新しい進出口」の完成にもかかわらず、ヨンヴィル゠ラベイは昔のままの静止状態にとどまっている。農地改良に乗り出す気配もなく、当節斜陽の放し飼い牧畜業に依然としてしがみついている。そこでこの暢気《のんき》な村は、牧草地をおかすのを遠慮して、しぜんと川べりに延びてゆき、遠くから見ると、まるで水辺に昼寝する牛飼いのように、川沿いに長々と寝そべった観を呈する。

丘のふもとの橋を渡ると、白楊《はこやなぎ》の若木を植えた土手道がはじまり、村のとっつきの家並みまでまっすぐに通じている。家々は生垣をめぐらした庭の中央にあり、庭にはぶどうの搾《しぼ》り場や、荷車置き場や、りんご酒蒸溜場などの建物が、茂った木立ちのかげに離ればなれに建っている。木の枝には梯子《はしご》や竿《さお》や鎌《かま》などが掛けてある。藁葺《わらぶ》きの屋根は、まるで目深にかぶった毛皮頭巾のように、低い窓の三分の一ほどのところまでたれ下がっている。中ふくらみの厚手の窓ガラスの真ん中には、瓶《びん》の底にあるような出臍《でべそ》が突き出ている。黒い梁《はり》受け木材をぶっちがいに渡した漆喰《しっくい》の壁には、やせこけた梨《なし》の木などがからみついている。一階の戸口には小さな回転柵《さく》が取りつけてあって、りんご酒を浸《し》ませた黒パンのかけを、敷居ぎわまでついばみに来る雛《ひよこ》がなかにはいれないようにしてある。さらに村の通りを先まで行くと、庭はだんだん狭くなり、家と家とがくっつき、生垣はなくなる。窓の下に横にしてつるした箒《ほうき》の柄の端に歯朶《しだ》の束がゆれている。蹄鉄工《ていてつこう》の店がある。その隣が車大工で、造りたての荷車が二、三台、店の外の通りにはみ出している。それから、柵の向こうに一軒の白い家があらわれる。家の前の丸い芝生に、指を一本口に当てたキューピッドの像が飾ってある。鋳《い》物《もの》の水甕《みずがめ》が二つ石段の両端にあり、楯《たて》形の標識が玄関のドアにかがやいている。これが公証人の役場兼住居で、村で一番のりっぱな構えである。

　教会は二十歩ほど先の、通りの向かい側、広場の入口にある。教会の周囲は墓地になっていて、肱《ひじ》の高さほどの塀《へい》をめぐらす。小さな地所のなかにやたらと墓があるので、地面すれすれの古い墓石（外国の墓石は平らで、上の面に字を彫るのがふつう）は石畳を敷きつらねたようになり、茂るにまかせた雑草がその表に規則正しい緑の四角をいくつも描いている。教会の建物はシャルル十世治下（王政復古期、一八二四～三〇）の末年に再建されたものである。木造の丸屋根は上のほうから朽ちはじめ、青い彩色のところどころに黒いへこみができている。入口の上方、パイプ・オルガンがあるはずの場所が男子用の内陣桟敷《さじき》になっていて、木靴の音がよくひびく回り階段が通じている。

　一色のステンド・グラスから差し込む日ざしは、壁と直角にならべた腰掛けの列を照らしている。腰掛けのところどころに蓙《ござ》が綴織《つづれおり》がわりに釘づけにして張ってあり、その下に「何某氏席」と大きな字で書いてある。その向こう、建物の内部が先細りになりかけるあたりに、告解室が小さな聖母像と対《つい》をなしている。聖母は繻子《しゅす》の衣をつけ、銀の星を散らした網織薄絹《チュール》のヴェールをかむり、ハワイ諸島の偶像さながらに頬《ほお》を真っ赤にぬってある。その奥に「内務大臣寄進、聖家族の図」が、四本の燭台のあいだから主祭壇を見おろし、それより奥の見通しをさえぎっている。合唱隊席は白木のままの樅《もみ》材でできている。

　市場、というのは二十本ばかりの柱の上に瓦《かわら》屋根をのせただけの建物だが、この市場がヨンヴィル村大広場のほぼ半分を占拠している。「パリの建築家に設計を依頼して」成った村役場は、ギリシャ神殿まがいの建物で、これが薬局とならんで通りの角をなしている。役場の一階にはイオニア式柱頭の柱が三本、二階には半円形アーチをつらねた張り出し回廊がある。回廊の上の欄間《らんま》いっぱいに、片足でフランス憲章を踏まえ、片足で正義の秤《はかり》を持った、ゴールの国（フランスの古称）の標章《しるし》たる雄鶏《おんどり》が一羽彫ってある。

しかし、なによりも人目をひくもの、それは旅館「金獅子」の真向かいにあるオメー氏の薬局だ！　とくに晩になってからが見物《みもの》である。ケンケ・ランプがともされ、店頭を飾る赤と緑のガラス玉が、二色の光彩をはるか路上に放つおりしも、この光のかなた、あたかもベンガル花火（色どりあざやかな持続性の花火をいう）につつまれたかのごとくに、机による薬剤師の英姿がほの見えるのである。彼の店は上から下まで、あるいは細身の斜体、あるいは肉太《にくぶと》の立体、あるいは整然たる活字体で、品書きがレッテルの上に書き出してある、いわく「ヴィシー水、セルツ水、バレージュ水（いずれも鉱泉水の名）、浄血果汁、ラスパイユ氏薬（カンフルを主成分とする駆虫剤）、アラビア澱粉、ダルセ咳止《せきど》めドロップ、ルニョー練薬、包帯、湯の華、滋養チョコレート」等々。そして店幅いっぱいの看板には金文字で「薬剤師、オメー」とうたってある。さらに店の奥、売台の上にしっかり取りつけた大きな精密秤の後ろには、「調剤室」という文字がガラス戸の上方に記され、戸のなかほどには黒地にまた金文字で「オメー」ともう一度念をおしてある。

ヨンヴィルには、このほかもう見るべきものはなにもない。通り（それも目抜きの一本だけ）の長さは鉄砲をうてば端から端までとどくぐらいで、両側に数軒店があるなと思うまもなく、街道の曲がるところでもう村はおしまいだ。街道から左に分かれる小道づたいにサン＝ジャン丘の裾をたどれば、やがて墓地に出る。

コレラが流行《はや》った年、墓地は拡張をせまられて塀の一方を取りこわし、隣の地面を一エーカー半ばかり村で買い足したが、その後この新地のほうにはほとんどはいり手がなく、墓は旧来どおり入口寄りにもっぱら繁盛した。墓掘りと教会の小使いとをかねる墓番（つまりこの教区の信徒からと、その死骸からと二重利得をあげている）は、空地を遊ばせておくかわりに馬鈴薯《じゃがいも》を植えた。死人の入りが悪いとはいっても、この小さな畑は年々縮小せざるをえない。かくて流行病の発生を見るや、彼は死人の増加を喜ぶべきか、墓の拡張を悲しむべきか、どうもそのところがよくわからなかった。

「おまえは死人《しびと》を食い代《しろ》にしておるやつじゃ、レスチブードワ！」とうとうある日、司祭に言われた。

この縁起でもない言葉を聞いて彼ははたと頭をかかえ、しばらくは薯《いも》畑もほったらかした。しかし、彼は今なお薯つくりをつづけ、ほっておいてもできるものはでかさにゃ損さとうそぶいている。

以下に物語ろうとする事件以来、まったくこのヨンヴィル風景は何ひとつとして変化がない。ブリキ製の三色旗は相も変わらず教会の鐘楼のてっぺんにまわり、雑貨屋の店先には今なおインド・サラサの吹き流しが二旒、へんぽんと風にひるがえり、薬剤師の店の胎児標本は、束ねた白い止血綿のように、どろんとにごったアルコールのなかで日ましにぶよぶよに腐ってゆく。そして旅館の大戸の上では、雨に色あせた名代の金獅子が道行く人に十年一日のごとく尨犬《むくいぬ》のようなちぢれ毛を見せている。

ボヴァリー夫妻がヨンヴィルに着くことになっていた晩、この「金獅子」館の女将《おかみ》、後家のルフランソワは目のまわるいそがしさで、シチュー鍋《なべ》をゆすりながら大粒の汗をたらしていた。ヨンヴィルに市《いち》の立つ日を明日にひかえて、今日のうちからもう肉を切って、若鶏《わかどり》の臓物を抜いて、スープもコーヒーもつくっておかなくてはならない。そのうえ、いつもの泊まり客たちの食事に加えて、今晩は新来のお医者さまと、奥さまと、女中の分がある。玉突室では爆笑がひびいていた。小食堂に陣取った三人の粉屋が、コニャックを持ってこいとどなっている。薪《まき》は燃え、燠《おき》ははぜ、調理場の長い台の上には、羊の肢《あし》を付け根からぶった切った生肉のあいだに、皿がうずたかく積み上げられて、ほうれん草をきざむまな板の振動につれてゆらゆれていた。裏庭からは、女中が首を斬《き》ろうとして追いまわす鶏《にわとり》の悲鳴が聞こえていた。

緑色の毛皮のスリッパをはき、うすい痘痕《いも》づらに、金総《きんぶさ》つきのビロード頭巾の男が、炉ばたで背を暖めていた。その顔は自己満足以外のなにものもあらわさず、柳細工の鳥籠に入れて彼の頭上につるしてある鶸《ひわ》同様に、すべて世に事もなげなる様子だった。これが薬剤師である。

「アルテミーズや！」と宿屋の女将がどなった。「小枝を折ってたきつけを作っておくれ！　それから食堂の水差しにお冷《ひや》をくんで、コニャックをおつけしな、大急ぎだよ！　オメーさん、あなたのお待ちかねのお客様には、どんなデザートをお出ししたらお気に入るんでしょうね？　あれまあ！　引っ越し屋の手伝い連だよ、また玉突部屋でなんだかえらい騒ぎじゃないか？　あの人たち、引っ越し車をうちの前にほったらかしてさ！　『つばめ』が着いたら、どてっ腹に穴があくよ！　ポリットを呼んで片づけさせな！……ねえオメーさん、あの連中ときたら、朝っぱらからゲームもいいけど、かれこれもう十五回目ですよ、りんご酒を八本もひっかけてさ！……あれじゃまったく玉突台のラシャがたまらない」と網杓子《あみじやくし》を片手に、玉突きの連中を遠くにねめつけながらまくしたてる。

「けちけちしなさんな」とオメー氏が応じる。「もう一台買うんだね」

「もう一台ですって？　あの玉突台を！」と後家は叫んだ。

「あの台はもう寿命だよ、ルフランソワさん。何度も言うようだが、あのままじゃかえって損だ、大損だよ！　それにこのごろの新式のやつはポケットが小さくなって、キューも重いのを使うのが流行《はやり》なんだ。ポケットへ入れるやり方がだいいちもう古くなりつつある。なにもかも変わったんだ！　時代におくれたんではどだい話にならん！　まああのテリエを見てみなさい……」

女将はテリエと聞いてくやしさに真っ赤になった。薬剤師は平気で、

「あそこの台はなんといったっておたくのよりは小増《こま》しだよ。それにどうだい、ポーランドの難民救済資金や、リヨン市水害義捐金《ぎえんきん》のための賭けゲームをいたしますなんて思いつきはなかなかどうして……」

「あんなやつらなんぞ、なにをたくらもうが知ったことですか！」と女将はいかついかつい肩をそびやかしてさえぎった。「なんの、なんの、オメーさん、『金獅子』の看板がかかっているかぎり、お客は来ますよ。よそさまはいざしらず、うちは屋台がしっかりしてますからね。それに引きかえ、まあ見ていらっしゃい、『カフェー・フランセ』なんかはそのうち店をたたんで、軒先におめでたい張り札を出しますから！……あの玉突台を取りかえるなんて」と女将はひとり言になり、「洗濯物を干すにはもってこいだしさ、狩りの季節には六人ものお客のベッド代わりにしたこともあったのに！……そういやイヴェールのやつ、まだ着かないのはどうしたこったろう！」。

「あいつを待って、それからお客の飯という段どりかね！」と薬剤師がきいた。

「あいつを待って？　とんでもない、ビネーさんが見えます！　そら六時が鳴ったなと思うとちゃんとはいって来ますよ。あんな几帳面《きちようめん》な人はまたといませんからね。席はまたあそこの小部屋ときまったもんです！　よそで晩御飯を食べるくらいなら殺されたほうがましですとさ！　それに好みのうるさいことといったら！　りんご酒だってどんなのでもお口に合うってわけにはゆかないし！　それがレオンさんとなると大ちがい。こちらは七時にお見えならまだいいほうで、七時半にもなったりするかわり、なにを差しあげても黙って召しあがる。お若いのにほんとによくできた方ですよ！冗談にも大声でどなったりなんかされないしねえ」

「そりゃ大ちがいがあたりまえさ、おかみさん、教育を受けた人間と重騎兵あがりの収税吏とじゃあ」

六時が鳴った。ビネーがはいって来た。

青地のフロックを着て、その上着がまるで上着自身の意志で彼のやせた体のまわりにだらんと垂れているといった格好だった。そして両側の垂れを頭のてっぺんにひもでむすんだ革の帽子は、上へ折り返した庇《ひさし》の下から、むかし兜《かぶと》をかぶった習慣でくぼみのついた彼の禿《は》げ上がった額《ひたい》をのぞかせていた。黒ラシャのチョッキ、堅カラーをつけ、鼠色《ねずみいろ》のズボンをはいている。年じゅうぴかぴかに磨いてある長靴には、足指が並みはずれて高く盛り上がっているのに応じて、二本の平行した膨《ふく》らみが浮き出ている。顎《あご》のぐるりをきれいにまわるブロンドのひげの曲線からは、むだ毛一本はみ出していない。この顎ひげで花壇の縁取りのように縁取られた顔は、艶《つや》のない馬面で、小さな目と鉤鼻《かぎばな》がついている。トランプの名人で、狩りの名手で、能書家のこの男は、家に轆轤《ろくろ》を持っていて、それをまわしては手すさびに作ったナプキン・リングで家じゅう足の踏み場もないくらいにしていたが、道楽とはいえこの環作りには芸術家の執念とブルジョアの思いあがりがこめられているのだった。

彼は例の小部屋のほうへ歩み去った。しかし今晩はまずその部屋から三人の粉屋を追い出す手間がかかった。そして自分のテーブルに膳立てがととのう間じゅう、ビネーはむっつりと黙りこんで暖炉のそばのいつもの席にいた。さてそれからいつものように小部屋のドアをきちんとしめ、おもむろに帽子をぬいだ。

「今晩はぐらい言っても舌はへるまいに！」女将とふたりになるやいなや薬剤師が言った。

「いつだってあのとおりですよ」と女将は答えた。「先週もふたり連れのラシャ売りが来ましてね。それがまたとても剽軽《ひょうきん》な若い人たちで、夕御飯どきにはそれこそおどけた話のしっぱなしなもんですから、わたしなんかお腹《なか》の皮をよじっちまいました。それがどうでしょう、あの人ときたら、そんなときでも石みたいに黙りこくってさ、あそこにああしているんですからね」

「なるほど」と薬剤師が言った。「想像力もなければ、機智もなし、社交人たるの資格は絶無という手合いじゃな！」

「でもあれで貯《た》めこんでるそうですよ」と女将が横槍を入れた。

「貯めこんだ？」とオメー氏は言い返した。「あいつがか！　ふん、さもあろう、商売が商売だからな」といくらかまじめな口調になった。

そしてつけ加えて、

「いやまったく、手広く大口の取引をしている商人とか、弁護士、医者、薬剤師ともなれば、いそがしさのあまり常人の軌を逸し、気むずかし屋ができあがるのも無理からぬことだ。史上にもその例すくなしとしない。だがそれというのも思索にふけっておるからだ。このわしにしてからが、瓶のレッテルに記入しようとして机の上にペンをさがす、はっと気づけば耳にはさんでおったなどということは、これまで何度あったことだろう！」

オメーがしゃべっているあいだに、ルフランソワの女将は、「つばめ」がもう着くころだと戸口へ見に行った。彼女はぎくりとした。黒衣の男がいきなり調理場へはいって来たのである。赧《あか》ら顔でいかつい体つきが、暮れ残ったうす明かりにも見わけられた。

「なにかご用でいらっしゃいますか、神父様」と、ろうそくを差して列柱のように立ち並んだ真鍮《しんちゅう》の燭台の一つを、暖炉棚の上から手に取りながら宿の女将はきいた。「なにかいかがでしょう、すぐり酒でも、それともぶどう酒を一杯召しあがります？」

司祭はいとも慇懃《いんぎん》に謝絶した。先日エルヌモン修道院（ルーアンにある）に忘れてきた傘《かさ》を取りに来たのだった。今晩のうちにそれを司祭館まで届けてくれるようにルフランソワの女将に頼むと、彼はおりから「御告《みつ》げの鐘」の鳴っている教会さして出て行った。

司祭の靴音が広場に聞こえなくなると、薬剤師はいまの坊主の態度はふとどき千万だと所感をのべた。ちょっと喉をうるおす程度の飲み物までも断わるなどとは偽善もはなはだしい。そもそも坊主というものは陰でこそこそ酔い食らっては、革命前の十分の一税とやらがまたぞろ舞い込むご時世を返り咲かせようとたくらんでいるのだ。

女将は神父様の味方だった。

「だいいちあなたなんかが束になってかかったって、あのお方なら片膝曲げた上に当ててへし折っておしまいになります。神父様のお強いことといったら、去年なんかも、藁《わら》の納屋入れを手伝ってくださったけれど、六束もいっしょにお持ちになりましたよ！」

「いや、おみごと！」と薬剤師も負けていない。「そういう頼もしい御仁《ごじん》のところへ、せいぜいおたくの娘さんたちを懺悔《ざんげ》におやんなさるがいい！　わしがもし大臣なら、月一回、坊主どもをつかまえて瀉血《しやけつ》を行なうべしという法令を出す。そうとも、おかみ、社会の安寧ならびに風紀維持のために、毎月盛大に刺胳《しらく》をほどこすのだ！」

「まあなんてことをおっしゃる、オメーさん！　あなた異端者です！　不信心です！」

薬屋は答えた。

「我輩《わがはい》とて信仰がある。みずから奉ずるれっきとした信仰がある。坊主どもよりかえって篤《あつ》い信仰だ！　猿芝居めいたふざけた儀式に終始する彼奴《きやつ》らとはともに歯《よわい》せずして、我輩は神を崇拝するのだ！　我輩は至上存在を信ずる、人間の形などそなえておらずともよい、とにかくわれわれをこの世に創《つく》りたまい、公民として家長としての義務を果たすべく命じたもうた一個の造物主を認めかつ信ずる。しかしのこのこ教会へ出かけて行って銀の皿にキッスさせてもらったり、われわれより暖衣飽食しているぺてん師どもにお賽銭《さいせん》をめぐんで肥らせてやる必要はないのだ！　神は森にあっても野にいても讃えることができる。いや古代人のように青空をただ仰ぐだけでも讃えることができるのだ。我輩の神たるや、ソクラテス、フランクリン、ヴォルテール、ベランジェの神であり、我輩は『サヴォワ人助任司祭の信仰告白』（ルソーの『エミール』中にある有名な自然宗教論）と八九年の不朽の原理（一七八九年のいわゆる「人権宣言」）にくみするものだ！　ゆえに我輩は、杖を手にして花園をそぞろ歩いたり、鯨の腹のなかに友だちを泊まらせたり、一声叫んで死んだと思いきや三日目にして生きた姿をあらわしたりする耶蘇《ヤソ》なんていういい気なおっさんは認めぬのだ。そもそもそういうことはそれ自体として愚劣なばかりか、まったく物理学上の諸法則にも反するものだ。かつまた、それをしも信ずると公言してはばからぬからには、かの聖職者どもが常に無知の泥沼に首までひたり、あまっさえ世人をもそのなかへ道づれにすべくやっきとなっておることは自明というべきであろう」

　彼は論じ終わって、聴衆の姿をあたりに求めた。薬剤師は興奮のあまり、一瞬村会の壇上に立っているかのごとき錯覚をいだいたのである。だが女将《おかみ》ももう聞いてはいなかった。彼女は遠くにひびく車の音に聞き耳を立てていた。なるほど、ゆるんだ蹄鉄が地面を打つ音にまじって、車輪の音も聞こえてくる。そしてとうとう「つばめ」は旅館の前にとまった。

　それは大きな二輪に黄色い車体を支えた箱馬車だった。車輪が幌《ほろ》の高さまであるので、乗客は外の景色も見えず、肩先まで泥のはねがあがった。のぞき窓のように車体のずっと上のほうについた狭い窓の小さなガラスは、しまっているときには枠《わく》のなかでがたがた鳴り、驟雨《しゅうう》も完全には洗い落とせない昔からのほこりの層の上に、ところどころ泥のとばっちりがこびりついている。馬は三頭立てで、二頭並べたその前方に一頭をとび出させてつないである。坂を降りるときには、車体はひどくゆれて、尻が地面をかすった。

ヨンヴィルの村の人たちが数人、広場へ集まって来た。言伝《ことづて》をきく者、遅れたわけを問いただす者、籠を早く渡せと言う者、みんな一時にしゃべり立てるので、イヴェールはだれに返事したらいいかわからない。この男が土地の人の注文をきいては、町に出て用たしをするのだった。方々の店へ寄って、靴屋には革の巻いたの、鍛冶屋《かじや》には古鉄、彼の女主人の女将には鰊《にしん》の樽詰《たるづめ》、婦人帽子屋には布帽子、床屋には鬘《かつら》を持ち帰った。そしてもどりの道すがら、御者台に立ち上がっては、大声で叫びながら、庭の塀越しに包みを投げ込んで配達した。そのあいだ馬はかってに走った。

イヴェールが今晩遅れたのは、ある事故のためだった。ボヴァリー夫人のグレイハウンドが野原をよぎって逃げたのである。たっぷり十五分も口笛を吹いて呼んだあげく、イヴェールは半道も歩いて引き返した。野ずえに犬の影がしょっちゅうちらつくような気がした。しかしついに空《むな》しく道をつづけねばならなかった。エンマは泣きかつ怒って、この不幸をシャルルのせいにした。相客の呉服屋のルールーは、いなくなった犬が長い年月をへてなお主人を覚えていた例をいくつもあげて慰めようとした。

コンスタンチノープルからパリまで帰って来た犬もあるという。またある犬は四本もの河を泳いで渡って、ただただまっすぐに五十里の道を走った。そういえば自分の父親も尨犬《むくいぬ》を飼っていたが、ゆくえ不明になってから十二年目のある晩、父が飯を食いに町へ出かけたところ、町の通りでひょっこり背中へ飛びついてきたと語った。

2

エンマが最初に降り、つづいてフェリシテ、ルールー氏、それからひとりの乳母が降りた。シャルルは日が暮れるが早いか、すみっこの席でぐっすり寝込んでいたので、揺り起こさねばならなかった。

オメーが名乗り出た。「奥様」に敬意を表し、「先生」に挨拶をのべ、お役に立つことができたのは欣快しごくであると言い、失礼をかえりみずこちらから押してまかり出ましたが、じつは家内が留守をいたしておりますのでと、誠意を面にあらわしてつけ加えた。

ボヴァリー夫人は調理場にはいると暖炉ぎわに寄った。二本の指先でドレスの膝をつまみ、踝《くるぶし》まで裾《すそ》をからげると、焼き串《ぐし》に刺さってまわっている羊の股肉《ももにく》の上から、黒靴をはいた足を火にかざした。火は彼女の全身を照らし、ドレスの横糸や、白い肌に浮かぶなめらかな毛穴や、ときどきまたたく瞼《まぶた》までも、どぎつい光で差しつらぬいた。半開きの扉から風が吹き入るごとに、大きな赤い色がさっと彼女の上をかすめた。暖炉の向こう側から金髪の青年が黙って彼女を見つめていた。

公証人ギヨーマンの書記、レオン・デュピュイ君（金髪の青年こそはほかならぬ彼、当「金獅子」館の第二の常連だった）は、ヨンヴィルでの毎日にすっかり退屈したあまり、夕食後の数時間を話し相手になってくれそうな旅客をこの宿に求めては、自分の食事時間をつとめておくらせていたのである。仕事が早目に終わった日などは、時間のつぶしようもないままに、余儀なく定刻にやって来て、スープからデザートまでビネーと顔をつき合わせていなくてはならなかったりした。そういうしだいだったから、新来のお客方のお相伴《しょうばん》をどうぞと女将に言われると、彼は大喜びで受けた。一同は大広間に移った。女将ルフランソワは、精いっぱいの見栄《みえ》を張って、とくにこの部屋に四人前の支度をしておいたのだった。

オメーは鼻カタルがこわいのでトルコ帽をかぶったままで失礼しますと断わった。

そして隣席のエンマのほうを振り向くと、

「奥さん、お疲れではありませんか？　なにしろあの『つばめ』の揺れることといったらめっぽうすさまじいものですからな！」

「ほんとに」とエンマが答えた。「でも、わたし、引っ越しにかぎらず、ごたごた騒ぎはきらいじゃありませんわ。よその場所へ行ってみるのは好きですの」

「いつも同じ一つところへ釘づけにされて暮らすのはまったく憂鬱《ゆううつ》ですね！」と書記

が溜息をついた。

「いや、私の身になってごらんなさい」とシャルルが言った。「しょっちゅう馬に乗ってばかりいるってのも……」

「でも僕から見たら」とレオンはボヴァリー夫人に向かって、「ご主人のようにそれができるご身分はじつにうらやましいと思いますね」。

「さよう」と薬剤師が言った。「開業医の仕事も当地ではさして骨の折れるものではありませんな。道路状況は良好で、手軽な二輪馬車が使えますし、それにこの辺の百姓どもは暮らしが楽なので、総じて払いはよいほうです。医学上から見ますに、通常症例として、腸炎、気管支炎、肝臓疾患などがあるほか、収穫時には往々にして間歇《かんけつ》熱《ねつ》が見られます。が、要するに、特記すべき重篤な症例といってはありません。ただ、これはおそらく百姓家の嘆かわしき衛生状態に起因するものと思われますが、瘰癧《るいれき》はきわめて頻繁です。だが何よりも、ボヴァリー先生、多くの戦うべき偏見がそのうち目にはいってまいりますぞ！　あきれるばかりの頑迷固陋《がんめいころう》、そうです、これを敵としてあなたの学識経験は日ごとに全力をあげて立ち向かわねばならぬでしょう。なにせここの人間は、まっとうに医者や薬屋のところへ来るよりは、九日間の祈禱だの、聖者の遺骨だの、司祭だのをいまだに頼っておるのですからな。しかしこの地方の風土は、正直いって、けっして悪くはないのです。村のなかにも九十を越した年寄りが何人かいるくらいですし、寒暖計は（不肖《ふしょう》私の実験の結果を申しますなれば）、冬は四度まで下がり、土用のころが摂氏二十五度平均、最高がやっと三十度といったところです。つまり最高が列氏の二十四度、換言すれば華氏（すなわちイギリス流の日盛りで申して）五十四度どまりなのです！　ということはですな、けっきょく一方ではアルグーユの森で北風がせかれ、他方ではサン＝ジャン丘陵によって西風をせいておるからです。しかるに当地の暑さはですな、本来ならばどうでしょう、川から水蒸気は立ちのぼるし、牧場には家畜がわんさといて、それがご承知のとおり多量のアンモニアガス、すなわち窒素《ちつそ》、水素、酸素（窒素と水素だけではありませんぞ）、この三者の化合物たるアンモニアガスを発散するため、またそこへもってきて暑さ自体が地面の腐蝕土《ふしよくど》を吸い上げもしましょうし、要するにこういう種々の発散物は暑さのためにすべて混和され、いうなれば打って一丸となる、または大気中に放電現象がある場合にはおのずとこの電気によって発散物相互は化合する、といったぐあいで、本来ならばついには当然熱帯地方のように非衛生的な毒気の発生を見るにいたるはずのところです。――ところが、よくしたもので当地のその予想される暑熱はですな、それがやって来る、いや、やって来るはずの方向、つまり南の方角にあたって、南西風によって緩和されるのです。なぜか？　この南西風はセーヌ河の上を吹き渡ることにより、しぜんに冷却されるからです、そしてときおり突然にこの村まで吹いてくるこの風は、まさにロシアのそよ風をしのばせますな！」

「あなたはいかが？　散歩するところぐらいはこの辺にございまして？」とボヴァリ

ー夫人は青年に話しかけた。

「いいえ、それがほとんどないんです」と彼は答えた。「『放牧場』ってよばれているところが丘の上の森のはずれにありますが、日曜日にはときどきそこへ行って、本を読んだり、夕日の沈むのをながめたりします」

「わたし、夕日ほどすばらしいものはないと思いましてよ」と彼女は答えた。「でも、なんといっても夕日のいいのは海辺ですわ」

「ああ！　僕も海が大好きです」とレオン君が言った。

「それに、あなたはいかが？」とボヴァリー夫人は応じた。「わたしには、あの果てしない大海原こそはわたしたちの心をいっそう自由にさまよわせてくれるし、じっと見入るわたしたちの魂を高めてくれ、無限とか理想とかいう観念を与えてくれるように思いますわ」

「山の景色だってそうです」とレオンがひきとった。「去年従兄《いとこ》がスイスをまわって来たんですが、彼の言うには、湖の幽邃《ゆうすい》さといい、山中の飛瀑《ひばく》のおもしろさといい、氷河の雄大なおもむきといい、想像に絶するそうです。とてつもなく大きな松の木が滝つ瀬のこちらの岸から向こう岸まで枝をのばしている、山小屋が絶壁の上にあやうくかかっている、雲の切れ目に見おろせば、千フィートの足下《そっか》に谷また谷の全景がひろがっている。そういう景色に接したなら、感激もするでしょう、祈りたくもなるでしょう、さぞかし我を忘れることでしょう！　だから僕は、あの有名な音楽家が、感興にいっそう拍車をかけようと、どこか壮大な景色を求めては出かけて行って、その景を前にしてピアノを弾いたという逸話を、さもあろうと納得するのです」

「音楽をなさいますの？」と彼女がきいた。

「いいえ、でも聞くのはとても好きです」と彼は答えた。

「おっと、それはうそですよ、奥さん」とオメーは皿の上にかがみ込んだまま、さえぎった。「とんでもない謙遜《けんそん》です。――あれはなにさ、君！　ええ？　このあいだ君の部屋で『守護の天使』を歌っていたのなんかは、いやはやたいしたもんだったぜ。調剤室から聞いてたが、あのスタッカートはオペラ歌手はだしだったぜ」

いかにもレオンは薬局に下宿していた。その家の、広場に面した三階に小さな部屋を借りていたのだ。彼は家主のお世辞に顔をあからめたが、そのときはこちらはもう医者のほうへ向きなおって、ヨンヴィルのお歴々をひとりひとり数え上げ、秘話のかずかずを物語り、参考になる話を教えていた。公証人の財産は正確なところはだれにも謎《なぞ》だとか、「チュヴァッシュ家というのがあって」たいそうな羽振りだとか。

エンマは言葉をついで、

「で、音楽はどんなのがお好きですの？」

「やはりドイツ音楽ですね、夢想をかき立ててくれますから」

「イタリア座はごらんになりまして？」

「まだです。でも来年になったら法律の勉強を仕上げにパリへ出ますから、きっと見ます」

「ご主人には前にもお手紙で申し上げましたが」と薬剤師が言った。「あの逃げ出したポーランド人の医者のヤノダですが、あの男が身分不相応な破目はずしをやったおかげで、奥さんはこのヨンヴィルきっての快適な住宅を手に入れられたわけです。とりわけ医院として便利な点は、お宅の門が村でいう『路地』に面してついていることで、患者が人目につかずに出入りできます。それにお住まいのほうも、よろず重宝なものはすべて備わっておりましてな。洗濯場あり、配膳室つきの台所あり、家族の居間あり、果物貯蔵室あり、そのほかなにもかも。まったくあのヤノダはしたい放題のたいした男でしたよ！　庭の奥の池のそばには、夏にビールを飲むんだなんか言って、わざわざ青葉棚をつくらせてありますが、もし奥さん庭いじりのご趣味でもおありなら……」

「家内はそのほうはとんと」とシャルルが言った。「運動もするようにすすめはするんですが、部屋にこもって本ばかり読んでいます」

「僕もそうです」とレオンが応じた。「夜なんか、風が窓に吹きつけ、ランプがじいじい燃えているとき、炉ばたで本に読みふけるほど楽しいことがあるでしょうか？」

「ほんとにね」とエンマはつぶらな黒い目を青年の上にそそぎながら言った。

「そこはかとなく物思ううちに」と彼はつづけた。「時はいつしか過ぎて行きます。じっと身をこらしたまま、まざまざと目に見る思いで、さまざまな国々を経《へ》めぐります。そして思いは本のなかの絵そらごととからまって、部分部分の楽しさを立ちどまって味わったり、事件のあらましをいかにやいかにと追ってみたり、そのうちこちらまでが作中の人物とひとつになって、まるでその人物の衣裳を着て自分が胸を高鳴らせているように思えてくるのです」

「そうですわ！　そうですわ！」とエンマは言った。

「こんなご経験は奥さんにはおありになりませんか」とレオンはつづけた。「ときどき本のなかで、前に自分が漠然と考えたことや、遠い昔にかすかな思い出のある影像がよみがえったり、またときによると自分の心のもっともとらえがたい微妙な感情が残るくまもなくそのままに再現されているのにおどろかれるようなことが？」

「ええ、ありますわ」と彼女は答えた。

「だから僕はとくに詩人が好きです。詩は散文よりもほろりとさせる味わいがあって、気持よく涙をさそってくれますものね」

「でも詩ばかり読んでいるとあきますわ。今では反対に、わたし、ぐっと引き込まれて、はらはらしながら一気に読みとおすような小説に夢中ですの。実際の世の中にあるような、ありきたりの主人公や中途はんぱな感情は大きらいです」

「そうでしょうか」と書記は自己の見解をのべた。「そういう作品はやっぱり心にふれるところがなくて、芸術の真義に悖《もと》っているのではないでしょうか。人生の相つぐ幻滅のさなかにあって、せめて脳裡にだけでも、気高い性格や、きよらかな感情や、心なごむ情景を思い描きうるということこそ何にもまして楽しいことです。世捨て人同様にこんなところに暮らしている僕などには、それが唯一の慰めです。でもヨンヴィルでは読みたい本もろくに読めないんですよ！」

「トストでもそうでしたわ」とエンマは答えた。「ですからわたし、いつも貸本屋から借りていましたの」

「もし奥さんのお役に立つのでしたら」と、エンマの言葉を小耳にはさんだ薬剤師が言った。「わたしのところに、めぼしい作家のものはひととおりそろえた蔵書がありますから、いつでもご利用ください。ヴォルテール、ルソーをはじめ、ドリル（古典派的作風の詩人、一七三八～一八一三）、ウォルター・スコット、『新聞連載小説集』などいろいろあります。なお新聞雑誌も各種とっておりますが、なかでも『ルーアンの燈火《ともしび》』は毎日とどきます。わたくしがビュシー、フォルジュ、ヌーシャテル、ヨンヴィル地区ならびにその近傍の通信員をやっております関係でしてな」

　食卓についてからもう二時間半にもなった。無理もない、女中のアルテミーズがラシャの残り布でつくった古スリッパをだらしなく石畳の上に引きずりながら、皿をつぎつぎに運んで来るのだが、言いつけはそばから忘れるし、だいいち人の言うことは耳にはいらないのだ。玉突室のドアはきちんとしめたためしがないので、掛け金《がね》の先が壁にかたかた当たっていた。

　話に気をとられているうち、ついレオンはボヴァリー夫人の掛けている椅子の桟《さん》に足をかけた。夫人は水色の絹の小さい襟飾りをつけていた。それが丸髮《まるひだ》つきの白麻上布《バチスト》の襟を、まるで十六、七世紀ごろに流行《はや》った大襞襟さながらにまっすぐに立てていた。そして首を動かすにつれて顎《あご》がそっと襟に隠れたり出たりした。シャルルと薬剤師がよもやま話をつづけているあいだ、ふたりはこうして寄りそったまま、さりげなくかわされる言葉のはしばしが、いつしか互いの心の通い合う核心に向かって集中してゆく、そういうとりとめない会話にふけったのだった。パリの演物《だしもの》、小説の標題、新式のカドリーユ、ふたりの知らない社交界、彼女の暮らしたトストの町、いまふたりのいるヨンヴィルの村、ふたりは晩餐《ばんさん》の終わるまで、すべてを取り上げ、すべてを語り合った。

コーヒーが出ると、フェリシテは一足先に新宅へ寝室の支度をしに出て行った。会食者たちもやがてお開きにした。女将ルフランソワは炉ばたで居眠りをしていた。宿の廐番の若者が角燈を片手に、ボヴァリー夫妻を新居に案内しようと待ちかまえていた。赤い髪の毛に藁《わら》しべをいっぱいつけて、左足でびっこを引いている。彼がもう一方の手に司祭の傘《かさ》を取ると皆は歩きだした。

村は眠っていた。市場の柱は大きな影を落としていた。地面は夏の夜のようにくまなく灰色だった。

しかし、医者の家は旅館からほんの五十歩ほどのところなので、すぐにおやすみを言いかわすときが来た。皆はそれぞれの家路についた。

エンマは玄関へはいるなり、湿った布を肩にかけられたような感じがした。漆喰《しっくい》の冷気だった。壁は塗りたてだった。木の階段がきしんだ。二階の寝室には、カーテンのない窓から白々とした光が差し込んでいた。立木の梢《こずえ》がほのかに見え、その向こうには、なかば夜霧にとざされた牧場が、川の流れに沿って月の光に煙っている。部屋の真ん中には、簞笥《たんす》の引き出しだの、瓶《びん》だの、カーテン桿《ざお》だの、にお いあらせいとうの鉢だのが雑然と散らかり、椅子の上にはベッドのマットレスがのせてあり、床には洗面器がころがっていた。――道具を運んで来たふたりの男が、いっさいがっさいほっぽり出して帰ったままなのである。

エンマがはじめての場所で寝るのはこれが四度目だった。最初は尼僧院の寄宿舎にはいった日、二度目はトストへ着いたとき、三度目はヴォビエサール、そしてこれが四度目になる。そしてその毎回が彼女の生涯にいわば新たな一時期を画するものだった。ちがった場所で同じことが起ころうとは思えない。今日まで過ごしてきた部分が不幸だったからには、これから送る生活はおそらくもっとましだろう、と彼女は考えた。

3

翌日、目をさますと、彼女は広場に書記を見かけた。彼女は部屋着姿だった。書記はあおむいて挨拶《あいさつ》した。彼女は軽く頭をさげて窓をしめた。

レオンは晩の六時になるのを待ちかねた。しかしいざそのときが来て旅館にはいって行くと、食卓にはビネー氏の姿しかなかった。

昨日の晩餐はレオンにとっては一大事件だった。今まで彼は「淑女」を相手に二時間もつづけてしゃべったことはなかった。前にはとてもあんなにうまくは言えなかったようなたくさんのことを、しかもあんなうちとけた口調で、どうしてまたあのひとに話すことができたのだろう？　彼は平生ひっこみ思案で、羞恥心《しゅうちしん》とも本性隠蔽《いんぺい》の下心ともつかぬおずおずした態度を保っていた。ヨンヴィルではレオン青年は「申し分ない」人柄と見られていた。若い者には珍しく、年配の人のお説教も聞くし、政治に熱中するふうもない。おまけに多才だった。水彩画は描くし、楽譜は読めるし、夕食後はトランプをしないときは文学書に没頭してあきない。オメー氏は彼の教養を高く買い、オメー夫人は、よく庭で子どもたちのお守《も》りしてくれるような彼の親切さを愛した。小オメーたちといえば、いつ見てもみんなきたない顔で、躾《しつけ》が悪く、母親似で腺病質《せんびょうしつ》ぎみの子ばかりだった。子どもの世話をさせるのに、オメー家では女中のほかにジュスタンという薬局生をおいていたが、この子はオメー氏の遠縁の従弟《いとこ》とかで、それをおためごかしに引き取って、下男がわりにも使っていた。

薬屋は最良の隣人としてふるまった。ボヴァリー夫人に出入りの商人はどこがよいかを教えたり、取りつけのりんご酒屋をわざわざまわしてよこして、自分で品物の味をこころみ、酒倉まではいって樽の置きぐあいを見とどけたりした。またバターを安く手に入れる方法を伝授したり、寺男のレスチブードワと有利な取りきめを結んでくれたりもした。レスチブードワは教会の番人と墓守とを兼ねただけではまだ足りずに、ヨンヴィルのお歴々の庭園を、先方の都合により時間ぎめまたは年ぎめで、手入れしていたのである。

薬屋がこうまで汲々《きゆうきゆう》として実《じつ》のあるところを示そうとしたのは、たんなる世話焼き根性のあらわれだけで説明のつくわけもなく、その裏にひとつの思惑《おもわく》が秘められていた。

彼は以前、医師の免状なき者は医術の実施に携わるべからずと規定する、革命暦第十一年風月十九日（一八〇三年三月八日）付、法令第一条に違反したことがあった。密告する者があって、オメーはルーアン市初審裁判所の検事個室に出頭を命ぜられた。検事は肩に白貂《しろてん》の毛皮がついた法服をまとい、頭に縁なしの法帽をいただき、きっと立ったままオメーを呼び入れた。まだ開廷前の朝のうちで、廊下には憲兵のいかつい長靴の音がひびき、遠くで大きな錠前を閉ざすような音も聞こえた。薬剤師の耳は、このまま脳溢血で倒れるのではないかと思うほどがんがん鳴った。最下層の地下牢、涙にくれる家族の姿、薬瓶がみんな散乱して薬局が売りに出されている光景などが目先にちらついた。帰途彼は気を取りもどすためにカフェーにはいり、セルツ鉱水割りのラム酒を一杯ひっかけずにはいられなかった。

こうした説諭の記憶もしだいに薄らぐにつれて、彼はいつしかまた店の奥の間で生《なま》半可《はんか》な診察をやりはじめていた。しかし村長はおもしろからぬ目で見ていたし、同業者仲間はそねむしで、年じゅうびくびくものでいなければならない。ボヴァリー先生にいろいろ世話を焼いて抱き込もうとするのも、あらかじめ恩を売っておいて、そのうち何か感づかれても口を封じようがためだった。かくて、オメーは毎朝忘れず例の『燈火《ともしび》』を届けたうえ、午後にはよく、ちょっとの間薬局を留守にして、先生のところへ話しこみに出かけた。

シャルルはしょげていた。いっこうに患者がつかないのである。何時間もぼんやり椅子に腰掛けていたり、診察室へ行って居眠りをしたり、細君の針仕事をながめていたりした。なんとか気をまぎらそうと、家庭大工をしたり、ペンキ屋が忘れて行ったペンキの残りで屋根裏部屋を塗ったり、そんなことまでやってみた。だが、金の心配はつきまとった。トストの家の手入れや、細君のおめかしや、こんどの引っ越しなどにだいぶ使ったので、三千エキュ以上あったエンマの持参金も二年間ですっかりなくなっていた。それに、トストからヨンヴィルへの運搬の途中、こわれたり紛失したりした品物の数もばかにならなかった。あの神父様の石膏像までが、荷車のひどい揺れのあおりをくらって転がり落ち、カンカンポワ村の石敷き道の上で、みじんにくだけてしまったのだった!

そこへ、同じ心配でも、もっとうれしい心配事が起こって彼の気を引き立ててくれた。妻の妊娠だった。産み月が近づくにつれて彼はますます妻をいとおしんだ。今までとは別の新たな肉の絆《きずな》が、今までよりもいっそうこまやかな結びつきを間断なしに感じさせるものが、ここに生じたのである。妻の大儀そうな歩き方や、コルセットをはずした腰の上の、胴体の物憂げな動きを遠くから見るとき、または妻がぐったりした姿勢で肱掛椅子に身を沈めているのを、差し向かいでじっと見守るときなど、彼のうれしさはとめどなかった。彼は立ち上がって妻を抱きしめたり、顔をなでたり、ママさんと呼んだり、ダンスをさせようとしたり、思いつくかぎりのかわいさ余っての冗談を、泣き笑いしながら並べたてるのだった。子どもをこさえたのだと思うと愉快でたまらなかった。このうえなんの不足があろう。人生をとことんまで堪能《たんのう》した。そこで彼は心のどけく人生の食後の卓に両肱をついたのである。

エンマは最初大きな驚きをおぼえた。やがて、早く産んでしまって、母になるとはいったいどんな気持か味わってみたくなった。しかし、存分に金をかけて、ピンクの絹カーテンのついた舟型の揺籃《ゆりかご》や、刺繍《ししゅう》した赤ちゃん帽を買うことができないので、むかっ腹をたてたエンマは、赤ん坊のお支度一式を念入りに取りそろえるのはあきらめて、選《え》り好みもせず、夫に相談もぬきにして、村の仕立屋のおかみへ一括注文してしまった。そんなわけで彼女は、母性愛が徐々にかき立てられる、あの出産の準備段階をじっくり楽しむ機を逸した。エンマの愛情はおそらくそのために子どもの顔を見る前からいくらか弱められたのである。

けれども、シャルルが食事のつど赤ん坊のことを話題にするので、やがてエンマもしだいに関心をそそられるようになった。

彼女は男の子がほしかった。丈夫な、黒い髪の子で、ジョルジュという名にしよう。男の子を産みたいというこの考えは、彼女がこれまでしようと思ってできなかったさまざまなことに対して、いわば復讐《ふくしゅう》を未来に託することであった。男はなんといっても自由だ。あらゆる情念を渉猟し、世界の各国を馳《は》せめぐり、障碍を乗り越えてどんな遥かな幸福でも手に入れることができる。ところが女はたえず八方ふさがりだ。女は無気力で順応性に富むから、肉体のもろさと法の拘束とに足を引っぱられる。女の意志などというものは、ちょうどその女のかぶる帽子がひもでとめられて、帽子につけたヴェールが風にひるがえるように、風向きしだいでひらひら動く。いつも押し流そうとする欲望がある反面、いつもそれをせきとめる世の慣《なら》わしがある。

エンマはある日曜の朝まだき、六時ごろに分娩《ぶんべん》した。

「女の子だ！」とシャルルが言った。

彼女は顔をそむけて失神した。

そこへ、待っていたようにオメー夫人と「金獅子」の女将ルフランソワが駆けつけて、エンマに接吻した。薬剤師は、いかにも分別ありげに落ち着いて、ドアのすきまから、取りあえず祝辞を申しのべるにとどめた。彼は子どもを見たいと言い、見ると、ごりっぱな体格だとほめた。

産褥《さんじょく》にある間、エンマは娘の名を選ぶのに苦心した。まず、クララ、ルイザ、アマンダ、アタラなどイタリア風の響きで終わる名を総ざらいしてみた。それから中世の物語に出てくるようなガルシュアンドも捨てがたかったし、イズーやレオカディーはいっそう気に入った。シャルルは自分の母親の名をつけたがったが、エンマは反対した。ふたりは聖者の名を列挙した暦に目をとおしたり、他人に相談したりした。

「このあいだレオン君とも話したのですが」と薬剤師は言った。「彼はなぜ当節大流行《はやり》のマドレーヌになさらないのかわからないと言っていましたよ」

　しかしボヴァリー老夫人は、そんな罪深い[22]女の名はとんでもないと異議をとなえた。オメー氏はというに、彼はなんであれ、偉大な人物、顕著な事績、高邁《こうまい》な理想をしのばせる名ならば目がない男だったから、四人の子どもにも、もっぱらその行き方で名をつけた。すなわちナポレオンは栄光を表象し、フランクリンは自由を体現する。イルマは思うにロマン主義への譲歩だったろうが、アタリーとなると、これこそはフランス演劇史上最高不朽の傑作[23]に対する讃美の念のあらわれであった。怪しむなかれ、オメーの哲学的信条はその審美的嘆賞を毫もさまたげるものではなく、彼のうちなる思想家は情緒の人を殺しはしない。彼は物のけじめのつく男だったから、芸術家の空想と狂信家の妄想とを弁別することができたのである。たとえばこの悲劇『アタリー』にしても、彼はその理念を非としつつもその文体をたたえ、その着想をのろいつつもその細部のことごとくに敬服し、作中人物自体をいきどおるとともに彼らの台詞《せりふ》に感動した。名文句を読んで恍惚《こうこつ》としては、これであのくそ坊主どもがしこたまお布《ふ》施《せ》をかせぐのかと思うとくやしかった。こうしたちぐはぐな気持にまごついたあげく、オメーは作者ラシーヌに手ずから月桂冠をささげたいと思うかたわら、きゃつを相手に思うさま一議論たたかわしてみたいとも念ずるのだった。

けっきょく、エンマはヴォビエサールの館《やかた》で侯爵夫人がある令嬢をベルトと呼んでいたのを思い出した。そうなるとこの名前が決定的だった。ルオー爺さんは来られないので、名付親はオメー氏にお鉢がまわった。オメーは自家製品のありたけを贈り物にした。咳止《せきど》め棗糖《なつめとう》六箱、ラカウ（澱粉にココア、砂糖などを加えた一種の離乳食）を広口瓶いっぱい、練りギモーヴ（ゴム・シロップに卵の白身を加えて練った滋養剤）三箱、おまけに戸棚のどこかから見つけ出した氷砂糖棒六本だった。洗礼の日の晩には大宴会があった。司祭も列席して、大にぎわいだった。食後のリキュールが出るころに、オメー氏が『われら貧しき者の神』[24]を歌い出したのを皮切りに、レオン君はゴンドラの舟歌を、名付親の代母役を勤めたボヴァリー老夫人は帝政時代の小唄《こうた》を歌った。とうとうしまいにボヴァリー老は赤ん坊を寝台からおろして来いとわめきたて、コップのシャンペン酒を上のほうから頭にふりかけて洗礼をはじめた。七つの秘蹟の筆頭たる洗礼を愚弄されては、ブールニジャン師も黙ってはいない。老ボヴァリーが『神々の戦い』（十八世紀の恋愛詩人パルニーの詩）の一節を引いて応酬するにおよんで、司祭は席を立って帰りかけた。婦人連はやいのやいのと引きとめる、オメーが仲裁役を買って出る。やっとのことで坊様をもとの席へつかせてみれば、こちらはやおら飲みさしの小型カップのコーヒーを皿からまた取りあげた。

ボヴァリー老はその後一ヵ月ヨンヴィルに逗留《とうりゅう》した。そして毎朝、広場へ出てパイプをふかすのに、銀筋のついた堂々たる軍帽をかぶって村の人たちの目を見張らせた。またコニャックをがぶ飲みする癖があって、よく女中を「金獅子」へ使いにやって一瓶買わせた。するとその付けは息子のほうへまわった。また絹のハンカチにふりかけるために、嫁のオーデコロンの買い置きをすっかりからにした。

エンマは舅《しゅうと》といっしょにいるのがいやではなかった。諸国に転戦した経験から、彼はベルリンやウィーンやストラスブールのこと、将校時代のこと、昔の情婦たちのこと、大宴会につらなった思い出などを話してくれた。そうかと思うと愛想よくなって、ときたま階段の途中や庭先でエンマの腰に手をまわして、

「シャルル、油断は禁物だぞ！」とどなったりした。

ここに至ってボヴァリー老夫人は、息子の幸福を気づかい、それに夫がこんなふうではいつかは若い嫁の考え方にも、おもしろからぬ影響を与えはせぬかと気をまわして、急に出立をせかせた。老夫人はことによるともっと具体的な懸念をいだいたのかもしれない。なにしろボヴァリー老は見さかいのない人間だった。

ある日エンマは、指物師《さしものし》の女房のところへ里子にやって[25]ある娘の顔が急に見たくて、矢も楯《たて》もたまらなくなった。そこで産後六週間の安静期間が済んだかどうか暦で確かめもせずに、村のはずれの丘のふもと、街道と牧場のあいだにあるロレーの家へと出

かけて行った。

真昼時だった。家々の鎧戸《よろいど》は閉ざされ、スレートの屋根は晴れわたった空の直射日光にかがやいて、破風《はふ》の頂から火花を発しているように見えた。むうっとするような風が吹いていていた。エンマは歩いてみると体の衰えが感じられた。歩道の石ころで足にけがをした。いっそ家へ引き返そうか、それともどこかの家へはいって腰をかけさせてもらおうかと迷った。

するとそこへレオン君が書類の束を小脇にかかえて一軒先の家から出て来た。彼は近寄って挨拶し、ルールーの店先に張り出した鼠色《ねずみいろ》の日除《ひよ》けのかげへみちびいた。ボヴァリー夫人は、子どもに会いに行くところですが、疲れが出ましてと言った。

「なんでしたら……」とレオンはその先を言いそびれている。

「これからどちらかへご用ですの？」とエンマはきいた。

書記の返事を聞いてエンマは、それではいっしょにいらしっていただけないかと頼んだ。この一件はもう夕方にはヨンヴィルじゅうに知れわたり、村長の妻チュヴァッシュ夫人は女中の前で「ボヴァリーの奥さんはあれじゃあどんな噂をたてられてもしかたがない」と言明した。

乳母《うば》の家への道は、村の通りをはずれてから、墓地へ行くのと同じに左へ折れ、小さな家と庭の小道をたどるのだった。道を縁《ふち》どるいぼたの並木は花をつけていた。いぬいいも、野薔薇《のばら》も、蕁麻《いらくさ》も、茂みからそっとさしのぞく木苺《きいちご》も花が咲いていた。

生垣の穴から、「あばらや」の庭先で、豚が寝藁の上に寝ているのや、胸帯革でつながれた牝牛が木の幹に角をこすりつけているのが見えた。ふたりは並んでゆっくり歩いて行った。彼女は彼によりかかり、彼は彼女の歩幅に合わせて足どりを内輪にとった。ふたりの前には蠅《はえ》の群れが、うだるような空気のなかにぶんぶん飛びかっていた。

乳母の家は、胡桃《くるみ》の古木がうっそうとおおいかぶさっているのが目じるしだった。褐色の瓦をのせた屋根の低い家で、屋根裏部屋の天窓の下に玉葱《たまねぎ》が数珠《じゅず》つなぎにして外にたらしてあった。小枝の束を立てかけた茨《いばら》の垣根が、レタスの畑と、ラヴェンダーの幾株かと、支柱にからまって延びたスイトピーをかこんでいた。下水が雑草にはねかかりながら流れていた。あたり一面、ごたごたと見わけもつきかねるようなぼろ着や、手編みの靴下、赤いサラサの上っ張りが干してあり、生垣の上にはごわごわした天竺木綿《てんじくもめん》のシーツが長さいっぱいにひろげてあった。柵戸をあけた音で、乳母が赤ん坊を抱いて乳をふくませながら出て来た。片手には、頸じゅうぐりぐりのいっぱいできた、いともあわれな、ひ弱な子の手を引いている。これはルーアンの綿織物問屋の息子で、両親が商売に忙《せわ》しないあまり、田舎に里子に出したのだった。

「おはいりなすって。嬢ちゃんはあちらでねんねでらっしゃいます」

一階の部屋、といってもこの家でたったひと間きりのまともな部屋には、奥の壁沿いにカーテンのない大きなベッドが置かれ、窓ぎわはパン粉の練桶《ねりおけ》が占領していた。窓ガラスの一枚には、青い紙の日の丸が割れ目の継ぎに張ってあった。ドアの後ろの部屋のすみには、タイルの流しの下に、鋲《びょう》を光らせた編上靴が並べてあり、そのそばの油をいっぱい入れた瓶の口には、羽根が一本差してあった。「マチュー・ランスベール暦[26]」が、火打石や、ろうそくの燃えさしや、火口《ほくち》の切れはしなどといっしょに、ほこりだらけの暖炉棚の上にころがっていた。そして、この部屋のがらくたどもの、さてどんじりにひかえたのが、ラッパを吹きまくる「誉《ほま》れ」の女神の絵姿だった。たぶん香水屋の広告からそのまま切り抜きでもしたものだろう、木靴用の釘を六本使って壁にとめてあった。

　エンマの子どもは、石畳の上に置いた柳の揺籃のなかで眠っていた。エンマは掛蒲団ごと抱き上げて、体をゆすりながら静かに子守歌をうたいはじめた。

　レオンは部屋のなかを歩きまわっていた。浅黄の南京木綿のドレスを着たこの美しい夫人を、こんなむさくるしい場所で見るのは異様な感じがした。ボヴァリー夫人は赤くなった。レオンは自分の目つきに、しぜん、なにか侮蔑《ぶべつ》の色でも浮かんだのではないかと、目をそらせた。やがてエンマは、赤ん坊が彼女のレースの飾り襟に乳をもどしたので、また揺籃に寝かせた。乳母が飛んで来て、跡にはなりませんと言い言い、襟をふいた。

「わたしになんぞはこんなことはしょっちゅうで、へえ、一日じゅう赤ちゃまをおふき申すのにかかりきりでございますよ！　で、石鹸を少々、こちらがもらいに行きましたときには渡すように、雑貨屋のカミュにおっしゃっておいていただけませんかな。

お宅さまにもそのほうがいちいちお手数をおかけしないで、ご便利でござんしょう」

「いいわ、そう言っときましょう」とエンマは言った。「じゃ、ロレーおばさん、さよなら！」

そして、彼女は戸口で足をふいて外へ出た。

おかみは庭の端まで送って出がてら、夜中に起きる苦労をこぼした。

「あんまりえらいときなんどは、昼間から椅子にかけたまま居眠りする始末ですで。それで、コーヒーのひいたのをせめて半ポンドもいただけませんかな。それだけありませば一月はございますんで、毎朝牛乳にまぜて飲ませていただきますで」

そのお礼をくどくど聞かされたあと、ボヴァリー夫人は帰途についた。そしてしばらく小道を行ったとき、木靴の音に振り返ってみると、乳母だった！

「なんなの？」

するとおかみは、エンマを楡《にれ》の木かげに引っ張って行って、亭主の話をしだした。亭主は指物師をしての収入《あがり》のほか、一年六フランの儲《もう》け、というのは消防組長さんの……

「早く言っておしまいなさいよ」とエンマは言った。

「へえ」と乳母は、ひとこと言っては溜息をつきながらつづけた。「わたしばっかりがコーヒーをいただきますというと、主人がねえ、さぞかしやっかむでござんしょうと思いましてね。なにせ、男と申すものは……」

「あげるといったらあげますよ！……」とエンマは繰りかえした。「くどいわね！」

「それが、へえ、奥様！　主人は怪我《けが》をしましてからこのかた、胸のへんにおっそろしい痙攣《ひきつけ》が出ますんで。それにりんご酒をやりますとどうも体によくないようだなどとも申しまして」

「早くお言いよ、ロレーおばさん！」

「そういったわけでござんすんで」とロレーのおかみは最敬礼とともに言葉をついだ。「こんなことまでお願いいたしてはまことに、はやなんでござんすが……」ともう一度頭を下げ、「おついでのせつに……」と哀願の目つきに物を言わせて、「コニャックの小瓶を」と、とうとう言った。「そうしていただけましたら、それでお嬢ちゃまのあんよもこすってお上げしますです。ほんに舌みたいにお柔らかなあんよでいらっしゃる」

やっと乳母からのがれてエンマはレオン君の腕を取った。しばらく足早に歩いてから、エンマは足をゆるめると、前を見ていた視線が青年の肩にとまった。彼のフロックには黒いビロードの襟がついていて、その上にまっすぐな栗色の髪の毛がきれいに櫛《くし》を入れられてたれていた。エンマは彼の爪に目をとめた。ヨンヴィルの人たちの爪より長かった。爪の手入れは書記のだいじな仕事のひとつだった。彼はそのための特別なナイフを筆さしに入れて持ち歩いていた。

ふたりは川沿いの道をとってヨンヴィルへ帰って行った。暑い時候のおりから、土手下の河原が広くなって、家々の庭の石垣が根もとまであらわれていた。石垣には段が四、五段、河原へおりている。川は音もなく、すいすいと、見る目にも涼しげに流れていた。細い丈長《たけなが》な草が、流れに押されるままに頭をそろえてなびき伏し、捨てられた緑色の髪のように、澄んだ水のなかに拡がっていた。ときたま、燈心草の先や睡《すい》蓮《れん》の葉に、細い肢《あし》の虫が歩いていたり、じっととまっていたりした。水面に砕けては寄せる小波《さざなみ》の青い小さな泡《あわ》を夕日が染めていた。枝のない柳の古木が灰色の樹皮を水に映していた。向こう岸一帯の牧場には人影もなく、農家はいま夕餉《ゆうげ》時《どき》だったから、歩いて行くこの若い女とつれの男の耳に聞こえるのは、小道の土を踏む自分たちの足音と、互いのかわす言葉と、エンマの身のまわりにさらさらと鳴るドレスの衣擦《きぬず》れの音ばかりだった。

瓶の破片《かけら》をてっぺんに植えた道沿いの庭の塀は、温室の張りガラスのように温《ぬく》もっていた。煉瓦《れんが》のあいだに生えたにおいあらせいとうを、ボヴァリー夫人が通りすがりに、開いた日傘の縁でさわると、しおれた花が二つ三つ、黄色い粉のようにはらはらと散った。ときにはまた、塀の外にたれた忍冬《すいかずら》や牡丹《ぼたん》蔓《づる》の枝が日傘の総《ふさ》にからまっては、しばらく絹地の上に遊んだりした。

ふたりは近くルーアンの劇場をおとずれる予定のスペイン舞踊団の話をした。

「いらっしゃいまして？」とエンマがきいた。

「行けましたら」とレオンは答えた。

ふたりはこんなことよりほかに話し合うことはなかったのだろうか。いや、ふたりの眼差《まなざし》はもっと熱っぽい語り合いに満ちていた。そして口先では努めて当たりさわりのない言葉をさぐりながら、うっとりした物思いが胸にせまるのをともどもに感じていた。それは、奥深い、たえまない魂のささやきに似て、口に出し耳に聞こえる声よりもいっそう強いものだった。ふたりはこの未知の甘美さに驚いたが、その感じを互いに告げ合おうともせず、その原因を見さだめようとも思わなかった。未来のさまざまな幸福は、熱帯の島々の浜辺のように、その固有の逸楽の気配を、香り高い微風を、大海原の沖合はるかにただよわす。そこで人々は、水平線にまだ見えぬ島かげを恋うることも忘れて、今はただひたすらにこの酔い心地にまどろむのである。

ひとところ地面が家畜に踏み荒らされていたので、ぬかるみのなかに苔《こけ》むした大きな石が飛び飛びにある上を伝って歩かねばならなかった。エンマはときどき編上靴の足をどこへかけようかと、しばらくとまどっては見まわした。——そして、ぐらぐらする石ころの上によろめきながら、両肱《ひじ》を張り、上半身をかがめ、目をさまよわせて、水たまりに落っこちそうなのがおかしくて笑い声をたてた。

庭の前まで来ると、ボヴァリー夫人は小さな柵戸を押し、玄関先の石段を駆け上がって、姿を消した。

レオンは事務所へもどった。公証人は出かけていた。レオンは書類にちらりと目をやり、鵞《が》ペンをけずってみたりしたあげく、とうとう自分も帽子を手に取ってまたふらりと外出した。

　彼はアルグーユの丘に登り、森のはずれの「放牧場」の樅《もみ》の木かげに横たわって、指のあいだから空をながめた。

「ああいやだ！　いやだ！」と彼はひとりごちた。

　オメーのごときを友とし、ギヨーマン氏を主人にいただいて、こんな田舎の村で暮らしている自分が今さらのように情けなかった。ギヨーマン氏は、金の柄《え》のついた眼鏡をかけ、白い襟飾りの上に赤い頬ひげなどおっぱやかして、執務に余念がないが、この男、はじめのうちこそ謹厳そうな英国風の気取りで書記の目を見張らせたものの、およそ人心の機微をわきまえぬでくの坊である。薬屋の奥さんはというに、これはノルマンディーきっての良妻賢母、羊のように温順で、子ども、両親はおろか、いとこはとこの末にまで情愛のいたらざるなく、他人の不幸に涙し、家事いっさいをとりしきり、それにコルセットが大きらいである。――そのかわり、動作が鈍重、話が退屈、容姿が不細工、話題が貧弱なことといったら、いかに彼女が三十、自分が二十の年齢《とし》とはいえ、たとえ毎晩ドア一枚をへだてて寝、毎日彼女に話しかける仲とはいい条、よもやこの人がこれでもだれかの目には女であり、ドレスを着ている以外にその性別を発揮する点があるなどとは、レオンには思いもよらぬことだった。

　さてそのほかにだれがいる？　ビネー、商人がいくたりか、二、三人の居酒屋の亭主、司祭、それから村長のチュヴァッシュとふたりの息子というところだが、これらはみんな金持の、気むずかし屋の鈍物で、自家の土地を手堅く自分でたがやし、家内でぞんぶんに飲み食らい、そのくせ人一倍信心家と見られようという、まったくの話、付き合いきれない御仁《ごじん》どもだった。

しかし、こうした連中の顔また顔が、すべて一色につらなった背景の上に、ひとつだけぽつんとエンマの面影が、しかも遠くはるかにかけ離れて浮き出ていた。エンマと自分とのあいだには、見通しのきかぬ深淵《しんえん》がひらけているかと思われた。

はじめのうち、彼は薬剤師の日ごとの訪問に便乗して、しばしば夫人を訪れた。シャルルは彼の来訪を格別喜ぶふうもなかったので、レオンは、出過ぎてはまずいと思う気持と、かなわぬことと半ばあきらめながらも、親しくなりたいと願う心の板ばさみになって、どうしたらよいかわからなかった。

4

季節が寒さに向かうと、エンマは二階の居間からおりて広間に日を暮らすようになった。この広間は天井の低い細長い部屋で、マントルピースには、枝を張った珊瑚樹《さんごじゅ》が姿見のそばに置かれてあった。エンマは窓ぎわの肱掛椅子にかけて、歩道を通る村人たちをながめた。

レオンは日に二度ずつ事務所から「金獅子」へかよった。エンマは彼の足音を遠くから聞きつけると、しぜんうつむくようにして耳をそばだてるのだった。青年はいつも同じ身なりで、振り向きもせず、カーテンの外をすべるように通って行った。が、夕まぐれに、刺しかけの綴織《つづれおり》をいつしか膝の上にほうって、左手に頰をついていると き、ふと眼前をよぎるその影に、エンマは思わず身ぶるいすることもよくあった。彼女はつと立って食事の用意を命じた。

オメー氏は晩飯の最中にやって来る。トルコ帽を手に持って、だれも迎えに立たせたりしないようにそっと足音をしのばせて、おきまりの「皆さん今晩は！」をとなえながらはいって来る。そしていつもの夫妻のあいだの食卓に席を占めると、医者に患者たちの模様を尋ねる。医者のほうからは謝礼の見込みをきいてみる。それから「新聞紙上」の話になると、オメーはこのときすでに記事のことごとくをそらんじているので、社説から、国内ならびに国外の某氏の身の上に生じた悲劇まで、総ざらいして聞かせる。やっと種切れになると、こんどはただちに卓上の料理についての意見を述べ出す。ときには椅子から半分立ちあがってまで、肉のいちばん柔らかい箇所を慇懃《いんぎん》に夫人に指摘し、または女中に向かって、シチューの煮方や調味料の衛生的使用法について注意をうながす。香料、肉汁エキス、果汁、ゼラチンを論じては瞠目《どうもく》すべきものがあった。そもそも彼の頭のなかは、彼の薬局が薬瓶でいっぱいになっているのにもまして諸種製法でいっぱいだったから、多種多様のジャム、酢、甘口混成酒《リキユール》をつくるのはもちろんお手のもの、ありとあらゆる新発明の徳用焜炉《こんろ》や、チーズの保存法、腐ったぶどう酒の処置法にいたるまでわきまえざるはなかった。

八時になると薬局の店じまいの時刻なので、ジュスタンが迎えに来た。するとオメー氏は、この見習生が医者の家を好いていることを見てとっているので、ことにフェリシテがそこに居合わせでもすると、からかうように小僧を見ながら、

「大将め、そろそろ色気づきやがって、ほらほらどうでしょう、おたくの女中さんに熱々《あつあつ》ですぜ」などと言った。

しかしジュスタンの、オメーからしじゅう叱られている、もっと困った悪癖というのは、ひとの話していることにたえず聞き耳を立てることだった。たとえば日曜日に、オメーの子どもたちが肱掛椅子にかけたまま、彼らの背中には大きすぎるキャラコの椅子覆《おお》いからずりこけそうになって眠ってしまうと、オメー夫人はジュスタンを客間に呼んで子どもを連れて行かせようとするのだが、ジュスタンはいっこうに出て行こうとしない。

もっとも薬屋のこの晩の集《つど》いにはたいしてお客が来るわけでもなかった。主人の口が悪いのと過激な政治的意見のせいで、各方面の村の名士たちがつぎつぎに寄りつかなくなってしまったのだった。が、書記は欠かさず出席した。ベルの音が聞こえるが早いか、彼は勇躍してボヴァリー夫人を出迎え、肩掛けを受け取り、雪の日には彼女が靴の上にはいて来る大きなズックのオーバーシューズをいそいそと店の事務机の下に片づけた。

最初、皆で「三十一」を数回、それからオメー氏がエンマと「エカルテ」をやる。レオンは彼女の後ろから助言をした。彼女の椅子の背に手をかけて立ち、巻髪をきっとめた櫛《くし》の歯に見入った。札を投げようとして彼女が体を動かすたびに、ドレスの右肩がずりあがった。束ねた髪から背中にかけて鈍色《にびいろ》の光が伝い、だんだん薄れてしだいに闇《やみ》に溶け込んでいた。それからドレスはたくさんの襞《ひだ》をつくってふんわりと椅子の両わきにたれ、さらに床にまで拡がっていた。ときどきレオンはうっかりそれを踏んだのに気づくと、まるで人の足でも踏みつけたかのようにはっと身をよけた。

トランプの勝負がつくと、こんどは薬剤師と医者がドミノをやる番だった。エンマは席を替え、テーブルに肱をついて、『イリュストラシオン』（一八四三年創刊の絵入り週刊誌）を拾い読みした。このモード雑誌は彼女が自宅から持参したものだった。レオンはそばに腰かけて、ふたりはいっしょに絵をながめ、ページの下までくると待ち合わせた。ときにはエンマが彼に詩の朗読をもとめた。レオンは物憂《ものう》げな声で朗誦し、恋愛をうたう箇所ではとくべつ念入りに絶え入りそうな声を出した。しかしドミノの牌《パイ》の音がエンマには耳ざわりだった。オメー氏はドミノが強くて、シャルルをみごと「六のダブル」で負かした。それから百点勝負を三回やると、ふたりとも暖炉の前に足をなげ出して、すぐに眠ってしまう。熾《おき》は灰のなかで消えかけていた。紅茶沸かしはからっぽだった。レオンは詩を読みつづけ、エンマはじっと耳をかたむけながら指先でなんとはなしにランプの笠をくるくるまわしていたが、その笠には馬車に乗ったピエロや、平衡桿《へいこうざお》をかまえて綱渡りをしている女が薄絹の生地《きじ》の上に描いてあった。やがてレオンは寝込んでいる聴衆を指さして朗読をやめ、ふたりは小声で話し合った。するとふたりの会話は、ほかに聞くものもないと思うだけにそれだけいっそう楽しく思われるのだった。

こうしてふたりのあいだには一種の黙契が結ばれ、本や恋唄集の間断ない貸し借りがはじまった。ボヴァリー氏は変に気をまわす性質《たち》ではなかったから、べつに怪しみもしなかった。

シャルルは誕生日の祝いにみごとな骨相学用の髑髏《どくろ》をもらった。胸郭(27)にまでくまなく番号を打ち、青色に塗ってあった。それは書記からの贈り物だったが、ほかにも書記はいろいろと心づかいを見せて、シャルルに頼まれればルーアンへ使いにも行った。たまたまある作家の書いた小説が仙人掌《サボテン》の流行をもたらすと、レオンは夫人のために幾株か買い、「つばめ」に乗って、剛《こわ》い針で指を刺されながら、膝にのせて持って帰ったりした。

エンマは植木鉢を置くために、二階の居間の窓ぎわに、手すりのついた棚を張り出させた。すると書記も吊り棚をつくり、ふたりが花いじりをする姿が互いの窓からながめられた。

ところが、もっと頻々《ひんぴん》と人影の見える窓が村じゅうに一つあった。轆轤《ろくろ》の上にかがみこむビネー氏のやせた横顔が、日曜日には朝から晩まで、ほかの日でも天気さえ良ければ昼からきまって、屋根裏部屋の天窓に見られたのである。轆轤のぶんぶんまわる単調な音が「金獅子」まで聞こえた。

ある日の夕方、レオンが部屋に帰ってみると、薄色の地に木の葉模様を散らした、ビロードと毛の交ぜ織りの絨毯《じゅうたん》が一枚とどいていた。彼はオメー夫妻やジュスタンや子どもたちから女中まで呼んで見せた。主人の公証人にもその話をした。村じゅうが聞き伝えてその絨毯を見たがった。なぜ医者の奥さんが書記にこうまで「お愛想《あいそ》」を見せるのか？　解《げ》せぬ話だ。とうとう皆はボヴァリー夫人が書記の「いいひと」にちがいないと思い込んだ。

レオンのほうもけっこうそう思われてもしかたないだけの素振りは見せていた。たえず、会う人ごとにボヴァリー夫人の美貌と才気をたたえていたのである。ついにビネーはあるときたまりかねてどなり返した。

「おれの知ったことか！　おれはあの人の取り巻きとはちがうんだからな！」

レオンはどんな手段によって彼女に「告白」しようかと思い悩んだ。きらわれはすまいかという心配と、こうまで臆病なのを恥じる気持とのあいだを往ったり来たりしながら、彼は絶望に泣き、欲望にもだえた。固い決意に勇んで手紙を書いては、破りすてた。決行の期日を先に延ばしては、その日が来るとまた延ばした。断固万難を排すべく家を立ちいでることも何度かあったが、エンマの前へ出るとその覚悟もたちまち彼を見すてた。そしてシャルルがそこへひょっこり現われて、「軽馬車《ボック》」に乗って近所の患者まわりをごいっしょにどうですと誘ったりすると、レオンは他愛なく同意して、夫人にお辞儀をして立ち去るのだった。彼女の夫もまた彼女の一部分ではないか、と自分に言いきかせながら。

エンマのほうは、レオンを愛しているかどうか自分の心に問うまでもなかった。彼女の信ずるところ、恋愛とは電光石火におどろおどろしく人を襲うもの、生活の上に落ちかかってこれを一挙にくつがえし、木の葉のように意志を吹きちぎり、心のすべてを深淵のなかに運び去る天空の大旋風でなければならなかった。彼女は、樋《とい》がつまっているときには、家の露台でさえも雨水が湖をつくるということを知らなかった。かくて彼女の平穏な心境は事さえなくばいつまでも続いたろう。が、突然、彼女は壁にひび割れを見いだしたのだった。

5

それは二月のある日曜日の午後のことだった。雪が降っていた。

ボヴァリー夫妻とオメーとレオン君は、ヨンヴィルから半里ほど行ったところの谷間《あい》に目下建設中の製麻工場を、うちそろって見物に出かけた。薬剤師は運動になるからというのでナポレオンとアタリーを同行した。そしてジュスタンは傘を何本も肩にかついでお伴をした。

しかし見物するにしてはこんなつまらない場所もなかった。だだっ広い空地、砂礫《されき》の山のあいだに今からもう錆《さ》びている歯車が雑然ところがっている、その真ん中に小さな窓のやたらについた細長い四角い建物があるだけだった。まだ落成にはほど遠く、屋根の梁《はり》受けのあいだから空が見えた。破風《はふ》の小桁《こげた》には、穂のまじった麦藁《むぎわら》の束が差してあり、その先につけた三色のリボンが風にはためいていた。

オメーはさかんにしゃべった。この施設の将来における有望性を「本日の行を共にされた方々」に説明したり、床《ゆか》の強さや壁の厚さを計ったりした。そしてビネー氏がとくに自分用に持っているような物差し竿を持ち合わせていないのを大いに残念がった。

エンマはオメーに腕を貸し、その肩にもたれ気味にして、遠く霧のかなたにまばゆい青光をはなっている太陽の円盤をながめた。しかし、ふと振り向くと、そこにはシャルルがいた。庇帽《ひさしぼう》を眉のきわまで深々とかぶり、厚い唇を寒さにわななかせているのが、その顔に何か愚鈍な表情をつけ加えていた。彼の背中、悠然《ゆうぜん》としたその背中までが見るだに腹立たしかった。エンマはこのフロックコートの上に、このひとの全人格の凡庸《ぼんよう》さがそっくりにじみ出ているのが見えるような気がした。

彼女がこうして、胸を突き上げるいらだたしさのうちに一種の邪険な快感を味わいながらシャルルの姿を見つめていると、そこへレオンが一歩進み寄った。寒さに青ざめた顔色が、彼の顔にひとしお甘美な憂いのおもむきを添えているかに見えた。襟飾りと首のあいだに、ワイシャツのカラーがゆる目なので、肌がのぞいていた。ひとふさの髪の下から耳たぶが見えていた。そして雲を見上げている彼の大きな青い目は、空をうつす山間の湖よりも澄み切って美しいものとエンマには思われた。

「こりゃ！」と薬剤師が突然どなった。

そして息子のほうへ駆け出す行く手を見れば、息子は靴を白く塗ろうとして、石灰を積み上げたなかに踏み込んだのだった。大目玉をくらってナポレオンはおいおい泣きだす、その靴先をジュスタンが藁を束ねてふいてやった。しかし小刀がないと取れそうもない。シャルルが自分の小刀を取り出して貸した。

「どうだろう、ポケットに小刀を持ち歩いている、まるで百姓だ！」とエンマは思った。

霙《みぞれ》が降ってきたので一同はヨンヴィルに引き返した。

ボヴァリー夫人は、その晩はオメーの家へ行かなかった。シャルルが出かけて、あこれでひとりになったと思うとたちまち、またいつもの比較が始まった。彼女の脳裡の映像はまるで手でさわれそうにはっきりしていると同時に、追憶のなかの事物に特有な深い奥行をもっていた。ベッドにはいって、あかあかと燃える暖炉の薪《まき》を見つめながら、エンマは先刻向こうで見たままに、レオンが片手で細身のステッキをしなわせ、片手に、おっとりと氷のかけらをしゃぶっているアタリーの手を引いて立っている姿を思い浮かべた。エンマは彼をかわいいと思った。彼から考えをそらすことができず、ほかの日の彼の別個の姿態を、彼の言った言葉、彼の声音を、彼の全人格を思い描いた。そして接吻でもするように唇を突き出しながら、繰りかえしつぶやいた。「ほんとうにかわいい人！　かわいい人！……あの人は恋しているのではないかしら？」と彼女は自分に問いかける。「だれを？……だれって、わたしにきまってい
る！」

たちまちその証拠が一度に眼前に展開し、彼女の胸は高鳴った。暖炉の火は浮き浮きするような光を天井にふるわせている。彼女は両腕を伸ばしながら寝返りを打った。するとまたおなじみの繰り言がはじまった。「ああ！　もし運さえよかったら！　どうしてそうならなかったはずがあろう？　いったいどこでまちがってしまったんだろう？……」

シャルルが夜半に帰って来ると、エンマは目をさましたふりをした。そして彼が服を脱ぎながら物音をたてると、頭が痛いと言った。それから、今晩はどんなでしたとさり気なくきいた。

「レオン君は早くから自分の部屋へ引き上げたようだった」とシャルルは言った。

彼女はおのずと口もとがほころぶのを禁じえなかった。そして新たな喜びに胸をふくらませて眠りについた。

翌日の夕方、彼女は小間物屋ルールー旦那の来訪を受けた。この商人はまさしくしたたか者の名に値する男だった。

ガスコーニュの生まれでノルマンディーの人となった彼は、南仏人の弁舌にコー地方人の抜け目なさをつけ加えていた。たるんで、ひげのない、てらてらした顔は、薄い甘草《かんぞう》の煎《せん》じ汁を塗ったようだった。白い髪の毛が、小さな黒い目のきつい光をいっそうきわだたせている。彼の前身は知られていなかった。行商をやっていたという者もあれば、ルートーで金貸しをしていたという声もあった。確かなことは、ビネーまでがおそれ入るほどの複雑な暗算を手もなくやってのけることだった。ばかばかしく慇懃《いんぎん》丁寧で、お辞儀をするような、どうぞこちらへと迎え入れるような格好に、いつも腰を半分かがめていた。

クレープのリボンを巻いた帽子を戸口に残し、テーブルの上に緑色のボール箱を置くと、さて彼は今日まで奥様のごひいきにあずからなかった不服を、お世辞たらたら述べたてはじめた。しがない手前どものような店に「お目の高いお方様」のお越しが願われないのは無理からぬことでと、ことさら「お目の高い」に力を入れた。しかしご注文さえいただければ、小間物でも、肌着類でも、編物類でも、流行の生地でも、何によらず取りそろえてお目にかけます。それというのも当方では月に四回はきまってルーアンに仕入れに出ますし、手広く名代の問屋と取引がございます。「三兄弟商会」へでも、「金髯屋《きんひげや》」へでも、「大蛮夷商店《だいばんい》」へでもいらっしゃってルールーと言っていただければ、どこでもちゃんとこちらの名は通っておりますから！　ところで今日は、はからずも入手いたしました極《きわ》め付きの掘出し物のかずかずを、ご挨拶《あいさつ》ついでに

「奥様にぜひお目にかけようと存じましてと、箱のなかからレース襟を半ダースほど取り出した。

ボヴァリー夫人はひとわたり見て、

「いりませんわ」と言った。

するとルールーは物慣れた手つきで、アルジェリアの肩掛けを三枚、イギリス針を数箱、麦藁のスリッパを一足、そして最後に囚人が透かし彫りした椰子《やし》の実細工のゆで卵入れをならべて見せた。それからテーブルに両手を突き、首を伸ばし、体をかがめ、口をあけて、エンマの視線が決しかねて品物のあいだをさまようのを追っては、ときどき、丈いっぱいに広げた肩掛けの絹地の上を、ほこりでも払うように爪ではじいた。すると肩掛けは、絹地の上に散らした金箔《きんぱく》を、夕暮れの緑がかった外光に小さな星のようにきらめかせながら、かすかな音をたててふるえるのだった。

「これいかほど？」

「いくらもいたすもんじゃございません」と彼は答えた。「いやほんのお安いもんで。それに今すぐお支払いいただかずとも、いつでもおついでの節でけっこうでございます。わたくしどもはユダヤ人じゃございませんから！」

エンマはしばらく考えたすえ、これもやっぱり断わることにした。ルールーはすこしも動ぜず、

「では、いずれまたそのうち。ご婦人方とは、わたくし、ふしぎとお話し合いがつき

ますんでしてな。と申しても、家のやつとはそうもゆきませんですが！」

エンマは微笑した。

ルールーは冗談を言ったあと、またいかにも律儀《りちぎ》そうに、「こんなことを申しますのも、わたくし、お金などはどだい天下の回り持ちと心得ておりますんで。ご入用でしたらお立て替えもいたしますよ」。

エンマはとんでもないという身ぶりをした。

「いえ！」と彼は小声のまま勢い込んで、「別に遠っ走りいたすこともございませんので、すぐとご用立ていたしますから、どうかくれぐれもご遠慮なく！」。

それから彼はボヴァリー先生にこのごろかかっている「カフェー・フランセ」の亭主のテリエ爺さんの容態をききはじめた。

「いったいどういうことなんでござんしょう、あのテリエ爺さんは？……このごろの咳《せ》き込むことといったら、家じゅうが家鳴《やな》り震動するほどで。このぶんじゃ、近々ネルの寝間着よりは棺桶《かんおけ》の外套《がいとう》がいるんじゃないかと、よそながら心配でござんすよ！若いころの道楽のたたりと申せば、まったくあの年配の人間はめちゃをやって来たもんで！　あの人などもコニャックで焼けただれたんですなあ！　いや、それにしても知り合いに先立たれるのはいやなもんでして」

ボール箱にひもをかけながら、ルールーはさらに患者たちのことを話しつづけた。

「陽気のせいもありましょうかなあ……」と、眉《まゆ》をひそめて窓のほうを見ながら、

「ああした病気がこのところ多いのも！　わたくしなんども、どうもいけませんです。背中のところが妙にうずきますんで、近いうちお宅の先生に一度診《み》ていただきにあがらねばならぬかもしれません。では奥様、失礼いたします。なにぶん今後ともどうぞよろしく！」。

　彼はそっとドアをしめた。

　エンマは夕飯を居間でとることにした。盆にのせて暖炉のそばに運ばせ、ひまをかけてゆっくり食べた。何もかもおいしかった。

「わたし、うまくやったわ！」と彼女は肩掛けのことを考えてほくそ笑んだ。

　階段に足音が聞こえた。レオンだった。エンマは立ち上がると、縁をかがるはずにして簞笥《たんす》の上に積んである雑巾のいちばん上のを手に取った。レオンが部屋にはいったとき、彼女は仕事に夢中のように見えた。

　話ははずまなかった。ボヴァリー夫人はたえず話をとぎらせるし、レオンもすっかり照れていた。暖炉のそばの低い椅子に腰をかけて、彼は象牙《ぞうげ》の針入れを指先でくるくるまわしていた。エンマは針を運んだり、ときおり爪で布切れに襞《ひだ》をつけたりした。エンマは口をきかなかった。彼もまた、エンマが口をきいたらその言葉に魅せられたであろうと同様、彼女の沈黙に心うばわれて、じっと黙っていた。

「かわいそうに！」と彼女は思った。

「何か気にさわることでも僕がしたのだろうか」と彼は思案した。

とうとうレオンは、近く事務所の用事でルーアンに行くことになっていると言った。

「奥さんの楽譜の予約が切れていますが、あとを申し込んでおきましょうか」

「いえ、いいの」とエンマは答えた。

「なぜです？」

「だって……」

エンマは言いさして唇をかむと、鼠色の糸を一針、思い入れのていでながながと引いた。

この縫い物がレオンには腹立たしかった。こんなことをしているとエンマの指先が今にもすりむけそうな気がした。ふと、こういうときに女の人に言うのにうってつけな文句が頭に浮かんだが、口に出す勇気がなかった。

「じゃおやめになるんですか」と彼はつづけた。

「何をですの？」とエンマは威勢よく言った。「音楽のこと？　ええ、やめますわ！だって家の用事はあるし、主人の世話もしなければならないし、ほかにもいろんなこと、とても音楽などして遊んでいられないほどの務めが次から次へとありますもの！」

彼女は置時計を見た。シャルルの帰りが遅かった。彼女はさも心配そうな顔をして、二度、三度繰りかえした。

「いい人ですものね、うちの人は！　そりゃいい人！」

書記もボヴァリー氏が好きだった。しかしその人に対して当の夫人がこんなにまで愛情をひけらかすのを見ると、驚くと同時にいやな気がした。が、彼はボヴァリー氏を持ち上げてやまなかった。ボヴァリーさんをほめない者はいない、とりわけ薬剤師は、と言うと、

「ほんとに親切な方ね、あの方も」とエンマが応じる。

「ええ」と書記が答えた。

それから彼はオメー夫人の話をはじめた。このおかみのしどけない装《な》りふりが、いつもならふたりのかっこうな笑いぐさとなるはずだったが、

「無理もないんじゃないかしら?」とエンマはさえぎった。「りっぱな一家の主婦ともなれば身じまいなんかかまっていられなくてよ」

そして、それっきりまた黙り込んでしまった。

続く日々も同じふうだった。彼女の言うことなすことのすべてが一変した。家事に専心し、日曜には欠かさず教会へ通い、女中をいっそうきびしく仕込んだ。

彼女は乳母のもとからベルトを引き取った。客があると、フェリシテがベルトを連れて来る。するとボヴァリー夫人は赤ん坊の服を脱がせてその手や足を客に見せた。子どもとなったら目がないのですと言い、それは自分の慰めであり、喜びであり、とめどない楽しみですと言った。そしてヨンヴィル村の住人以外の人ならだれしも『ノートル＝ダム・ド・パリ』[28]のサシェットを思い出すにちがいないような、わが子いとしさの思いのたけを愛撫《あいぶ》に添えて表白するのだった。

シャルルが帰って来ると、いつも暖炉の灰のそばにスリッパが暖めてあった。もうチョッキの裏地がはがれていることもなく、シャツのボタンがとれている心配もなかった。箪笥のなかにナイト・キャップがきちんと同じ高さに積み並べてあるのも、見るからにうれしいながめだった。エンマは以前のように庭の散歩をしぶることもなくなった。夫のすすめることは何によらずきいた。なぜそんなことを言われたのかわけのわからないようなことでも、おとなしく言われたとおりにした。――シャルルが夕食後暖炉ぎわに腰をすえて、両手を下腹にあてがい、両足を薪《まき》掛けに乗せ、満腹に赤らんだ顔をほてらせ、幸福のあまり目をうるませながら、絨毯をはいまわる子どもや、肱掛椅子の背ごしに額に接吻してくれる姿やさしい愛妻にとりまかれているのを見たとき、レオンは内心思わずにはいられなかった。

「高望みもいいかげんにしろ！　どうしてあのひとに近づけよう」

こうして彼には夫人がいかにも貞淑で近寄りがたいものに見えたので、すべての望み、ほんのかすかな望みすらも彼の心から消え去った。

しかしこのあきらめによって彼は夫人をこの世ならぬ境地に祀《まつ》りあげることになった。彼の目に、夫人は肉体の美しさを抜け出した。いまや彼はその肉体に一指だに触れる望みを失ったからである。そして夫人は、地上の人が神の列に召されて天空高くのぼって行くあの荘厳な神話の絵姿さながらに、彼の心の高みをきわめ、ついには常の愛欲の思いをはるかに遠く超脱してしまった。かくて彼の夫人に対する思いは、日常の営為をさまたげることのない純粋な感情、その珍らかさゆえに人の愛《め》ではぐくむものであり、それを失うことのつらさはそれを所有することの喜びよりも大きいような醇乎無垢《じゆんこむく》な感情のひとつとなったのだった。

エンマはやせた。頰《ほお》は青ざめ、顔は細った。黒い髪を真ん中でわけ、目は大きく、鼻すじはまっすぐに、鳥のように軽やかな足どりで歩く彼女、しかも今は終日沈黙がちな彼女は、ほとんど地に足を触れることなく生活を過《よぎ》って行くように、ある崇高な宿命が未来に約束されていることを示す定かならぬ刻印を、額に帯びているかのようにすら見えるではないか。彼女はいとも悲しげに物静かであり、しかもやさしくもまたつつましげだったから、彼女のそば近く寄ると、ちょうど教会へはいったときに大理石の冷気にまじらう花の香に思わず身ぶるいするように、氷のような魅力にうたれるのを感じた。ほかの人たちもこの魅惑をのがれることはできなかった。薬剤師は言った。

「たいした器量の女だ、郡長夫人でもりっぱに勤まるだろう」

かみさんたちはエンマの倹約ぶりに感嘆し、患者たちはその慇懃《いんぎん》さを、貧乏人はその慈悲深さをたたえた。

ところで彼女自身はというに、物欲しさと怒りと憎しみに満ちていたのである。折り目正しいそのドレスは乱れはてた心をおおい隠し、内気そうに閉じられたその唇は狂おしい悩みをあかさなかった。彼女はレオンに恋していた。彼女が孤独を求めたのは、思うさま恋する人の面影をいとおしみたいからにほかならなかった。実際にレオンの姿を見ることはかえってこの瞑想《めいそう》のうずくばかりの楽しさをかきみだした。エンマは彼の足音に胸をときめかせたが、さて彼が目の前に立つと感動は消え、あとにはただ呆然《ぼうぜん》たる驚き、それがやがてやるせない思いとなって胸に残った。

レオンは、絶望して彼女の家から出て行くとき、彼女があとを追って立ち上がり、通りを歩く自分の姿を見送っているのを知らなかった。エンマは彼の日常が気になり、彼の顔色をうかがった。手の込んだ嘘《うそ》ごとを考え出しては彼の部屋をたずねる口実とした。薬屋のおかみはあのひととひとつ屋根の下に眠れてうらやましかった。「金獅子」の鳩の群れが薬局の桶《とい》のなかへ桃色の足と白い翼を浸しに来るように、彼女の想念はたえずその家の上に舞いおりた。しかし自分の恋の深さを知れば知るほど、彼女はそれが外に現われないように、そしてまたそれを弱めようとして押えつけた。レオンがわかってくれないものかと思い、その機縁ともなる偶然のきっかけや天変地異を空想した。彼女のほうから踏み出すのを押えたものはおそらくおっくうさか、あるいは恐れか、それに羞恥心《しゅうち》もあったろう。あのひとをあんまり強くしりぞけすぎた、もうおそい、取り返しがつかないなどと思いあぐねた。かと思うと、「わたしは操正《みさお》しい女なのだ」と心ひそかにつぶやきつつ、悲壮なあきらめのポーズをつくって鏡に自分の姿をうつす誇らしさと喜びが、たいへんな犠牲を払っていると思い込んでいるその犠牲の苦しみを、いくらか軽くしてくれるのだった。

かくては肉の悶《もだ》えも金銭欲も情熱の憂いも、すべて同じ一つの悩みのなかに入りまじった。――すると彼女はその悩みから思いをはぐらかそうとするどころか、苦痛のゆえにいっそういきり立ち、新たな苦痛の機会をいたるところに求めては、いよいよ悩みを深くしていった。料理の出来が悪いといっては怒り、ドアがきちんとしまっていないのを見つけては癇癪《かんしゃく》を起こし、ビロードが簞笥にないことを、幸福がわが身にないことを、夢があまりにも大きすぎ、家があまりにも狭すぎることをのろった。

わけても憤懣《ふんまん》に堪えないのは、シャルルがこの責苦の痛手をいっこうに感づいていないらしいことだった。彼女を幸福にしてやっているというシャルルの確信は、彼女にはふざけた侮辱と思われ、その確信の上にあぐらをかいた彼の安心ぶりは、忘恩の仕打ちとも思えた。自分が貞節をささげている相手はいったいだれか？　その相手こそはすべての幸福の障害ではないか。すべての悲哀の張本ではないか？　自分の身を八方からしめつけるこの入り組んだ皮帯の、その留め金の尖《とが》った舌ともいうべきものではないか。

そこでエンマは、日ごとのさまざまな不快事によってかきたてられる多種多様な憎悪の念のすべてを、シャルルに向かって集中した。憎しみをこらえようとする努力はかえってそれを倍加させた。なぜならこの空《むな》しい努力は他のかずかずの絶望の原因といっしょになって、彼女の内心の葛藤《かっとう》をなおさら激化させたからである。虫も殺さぬやさしさでふるまっている自分自身までもが気に入らなかった。家庭の退屈さは彼女を華麗な幻想に駆り立て、生《なま》ぬるい夫婦愛は姦通の欲望へと追いやった。もっと正当な理由をもってシャルルを憎み、彼に復讐《ふくしゅう》することができるように、いっそ彼が自分を打ってくれでもしたらよいのにと思った。ああもしよう、こうもしてやろうといろいろ残酷なことを考えては、われながらはっとすることもよくあった。しかもこうして永遠にほほえみつづけ、仕合わせなお方だと繰りかえし聞かされ、こちらも仕合わせそうな顔をよそおい、事実仕合わせなように世間に思い込ませなければならないのだ！

だがこんな偽善はつくづくいやだった。レオンと手を取り合って、どこか遠いところへのがれ去り、新しい運命を一か八《ばち》か試みたいという誘惑が、彼女をとらえることもあった。しかしすぐにまた彼女の心のなかには暗黒のたちこめる底知れぬ深淵がぱっくりと口を開くのだった。

「だいいちあのひとはもうわたしを愛してはいないではないか」と彼女は思った。「わたしはどうなるのだろう？　どんな救いを待てばよいのか。どんな慰めを、どんな気休めを、当てにできよう？」

ぐったりと気もくじけ、あえぎつつ、彼女は声をしのんでむせび泣き、とめどなく涙を流した。

「どうして旦那様にお話しにならないのでございます？」たまたまこうした発作の最中にはいって来た女中がきいた。

「神経なのよ」とエンマは答えた。「旦那様に言ってはいけないよ、心配なさるから」

「そういえば、奥様」とフェリシテはつづけた。「奥様のご様子はちょうどあのゲリーヌにそっくりでございますよ。ゲリーヌと申しますのは、わたしがこちらへ参ります以前、ディエップで知り合いになりました娘で、父親はル・ポレで漁師をしているとかでしたが、その娘《こ》というのがそれはそれは陰気な娘っ子でございました。その娘《こ》が家の戸口にでも立っておりますところは、まるで門の前にお葬式の黒幕を張ったみたいで。頭のなかに霧のようなものがかかる病だとか申しまして、お医者様も神父さまも手のほどこしようがないんでございます。あんまり病《や》めますようなときは、ひとりで海っぺりへ出て参りましたもので、税関の助役さんなども巡回の途中で、よくその娘《こ》が石ころの上に腹んばいになって泣いているのを見かけたそうでございます。それが嫁に参りますというと、いっぺんになおったと申しますが」

「でも、わたしはね」とエンマは答えた。「こんなふうになったのはお嫁に来てからなのだよ」

6

ある日の夕方、エンマはあけ放した窓べに腰をかけて、教会の小使いのレスチブードワが黄楊《つげ》の木を刈り込んでいるのをながめていたが、彼の姿が見えなくなったと思うと、ふいに「御告《みつ》げの鐘」が鳴るのを聞いた。

　桜草の咲く四月のはじめだった。暖かい風が土をならした花壇の上を吹きわたり、家々の庭は女のように、夏祭りのための化粧に余念なげである。アーチ形青葉棚の格子を通して向こう一帯には、牧場の草の上に気ままな曲線を描いて流れる川が見えた。夕靄《ゆうもや》がまだ葉をつけぬポプラの木々のあいだにただよい、薄いヴェールを梢《こずえ》にふわりと投げ掛けたよりもなおうっすらと、透明な紫の色合いで木々の輪郭をぼかしていた。さらに遠くには牛の群れが歩いていたが、足音も啼《な》き声も聞こえない。そして鐘は鳴りやまず、その静かな嘆きの声を空にはなちつづけていた。

　繰りかえすこの鐘の響きに、若妻となったエンマの思いは青春と寄宿舎生活の古い追憶のなかをさまよった。祭壇の上に、花をいっぱいに盛った花瓶や小さな柱のついた聖櫃《せいひつ》よりもなお高くそそり立つ、大きな枝付き燭台《しょくだい》が目に浮かぶ。エンマは今も昔のように白ヴェールの長い列のなかにひっそりと交じっていたかった。その白ヴェールの列のところどころに、祈禱台《きとうだい》の上にうち伏した尼さんたちの堅い頭巾《ずきん》が黒いまだらを散らしている。日曜のミサのときには、頭をあげると、立ちのぼる香煙のほの青い渦《うず》のかなたに、やさしいマリアさまのお顔が拝された。思い出がそこにいたったとき、感動が彼女をとらえた。嵐《あらし》のなかにくるくると舞う羽毛さながらに、無力に打ち捨てられた自分を感じた。そして、どんな信心でも、そこに魂を傾けることが、全生活を没入させることができさえするなら、どんなに深い信心でもささげようという気持になって、思わず知らず彼女の足は教会のほうへと向かった。

　彼女は広場で教会からもどって来るレスチブードワに出会った。というのは、この男は一日のかせぎに損がいってはならじと、賃仕事を中途でやめて教会に出向いたあとでは、また引っ返して仕事をつづけることにしていたのである。したがって彼の鳴らす「御告げの鐘」の時刻は、彼のその日の都合しだいだった。もっとも早目に鳴らすほうは、子どもらに教理問答の時間がきたのを知らせる予鈴がわりにもなった。

　そういえば腕白《わんぱく》どもがもう集まって来ていて、何人かは墓地の敷石の上でおはじきをしていた。塀に馬乗りになって足を振り動かし、この小さい囲い地の塀といちばん縁にある墓石とのあいだにはえた背の高い蕁麻《いらくさ》を木靴でなぎ倒している者もあった。墓地内で緑といえばその蕁麻だけだった。あとはどこもかしこも墓石ばかりで、聖器室に箒《ほうき》はあったが、墓石はいつ見てもこまかいほこりにおおわれていた。

　ズックの靴をはいた子どもらはその墓石を自分たちのための床とばかりにとびまわっていたから、うなるようにひびく鐘の音を通して彼らの叫び声が聞こえてきた。鐘楼のてっぺんからたれ下がって、先を地面に引きずっている大綱の揺れがおさまるにつれて、鐘の音も小さくなっていった。燕が二、三羽、ちっちっと鳴きながら目の前をよぎり、羽音鋭く空を切ると見る間に、軒端《のきば》の瓦の下にある黄色い巣に帰って行った。教会の奥にはぽつんとひとつ燈火《あかり》がともっていた。それは吊り下げたガラス器のなかに燃える燈明の芯《しん》である。その光は遠くから見ると、白っぽい斑点《はんてん》がひとつ燈油の上にふるえているように見えた。長い日ざしが内陣を横切っているため、両側の側《そく》廊《ろう》やすみずみはかえって暗く見えた。

「神父様は？」とボヴァリー夫人は、軸受けの穴が大きくなってしまった回転木戸をがたがたゆすって遊んでいる、ひとりの子にきいた。

「いま来るよ」と子どもが答えた。

その言葉に応じるように、司祭館の扉がきしんでブールニジャン師が現われた。子どもたちはわらわらと教会へ逃げこんだ。

「しょうのないやつらじゃ！」と司祭はつぶやいた。「いくら言ってきかせてもならん！」

そして爪先《つまさき》にひっかかったぼろぼろの『公教要理』を拾いあげて、

「あの年ごろは何ひとつ尊ぶことを知らん！」

しかし、そこでふとボヴァリー夫人に気がつくと、

「いや、これは失礼を。ついお見それ申しましたわい」

彼は『公教要理』をポケットに押し込み、聖器室の大きな鍵を二本の指でつまんで振りつづけながら、立ちどまった。

顔一面に照りつける夕日の光が、僧服《スータン》のラシャ地を色褪《いろあ》せたように見せていた。僧服の肱はてかてか光り、裾《すそ》はすり切れていた。広い胸の上に、脂《あぶら》や煙草のしみが小さなボタンの列に沿ってついていて、しかも胸飾りから遠ざかるにつれて、しみの数は

増していた。胸飾りの上には、ふんだんに襞《ひだ》の寄った、赤い頸の皮膚がのっかり、その皮膚は黄色い痣《あざ》だらけなのだが、剛《こわ》い胡麻塩《ごましお》ひげがそれを隠していた。司祭は夕食をすませたところで、ふうふうと荒い息をしていた。

「お元気ですかな？」と彼はつづけた。

「それが、いけませんの」とエンマは答えた。「苦しいのです」

「さりとはわしもご同様じゃて！」と坊様は応じた。「春先のこの暖かさで、な、どうにもえらくこうかったるいのじゃろう？　いや、それも天の定めじゃ！　聖パウロ様も仰せたとおり、われらは皆苦しむために生を享《う》けたのじゃ。して、ボヴァリー先生はどうお考えかな？」

「主人なんか！」とエンマは軽蔑《けいべつ》の身ぶりをして言った。

「なに！」と坊様はあきれてきき返した。「薬はくださらんのか」

「ああ！」とエンマは言った。「わたしに必要なのはこの世の薬ではございません」

しかし司祭はときどき教会のなかをのぞきこんでいた。そこではひざまずいた子どもたちがみんな肩で押し合いをしては、将棋倒しにひっくり返っていた。

「神父様に教えていただきたいのですけれど」と彼女は言葉をついだ。

「こりゃ、待て、リブーデ」と司祭は怒りを発してどなりつけた。「あとで横っ面を張ってやるからな、悪たれめ！」

そしてエンマのほうに振り向くと、

「あれは大工のブーデの倅《せがれ》でしてな。親たちも暮らし向きが楽なもので、ああしてしたい放題をさせております。そのくせ頭はよくまわる子でな、やる気になりさえすれば物覚えは早いんでしょうが。わしはちょいちょい冗談にあれのことを（マロンムへ行くのに越えるあの峠の名にひっかけましてな）、リブーデと呼んでやりますじゃ。リブーデさんと言うてやります。ははは！　どうです、リブーデ山！　先日も司教さまにこの洒落《しゃれ》を申し上げたらお笑いなすった……いや、かたじけないことで。――ところでボヴァリー先生はお変わりなくおいでかな？」

夫人は聞こえないらしい。彼はつづけた。

「相変わらずご多忙なことじゃろう。なにせこの教区内でいちばんのひまなしといえば先生とわしのふたりじゃからな。じゃが、先生は体のお医者」と鈍重な笑い声でつけ加えた。「わしは霊魂の医者ですじゃ！」

彼女は哀願するような目を司祭に向けて、

「そうです……神父さまは世の煩《わずら》いのすべてをやわらげてくださいます」

「いや、奥さん、煩いの話はごめんこうむりたいもので！　今朝なんども、牝牛が『腫《は》れあがり』にとっつかれたから来てくれといわれましてな、バ＝ディヨーヴィルまで行かされましたっけが、なに、あの連中はわしに呪《のろ》いを祓《はら》わせるつもりなんですよ。見ますとなるほど、どうしたものですか、あそこの牝牛はどれもこれも……ちょっと失礼！　何をしとるか、ロングマールにブーデ！　ちくしょう！　いいかげんにせい！」

こう言いさして司祭はひとっ飛びに教会のなかへ駆け込んだ。

腕白どもはあたかもこのとき、聖書をのせる大きな見台《けんだい》のまわりにひしめき合い、聖歌隊歌手の腰掛けによじのぼる者あり、ミサ祈禱書を開く者あり、なかにはこそこそと忍び足で、すんでのことに告解室に忍び込もうとしている者まであった。そこへ司祭はいきなり平手打ちを雨霰《あめあられ》と降らせ、上着の襟《えり》をつかんでつりあげては、内陣の石畳の上へ植えつけでもするような勢いで、えいとばかりにひざまずかせた。

「いやはや」と彼はエンマのそばへもどって来ると、捺染《なっせん》キャラコの大きなハンカチのすみをくわえて拡げながら、「百姓どもはまったくあわれなものじゃ！」。

「あわれな者はほかにもございます」とエンマは答えた。

「いかにも！　たとえば都会の労働者ですかな」

「そんな人のことではございません……」

「いやそうおっしゃるが、わしは都会《まち》で見てきましたぞ、りっぱな母親たち、まちがいなく貞淑な女、それこそ聖女と申してもよい女たちが、食うに事欠くありさまでおるのですぞ」

「でも」とエンマは言った。（言いながら彼女の口もとはなにか言いにくそうにゆがんだ）「でも神父様、食べるのに不足はなくても、やっぱりなくてはこまるものが……」

「冬に薪《たきぎ》がないとかな」と司祭が補った。

「いいえ、そんなものなんか！」

「なに、そんなものと言われるか？ わしが思うには、とかくわれわれはよく暖まって、食べ物も十分だというと……そうじゃろうが……」

「ああ、ああ！」彼女は溜息《ためいき》をついた。

「気分がお悪いか」と彼は心配そうに歩み寄って、「胃腸のぐあいじゃろう。奥さん、帰って少し紅茶を飲まれるとよい、すっきりされますぞ。それともひや水一杯に赤ざらめを入れて」。

「なんのお話でございますの？」

そう言って彼女は夢からさめたような顔をした。

「額に手をあてられたでな、めまいでもしなさったかと思いましたじゃ」

それから、ふと思いついたように、

「そういえばわしに何かおたずねじゃったかな？ はて何であったか、思いよらんが」

「わたしが？ いいえ、なんにも……なんにも……」とエンマは繰りかえすばかりだった。

彼女の目はうつろにあたりをさまよううち、静かに僧服《スータン》姿の老人の上におりた。ふたりは無言のまま、じっと顔を見合った。

「では、ボヴァリーの奥さん」と彼はついに口を切った。「これにて失礼。やはり務めがすべてに先行しますでな。あの小僧どもの勉強を片づけてしまわんことにゃあ。それ、初聖体の式も間近じゃ。今年もまたいざとなって暗記ができてないなどというのではと、それが心配でなりませんじゃ！　で、昇天祭㉙からというもの、『正確に《レクタ》』毎週水曜日ごとに、一時間よけいに奴らを居残らせて仕込んでおりますのじゃ。ごらんのとおりの悪童ども！　あの子どもらを神の道へ導くのは、いくら早うても早すぎることはないとは、そもそも神おんみずからが、御子《みこ》キリスト様のお口を介してわれらにおさとしなされたとおりですわい……では奥さん、ごきげんよろしゅう、ご主人にもどうぞよろしく」

そして司祭は扉のきわで片膝をついて礼拝をすると、教会へはいって行った。

エンマは、司祭が首をかしげ気味に、ゆるく開いた両掌《てのひら》を外側に向け、重々しい足どりで歩きながら、二列に並んだ腰掛けのあいだに消えてゆく後ろ姿を見送った。

それから彼女は、彫像が心棒の上でまわるように、くるりと踵《くびす》をめぐらして家路についた。しかし司祭の胴間声と子どもらの黄色い声が追ってきて、彼女の後ろでこうつづけた。

「汝《なんじ》はキリスト教徒なりや？」

「然《しか》り、われはキリスト教徒なり」

「キリスト教徒とは何ぞや？」

「そは洗礼を受けて……洗礼を受けて……洗礼を受けて……」

彼女は手すりにすがるようにして自宅の階段をのぼった。そして自分の居間にはいると、肱掛椅子にくずおれた。

窓ガラスの白っぽい夕日の残光は波打ちながら静かにうすれて行った。平常どおりの場所に置かれた家具類は、ことさらに不動の物と化し、それらが沈んでいく闇は暗黒の大海かと思われた。暖炉の火は消えていた。置時計は相変わらず時を刻んでいた。そしてエンマは、胸のなかがこうも乱れているのとは裏腹に、周囲の物はこうまで静まりかえっているのが何かしら怪訝《けげん》な気がしてならなかった。するとそこへ小さなベルトが、窓と裁縫台のあいだを毛編みの半長靴をはいてよちよちしながら、母親のほうに寄って来て、エプロンのリボンの端をつかもうとした。

「うるさいわね！」とエンマは手で払いのけた。

娘はすぐにまた、もっと近く膝のところまでやって来た。そして両腕で膝にすがりながら、母親のほうへつぶらな青い目をあげた。きれいな涎《よだれ》がひと筋、唇からエプロンの絹地の上へ流れた。

「うるさいよ！」とエンマは癇癪《かんしゃく》を起こした。

その顔におびえて娘は泣きだした。

「えい、この子は！」と言いざま肱で押しのけた。

ベルトは箪笥のきわに倒れて、真鍮《しんちゅう》の飾り金具に顔をぶつけた。頰が切れて血が流れた。ボヴァリー夫人は大声をあげて抱き起こし、呼び鈴のひもを引きちぎり、女中を呼びたてた。そして、われとわが身をのろいはじめた、そのとたんにシャルルが現われた。夕食どきで、帰って来たのだった。

「ほら、困ってしまいますわ、あなた」とエンマは落ち着いた声で言った。「ベルトがいま遊んでいて床の上で怪我しましたの」

シャルルは妻を安心させた。傷は事実たいしたことはなかった。そこで彼は鉛硬膏《えんこうこう》を買いに行った。

ボヴァリー夫人は食堂へおりなかった。ひとり残って娘の看病をしていたかったのである。だが、子どもの寝顔を見ているうちに、心配の名ごりが少しずつ消えていって、ついさっきこんなつまらないことに取り乱したのが、われながら笑止にも、お人好しのかぎりとも思えてきた。実際ベルトはもう泣きじゃくりもおさまっていた。今は寝息が木綿《もめん》の掛蒲団の縁を見えるか見えないほど動かしている。大粒の涙がなかば閉じた瞼《まぶた》の端にやどり、睫毛《まつげ》のあいだから、色のうすい、奥まった瞳《ひとみ》がのぞいている。頰にはった絆創膏《ばんそうこう》が、はちきれそうな皮膚をななめにつり上げていた。

「変ねえ」とエンマは思った。「この子の不器量なことったら！」

シャルルが晩の十一時に薬局から帰って来たとき（彼は夕食後、鉛硬膏の使い残りを返しに行ったのである）、彼は妻が揺籃《ゆりかご》のそばに立っているのを見た。

「なんでもないとおれが言うんだから、心配もいいかげんにおし。おまえのほうが病気になるよ!」と、彼女の額に接吻しながら言った。

彼は今夜薬屋の家に心ならずも長居したのだった。たいして心配そうな顔をしたわけでもないのに、オメー氏はシャルルをしっかりさせよう、「志気を鼓舞」しようと懸命になった。そんなことから、子どもの身に起こりがちなさまざまな危いこととか、召使いたちの不注意とかが話題にのぼった。オメー夫人は身に覚えがあった。むかし下働きの女中が十能いっぱいの燠《おき》を取り落としたのが上っ張りの襟もとからはいって大火傷《やけど》をした、その痕が今でも胸の上に残っているのだった。この事件以来、彼女のなつかしい両親はことごとに用心をかさねた。ナイフはけっして研《と》がないし、部屋の床は蠟でみがかない。窓には鉄格子をはめ、暖炉の縁にはごつい横木を渡したものだという。オメーの子どもたちも、父親がかかげている放任主義の看板にもかかわらず、実は手足ひとつ動かしても背後に見張りの目が光っているのだった。ちょっとの風邪にも父親は肺病の薬をふんだんに飲ませた。そして四歳の年を迎えるまでは、みんな毛入りの怪我よけ帽を容赦なくかぶらせられた。これは、実をいうとオメー夫人の偏執で、亭主のほうは、そんなに頭を圧迫しては知能器官によからぬ結果を及ぼしはしまいかと心配して、ひそかに慨嘆していた。そしてたまりかねると夫人に向かって言うのだった。

「おまえはうちの子をカライブ族㉚かボトキュドス族にでもしようってのか?」

しかし、シャルルはもう幾度も会話を打ち切ろうとしていた。

「あなたに話があるんですがね」と、彼は、前に立って階段をおりかけた書記の耳もとにささやいた。

「さては感づいたかな？」とレオンはとたんに思った。胸がときめき、気が気でなかった。

　薬局の扉をしめると、やっとシャルルは口を切り、上等の銀板写真をとってもらうといくらするものなのか、レオン君ひとつルーアンに出たついでにでもきいて来てくれまいかと頼んだ。それは妻を驚かすやさしい心の贈り物、洒落《しやれ》た気配り、つまり燕尾服を着た自分の肖像なのだ。しかし前もって「おおよその目安」をつけておきたい。レオン君は毎週といっていいほど町へ出かけるのだから、それくらいの用たしはべつだん苦にもすまい。

　毎週町へ出かけるとはまた何のためか。オメーはその裏になにか「若気のあやまち」めいた色事を勘ぐっていた。だがそれは邪推だった。彼はかつてないほどしょげかえっていた。ルフランソワの女将《おかみ》は最近彼が皿に食べ残す料理の分量で歴々とそれがわかったから、もっとくわしい事情を知ろうとして収税吏にきいてみた。ビネーはえらそうに、「警察から金はもらっていない」のだと答えた。

　しかしビネーの目にも、友人レオンの様子はただごとでなく見えた。レオンはよく両腕をだらりとたれ、椅子の背に頸をもたせて天井をあおぎ、そこはかとなく人生をなげくのだった。

「それは君、気晴らしが足らんからだよ」と収税吏は言った。

「気晴らしって、何があります？」

「おれが君なら轆轤《ろくろ》を買うね」

「そんな物、買ったところで僕にはまわせませんよ」と書記は答えた。

「ああそうか！」とビネーは得意の色をまじえた軽蔑の面持で、顎《あご》をなでながら言った。

レオンは益《やく》なき片思いに疲れる一方、相も変わらぬ生活の繰りかえしが生むあの切なさにひしがれはじめていたのだった。生活を導くなんの興味もなく、生活を支えるなんの希望もないときの、あの切なさだった。ヨンヴィルの村にも、村の人にもうんざりしたので、ある人に会ったり、ある家を見ると無性に腹が立った。薬剤師は好人物ではあるが、彼にはどうにも付き合いきれなくなってきた。しかも前途に夢みる新生涯の見通しは、彼を魅惑すると同時に恐れさせもした。

その恐れはやがて居ても立ってもいられない焦《あせ》りに変わった。するとパリが、はるかかなたの空のもと、仮装舞踏会の吹奏楽や、お針娘《はりこ》たちの笑い声を彼に向かって吹きつけてきた。法律の勉強の仕上げはどうせパリときまったものを、なぜ出発しないのか。なんの差しさわりがある？　そこで彼はまず心の準備にかかった。今から事務所の仕事も片をつけておかねばならぬ。空想のなかでアパルトマン住まいの家具を買いととのえた。そこで芸術家の生活を送るのだ！　ギターのレッスンもとろう！　部屋着と、ベレー帽と、青ビロードのスリッパと！　そして彼は早くも、マントルピースの上にフェンシングの試合刀を二本ぶっちがいに交差し、そのまた上に髑髏《どくろ》とギターを壁にかけた光景をうっとりと心に思い描いた。

難点は母親の承諾を得ることにあった。しかしこの際彼の言い分ほど道理しごくなものはあるまいと思われた。現在の主人でさえ、もっとためになるような事務所がほかにあれば移るがよいとすすめてくれている。レオンはひとまず折衷案をとることにして、ルーアンに見習書記の口をさがしたが見つからなかった。そこでとうとう母親あてに委細をつくした長文の手紙を書き、ただちにパリへ出て暮らさなければならぬ理由を述べつらねた。母親は承諾した。

そのくせ彼は事を急がなかった。まるひと月のあいだ、毎日毎日、イヴェールは彼のために、ヨンヴィルからルーアンへ、ルーアンからヨンヴィルへと、箱や旅行鞄《かばん》や包みを運搬した。こうしてレオンは簞笥いっぱい分の衣裳を新調し、肱掛椅子三脚に詰め毛を詰め替え、綾絹《あやぎぬ》のハンカチを買いため、言うなれば世界一周旅行以上の支度を整えたのであるが、しかも彼は来週また来週と日を延ばし、最後には母親からまた手紙が来て、夏休み前に受験するつもりなら早く発《た》たなければだめではないかと言われた。

別れの接吻をかわすときがくるとオメー夫人は泣き出した。ジュスタンも泣きじゃくっている。オメーは理性の人たるの面目にかけて感動をおし隠した。彼はレオンの外套《がいとう》を手ずから公証人の家の門口まで持って行くと言った。公証人が自分の馬車でレオンをルーアンまで送ることになっていたのである。レオンはボヴァリー氏に挨拶に行くひまをやっと見つけた。

階段をのぼりきると、彼は息苦しさのあまり立ち止まった。はいってゆくと、ボヴァリー夫人は待ちかねたように勢いよく立ち上がった。

「また参りました」とレオンが言った。

「きっといらしってくださると思ってましたわ」

彼女は唇をかみしめた。急に血が激しく皮膚の下を走って、肌は生えぎわから襟もとまでさっと薔薇《ばら》色に染まった。彼女は羽目板に肩をもたせて立ったままでいた。

「先生はお留守のようですね」とレオンはつづけた。

「留守ですの」

エンマは繰りかえした。

「留守ですの」

それっきりふたりとも黙った。ふたりはじっと顔を見つめ合った。そして互いの心は同じ悩みにとけ込んで、波うつ二つの胸のように、ぴったりと寄り添った。

「ベルトちゃんにお別れのキスをさせてください」とレオンが言った。

エンマは階段を二、三段おりて、フェリシテを呼んだ。

レオンはあたり一面に広くすばやい視線をめぐらした。その目は壁や飾り棚や暖炉の上にひろがって、すべてを透し、すべてを持ち去ろうとするかのようだった。

しかしエンマがもどって来た。そして女中がベルトを連れて来た。ベルトは風車をさかさに糸の先にぶら下げて振っていた。

レオンは立てつづけにその頸筋に接吻した。

「さようなら、お嬢ちゃん！　さようなら、さようなら！」

そして彼はベルトを母親に返した。

「むこうへ連れてお行き」とエンマは言った。

ふたりきりになった。

ボヴァリー夫人は背を向けて、窓ガラスに額をおしつけていた。レオンは帽子を手に持って、それで股《もも》をそっとたたいていた。

「雨になりそうね」とエンマが言った。

「ぼく、外套があります」と彼は答えた。

「そう！」

彼女は顎を引き、さしのぞくようにして窓のほうを向いた。光は大理石像の額の上をすべるように、彼女の眉の曲線まで明るく照らし出したが、はたして彼女が遠く地平に何を見ているのか、心の底に何を思っているのかはわからない。

「では、ごきげんよう！」彼は万感をこめて言った。

彼女はつと頭をあげた。

「ええ、ごきげんよう……お発《た》ちなさい！」

ふたりは歩み寄った。彼は手を差しのべる。と、彼女はためらった。

「ではイギリス流にね」彼女はつとめて笑おうとしながら、手をゆだねた。

レオンは彼女の手を指のあいだに感じた。すると自分の全存在が、骨の髄《ずい》までこのしっとりした掌《てのひら》のなかに吸い込まれるような気がした。

彼は手をひらいた。ふたたびふたりの目が合った。彼は去った。

市場の軒下へ来ると彼は立ち止まって、柱のかげに身をひそめた。緑色の鎧戸《よろいど》が四枚ついたあの白壁の家を、これを最後にもう一度見ておこうと思ったのである。窓の向こうの部屋のなかに人影が見えたような気がした。しかし窓のカーテンはまるでひとりでのように留《と》め総《ふさ》をはずれ、その長い斜めの襞《ひだ》をゆるやかにふるわすと見るや、一時にさっと窓全体をおおい、そのまままっすぐにたれて、漆喰《しっくい》壁よりもなお動かなくなった。レオンは駆け出した。

遠くの路上に主人の二輪馬車が見えた。馬車のわきには粗布《あらぬの》の前垂れをしたひとりの男が馬をおさえている。オメーとギヨーマン氏は立ち話をしていた。皆レオンを待っていたのだった。

「抱いてくれ」と目に涙を浮かべて薬剤師が言った。「ほら君の外套。風邪をひくなよ！　くれぐれも気をつけてな！」

「さあレオン、乗ったり！」と公証人が言った。

オメーは車輪の泥《どろ》よけの上に身を乗り出すと、嗚咽《おえつ》に声をとぎらせながら悲しいひと言を口にした。

「たっしゃでなあ！」

「じゃあ失敬」とギヨーマン氏は言った。「それやれっ！」

彼らは発った。オメーは引き返した。


ボヴァリー夫人は庭に面した窓をあけて、雲をながめていた。

雲は西空の、ルーアンのあたりに幾重にも群がって、くるくると黒い渦を巻き、その渦の後ろから、壁にかけた戦勝牌《せんしょうはい》の金の箭《や》のように、輝かしい日の光が差し出ていた。そして残りの空には何もなく磁器のように白々としていた。しかし一陣の突風がポプラの木々をしなわせたと見るうち、にわか雨が降りだした。雨は青葉の上にぱらぱらと音をたてた。やがてまた日がさして、雌鶏がなき、雀は濡《ぬ》れた茂みに羽ばたきし、砂の上の水たまりはアカシアの淡紅色の花を浮かべて流れ去った。

「ああ、もうずいぶん遠くまで行っただろう！」とエンマは思った。

オメー氏は例によって、六時半、夕食の最中にやって来た。

「ところで今日《きょう》は」と彼は腰をかけながら言った。「先刻あの青年を見送りましてな」

「そうですってな！」と医者は答えた。

そして椅子にかけたままオメーのほうに体を向けて、

「お宅ではお変わりもなく？」

「ええ、たいした変わりもありませんが、ただ家《うち》の奴が昼過ぎからいささか癇《かん》を立てましてな。女ってものはなにしろ、くだらないことにすぐかっとなるくせがありましてなあ！　いや、また家のときたら！　しかしこちらがそれに腹を立ててみてもはじまらんことで。元来、女の神経組織は男のよりもきゃしゃにできとるんですからな」

「レオン君もこれからたいへんですな」とシャルルは言った。「パリでの暮らしはどんなですかな。……慣れればいいが」

ボヴァリー夫人は溜息をついた。

「なんの、なんの！」と薬剤師はチョッと舌を鳴らして、「料理屋では、女の子をまじえて景気よく騒ぐし、やれ仮装舞踏会の、シャンペンの！　案ずるがことはありませんや」

「あの男がぐれるとは思いませんな」とボヴァリーが反対した。

「わたしだってそうは思いませんよ」と急いでオメー氏は応じた。「しかし、レオン君も郷《ごう》に入っては郷に従わざるを得んでしょう。さもないと偽善者あつかいにされます。そもそも、パリの不良学生どもがカルチエ・ラタンで女優相手になにをやっているか先生はご存じない！　それにパリでは学生がえらくもてましてな。少しでも人の気に入る才覚があれば最高の社交界へ顔出しができる。そうなるとまたフォーブール・サン＝ジェルマン（貴族が多く住んだ地区）の上流婦人のなかには、そういう学生などに惚《ほ》れぬく物好きなのがいて、チャンスをつかめばしめたもの、けっこうご大家の花婿《はなむこ》どのに納まるためしもあるってわけでさあ」

「しかし」と医者が言った。「わたしがレオン君のために心配するのは……パリでは……」

「ごもっとも」と薬剤師はボヴァリーにみなまで言わせず、「表があれば裏がある道理ですな！　パリへ行ったらしょっちゅう隠しの上から財布をおさえていなけりゃならん。たとえば、かりにまあ先生がどこかの公園にいらっしゃるとします。と、そこへ、りゅうとした風采の、勲章の略綬までつけた、一見外交官まがいの男が現われます。近寄って来る。話をかわす。奴《やっこ》さんはうまいことを言って、嗅《か》ぎ煙草をひとつまみすすめてみたり、帽子を拾ってくれたりする。こうしてだんだんに取り入ってきまさあ。カフェーへ連れて行ってくれる、田舎の別荘へ来いと誘う、酒の席ではいろんな人を紹介してくれる。ところでそれが何のためかというと、けっきょくは十中の八九まで、こちらの財布が目当てか、それともなにか後ろ暗い仕事に引きずり込もうっていう魂胆《こんたん》なのですな」。

「いや、まったく」とシャルルは答えた。「しかしわたしが案じていたのは別のことで、とりわけ病気の問題ですよ。そら、地方出の学生がよくやられるチブスだとか」

エンマはふるえあがった。

「食事内容の変化が原因です」と薬剤師はつづけた。「その結果、全身機構に変調を来たすのですな。それにパリの水ときたらご承知のとおり！　料理屋で飯を食ったで、例のやたらと薬味をきかせたやつでしょうが、しまいにはどのみち逆上《のぼせ》がきまさあ。そこへゆくとなんといってもうまい手製のシチューにはかないませんな。わたしなんぞは昔から家庭料理礼讃です。そのほうがずっと体によい！　だからルーアンで薬学を勉強していた時分も、賄付《まかないつ》きの素人《しろうと》下宿にはいって、教授方と食事をともにしたもんです」

こうして彼は自分の一般的意見と個人的嗜好《しこう》とを述べ立ててやまなかったが、とうとうジュスタンが卵入りのホット・ミルクをつくってもらいたいからと言って呼びに来た。

「一刻のひまもない！」とオメーは叫んだ。「いつも鎖につながれどおしだ！　おちおち外出もできん！　野良《のら》でこきつかわれる馬さながら、汗水たらして働かにゃならん！　貧乏の軛《くびき》は締めつけるわ、締めつけるわ！」

そして戸口のところで振り返ると、

「ところで例の件はもうお耳にはいりましたかな？」ときいた。

「なんのことでしょう？」

「ほかでもないが」とオメーは眉をつりあげ、世にもまじめな顔つきになって、「下《しも》セーヌ県の農事共進会が今年はどうやらこのヨンヴィル＝ラベイで開催されるらしい。ともかくそういう噂《うわさ》がもっぱらです。今朝の新聞にもちょっと出ていましたがね。もしもそれがほんとうだとすると、こりゃあわが郡にとってはまたとない大事件ですぞ！　まあ、くわしい話はいずれまた。いや大丈夫、よく見えます。ジュスタンが角燈を持って来ておりますから」。

7

その翌日はエンマにとっては悲しい一日だった。あたかも黒々とした雰囲気《ふんいき》がすべてを包み、そこはかとなく事物の表面にただよっているかのようだった。そして憂いが、荒れはてた古城に吹き入る冬の風のように、ゆるやかな呻《うめ》きをあげて、彼女の心に吹き込んで来た。それは二度と返らぬものを追う夢であり、既往の出来事を見送るたびごとに人を襲うやるせなさであり、つまり身をゆすられるのに慣れた動きがはたと止まったとき、長くつづいた振動がふいにとだえたときに見舞うあの苦痛だった。

ヴォビエサールからの帰りみち、カドリーユが頭のなかに旋回していたときのように、彼女はどんよりした哀愁を、しびれるような絶望感を味わっていた。レオンの姿がひとしお大きく、ひとしお美しく、ひとしおやさしくもまたおぼろげに浮かんできた。別れてはいても彼はエンマのもとを去らず、そこにいた。家の方々の壁は彼の影をとどめているかと思われた。彼女はレオンが歩いた絨毯や、彼のかけていた今は主《ぬし》なき椅子から目を離すことができなかった。今も同じ川は流れ、すべっこい斜面をつらねた土手沿いにゆるやかにさざ波を立てている。苔《こけ》むした小石を渡る川波のあの同じささやきを耳にして、ふたりは幾度か土手を散歩したものだった。なんとなごやかな日の光をふたりは浴びたことだろう！　なんと楽しい午後のときを、ふたりきりで庭の奥の木かげに過ごしたことだろう！　何もかぶらず、朽ちた丸太のベンチに腰をかけて、彼は声高に本を読んでいた。牧場の涼しい風がその本のページをひるがえし、青葉棚の凌霄花《のうぜんかずら》をふるわせていた。ああ！　あの人は行ってしまった、彼女の生活のたったひとつの喜び、幸福へのただひとすじの夢の掛け橋だったあの人は！　どうしてその幸福が現われたときに捕えなかったのか！　そしてその幸福がのがれ去ろうとしたとき、なぜ両手をのばし両膝をついて引きとめなかったのか！　こうして彼女はレオンを愛さなかった自分をのろい、レオンの唇に焦がれた。走って彼のもとへ行き、彼のふところに飛び込んで、「わたしよ、わたしはあなたのものよ！」と言いたかった。しかしエンマはその企ての無謀さを思うと、今からもう途方にくれた。そして彼女の欲望は、くやしさに裏打ちされて、いとどますますつのりゆくばかりだった。

かくてレオンの思い出はいわば彼女の悩みの中心となり、ロシアの大草原の雪の上に旅人が残して行った焚火《たきび》よりもなお激しく、悩みの圏内《けんない》に火の粉を散らせた。彼女はその思い出に駆け寄っては、そば近くうずくまり、消えかかるその火をそっとかき立て、ふたたび火を燃え上がらせる代《しろ》となるものをあたりにさがしまわった。遠い追憶も手近な機会も、胸に覚える実感もはるかに馳《は》せる空想も、むなしくはじけ去る官能の欲求も、枯れ枝のように風に折れる幸福の計画も、実りなき貞節も、ついえた希望も、家庭生活の藁くずも、手あたりしだいにかき集め、拾い上げ、すべてを投じてわが身の憂愁を暖めるよすがとした。

しかし、そうまでしても燃え代《しろ》がおのずと尽きたのか、それとも逆に薪を積みすぎたためか、炎はおとろえた。恋は相手の不在のためにいつしか薄れ、未練は単調な明け暮れの間に息絶えた。そしてどんより曇った彼女の天空を朱に染めていた火事の明《あけ》かりはいよいよ影におおわれて、しだいに消えた。昏迷《こんめい》する意識のなかで、彼女は夫への嫌悪《けんお》までも恋人へのあこがれと思い誤り、身を焼く憎悪の熱を愛情の暖かさと取りちがえた。しかし嵐は依然吹きやまず、情熱は燃え尽きて灰となり、しかも救いの手はさしのべられず、日の光はどこからもささなかったので、あたりは真っ暗な闇《やみ》となり、彼女は骨身にしみる寒気のただなかに、あてどもなくさまようばかりだった。

そこでトストのころのあのいやな日々がまたはじまった。いや、今のほうがずっと不幸だとさえ思われた。すでに悲しみの経験があるだけに、その悲しみに終わりがないことを思い知っていたからである。

こうまで大きな犠牲を払わせられた女なら、気随気ままな思いぐらいさせてもらいたい。そこで彼女はゴチック風の祈禱台を買い込み、爪をきれいにするためにレモンをひと月に四十フランも使い、ルーアンへ手紙を出して青いカシミヤのドレスをあつらえ、ルールーの店でいちばん上等のスカーフを選んで、それを部屋着の上から帯がわりに巻いた。そして窓の鎧戸を閉ざし、手に一冊の本を持って、こんな身なりで長椅子にぐったりと身を横たえていた。

よく髪の形を変えた。中国風に、ふんわりとカールさせて、先を編んでお下《さ》げにしているかと思うと、今度は男のように横で分けて、そのまま下へなでつけたりした。イタリア語を勉強しようとして、辞書と文法書と、それに紙をしこたま買い込んだ。歴史や哲学など堅いものを読もうとしたこともあった。夜中、シャルルはときどき物音にがばとはね起き、てっきり患家からの呼び出しだと思って、

「わかった」とつぶやく。

だがそれはエンマがランプをつけようとしてすったマッチの音だった。しかし彼女の読書もちょうど、みんなやりかけのまま戸棚につめ込んである綴織《つづれおり》と同じことで、読みさしては中途でやめてほかの本に移るのだった。

ときには発作が起こったが、そんなときには、はたの者の受け答えしだいで何をやり出すかわからなかった。ある日、コニャックを大きな目のグラス一杯ぐらいは飲んで見せると夫を相手に突っかかると、シャルルがまたおろかにも飲めるものなら飲んでみろと応じたので、彼女はぐいぐい飲みほしてしまった。

ヨンヴィルのおかみさん連の表現を借りると、見かけこそ「はすっぱ」だったが、エンマは心《しん》から快活そうにはどうも見えず、オールド・ミスや落ちぶれた野心家の顔をひきつらせている、あの凝《こ》り固まったような痙攣《チック》を、たいてい口もとに浮かべてい

た。体じゅう血の気がなく、シーツのように白かった。鼻の皮膚は鼻孔のほうへ引きつれ、人を見る視線もさだまらなかった。こめかみの生えぎわに白髪を三本見つけてからは、自分の老衰を口にした。

しばしば脳貧血が起こった。ある日などは血を吐いた。シャルルがおどおどして騒ぎ立てるので、

「なんです！　こんなことくらい」と彼女は言った。

シャルルは診察室へ逃げ込むと、事務椅子に腰をおろし、机に両肱をついて、骨相学用の髑髏《どくろ》の下で泣いた。

とうとう彼は母親に手紙を書いて出向いて来てくれるように頼んだ。そして親子額を寄せてエンマのことをあれこれと相談した。

なんとか出方を決めてかからねばなるまいが、彼女がいっさいの治療をはねつけるからには、どうしたらよいか？

「お前の嫁をどうしむけたらいいかっていうのかね？」とボヴァリー老夫人は答えた。「無理にでも働かせるんだね！　手仕事がなによりだよ。いやでもその日のパンをかせがなけりゃならない女が世間にはいくらもいるだろう。そういう身分になってみるがいい、あんなヒスなんか起こそうにも起こせるもんじゃない。あれのは、仕事もしないでいては、くだらない考えを次から次へと自分でつくり出しているからだよ」

「でもエンマは忙しくしてますよ」

「へえ、忙しいが聞いてあきれるよ！　どうせ小説だのといった悪書のたぐいを読むのにだろう。悪書といやあ、信仰のことを悪《あ》しざまに言ったり、ヴォルテールの議論を引っぱってきて神父様を笑いものにしたりするような本まで、あれは読んでいるようだが、あれじゃあおまえ、先が思いやられるよ。信心のない者はかならず堕落するにきまっています」

そこでエンマに小説を禁ずることになった。なったとはいっても、そうですか、はいはいというぐあいにはゆきそうもなかったから、老夫人がこの難役を買って出た。ルーアンを通ったついでに老夫人がみずから貸本屋に立ち寄り、エンマが予約を解除した旨を告げることになった。それでもなお本屋が世に害毒を流す商売をあくまで続行するというのであれば、こちらはこちらで警察の手を借りる権利もあろうというものだ。

姑《しゅうとめ》と嫁の別れはすげなかった。いっしょに住んだ三週間のあいだ、食卓で顔を合わすときと、晩寝室に引き揚げる前とに、機嫌を聞いたり挨拶をしたりするほかは、これといった言葉のやりとりもしなかったのである。

ボヴァリー老夫人は水曜日に出発した。それはヨンヴィルに市《いち》の立つ日だった。

広場は朝から所狭いばかりにずらりと並んだ荷車が、みんな尻を地につけ轅《ながえ》を宙にあげて、教会から旅館までの家々沿いに並んでいた。向かい側にはテント張りの屋台が出て、綿布類や掛蒲団《かけぶとん》や毛の靴下、それに馬の端綱《はづな》や青リボンの束などを売っていた。リボンの端は風にひらめいている。卵の山とべとべとした藁のはみ出たチーズ籠のあいだに、金物類が地面いっぱいにひろげてあった。麦扱《むぎこ》き機のそばには、平籠に伏せた雌鶏がなきながら籠の目ごしに首をのぞかせていた。人波はひとつ所にかたまって動こうとせず、ときどき薬屋の店先をつぶしそうにした。水曜日には薬屋の客はひきもきらず、それも薬を買うよりは診察を受けに詰めかけるのだった。オメーの旦《だん》那《な》の名声はそれほど近在にとどろいていた。彼の大家然たる落ち着きぶりが田舎者をころりと乗せたのである。だれしもオメーを世界じゅうのどこの医者よりもたいした名医だと信じていた。

エンマは二階の居間の窓べに肱を突き（彼女の好みの席だった。田舎では窓が劇場や散歩道の代用になる）、田舎者のごった返しをおもしろそうにながめていた。すると緑色のビロードのフロックを着たひとりの紳士が目にとまった。この紳士はごつい革ゲートルをはいているくせに、手には上等の黄色い手袋をはめていた。お供にひとりの百姓をつれて医者の家のほうへやって来る。百姓はなにか考え込んだようにうなだれて歩いていた。

「先生にお目にかかれますかな」と紳士は玄関先でフェリシテを相手に油を売っていたジュスタンをつかまえてきいた。

そしてジュスタンをこの家の召使いと思い込んで、

「ラ・ユシェットのロドルフ・ブーランジェと取り次いでください」

このはじめての客がラ・ユシェットのとわざわざことわったのは、なにも自分の地所を誇ろうとしたわけではなく、そう言ったほうがよくわかるからだった。事実ラ・ユシェットというのはヨンヴィル近在の地所の名で、この男は最近そこの邸と二つの農場を買い込み、道楽半分に自分で農耕をやっていた。独身で「年収一万五千フランは確実！」という噂だった。

シャルルが広間にはいって来ると、ブーランジェ氏は下男を紹介した。この下男が瀉血《しゃけつ》をしてもらいたいのだった。「体じゅう蟻《あり》がはう」ような気持がするという。

「血をきれいにしてくだせえ」なんと言い聞かせても本人はそう言ってゆずらない。

そこでボヴァリーは包帯と膿盤《のうばん》を取って来ると、ジュスタンに頼んで膿盤を持たせた。そして、もう真っ青になっている百姓に向かって、

「なんでもないよ、君」

「なあに、なあに、たっぷりやってくだっせえ！」

相手はそう言うと、虚勢を張って太い腕をぐいと突き出した。刺胳針《ランセット》を刺すと、血が噴いて姿見の鏡にはねかかった。

「膿盤！」とシャルルがどなった。

「うひぇっ！　まるで噴水みてえでねえか！　おれの血のまた赤《あけ》えこと！　こりゃ良《え》えしるしでがんしょうな」

「ときによると、針を刺した当座はなんともなくて、あとから卒倒を起こすことがあ

る。とくにこういう体格のよい者はな」

　百姓はそれを聞くと、もてあそんでいた針のケースをはなした。肩がぴくぴくふるえて椅子の背がきしみ、帽子が落ちた。

「言わんこっちゃない」と、ボヴァリーは血管を指でおさえた。

　膿盤がジュスタンの手のなかでふるえ出した。ジュスタンの膝ががくつき、顔がさっと青くなる。

「エンマ！　エンマ！」とシャルルが呼んだ。

　彼女は急いで階段を駆け降りた。

「酢《す》を頼む！」とシャルルは叫んだ。「えらいこった！　ふたりがいちどきだ」

　シャルルはとりのぼせて、ガーゼを当てる手もとがあやしかった。

「なに大丈夫ですよ」とブーランジェ氏はジュスタンを抱きとめながら静かに言った。

　そしてジュスタンをテーブルにすわらせ、背中を壁にもたせかけた。

　ボヴァリー夫人はジュスタンのネクタイをはずしにかかった。シャツのひもに結び目があるので、彼女はしばらく小僧の首筋に軽やかな指先を動かしていた。それから麻のハンカチに酢をたらし、それでジュスタンのこめかみをはたいて湿すと、その上からそっと息を吹きかけた。

　荷車ひきのほうは正気にかえったが、ジュスタンの気絶はまだ続いていた。彼の瞳《ひとみ》は、ちょうど青い花が牛乳のなかへ沈むように、つやのない白目のなかへ沈んで行った。

「それを見せちゃまずい」とシャルルが言った。

ボヴァリー夫人は膿盤を取って、テーブルの下へ隠そうとした。身をかがめると彼女のドレス（それは長いスカートの広く開いた、裾飾りの四段ある、黄色い夏のドレスだった）は、広間の床の上を、彼女のまわりにふわりとひろがった。――そしてエンマがさらに腰をかがめ、両腕を開きながらちょっとよろめくと、盛りあがった服地のところどころが胴のたわみにつれてくっきりと襞を寄せた。それからエンマは水差しを取りに行き、砂糖のかたまりを水にとかしていると、そこへ薬剤師が到着した。大騒ぎの最中に女中が呼びに行ったのである。薬局見習生が目を開いているのを見るとほっと息をついたが、さてそれからそのまわりをぐるぐるまわりながら、頭のてっぺんから足の爪先まで見おろして、

「ばか者！」とオメーは言った。「ばか小僧、大ばか野郎！　たかが刺胳《しらく》治療を見たぐらいのことでなんたるざまだ！　ふだんのこわいもの知らずの強がりはどうした！　皆さん、こいつは栗鼠《りす》みたいなやつでしてな、目がくらむような高い木へよじ登って胡桃《くるみ》を竿でたたき落とすなんぞは平気な男なんです。いや、でかした！　なんとでも触れまわって自慢するがいい！　まったく行く先薬屋をやって行くにはもったいないほどのたいした素質を見せてくれたよ。薬剤師ともなれば、重大事件に際しては法廷へ出頭し、裁判官の心証に一点の曇りなきを期さねばならぬ。しかもそういうときは、

毅然《きぜん》として論拠を追い、男一匹の度胸を示すのだ、さもないと低能扱いにされるのだぞ！」

　ジュスタンは答えなかった。薬剤師はなおもおっかぶせて、

「いったいだれに頼まれてここにいる？　先生や奥様のおじゃまばかりしくさって！　それに水曜日はほかの日以上におまえの手がいるのだ。今も二十人からのお客が来ている。それをおまえの身を案ずればこそ、なにもかもさしおいて駆けつけたんだぞ。さあ行け！　走って行け！　わしの帰るまでおとなしく薬瓶の番でもしていろ！」

　ジュスタンが服装を整えて出て行ったあと、しばらくは卒倒の話になった。ボヴァリー夫人は一度も倒れたことがないと言った。

「それはご婦人には稀有《けう》のことですね！」とブーランジェ氏が言った。「もっとも、男でもずいぶん神経の細い人がいるもので、決闘の立会人でしたが、ピストルに弾丸《たま》を込める音を聞いただけで気を失ったのを見たことがあります」

「わたしも」と薬剤師が言った。「他人《ひと》の血を見るぶんにはなんの痛痒《つうよう》も感じませんがね、自分の血が流れると思っただけでも、そのありさまをあんまり考えつめるというと、くらくらっとなりますな」

　そのあいだにブーランジェ氏は、おまえの蟻がはうとかいう幻覚もこれでおさまったのだから安心するがいいと言いきかせて、下男をひと足先に返し、

「いやあの男の幻覚のおかげでお宅とお近づきになれました」とつけ加えた。

そう言いながら彼はじっとエンマを見つめた。

それから彼はテーブルのすみに三フラン置くと、軽く一礼して立ち去った。

彼はやがて川向こうへ渡った（それがラ・ユシェットへ帰る道筋だった）。そしてエンマは彼が牧場のポプラの下を、物思いにふけったように、ときどき足をゆるめながら歩いて行く姿を見た。

「かわいい女だ！」と彼は考えていた。「まったくかわいい女だ、あの医者の女房は！真っ白な歯並びと言い、黒い目と言い、たおやかな足と言い、それにあの身のこなしはまるでパリの女だ。どういう出の女なのか。あのでくの坊、どこからあんな上玉《じょうだま》を掘り出してきやがったんだろう」

ロドルフ・ブーランジェ氏は三十四歳、人を人とも思わぬ気性で、頭は切れるし、それに漁色家だったから、しぜん女にかけてはひとかどの目ききである。その彼の目にエンマは美人と映じたのだった。そこで彼はエンマのこと、それからその夫のことに思いをはせた。

「あの亭主は見たところから間抜け面《づら》だ。女房はさぞやうんざりしているだろう。医者めはきたない爪をして、三日も剃《そ》らないひげをはやしている。やつが患者のところへ馬ですっ飛んでいる間じゅう、あの女は家で靴下のつくろいをする。退屈だ！都《ま》会《ち》に住んで毎晩ポルカが踊りたいだろう！かわいそうに！台所の鯉《こい》が水をほしがって口をぱくつかせるように、あの女は恋にかつえてあえいでいるのだ。やさしい言葉のふた言み言もささやけば、ほれてくること必定《ひつじょう》だ！　あの女としんねこになったら、こりゃあこたえられめえ！……おっと、そこまではいいが、そのあと手を切る段どりは？」

するとと、遠い未来に思い描いた後腐《あとくさ》れのややこしさが、現実の情婦のことを思い出させた。ルーアンで女優をかこっているのだった。思い出すだにうんざりするその姿が脳裡《のうり》にくっきり浮かんだとき、彼はこう考えた。

「ああ、ボヴァリー夫人のほうがずっといい、何といっても新鮮だ。ヴィルジニーのやつはたしかに太りすぎてきた。ああべたつかれちゃあ持て余す。それに小蝦《こえび》ばかり食いあさるあのざまはどうだ！」

野づらには人影もなく、ロドルフの耳に聞こえるのは、草が規則正しく靴にあたる音と、遠く燕麦《からすむぎ》のかげにひそんだこおろぎの鳴く声だけだった。彼はエンマがさっきの服装で広間にいる様子を想像した。そしてそのドレスを脱がしてみた。

「よし、一丁行こう！」彼は目の前の土くれをステッキの先でぐいと突きくずすとそう叫んだ。

そしてただちに攻略計画の頭を要する部分の検討にかかった。自問していわく、

「どこで会おう？　どんなきっかけで？　敵は子持ちで、しょっちゅうそっちにかまけている。女中がいる、隣近所や亭主の目がある。いや、どうしてこりゃあえらいことったぞ！　あんまりむだな時間がかかるようでもばからしいが」

それからまた思い返して、

「やっぱりやめられない。それというのもあの女の目が錐《きり》のようにおれの心臓に突き刺さってくるからだ。それにあの青白い顔色！……青白い女となるとおれはもうからきし弱いんだ」

アルグイユの丘の頂まで来ると決心がついた。

「あとは機会をさがすばかりだ。よし！　ときどきあの家へ立ち寄る。猟の獲物や家の鶏をとどけさせる。場合によっては瀉血ぐらいさせてもいい。とにかく親しい付き合いに持ち込んで、そのうち家へも招待する……やっ、うまいぞ！」と彼はつけ加えた。「もうじき共進会がある。あの女も来るだろう。会える。それからいよいよごり押しにかかるのだ。とにかく女は押しの一手だからな」

8

いかにもやって来た、お待ちかねの共進会が！　当日は朝のうちから村人たちが門口に総出で、式の準備の模様をあれこれと話し合った。役場の破風《はふ》には木蔦《きづた》の葉飾りを渡し、牧場には宴会のためのテントを張り、広場の中央、教会の前には臼砲《きゅうほう》といえば聞こえがいいが、じつは名づけようもない旧式の大砲がすえられて、知事閣下の着到と、賞を受ける百姓たちの呼び出しを合図することになっていた。ビュシーの国民軍㉛（ヨンヴィルにはなかったので）が来て、ビネーのひきいる消防団に加わっていた。この日ビネーは、ふだんよりもいっそう高いカラーをつけていた。詰襟《つめえり》の制服にぴっちりしめつけられた彼の上半身は、そっくり返って動きがとれないありさまなので、体じゅうの生ある部分はことごとく足に降りてしまって、その両足だけがひょっひょっと間拍子《まびょうし》よく歩調を取って上下するかのようだった。収税吏と国民軍の隊長とのあいだにはかねてより確執があるので、それぞれ自分のいいところを見せようと、別々に部下を調練していた。それで赤い肩章の列と黒い胸当ての列とが交互に行きつもどりつするのが見えた。それはいつ終わるともなく、果てしなく繰りかえされた！　こんな大規模な分列行進は見はじめだった。前の日から家屋の外観《そとみ》を水洗いした家もあった。三色旗が半開きの窓からたれている。居酒屋はどこも満員だった。おりからの上天気に、糊をきかせた布帽子や、胸にさげた金の十字架や、色物のスカーフなど、女の身につけたものはすべて雪よりも白く見え、明るい日の光にきらめいて、ばらまかれたその派手なさまざまな色どりが、男たちのフロックや青い仕事着の暗色の単調さを破っていた。近在の百姓女は、馬をおりると、途中はねがあがらないように、かかげた裾を胴のまわりに止めておいた大きなピンを抜いた。亭主たちは反対に帽子をいたわってその上からかぶせたハンカチの端を口にくわえていた。

　群衆は村の両端から広場へ向かって続々と寄せて来た。横町から、路地から、家々から、人波がはき出された。レースの手袋をはめて、式の見物に出かける奥様連の後ろで、戸口のノッカーがはね返る音がときどきかたんかたんと聞こえた。式のための飾りつけのなかでもとくに人々の目を見張らせたのは、おえら方が居流れるはずの壇の左右に立てられた、見あげるばかりの二基の三角台で、小さな提燈《ちょうちん》がいっぱいについていた。さらに役場の四本の円柱には、竿《さお》のようなものが立てかけてあり、竿にはどれも緑がかった布地に金文字を染め抜いた小旗がかかげてあって、一つは「商業万歳」、もう一つは「農業万歳」、三番目のは「工業万歳」、四番目のは「芸術万歳」と読まれた。

しかし皆の顔を明るくしている晴れの日の喜びが、旅館の女将《おかみ》ルフランソワの顔をかげらせているようだった。勝手口の階段の上につっ立って、女将は二重顎の奥でぶつくさぼやいていた。

「まったくばかげてるよ！　テントなんか張って宴会場だなんて！　いったい知事様が大道芸人みたいにテントの下で昼食《おひる》を召しあがって喜ぶとでも思ってるのかね。あいうたわけたまねをして、それが村のためだなんて笑わせるよ！　こんなことなら、なにもわざわざヌーシャテルからコックを呼んでくることはなかった！　せっかくのごちそうをだれが食べるかっていや、牛飼いどもや、浮浪人じゃないか！……」

薬剤師が通りかかった。燕尾服《えんびふく》に浅黄色の南京木綿のズボン、海狸《かいり》の皮靴、それに今日はいつものお椀形頭巾《わんがたずきん》をやめて、珍しくも帽子——山の低い帽子をかぶっている。

「今日は！」と彼は挨拶した。「素通りで失礼、急ぐので」

太っちょの寡婦《やもめ》がどちらへときくと、

「いかにもこのわしの外出とはふしぎに思いなさろうな。わしが調剤室にこもりきりなのは、まさにあの天真爛漫居士《らんまんこじ》(32)の寓話の鼠《ねずみ》がチーズのなかにこもっている以上だからな」

「チーズってなんのことですの？」と女将がたずねた。

「いやなに、なんでもないよ！」とオメーが答えた。「なにね、おかみさん、わしがいつも家のなかに閉じこもってばかりいるということさ。だが今日という今日はそうしちゃいられない、どうしても……」

「まあ、あそこへお出かけ？」と女将は見さげはてたように言った。

「行くがどうしたかね？」と薬屋はあきれて、「なにしろわしは審査員の末席をけがしておるのでな」。

ルフランソワの女将はしばらく彼の顔を見つめていたが、しまいにひやかすような口つきで、

「なるほどそういうことですかね！　でもぜんたいあなたは畑仕事になんのかかわりがおありなんです？　そんなことまでおわかりなんですか？」

「もちろん心得ておる。わしは薬剤師だ、ということはとりもなおさず化学者なのだ！　しかして化学とは、なあおかみ、自然界のありとある物体の相互的分子作用の知識を目的とする。だによって農業は当然化学の分野に含まれるのだ！　事実、肥料

の成分にせよ、液体の醱酵にせよ、さらにはガスの分析、毒気の影響、すべてこれ適正かつ純然たる化学の対象にあらずしてそもなんであるか」

女将は答えないので、オメーはつづけて、

「農学者たるがためには、みずから畑を耕し鶏を飼う必要があると思うのは素人《しろうと》考えのあさはかさで、むしろ農学者の究《きわ》むべきは供試物質の組成であり、また地層の様相、土壌、鉱物、水の性質、各種物体の密度ならびに毛管現象！　いや、ほかにもなおさまざまの知識が要《い》る。それのみか衛生学の諸法則をことごとく自家薬籠《やくろう》中のものとせぬことには、建築物の設営、動物の食餌《しょくじ》、雇人の栄養状態を指導し批判することはおぼつかない。それからまた植物学だ、おかみ、植物が識別できねばならぬ、いいかね。どれが薬用でどれが有毒か、どれが無用でどれが滋養になるか、これは引っこ抜くべし、あれは蒔《ま》きなおすべし、これを殖《ふ》やしてあれを絶やすべしなどというぐあいだ。要するに、改良の余地ある点を指摘するためには、パンフレットや新聞雑誌を通じて科学の進歩におくれぬようにせねばならん、日ごとの精進《しょうじん》あるのみだ……」

女将は「カフェー・フランセ」の店先から目を離さなかった。で、薬屋はつづけた。

「わしはわが農民諸君がめいめい化学者であれかしと念ずる、それがかなわぬならせめても、科学の忠告にもっと耳を傾けてほしいとひたすら念ずるものだ！　かかる祈念をこめてわしは最近注目すべき一小冊子をものした。『りんご酒、その製法と効用、ならびに該問題に関する若干の新考察』と題する七十二ページにわたる研究報告だ。

これをルーアンの農学協会へ送ったところ、学界への寄与を賞《め》でられて、わしは農業部門果実学科の会員にまで推挙されるの栄をになったのだ。ところでだ、もし我輩《わがはい》の著書が公刊されていたならば……」

しかしルフランソワの女将があまりにも心ここにあらざるていなので、さすがのオメーもだまった。

「まあ見てくださいよ！　あの人たちときたら」と彼女は言った。「どういう気だろうね？　あんな低級な店へ行くなんて！」

そして、毛編みの服の編み目が胸の上でつりあがるほどぐっと肩をそびやかしながら、女将はおりから歌声がさかんに起こっている商売がたきの居酒屋を両手でさして、「いい気なもんだが、あの騒ぎも今のうちね。一週間たたないうちにどうせお手あげになるんだから」とつけ加えた。

オメーが驚きのあまりたじたじとするのを追うように、女将は三段降りてきてオメーの耳に口を寄せると、

「あきれた！　ご存じないんですか？　あいつは今週じゅうに差押えをくうんです。ルールーがあの店を競売に出すんですよ。ルールーが借金の証文を突きつけて、あいつのとどめを刺したんです」

「げにもおそるべき破局じゃ！」と薬屋が叫んだ。彼は想像しうるかぎりのあらゆる情況に適合すべき表現をつねに持ち合わせていた。

さて女将は、ギヨーマン氏の下男のテオドールから仕込んだ差押えの一件をオメーにしゃべりはじめた。女将はテリエを憎むことはあえて人後に落ちなかったが、それでもこの際ルールーを非難して、あれは品性のいやしい小股《こまた》すくいだと言った。

「あれ、ちょっと！　噂のご本人が市場の軒下にいますよ。ボヴァリーの奥さんに挨拶している。奥さんは緑色の帽子をかぶって、まあ、それにブーランジェさんと腕を組んでいらっしゃる」

「やあ、まさしくボヴァリーの奥さんだ！　さっそく行ってご挨拶してこよう。幔幕《まんまく》のなかの、役場の正面の列柱の下へ席をとってさしあげたら喜ばれるだろう」

もっとくわしい話を聞かせたくてしきりに呼びとめるルフランソワの女将には耳もかさず、薬剤師は口もとに愛想笑いを浮かべ、片足を後ろにひいては、右や左に会釈《えしやく》を振りまき、燕尾服の大きな裾を風になびかせて広い空間を占めながら急ぎ足に遠ざかって行った。

ロドルフは遠くからオメーの姿を認めて足を早めた。しかしボヴァリー夫人が息を切らすので、またゆっくりになり、ほほえみかけながら人を食った口つきで言った。

「あの太っちょおやじにつかまらないためですよ。ほらあの薬屋にね」

エンマはロドルフを肱で突いた。

「なんのつもりだろう？」と彼は考えた。

そして歩きつづけながら、横目でエンマの顔をうかがった。

その横顔はまったく端正で、なんの意味も読み取れなかった。それは正面から日の光を受けて、鍔広《つばひろ》の布帽《ぬのぼう》の卵形のなかにくっきりと浮き出していた。帽子には葦《あし》の葉のような薄色のリボンがついていた。長く反った睫毛《まつげ》の下で、目は前のほうを見つめている。大きく見開かれた目だが、なめらかな皮膚の下に静かに脈打つ血管のために、いくらか頬骨寄りに細まって見えた。鼻孔の仕切りは薔薇《ばら》色にすきとおっていた。彼女は首をかしげていた。唇のあいだから白い歯の先が真珠色の光沢《つや》を見せていた。

「おれをからかっているのかな？」とロドルフは思った。

しかしさっきのエンマのしぐさは警告にすぎなかった。ルールーが後ろからやって来るのを知らせたのである。彼は話の仲間入りをしたそうに、ときどき、ふたりに言葉をかけてきた。

「もってこいの上天気でございますな！　皆さん今日はお出ましで！　東風でございますすな」

ロドルフはもちろんのこと、ボヴァリー夫人もこれにはてんで取り合わない。しかもルールーは、ふたりがちょっと振り返るそぶりを見せても、「なんでございますか」と言いながら寄って来て、帽子に手をかけた。

鍛冶《かじ》屋《や》の前まで来ると、ロドルフは牧場の柵《さく》のところまでまっすぐ行かずに、ボヴァリー夫人を引っぱっていきなり小道にそれた。そして大声で、

「ルールーさん、失礼します！　いずれまた！」

「うまくはぐらかしておしまいになったわね！」とエンマは笑いながら言った。「あんなやつらに割り込んでこさせる手はないですよ。それに今日は奥さんとごいっしょになれて……」

エンマは赤くなった。彼は今の言葉は言いさしたまま、天気のよいことや、草の上を歩くのが楽しいなどと話した。雛菊《ひなぎく》がはえていた。

「かわいい雛菊ですね」と彼は言った。「これだけあれば、村じゅうの恋する乙女がみんな恋占い㉝ができますね」

彼はつけ加えた。

「つみましょうか。いかがです？」

「あなた恋をしていらっしゃいますの？」とエンマは軽く咳《せき》をしながら言った。

「さあ、どうですか、わかりませんよ」とロドルフは答えた。

牧場に人がつめかけていた。おかみさん連は大きな傘《かさ》を持ち、籠《かご》をさげ、子どもを連れて人にぶつかって行った。近在の百姓女、これは青い靴下に平底の靴をはき、銀の指輪をはめた女中たちで、そばを通るとぷんと牛乳のにおいのするのが、ながながと列を組んで練り込んで来るので、しょっちゅう道をあけてやらねばならなかった。この一行は手をつないで歩き、白楊《はこやなぎ》の並木から宴会用のテントまで、牧場の奥行きいっぱいにえんえんとのびていた。おりから審査のはじまる時刻で、農夫たちも、棒ぐいに長い縄《なわ》を張りめぐらした競馬場のようなところへ、ぞろぞろはいって行くところだった。

そこには家畜が縄張りのほうへ鼻づらを向け、ごたごたと大小さまざまな臀《しり》をならべていた。豚は鼻っ先を土に突っ込んで眠っている。子牛は鳴き、牝羊《めひつじ》は叫び、牡牛《おうし》は片膝を折って芝地に大きな腹を横たえ、のんびりと反芻《はんすう》しながら、ぶんぶん飛びまわる蚋《ぶよ》の下で、重い瞼《まぶた》をまたたいている。種馬は後足で立ち、鼻をふくらませて牝馬のほうへいななきかけるので、腕まくりした荷車挽《ひ》きたちが端綱《はづな》を取っておさえている。牝馬のほうは素知らぬ顔で、首をのばし、鬣《たてがみ》をたれている。子馬はそのかげに休んでいて、ときどき乳を飲みに来る。そして、これらの動物の体が幾重にも遠くのほうまでゆれ動いている、その上を見渡すと、白い鬣が波のように風にさかまいたり、とがった角《つの》や、走って行く人間の頭がひょいひょい飛び出すのが見えた。縄張りの外の、百歩ばかり向こうには、一頭だけ離れて、口籠《くつこ》をはめた大きな牡牛が、鼻の穴に鉄輪を通し、青銅の置き物のように凝然《ぎようぜん》と立っていた。ぼろを着た子どもがその牛の綱を取ってひかえていた。

そのうち、二列にならんだ家畜のあいだを審査委員たちが重々しく進んで来て、一頭一頭をしさいに調べては小声で相談し合った。なかのひとりで、一番えらそうに見えるのが、歩きながら手帳になにか書き入れている。これが委員長ドロズレス・ド・ラ・パンヴィル氏だった。彼はロドルフを見かけると、歩み寄って来て、愛想よく笑いながら、

「これはしたり、ブーランジェさん、われわれをお見かぎりとは！」

ロドルフは、いやこれからお仲間にはいりますと応じたが、委員長が行ってしまうと、

「なあにまっぴらですよ」と言った。「せっかく奥さんとごいっしょなのに、あいつらの仲間入りなんかしてたまりますか」

共進会なぞてんで見くだしたようなことを言いながらも、ロドルフは関所を通るのに都合がいいときには、憲兵に青いパスなどを見せたり、ときには目に立つ「出品」の前に立ちどまりさえした。だがボヴァリー夫人は何を見ても感心するふうがない。それに気づくと、ロドルフは今度はヨンヴィルの婦人連の服装をひやかしはじめた。そして自分の身なりもいっこうに行きとどかないのを詫びた。彼の身なりは野暮《やぼ》と洗練のちぐはぐな取り合わせだった。世間ではふつう、こうした取り合わせのうちに、超俗の生活の証《あかし》を見たり、感情の奔放さや、芸術へのひたむきな奉仕を読み取ったり、要するにかならずそこに社会の因襲に対する一種の侮蔑《ぶべつ》をうかがいうると信じて、あるいはひかれ、あるいは憤るのである。かくて袖口《そでぐち》に襞《ひだ》をよせた白麻上布《しろあさじょうふ》のロドルフのワイシャツは、チョッキのあいだから風をはらんでふくらんでいたが、そのチョッキは鼠《ねずみ》の綾木綿《あやもめん》だった。また太縞《ふとじま》のズボンの下のほうには踝《くるぶし》のところからズックの半長靴があらわれていたが、その靴の底に近いあたりだけはエナメル革張りで、そこに草がうつって見えるほど光沢《つや》出しがしてあった。彼は片手を上着のポケットに突っ込

み、麦藁帽子を横かぶりにして、ぴかぴかな靴で馬糞《ばふん》を踏んで行った。

「もっとも、こんな田舎住まいでは……」と彼は言った。

「凝《こ》ってみても甲斐《かい》がございませんことね」とエンマが引きとった。

「まったくです！」とロドルフは答えた。「この辺の善男善女どもにはだれひとり身なりの良《よ》し悪《あ》しさえわかるものはないんですからなあ！」

そしてふたりは田舎のつまらなさ、そのつまらなさのなかに窒息しそうな生活、はかなく消えて行く夢について語った。

「こうして私はたとえようもなく悲しい気持に引き込まれてゆくのです……」

「あなたが！」と彼女は驚いて言った。「とても陽気なお方とばかり存じておりましたのに」

「ええ、うわべはそうでしょう。私は世間にあっては、茶化した笑いの仮面をかぶるすべを心得ていますから。しかし月の光に照らされた墓地をながめたりすると、あそこにああして眠っている人たちのところへ行ったほうがどんなによいかと、そのたびごとに思うのです……」

「まあ！　でもお友だちがおありでしょうに」と彼女は言った。「あなたはお友だちのことを忘れていらっしゃいますわ！」

「友だちねえ？　どこにいます？　私にそんなものがあるでしょうか。私のことなどだれが気にかけてくれるでしょう」

彼はこの最後の言葉に添えて、唇のあいだからひゅうっと口笛のような音を立てた。

しかし、そのとき後ろのほうからひとりの男が椅子を山のように積んでかかえて来たので、ふたりはやむなく道の両側に身をかわした。あまりたいそうな荷物なので、運んでいる男の木靴の先と、両方にいっぱいに延ばした手の先が見えるだけだったが、これは墓掘りのレスチブードワで、教会の椅子を群衆のなかへ運び込むところだった。自分の利得にかかわることとなったら恐るべく小才のきく男だから、共進会を当てこんで新手《あらて》のもうけを案出したのである。その当てこみは上々の首尾で、今や彼は応接にいとまなきありさまだった。事実、村の人たちは暑くてたまらないので、詰め藁に香《こう》のにおいのしみ込んだその椅子を奪い合っては、ろうそくの雫《しずく》でよごれたがんじょうな背もたせへ、ありがたそうに寄りかかっていた。

ボヴァリー夫人はまたロドルフの腕を取った。ロドルフはひとりごとめかして語りつづける。

「そうだ！　私には今まで何もなかった！　いつも孤独だった！　ああ、もし私がこの人生に目的というものを持っていたのだったら、もしほんとうに私を愛してくれるひとに巡り合え、だれかを見つけ出すことができたのだったら……、ああ、もしそうなら、なんと私はわが身に可能なかぎりの全力をふるい起こしたことだろう！　そしてすべてを乗り越え、すべてを粉砕してしまったことだろう！」

「でもわたしには」とエンマが言った。「あなたのような方がなにも不足をおっしゃることはないと思いますけれど」

「ああ！　そうお思いですか」とロドルフは言った。

「だって、なんといってもあなたは自由でいらっしゃるし……」

彼女は言いよどんで、

「それにお金持ですもの」

「からかってはいけません」と彼は答えた。

彼女はからかってなどいないと言った。と、そこへ砲声が一発とどろいた。皆はいっせいに入り乱れて村のほうへ押しかけた。

その大砲は撃ちまちがいだった。知事閣下はやって来なかった。審査員たちは式をはじめたものか、もっと待ったものかわからないでとまどっていた。

ようやく広場の向こうに幌《ほろ》付きの大型貸馬車が現われた。白帽をかぶった御者が二頭の瘠《や》せ馬を力まかせに鞭《むち》打っている。ビネーがあわてて「執《と》れえ銃《つつ》！」と号令すると、国民軍の隊長もそれにならった。みんなは叉銃《さじゅう》のほうへ駆け出し、われ先にと突進した。カラーをつけ忘れた者さえあった。しかし知事の馬車はこの混乱ぶりを見てとったものか、頭をそろえた二頭のやくざ馬が馬具と轅《ながえ》を結ぶ鎖の上へ臀《しり》をふりふり、小きざみに跑《だく》を踏んで役場の列柱前に到着したときには、あたかもよし国民軍と消防団が、太鼓を打ち、歩調を取りつつ、そこへ展開するところだった。

「足踏みい！」とビネーが叫んだ。

「止まれ！」と隊長。「伍々左《くみぐみ》へ、進めっ！」

それから捧《ささ》げ銃《つつ》で、銃身を銃床にとめる鉄の輪のがちゃつく音が隊列いっぱいにひろがって、まるで銅の鍋が梯子《はしご》段をころげ落ちるような響きとなったあと、銃はまたいっせいに地面へおろされた。

おりしも、銀の縫い取りをした短い燕尾服の紳士が馬車から降りるのが見えた。後頭部にひと総《ふさ》の毛を残して禿《は》げ上がり、顔色は青白く、いたって好々爺《こうこうや》らしい人物だった。厚ぼったい瞼《まぶた》におおわれた大きな目は群衆を見渡すために細められ、同時に尖《とが》った鼻先を上に向け、おちょぼ口に微笑を浮かべていた。彼は飾り帯で村長を認めると、知事閣下はお見えにならないと告げ、自分は県参事官であると名乗って、二、三弁解の言葉をつけ加えた。チュヴァッシュがうやうやしく敬意を表すると、参事官は恐縮の旨を答えた。こうして両人物は審査員たちに取りまかれ、村会議員をはじめとする村のお偉方や国民軍や群衆にかこまれて、額もふれんばかりに顔と顔を突き合わせて立っていた。参事官が小さな黒い三角帽を胸に当てて繰りかえし挨拶を述べれば、チュヴァッシュは腰を弓なりにかがめて、負けずに微笑をもって応じ、どもって口上を考え考え、王政（ルイ＝フィリップ王政）への心服を誓い、またヨンヴィルにほどこされた名誉を感謝した。

旅館の下男のイポリットが来て、御者から馬の手綱を受け取り、ねじれた足をひきずって、「金獅子」の玄関先へ馬を引いて行った。黒山の百姓が馬車を見物に押し寄せた。太鼓が鳴り、臼砲《きゆうほう》がとどろいた。そこでお歴々は列をなして壇上にのぼり、チュヴァッシュ夫人の貸したビロードの肱掛椅子に着席した。

お歴々はみな似かよっていた。しまりなく太った小麦色の顔は軽く日焼けして甘口のりんご酒の色になり、下《しも》ぶくれにふくらんだ頰ひげが大きな堅カラーからはみ出ていた。思いきりゆったり花結びにした白ネクタイがカラーを支えていた。チョッキはどれもおそろいのビロードで、襟がたっぷり折り返しになっていた。時計は時計でどれもこれも長いリボンの先に卵形をした赤瑪瑙《めのう》の印形《いんぎよう》などをつけていた。かくてご連中は左右の股《もも》の上に左右の手をきちんと乗せ、ズボンの胯《また》を入念にひろげていたが、その光沢《つや》消しのしてないズボンの地は、がんじょうな長靴の革よりもてかてかと光っていた。

上流婦人たちはその後方、玄関下の円柱のあいだに居流れ、一般群衆はその真向かいに、立ったり、椅子にかけたりしていた。椅子といえば、これはレスチブードワが牧場から引きあげて全部ここへ運び込んだもので、それでもまだ足りなくて、彼はしょっちゅう教会へもっと椅子を取りに走って行った。彼のこのにわか商いのために生じた混雑ははなはだしく、壇へのぼる小さな階段まで行き着くのがひと仕事だった。

「わたくし思いますにね」とルールー氏が言った（相手は席へ着こうとして通りかかった薬剤師である）。「あのへんへ提燈《ちようちん》を鈴なりにした飾り柱でも一対欲しかったですなあ。何かこうちょっと荘厳で豪華な新柄の布でもそこへあしらったら、ぐんと全体

すからな」

ないのはまだしも、どだいいわゆる芸術感覚ってものがまるっきり欠如しておるんで

うにもしようがありませんや！　チュヴァッシュの親爺《おやじ》、ろくな趣味の持ち合わせも

「いかにも」とオメーは答えた。「しかし万事があの村長まかせだったんだから、ど

が引き立ったでしょうになあ」

一方ロドルフは、ボヴァリー夫人を役場の二階の「会議室」へ案内していた。部屋はがらんとしているので、のうのうと高見の見物をするには絶好だと彼は言った。彼は国王の胸像の下にある楕円形のテーブルのまわりからスツールを三脚取ってきて、それを窓の一つの近くにならべ、ふたりは肩を寄せて腰をかけた。

壇上がざわめいて、しばらくひそひそ話がつづき、何か打ち合わせるもようだった。ようやく参事官が立ちあがった。いつのまにかその参事官がリューヴァンという名であることが知れていたので、群衆のなかをその名前が口々に言い伝えられていった。参事官はおもむろに数葉よりなる草稿をたしかめ、よく見えるようにその上へ目を近づけると、さて演説をはじめた。

《諸君、

栄《は》えある本日の会合の趣旨について語るに先立ち、本官は諸君のご賛同をひそか

に確信しつつ、まず感謝の念を申し述べたい。しかしてその感謝は当然、上部官庁に対し、政府に対し、かつまた君主に対し奉ってささげらるべきでありましょう。諸君、われらが元首、われらの敬愛する国王陛下におかせられては、国内なべての公的ならびに私的繁栄に深く御心《みこころ》を留めさせたまい、断固かつ細心なる御手《みて》をもって、怒濤《どとう》逆巻《さかま》く危難の荒海に国家の兵車をあやまたずあやつらせたまい、しかも国民をしてよく戦争と平和を、工業、商業、農業、芸術を尊重せしめたもうのであります》

「すこし後ろへさがらなくては」とロドルフが言った。
「なぜですの？」とエンマ。
しかしそのとき、参事官の声の調子は異常に高まり、音吐《おんと》朗々《ろうろう》、
《諸君、いまやかの内乱が諸都市の広場を鮮血に彩《いろど》れる時代はすでに去りました。土地家屋所有者、商人のみならず、労働者までが、夕べ安らけき眠りに入るも束の間、たちまち擦半《すりばん》の音に夢破られて右往左往せるかの時代、秩序の破壊を標榜《ひょうぼう》してはばからぬ危険思想が不敵にも社会の礎《いしずえ》を掘りくずさんとせるかの時代は幸いにして過去のものとなったのであります……》

「いや、下から私がここにこうしているところを見られてはまずいからです」とロドルフは答えた。「見つかったら最後、半月がほどは言いわけに明け暮れなきゃならない。私の評判の悪いことといったら……」

「まあ！　ご自分でそう思っていらっしゃるだけですわ」とエンマは言った。

「いやいや、ほんとうに私の評判はひどいものなのです」


《しかして、諸君》と参事官はつづけた。《かくも忌わしき過去の光景を記憶より遠ざけて、ひとたび目をわれらが麗《うるわ》しの祖国の現状に転ずるとき、吾人はそこに何を見るでありましょうか。普天《ふてん》の下《もと》、商業と技芸の花が咲きほこっております。新交通路は率土《そつと》の浜《ひん》をきわめて四通八達し、国家を体にたとえればあたかも新たなる動脈のごとく、国内狭しと新しき通信運輸の網の目が設置されております。わが国製造工業の大中心地はここにふたたび活動を開始し、宗教はいよいよ磐石《ばんじゃく》の威信を加えつつ遍《あまね》く民心に微笑し、港湾は船舶に満ち満ち、国民の自負心はよみがえり、かくてついにフランスは安堵《あんど》の吐息をついておるのであります！……》

「それも」とロドルフは言葉をついで、「世間の目からすればあるいは当然かもしれませんね」。

「そんなことって！」とエンマはさえぎった。

「だってそうでしょう。たえまなく惑い乱れる胸のうちをもてあます人間もいるものです。そういう人間には夢想と行動とが、至純の情熱と狂暴な享楽とが、かわるがわる必要なのです。そうして、果てしもない空想や、奔放きわまる所業へと盲めっぽうに突き進んでしまうのです」

するとエンマは、まるでこの世ならぬ国々を経《へ》めぐって来た旅人をながめるように、ロドルフをまじまじと見つめた。そして答えた。

「わたしたち女の身には、そんな楽しみさえございません！」

「しょうもない楽しみですよ、幸福はそこにはないのですから」

「でも幸福ってあるものでしょうか」とエンマはきいた。

「ええ、幸福はいつかはめぐりあえるものです」と彼は答えた。

《這般《しゃはん》の趨勢《すうせい》よりして諸君は了解されたでありましょう》と参事官は言った。《農業家および地方労務者たる諸君！　ひたすらに文明事業を推進する平和の開拓者たる諸君！　発展と道義の人たる諸君！　かならずや諸君は了解されたでありましょう、政界の変動こそは天候の不順にもまして恐るべきものなることを……》

「いつかはきっとめぐりあえるものです」とロドルフは繰りかえした。「いつの日か、思いもかけず、すっかりもうあきらめきっていたときに、それはやって来ます。すると、『これが幸福だぞ！』と叫ぶ声が聞こえたように、さっと地平線が四方に開かれるのです。そのときあなたのそばにいた人に、あなたは身の上をうちあけ、すべてをゆだね、すべてを犠牲にしたくなります！　問答無用、互いの心が察し合うのです。ああ夢のなかで会った人だと互いに思い出します。（彼はエンマをじっと見た）求めあぐねた宝は、ほらそこに、目の前に、燦《さん》として輝いています。しかしまだ現実のこととは思えない、信じるのがこわいのです。まだ目がくらんでいます、まるで闇《やみ》のなかから急に日向《ひなた》へ出たように」

そしてロドルフは最後のところでは身ぶりを言葉にそえて、めまいのする人の格好よろしく顔に手をあてたが、やがてその手をエンマの手の上におとした。エンマは手を引っ込めた。一方、参事官は依然として草稿を読みつづけた。

《しかし諸君、農民諸君のすぐれたる理解力をそもだれが意外としましょうか。ひとり盲人のみ、あえて言うなら、旧弊なる偏見に救いがたくとらわれたる徒輩のみが、いまなお農民精神を認識しえないのであります。借問《しゃくもん》す、地方農村をさしおいて、これにまさる愛国心を、公益への献身を、ひと言にしていわば英知をいずこに見いだすべきや。しかもここに本官の言わんとする英知は、断じて諸君、かの浅薄皮相の英知、有閑人種の虚栄の具たる英知ではありません。あげてもっぱら有益なる目的を追求し、かくして各人の福祉、社会の改良、国家の維持に貢献してやまざ

る底《てい》の深遠穏健なる英知を言うのであります。かかる英知こそは法律尊重と義務遂行の成果にほかなりません……》

「ああ、またあれだ！」とロドルフ。「義務義務と相変わらずのお題目にはうんざりしますね。ネルのチョッキに着ぶくれた爺《じい》さんや、足ごたつと数珠《じゅず》を後生大事に持ちまわるご宗旨気ちがいの婆《ばあ》さんたちが寄り集まって、ばかのひとつ覚えで『義務！義務！』とわれわれの耳もとにわめきたてます。冗談じゃない！　真の義務とは崇高なものを感じること、美しいものを愛することです。社会のあらゆる因襲を、けがらわしい社会悪までも含めて、否応《いやおう》なしに我慢することではないはずです」

「でも……でも……」とボヴァリー夫人は反対した。

「いやそうです！　なぜ情熱を非難することがあろう。情熱こそは世の中でたったひとつの美しいものではないでしょうか。雄々しさと感激と詩と音楽と芸術、けっきょくすべての源泉ではないでしょうか！」

「でも、少しは世論にも耳をかし、世間の道徳にも従わなければなりませんわ」とエンマが言った。

「おお、道徳には二種類あるのです」とロドルフは応じた。「ちっぽけな、寄りかかるための、人間の道徳、変転常なく、ただやたらにわめき立てる道徳、あそこに見える有象無象のように、月並みで、低きについてうごめく道徳、それが世間のいわゆる道徳です。ところがもう一つの道徳、永遠のそれは、私たちを取り巻いている景色のようにあたり一面にみなぎるとともに、私たちを照らす青空のように人間の頭上はるかにひろがってもいるのです」

リューヴァン氏はおりしもハンカチで口をぬぐい終わると、さらに言葉をついで、

《さて諸君、農業の効用をいまさらここに説きあかす必要がありましょうや。われらの需要を満たす者はだれか。われらの生活の資を供する者はだれか。農業家であります。諸君、肥沃《ひよく》なる田園の畝《うね》に倦《う》むを知らぬ手をもって種まき、小麦を生ぜしむるところの農業家その人であります。しかるのち小麦は粉砕され、精妙なる機械によって製粉され、小麦粉と名を変じて工場の門をいで、さらに諸都市に運送されてやがてパン屋にいたるや、パン屋はこれをもって、富める者も貧しき者も人みなの口を糊《のり》すべく食料を製するのであります。はたまた、われらの衣服のために、あまたの家畜を牧場に飼育するのもこれまた農業家ではありませんか。農業家なくして、そもいかにしてわれらは衣服をまとい、いかにして食を仰ぐを得ましょうや。いや、諸君、例を遠くに求めるがこともない。われらが裏庭の誇りたるかのつつましき家禽より得るところの恩恵のいかに大なるかを、しばしば思い見なかった者がありましょうか。けだし彼ら家禽はわれらの臥所《ふしど》に柔らかき枕を供給し、われらの食卓に栄養豊富しかも美味なる肉を、また卵を提供してくれるのであります。しか

し、耕作の行きとどいた土地が、あたかも慈母の愛児に与えるがごとくに、惜しみなくわれらにもたらすところの各種産物にいたっては、とうていここに逐一枚挙するのわずらわしきに堪えません。ここにぶどうの木あり、かしこにりんご酒を製すべきりんごの木あり、かなたには菜種、さらにまたチーズ、しかして亜麻あり。諸君、亜麻をお忘れなきよう！　亜麻は近年とみに増産されておるものでありまするから、本官はとくにこれに対して諸君の注意を喚起せんとするものであります》

とくに注意を喚起するには及ばなかった。群衆の口という口はぽかんとあいて、演説者の言葉を飲み込もうとしているようだった。チュヴァッシュはすぐわきで、ぐっと目をむいて聞き入り、ドロズレス氏はときどき静かに瞼《まぶた》を閉じた。その向こうには薬剤師が、息子のナポレオンを股ぐらにはさみ、一言半句も聞きもらさじと耳に手をあてていた。ほかの審査員たちはチョッキにうずめた顎を振って同感の意を表していた。消防団員は壇の下で銃剣にもたれて休んでいた。団長のビネーだけが不動の姿勢をくずさず、肱《ひじ》を張って、サーベルの先を空に向けていた。兜《かぶと》の庇《ひさし》が鼻の上までかぶさっている。これでは耳は聞こえても、目は何ひとつ見えないにちがいない。副団長はチュヴァッシュ氏の末っ子だが、この青年の兜はさらに団長の兜をしのぎ、もののしくばかでかいのが頭の上で揺れて、わずかにインド・サラサのマフラーの端をのぞかせていた。彼はその兜の下で子どもっぽい無心の笑みを浮かべ、玉の汗が流れている青白い小さな顔の表情は、楽しそうにも、泣き出しそうにも、また眠そうにも見えた。

広場は家並《やな》みのきわまでいっぱいの人で、どの窓を見ても人が肱を突き、どの家の戸口にも人が立っていた。そしてジュスタンは薬屋の店先で、何に気をとられたものか、じっと目をこらしている様子だった。あたりはしずまり返っているのに、リューヴァン氏の声は十分に通らず、言葉の切れ端が聞こえてくるばかり、それもしょっちゅう群衆の椅子をずらす音でさえぎられた。かと思うと、突然、後ろのほうで、間のびのした牛のなき声や、町かどで互いに呼びかわす小羊のなき声が聞こえた。してみると牛飼いや羊飼いたちはこんな町なかまで彼らの家畜を連れて来ているのだ。家畜どもは鼻先にぶらさがる葉の切れを舌でむしっては、ときどき大きくないた。

ロドルフはぐっとエンマに身を寄せていた。そして小声でたたみかけるように、

「こうした世間の陰謀に、あなたは平気でいらっしゃれますか？　世間が有罪を宣告しない感情がひとつだってありますか？　どんな気高い衝動でも、どんな清らかな心と心の共鳴でも迫害され、中傷されます。たとえ二つの孤独な魂がやっとのことでめぐりあえたとしても、その結びつきを妨害するためにすっかりお膳立《ぜんだ》てがととのっているのです。二つの魂はそれでもやっきとなって羽ばたき、互いに呼び合います。そうです！　大丈夫、おそかれ早かれ、半年さき、十年さきにはいっしょになれるでしょう、愛し合うでしょう。それは宿命で決められたことなのですから。その二つの魂

はそれぞれ互いのために生まれてきたのですから」

　彼は腕を組んで膝の上に乗せていた。そして、そのままエンマのほうを見あげながら、近くからじっとエンマの顔を見つめた。エンマは彼の目のなかに、細い金のすじが黒い瞳《ひとみ》のまわりに放射しているのを見た。彼の髪を光らせているポマードのにおいさえした。そしてエンマはいつしかぐったりとして、ヴォビエサールでワルツの相手をしてくれたあの子爵のことを思い出した。子爵のひげもこの髪の毛と同じヴァニラとレモンのにおいがした。エンマはもっとよくかごうとして、思わず瞼《まぶた》をなかば閉じた。しかし椅子の背にそり返りながら瞼を細めたそのとき、遠く地平線のかなたに古ぼけた乗合馬車の「つばめ」が、もうもうと土ぼこりの尾をひきながら、レ・ルーの丘をゆっくりと降りて来るのが見えた。あの黄色い馬車に乗ってレオンが幾度となく彼女のほうへ帰って来たのだった。そして、あの街道沿いにとうとうレオンは永久に去って行ったのだ！　エンマは広場の向こうの薬屋の窓に彼の姿が見えるような気がした。それからすべてがあとさきもなくごっちゃになって、雲のようなものが目の前を走った。いまもなお子爵の腕に抱かれて、まばゆいシャンデリヤの下でワルツを踊っているかとも思われ、またレオンが行ってしまったのではなくて、今にもやって来るかとも思われた……。しかも同時にロドルフの顔が近くにあることも感じていた。この感覚はあまく、その甘美さゆえに彼女の昔の欲望のなかにしみ入った。砂塵《さじん》が風に吹き散るように、欲望は微粒子となってかぐわしい息吹《いぶ》きのなかに舞い、彼女の魂の上にひろがった。エンマはたびたび鼻孔《びこう》をふくらませて、柱頭にまつわる蔦《つた》のさわやかな香りを吸い込んだ。また手袋をぬいで手の汗をぬぐい、ハンカチで顔をあおいだ。そんなことをしているあいだも、こめかみの動悸《どうき》の音を通して、群衆のざわめきや、一本調子に演説を朗読する参事官の声が聞こえていた。

参事官は言った。

《不撓不屈《ふとうふくつ》に前進せよ！　因循姑息《いんじゅんこそく》なる思想の呼びかけを排するとともに、無謀なる経験主義の浅慮に出でたる忠告を聞くなかれ！　とくに土壌の改善と、肥料の良質化と、馬牛羊豚《ばぎゅうようとん》類の品種向上に専念せられよ！　今回の共進会が諸君のために平和の競技場たらんことを本官は切に希望する。勝利者は退場に際して敗者に握手を求め、さらにいっそうの成果を将来に期して敗者の肩をたたくべし！　しかして諸君、偉大にして謙虚なる農場使用人諸君、今日にいたるまで、かつていかなる政府も諸君の営々たる労苦を適正に評価せざりしは本官の遺憾《いかん》とするところ、今こそ諸君の黙々たる美徳の報いを来たり受けたまえ。しかして爾後《じご》国家は常時諸君に慈眼を注ぎ、諸君を激励し諸君を庇護し、諸君の正当なる要求に耳を傾け、諸君の辛酸と犠牲の重荷を軽からしめんがために最善をつくすであろうことを信じたまえ》

そこでリューヴァン氏は席にもどった。ドロズレス氏がつづいて立っておつぎの演説をはじめた。言辞の華美の点ではおそらく参事官のそれに敵しなかったとはいえ、彼の演説はいっそう実証的な文体の特質、つまりいっそう専門的な知識と高所に立った見解とによって光っていた。かくて、そこには政府の讃美がより少なく、そのかわり宗教と農業がより多くの内容を占めていた。宗教と農業の相互関係が論ぜられ、また両者がどのようにして、つねに文明に寄与してきたかが説かれた。ロドルフはボヴァリー夫人と夢判断や予感や動物磁気の話をしていた。壇上の弁士は社会の揺籃《ようらん》期にさかのぼって、人間が森の奥で団栗《どんぐり》を食って生きていた未開時代を描写していた。しかるのち人間は獣の皮を脱ぎ捨てて毛織物をまとい、畝《うね》を起こし、ぶどうを植えた。それははたして幸福をもたらしたか。この発見には利益よりもむしろ不利益のほうが多くはなかったか。ドロズレス氏はこうした設問をみずからに課していた。動物磁気の話から、ロドルフはしだいに親和力(34)へと話を進めて行った。そして審査委員長が、鋤《すき》を手にして耕したキンキナトゥスや、キャベツを植えたディオクレティアヌス帝(35)や、種まきを年頭の行事とした中国皇帝の例をあげているあいだに、若い男は若い女に向かって、親和力と名づけるこのあらがいがたい牽引《けんいん》力は前世の絆《きずな》ともいうべきものにもとづくのだと説いていた。

「たとえば私たちです」と彼は言った。「私たちはなぜ知り合ったのでしょう。どういう偶然の力が私たちの出会いに働いたのでしょう。それはきっと、先は一つに合流するときまった二つの川のように、はじめは互いに遠くはなれていても、私たちの身におのずとそなわった特殊な傾斜がふたりを互いのほうへと導いてくれたにちがいありません」

こう言って彼はエンマの手を握った。エンマは手を引っ込めなかった。

《総じて耕作成績良好なる者！》と委員長が叫んだ。

「げんに今日私がお宅へ伺ったときも……」

《カンカンポワ村のビゼー君》

「こうしてごいっしょにいられるなどと夢にも思ったでしょうか」

《賞金七十フラン！》

「心弱くもあきらめて帰ろうと幾度思ったことか。それがけっきょく、あなたのお伴をして、おそばに残ることとなったのです」

《肥料賞》

「そしてこのまま、今晩も明日もほかの日も、いや一生涯おそばに私はとどまるでしょう」

《アルグーユ村のカロン君、金牌《きんぱい》一個！》

「今までだれとつきあっても、ついぞこれほど満ち満ちた楽しい思いを味わったことはありません」

《ジヴリー＝サン＝マルタン村のバン君！》

「ですから私は、あなたの思い出を永久に胸にいだいてゆきます」

《メリノ緬羊《めんよう》、牡一匹に対し……》
「でもあなたは私のことなど忘れてしまわれるでしょう、私などはふと通り過ぎた影のようなものでしょう」
《ノートル＝ダム村のブロ君……》
「いやそんなことはない、ないと信じさせてください、あなたのお心のなかで、あなたの生涯のなかで、この私は少なくとも無ではないと信じさせてください」
《豚類。ルエリッセ、キュランブール両君、「同格として《エクス・エクオ》」賞金六十フラン！》
ロドルフはエンマの手を握りしめていた。エンマの手は熱っぽく、生け捕られた雉《きじ》鳩《ばと》が飛び立とうとするようにふるえていた。しかし振りほどこうとするのか、それともこの強い握りしめに答えようとするのかは知らず、エンマは指を動かした。とっさにロドルフは叫んだ。
「おお、ありがとう！　あなたは拒まれない！　わかっていただけた！　私があなたのものだとわかってくださった！　どうかお顔を見せてください、見させてくださ い！」
窓から風が吹き込んで、テーブル掛けに皺《しわ》をよせた。そして下の広場では、百姓女たちの大きな布帽が、白い蝶《ちょう》の羽がひらめくようにさっと一度にひるがえった。
《菜種絞《しぼ》り粕《かす》使用者》と委員長はつづけた。
彼は急いでいた。

《フランドル肥料、──亜麻栽培、──農地排水施設、──長期賃貸借、──農場使用人永年勤務》

ロドルフはもう何もしゃべらなかった。ふたりは顔を見合わせていた。高まりきった情欲がふたりのかわいた唇をふるわせ、指と指とは相求めてしっとりとひとつに溶けた。

《サスト＝ラ＝ゲリエール村のカトリーヌ＝ニケーズ＝エリザベート・ルルーさん。同一農場に五十四ヵ年勤続を賞して二十五フラン相当の銀牌《ぎんぱい》一個！》

《カトリーヌ・ルルーさん、どこにおられるか？》と参事官が繰りかえした。

それでも現われない。ささやきかわす声が聞こえた。

「ほら、おまえさんだよ！」

「おら、やあだで」

「左へ行くんだよ！」

「照れるこたあねえぞ！」

「何てえとんまだあ！」

「いったい来ておるのか？」とチュヴァッシュが叫んだ。

「おりますだよ！……ほら、あすこに！」

「おるならさっさと出てこんか！」

するとひとりの小柄な老婆が、みすぼらしい服のなかによけい小さくちぢこまったような格好で、おっかなびっくり壇上に進み出るのが見えた。足にはごつい板底の靴をはき、腰から大きな青い前掛けをたれている。縁なしの紐付き帽に包まれたやせた顔は、しなびた斑《ぶち》りんごよりも皺《しわ》だらけだった。そして赤い上着の袖口からは、節くれだった長い手が出ていた。納屋のほこりと、洗濯に使う灰汁《あく》と、緬羊《めんよう》の毛についている脂《あぶら》のために、手の皮がもう一枚張ったようにごわごわになり、ささくれ立っているので、きれいな水で洗ってきたのによごれて見えた。荒仕事に精出したその手は、これまでさんざん受けてきた辛苦のほどをみずから証言しようとするかのように、いつも半開きのままで指が合わさらなかった。修道尼を思わせるいかつい表情がその顔に独得の趣をそえ、その白っぽい目つきは悲しみにも感動にもやわらげられることがなかった。家畜たちといっしょに暮らした長い年月のあいだに、彼らの沈黙と平静とがいつしか身についてしまったのである。老婆はこんな大勢の人なかに出るのは初めてだった。で、旗や、太鼓や、燕尾服の紳士たちや、参事官の胸にかがやく名誉勲章に内心びくつきながら、さて進んで行ったものか逃げ出したものか、なぜ皆の衆が自分を押し出すのか、なぜ壇上の紳士たちが自分にほほえみかけるか、いっこうにわけがわからず、ただ立ちすくんでいた。勤続半世紀の象徴は、かくて、晴れ晴れと笑う旦那方の面前に立ったのである。

「さあ、こちらへ。おめでとう、カトリーヌ＝ニケーズ＝エリザベート・ルルーさん！」委員長の手から受賞者名簿を受け取って参事官が言った。

そして名簿と老婆とをしきりに見くらべながら、温情あふれる口調で繰りかえした。

「こちらへ！　こちらへ！」

「おまえはつんぼか！」と椅子の上で飛びあがらんばかりにチュヴァッシュがどなりたてた。

そして老婆の耳に口を寄せると大声で、

「五十四ヵ年の勤続！　銀牌一個！　二十五フラン！　ちょうだいするがいい」

賞牌を受け取ると、老婆はじっとそれに見入った。そのときはじめて、老婆の顔には無上の喜びの微笑がひろがった。そして引きさがりながら、もごもごつぶやく声が聞こえた。

「わしが村の神父様にこれを差し上げべえ。そいでたんとおミサをあげてもらうべえによう」

「あきれた狂信の徒ですな！」と薬剤師は公証人のほうへ身をかがめて叫んだ。

式は終了し、群衆は散った。予定の演説もことごとく済んだことだし、今や各人はそれぞれ本来の地位に復帰し、すべては常態にもどった。すなわち、主人は使用人をいためつけ、使用人は動物たちを——角のあいだに青葉の冠をいただき、家畜小屋へと帰って行く無頓着《むとんじやく》な優勝者たちを——ひっぱたいた。

一方、国民軍の兵士たちは銃剣の先に菓子パンを突き刺し、瓶詰めぶどう酒の籠をかかえた大隊鼓手を連れて、役場の二階へ上がって来た。ボヴァリー夫人はロドルフの腕を取った。ロドルフは夫人を家まで送り、ふたりは玄関先で別れた。それから彼は宴会の時刻を待ちがてら牧場をひとりでぶらついた。

祝宴はきりもなく続き、やたらと騒々しいばかりで、料理はなってなかった。たいへんな混雑で肱も楽には動かせないほどだった。腰掛け代わりに渡した細長い板は、お客たちの重みで折れそうになった。みんなむしゃむしゃ食っていた。各自宴会費を出させられた分だけは取り返す意気込みだった。額には汗が流れていた。白っぽい湯気が、秋の朝、川の面《おも》に立ちこめる靄《もや》のように、テーブルの上に吊ったケンケ・ランプのあいだにただよっていた。ロドルフはテントの金巾《かなきん》の布地に背をもたせて、エンマのことを思いつめ、人の話も耳にはいらなかった。彼の後ろの芝地で、召使いたちがよごれた皿を重ねている。近くの席の人たちが話しかけたが、ロドルフは返事もしない。彼のコップにぶどう酒が注がれた。ますます周囲が騒がしくなるにつれて、かえって頭のなかは静まり返った。エンマの言ったことを思い出し、エンマの唇の形を瞼《まぶた》に浮かべた。エンマの顔がまるで魔法の鏡にうつったように、人々の軍帽の徽章《きしょう》のなかにかがやいている。エンマのドレスの襞《ひだ》がテントの布づたいに走っている。そして恋のその日その日が未来の遠景のなかに、はてしもなくひろがってゆく。

夜、花火見物のときに彼はまたエンマに会った。しかしこんどは夫や薬剤師夫妻といっしょだった。オメーは打ち上げ花火の外れ玉が危ないとそればかり気に病んで、たえず連れから離れてビネーのところへ指図をしに行った。

村長あてに送ってきた花火の玉は、用心しすぎて村長宅の地下倉にしまい込んであったため、火薬が湿っていてほとんど使いものにならず、尻尾《しっぽ》をかんでいる竜の姿を大空に現出するはずの、当夜きっての傑作はみごと失敗に帰した。ときたまぱっともしない「ローマろうそく」(36)が上がった。そのたびに、口をあんぐりあけた群衆はどっとどよめいたが、闇《やみ》にまぎれて腰をくすぐられる女たちの嬌声《きょうせい》もそこには交じっていた。エンマはだまってシャルルの肩にそっと寄り添い、顎《あご》をあげて夜空に流れる花火の光のあとを追った。ロドルフは燃える飾り提燈《ちょうちん》の灯影《ほかげ》にエンマをじっと見まもっていた。

提燈の火もしだいに消えた。星が出た。通り雨がぱらつきだした。エンマは無帽の頭にスカーフを巻きつけた。

そのとき、参事官を乗せた貸馬車が旅館から走り出た。御者は急に酔いがまわって居眠ったらしく、幌《ほろ》の上の両側の角燈のあいだに、その大きな体が車体を吊るす革帯の上下動につれて、左右にぐらつくのが遠くから見てとれた。

「まったく」と薬剤師は言った。「酔っ払いはこっぴどくこらしめにゃならん！　毎週、その週間中にアルコールによる酩酊《めいてい》症状を呈した者の名を残らず『特別の《アド・ホック》』表に書き出して、役場の正面に掲示してもらいたいもんだ。そうすれば一目瞭然《りょうぜん》たる年間記録ができあがるから、統計学上の参考にもなるし、必要あれば役場へ行ってそいつを……いや、ちょっと失礼」

そして彼はまた消防団長のところへ走って行った。

団長は家へ帰る途中だった。轆轤が恋しくなったのである。

「あとになって悔やんでも追っつかないことだ。部下の人に行かせるか、君自身ひとつ出かけて行って……」とオメーは言いかけた。

「もういいかげんにしてくださいよ、大丈夫といったら大丈夫なんだから!」と収税吏は答えた。すると薬屋は連れのほうへもどって来て、

「これで安心ですぞ、皆さん。打つべき手は打ったとビネー君が保証しました。火の子は一つも落ちていないそうだし、消防車は満水にしてある。さあ帰って寝るとしましょう」

「そういたしましょう! さっきから眠くて眠くて」と、大あくびの連発だったオメー夫人が言った。「でも、ほんとにようございましたこと、今日はお天気にも恵まれましたし」

ロドルフは小声で、目をうるませて、繰りかえした。

「さよう、まったく恵まれた一日だった!」

そこで、一同は挨拶をかわして別れた。

二日後、『ルーアンの燈火』紙上には共進会に関する特別記事が掲載された。オメーが会の翌日ただちに橡大の筆をふるった名文である。

《この花綵は、この花飾りは何ゆえか。われらの畑地をあまねく暑熱に

浴せしむる赫々《かくかく》たる陽光の降りそそぐ下《もと》、狂瀾怒濤《きょうらんどとう》のごとくに押し寄せる群衆の行く手はいずこ?》

　ついで彼は農民の現状を語る。政府の労は多とすべし。しかもなお十分とは申せぬ!《奮励努力せよ!》と彼は絶叫した。《許多《きょた》の改革が不可欠である。よろしく漸次これを遂行すべし》つぎには参事官臨場の光景を描いて、《わが国民軍の威風》も、《わが農村の溌剌《はつらつ》たる女性たち》も、《いにしえの族長を彷彿《ほうふつ》せしめる》禿頭《とくとう》の老人たちのことも書き落とさなかった。《その老人たちのある者は、勇名を永久《とわ》に馳せたるわが軍団の名ごりにして、勇壮なる太鼓の音に今なお胸の高鳴りを禁じえなかった》のである。筆者は自分の名を審査員の上位にかかげ、とくに注して、薬剤師オメー氏は農学会にりんご酒に関する紀要を提出したとことわった。賞品授与の景を叙するに及んでは、受賞者の歓喜をつたえる彼の筆は熱狂的称讃に終始した。いわく、《父は子を、兄は弟を、夫は妻をひしとばかりにかきいだくのであった。ささやかなる賞牌《しょうはい》を誇らかに衆に示す者も見られた。察するに、やがて家なる良妻のもとに帰っては、茅屋《ほうおく》のささやかなる壁間にこれをかかげて、しばし感涙にむせんだことであろう》。

《六時ごろ、リエジャール氏所有の牧場に開催された祝宴は式典の主なる参列者を一堂に会せしめた。このうえなき親愛の情が宴果てるまで場内にみなぎり、乾盃その数を知らず。リューヴァン氏は国王陛下に、チュヴァッシュ氏は知事閣下に、ドロズレス氏は農業に、オメー氏は麗《うるわ》しき姉妹たるかの工業と美術に、ルプリシェー氏は改良事業に、それぞれ盃をささげたのであった。夜に入っては絢爛《けんらん》昼をあざむく花火が突如として天空を照らし、万華鏡《まんげきょう》をさし覗くがごとく、またオペラの舞台を眼前に見るがごとく、一瞬われらが渺《びょう》たる小村も『千一夜物語』の夢の世界のただなかに運びさられたかの感があった》

《ちなみに当日の和気藹々《あいあい》たる会合を紊乱《びんらん》するがごときいかなる不祥事《ふしょうじ》の発生をも見なかったことを付記しよう》

そしてオメーはつけ加えた。

《ただ当日奇怪と思われたのは聖職者の不参である。思うに宗門の徒の進歩に対する見解はわれらのそれとは背馳《はいち》するものであろうか。ロヨラの末流よ、ご自由にふるまわれるがよい！》

9

六週間たった。その後ロドルフはふっつり姿を見せなかったが、ある日の夕方やって来た。

共進会の翌日、彼は考えたのだった。

「すぐにはたずねて行くまい。それは下策《げさく》だ」

そして、週末には猟に出かけてしまった。猟から帰ると、みすみす好機を逸したかを知った。

客間へはいって、エンマがさっと青ざめるのを見たとたん、彼は自分の作戦の勝利

「しかしあの女がのっけからおれに惚《ほ》れたのだとすると、今ごろは会いたい一心で、よけい熱くなっているはずだ。よし、このままじらそう！」

とも思ったが、考えなおして、

エンマはひとりだった。日が暮れようとしていた。寒冷紗《かんれいしゃ》の小さいカーテンが窓にかかって黄昏《たそがれ》の色を深めていた。ただ晴雨計の金箔《きんぱく》が夕日にはえて、珊瑚樹《さんごじゅ》のこまかく分かれた枝のあいだ、鏡のなかに火の色を点じていた。

ロドルフは立っていた。エンマは彼の切り出した挨拶の言葉にろくろく返事もできなかった。

「用事があったり、病気したりしたものですから」と彼は言った。

「ご病気って、お悪かったんですの？」とエンマは叫ぶように言った。

「というのは」と、ロドルフはエンマのそばのスツールに腰をおろしながら、「実はうそで！……ほんとのところはお会いしたくなかったのです」。

「なぜですの？」

「おわかりになりませんか？」

ロドルフはもう一度彼女の顔を見つめた。が、その視線の強烈さに、彼女は顔を赤らめてうなだれた。ロドルフはつづけて言った。

「エンマさん……」

「あら、困りますわ！」とエンマは身を引くようにして言った。

「ほらごらんなさい」と彼は悲痛な声で答えた。「私がお会いしたくなかったのも無理はないでしょう。私の胸にあふれて、つい口をついて出てしまったあなたのお名前、そのお名前をあなたは呼ぶなとおっしゃる！　ボヴァリーの奥さん……これは世間の通り名です！　しかもあなたのお名前じゃない、ほかの人の名です！」

彼は繰りかえした。

「ほかの人の名です！」

そして両手で顔をおおった。

「そうです、私はあなたのことを思いつづけています！……たえず目に浮かぶあなたのお姿が私を絶望に駆り立てます！　いや、こんなことを申し上げるつもりはなかった！……お別れします！……ごきげんよう！……私は遠いところへ……あなたが二度と私の噂を聞かれることもないような遠いところへ行ってしまいます！……それにしても……今日はまた……どういう神秘な力がこうしてまたあなたのもとへと私を導いたのでしょう。それは、人間は天と戦うことができないからです。天使の微笑にはさからうすべがないからです！　人間は美しいもの、すばらしいもの、あこがれるもののほうへと否応《いやおう》なく引きずられて行くのです！」

エンマはこんなことを言われるのははじめてだった。そこでエンマの自尊心は、蒸風呂のなかでやすらう人のように、この言葉の熱気の下にふやけ、いっぱいに延びきった。

「しかし、お宅へお伺いはできなかったにせよ」と彼はつづけた。「お目にはかかれなかったにせよ、せめてものことに私はあなたを囲繞《いにょう》するすべてのものを飽きずながめ暮らしたのです。夜毎ひそかに起き出でてここまでまいりました。あなたの住まわれる家を、月の光にかがやく屋根を、お部屋の窓べに揺れる庭の木々を、窓ガラス越しにかがやく小さなランプ、闇のさなかにぽつんとともったかすかな明かりをながめていました。ああ！　あなたはごぞんじなかったのです、そこに、そんなにも近く、そしてそんなにも遠く、ひとりのあわれな男、なさけない男がたたずんでいたことを……」

エンマはすすり泣きながら彼のほうを向いて、

「まあ！　お気の毒な！」と言った。

「いや、私はあなたをお慕いしている、ただそれだけです！　それだけは信じてくださいますね！　信ずるとひとこと、ただひとことおっしゃってください！」

こう言いざまロドルフはそろそろとスツールから床の上へずり落ちた。しかし、そこへ台所に木靴の音がした。そして客間のドアは、ロドルフはとっさに見たが、しまっていなかった。彼は立ち上がりながら言った。

「ぶしつけなお願いで恐縮ですが、そこをなんとかひとつ！」

なんとかひとつ家のなかを見せていただきたい、ぜひお宅のもようを知りたいと頼んだ。ボヴァリー夫人はべつにさしつかえない旨を答えて、ふたりが立ち上がったところへ、シャルルがはいって来た。

「おじゃましております、博士」とロドルフが言った。

思いがけない尊称をたてまつられた医者は脂下《やにさ》がったかたちで、しきりにお愛想をならべ立てた。そのひまにロドルフはいくらか落ち着きを取りもどして言った。

「奥様はお体のぐあいのことを話していらっしゃいましたが……」

シャルルはさえぎって、そのことでは自分も心配が絶えない、妻の呼吸困難がまたはじまっているのでと言った。そこでロドルフは乗馬などはちょうどいい運動になるのではないかと持ちかけた。

「いやなるほど、そりゃいい、絶好ですな！……お見立ておそれいる！　おまえ、おすすめどおりにするがいい」

馬がないからとエンマがしぶると、ロドルフは一頭お貸ししましょうと言った。エンマは辞退し、ロドルフもたってとまでは言わなかった。それからこんどは自分の訪問の口実として、家の荷車挽《ひ》き、例の瀉血《しゃけつ》でお騒がせしたあの男が、相変わらず眩暈《めまい》を訴えるという話をした。

「そのうちお寄りしましょう」とボヴァリーが言った。

「いえ、それでは恐縮、こちらから伺わせます。私が連れてまいります。そのほうがご都合よろしいでしょう」

「そうですか、それはどうも」

そのあと、ふたりきりになると、

「おまえ、どうしてブーランジェさんのご好意をお受けしないんだ、せっかく親切に言ってくださるのに」

エンマは拗《す》ねた顔になっていろいろ言いのがれをしたあげく、とうとう「変にとられると困るから」と言った。

「なんだ、そんなことを気にするやつがあるか！」とシャルルは言って、片足の爪先《つまさき》でくるりとまわった。「何よりも問題は健康だ！　おまえはどうかしているよ！」

「でも乗馬服がないのにどうして馬に乗れますの？」

「なにそんなもの誂《あつら》えたらいい！」

乗馬服がエンマの考えを決めさせた。

服ができると、シャルルはブーランジェ氏に、妻はいつでもよろしいそうですから、おひまの節におともをさせていただきたいと手紙を書いた。

翌日の正午、ロドルフは自家用の馬を二頭引き具してシャルルの玄関先にやって来た。一頭は耳に薔薇《ばら》色の総《ふさ》を飾り、鹿革《しかがわ》製の婦人用の鞍《くら》を置いていた。

ロドルフは柔らかい革の、膝の上まである長靴をはいて、あの女はこんなみごとなものは、たぶん見はじめだろうとひそかに思っていた。はたして、彼がゆったりしたビロードの上着に白いジャージーのズボンをはいて階段の上に現われたとき、エンマはその風采に魅せられた。彼女はもう支度をととのえて彼を待っていたのだった。

ジュスタンはエンマの姿を見ようとして薬局をぬけ出した。薬剤師も出て来た。そしてブーランジェ氏に小うるさくいろいろと注意した。

「事故はあっというまのことですからな！　ご用心なさいましよ！　旦那の馬は癇《かん》が強そうじゃありませんか！」

エンマは頭上に物音を聞いた。フェリシテがベルト嬢ちゃまをあやそうとして、窓ガラスをたたいているのだった。子どもは遠くから投げキスのまねをした。母親は鞭の握りをあげてそれに答えた。

「行ってらっしゃい！」とオメーは叫んだ。「くれぐれも気をつけて！　くれぐれも！」

そして、遠ざかって行くふたりの後ろ姿に新聞をふった。

エンマの馬は石畳の道を出はずれて蹄《ひづめ》に土を感じると、急にギャロップに移った。ロドルフは彼女のわきに馬を駆った。ときどきふたりはほんのひとこと言葉をかわした。彼女は顔を伏せぎみに、右腕をのばして手綱を引きしめ、鞍の上で馬の律動的な動きに揺られるままに身をまかせた。

丘のふもとへ来るとロドルフは手綱をゆるめた。ふたりはいっせいに駆けのぼった。やがて頂上に着くと馬はぴたりと止まって、風にあおられていたエンマの水色の大きなヴェールが静かにたれた。

十月のはじめだった。盆地には靄《もや》が立ちこめ、地平をかぎる向こうの丘までたなびいていた。靄の一部はちぎれて空に立ちのぼり、消えて行った。ときどき靄の裂け目に、さっと日の光を浴びて、遠くヨンヴィルの家々の屋根が望まれた。川べりの庭園も、中庭も、塀も、教会の鐘楼も見えた。エンマは目を細くして自分の家を見さだめようとした。自分の住んでいるあのささやかな村が、ほんとにこうまで小さいとは今はじめて知るような気がした。ふたりのいる丘の上からは、盆地全体が湯気を立てている白い大きな湖のように見えた。木の茂みがところどころ黒い岩のように突き出ている。そして靄の上まで高くそびえるポプラの並木は、風の吹きつける浜辺をかたどっていた。

近くの芝地にはえた樅《もみ》の木のあいだには、幹に照り映《は》える褐色の光が生暖かい空気のなかにゆらめいていた。嗅《か》ぎ煙草の粉のような赤茶けた土が蹄の音を和らげた。馬は歩きながら蹄鉄《ていてつ》の先で落ちている松毬《まつかさ》をけって行った。

ロドルフとエンマはこうして森のへりに沿って馬を進めた。エンマは連れの視線を避けようと、ときどき顔をそむけた。すると壁のようにつらなる樅の幹ばかりが目にはいって、くらくらするようだった。馬は激しく息づき、鞍の革が鳴った。

森へはいると日がさしてきた。

「天のご加護か!」とロドルフが言った。

「天をお信じになりますの？」とエンマがきくと、

「前進！　前進！」と彼はかわした。

ロドルフが舌を鳴らすと、二頭の馬はさっと駆け出した。

道ばたの細長い歯朶《しだ》がエンマの鐙《あぶみ》にもつれた。ロドルフは馬を走らせながらそのつど身をかがめて抜き取った。またときには木の枝をはらいのけようとエンマに寄り添った。エンマは彼の膝が自分の脚にふれるのを感じた。空は青く晴れあがって、木の葉はそよとも動かなかった。ヒースの一面に咲き乱れた広い空地がここかしこあると思うと、毛氈《もうせん》のような菫《すみれ》の原っぱが雑木林《ぞうき》とかわるがわる現われたりした。木の葉は雑木の種類が異なるにつれて、灰色、代赭色《たいしゃ》、金色と色とりどりだった。ときどき、灌木《かんぼく》の茂みのかげに、かさこそと小鳥の羽ばたく音がすべり、柏《かしわ》の木から飛び立つ鴉《からす》のしわがれた低い鳴き声が聞こえた。

ふたりは馬をおりた。ロドルフは馬をつないだ。エンマは先に立って、苔《こけ》の上に轍《わだち》のあとがついているあいだを歩いて行った。

しかし、彼女のドレスは長すぎて、裾をからげてもなお足にまつわった。ロドルフは後ろを歩きながら、この黒ラシャと黒編上靴のあいだに見える白靴下の嫋《たお》やかさに見とれていた。それは彼女の裸身の一部とも思われた。

エンマは立ち止まった。

「疲れましたわ」と彼女は言った。

「さあもうひと息！」と彼は答えた。「しっかりなさい！」

しかし百歩ほど行くとエンマはまた立ち止まった。彼女のかぶっている男帽子から腰にかけて斜めにたれたヴェールをとおして、彼女の顔が、まるで瑠璃《るり》色の波の下を泳いででもいるように、ほの青い透明さのなかに浮き出て見えた。

「どこまで行きますの？」

ロドルフは答えなかった。彼女はせいせい息を切らしていた。ロドルフはあたりを見まわしながら、口ひげの先をかんでいた。

ふたりはひときわ広々したところへ出た。伐採のあとに残しておくはずの若木まで切り倒してあったのだった。その倒れた木の幹にふたりは腰をおろした。そしてロドルフは恋を語り出した。

彼は最初から大仰《おおぎょう》な讃辞をささげて女をおびえさせるようなことはしなかった。彼はしんみりと、まじめで悲しそうだった。

エンマはさしうつむいて、地面に散った鉋屑《かんなくず》を靴先でころがしながら聞いていた。

しかし、

「私たちの運命はもう一つに結ばれたのではないでしょうか」という言葉を聞くと、

「いいえ！」とエンマは答えた。「おわかりでしょう。それはとてもできないことですわ」

エンマは立ち上がって帰ろうとした。ロドルフはその手首をとらえた。エンマは立

ち止まった。そして、恋にうるんだ目でしばらく男を見つめていたが、やがて思いさだめたように、

「ああ、あなた、もうそのお話はよしましょう……馬はどこです？　帰りましょう」

ロドルフはおこったような、いらだたしげな身ぶりを見せた。エンマは繰りかえした。

「馬はどこ？　馬はどこですの？」

するとロドルフは怪しげな微笑を浮かべ、目をすえ、歯を食いしばり、両腕を開いてつめ寄った。エンマはふるえてあとずさった。そして口ごもりながら、

「まあ、こわいわ！　いやですわ！　帰りましょう」

「そうおっしゃるのなら」とロドルフは青い顔になって答えた。

そしてすぐにもとどおりの、うやうやしい、やさしい、内気そうな態度にかえった。エンマは彼に腕をかした。ふたりは帰途についた。彼は言った。

「さっきはいったいどうなすったのです。なぜ急にあんなにこわがられたのか、わけがわかりません。なにか勘違いなすったのではありませんか。あなたは私の心のなかでは、台座の上の聖母像のように、高く、きびしい、清らかな場所にいらっしゃるのです。しかし私はどうしてもあなたなしには生きられません！　あなたの目が、お声が、お心がなくては生きてゆけません。どうか私の友だちになってください、私の妹に、私の天使になってください！」

そして腕をのばしてエンマの腰にまわした。エンマは弱々しくすり抜けようと試みたが、彼はそのままエンマを支えて歩いて行った。

しかしふたりは二頭の馬が木の葉を食《は》む音を聞いた。

「ああ、もう少しのあいだ」とロドルフは言った。「帰らないでいましょう！　ここにいてください！」

彼はもっと先の小さな沼のふちへエンマを連れて行った。沼の水の上には浮き草が緑の色を点じていた。枯れた睡蓮《すいれん》が燈心草のあいだにじっと立っていた。草を踏むふたりの足音に、蛙がはねて水にかくれた。

「いけないことだわ、いけないことだわ」とエンマは言った。「あなたのおっしゃるままにこうしていつまでもいるなんて、わたしほんとうにどうかしてますわ」

「なぜです……エンマさん！　ああ、エンマ！」

「おお！　ロドルフ！……」と若い女は男の肩に身をもたせて、つぶやくように言った。

ドレスのラシャが男の上着のビロードにからまった。エンマは溜息にふくらむ白い喉《のど》をのけぞらせた。そしてわなわなと際限なく身をふるわせ、気もそぞろに、涙ながらに、顔をおおって身をまかせた。

暮色が立ちこめてきた。枝のあいだをとおして、沈みかける日の光がエンマの目にまぶしかった。まわり一面いたるところ、木の葉のなかにも地上にも、まるで蜂雀《はちすずめ》が飛びながら羽を散らしたように、光の斑点《はんてん》がふるえていた。静かだった。しっとりとした気配が木々のなかからただよい出るようだった。彼女は心臓がまた規則正しく動悸《どうき》を打ちはじめるのを感じ、血があたたかい牛乳の流れのように体内にめぐるのを感じた。そのとき、はるか遠く、森のかなたのどこか向こうの丘の上で、何とも知れぬ、長く尾を引く叫び声、哀調をおびた声が聞こえた。まだ興奮のさめやらぬ神経のふるえの余波にとけ込んでくるその声は、音楽のようにこころよく、彼女はしみじみと聞き入った。ロドルフは葉巻をくわえて、手綱の片方が切れたのを小刀でつくろっていた。

ふたりは同じ道を通ってヨンヴィルに帰って行った。泥《どろ》の上には自分たちの馬の蹄の跡が並んでついていた。往きと同じ灌木の茂み、草のなかには同じ石ころが見えた。まわりの物には何ひとつとして変化がない。しかもエンマにとっては、山が移動したよりももっとおそるべき一大事が突発したのだった。ロドルフはときどき身をかがめ、エンマの手を取って接吻した。

馬上のエンマはすばらしかった。すらりとした上半身をしゃんと起こし、横乗りの片膝を馬の鬣《たてがみ》の上に折り曲げ、夕映えのなかに、外気にふれた顔をほんのりと染めていた。

ヨンヴィルへはいると、彼女は往来の石畳の上で馬をわざと円を描かせるように乗りまわした。窓から村の人びとがながめていた。

夕食のとき、夫はエンマの顔色がよくなったとほめた。しかし散歩のことをたずねると彼女は聞こえないふりをした。そして燃える二本のろうそくのあいだの、自分の皿のそばに頬《ほお》づえをついていた。

「エンマ！」とシャルルが言った。

「なんですの？」

「なにね、今日、昼からアレクサンドルさんの家へまわったんだがね、あの人のところに牝馬が一頭いる。だいぶ年よりらしいが、膝にちょっとした傷があるだけで、どうしてまだまだけっこう見られる馬なんだ。三百フランも出せばきっと手にはいると思うんだが……」

と言ったあと、

「いや実を言うともう約束してきた……いや買ってしまったんだ……おまえが喜ぶだろうと思ってね。喜んでくれるだろう？　ね、どうだい？」

エンマは「ええ」と言うかわりにうなずいた。そして十五分もすると、

「今晩はお出かけでして？」ときいた。

「出かけるが、どうしてだね？」

「いえ、なに、なんでもないんですの」

やっとシャルルがいなくなると、エンマは二階の居間に閉じこもった。

最初は目がくらむような思いのうちに、木立ちや、道や、溝や、ロドルフが見え、

木の葉がそよぎ、燈心草がさわさわと鳴るなかを、あの人の腕が自分を抱いた感覚がよみがえってきた。

しかし姿見にうつる自分の顔を見たとき、エンマは驚いた。こんな大きな、黒い、底知れぬ深さをたたえた目が自分の目なのか！　かそけくも言い知れぬ何ものかが全身にめぐって、彼女の姿を一変させたのだった。

「わたしには恋人がある！　恋人がある！」とエンマは繰りかえし思った。こう思い、また二度目の青春が思いがけず訪れたことを思っては、その喜びにあかず浸った。すべもなくあきらめきったあの恋の悦楽、あの身を焦がすばかりの幸福が今こそ自分のものになろうとしている。さあこれから神秘の別世界にはいって行くのだ。情熱と恍《こう》惚《こっ》と狂喜の領する別世界に。果てしない、ほの青いひろがりが彼女をつつみ、彼女の思念は感情の山脈《やまなみ》の的皪《てきれき》とかがやく峰々を越えて飛翔《ひしょう》した。日常の生活ははるか下方の、山間《やまあい》に立ちこめる闇《やみ》のなかにかすかに目に入るばかりだった。

そしてエンマは、かつて読んだ小説の女主人公たちを思い出した。これら邪恋の女たちはどれもみな姉妹のように似かよった声をそろえてエンマの追憶のなかに歌いはじめ、その声はエンマを魅惑した。エンマ自身もこれら空想の女たちのれっきとした一員となり、こうして久しくあこがれわたった純乎《じゅんこ》たる恋の女に身を擬《ぎ》することによって、エンマは青春時代の、あの長かった夢を今ここに現《うつつ》となしえたのだった。そこにはまた復讐《ふくしゅう》の快感もあった。あんなに苦しんできたのではないか！　それが今こそ自分は勝ったのだ。そしておさえにおさえた恋心は、欣喜雀躍《きんきじゃくやく》、沸きたぎる流れとなって一度にどっとほとばしり出た。彼女は悔いもなく、恐れもなく、悩みもなしに、その恋心の楽しさを存分に味わいつくした。

明けの日もはじめて知る甘美な思いのうちに過ぎた。ふたりは誓いをかわし合った。エンマがやるせない胸のうちをうったえると、ロドルフは接吻で彼女の言葉をさえぎった。彼女は目を細くして男を見ながら、もう一度エンマと呼んで、愛していると繰りかえしてとせがんだ。それは同じ昨日の森の中の、木靴造りが使う小屋の中だった。壁は藁《わら》でできていた。屋根がひどく低いので、かがんだままでいなければならなかった。ふたりは床《ゆか》一面に散りしいた枯れ葉の上にひしと身を寄せて坐っていた。

その日からふたりは毎晩かかさず手紙をやりとりした。エンマは庭のはずれの、川に近い築山の石と石とのすきまに手紙を入れておく。するとロドルフがそれを取りに来て、自分の手紙を代わりに置いてゆく。その手紙が短すぎると言ってエンマはいつも怒った。

ある朝、シャルルがたまたま夜明け前から家を出かけたとき、彼女はロドルフに今すぐに会いたいという気まぐれを起こした。ラ・ユシェットまではいくらもない。一時間向こうにいて帰って来ても、ヨンヴィルの人たちはまだ寝ているだろう。そう思うとロドルフが欲しくて息が苦しくなった。やがてエンマは牧場のなかを抜けていた。あとも振り返らず、とっとと歩いた。

夜が明けそめて、エンマは遠く恋人の家を認めた。燕《つばめ》の尾の形をした風見が二つ、ほの白い薄明かりのなかに黒々と浮き出ていた。

農場の庭を過ぎると、母屋とおぼしき建物があった。壁が彼女を迎えてひとりでに開いたかのように、彼女はいつしか中にはいっていた。まっすぐな大階段をのぼると二階の廊下へ出た。エンマは一つのドアの掛金《かけがね》をまわした。と、とたんに、部屋の奥に眠っているひとりの男が見えた。ロドルフだった。彼女は思わず「あっ」と叫んだ。

「来たんだね？　来たんだね？」と彼は繰りかえした。

「よくまあ抜け出て来られたね！……ああ、こんなにぬれて！」

「恋しかったわ！」とエンマは男の首に抱きついて答えた。

最初の冒険が成功したのに気をよくして、それからというもの、シャルルが朝まだきに出かけるたびごとに、エンマは着替えもそこそこに、川岸へ通じる石段を忍び足に降りた。

しかし、牛を渡す跳《は》ね板橋が上がっているときには、川べりの家々の塀沿いに行かねばならなかった。土手道は足もとが悪かった。エンマは倒れないように、枯れたにおいあらせいとうの茂みにつかまった。それから畑地を横切った。そこでは足がめり込み、よろめいて、華奢《きやしや》な編上靴をもてあつかった。やがて牧場にはいると、頭にかぶった薄絹のネッカチーフが風にひらめいた。牛がこわいので、つい駆け足になる。そして息をはずませ、頬を薔薇《ばら》色に染め、全身に樹液と青草と大気のさわやかな香りをにおわせてたどりつくと、まだそのころにはロドルフは眠っていた。彼の寝室に突然、春の朝が訪れたようだった。

窓一面をおおう黄色いカーテンが、けだるい金色の光を柔らかにとおしている。エンマは目をしばたたきながら手探りで進んだ。すると真ん中から分けた髪に宿った露の玉が、まるで黄玉《トパーズ》の後光のように顔のまわりに光った。ロドルフは笑いながら彼女を引き寄せて、胸の上にかきいだいた。

それから彼女は寝室中をひっかきまわした。家具の引出しをあけてみたり、ロドルフの櫛《くし》で髪をすいたり、ひげ剃《そ》り用の鏡に顔をうつしたりした。ときには、枕もとの小卓の上に、レモンや角砂糖といっしょに水差しのそばに置いてある大きなパイプを、たわむれにくわえてみることもあった。

別れはたっぷり十五分かかった。エンマは泣いた。いつまでもロドルフのそばを離れたくなかった。こうしてエンマの自制力を越えたあるものが彼女をロドルフのほうへ押しやってやまなかったので、ついにある日彼女がふいにやって来たのを見ると、彼は眉をひそめていやな顔をした。

「どうなすったの？　ご病気なの？　おっしゃってよ！」とエンマは言った。

とうとう彼は、そうたびたび来るのは軽はずみだ、世間の口も考えなくてはいけないと、にこりともせずに言いわたした。

10

こうしたロドルフの懸念はやがてエンマにも乗り移った。最初はひたすら恋心におぼれて、先のことは思ってもみなかったのが、今となってこの恋がこれからの毎日の生活になくてかなわぬものと思い知ると、この恋の幾分かでも失うことが、いや失わぬまでも邪魔がはいることすらも恐ろしかった。ラ・ユシェットからの帰りには、あたりに不安の眼差《まなざし》を配り、遠く地平をよぎる物の影にもおびえ、だれかが見おろしているかもしれない村じゅうの天窓の一つ一つをうかがった。足音にも、叫び声にも、鋤《すき》の音にも耳をそばだてた。そして頭上にそよぐポプラの葉よりもなお青ざめ、ふるえて、立ちすくむのだった。

こんなふうにびくびくもので帰って来たある朝のこと、はっと気がつくと、鉄砲の長い筒先がこちらをねらっているではないか！　それは溝のふちの草むらになかば隠れた小さな樽《たる》の縁からななめに突き出ていた。エンマは驚きのあまり気絶せんばかりだったが、それでも前へ進んで行った。すると、びっくり箱の底から飛び出す発条《ばね》仕掛けのお化けのように、ひょっくりひとりの男が樽のなかから現われた。膝まで編上げゲートルをはき、鳥打ち帽を目深《まぶか》にかぶり、唇をふるわせ、鼻を赤くしている。鴨《かも》撃《う》ちに出て待機中の消防団長ビネーだった。

「遠くから声をかけてくださらなくては！」と彼は叫んだ。「鉄砲を見たらかならずそうするものですよ」

収税吏はそう言って先刻までの自分の不安をおし隠そうとした。ほかでもない、鴨猟は舟でするほかは県令によって禁じられていたから、今やビネー氏は法律遵守を旨とすべき収税吏の身でありながら、歴々たる違反行為を犯していたのである。そこで彼は畑まわりの巡査の足音が今するか今するかと気もそぞろだった。が、反面この不安は彼の快感をひとしおそそりもした。かくて彼はひとり樽のなかにひそんで、おのれの僥倖《ぎょうこう》、おのれの狡智《こうち》を嘉《よみ》したたえていたのだった。

やって来たのがエンマだとわかると、内心大いに安堵《あんど》して、彼はさっそく話しはじめた。

「お寒うございます。『膚《はだえ》をつんざく寒さ』ってやつで！」

エンマが何も答えないでいると、彼はつづけて、

「えらいまたお早いお出かけですが、どちらへ？」

「はあ」と彼女は口ごもりながら、「子どもを預けてある婆《ばあ》やのところへ行って参りましたの」。

「それはそれは、早くからご苦労さまで！　私は夜の明けるとから、ご覧のとおりここにこうしておりますが、なにぶんにもこう霧が深くては、鳥がむこうから鉄砲の鼻っ先にでもやって来てくれないことには……」

「ビネーさん、ではまた」とエンマは彼の言葉をさえぎって踵《くびす》を返した。

「いや、失礼」とビネーは怒ったように答えた。

そしてまた樽のなかへもぐり込んだ。

エンマはかくも無愛想に収税吏と別れたことをすぐに悔やんだ。あの男は変に気をまわすにちがいない。乳母のことを口実に持ち出したのはなんとしてもまずかった。ボヴァリーの娘が一年前から両親のもとへ帰っているのを知らない者はヨンヴィルじゅうにいないではないか。おまけに、ビネーと出会ったあたりに住む人はない。あの道の行く先はラ・ユシェットに決まっている。だからビネーは彼女がどこから来たかを見抜いたはずだ。そうなったらあれは黙っている男ではない、きっとしゃべる！

彼女はその日一日、頭が痛くなるまで、どう嘘をついてしらばくれようかと思いあぐねた。獲物袋をさげたあの唐変木《とうへんぼく》の姿がたえず目の先にちらついた。

シャルルは、夕食のあと彼女が沈み込んでいるのを見て、気晴らしに薬屋へ誘った。ところが、その薬屋の店先で彼女の目にとまった最初の人は、またしても余人ならぬ彼、収税吏だった！　彼は例の赤いガラス玉の光を浴びて売台の前に立っていた。

「濃硫酸を半オンスいただこう」とビネーは言った。

「ジュスタン！」と薬剤師はどなった。「アキドゥム・スルフリクムを持ってこい」

それから、二階のオメー夫人の部屋へ上がって行こうとするエンマに向かって、

「いいえ、どうぞそのまま下にいらしてください。家内はすぐおりてまいります。それ

までストーブにでもおあたりになって……ちょっと失礼……ようこそ、先生！（薬屋はこの「先生」という称呼がたいそう気に入っていた。相手に向かってこの言葉を口にすると、そのなかに含まれていると彼の信ずる威厳の幾分かが、発言者にまでも跳《は》ね返ってくるように思えたのである）……おいジュスタン、何をしている、乳鉢をひっくり返すぞ！　客間の肱掛椅子は動かしちゃならんと言ってあるだろ、それより居間の椅子を取ってこい」

　そう言って自分の肱掛椅子をもとの場所へもどそうと、オメーが売台の外へ飛び出したとき、ビネーはさらに糖酸を半オンスくれと言った。

「糖酸ですと？」薬剤師はせせら笑って、「知りませんな、なんのことです？　蓚酸《しゆうさん》のまちがいでしょうが。ほら、蓚酸のな」。

　ビネーはいろんな猟具の錆《さび》を落とす磨《みが》き液を自分で造りたいので腐蝕《ふしよく》剤がいるのだと説明した。エンマはふるえあがった。薬屋が、

「さよう、今時分は湿気が多くて、猟には不向きでしょうな」と言いかけると、

「いや」と収税吏はずるそうに答えた。「霧の深いのをこれさいわいという人もありますよ」

　彼女は息が止まりそうになった。

「ええと、それからと……」

「これじゃ、とても出て行きそうもない！」と彼女は思った。

「コロフォニウム樹脂半オンスとテレビン油半オンス、黄蠟《おうろう》四オンスに、骨炭一オンス半、狩猟服のエナメル革を磨くのにね」

薬屋が蠟を切りはじめたところへ、オメー夫人が、イルマを抱き、ナポレオンをわきに、アタリーを後ろに連れて現われた。夫人は窓ぎわのビロード張りの長腰掛けにかけ、男の子はスツールの上にうずくまり、姉娘は「おとうちゃま」のそばにある咳《せき》止《ど》め棗糖《なつめとう》の箱のまわりをうろついた。「おとうちゃま」のほうは漏斗《じょうご》いっぱいに薬を注ぎ、瓶《びん》に栓《せん》をし、レッテルを貼《は》り、包みをこしらえた。彼の仕事中は口をきく者もなく、ただときおり、分銅が秤皿《はかりざら》のなかで鳴る音と、見習い生に言いきかす薬剤師のひそひそ声が聞こえるだけだった。

「お宅のお嬢ちゃまはお元気?」とだしぬけにオメー夫人がきいた。

「静かに!」と出納簿《すいとうぼ》に数字を書き込んでいた亭主が叫んだ。

「どうして連れていらっしゃいませんの?」とオメー夫人は小声でつづけた。

「しいっ!」とエンマは薬屋を指さしながら言った。

しかしビネーは勘定書を読むのにすっかり気をとられて、何も聞こえなかった様子である。やっと彼は出て行った。エンマは肩の荷が降りた思いで、大きな溜息をついた。

「息がお苦しそうですこと!」とオメー夫人が言った。

「ええ、お部屋が暑いもので」とエンマは答えた。

こうしたご難があったので、翌日恋人たちはあいびきの新計画を練った。エンマは何か品物をやって女中を手なずけようと言った。しかしそれよりもヨンヴィルのどこかに隠れ家を見つけたほうがいいということになって、ロドルフはしかるべき家をさがしてみようと約束した。

冬の間じゅう、ロドルフは週に三、四度、真っ暗になってから庭にやって来た。エンマはあらかじめ柵戸《さくど》の鍵《かぎ》を抜き取っておいた。シャルルは鍵がいつのまにかなくなったものと思っていた。

ロドルフは彼女への合図に、砂をひとつかみ鎧戸《よろいど》に投げつけることにしていた。彼女ははっと腰を浮かす。しかしいつでもすぐに出て行けるとはかぎらなかった。シャルルは暖炉のそばで、いつ果てるともない長話をする癖があったからである。彼女は居ても立ってもいられぬ思いだった。もし彼女の目にその力があったら、夫を眼力で窓からほうり出したろう。やがて彼女は夜の化粧をはじめる。それから本を手に取り、さもおもしろそうに悠々《ゆうゆう》と読みつづける。そのうちベッドにはいったシャルルが、もう寝るようにと彼女を呼ぶ。

「おいでよ、エンマ、寝る時間だよ」

「ええ、ただいま」と彼女は答える。

しかし、ろうそくの火がまぶしいので、シャルルは壁のほうを向いて、まもなく眠ってしまう。彼女は息をひそめ、微笑を浮かべ、期待に胸をおどらせて、寝間着姿のまま庭へ抜け出すのだった。

ロドルフは大きな外套を持って来ていた。彼はそれでエンマをすっぽりとくるむと、腰を抱いて無言のまま庭の奥へと連れて行った。

それは青葉棚の下、かつての夏の夕まぐれに、レオンがあんなにも恋心にあふれる視線を彼女にそそいだ、あの同じ腐った丸太のベンチの上だった。今ではもう彼女はレオンのことなど念頭になかった！

葉の落ちたジャスミンの枝ごしに星が明るかった。ふたりの背後には川のせせらぎと、ときどき土手ぎわに枯れた葦《あし》のさやさやと鳴る音が聞こえた。黒々とした灌木《かんぼく》の茂みがここかしこ闇のなかに盛りあがっていた。それらがしばしば一度に動いて、そそり立ったりうずくまったりするさまは、まるで黒い大波がふたりをのもうとして押し寄せて来るように見えた。夜の寒さにふたりはいよいよ固く抱き合った。唇をもれる吐息はいっそう激しく、暗いなかをかすかに見かわす互いの目はいっそう大きく感じられた。そして静寂のさなかに小声で語り合うふたりの言葉は、互いの心に水晶のように澄みきった響きをたてて落ちかかり、つぎつぎにこだまを呼んで心のうちに反響した。

雨の夜は納屋《なや》と廐《うまや》のあいだにある診察室にのがれた。彼女は前もって本の後ろに隠しておいた台所用の燭台《しょくだい》に火をともした。ロドルフは自分の家にでもいるようにどっかと腰をすえた。書棚を見てもデスクを見ても、つまりこの部屋全体の様子がこっけいに思えるらしく、やたらと冗談口をたたいてはエンマが辟易《へきえき》ぎみなのもおかまいなしだった。彼女にしてみればロドルフがもっと真剣であってほしかった。場合によっては、いつかのあのときのように芝居がかった台詞《せりふ》を聞かせてくれるほうがまだよかった。あのときはこうだった。——ふと小道に足音が近づいて来るような気がしたので、

「だれか来るわ！」と彼女は言ったのだった。

ロドルフは明かりを吹き消した。

「あなたピストルは？」

「ピストル？」

「だって……護身用に」とエンマは答えた。

「ご主人を撃つのにかい？　よしてくれ、あんな男なんぞ！」

そしてロドルフは「これでたくさん」と言いたげに指先をはじいてみせた。

彼女はなんとなく粗野なもの、あまりにもむき出しな、がさつさのようなものをそこに感じて眉をひそめながらも、彼の度胸には敬服したのだった。

ロドルフはこのピストルの件については考えさせられた。もし女が本心からああ言ったのだとすれば、なんともばかげた話だ、不快ですらある、と彼は思った。こちらにしてみればあのお人よしのシャルル旦那を憎むいわれはもうとうない、世に言う「嫉妬《しっと》に身を焦がす」がらでもあるまいし。——嫉妬といえば、エンマはかってに気

をまわして、ある一事を固く誓ったが、これなどもロドルフにはあまり良い趣味とは思えなかった。

それに彼女は近ごろひどい感傷家になってきた。小さな肖像画を交換しなければならないと言い、髪の毛を一束切って取りかわしもした。そして今度は永遠に渝《かわ》らぬ恋のしるしに、指輪を、それも本式の結婚指輪をほしいと言い出した。何かというと夕べの鐘だの「大自然の呼び声」だのについて語り、また自分の母親やロドルフの母親の話をした。ロドルフが二十年も前に母親を亡くしたと言うと、エンマはしきりに同情する一方、まるで捨て子にでも言い聞かすような甘ったるい言葉で彼をなぐさめた。ときには月をながめて、

「あなたのお母さまはわたしの母といっしょに月の世界にいらっしゃって、きっとふたりしてわたしたちの恋を喜んでいてくださいますわ」などと言いさえした。

しかしエンマは文句なく美しかった！　彼はこんなに生《き》一本な女を情婦に持ったことはなかった！　こうした遊蕩《ゆうとう》気分抜きの恋愛には、いつもの安直な色ごとの習慣から彼を脱け出させ、自尊心と官能欲とを同時に楽しませてくれる何か珍らかな魅力があった。エンマの逆上ぶりも、彼のブルジョワ的常識からすれば何をくだらないと思われたが、その逆上の対象は彼自身であってみれば、内心はやはりうれしかった。こうしてまちがいなく女に愛されていることを知ると、彼は野放図になり、いつとはなしに態度が変わった。

彼はもう以前のように、彼女を感涙にむせばせるようなやさしい言葉もささやかず、彼女を狂おしくあえがせるような激しい愛撫もしなかった。それで、エンマは相変らずふたりの豊かな恋にどっぷりつかって暮らしているつもりなのに、いつしかその恋は、ちょうど川の水が河床に吸い込まれるように、彼女の足もとまで減ってしまい、ついにはエンマの目にも底の泥が見えてきた。エンマは自分の目を信じようとはせず、ますます愛情をかたむけた。するとロドルフはいっそう冷たいそぶりをあらわに見せた。

彼女は自分がはたしてこの男に許したことを悔やんでいるのか、それとも逆に、もっとこの男をとことんまで愛しぬきたいのか、自分ながら見当がつかなかった。弱い自分を思い知らされるのはくやしく、その屈辱感はたやすく恨みに変わったが、その恨みもやがて肉のよろこびのうちに和らいだ。これはもう心と心の結びつきではなくて、いわば腐れ縁めいたひかれ方だった。ロドルフが彼女を征服してしまったのである。彼女はほとんどそら恐ろしい気《か》すらした。

しかしロドルフが思いのままに舵《かじ》をとる形勢になっただけに、この不倫の恋の外見はかつてなく平穏無事だった。六ヵ月たって春がめぐってきたころには、ふたりの仲はさながら家庭的愛情の温《ぬく》もりを後生大事に守《も》りたてている夫婦のそれのように互いの目に映じていた。

春先にはかならずルオー爺さんが脚のなおった記念に七面鳥を送ってくる。この贈り物にはきまって手紙がそえてあった。エンマは籠に手紙をゆわえつけてあるひもを切って、つぎのような文面を読んだ。

《一筆啓上、この手紙ご両所ともご壮健にて受け取られしことと存じ候。鳥も例年のにあえて劣らぬものと自負し候。今年のは肉も別して柔らかく、柄もひとまわり大きく思え候。しかしこのつぎは、たって七面鳥をと申されるならば別、さもなくばたまには雄鶏でもお目にかけようかと愚考いたしおり候。なお籠はおついでの節にこの前の二つといっしょにまとめてご返送くださるべく候。当方の荷車置場には大変が出来《しゅったい》候て、嵐《あらし》の晩、屋根が木立ちへ吹き飛び申し候。収穫も芳《かんば》しからず候。かくてはいつお前様がたの顔を見に行けるやらわからず候。当節では、いとしきエンマどの、老生ひとりになりしことゆえ、なかなか家もあけられず候》

ここで行間があいていた。爺さんはペンをおいてしばし感慨にふけったものとみえる。

《老生こと、先般イヴトーの市《いち》へ出向いたおり、風邪をひいたるほかは、元気にいたしおり候。市へ参り候ゆえは、家の羊飼いめけしからず食い物に不服を申すが憎くてひまをつかわし、代わりの男を雇い入れに参った次第に候。あのようなる無法のやからを相手にいたすは我ながら情けなく候。あの羊飼いめはそれにしても良からぬ奴に候。

この冬御地へ参り歯を抜いてもらいし由の行商人の話にては、ボヴァリーどの相変わらずご家業にご精励の趣、お人柄ゆえさもあるべしと存じ候。かの行商人は抜けた歯を見せてくれ、二人でコーヒーを喫し候。お前様を見かけたかとたずね候ところ、いや見かけなんだが厩《うまや》に馬が二頭あるのを見た由申し候。よってご商売繁盛と推察いたし候。重畳重畳、このうえも神の御恵みのありたけを受けられんことを祈り申し候。

愛する孫のベルトの顔をまだ見ぬのが何よりも残念に候。お前様のいた部屋の真下の庭に孫のため李《すもも》の木を一本植え申し候。この木は他人の手に触れさせまじく、実が生《な》れば老生手ずから砂糖煮にいたし、孫が参り候節食べさせるよう戸棚にしまい置くべく候。

まずはこれにて失礼いたし候。ボヴァリーどのにもお前様にもごきげんよろしゅう。孫には両の頰《ほ》っぺに接吻を送り候。匆々《そうそう》。

愛する父
テオドール・ルオー

ご両所様》

彼女はざら紙に書かれたこの手紙を読み終わってからもしばらく手に持ったままでいた。そこには誤字が入り乱れていた。エンマはその乱れを通して、茨《いばら》の生垣になかば隠れた雌鶏の声に聞き入るように、慈愛の情を紙背に追った。暖炉の灰をふりかけてインクをかわかしたと見え、灰色の粉がエンマの服の上へわずかばかりこぼれ落ちた。父が背を丸くして火挟《ひばさ》みを取ろうとしている姿がつい目の先に見えるような気がした。父のそば近く、炉ばたのスツールに腰かけて、棒きれのはしをぱちぱち音をたてて燃えるはりえにしだの火で焼いたのは、あれはなんと遠い昔のことだったろう！……夕日が明るくみなぎっていた夏の宵々《よいよい》を思い出す。子馬たちの近くを通ると、彼らはいっせいにいないて、走りに走りまくったっけ……部屋の窓の下には蜜蜂の巣箱があった。ときどき蜜蜂が日向《ひなた》をここかしこ飛びまわり、よくはずむ金の玉のように窓ガラスに突きあたっては跳ね返った。あのころはなんと楽しかったことか！　なんという気ままさ！　なんという希望！　なんという夢の豊かさ！　それが今はもう何もない！　娘時代、結婚、恋愛と相ついで閲《けみ》したすべての境遇を通じて、あらゆる心ゆさぶる経験を経るうちに、かつての希望も夢も仕合わせもことごとく使い果たしてしまったのだ——ちょうど泊まりを重ねる宿屋ごとに懐中の金を少しずつ払ってゆく旅人のように、人生の道のひとこまひとこまにそれらを置き忘れてきたのだった。

それにしても、何がいったい自分をこうまで不幸にしたのだろう！　こんなに収拾のつかない事態に立ちいたったからには、よほど途方もない破局に自分は遭遇したにちがいないが、それはいつどこでのことだったのか。エンマは自分の苦悩の原因をつきとめようとするかのように、頭をあげてあたりを見まわした。

四月の陽光が棚にならべた磁器のおもてを玉虫色に光らせていた。暖炉の火は燃えていた。スリッパの下には絨毯《じゅうたん》のふんわりした感触があった。日ざしは明るく、空気は暖かい。彼女は娘がきゃっきゃと笑うのを聞いた。

見ると娘は芝生に乾してある刈草のなかをころげまわっていた。積み重ねた草の山の上に腹ばいになった娘のスカートを、女中が落ちないようにつかまえている。レスチブードワがそばで熊手を使っている。彼が近くへ来るたびに、娘は身を乗り出して両手を宙に泳がせた。

「こちらへ連れておいで！」と言うなりエンマは飛んで行って娘に接吻した。「おおよしよし！　いい子だ、いい子だ！」

そして子どもの耳の縁《へり》が少しよごれているのに気がつくと、エンマはすぐ呼び鈴を鳴らして湯を持って来させ、きれいにふいてやり、ついでに下着や靴下や靴まで替えさせ、まるで旅から帰ってでも来たようにやいのやいのと体のぐあいをききただし、最後にもう一度接吻して、涙ぐみながら子どもを女中の手に渡した。女中はといえばこの異常な母性愛の発露にただもう目を丸くしていた。

その晩ロドルフはエンマがつねになく取りすましているように思った。

「なあに、どうせ一時の気まぐれさ」と彼は踏んだ。

そこで彼は続けて三度あいびきをすっぽかした。さてそのつぎに来てみると、彼女はすげないばかりか、ほとんど見くだすような態度を示した。

「ほい、かわいい人がそんな顔をして……せっかくの楽しいときがもったいないよ」

こう言って、彼はエンマが悲しそうに溜息をついても、ハンカチを取り出しても、それ以上取り合わなかった。

そこでエンマははじめて心から自分の所業を悔いたのだった！

いったいなぜまたシャルルをこうまできらうのか、シャルルを愛することができたらもっと幸福なのではなかろうかと、そんなことも考えた。しかし彼女がいくら愛情をもとにもどしてみても、シャルルのほうはろくな手ごたえも見せてくれない。そんなわけで、なにか罪ほろぼしをしたいとひそかに念じながらも、どうしたらいいか戸惑っているおりしも、薬剤師が登場して絶好の機会を提供する役まわりを演じた。

11

オメーは最近、捩《よじ》れ足(37)の新案治療法をほめたたえる一文を読んだ。進歩主義者をもって任ずる彼は、「時勢に立ちおくれぬ」ようにヨンヴィルでも畸《き》型《けい》足の手術を行なわねばならぬという、郷土愛もからんだ意見をいだくにいたったのである。

「よろしいですか」と彼はエンマに言う。「なにしろ危険は絶無というところへもってきて、手術を行なったとなると（と、この企画の利点を指を折って数えながら）、成功はほぼ確定的、患者は苦患《くげん》を脱し、ぐっと風采も上がる、施術者はたちまち令名を馳《は》せる。そういうことならと、どうでしょう、お宅の先生などもここで一発、あのあわれな『金獅子』のイポリットをなおしてやろうとお思いにならぬものですかな？イポリットが、先生のおかげでなおった、なおったと泊まり客ごとに吹聴《ふいちょう》することは請け合いですし、それに（と、オメーは声をことさらひそめて、あたりを見まわし）、私が新聞へちょっとした報告記事を送っていけないという法はありますまい。いや、新聞に載ったら強い！……世間が噂する……雪だるま式に噂が大きくなったあげくは、ことによったら……」

そう言われればボヴァリーにだってできそうだ。ボヴァリーの腕が立たないという確証はエンマにもない。それに夫の名声と財産をいっきょにたかめ、ふやすような行動に、自分が夫を踏みきらせたとなればこんなうれしいことはなかろうではないか。恋愛よりももっと堅固な何ものかに頼りたい、このさいエンマの望みはそれしかなかった。

シャルルは薬剤師と妻と(38)にたきつけられて、とうとうその気になった。ルーアンからデュヴァル博士の著書を取り寄せ、毎晩頭を両手でかかえこんでの大勉強に取りかかった。

かくてシャルルが、ペス・エクイヌス(39)、ペス・ワルス、ペス・ワルグス、すなわち馬蹄足《ばていそく》、内反足《ないはんそく》、外反足《がいはんそく》（わかりやすく言えば、足の下曲がり、内曲がり、外曲がり）や、尖足《せんそく》、踵足《しょうそく》（言い換えると下向きよじれ、上向きよじれ）を研究していると、一方ではオメー氏が旅館の下男を口説《くど》き落とすのに大わらわだった。

「もしかしたらほんのちょっと痛むかもしれないというぐらいのことさ。ちょっぴり悪血を取るときみたいに、ただちくりとやるだけ、なんの肉刺《まめ》を取るよりもかんたんさ」

イポリットは思案にくれて、愚鈍そうな目の玉をしきりにぎょろつかせている。

「だいたいこうしておまえさんにすすめるのも、わしにとってはなんの得になることじゃなし、おまえさんのためなんだ！　おまえさんをかわいそうだと思えばこそなんだぞ！　わしはただおまえさんが跛行《はこう》の醜状から救われ、同時に腰部の動揺から解放されたところが見たいのだ。おまえさんは平気のつもりかもしれんが、腰がそうぐらついたんじゃ仕事のうえにもひどいマイナスにちがいないのだ」

さらにオメーは、手術を受ければどんなにさっそうと軽快な身ごなしができるようになるかを説き聞かせ、なおいっそう聞き手の気をひこうと、女にもぐっともてるようになるぞとほのめかした。馬丁はにやにや笑いだした。ついでオメーは相手の自尊心にうったえた。

「そんな肚《はら》のきまらぬことで男といえるか！　兵隊にとられて、軍旗のもとにいざ突撃というときにはどうなる……しっかりしろ、イポリット！」

そしてオメーは、科学の恩恵に浴することを拒むとはそもなんたる盲目的旧弊さか、わしは了解に苦しむと言いすてて立ち去った。

あわれ、イポリットはついに口車に乗った。なにしろ八方から寄ってたかっての陰謀にあってはかなわない。他人のことは他人のことといつもは割り切っているビネーをはじめ、ルフランソワの女将《おかみ》、アルテミーズ、それに近所の連中から村長チュヴァッシュの旦那までが総がかりになって勧誘し、説得し、恥を知れとののしった。しかし彼に最後のふんぎりをつけさせたのは「無料《ただ》でいいから」ということだった。ボヴァリーがなんと自腹で手術に要する器具の提供を引き受けたのである。この博愛的行為を着想したのはエンマで、シャルルは胸のうちでいよいよ妻は天使のような女だと感歎しながら承知したのだった。

そこで彼は薬剤師の助言にしたがい、指物師《さしものし》と錠前屋に命じて約四キロの重さの箱のようなものを造らせた。二度やりそこなって、やっと三度目にできあがったその箱には、鉄板、木板、ブリキ板、皮革《ひかく》、ねじ釘、ねじ止めがやたらとふんだんに使ってあった。

さてここに問題はイポリットの捩れ足がいかなる種類に該当するかである。まずそれを知らなくては彼の足のどの腱《けん》を切るべきかがわからない。

彼の足は臑《すね》とほとんど一直線に下曲がりになっていたが、同時に内側に曲がってもいた。したがってこれは馬蹄足に内反足が少しまじったもの、あるいは軽度の内反足に顕著な馬蹄足症状がともなったものということになる（すなわち、今日の医学用語では内反尖足の症状）。この馬蹄足はまさにその名のごとく馬の蹄ほどの幅があり、皮膚は粗皮のよう、腱はこわばり、指は太く、黒い爪がまるで蹄鉄どめの釘のようだった。こんな馬蹄足をひっさげて、この畸型足患者は終日鹿のように走りまわっていた。長すぎるほうの足を前に突き出しながら、荷車のまわりをぴょんぴょんとんでいる彼の姿がいつも広場に見られた。片輪の足がもうひとつの足よりもむしろ丈夫そうに見えた。まともな足に奉仕すること久しきにわたったおかげで、片輪の足にはいわば忍耐と負けん気の美徳がおのずとそなわった形である。イポリットは何か力仕事をさせられるときには、かえって悪いほうの足をふんばった。

とはいえやはり馬蹄足にはちがいないのであるから、処置としてはまずアキレス腱を切断する必要があった。内反足のほうは後日前脛骨筋《ぜんけいこつきん》の手術によってなおすことにする。というのはボヴァリーにはこの二つの手術をいっきょにやってのける自信がなかったし、そのうえ、どこか大事な箇所をうっかりそうと知らずに傷つけはしないかと今からもう気もそぞろだったのである。

ケルシウス(40)以来十五世紀を経て近世では最初に動脈の直接結紮《けっさつ》を行なったアンブロワーズ・パレ、脳髄の奥深くメスを入れて膿瘍《のうよう》を切開したデュピュイトラン、はじめて上顎骨切除を敢行したジャンスールのごとき面々すらも、「切腱刀《せつけんとう》」を手にしてイポリットのかたわらに歩み寄ったときのボヴァリー氏ほど胸をときめかせ、手をふるわせ、精神を緊張させはしなかったにちがいない。さながら大病院をしのばせて、手近のテーブルの上にはガーゼの山、蠟引きした縫合用の糸、ごたいそうな包帯、ピラミッド形に積みあげた包帯、薬屋の店にありったけの包帯が見られた。オメーが見物の衆の目を見はらせ、あわせて自分も得意の気分にひたろうと朝からこれだけの準備をととのえたのだった。シャルルが皮膚を突いた。はじけるような音がした。すでに腱は切断され、手術は完了したのである。イポリットはあまりのあっけなさに呆然《ぼうぜん》として、かがみこんでボヴァリーの手にやたらと接吻した。

「これこれ、安静にな」と薬剤師が言った。「ご恩になった先生へのお礼はいずれゆっくりするがよい」

そしてオメーは、庭で見守っている五、六人の物見高い連中に結果を報告に行った。みんなイポリットが今度出て来るときは常人並みに歩いて現われるものと思っていた。一方シャルルは患者の足を例の箱形矯正器《きょうせいき》のなかにバックルで留めて家へ帰った。家ではエンマが切ないまでに気をもんで、玄関口に立って待っていた。彼女は夫の首に飛びついた。ふたりは食卓についた。シャルルは大いにぱくつき、食後にはコーヒーまで所望した。日曜日に客があったときだけ出すはずの取っておきのコーヒーまで！

話もはずみ、同じ未来の夢にふけって、楽しい晩だった。いや増すであろう財産、ふたりの家庭につぎつぎに施すべき修理改善を語り合った。シャルルは自分の名声がいよいよ上がり、生活がますます快適になり、妻がいつまでも自分を愛していてくれるさまを思い描いた。エンマはかつてなく健全な、まっとうな、初々《ういうい》しい気分にひたって新生活に乗り出すことが、そして自分を大事にしてくれるこの気の毒な男に幾らかの愛情を感じうることがうれしかった。ロドルフのことがちらと頭をかすめたが、彼女の目はすぐにまたシャルルの上にもどった。彼女は夫が実にきれいな歯をしているのにはじめて気づいて驚きさえした。

ふたりがもうベッドにはいったときになって、オメーが女中のとめるのも聞かず、書き上げたばかりの原稿を手にして突然寝室に闖入《ちんにゅう》した。原稿というのは『ルーアンの燈火《ともしび》』へ送る宣伝文で、ふたりに読ませるために持って来たのだった。

「読んで聞かせてください」とボヴァリーは言った。

オメーは朗読した。

「《多くの偏見は今なお網の目のごとく欧州の一部をおおいつつあるとはいえ、しかも光明はここにようやくわが国の農村にまでさしそめようとする。かくて去る火曜日、われらが小村ヨンヴィルは、外科学的実験の舞台となった。のみならずこの実験は同時にまた異例の博愛的行為でもあった。わが地方きっての名医ボヴァリー氏は……》」

「やあ、とんでもない！　とんでもない！」と、うれしさに息をつまらせてシャルルが言った。

「いや、どうして！　あたりまえのことを言っただけです！……《……捩れ足の手術を行なったのである》わざと専門用語は避けました。ご承知のとおり新聞となると……わかるやつばかりが読むとはかぎりませんからな。一般大衆ももう少しなんとか……」

「さようさよう。で、その先をどうぞ」とボヴァリーは言った。

「読みなおしましょう。《わが地方きっての名医ボヴァリー氏は捩れ足の手術を行なったのである。患者はイポリット・トータン、寡婦《かふ》ルフランソワの経営するアルム広場の『金獅子』旅館に馬丁として勤続すること二十五年におよぶもの。さて該手術の斬新《ざんしん》さは、患者に寄せる村民たちの関心とあいまって、多数の群衆を招致し、当日同旅館の門前はまさに市《いち》をなすの盛況を呈した。しかもボヴァリー国手執刀の結果は魔法にも似て、わずかに数滴の出血をともなったのみであり、その出血はあたかもかの強情なる腱がついに医術の力に屈したことを告げ知らせに皮膚表面に現われたかの概があった。なお驚くべきこととしては（本文の筆者は『目撃者として《デ・ヴィジュ》』証言するが）その間患者はいささかの苦痛の色も浮かべなかったのである。術後の経過も今日にいたるまできわめて良好、いかなる観点よりするも全快の日は間近いものと思われる。しかり、次回の村祭りには、われらが好漢イポリットがさんざめく同輩連の合唱裡《り》にバッカス踊りに出場し、その横溢する生気とアントルシャ（とび上がって踵を打ち合わせる動作）の妙技とによって万人の目に彼の全き快癒を立証するであろうことすら十分に予想される。されば雅量ある博学の諸家を讃《たた》えよう！　人類の福祉増進と病苦軽減のために徹夜を重ねてしかも倦《う》むことを知らぬこれらの俊才を讃えよう！　繰りかえし讃えまた讃えよう！　今こそ盲人《めしい》は見、聾者《みみしい》は聞き、跛者《あしなえ》は歩むべし（マタイ伝、第十一章第五節参照）と声を大にして予言すべきのときではないか！　しかも往昔の狂信が選ばれたる少数者に対してのみ約束したこの奇蹟を、現代の科学は広く万人のために実現しようとする。なおこの刮目《かつもく》すべき治療の経過に関する詳報は逐次本紙の読者に提供されるであろう》」

かかるオメーの讃辞も、五日後にルフランソワの女将《おかみ》があわてふためいて飛び込んで来て、つぎのように叫び立てるのを妨げることはできなかった。

「助けてください！　イポリットが死にそうです！……たいへんです、どうしましょう！」

シャルルはとるものもとりあえず「金獅子」へ駆けつけた。薬剤師も医者が帽子もかぶらず広場を走って行くのを見て店を飛び出した。こちらも医者におとらず息を切らせ、真っ赤になって、何が何やらわからぬ様子だった。階段をのぼってゆく野次馬連をだれかれなしにつかまえては、

「どうしたっていうんです、われらの貴重な畸型足患者は？」とオメーはきいた。

当の畸型足患者は猛烈な痙攣《けいれん》のあまり、片足にはめた矯正器を壁もぶち抜けそうな勢いでぶっつけながらのたうっていた。

そこで足の位置をずらさぬように細心の注意をはらって箱をはずしてみると、恐るべき光景が現出した。皮膚全体が今にも破裂せんばかりに腫《は》れあがって、足の形をなしていないところへもってきて、その皮膚がまた例の苦心の作たる器械のおかげで一

面に皮下出血による血斑におおわれている。イポリットはまえから苦痛を訴えていたのだが、だれも相手にしなかったのである。なるほどこの症状を見るに彼の苦痛も無下に否定し去ることはできないとあって、数時間は器械をはめないでおいた。しかし浮腫《ふしゅ》がやっと少しひきかけたと思うと、両碩学《せきがく》はまたもや足を器械におさめ、しかも回復を促進するために前よりもいっそう強くしめつけるのが良策であると判断した。とうとう三日後にイポリットがどうにもこうにも我慢ができないというので、ふたりはもう一度器械をはずしてみたところ、その惨状はさすがの両大家を驚倒せしめるものがあった。腫脹部はいまや片脚全体に及んで鉛色を呈し、ところどころに生じた水《すい》疱《ほう》からはどす黒い汁がにじみ出ていた。憂慮すべき病勢である。イポリットは悲観しはじめた。そこで少しは気晴らしにもなろうかと思いやって、ルフランソワの女将はイポリットを調理場のそばへ移した。

しかし毎晩きまってそこで夕食をとる収税吏は、こんな男にそばにいられてはたまらないと情け容赦もなくぼやきたてた。そこでイポリットはこんどは玉突部屋へ入れられた。

彼はそこで、真っ青な顔にひげをのび放題にし、目をおちくぼませて、ごわごわの掛蒲団《かけぶとん》の下に呻吟《しんぎん》しながら、蠅《はえ》の群れてくるきたない枕の上にときどき汗ばんだ首を振り動かしていた。ボヴァリー夫人は、湿布用の布などを持ってよく見舞いに来ては、病人をなぐさめ、また元気づけた。もっともほかにも話相手には不自由しなかった。

わけても市《いち》の立つ日には百姓たちがまわりで玉を突いたり、キューでフェンシングのまねをしたり、煙草を吸ったり、飲んだり歌ったり、大声で話し合ったりした。「どんなぐええだにい？」と彼らはイポリットの肩をたたいて言った。「どうやらあんべえが悪《わり》いらしいが、どうしただ！　いってえおめえがよくねえど、いろいろとやってみねえでただそうしてるってえのは」

そして皆はほかの療法でなおっただれかれの話を聞かせたあげく、なぐさめるつもりで言い足した。

「おめえみてえに身をいたわるのがよくねえだ！　しゃっと起きてみろや！　お殿さまでもあんめえし、ごたいそうにするこたあねえだでよ！　なんの、大将《てえしょう》、起きっちまうがええ、寝くたれて、おめえ、臭《くせ》えこたあどうだ！」

臭いも道理で、壊疽《えそ》はますます上のほうまで広がっていた。ボヴァリーまでがその臭さには吐き気をもよおした。彼は律儀にしょっちゅう往診した。イポリットはおびえきった目でシャルルを見つめ、すすり泣きに声をとぎらせて、

「いつになったらなおるんでしょう？……ああ！　どうにかしてください！……こんなになるとは、こんなになるとは！」

すると医者は判でおしたように節食をすすめて帰って行った。

「先生の言うことなど聞いてたらだめだよ」とルフランソワの女将はあとをひきとって、「先生と薬屋にこれだけひどい目に遭わされりゃたくさんじゃないか！　食べな

きゃ体が弱るばかりだよ。さあ、おあがりな!」

こう言っては、おいしいスープや、羊の股肉《ももにく》を切ったのや、ベーコンのかたまりや、ときには小さなコップにコニャックまで出してやったが、病人は口へ持ってゆくだけの元気もなかった。

病勢の悪化を聞いてブールニジャン師が会いにやって来た。そしてまず病気を気の毒に思うと切り出したその口の下から、だがこれも神のおぼしめしである以上はむしろ喜ばねばならない、すみやかにこの機会を利用して神と和解しなければならないと言い聞かせた。

「わかるじゃろう」と司祭は迷える子羊への慈愛を声音《こわね》にこめて、「おまえは信者としてのお勤めに少々欠けるところがあったな。ミサにもめったに顔を見せないし、聖体拝領台によりつかなくなってからもう何年になる? そりゃ仕事は忙しかったろうし、目まぐるしい現世の営みに巻き込まれては、魂の救いを念ずる気持もついおろそかになったのじゃろう。わしはそれを責めはしない。じゃが今こそとっくり胸に手をあてて考えてみにゃならんぞ。そう言ったからとてなにも手おくれを案ずるがことはない。昔から極悪の罪人どもですら、いざ神の御前《みまえ》にまかり出る臨終《いまわ》のきわとなって(いや、おまえが今そうだというのではけっしてないが)神のお宥《ゆる》しを祈り求めた例は多々あることじゃし、その大罪人どもはかならずやりっぱに救われて昇天したにちがいないのじゃ。おまえもそういう人たちのように、どうか良い手本を見せてくれ!

それでひとつどうじゃな、万一の用心と思って『めでたし聖寵充《み》ち満てるマリア』(41)と『天に在《ましま》すわれらの父よ』とを毎日朝晩に誦《とな》えてみては！　わしのため、わしを喜ばすと思ってぜひそうしてくれ。別にめんどうなことでもなし……いいか、頼んだぞ」。

イポリットは請け合った。それからというもの司祭は毎日やって来て、女将を相手に世間話をしたり、いろいろと立ち入った噂話なども持ち出して、冗談や駄洒落《だじゃれ》まで飛ばしたが、このほうはイポリットにはちんぷんかんぷんだった。そうかと思うと話のはずみをとらえて、急にしかつめらしい顔に返ってお説教にかかるのだった。

司祭の熱心はどうやら功を奏したらしい。やがて畸型足患者は、なおったらボン＝スクール（ルーアンの東南方三キロにある教会の名）へ順礼に行きたいと言いだした。それに対してブールニジャン師は、いっこうにさしつかえない、二つの用心は一つにまさる、「徳にこそなれ損はないから」と答えた。

薬剤師は彼のいわゆる「坊主の策動」に憤慨した。この策動がイポリットの回復を阻害しているのだと彼は主張し、ルフランソワの女将に繰りかえし言った。

「いらぬおせっかいはやかぬこと、やかぬこと！　あんたらは得体の知れぬ迷信なぞをかつぎ出して、病人の精神を錯乱させておるのだ！」

しかし女将はもう薬屋の言うことなど聞こうとはしなかった。薬屋こそ「こんな騒ぎの種をまいたご当人」なのだ。女将はオメーへの面《つら》あてに、いっぱいにした聖水容器に黄楊《つげ》の枝をそえて病人の枕もとに掛けてやった。

だが信心も彼を救うのに役立たない点では外科医とご同様らしく、勝ち誇った壊疽《えそ》は足からどんどん下腹部目ざしてひろがって行った。水薬を変え、湿布薬を変えてもなんの験《げん》もなく、筋肉は日ましに骨からはがれて腐ってゆくばかりだった。見かねたルフランソワの女将が、こうなったうえは窮余の一策、あの有名なヌーシャテルのカニヴェ先生に来てもらってはときいたとき、シャルルもとうとう首を縦に振らないわけにはいかなかった。

医学博士で年配は五十がらみ、地位声望に不足なく、自信満々のこの医者は、膝まで壊疽を起こしているこの脚をひと目見ると、傍若無人《ぼうじゃくぶじん》にあははと笑った。そして「切断だ!」と言いはなって薬屋へ行き、あわれむべき無辜《むこ》の民をかかる状態にまで立ちいたらしめたばか者どもを口をきわめてののしった。フロックのボタンをつかんでオメー氏をゆすぶりながら、彼は薬屋の店で大音声《だいおんじょう》をはりあげ、

「ありゃあまたぞろパリの新発明というやつじゃ! いかにも都の連中の思いつきそうな小細工じゃ! 斜視矯正術だの、クロロフォルムだの、膀胱砕石《ぼうこうさいせき》術だのの同類、いや、すべからく政府が十把《じっぱ》ひとからげに禁止すべきいんちき療法のはしくれじゃ! そんなものに飛びつくやからにかぎって、小利口ぶりおってからに、やみくもに薬ばかりつめこんだあげくの後始末もできん。わしらはそんなはったりはごめんじゃ。わしらは学者ではない、見てくれがしの文化人気取りとはちがうぞ。わしらは開業医じゃ、昔ながらの『お医者さん』じゃ。丈夫でぴんぴんしている男をつかまえて手術な

どとは思いもよらぬこと！　捩れ足をなおす？　捩れ足がなおせるものかい。その伝《でん》で行った日にゃ、傴僂《せむし》の背中でもまっすぐになるとよ！」

オメーはこの演説が耳に痛かった。が、彼はお世辞笑いの下に居心地悪さをおし隠した。カニヴェ先生の処方箋はたまたまヨンヴィルまでまわってくることもあったから、この先生を怒らせてはまずい。そこでオメーはボヴァリー氏を弁護するどころか、自分の意見すらひと言もさしはさまなかった。そして平素の進歩主義をなげうち、体面を犠牲にしてまでも、いっそう切実な商売の利益をひたすら守ったのである。

カニヴェ博士執刀の大腿部《だいたいぶ》切断手術こそは村の大事件だった。当日は村じゅうの人がいつもより早起きした。大通りは人波にうずまったが、そのにぎわいにもかかわらず、どことなく悽愴《せいそう》の気がたちこめて、死刑執行を数刻ののちにひかえたかのようだった。食料品店では皆がイポリットの病気について論じていた。どの店にも店員もお客もいなかった。そして村長チュヴァッシュの夫人は執刀者カニヴェ先生の来るのを待ちかねて、窓べから動かなかった。

カニヴェ博士はみずから二輪馬車を御して到着した。しかし彼の肥満した体軀《たいく》の重みで、右側の発条《ばね》がいつしか押しつぶされてしまったため、馬車は少しく右にかしいだままで走っていた。彼のかたわらのクッションには赤い羊皮張りの大きな箱が見えた。真鍮《しんちゅう》の掛け金が三つ、赤皮の上に由々《ゆゆ》しげに光っていた。

竜巻のような勢で「金獅子」の玄関先に乗り入れると、博士は雷のような声で馬をはずせと命じ、さておもむろに馬が燕麦《からすむぎ》を十分にあてがわれているかを見に廐《うまや》へ立ち寄った。彼は患家へ着くと何はさておき馬と馬車の世話をやくのがきまりだった。それを世間では「ああ、カニヴェ先生、ありゃ変わり者だ！」と評したほどである。そしてこの不動の落ち着きぶりがますます世間の信用を博した。たとえ地球上の人間がひとり残らず死に絶えても、博士は日ごろの習慣をひとつだにゆるがせにはしなかったろう。

オメーがまかり出た。

「しっかり立ち会ってくれ」と博士は言った。「ではいいかね？　さあはじめよう！」

すると薬屋は赤面しながら、自分はどうも気の弱いほうなので、とてもこんな大手術には立ち会えませんと白状した。

「何もせずに見ておりますのは楽なようでかえって、その、われとわが想像力にひきまわされてしまいますんで！　それに私の神経組織と申しますのが、よほどどうも……」

「何を言うか！」とカニヴェはさえぎって、「青くなって倒れるどころか、あんたはむしろ卒中の気《け》があるよ。それも当然、そもそもあんた方薬剤師というものは、年がら年じゅう薬局にこもりきりじゃろうが。それじゃあどのみち体質にもいい影響があるはずはない。まあわしを見なさい。毎朝四時に起きて冷水でひげをあたる（冷たいなどと思ったことはないぞ）。ネルは着ないが、風邪もひかん、胸ががんじょうにできとるんじゃ！　あり合わせのものを食って、その日まかせの暮らしをするのが悟りをひらいた人の生き方じゃ。だからあんた方のような弱音などはかん。人間ひとりぶった切るぐらい、そこんじょの鶏をさくのと選ぶところなしじゃ。あとは慣れ……いいかな、ものごとすべて慣れじゃよ……」

そこでふたりは、蒲団のなかで脂汗をかいてうめいているイポリットはそっちのけにして話しだした。薬屋が外科医の冷静さを将軍のそれになぞらえると、この比較に気をよくしたカニヴェは、医術の端倪《たんげい》すべからざるきびしさについて弁じ立てた。免許医どもはとかく医術を冒瀆《ぼうとく》しているが、自分は医術を一箇の聖職とも心得ていると言った。それからやおら患者のほうへ目を転じ、オメー持参の包帯、つまり先日の捩《よじ》れ足手術のときに持ち込まれたのと同じ包帯の山を点検し、患者の足をおさえる役はだれがするのかときいた。レスチブードワが呼びにやられ、カニヴェ先生は腕まくりをして玉突室へはいった。薬屋はアルテミーズや女将といっしょにあとへ残った。女たちはふたりともエプロンの色よりも白《しら》けた顔になって、ドアの近くで聞き耳を立てていた。

そのあいだボヴァリーは家から一歩も踏み出す勇気がなかった。廊下の広間の、火の気のない暖炉のすみで椅子にかけたまま、顎《あご》を胸先にうずめ、両手を握り合わせ、目をじっとすえていた。なんたる災難！　と彼は考えた、なんたるぐれいはまだ！　手落ちのないよう、万全を期したはずなのだが……運命のいたずらだ。いや、今までのことはまだしも！　もしこの先イポリットが死ぬようなことにでもなったら、自分が殺したのだということになる。それに往診先できかれたらなんと答えよう。あれほど気をつけたつもりだが、ことによったらどこかでやりそこなったかな？　考えてみるが、思い当たらない。しかしどんな大家にだってやりそこないはある。ああ、世間の人はそれを信じようとはしないのだ！　それどころかあざ笑い、やんやとはやしたてるだろう！　フォルジュまでもこの噂は広まるだろう！　いやヌーシャテルまでも、ルーアンまでも、いたるところに！　同業者が誹謗《ひぼう》文書を書かぬともかぎらぬ。そうなると論争が起こる、新聞で応酬しなければならぬ。イポリット自身が訴訟を提起するかもしれない。だれからももう相手にされず、おちぶれて、再起不能となった自分の姿が目に見える！　かくてシャルルの思いはさまざまな臆測《おくそく》に攻め立てられて、沖に流された空樽《あきだる》が波間にただようように、その臆測のさなかを転々とさまよった。

エンマはまっこうから彼を見つめていた。彼女は夫と同じ屈辱感《くつじょくかん》ではない、また別の屈辱感にひたっていた。つまり、これまで夫の凡庸さはいやというほど見て知っていたはずなのに、こんな男にも何かまともなことができるかと、たとえ一時にもせよ買いかぶったのが恥ずかしかったのだった。

シャルルは部屋のなかを歩きまわった。靴が床の上に鳴った。

「お掛けになったら？」と彼女は言った。「うるさいじゃないの！」

彼はまた腰をおろした。

またしてもとんでもない思いちがいをしてしまった！　自分としたことが（この賢い自分としたことが！）、いったいこれはなんとしたことだろう。今にはじまったことではない、次から次へとこうしてわが身を犠牲にしてきたすえに、けっきょく自分の一生を取り返すすべもなくあやまってしまったとは、なんというおろかな気違いざただったろう。彼女は思い出した――ぜいたく好きな自分の本能を、それが満たされぬ心のさびしさを、結婚とそれにつづく夫婦生活の卑俗さを、傷ついた燕《つばめ》のように泥濘《でいねい》にまみれ去った夢のかずかずを、自分が心からあこがれながら、しかも思いあきらめたすべてのものを、あきらめさえしなければ手にはいったかもしれぬすべてのものを思い浮かべた。ああ、なぜ自分はあんなに犠牲をはらったのか、あれはなんのためだったのか！

村じゅうにみなぎる静けさをつんざいて、突如、おそろしい叫び声が聞こえた。ボヴァリーは今にも倒れんばかりに青ざめた。エンマはいらだたしげに眉をひそめただけで、物思いの糸をたどりつづけた。――なんのため？　シャルルのためなのだ、この人のためなのだ、何もわかってくれない、何も感じないこの男のためなのだ！　何も感じない証拠には、どうだ、この男は相変わらずのそっと落ち着きはらっている。ボヴァリーの名はいよいよ世間の物笑いになるだろう、そして今後はご当人ばかりか、こちらまでその巻きぞえをくおうとしているのに、それすら気づいた様子もない。こんな男を愛しようとつとめたとは、ほかの男に身をゆだねたことに後悔の涙を流したとは！

「やっ、もしかしたら外反足だったのかな」と、考え込んでいたボヴァリーがいきなり叫んだ。

銀の皿の上に落ちる鉛の弾丸《たま》のように、彼女の思いの上に落ちかかったこの言葉の唐突な衝撃に、エンマははっと頭をあげ、夫の言ったことの意味を探ろうとした。そして黙ったまま顔を見合わせたとき、ふたりは互いに相手がそこにいることに驚きあきれたといっても過言ではない。それほど互いの意識は相へだたること遠かったのである。シャルルは酔った人のように定まらぬ目つきで妻のほうを見やりながら、切断手術を受けた患者のうめき声の最後の名ごりを、身を固くして聞いていた。そのうめき声は、まるで、殺される獣の悲鳴を遠くで聞くように、力なげな抑揚がつづくかと思うと、ときどき発作的に鋭い叫びが交じるのだった。エンマは血の気のうせた唇を嚙《か》んでいた。そして珊瑚樹の小枝を折り取って指先でひねりまわしながら、弦《つる》を放れんとする二本の火矢のように激しく燃える瞳の切っ先をシャルルの上に凝《こ》らしていた。今となっては夫のすべてがいやだった。夫の顔、夫の身なり、黙りこくっている夫の胸のうち、夫の全人格、ひいては夫の存在自体がたまらなくいやだった。彼女はかつて夫にささげた貞節を罪過のように悔いた。そして今なおかすかにあとをとどめる貞節への志向も、自尊心の狂おしい笞《しもと》のもとについえさった。彼女は凱歌《がいか》をあげる不義の恋の側に立って、性悪《しょうわる》な皮肉のありたけを内心夫にあびせて快とした。恋人の思い出がよみがえり、目くるめくばかりにぐいぐいと彼女の心をひきつけた。彼女は全霊をあげてこの激流に身をまかせ、新たな感激をもって恋人のおもかげを追い求めた。かくてシャルルは今はもう、まるで死にかけて彼女の目の前であえいででもいるように、彼女の生活から切り離され、永久に不在の、ありうべからざる姿なきものと思えるのだった。

歩道に足音が聞こえた。シャルルが目を向けると、降ろした鎧戸《よろいど》越しにカニヴェ博士の姿が見えた。市場のはずれに、白昼の日ざしをいっぱいに受けて、絹のハンカチで額の汗をぬぐっている。オメーが後ろから例の赤い大きな箱をさげておともし、やがてそのふたりは薬局のほうへ歩み去った。

シャルルはがっくり気落ちする思いで、急に妻に甘えたくなり、ふり向いて言った。

「ねえ、おまえ、キスしておくれ!」

「ほっといてちょうだい!」エンマは血相を変えた。

「どうしたんだ?　どうしたんだ?」と彼はあっけにとられて繰りかえした。「落ち着いてくれ!　おまえらしくもない……おれがおまえを愛していることはわかっているだろう?……さあおいで!」

「よしてよ!」彼女は腹立たしげに叫んだ。

そして広間を飛び出しざま、力まかせにドアをたたきつけたので、晴雨計が壁から落ちて床の上でみじんに砕けた。

シャルルは気もそぞろに、肱掛椅子にくずおれると、いったいあれはどうしたのだろうと思いまどい、神経病を想定した。そして男泣きに泣きながら、不吉な、わけのわからぬあるものが周囲にただようらしい気配をそれとなく感じた。

その夜、庭へしのんで来たロドルフは、愛人が玄関先の階段のいちばん下に立って待ちうけているのを見た。ふたりはしっかと抱き合った。互いの心の恨みつらみはことごとくこの熱い接吻に雪のようにとけた。

12

ふたりはまた愛し合いはじめた。ときには昼のうちからエンマは突然彼に手紙が書きたくなることすらあった。書きおえれば窓ガラス越しにジュスタンに合図をする。ジュスタンは待ちかまえたように前掛けをはずして、ラ・ユシェットへ飛んで行き、やがてロドルフがやって来る。そしてロドルフが聞かされることはといえば、彼女が時間をもてあましていること、夫がいやでいやでしかたがないこと、毎日の生活がやりきれないことだった！

「私にどうしろというのだ！」ある日とうとうたまりかねて彼は叫んだ。

「ああ！　あなたさえその気になってくださるなら！……」

鬢《びん》の毛をほつらせ、眼《まなこ》もうつろに、彼女はロドルフの膝《ひざ》にはさまれて床《ゆか》の上にすわっていた。

「その気になってどうするの？」とロドルフは言った。

エンマはひと息に、

「どこでもいい……どこかへ行って暮らすのよ……」

「おいおい、やんちゃくちゃを言うもんじゃない！」と彼は笑って、「そんなことができるかい」。

エンマはひるまず蒸し返した。彼は取り合わずに話をはぐらかした。

取り合おうにもそもそも彼は、たかが色恋ぐらいのことにこうまで女が現《うつつ》をぬかすわけがわからないのだった。エンマにはれっきとした動機があり、理由があった。彼女の愛着には裏付けともいうべきものがあったのだ。

事実夫に対する嫌悪《けんお》の裏付けによって、彼女の愛情は日ましにつのっていった。一方にほだされればほだされるだけ、もう一方を憎むようになった。ロドルフと会ったあとで夫婦差し向かいになったときほど、シャルルその人が厭《いと》わしく、シャルルの指が篦《へら》のように、シャルルの頭が愚鈍に、シャルルの立居振舞いが下品に見えることはなかった。そこで彼女は傍目《はため》にはいかにもつつましい良妻らしく見せかけながらも、日焼けした額に黒髪の巻毛をたれたあの顔を思い、がっしりとしてしかも優美なあの体軀《たいく》を思い、つまりはあの男を、判断力に十分な経験を宿し、情欲に非常な激しさをたたえたあの男を思っては、ひそかに燃えるのだった。彼ゆえにこそ彫金師の入念さをもって爪に鑢《やすり》をかけるのだったし、彼ゆえにこそ肌にコールド・クリームを塗り、ハンカチにパチョリ香水（インド産薄荷属の植物から製する）をふりかけて、しかもその少なきを憂えるのだった。腕輪や指輪や首飾りもやたらとつけた。そしてロドルフが来るはずになっているときには、青ガラスの大きな二つの花瓶《かびん》に薔薇《ばら》をたっぷり活《い》けて、殿のお出ましを待つ側室のように部屋とわが身を飾るのだった。女中は下着類の洗濯に明け暮れかかりきりで、台所から動けなかった。すると小僧のジュスタンがよくフェリシテの相手になりに来て、じっと彼女のすることをながめていた。

　フェリシテがアイロンをかけている長い板の上に肱をついて、ジュスタンはあたり一面にとり散らかした女もののかずかず、綾織《あやおり》綿布のペチコート、スカーフ、襟飾り、腰が太くて下すぼまりのひもつきズロースなどを食い入るように見つめた。

「これは何するもんかね」と小僧はクリノリン・スカート(42)やホックにさわってみながらきいた。

「へえ、おまえさんはそいじゃなんにも見たことがないの？」とフェリシテは笑いながら、「おまえさんとこの奥さんはどうなのさ、こんなものは召さないのかい？」。

「そりゃそうさ、オメーの奥さんなんか！」

　そして彼は悟り顔に言い足した。

「あれはここの奥さんみたいな貴婦人じゃないからな」

　しかしフェリシテは、ジュスタンにこうしてつきまとわれるのが迷惑だった。自分のほうが六つも年上だったし、ギヨーマン氏の下男のテオドールがそろそろちょっかいを出しはじめていた。

「おまえさん、仕事のじゃまだよ！」とフェリシテは糊壺《のりつぼ》を手もとに引き寄せながら言った。「そんなひまがあったら家へ帰ってアーモンドでも乳鉢ですりつぶしておいで。なにさ、子どものくせして生意気だよ、今からしょっちゅう女のそばばかりうろちょろしてさ。そんなまねは顎《あご》にひげでも生えてからにおし」

「まあそう邪険にするなよ。奥さんの靴をかわりにみがいてやるからさ」

そして返事も待たずに棚の上から、泥に――あいびきの泥にまみれたエンマの靴を手に取った。かわいた泥は指にふれて粉となって散り、ジュスタンは一条の日の光のなかに静かに舞いのぼるそのほこりにじっと見入った。

「奥さまの靴だからって、なにもそんなに壊《こわ》れ物扱いにしなくたっていいんだよ！」と女中が言った。布地がちょっとでもいたむと奥様はすぐお下げわたしになるというので、フェリシテは自分がみがくときには靴をそれほど大切には扱わなかった。

エンマの靴は戸棚のなかに何足となくあって、彼女は次から次へとおろしては履《は》きすてたが、シャルルはついぞ小言ひとつ言ったためしがなかった。

エンマの発案で、イポリットに義足を贈ろうということになったとき、シャルルがあっさり三百フラン投げ出したのもその伝《でん》だった。義足の本体は、木製コルク張りに発条《ばね》仕掛けの関節がいくつもついた精巧な器械で、その上を黒ズボンでおおい、先にはエナメル革の長靴がついていた。ところがイポリットは、こんなりっぱな足をふだんに使うのはもったいないと言いだし、もっと手ごろなのを買ってほしいとボヴァリー夫人に頼んだ。その金ももむろん医者が払った。

こんな次第で馬丁はぽつぽつまた仕事にとりかかり、以前のように村じゅうを駆けまわる彼の姿が見られるようになった。敷石の上をこつこつ歩く義足の音が遠くに聞こえると、シャルルは急いで横町へそれた。

義足の注文は商人のルールーが仲立ちした。それを機会にルールーはエンマに接近しはじめた。そしてパリからの最近の入荷品や、いろいろ珍しい女物の話をし、腰を低くして注文を受け、代金は一度も請求しなかった。エンマは自分の移り気な欲望を端からかなえてくれるこの便利さについあまえた。たとえばエンマがルーアンの傘屋にあるみごとな乗馬用の鞭《むち》をロドルフに贈りたいと思う。ルールーはさっそく次の週に、望みの品を彼女の卓上に置いた。

ところが、なんとその翌日、ルールーは二百七十フラン数サンチームの請求書をたずさえてエンマの居間に現われたのである。エンマは泡《あわ》をくった。書類入れ簞笥《だんす》の引き出しは全部からだった。レスチブードワには半月分以上、女中には三ヵ月払いの給料の二回分、ほかにも八方に借金がかさんで、ボヴァリーはドロズレス氏からの送金を待ちかねているところだった。ドロズレス氏の支払いは例年聖ピエール祭（六月二十九日）のころときまっていた。

エンマは最初の数回はなんとかルールーを撃退しおおせた。そのうちルールーは居直って、自分は目下訴えられている始末で、資本も底をついているから、いくぶんかでも回収できないとあれば、エンマの手もとに渡した品物をそっくり取りもどさねばなるまいと言った。

「いいわ！　じゃ、持っていらっしゃい！」とエンマは言った。

「いいえ、まさかそれまではいたしません！」と彼は応じた。「が、先日のあの鞭だけはどうも困りますので。あれはひとつ旦那様にお願いしてお返しいただきましょう」

「それはだめ、だめです！」

「ははん、そういうことですかい！」とルールーは思った。

そして彼はエンマの尻尾《しっぽ》をつかまえたのに気をよくして、例のしゅうしゅういうかすかな息の音といっしょに小声で、

「よろしゅうございます！　では、いずれまた、いずれまた！」と繰りかえしながら出て行った。

エンマははてどうしたものだろうかと思案に暮れていると、そこへ女中がはいって来て、「ドロズレス様からでございます」と、小さく巻いた青い紙を暖炉棚の上に置いた。エンマは飛びつくようにしてそれをあけてみた。ナポレオン金貨（二十フラン）で三百フランはいっていた。鞭の代金にほぼきっかりだった。そのとき階段にシャルルの足音が聞こえた。エンマはその金を自分の引き出しの奥へほうり込むと、鍵を抜き

取った。

三日してルールーがまた現われた。

「いかがでございましょう、ひとつこういうお取りきめにいたしましては」と彼は切り出した。「お約束の金高をお支払いいただきます代わりに、手形のほうへ……」

「はい、これでいいんでしょ！」エンマは彼の手に二百八十フランを渡しながら言った。

商人はみごと背負い投げをくったかたちだった。そこで思惑はずれの色を見せまいと、言いわけたらたら、いろいろとおためごかしを並べたてるのを、エンマは片っぱしからはねつけた。そしてルールーがよこしたつり銭の五フラン貨幣二枚をエプロンのポケットのなかでいじりながら、しばらくじっと立ちつくした。エンマはこれからは倹約しようと心に誓った、いつかはいまのお金も穴埋めできるように……。

「もっともどうせ、うちの人はすぐ忘れてしまうだろうけれど」と彼女は思った。

銀地に金をかぶせた握りのある例の鞭のほか、ロドルフは《Amor nel cor》(43)という銘《めい》を刻んだ印形用の指輪を贈られた。そのうえ、マフラーにするようにといって女持ちのスカーフを、さらにまた昔シャルルが道で拾い、エンマが大事にしまっておいたあの子爵のシガレット・ケースとそっくり同じものまでもらった。しかしロドルフはこうした贈り物をされるのは男の沽券《こけん》にかかわるような気がして、そのうち幾つかは断わった。それでもエンマがきかないので、けっきょく受け取らせられたが、おせっかい焼きの押しつけがましい女だと思った。

そのうちエンマはとっぴなことを言いだした。

「夜中の十二時が鳴ったら、わたしのことを考えてくださるのよ！」

そうなると、あとでつい忘れたとでも言おうものなら、いっかな許してもらえず、恨みの言葉のあげくの果てはいつもきまって、

「わたしを愛していらっしゃるの？」ときかれるのだった。

「そりゃ愛しているとも」と彼は答えた。

「すごく愛していて？」

「ああ、すごく！」

「ほかの女を愛したことなんかなくってね？」

「私が君と会うまで女を知らなかったとでも思っているのかい？」彼は大声に笑って言った。

エンマは泣いた。彼は悪かったとあやまるのにもふざけ半分で、それでも彼なりにエンマをなぐさめようとした。

「ああ、こんなにわたしうるさく言ったり泣いたりするのも、あなたを愛しているからなのよ！　あなたなしではいられないほど愛しています、わかってちょうだい！　あなたにお会いしたくてたまらないときなど、恋しさのあまり狂うっていうのがああ

いうのかしら、居ても立ってもいられなくなって、あらぬことまで考えてしまうの、『あの方はどこにいらっしゃるのだろう。ほかの女たちと話をしているのじゃないか。ほら、女がにっこり笑った、あの方が寄ってゆく……』ほんとにいやあね、わたしったら。ねえ、好きな人なんてほかにはないわね。わたしよりきれいな人はそりゃいくらでもいるわ、でもわたしだけよ、あなたをしんから愛せるのは！　わたしはあなたのはしためです、忍び妻です！　あなたはわたしの支配者です、偶像です！　あなたはやさしい方、美しい方、賢くて強い方です！」

ロドルフはこんな言葉にはとうの昔から聞きあきていて、別に珍しくもなんともなかった。エンマも彼の今までの情婦たちとそっくり同じに見えた。当初の目新しさの魅力は脱ぎ捨てる衣服とともにしだいに剝《は》げ落ちて、情欲の永劫《えいごう》不変の単調さを裸形のままにさらけ出した。けだし情欲のそのときどきに帯びる形姿、語る言葉はひっきょうつねに等しいものなのである。さすが経験豊富なロドルフも、この同じ表現の下に隠された感情の真偽を見わけることはできなかった。淫奔《いんぽん》な唇、または金で買える唇がそれと同じ台詞《せりふ》をささやくのを聞かされてきたために、彼はエンマの言葉の正直さをろくすっぽ信用しなかった。どうせありきたりの愛情をたいそうらしい言葉のあやでいろどったものだ、掛け値をさっ引いて聞くぐらいでちょうどいいのだと考えた。胸いっぱいの魂の声すらも、ときにはおよそ、そらぞらしい比喩《ひゆ》となってあふれ出るものだのに！　いや、人間だれであれ、自分の欲求、想念、苦痛をあるがままの正確さで他人に伝えることはできはしない。しょせん人間の言葉は破《わ》れ鍋《なべ》のようなもの、われわれは空の星まで感動させようと望んではこの破れ鍋をやっきとなってたたくが、たかだか熊を踊らすくらいの節まわししか打ち出せはしないのだ。

だが反面ロドルフは、どんな事態に引き込まれても一歩しりぞいたところに身を持する人間に特有の、卓越した批判力をそなえていたから、この恋愛のなかにはまだ開拓すべき享楽が残っていることを目ざとく見てとった。彼はいっさいの羞恥《しゅうち》を無用のものとかなぐり捨てて、エンマをふしだらに取り扱ったあげく、エンマを自分の言いなりになる、しどけない女に仕立てあげた。それは彼にとって讃嘆おくあたわず、彼女にとっては愉悦ここにきわまれる一種の痴情めいた愛着であり、その喜びは彼女をしとどに酔わせた。そして彼女の魂はこの陶酔にどっぷりとつかり、ギリシャぶどう酒の樽《たる》に投げ込まれて死んだクラランス公(44)のように、縮まりしなびてそこにおぼれた。

恋に明け暮れる習慣の力は恐ろしいもので、ただその力ひとつでボヴァリー夫人の態度はがらりと変わった。目つきは大胆になり、言葉づかいは遠慮がなくなった。わざと「世間を小ばかにしようとする」かのように、くわえ煙草でロドルフと散歩するといった傍若無人のふるまいにさえ及んだ。ある日エンマが男装めかしてチョッキをぴっちり着込んで「つばめ」から降り立つ姿を見ては、まさかと疑っていた連中ももはや疑わなかった。おりからボヴァリー老夫人は夫を相手に大げんかをして家を飛び出し、息子の家へ来ていたが、これまたエンマの行状に眉をひそめる点では村のかみさん連にあえてゆずらず、ほかにも老夫人の気に入らないことは多々あった。まず、小説禁止令に関する彼女の忠告をシャルルがいっこうに聞きいれなかったこと。ついで、ここの「家風」がそもそも気にくわなかった。老夫人はがみがみ小言を言う。嫁も黙ってはいない。とくに、フェリシテのことで一度ひどいいがみ合いになった。

老夫人はその前の晩、廊下を横切ろうとして、フェリシテがひとりの男といっしょにいるところをつかまえた。男は四十年配で、頬から顎へかけて赤ひげをはやしていた。それが足音を聞くと急いで台所から逃げて行ったという。エンマはその話を聞くと笑い出した。すると老夫人はいきり立って、世間の道徳をてんから茶化してかかる所存ならばともかく、さもないかぎりは召使いの風儀の取り締まりぐらいできないで主婦として恥ずかしくないかときめつけた。

「そうおっしゃるあなたはどんなおえらいご身分ですの？」と嫁は言い返したが、その目つきがあまり小面憎《こづらにく》かったので、老夫人は、女中をかばうのはつまりおまえさん自身をかばおうとしているのだろう、と嫌味《いやみ》を言った。

「出て行ってください！」若夫人は、飛び上がって叫んだ。

「これエンマ！……まあまあ、おかあさん！……」とシャルルは仲に立ってなだめた。

しかしもうふたりとも怒りのあまり部屋の向こうとこっちへ飛びすさって対峙《たいじ》していた。エンマは地団駄《じだんだ》をふみながら、

「なにさ、あの礼儀知らず！　土百姓婆《ばば》あ！」と繰りかえした。

シャルルは母親のほうへ駆け寄った。母親はとりのぼせて、舌もまわらずに、

「あのまあ、いけ図々しい！　尻軽女！　いや尻軽どころかもっと腰のすわった悪党だろうよ！」

そして母親はもし嫁のほうから謝りに来なければすぐ帰ると言った。シャルルは妻のそばへ引き返して、どうかここのところはこらえてくれと、床に膝までついて頼んだ。エンマはとうとう折れて、

「いいわ！　謝れというなら謝ります」と答えた。

事実彼女は、

「失礼いたしました」と言って、侯爵夫人のようにつんとすまして姑《しゅうとめ》に手を差し出した。

それからエンマは二階の自分の部屋へもどると、ベッドにうつぶせに身を投げ、枕に顔を埋めて子どものように泣いた。

かねてエンマとロドルフのあいだには、もし何かことがあったらエンマが白い紙きれを鎧戸《よろいど》に結びつけるという約束がしてあった。たまたまロドルフがヨンヴィルに居合わせたら、それを見てすぐ家の後ろの路地へ駆けつけるという寸法である。エンマはその合図をした。四、五十分も待っていると、ふと市場のかどにロドルフの姿が見えた。エンマは窓をあけて呼ぼうとしたが、もう彼は見えなくなっていた。エンマはがっかりしてまたベッドに倒れた。

だが、まもなくだれかが歩道を歩く気配がした。あの人かもしれない。彼女は階段を降り、庭を横切った。はたしてロドルフが路地に立っていた。彼女はその腕に飛び込んだ。

「見られるといけない」と彼は言った。

「ああ、聞いてちょうだい、たいへんなのよ！」と彼女は答えた。

そしてエンマは先刻のことの一部始終を、急いで、脈絡もなく、あることないこと取り交ぜて誇張たっぷりに話しはじめたが、話の途中でなんのかのと注釈がやたらとはいるので、ロドルフには何のことかさっぱりわからなかった。

「かわいそうに！　だがそんなことでへこたれちゃいけない、がんばるんだ！　しんぼうするんだ！」

「だってわたしはもう四年間もしんぼうしたのよ、苦しんできたのよ！……わたしたちのような恋は神様の前に持ち出したって恥ずかしくないわ！　あの人たちはよってたかってわたしをなぶり者にしようとしている！　もう我慢できないわ！　助けてちょうだい！」

彼女はロドルフの胸にひしととりすがっていた。目は涙にあふれて水の底の炎のようにきらめき、胸は激しく波うっていた。ロドルフはこのときほど彼女をいとしく思ったことはなかった。彼はこのときばかりはついに打算を忘れて言った。

「どうすればいいんだい？　どうしてほしいんだい？」

「わたしを連れて行って！」と彼女は叫んだ。「わたしと逃げてちょうだい！……ああ、お願い！」

そして、思いがけない承諾の言葉が男の接吻のなかにこめられているのをすかさずとらえようとするかのように、彼の唇にむしゃぶりついた。

「逃げると簡単に言うが……」とロドルフはつづけた。

「なあに？」

「子どもはどうするの？」

彼女はしばらく思案して答えた。

「わたしたちが引き取りましょう。しかたがないわ！」

「いや、あきれた女だ！」向こうへ歩み去るエンマを見送りながら彼はつぶやいた。

呼ぶ声がしたので、エンマは庭へはいって行ったのだった。

ボヴァリー老夫人はその日からというもの嫁の突然の変わりようにあっけにとられた。事実エンマは見ちがえるように従順になり、小胡瓜《きゅうり》の漬け方を姑にたずねるほどの謙虚さを見せた。

これは夫と姑の目をいっそうたくみに欺こうがための仮面だったのか。それともいわば隠忍の喜びというような気持から、やがて捨て去ろうとする事物の苦さを、今さらに深くかみしめようとしたのか。いや、そうではない、彼女はもう家のことなどどうでもよかった。ただひたすらに来たるべき幸福の予感を心ひそかに味わいながら生きているのだった。その幸福をロドルフとは口に出して語って飽きなかった。彼女は恋人の肩によりかかってささやいた。

「ねえ、ふたりで駅馬車に乗るのよ！……すてきじゃなくて？　夢みたい。馬車がいよいよ走り出したときはどんなでしょう、軽気球に乗って雲の上へのぼっていくような気がするでしょうね。わたし、日を数えて待っているのよ。……あなたは？」

　このころほどボヴァリー夫人が美しかったことはなかった。彼女は歓喜と感激と充足とが生む、あの言いようのない美しさを示した。それはひっきょう天性と境遇の調和にほかならぬ美しさだった。あたかも肥料《こやし》や雨や風や日光が花をつちかうように、彼女の欲望、彼女の悲哀、そして快楽の経験と、しかもいつまでもういういしい彼女の夢とが徐々に彼女をはぐくみ育てた結果、いまや彼女は自己の天性を十分に生かしきった豊満な姿のままに花開いたのだった。うるむ瞳がふかぶかと相手の心にしみ入るような恋の眼差《まなざし》——彼女の瞼はとくにその眼差のためにこそ刻まれたかと見えた。激しい吐息は薄い小鼻をふくらませ、肉づきのいい口もとをつりあげた。光がさすと、かすかな黒い産毛《うぶげ》がその口もとにかげをつくった。束ね髪が襟首にたれているところは、まるで、人の心をあやしくかき乱す術《すべ》に長じた画家の筆を思わせた。その髪は日ごとの密《みそか》ごとに解け散らうがままに、しどけなく、重い束に巻かれてあったのである。声はいっそうとろけるような抑揚を帯び、体つきも同じような柔らかみを添えた。見る人の体をつらぬく不可思議な何ものかが、彼女のドレスの襞《ひだ》や、土ふまずの曲線からさえ発散した。シャルルは彼女を新婚当時のようにうっとりとながめては、ただただ得も言われぬ美しさにうたれた。

シャルルは夜中に帰って来ると、彼女を起こすのがためらわれた。磁気製の豆ランプはゆらめく灯影《ほかげ》を丸く天井に描き、小さな揺籃《ようらん》の上をおおうカーテンは白い小屋のように、ベッドのわきの闇のなかに浮き上がっている。シャルルはじっとそのカーテンを見守った。子どもの軽い寝息が聞こえるような気がした。この子も今は発育ざかりだ。季節ごとにすくすくと成長し、知恵もつくことだろう。シャルルはこの子がもう服にインクをつけ、バスケットを肱にさげて、日暮れごろ、顔じゅうにこにこさせて学校から帰って来る様子が目に見えるようだった。小学校をおえたら、どこかの尼僧院の寄宿舎に入れねばならぬ。それにはだいぶ金がかかるが、どうしたものか。そこで彼は思案にふけった。近所に小さい畑を借りて、毎朝往診の途中、小作人を自分で監督したらどうだろう。畑からあがる収益を貯めて、銀行預金にしよう。それからどんな銘柄でもいい、どこかの会社の株を買おう。それにおいおい患者もふえるだろう。なんといっても彼はこの主収入をいちばん当てにしていた。それもベルトにりっぱな教育を受けさせ、いろいろな芸事を身につけさせ、ピアノも習わせたいと思えばこそだった。ああ！　ゆくゆくこの子が十五にもなって、いよいよ母親似になって、夏に母親とおそろいの大きな麦藁《むぎわら》帽子をかぶったらどんなに愛らしいだろう！　遠くから見たら、まるで姉妹《きょうだい》に見えるだろう。彼は娘が夜、ランプの光の下に、自分たちのそばで手仕事をしている姿を想像した。自分にスリッパの刺繍《ししゅう》をしてくれるだろう。家事の手つだいもするだろう。あの子のやさしい、ほがらかな性質で家じゅうを明るくしてくれるだろう。それからいよいよ娘の嫁入り先を妻と相談する段どりになる。ちゃんとした定職のある、まちがいのない男を見つけてやろう。その男は娘を仕合わせにしてくれるだろう。そしてなにもかもいつまでもうまくゆくだろう。

エンマは眠っていなかった。眠ったふりをしているだけだった。そして、シャルルがかたわらにやっとまどろみはじめるころ、彼女のほうはいっそうはっきり現《うつつ》になって、夫とはうって変わった夢想を繰りひろげるのだった。

四頭立ての馬車を飛ばせて、彼女はもう一週間も前から、行って二度とは帰るまい新しい国へと運ばれている。ふたりは腕を組み合わせ、無言のまま、どこまでもどこまでも進んでゆく。山の頂から名も知らぬ壮麗な都市が眼下にひらけることもある。円屋根《ドーム》や、橋や、船や、レモンの木の森や、白大理石の伽藍《がらん》が見える。伽藍のとがった鐘楼には鸛《こうのとり》が巣をかけている。大きな敷石の敷いてある街路を馬車はゆっくりと走る。道ばたには花束が並べられ、赤い胸着《むなぎ》の女たちがその花束を差し出す。鐘の音、騾馬《らば》のいななき、それに交じってギターのささやき、噴水の音も聞こえる。噴水の下にはほの白い石像がいくつもほほえみを浮かべている、その足もとに山と積まれた果物を噴水のしぶきが飛び散って冷やしている。さて、ある日の夕まぐれ、ふたりはとある漁村にたどりつく。断崖沿いに、また漁師の小屋の外に、褐色の地引網が風に干してある。ふたりがついに足をとめて暮らすのはここなのだ。ふたりは入り江の奥の海辺の棕櫚《しゅろ》の木かげに、平屋根の低い家に住むだろう。ゴンドラに乗って海に遊び、ハンモックにゆられて休む。ふたりの生活はふたりの身をつつむ絹の衣裳のようにゆったりと心地よく、ふたりのながめる静かな夜空のように暖かく、星をちりばめているだろう。かくて彼女の脳裡《のうり》に描き出す果てしない未来の上には、何ひとつ際立《きわだ》った変化は現われなかった。輝かしい毎日毎日は沖に寄せる波また波のようにどれも似かよって、なごやかに、うす青く、燦々《さんさん》と日を浴びて、無限の水平線上にゆれただよっていた。しかし、そのうちに子どもが揺籃のなかで咳《せき》をしはじめたり、ボヴァリーのいびきがひどくなったりする。そして夢破られたエンマは、やっと明け方になって眠りにつくのだった。そのころはもう暁が窓ガラスを白く染め、広場では小僧のジュスタンが、薬局の鎧戸をあけかけていた。

エンマはルールーを呼びつけて注文した。

「コートがほしいのだけれど。襟の広い、裏つきの、大きなコートが」

「ご旅行でいらっしゃいますか?」とルールーがきいた。

「いいえ、そうじゃないけど……まあ、そんなことどうだっていいわ。とにかくお願いしてよ、ね、よくって!」

彼は一礼した。

「それからトランクがほしいの……あまり重くない……手ごろなのが」

「へいへい、かしこまりました。幅が九十二センチに縦五十センチぐらい、当節流行の型のをおとどけいたしましょう」

「それから手提鞄《てさげかばん》」

「てっきりこりゃ、裏に何かもめごとがあるぞ」とルールーは思った。

「じゃあ、これ」とボヴァリー夫人はベルトのあいだから懐中時計を取り出して、「お勘定はこれでまにあうでしょう?」。

しかし商人は、そんなものは受け取れないと叫んだ。見ず知らずの仲ならともかく、担保なんかお入れになることはない。そんな水臭いことを！　しかしエンマはせめて鎖だけでも取ってくれと言い張った。そしてルールーがその鎖をポケットにおさめて、はや帰りかけようとすると、エンマは呼びもどした。

「いまお願いした品は全部お店のほうへ置いといてちょうだい。コートは……」とちょっと考えて、「それもとどけないでいいわ。仕立屋の住所《ところ》だけ教えといてちょうだい、こちらからいつでも取りに行けるように言っておいてね」

ふたりの駆け落ちは来月と決めてあった。エンマはルーアンへ買物に出かけるような顔をしてヨンヴィルをたつ。ロドルフはあらかじめ馬車の座席を取り、旅券をもらい、パリへ手紙を出してマルセイユまで郵便馬車を借り切りの予約をしておく。マルセイユからは、無蓋の四輪馬車を買って、ジェノア街道をひた走りに走らせる。エンマは忘れずに荷物をルールーの店へ送っておいて、そこから直接「つばめ」に積み込ませるように手配する。そうすればだれも見とがめてあやしむ者はなかろう。ところで、子どものことはこうした打ち合わせのどこにも問題になっていなかった。ロドルフはもちろんこれさいわいと言い出さなかったし、エンマももう子どものことなど忘れていたのだろう。

月があけるとロドルフはあと始末を片づけるのにもう二週間の猶予を求め、一週間たつともう二週間延ばしてほしいと言った。それから今度は病気になり、それがすむと旅行をした。八月は過ぎ去った。こうして延期に延期を重ねたあげく、いよいよ何度目かの正直、九月四日の月曜日に決行ということになった。

ついに前々日の土曜日が来た。

ロドルフはその晩、いつもより早目に忍んで来た。

「用意はすっかりできて？」とエンマはきいた。

「ああ」

そこでふたりは花壇をひとめぐりし、築山のそばの塀《へい》の縁石の上に腰をおろした。

「なんだか悲しそうね」とエンマが言った。

「悲しいわけはないが、なぜ？」

そのくせ彼はつねになくやさしい目つきでしみじみとエンマを見つめていた。

「遠くへ行ってしまうのが悲しくって？　あなたの心をつなぐいろんなものや、あなたの今までの生活を捨てて行くのですものねえ。ええ、よくわかってよ……でもわたしはこの世に何ひとつ持ってはいないのよ！　あなたがわたしにとってはすべてです。だからわたしもあなたのすべてになるわ、あなたのために家族とも故郷ともなってあげるわ。あなたを大事にします、いつまでも愛しますわ」

「なんてかわいい人だ！」彼はエンマを両腕に抱きしめて言った。

「ほんとう？」と彼女は、あだっぽく笑いながら、「わたしが好き？　そんなら誓って！」。

「好きかって！　好きかって！　それどころかしんから惚れぬいているよ！」

月はまん丸く赤味がかって、牧場《まきば》の果ての地平すれすれに浮かんでいた。見る見る月はのぼってゆく。ポプラの枝の向こうにかかると、枝は穴のあいた黒いカーテンのようにところどころ月のおもてを隠した。やがて月は皎々《こうこう》と輝き出て、もはや何ひとつさえぎるもののない大空を照らす。そのとき月は歩みをゆるめ、川波の上へ大きな影を落とすと、影はたちまち無数の星となって散った。そしてその銀色のほの明かりは、きらめく鱗《うろこ》におおわれた無頭の水蛇《みずへび》のように川底まで身をよじらせて突き入るかと見え、あるいはまた、熔《と》けたダイヤモンドの雫《しずく》がたらたらととめどなく伝い落ちる巨大な枝つき燭台《しょくだい》をも思わせせた。静かな夜がふたりのまわりに広がっていた。一面の闇《やみ》が木の葉の茂みにたちこめていた。エンマは目をなかば閉じて、そよ吹くさわやかな夜風を胸いっぱいに吸い込んだ。ひたひたと押し寄せる夢想の波におぼれて、ふたりは言葉も忘れていた。かつての日々の愛情が、そばを流れる川水のように豊かに、音もなく、また梅花卯木《ばいかうつぎ》の香《かお》りのようにしっとりと、ふくよかに、ふたりの心に立ちもどってきた。そして草の上にのびてそよとも動かぬ柳の影よりも、もっと長い、もっとわびしい影をふたりの追憶のなかへ落とすのだった。針鼠《はりねずみ》か鼬《いたち》か、何か知らぬ夜のけものが餌をあさりに出ているらしく、ときどき木の葉がかさこそと鳴った。ときにはまた熟《う》れきった桃の実が、塀にはわせたその枝からぽたりとひとりでに落ちるのが聞こえた。

「ああ、きれいな夜だ！」とロドルフが言った。

「これからはふたりしてこんな夜を幾夜もすごすのよ！」とエンマは答えた。

そしてひとりごとのように、

「そう、旅するのは楽しいでしょうね……それなのにわたし、なぜこう悲しいのかしら。未知の世界のおそれなのかしら……物慣れた暮らしを捨ててゆく不安かしら……それとも……？　いいえ、幸福すぎるのがこわいんだわ！　なんてわたしは弱い女！　ねえ、こんな弱気でごめんなさい！」

「まだ取り返しがつく！」と彼は叫んだ。「ようく考えるんだ。あとになって悔やんでもおっつかない」

「悔やんだりなんかけっして！」と彼女は勢いこんで言った。

そしてぴったりとロドルフに身を寄せながら、

「どんな不幸だってわたしの身に起こる気づかいはないわ。あなたといっしょなら、どんな砂漠《さばく》でも絶壁でも海でも平気で越えて行けます。わたしたちがいっしょに暮らせば暮らすほど、わたしたちのあいだはまるでしっかり抱き合ったまんまのように、日ましにすきまなく結ばれてゆくでしょう。なんの煩《わずら》いもなく、心配もなく、邪魔するものもない！　わたしたちはふたりきりで、互いのことのみを思い合って生きてゆくのです、いつまでも……ねえ、あなたも何か言ってちょうだい」

ロドルフは何分かおきに「そう……そう……」と応じるだけだった。エンマは両手をロドルフの髪の毛にさし入れてなでながら、頬を伝う大粒の涙をふきもあえず、子どもっぽい声で繰りかえした。

「ロドルフ！　ロドルフ！……ああ！　ロドルフ、だいじな、かわいいロドルフ！」

真夜中の鐘が鳴った。

「十二時！　これでもう明日《あした》が出発の日になったのね！　あと一日！」

ロドルフは立ち上がって帰ろうとした。するとこの動作をまるで駆け落ちの合図とでも思ったように、エンマは急に浮き足立って、

「旅券は持って？」

「ああ」

「忘れ物はなくて？」

「ああ」

「大丈夫ね？」

「大丈夫」

「じゃあ、プロヴァンス・ホテルに待っててくださるのね？……正午ね？」

彼はうなずいた。

「じゃ、明日《あした》！」エンマは最後の愛撫《あいぶ》とともに言った。

そして歩み去る彼の姿を見送った。

彼は振り返らなかった。エンマは走り出して追いかけ、川べりの茨《いばら》の茂みのあいだから身を乗り出して、

「明日《あした》ね！」と叫んだ。

彼はもう向こう岸へ渡って、足ばやに牧場《まきば》を歩いていた。

しばらくしてロドルフは立ち止まった。そして白い衣裳をつけたエンマの姿が亡霊のようにしだいに闇《やみ》のなかに消えてゆくのを見たとき、ふいに彼は心臓が早鐘のように高鳴って倒れそうになり、かたわらの木立ちによりかかった。

「おれとしたことが、なんたるざまだ！」くそっ、畜生《ちくしょう》のたぐいの恐ろしいののしりの言葉とともに彼はうめいた。「でもあの女はまったく上玉《じょうだま》だった！」

すると、たちまちエンマの美しい姿態が、その恋のあらゆる悦楽の思い出といっしょに、彼の心にまざまざと再現した。最初彼はしんみりとなつかしい気持にひたったが、やがてそんな未練がましい気持に反発して、

「いや、なんといったって」と身ぶりまじりの大声で、「おれは今さら外国くんだり

へ住みついたり、子どもを背負《しょ》いこんだりはまっぴらだ！」

こんなひとりごとを言って彼は自分の決心をさらにいっそう固めようとした。

「それに、駆け落ちにはごたごたがつきものだし、金はかかるし……いや！　ごめんだ、ごめんだ、めっそうもない！　てんで話にならん！」

13

家へ帰り着くが早いかロドルフは、猟の賞牌《しょうはい》がわりに壁にかけた鹿の頭の真下にあるデスクに走り寄って腰をおろし、あたふたとペンを握ってはみたものの、さて書き出しの文句も浮かばないので、両肱をついて考えだした。エンマは遠い過去の存在になってしまったような気がした。彼の決心が突然ふたりのあいだに途方もなく大きな溝をうがったかのようだった。

彼女の思い出を少しでも新たにしようと、彼はベッドの枕もとの戸棚からランス（パリの東北、マルヌ県の大都市）名産のビスケットがはいっていた古い箱を持って来た。女からの手紙をいつも入れておく箱だった。しめっぽいほこりのにおいとしおれた薔薇《ばら》の香りが立ちのぼった。彼はまず薄茶色の汚点《しみ》がいっぱいついたハンカチを見つけた。彼女が鼻血を出したときの記念だった。しかし彼はもうそんなことは忘れていた。そのそばに、四すみの折れた微細画《ミニアチャ》があった。エンマのくれた彼女の肖像だった。あらためて今見なおすとエンマの衣裳はいかにも見てくれがましく、その「横目づかい」はおよそ悪趣味の極と思えた。この肖像を見つめては実物の思い出を呼びさまそうとしているうちに、エンマの顔立ちは彼の記憶のなかでかえってだんだんにぼやけてきた。それはあたかも生きた顔と絵にかいた顔とがぶつかってこすれ合うにつれて、両方とも互いに消え細っていくようだった。ロドルフは最後に彼女の手紙を読み返した。それはふたりの旅行についての打ち合わせばかりで、まるで商用文のように手短な、事務的な、せわしない手紙だった。彼は連綿としたのを、昔の手紙を読みたくなった。箱の底にあるはずだと思って、ほかの手紙をそっくりどけてみた。そしていろいろな紙きれや品物の山を見るともなくひっくり返しはじめると、花束や、靴下留めや、黒い仮装用のマスクや、ピンや、髪の毛がごったまぜになって出てきた。——髪の毛！　黒いのも、ブロンドのもあった。その何本かは箱の金具にからまっていて、さっき蓋《ふた》をあけたはずみに切れてしまったのもあった。

こうした思い出の品々のあいだをさまよいながら、彼はいつしか多くの女たちの書いた手紙の筆跡や文体を見くらべていた。それは文字の綴りがまちまちなように、みなそれぞれにちがっていた。やさしい手紙、快活な手紙、ふざけたのもあれば、さびしいのもあった。あるものは愛を求め、あるものは金を求めていた。書かれたひとことから、さまざまな顔を、そのときどきの仕ぐさを、ふとした声音《こわね》を思い出した。しかし、ときには何も思い出せなかった。

事実、彼の追憶のなかへどっと一度に押し寄せたこれらの女たちは、まるでひとつのきまった恋愛基準面ともいうべきものの下に均一化されて、互いにごみごみと入り乱れ、小人《こびと》のようにみみっちく見えた。そこで彼はごっちゃになった手紙をひとにぎりつかみ上げると、右の手から左の手へざらざらと滝落としにしてしばし興がった。しまいにあきて眠くなったロドルフは、箱を戸棚にしまいに行ってつぶやいた。

「どれもこれもとんだお笑いぐさだ！」

この言葉ははしなくも彼の恋愛観を要約していた。しかり、快楽がまるで校庭に遊ぶ生徒たちのように、思いきり彼の心を踏みしだいたので、そこにはもはや一本の青草もはえず、しかもそこをよぎってゆく快楽は生徒たちよりもなおすげなく、彼らのよくするように壁に名前を彫り残すことさえしなかったのである。

「さあはじめよう！」とロドルフは言った。

そして書きだした。

《しっかりしてください、エンマ、しっかりしてください！　私はあなたの一生を不幸にしたくありません……》

「とにかくこれは嘘偽りないおれの気持だ」とロドルフは思った。「捨てるのもあの女のためなればこそだ。おれはやましいところはない」

《あなたはご自分の決心をほんとうによく考えてごらんになりましたか。私があなたを連れて行こうとした先がどんなに恐ろしい奈落《ならく》の底かおわかりだったでしょうか。いやあなたはわかっていらっしゃらなかったのです。あなたは幸福と未来をひたすらに信じて、ただもうなんの疑いもなく、やみくもに突き進んで行かれました……ああ、私たち人間は弱いもの、迷いがちなものです》

ロドルフはここで何かうまい言いわけはないものかとひと思案した。

「おれがすっからかんに破産したということにしたらどうだろう……いや、まずい。そんなことじゃあ思いとどまりもすまいし、どうせそのうちまた一件を蒸し返すにきまっている。あんな女に道理をのみ込ませるのはまったく楽じゃない！」

彼は思いあぐねたすえ、こう書きついだ。

《私はけっしてあなたを忘れません。信じて下さい。そしてあなたにたえず身も心もささげ切ることを誓います。しかしこの胸を焦がす思いもおそかれ早かれ衰えるのが人の世のさだめなのです。いつの日か倦怠《けんたい》が私たちを襲うでしょう。それどころか、あなたが後悔先に立たぬ思いをされるのを間近にあって見なければならないとなったら、そして私自身はよも悔やみますまいが、あなたをそういう気持に追いやったことを私もまた後悔しなければならないとなったら、ああそれはどんなにかつらいことでしょう。エンマ！　あなたが悲しまれると思っただけでも私には死の苦しみです。私を忘れてください！　私はなぜあなたという方を知らなければならなかったのでしょう。あなたはなぜまたあんなにもお美しかったのでしょう。あなたが美しくいらっしゃったのが私の罪でしょうか。いやいや、それは運命のいたすところです、ただ運命を責めてください》

「この文句はきくぞ、経験ずみだ」と彼はひとりごちた。

《ああ、もしあなたがどこにでもいるような浮気女だったら、私だってそんな女の身の危険を顧慮することもなく、ただ自分の楽しみのみを考えて、駆け落ちのひとつもやってみることは易々たることだったでしょう。しかしあなたはそんな浮気女ではない、心からの熱愛をささげるほかはない方です。そのあなたですら、あの狂おしくも美しい、あなたの魅力でもあり同時にまたあなたを苦しませもするあの恋の激情のおもむくままに、私たちの行く末の立場がどんなに動きのとれないものになるかおわかりになれなかったのです。そう言う私も最初はそんなことは思ってみませんでした。そしてとどのつまりはどんなことになるか予想もせずに、マンチニール樹㊺の木かげに休らう旅人のように、理想的幸福のかげにくつろいでいたので

す》

「この期《ご》に及んで切れようとするのは金が惜しくてかと思うかもしれん……なに、かまうものか！　思いたければ思わせておくとして、とにかく早いとこ片づけてしまおう！」

《エンマ、世間はきびしいものです。私たちがどこへのがれても、世間は私たちのあとを追うでしょう。とくにあなたは無遠慮な質問や、中傷や、軽蔑や、おそらくは不当な侮辱《ぶじょく》までが容赦なく浴びせかけられるでしょう。あなたに侮辱が！　思うだに恐ろしい！……私はあなたを女王の座にすえたいと思っているのに！　あなたの思い出をかたじけない護符のように崇《あが》めつつ去って行こうとする私です！　そうです、私はあなたを苦しめた罪ほろぼしに遠いところへ去って行きます、旅立ちます。どこへ？　私にもわかりません。ただ盲めっぽうつっ走るのです！　ごきげんよう！　いつまでもやさしいあなたであってください。あなたを失った不幸な男のことを思い出してください。お子さまにも私の名前を教えてあげてください。お子さまがお祈りのときにその名を唱《とな》えてくださるように》

二本のろうそくの芯《しん》が風にゆらいでいた。ロドルフは立って窓をしめに行った。そ

してまた机に向かうと、

「まずこんなところかな。おっと！　もうひと筆、だめを押しておかぬことにゃあ後難のおそれありだ」

《あなたがこの悲しい手紙をお読みになるころには、私はもう遠くへ行っているでしょう。あなたにもう一度お会いしたい気持をおさえつけるために、なにはともあれ逃げ出したかったのです。弱気を起こさないでください！　いずれまたもどってまいります。そしていつの日かまたごいっしょに昔の恋を心静かに語らうこともあるでしょう。ごきげんよう！》

最後にもう一度「ごきげん、好《よ》う！」と区切って書いた。それでけっこう趣味のよさを見せたつもりだった。

「さて署名はどうしよう。あなたの忠実なるしもべ……？　いや、いかん。あなたの友？　うむ、これにしよう」

《あなたの友》

彼は手紙を読み返した。これでよしと思った。

「かわいそうに！」と彼はいささかほろりとした。「あの女はおれを岩よりも無情な男と思うだろう。すこしぐらい涙の跡でもほしいところだ。だがおれに泣けとは無理な話だ。泣けなくたっておれが悪いんじゃない」そこでロドルフはコップに水を満たして指をつけ、上の方から大きな雫《しずく》をひとつ落とすと、インクの上に水色の汚点《しみ》ができた。ついで手紙に封印を押そうとしてさがすと、エンマからもらった例の Amor nel cor というのが目についた。

「この際ちょっとまずいかな……いやなに、かまうことはない！」

それからパイプを三服ふかしてベッドにはいった。

翌日、ロドルフは起きると（ゆうべがおそかったので二時ごろだった）、杏《あんず》を一籠《ひとかご》摘ませた。そして籠の底に敷いたぶどうの葉の下に手紙を入れると、すぐさま作男のジラールを呼びつけ、ボヴァリー夫人のところへそっとそのまま籠を届けるように命じた。彼は季節に応じて果物や猟の獲物を彼女に贈り、文通の秘密の手段としていたのだった。

「もし奥さんがわしのことをきかれたら、旅行にお発《た》ちになりましたと言ってくれ。籠は奥さんご自身の手に渡すのだ……さあ行ってこい、まちがいなく頼んだぞ！」

ジラールは新しい仕事着を着こみ、杏のまわりをハンカチでゆわえ、鋲《びょう》を打った木底靴をどかどか大股に踏み鳴らしながら、悠然《ゆうぜん》とヨンヴィルさして出かけて行った。

ボヴァリー夫人は彼が着いたとき、ちょうど台所のテーブルの上で、フェリシテといっしょに洗濯物を区分けしているところだった。

「これをうちの旦那が奥様にお届けするよう申しましたで」と作男は言った。

とっさに彼女は不吉な予感がした。そしてポケットに小銭を探りながら、おびえたような目で百姓を見つめた。百姓のほうはまた、たかがこれしきの贈り物を受けて、どうしてこうもどぎまぎするのかわけがわからず、驚いて彼女の顔を見ていた。やっと彼は出て行った。が、まだフェリシテがいる。エンマはもう待ちきれなかった。杏を持ってはいると見せて広間へ駆け込み、籠の中身をぶちまけ、底の葉っぱをつかみ出し、手紙を見つけて封を切った。そしてお蔵《くら》に火がついたようにあわてふためき、二階の自分の居間へと駈けのぼった。

そこにはシャルルがいた。彼女はシャルルを見た。シャルルは話しかけた。彼女は何も聞こえなかった。息も絶えだえに、酔ったようにとりのぼせて、あの恐ろしい手紙だけはぎゅっと手に握ったまま、どんどん階段をのぼりつづけた。手紙は指のあいだでブリキ板のように鳴った。三階へ来ると、彼女は屋根裏部屋の戸口の前に立ち止まった。戸はしまっていた。

そこでエンマは気をしずめようとした。そうだ、手紙があった。読んでしまわねばならない。だが読むのがこわかった。それに、どこで、どうして読んだらよかろう。見つかるかもしれない。

「いや、ここなら大丈夫」と彼女は考えた。

エンマは戸を押しあけてはいった。屋根のスレートから暑苦しい熱気が直射して、こめかみがずきずきし、息がつまりそうだった。しまった明かり窓のところまでやっとの思いでたどりついて留め金をはずすと、まばゆい光がさっとさし込んだ。

正面には家並《やな》みの向こうに緑野が見わたすかぎりひろがっている。眼下の村の広場には人っ子ひとり見えない。歩道の砂利はきらめき、家々の風見は動かない。町角の下の階からうなるような響きが、ときどき高く低くきいきい鳴る音を交じえて聞こえてきた。ビネーが轆轤《ろくろ》をまわしているのだ。

エンマは窓ぎわの壁にもたれて、怒りのあまりこわばった冷笑を口もとに浮かべて、二度、三度手紙を読み返した。しかし文面に目を凝らせば凝らすほど彼女の思いは錯乱した。ロドルフの姿が見える。声が聞こえる。両腕で彼をかきいだく。杭《くい》を打ち込む槌《つち》のように胸にめり込む動悸《どうき》は、不整となって速まった。地も裂けよと祈念してあたりを見まわす。ひと思いになぜ死なないのか。とめる人がどこにいる？　自分の自由ではないか。そして彼女は窓ぎわに進み、石畳を見すえて自分に号令した。

「そら飛べ！」

真下から照り返すどぎつい日の光が、彼女の体重を深淵《しんえん》の底へと引きつける。広場の地面はぐらぐら揺れて家の壁づたいに持ちあがり、床は縦ゆれする船のように前方にかしぐかと思われた。彼女はその前方の突先《とっさき》にまるでもう宙に浮いて、果てしない空間にかこまれて立っていた。空の青さが彼女にしみ入り、大気は彼女のうつろな頭のなかを馳《は》せめぐった。もう身を任せ、体をあずけさえすればいいのだ。しかもあの轆轤のうなりは小止《おや》みもなく、いよいよ猛《たけ》り狂って彼女を呼ぶようではないか。

「エンマ！　エンマ！」とシャルルがよばわった。

彼女は最後の一歩をふみとどまった。

「どこにいるんだ。ごはんだよ！」

からくも死をのがれた思いに、今はただがくがくと気が遠くなりかけた。彼女は目を閉じた。すると人の手が袖にさわったので、はっとする。フェリシテだった。

「旦那さまがお待ちでございますよ、奥様。スープが出ております」

それでは降りて行かねばならないのか！　食卓につかねばならないのか！

つとめて食べものを口に運んではみたものの、どうにも咽喉《のど》を通らない。彼女はつくろう箇所を調べるていにしてナプキンをひろげた。そしてほんとうにつくろい仕事にかかる気になって、布の糸目を数えようとした。と突然、手紙の記憶がよみがえった。なくしたのか？　どこに置いたろう？　しかし頭の芯《しん》までひどく参っていたので、席を立つ口実がまるで思いつけなかった。それにエンマはすっかり臆病になっていて、シャルルがこわかった。シャルルは何もかも知っている。きっとそうだ！　はたして彼は偶然の一致にしてはできすぎた言葉を口にした。

「ロドルフさんにも当分会えなくなるね」

「だれが言いまして、そんなこと」彼女はぎくりとして言った。

「だれが言ったかって？」とシャルルは妻の激しい口調にちょっと驚いて、「ジラールさ。さっきカフェー・フランセの前で会ったらね、なんでも旅に出たとか出るとか言っていた」。

エンマはむせび泣いた。

「何もそう驚くことはないじゃないか。あの人はよくああして気晴らしの遠出をするんだ。それもまあ無理はないさね。ああ金があって独身ときちゃあ……それに彼氏なかなかどうして遊び人らしい。いや、そのほうはひとかどのもんだとよ！　ラングロワさんから聞いた話じゃ……」

女中がはいって来たので、彼はその先は言わなかった。

女中は棚の上にちらばった杏を籠に入れた。シャルルは妻が真っ赤になったのも気づかず、杏を持って来させ、一つ取って皮ごとかぶりついた。

「ふむ、こりゃあうまい！　さあ、おまえも一つどうだい」

そして籠を差し出すと、エンマはそっと押しやった。

「まあかいでごらん。そりゃいいにおいだから！」と彼は杏を幾度もエンマの鼻先に突きつけた。

「息がつまる！」ひと飛びに立ち上がりながら彼女は叫んだ。

しかしその痙攣《けいれん》は意志の力でおさえつけた。

「なんでもありません！」とエンマは言った。「ほんとになんでもないの！　神経です！　すわって、召し上がってちょうだい！」

　いろいろうるさくきかれたり、介抱されたり、そばにつきっきりになられては困るという思いが先に立ってのことだった。

　シャルルは言われたとおりまた食卓についた。そして杏の核《たね》をてのひらに吐き出しては皿に入れた。

　突然、青い軽二輪馬車ががらがらと広場を駆け過ぎた。エンマはあっと叫んでのけぞると、ぱったり床に倒れた。

　それというのも、ロドルフはいろいろ思案した末にルーアンへ向かおうと決心したのだった。ところがラ・ユシェットからビュシーまではヨンヴィル街道以外に道がないので、余儀なく村を横切ることになった。そこでエンマは、稲妻のように宵闇《よいやみ》をつんざく角燈の灯影《ほかげ》に、一瞬、彼の姿を認めたのである。

　家のなかの騒ぎを聞きつけて薬剤師が駆けつけた。テーブルは皿ごとひっくり返り、ソースも肉もナイフも塩入れも薬味瓶《やくみびん》も部屋じゅうに散乱していた。シャルルは助けを呼んでいる。ベルトはおびえて泣きたてる。そしてフェリシテはふるえる手で、全身をぴくぴくわななかせている奥様の衣裳をゆるめていた。

「ひとっ走り行って調剤室から芳香醋酸《さくさん》(46)を少しばかり取って来ましょう」と薬屋は言った。

やがてエンマが瓶をかがされて目を開くと、

「効果はてきめん、まさに死人をもよみがえらせるとはこのことですな」と薬屋。一方シャルルは、

「何か言っておくれ！　話せないかい？　しっかりおし！　わたしだ、おまえを愛しているシャルルだよ！　わかるかい？　さあ、これがかわいいベルトだよ。キスしておやり！」

娘は母親の首にすがろうと両手を差しのべた。だが、エンマは顔をそむけて、うるさそうに言った。

「いや、いや……だれも来ないで！」

エンマはまた失神した。そしてベッドへ運ばれた。

彼女は口をあけ、瞼を閉じ、手を投げ出したまま、蠟人形のように血の気のない顔をして、じっと横たわっていた。両の目から涙が二筋の細流のようにあふれ出て、ゆっくりと枕の上に伝っていた。

シャルルは寝間《アルコーヴ》の奥に突っ立っていた。薬屋はそのそばで、弁《わきま》えある人間が人生の大事に際して取るにふさわしい沈思黙考の態度を保っていた。

「ご安心なさい」と彼はシャルルの肱を突いて、「発作《ほっさ》も峠を越したようですぞ」。

「ええ、今はどうやらおさまっています！」妻の寝顔をうかがっていたシャルルは答えた。「かわいそうに！……かわいそうに！……また神経が起こったのか！」

そこでオメーは発作のきっかけは何だったのかときいた。シャルルは、エンマが杏を食べているうちにいきなり倒れたのだと答えた。

「それはまたなんと！……」薬屋は応じた。「しかし杏が昏倒《こんとう》の原因となったということも万《ばん》ありえぬこととはいえませんぞ！　ある種の臭気に対してとくに鋭敏な反応を呈する体質もあるのです！　そしてかかる現象は病理学的観点からするも、また生理学的観点からするも、まさに好個の研究題目ですらあります。坊主どもがこの問題の重要性をつとに認識しておった証拠には、やつらは儀式には昔から香料を用いておるでしょうが。これは悟性を麻痺《まひ》させ、没我状態《エクスタンス》を促進するためです。とくに女性の場合は、男性以上に敏感ですからな、こうした状態に持ち込むことはいっそう容易なわけでして、動物の角をいぶすにおいや、焼きたてほやほやのパンのにおいで気絶した女の例なども……」

「お静かに！　家内が目をさますといけない」とボヴァリーはひそひそ声で注意した。

薬屋は平気で、

「いや、あえて人間のみならず動物もまたかかる変則的現象に無縁ではありません。たとえば先生も大方ご存じでしょうが、あのネペタ・カタリア、俗名ちくま薄荷《はっか》が猫族に及ぼす実に驚くべき催淫効果ですな。それからもうひとつ、私がこの目で見た正真正銘の実例をあげますと、ブリドゥーという男（これは私の学校時代の同級生で今はマルパリュ街（ルーアン市内）に住んでいますが）、この男が飼っている犬というのが、嗅《か》ぎ煙草入れを鼻っつらに突きつけると、とたんにひきつけて倒れるのです。ブリドゥーはボワ＝ギヨーム（この村にはルーアン市民の別荘が多い）の別荘で、よく友人どもを集めて実験までやって見せますがね。嗅ぎ煙草という単なる催嚔剤《さいていざい》が四足動物の生理組織にかくも甚大な障害をもたらすとは！　いやはやまったく霊妙不可思議な事象ですなあ」

「いかにも」とシャルルは言ったが、何も聞いてはいなかった。薬屋はいい気になって、にんまり笑いながら、

「そもそもこうした事例がわれわれに示すところは、神経系統の異常亢進《こうしん》というものがいかに多種多様にわたるかということです。そこで話をお宅の奥様にもどしますと、実は前々からそのように存じ上げておったのですが、奥様こそは典型的な神経過敏症でいらっしゃる。ですから私としては、対症療法の美名のもとに、体質それ自体をそこなうような自称特効薬のたぐいは、いっさいおすすめいたしません。要《い》らぬ投薬は害あって益なし！　食養生がすべてです！　鎮静性、緩和性、甘味性の食物がよろしい。それと、いかがでしょう先生、想像力を刺激する必要がありはしますまいか」

「そりゃまたどういう点で？　どんなふうにするんです？」とボヴァリーがきくと、

「さて、それが問題ですて。実もってそれが問題、ザット・イズ・ザ・クエスチョン！　でしたかな、このあいだ新聞で読んだんだが」

　しかし、そこでエンマが目をさまして、

「手紙は？　手紙は？」と叫んだ。

うわごとだとシャルルもオメーも思った。だが、ほんとうのうわごとは夜中からはじまった。脳炎の症状だった。

四十三日間、シャルルは妻のそばを離れなかった。患者はみんなほったらかした。夜も寝なかった。ひっきりなしに脈をとり、芥子《からし》や冷水の湿布をとりかえた。ジュスタンをヌーシャテルまで走らせて氷を取り寄せた。氷が途中でとけると、また使いに出した。カニヴェ先生を迎えただけではまだ心配で、ルーアンから恩師のラリヴィエール博士にまで来診をあおいだ。シャルルはもう望みを失っていた。何よりも彼の絶望を深めたのはエンマの衰弱である。物は言わない、何も聞こえない、苦痛さえ感じないかに見えた——心身ともに最近の酷使に疲れて活動を停止しているかのようだった。

十月もなかばを過ぎるころ、やっとエンマは背に枕を当ててベッドの上にすわれるようになった。エンマがはじめてジャムを塗ったトーストを食べるのを見てシャルルは泣いた。彼女は持ちなおしてきた。午後には何時間か起きた。そしてある日、いつもより気分がよいというので、シャルルはエンマに腕をかして庭をひとまわり歩かせてみた。小道の砂利は枯れ葉にうずもれていた。彼女はスリッパを引きずって頼りなげに一歩一歩あるいたが、シャルルに肩をもたせて始終ほほえんでいた。

ふたりはこうして庭の奥の築山のそばまで行った。彼女はゆっくり背をのばすと、小手をかざして、遠く、はるかかなたに目をさまよわせた。しかし地平をかぎる丘の上には、草を焼く大きな野火が煙をあげているばかりだった。

「疲れはしないかい、おまえ」とボヴァリーは声をかけた。

そしてそっと彼女を押して青葉棚の下へ入れようとした。

「さあ、このベンチにお掛け。少し休まなくちゃあ」

「いや！　そこはいや！　そこはいや！」と死にそうな声でエンマは言った。

彼女はくらくらっとなった。そして、その夕方から病気がまたぶり返した。もっとも今度は前のようにひどくはなかったが、それだけによけいわけのわからない病状だった。心臓が苦しいかと思うと、胸がうずいたり、頭ががんがんしたり、手足が痛かったりした。ときにはふいに吐いたりするので、シャルルはてっきり癌《がん》の初期徴候だと見た。

あわれ、シャルルはそのうえ金の心配もあったのだった！

14

まず、オメーの店の付けにしてある薬代の総額をどうして支払ったものか？　いかにも医者の身分を楯《たて》に、払わずにおくこともできないではないが、やはり、のほほんと借りっぱなしも少々気がひけた。つぎに食い代《しろ》がある。何ごとも女中任せの現在、このほうの出費もばかにならない。請求書が四方から舞い込んできた。出入りの商人がぼやきだした。なかでもルールーの取り立てはきびしかった。なにしろこの男ときたら、エンマの病気がいちばんひどかったころを、勘定の水増しの好機とばかりにことさらねらって、例のコートと手提鞄《てさげかばん》、一個の注文なのにトランク二個、そのほか雑多な品物を手まわしよく運び込んだのだった。シャルルがそんな物はいらないといくら言っても、ルールーは居丈高《いたけだか》になって、これは全部ご注文の品ですから今さら持ち帰るわけにはまいりません。それに、そんなことをすれば奥様がおなおりになってから手前どもがお小言をくいます。旦那様にもその辺をよくお考えを願いたいと答えた。つまり彼は自分の権利を放棄して品物を引き取るくらいなら、いっそ法廷へ持ち出して黒白をつけてもらいたいほどの気構えだったのである。シャルルはその後とにかく品物をルールーの店へ送り返すように言いつけたつもりだったが、言われたフェリシテは忘れてしまい、シャルルもほかの心配ごとにまぎれて、ついそのままになっていた。と、ルールーがまたもや押しかけて来た。そしておどかしたり下手《したて》に出てあやなしたりして策を尽くしたあげく、とうとうシャルルに六ヵ月期限の手形に署名させてしまった。しかしいったん手形を振り出したとなると、毒食わば皿までといった考えがとたんにシャルルの頭に浮かんだ。いっそのことルールーから千フランの借金をしたらどうだろう。そこでシャルルはもじもじしながら、千フランの金を融通してもらえる工夫はないものだろうかと切り出し、返済期限は一ヵ年、利息は先方の望みしだいでいいと言い足した。ルールーは聞くが早いか店へ飛んで帰り、耳をそろえて千フラン持って来た。そしてもう一枚手形を書かせると、その表記によってボヴァリーは、翌年九月一日を期し、金一千七十フラン也をルールー殿またはその指図人へ相違なく支払い申すべきこととなった。以上の金額を、すでに約定ずみの百八十フランに加算すると、合計まさに千二百五十フランになる。千フラン貸し付けの口に対しては年六分の利息をつけ、さらにこの利息の四分の一を手数料として加えた結果、前記七十フランの利益が生じたわけである。一方、納品代のうちからは、最小限三分の一、つまり六十フラン確実に取り立てられるとすると、けっきょく一年後にルールーの手にはいる利益の総計は百三十フランということになる。[47] そのうえルールーの予想では、この取引きは向こう一年でけりがつくとは思えない。手形はどうせ落ちないにきまっているから書き替えとなる。そうなれば彼のささいな投資金は、まるで療養所へでもはいったようにボヴァリー医院で栄養をとり、見ちがえるようにまるまると太って、やがて自分のふところへ帰って来るころは財布が張り裂けるほど大きくなっているだろう。

　おまけにルールーはこのところ万事につけていい目が出ていた。ヌーシャテルの病院へりんご酒を納入する利権も彼に落札したし、グリュメーニルの泥炭坑《でいたんこう》の株を分けてもらう約束もギヨーマン氏から取りつけた。それから、これは先のことだが、アルグーユとルーアンのあいだに新しい乗合馬車を走らそうという計画もあった。これができたら「金獅子」のがた馬車などはいっぺんで蹴《け》落としてしまうこと疑いなし。なにしろ速力は出るし、荷物はたくさん積めて、しかも運賃は格安というのだから、ヨンヴィルの通商運輸はあげてもっぱらわが手に帰そう。

シャルルはさて来年になってあんな大金をどうして返済したものかと、ときおり頭をかかえた。父親に泣きついてみようか、何か家財を処分しようかなどと、いろいろとやりくりを思案してみたが、そんな話に耳をかす父親ではなし、売れる家財など何ひとつない。考えるにつれていよいよどうにもならないことがわかるだけなので、彼はこんな不愉快な考えごとはごめんだとばかりにすぐさま頭のなかから追い払ってしまい、そのひまにエンマのことを忘れたのを、かえって済まなく思うのだった。まるで自分の思いのすべては妻にささげられるべきであって、一瞬たりとも妻のことを忘れるのは、妻の所有物を盗むにひとしいとでも思っているかのように。

その冬はひどい寒さだった。夫人の回復はおそかった。天気がよい日には、肱掛椅子にかけたまま窓ぎわまで押してもらった。窓というのは広場を見おろすほうの窓だった。エンマは今では庭が大きらいになって、そっちの窓はいつも鎧戸をしめきってあった。馬も売り払ってほしいと言った。以前好きだったものが今はもういやなのだった。彼女の思いはいっさい自分をもてあつかうことに向けられているかに見えた。ベッドに横になったまま軽い間食をとったり、呼び鈴を鳴らして女中を呼んで煎《せん》じ薬ができているかをたしかめたり、女中を相手におしゃべりをしたりした。その間じゅう、市場の屋根に積もった雪は、白々と動かぬ反射を部屋に投げていた。それから雨の季節になった。そしてエンマは、変わりばえもせぬ日ごとの些事《さじ》を、彼女には別に関係もないことばかりだのに、それでも毎日毎日何か不安に似た気持をいだいて待ち暮らした。些事のなかでの大事件は毎晩の「つばめ」の到着だった。旅館の女将《おかみ》が騒ぎ立て、ほかの声がそれに答える。そして馬車の屋根にのぼって荷物をさがしているイポリットの角燈の明かりが、闇のなかに星を一つ点じたように見える。正午にはシャルルが帰って来て、また出かける。それからエンマはスープを飲む。そして五時ごろ、日暮れどきには、学校のひけた子どもらが歩道の上に木靴を引きずりながら、みんなつぎつぎに鎧戸の掛け金を定規でたたいてゆく。

ブールニジャン師が来訪するのはいつもそのころだった。病気を見舞いがてら、最近の出来事をいろいろ話してくれたあと、それとないおしゃべりめかして言葉《スータン》たくみに信仰のすすめを説いた。その法話もそれなりにおもしろかったし、師の僧服を見るだけでもエンマは気強い思いがした。

ある日、ことのほか病気がひどくなって、自分でも死期の迫ったのを覚悟したエンマは、聖体を拝受したいと願い出た。そして部屋のなかに最終秘蹟の用意がととのうにつれ、つまりシロップの瓶でいっぱいになった簞笥《たんす》が祭壇に仕立てられ、フェリシテがダリアの花を床《ゆか》にまき散らすのを見ているうちに、エンマは何かしら頼もしいものが体じゅうをつらぬいて、病苦はおろか、ありとある感覚、感情から自分が解脱《げだつ》してゆくような気がした。身はかるがると、もはや思いわずらう何ごともなく、(48)新たな生涯がここにひらけた。自分の存在そのものが神のみもとへのぼって行き、やがてはまるで燻《くゆ》らす香の煙が空《くう》に吸われるように、広大無辺の神の愛のうちに消えうせるのではないかと思われた。ベッドのシーツに聖水がそそがれると、司祭は聖体器から白い聖体のパンを取り出した。そして彼女はすでにこの世ならぬ喜びにひたりつつ、今しも下されようとする救世主の御体《みからだ》を受けるために、恍惚《こうこつ》として唇を差し出した。寝間《アルコーヴ》のたれ幕は彼女のまわりに雲さながらにふんわりとふくらみ、簞笥の上にともった二本のろうそくの光は、彼女の目には燦々《さんさん》とまばゆい後光とも見えた。すると最高天使《セラファン》のかなでる竪琴《たてごと》の調べが空高く鳴りひびき、蒼穹《そうきゅう》のかなた、金色の玉座の上には、緑の棕櫚《しゅろ》の枝を手にした聖者たちのさなかに、荘厳な栄光につつまれた父なる神が、彼女をいだいて昇天させるようにと、炎の翼を持つ天使たちを下界に向かわせる合図をしている御姿《み》が拝されるような気がして、彼女はがっくりとまた頭をたれた。

この輝かしい幻影は、およそ夢みうるかぎり最も美しいものとして彼女の記憶に残った。そこで彼女は、またしてもその感覚を味わおうとやってみる。するとその感覚は依然としてよみがえってきて、あのときほど圧倒的ではないまでも、やはり同じように深ぶかと快かった。自惚《うぬぼ》れをこっぴどくたたかれた彼女の魂はキリスト教的な謙譲のうちに究極の憩《いこ》いの場を見いだした。かくてエンマは弱き者たるの喜びにひたりながら、自分の心に我執が打ちくだかれてゆくさまをじっと見守った。我執を去ってこそはじめて、神の恩寵《おんちょう》を受け入れるにふさわしい心の入口が広々とひらけるのにちがいない。なるほど、この世の幸福に代わるもっともっと大きな至福というものがあったのだ。すべての愛を立ち超《こ》えるもう一つの愛、断続もなく終末もなく、永遠にいや増す愛というものが！　彼女は自分の希望が描き出すまぼろしのなかに、地上はるかに浮きただよって天と交じらう清純の境地をかいま見た。そういう境地に一日も早く達したいと願った。聖女になりたかった。数珠《じゅず》を買い、お守りを身につけた。ベッドの枕もとにエメラルドをちりばめた聖遺物箱を置きたい、そして夜ごとにそれに接吻したいと思った。

司祭はこうした心ばえを奇特なことと喜びながらも、エンマの信仰は悪くすると熱意あまって、ついには異端に触れ、過激におちいるおそれがあると思った。しかし司祭はこういう問題にはあまり自信はないので、問題がどうやら深刻になってきたらしいとみるや、ただちに司教猊下《げいか》御用の本屋ブーラール氏に手紙を書いて、「きわめて聡明《そうめい》なる女性の信仰指導に資すべき名著」を送ってほしいと言ってやった。本屋はまるで熱帯の黒人国に鍋釜《なべかま》類を送りでもするような杜撰《ずさん》さで、そのころ宗教書出版業界で扱っていた本のありたけを手当たりしだいに荷造りしてとどけてきた。問答体小型本の信者必携、メーストル氏(49)ばりのご託宣めいたパンフレット、桃色の厚紙装で、甘ったるい文章の小説まがいのもの、その筆者はどうせ中世軟文学に心酔したどこかの神学生か、改悛《かいしゅん》した女流作家であろう。『思いをひそめよ』だの、『各種勲章佩用《はいよう》者ド・＊＊＊氏著、聖母の足下にひざまずく上流社交紳士』だの、『若き人びとのためにヴォルテールの謬見《びゅうけん》を発《あば》く』だのといった表題のものもあった。

ボヴァリー夫人は、どんな事柄にせよ、まともに取っ組むのはまだとても無理なほど頭の働きが衰弱していた。それなのにこれらの本をしゃにむに読みまくろうとした。礼拝の規則が小うるさいのにいらだち、尊大な調子の教義論争が、彼女の聞いたこともない人たちをやっつけようとむきになっているのも、つまらなかった。そして信仰への誘いを織り込んだ世俗の物語は、彼女の目にもあまりにひどいと思われるほど常識はずれなので、彼女が信じたいと望んでいる宗教上の真理から、かえって彼女をいつのまにか遠ざけてしまう結果になった。それでも彼女は読むのをあきらめなかった。そして思わず本を手から落としたときには、およそ至純の魂がいだきうるかぎりの、最も高度なカトリック的憂鬱《ゆううつ》なるものにとらわれたものと信じた。

ロドルフの思い出はといえば、彼女はそれを心の底深く埋めてしまった。思い出はそこに、地下の霊廟《れいびょう》に安置された国王のミイラよりもなお荘厳に、不動に、横たわっていた。防腐香料を詰められたこの大恋愛からは、なんともいえぬある芳香がもれいでて、あらゆるものを貫きとおし、ついにエンマが住みたいと念じている清浄無垢《むく》な雰囲気《ふんいき》にまで、しっとりとやさしい愛情を薫《くん》じた。今ゴチック彫りの祈禱台《きとうだい》にひざまずいて彼女が主《しゅ》にささげるのは、かつて邪恋に心ふるわせて恋人にささやいたあの同じ甘い言葉だった。その言葉で彼女は信仰の来たらんことを祈り求めた。しかしなんの悦《よろこ》びも天降《あまくだ》っては来なかった。そこで彼女は手足も疲れ、なにがなし大仕掛けなぺてんにかかったような気持で立ち上がった。だが、と彼女は思った、こうしてたとい甲斐《かい》なくも信仰を求めること自体、一つの善根にはちがいあるまい。かくてエンマは自分の信心深さを誇らしく思い、昔の貴婦人たちにわが身をなぞらえてみるのだった――昔ラ・ヴァリエール公爵夫人を描いた焼絵皿を見てその栄華を思い描いたあの貴婦人たち、はでやかなドレスの裳裾《もすそ》を悠然《ゆうぜん》と引きながら世をのがれて隠れ住み、現世に傷ついた心の涙のありたけをキリストの足下にそそごうとしたあの貴婦人たちに。

そのころエンマは極端な慈善に熱中した。貧乏人に着る物を縫ってやり、産褥《さんじょく》の母親に薪《まき》をとどけた。ある日シャルルが帰ってみると、三人の浮浪者が食卓についてポタージュをすすっていた。シャルルがエンマの病中、娘をまた乳母のところへ預けておいたのをエンマは家へ呼びもどした。彼女は娘に読み方を教えようとした。ベルトがいくら駄々《だだ》をこねて泣いても、彼女は今ではかっと怒るようなことはなかった。それは寛容にすべてをゆるすあきらめの決意のたまものだった。何を言うにも今やエンマの言葉づかいは模範的な表現に満ちていた。ベルトに向かっても、

「わたしの天使ちゃん、ぽんぽんの痛いのはもうなおりまして？」と言うのだった。

さすがのボヴァリー老夫人ももう文句のつけようがなかった。しいて難くせをつけるとすれば、雑巾《ぞうきん》つぎをほったらかして年がら年じゅう孤児にやるセーターばかり編んでいることぐらいだった。とにかく老夫人は毎度の自分の家の夫婦げんかにうんざりしていたおりから、この波風の立たない家がすっかり気に入って、ボヴァリー爺《じい》さ

んの宗旨をののしる暴言を聞くのがいやさに、わざわざ復活祭過ぎまで逗留《とうりゅう》した。爺さんは毎年聖金曜日(50)というときまって豚の腸づめを取り寄せて食うような男だったから。

姑《しゅうとめ》のお相手をつとめていると、エンマは今さらのようにその的確な判断力と、いやしくもせぬ坐作《ざさ》進退に頼もしいような気持を味わうのだったが、ほかにもエンマはほとんど毎日のように多くの夫人連と交際した。ラングロワ夫人、カロン夫人、デュブルーユ夫人、チュヴァッシュ夫人、そして二時から五時までは、きまってオメー夫人が訪ねて来た。善良このうえないオメー夫人はこれまでもエンマについて村の人たちが言い立てたとかくの噂を根っから信じようとはしなかった。オメーの子どもらもやって来た。子どもの付き添いでいっしょに来たジュスタンは、子どもらについて二階の居間まであがると、ドアのわきにじっと黙って立っていた。よくボヴァリー夫人は、彼がいるのには目もくれずに、化粧にかかったりする。まず櫛《くし》を抜いて、頭をさっとひと振りすると、髪全体が漆黒《しっこく》の巻き毛をのべて、膝の後ろまでたれほどける。はじめてこの光景を目《ま》のあたり見たとき、あわれな小僧ジュスタンは、突然不可思議な新しい世界へ踏み込んだ思いで、そのまばゆいばかりの美しさにむしろ恐怖を覚えるのだった。

エンマはジュスタンのひそかなあこがれにも、おびえにも気がつくはずもなかった。彼女は自分の生活から消え去った恋が、ついそこに、身近に、この粗末な木綿《もめん》のシャツの下に、この若僧の心のなかに脈打っていようとは、そしてこの若い心が彼女の美の放射線を早くも感じとっていようとは、よもや思いもかけなかった。それに、彼女は今ではすべてを無関心のヴェールでおおってしまい、言葉は優にやさしいが目つきはあくまで誇らかだというぐあいに、態度が妙にちぐはぐなので、はたから見ていったいこの女はあつかましいのか、思いやりがあるのか、すれっからしなのか、おとなしいのか、てんで見分けがつかなかった。たとえばある晩など、女中が外出させてほしいといって、へたな言いわけを口ごもるのを頭から叱りつけておきながら、ふと、「そうかい、おまえそいじゃ好きな男がいるんだね」と言った。

フェリシテは真っ赤になったが、その返事も待たずに、エンマはさびしそうに言い添えた。

「さあ、行くなら早く行って会っておいで！　楽しんでおいで！」

春先になると、エンマは夫が乗り気でないのに庭のすみからすみまで、すっかり掘り返させた。それでもシャルルは、妻がこうして何かする気になってくれたのを喜んだ。エンマは回復するにつれていよいよ積極的に、したいことをするようになった。まず第一に乳母のロレーおばさんをていよく追っぱらった。ロレーおばさんはエンマがぐずついているあいだ、自分の乳のみ児《ちご》ふたりと、預かりものの男の子を連れて、しょっちゅう台所へ入りびたるようになっていたが、この預かり子というのは食人種そこのけの大食らいだった。つぎにエンマはオメー夫人ご一統を遠ざけ、ほかの夫人

連もつぎつぎにお引き取りを願い、教会へも前ほどしげしげ通わなくなった。これには薬屋もわが意を得たりとばかりに、

「奥さんもご病中はだいぶと坊主に入れあげておいででしたな！」などといかにも気安げに、そのころエンマに言った。

ブールニジャン師は従前どおり、教理問答のクラスを終えると毎日なんとなく訪ねて来た。家のなかにいるよりは、外に出て「林間に」涼をとるほうが好きだと言う。「林間」とは大げさだがつまり青葉棚の下のことだった。ちょうどシャルルも帰って来るころおいだった。主客ともに暑がるので甘口のりんご酒を出すと、ふたりはエンマの全快を祝して乾盃《かんぱい》した。

ビネーもそこにいた、というのはつまり一段下の築山沿いの塀によっかかってざりがにを釣っていた。ボヴァリーは彼にも一杯すすめた。ビネーは酒瓶《さかびん》の栓《せん》を抜く術《すべ》にかけては一家言があった。

「まず心すべきは」と彼は得意満面、身のまわりから地平のかなたまでおもむろにながめやって、「瓶を机の上にこう正しく垂直にすえること。つぎに栓と瓶口とを結ぶひもを切ります。さてコルクを押し出すときにはあわてず騒がず、じわりじわりと、それ、料理屋で炭酸水を抜くあの要領ですな」

ところが実演に際しては、往々にしてりんご酒がかってに吹きあふれて皆の顔にまともにかかることがあった。すると司祭はにんまり笑って、いつもきまって洒落《しゃれ》のめ

した。

「ご親切まさに目にしみ申す！」

いやまったくよく出来たお坊様だった。たまたまある日、薬剤師がシャルルに向かって、奥様のお気晴らしに、ルーアンの劇場に今来ている評判の名テノール歌手ラガルディーを見にお連れになってはとすすめたときなども、司祭は眉もひそめなかった。司祭の反応のないのに驚いたオメーは、ご意見はいかにやとこちらから持ちかけると、司祭は音楽には文学ほど良俗をそこなう要素はないと思うと言明した。

すると薬剤師は文学擁護の側にまわった。たとえば劇文学は、と彼は説く、世の中の偏見を打破する効用があり、観客を楽しませるごとくに装って徳行を慫慂《しょうよう》するものである。

「《そは笑いのうちに風俗を正す《カステイガット・リデンド・モーレス》[51]》と言いますからな、ブールニジャンさん！ そのいい例がヴォルテールの悲劇です。大部分のものには巧みに啓蒙的思想が加味されてある。彼の悲劇作品が民衆にとって道徳や世間知を教える学校となるのもまことむべなるかなです」

「私の見たなかでは」とビネーが口をはさんだ。「昔『パリの蕩児《とうじ》[52]』という芝居がありましたが、そのなかの老将軍の役が見もので、いや、うならせられましたよ！ 老将軍が、女工を誘惑した良家の御曹子《おんぞうし》をこらしめる、するとその若者は……」

「なるほど、なるほど！」とオメーはさえぎって自分の話をつづけた。「いかにも薬屋にもぴんからきりまであるように演劇にも良い悪いはある。しかし、それだからといって芸術百般中の精華ともいうべき演劇のすべてをひとからげに断罪するとはどだい無茶な話だ、中世封建思想だ。ガリレオを獄につないだ野蛮時代ならいざ知らず、現代には通用せぬ事大思想だ」

「良い脚本、良い作家がないではないことはわしも存じておる」と司祭は反駁《はんばく》にかかった。「それはそれとしてじゃ、考えてもごろうじ、劇場といえば俗世の虚飾に満ちみちた場所、それだけにまた心をとろかすのじゃろうが、そこへ男女が群《む》れ集《つど》う。そのこと自体けしからんところへもってきて、異教徒めいた扮装《ふんそう》、けばけばしい粉黛《ふんたい》、まばゆい燭台の灯、でれでれした声音《こわね》、すべてこうしたものがついには心の放縦さともいうべきものを育成し、無節操な考え、自《じ》堕落《だらく》な思いを誘う。少なくともそれが、カトリック教会を創始した教父がたお歴々の御意《ぎょい》じゃ。ともかくも」と言いさして、嗅《か》ぎ煙草を一つまみ親指の上に丸めながら、急に神秘的な口調になってつけ加えた。「教会が演劇を弾劾《だんがい》したからには、教会が正しい。われわれはその訓令に服さねばならんのじゃ」

「教会が俳優を破門するのはおかしいじゃないですか」と薬剤師はつめ寄った。「昔は俳優が礼拝の儀式に公然と参与したものです。そうですとも、合唱隊のまっただなかで、聖史劇と称する一種の道化芝居を公衆を前にして上演したのです。しかもなかには羽目をはずしたいかがわしいものまであったということですぞ」

司祭は「ふむ」となっただけだった。薬剤師はなおも食いさがって、

「そういやあ聖書だってご同様だ。聖書には……あなたも知らぬとは言わせない……ところどころあるでしょうが……どうかと思うような箇所……早い話が、こう……猥《わい》褻《せつ》なところが」

ブールニジャン師がいらだつのを見て、調子に乗った薬屋は、

「はは！　どうです、聖書は若い娘に読ませるのはちと考えものでしょうがな。私だって困りますな、もしうちのアタリーでもが……」

「お言葉じゃが」と相手はたまりかねて叫んだ。「聖書をすすめるのはわれわれにあらず、新教徒の連中じゃ！」

「どっちにしろ同じこと！」とオメーはやり返す。「いずれにせよ、当今のこの文化の光あまねきご時世に、無害どころか道徳教育にもなろうという精神的娯楽を禁圧すべしなどと、そんな旧弊な考えにとっつかれた人間がいるとはいやはや！　こうした健全娯楽は、ねえ先生、ときには衛生上有益な場合すらありますよね」

「さようさね」医者は薬屋と同感なのだが司祭のきげんをそこねてはと思ったものか、あるいはそもそも意見など持ち合わせないのか、とにかく頼りない生《なま》返事をした。

これで論戦も一応けりがついたかと見えたおりしも、薬剤師はまだまだ取っておきの攻め手があるぞとばかりに、

「わざわざ背広に着替えて女の子のダンスを見に行く坊さんもいますぜ」

「何をまた、たわけたことを！」と司祭。

「いや、私は見て知ってますよ！」

そして一語一語くぎってオメーは繰りかえした。

「見て、知って、まあす、よ」

「そういうことなら、そりゃあそいつらがいかんな」かってに言いたいことを言わせるつもりでブールニジャンは答えた。

「なんのなんの、もっとどえらいことだって坊さんたちはやらかしてますからな！」と薬屋はまくしたてたが、

「オメーさん！……」と言ってにらんだ司祭の目つきのあまりのすさまじさに腰くだけの体《てい》で、

「つまり私の言わんとするところは」とだいぶおとなしやかになり、「寛容こそ人々の魂を宗教にひきつける何よりも確実な手段だということですよ」。

「ごもっとも！　ごもっとも！」と、よくできたお坊様はあっさり折れて出て、椅子にすわり直した。

が、まもなく司祭はいとまをつげた。司祭がいなくなるのを待ちかねて、オメーは医者に話しかけた。

「丁々発止の舌戦をお目にかけましたな！　いかがでした、痛烈にくらわせましたろう、たまにはいい薬でさあ！……ところでさっきの話の続きですがね、ぜひとも奥さ

んをオペラ見物に連れて行かれることですな。先生も今生《こんじょう》の思い出に、あんちくしょう、くそ坊主めを歯ぎしりさせておやんなさい、いや、そのためだけでも行く価値がありますよ。私だって、薬局の留守番さえ見つかりゃあ、先生ご夫妻のお伴をしたいくらいなものです。うかうかしちゃいられませんよ！　なにしろラガルディーが歌うのは一日きりってことです。たいしたギャラでイギリスへ呼ばれているんだそうですから。噂《うわさ》によればそうとうなしたたか者のようですな！　金は掃いて捨てるほどある！　どこへ行くにも情婦《おんな》を三人と料理人をひとり連れて歩く！　ああいう大芸術家ともなると、きまってむちゃくちゃな浪費家で、ご乱行がつきものだっていうのも、やはりなにがしか想像力をかき立てるようなものが生活に必要なんでしょうな。しかし連中は若いときに勤倹節約の心がけがなかったたたりで、行く末は施療院で死ぬようなことになるんですな。では、晩のご飯をおいしく召しあがれ。また明日！」

こうしてオメーが種をまいたオペラ見物の計画は、ボヴァリーの頭のなかに順調に芽ばえたらしく、彼はさっそく妻にその話をした。エンマは最初は、やれ疲れるの、出かけるふんぎりがつかないの、金がかかるのとごねたが、今度にかぎってシャルルはゆずらなかった。それというのもこの気晴らしが妻の健康によいにちがいないと信じていたからである。なんの差しつかえもないではないか。母親からは当てにしていなかった金を三百フランも送ってきたし、月々の払いはたいした額ではなし、ルールーに支払う手形の期限はまだまだ先の話だから気に病むことはない。それにシャルルは妻がいらぬ遠慮をしていると思うものだから、ますますしつこくすすめた。しまいにはエンマもうるさくなって承知した。そこで、さっそくその翌日の朝八時にふたりは「つばめ」に乗って出発した。

薬屋は、何もさしたる用事があるわけでもないのに、ひとりでかってに村から動けないものと決め込んで、ふたりを見送りながら溜息をついた。

「では、お気をつけて！　まったくうらやましいご身分だなあ！」

それから、裾《すそ》に四段のレース飾りのある青い絹のドレスを着たエンマに向かって、

「なんとまあお美しい！　ルーアンの連中が『目をまわす』こと疑いなし！」

乗合馬車はボーヴォワジーヌ広場の「赤十文字」旅館にとまった。これは地方都市の場末ならどこにでも見かけるような安宿で、大きな廐《うまや》に小さな客室、裏庭の真ん中には雌鶏の群れが、旅商人の乗る泥《どろ》まみれの幌《ほろ》馬車の下で燕麦《からすむぎ》をついばんでいようという気楽な宿、――虫の食った木のバルコニーを張り出させ、冬の夜さりは建物全体が風にきしむといった古宿だった。いつも客が立て込んで、騒々しく飲み食いし、真っ黒によごれたテーブルはコニャック入りコーヒーがこぼれてべとべとしている。厚ぼったい窓ガラスは蠅《はえ》の糞《ふん》で黄色く染まり、しめったナプキンには安ぶどう酒のしみがついている。背広を着込んだ作男同様、めかしてはみても田舎《いなか》くささは隠せず、表通りはコーヒー店でも、裏手はそのまま野良《のら》つづきで野菜畑がある、そういったたぐいの宿屋だった。シャルルは着くといきなり飛び出して入場券を買いに行ったはいい

が、舞台脇桟敷《さじき》席と並等席、平土間席と正面桟敷席とを混同する始末で、いろいろ説明してもらったがさっぱりわからず、窓口から支配人のところへまわされ、それからいったん宿へ帰ってはまた出直すというようなことを繰りかえし、劇場から大通りの広場までのあいだを何べんとなく往き来した。

　夫人は帽子と手袋と花束を買った。旦那のほうは開幕におくれはすまいかと今度はそればかりが心配で、スープを飲むのもそこそこに劇場の玄関へ駆けつけると、扉はまだしまっていた。

15

　つめかけた観客は正面玄関の左右、壁ぎわの柵《さく》のあいだに列をつくって待っていた。近くの町かどごとに、ばかでかいポスターが貼《は》られ、「『ランメルモールのリュシー』(53)……ラガルディー……オペラ」などの同じ文句が珍妙な字体で書かれてあった。よい天気で、暑かった。汗は人々のカールさせた髪の毛のなかを流れ、手に手に取り出されたハンカチは、赤くほてった額をぬぐっていた。しめった川風が、ときどきむっと吹きつけて、酒場の入口に張ったズックの日よけテントの縁《へり》をかすかにそよがせた。しかし、もっと川岸寄りのほうへ行くと、ひんやりした風が肌《はだ》に涼しく、同時にグリースや革や油のにおいがした。それは、暗い大倉庫が立ちならび、人夫が樽《たる》をころがしているシャレット通りから来る臭気だった。

エンマはあまり早くから桟敷にはいって笑われるのをおそれて、入場する前に河港のあたりをひとまわり散歩したいと言った。するとボヴァリーはまたえらく用心して、ズボンのポケットのなかで切符をしっかり握りしめ、おまけに握ったその手を下腹に押し当てた。

玄関へはいったとたんにエンマの胸はたかなった。自分は「二階指定席」への階段をのぼって行くのに、一般群衆は別の廊下から右手のほうへわれがちにと突進する、そのさまを見て思わず得意の笑いがこみあげてきた。布張りのどっしりしたドアを指で押すのも、たあいなくうれしかった。通路のほこりっぽいにおいも胸いっぱい吸い込んだ。そして自分の桟敷にすわったときには、公爵夫人のように場慣れした様子で、すいと背を延ばした。

場内は満員になりはじめた。ケースからオペラ・グラスを取り出す者、遠くから見つけ合って会釈《えしやく》をかわしているのは劇場《こや》の定連でもあろう。彼らは芸術のうちに商売の憂さをはらしに来ながらも「取引き」を忘れず、またしても木綿や標準酒精や藍《インディゴ》染料の話をしている。老人の顔も見える。みな無表情で、もの静かに、髪も顔も白っぽく、鉛の蒸気でいぶした銀メダルのようだった。若いハイカラ連中はチョッキの胸もとに桃色や薄緑色のネクタイをひけらかしながら、「平土間」を濶歩《かつぽ》していた。そしてボヴァリー夫人は、彼らが黄色い革手袋をぴったりはめた手を、細身のステッキの金の握りにそえている伊達《だて》姿を、二階からあかずながめ入った。

やがてオーケストラ席のろうそくがともった。シャンデリアが天井からさがってきて、ガラスの切子面が燦然《さんぜん》とかがやくと、思いがけないはなやかさが場内にみなぎった。そこへ楽士たちが相次いではいって来た。最初は、調子を合わせる諸楽器の騒音が長々とひびく――チェロはうなり、ヴァイオリンはきしり、トランペットはかん高く叫び、フリュートやフラジオレットはぴよぴよ鳴いた。しかし舞台に拍子木の音が三つ聞こえると、ティンパニの連打がはじまり、金管群はいっせいに咆哮《ほうこう》し、幕がするするとあがって、一つの景色が現われた。

それは森のなかの四つ辻《つじ》で、左手には柏《かしわ》の木陰に泉が見える。碁盤縞《ごばんじま》のマントを肩にかけた農夫や貴族が猟の歌を合唱している。突然、一人の士官が現われ、両腕を高々と差し上げて悪魔に祈りをささげる。また別の男が出て来る。ふたりが退場すると、猟人たちはまた歌い出す。

エンマは娘時代の思い出の小説の国へ、ウォルター・スコットの世界のまっただなかに帰った。立ちこめる霧のかなたに、ヒースの荒野にこだまするスコットランドの風笛の音が聞こえてくるようだ。それに、忘れもしない小説の筋だったから、(54)脚本の運びもよくわかる。彼女は一句一句劇の展開をあとづけていった。しかし胸によみがえるとらえがたい思いのかずかずは、音楽の突風にたちまち吹き散らされた。彼女はメロディーに揺られるままに身を任せ、まるでヴァイオリンの弓が彼女の神経をじかにこすってでもいるかのように全身をわななかせた。さまざまな衣裳や舞台装置や登場人物、人が歩くと揺れる書き割りの立ち木、ビロードの帽子、マントや剣など、すべてこれらの空想の所産は、この世ならぬ雰囲気のなかに音楽の快い調べに乗って動き、エンマは目がいくつあっても足りない思いだった。が、今やひとりの若い女が進み出ると、緑衣の従者に財布を投げ与えた。舞台はこの女ひとりになった。すると、わき出る泉のささやきのような、また小鳥のさえずりのようなフリュートの弱奏が聞こえて、リュシーは荘重にト長調のカヴァチナを歌いはじめた。彼女は恋を訴え、翼をもとめた。エンマも同じ思いにひたった。憂き世をのがれて、抱擁の別世界へと飛び去りたかった。と、そこへ突然、今夜のエドガール役でしかもその名もエドガール・ラガルディーが現われた。

彼は、生来情熱的な南仏人の顔に一面大理石のような冷厳のおもむきをそえるあのまばゆいばかりの色白さを持っていた。そのたくましい体軀《たいく》を褐色の胴衣にぴっちりと包み、鞘《さや》に彫金をほどこした短剣を左の腿《もも》の上につって、彼は白い歯を見せながら悩ましげに視線をさまよわせていた。噂によれば、彼はもとビアリッツ（南仏ビスケー湾の保養地）の海岸でランチの修理工をしていたのだが、たまたまある晩彼の歌声を聞いたポーランドのさる公爵夫人が彼にすっかり血道を上げ、彼のために身代限りまでした。しかるに彼はこの女をあっさりおっぽって、ほかの女たちをつぎつぎに追ったという。この艶聞《えんぶん》は彼の芸術家としての評判を高めこそすれ傷つけはしなかった。おまけに、処世の術にたけたこの旅役者は、自分の肉体的魅力と多情多感な心ばせとを謳《うた》った詩的な文句をたくみに広告文のなかに織り込む用意をつねに忘れなかった。美声に加えて堂々たる押し出し、知性よりはむしろ熱っぽさ、しめやかな抒情よりはむしろ表現のどぎつさを看板とすることなどが、床屋ないしは闘牛師めいたこの男の驚くべき香具《や》師《し》根性を、このうえなく引き立てておおせていた。

彼は初手から観客を熱狂させた。リュシーをかきいだくかと思えば、歩み去り、また取って返す。絶望の極とおぼしく、怒りの叫びをあげたが、やがてそれは惻々《そくそく》と胸をうつ憂いのうめきと変わった。そしてその歌声はむせび泣きと口づけに満ちて、彼のあらわな喉《のど》をもれた。エンマは桟敷《さじき》席のビロードに爪を立てながら、身を乗り出して彼を見ようとした。吹きすさぶ暴風雨《あらし》をついてかすかに聞こえる難船者の叫びのように、コントラバスの伴奏に乗ってなよなよと歌いつづけられる愁訴の声を、エンマは胸いっぱいに受けとめた。エンマは過日自分がそのために危く死にかけた陶酔と苦悩のすべてをそこに認めた。リュシーの歌声は自分の心の反響としか、そして心奪うこの幻影は自分の生活の一部としか思えなかった。しかし、エドガールのような激情をこめて愛してくれた人はまだひとりもない。最後の夜、月光のもとで「じゃ、明日《あした》、明日ね！……」と言いかわしたときも、あの人はエドガールのように泣いてはくれなかった。喝采《かっさい》の声がどっと場内をゆるがせた。幕切れの終曲《ストレッタ》全部が繰りかえされ、恋人同士はふたたび彼らの墓の花や、誓いや、流謫《るたく》や、宿命や、希望について語り合った。そしてふたりがいよいよ最後の別れを告げたとき、エンマは思わず「ああ」と鋭く叫んだが、それは楽の音《ね》の最後のふるえに溶け込んで消えた。

「どうしてあの貴族はあの女をいじめてばかりいるのかね」とボヴァリーがきいた。

「ちがいますよ、あれがリュシーの恋人なんですよ」とエンマは答えた。

「妙だな、あの男は女の家族に復讐《ふくしゅう》するんだっていきまいていたし、さっき出て来たもうひとりの男は『私はリュシーを愛している。リュシーも私を愛していると思う』と言っていた。それにあとのほうの男は女の父親と親しげに腕を組んで立ち去ったじゃないか。あれがたしかに父親なんだろう、帽子に雄鶏の羽根をつけていたあのはえない小男が？」

エンマがいろいろと説明してやったにもかかわらず、従者のジルベールがその憎むべき悪だくみを主人アシュトンにさずける掛け合いの叙唱《レシタティイーヴォ》がはじまったとき、シャルルは、リュシーをあざむく贋《にせ》のエンゲージ・リングを見て、それはてっきりエドガールがリュシーに贈る恋のかたみだと思い込んだ。もっともシャルルは――こう音楽がやかましくちゃあ台詞《せりふ》の邪魔にばかりなって――話の筋がどうにもわからないのだと白状した。

「わからないならわからないでいいじゃありませんか。静かにしてらっしゃい！」とエンマは言った。

シャルルは妻の肩に身を寄せて、「いや、おれはわからないじゃあすませられない性分でね」。

「しいっ！　黙って！」と彼女は眉《まゆ》をひそめて言った。

髪にオレンジの花かずらをつけ、ドレスの白繻子《しろじゅす》よりもなお蒼白《そうはく》な顔色のリュシーが、侍女たちにささえられるようにして進み出た。エンマは自分の結婚式の日を思い出した。あの田舎の麦畑のなかの小道を、皆といっしょに教会へと歩いて行った自分の姿が目に浮かんできた。どうしてあのときリュシーと同じように反抗し、哀願しなかったのだろう。それどころか自分は奈落《ならく》の底へ落ち込もうとしているとも知らず、ただ喜んでいたのだった……ああ！　初々《ういうい》しい美しさがまだ自分のものだったあのころ、結婚生活のけがれも、邪恋の幻滅も味わい知らぬ青春の日に、もしもだれか大きな強い心を持った人の手に自分の一生を託することができたとしたら、そのときこそ貞操も愛情も快楽も義務もおのずと分かちがたく溶け合って、その幸福の絶頂からついに一歩も降り立つことはなかったろうに。しかしそうした幸福も、ことによったら、人間のすべての欲望が現実ではとうていかなえられないがゆえにこそ編み出された嘘《うそ》なのではなかろうか。彼女は今では情熱のむなしさを、そしてその本来むなしい情熱を芸術がいかに針小棒大に描き出すかを知っていた。そこでエンマは舞台の感動にひき込まれないようにつとめながら、ついさっきまで自分の苦悩を如実に再現したかとも思われたこのオペラを、なんのことはない、ただごてごて飾りたてたこけおどしのでたらめとのみ見ようとした。だから彼女は、やがて舞台の奥からビロードの帳《とばり》を押しわけて黒マントの男が現われたときでさえ、ひそかにさげすむような憐《あわ》れみの微笑を浮かべたのだった。

その男のかぶっているスペイン風の鍔《つば》の広い帽子は、ふと彼が身ぶりをするはずみに下へ落ちた。それを合図に器楽合奏も歌手たちもいっせいに六重唱にはいった。火をふかんばかりに怒ったエドガールはひときわ朗々たる声で他を圧した。アシュトンは無気味な低音で彼に決闘をいどんだ。リュシーはかん高い哀訴の声をあげ、アルチュールはひとり離れたところに立ってバリトンをひびかせ、牧師のバス・バリトンはパイプ・オルガンのようにうなった。すると今度は女声合唱が牧師の言葉を反復して美しく歌いつづける。彼らはみな一列にならんで身ぶりをしていた。なかば開いた彼らの口から、憤怒や、復讐や、嫉妬《しっと》や、恐怖や、憐憫《れんびん》や、驚愕《きょうがく》が同時にほとばしり出た。屈辱の恋人エドガールは抜き身の剣を振りまわす。と、レースの襟飾りは胸が動くにつれて激しく上下した。踝《くるぶし》のところがふくらんだ柔らかい長靴の金めっきした拍車を舞台の床《ゆか》に鳴らしながら、彼は大股《おおまた》に歩きまわった。この男がこんなにもたっぷりとありあまる愛の思いを観客の上にばらまいているところを見ると、さだめし彼の胸のなかには無限の愛のたくわえがあるにちがいないとエンマは考えた。こうしてこの役の与える詩的な情緒にひき入れられるにつれて、先刻のオペラなど子どもだましだといった気分もいつしか消えた。そして役柄によって夢をそそられた彼女は、やがて役を演ずる俳優その人の上にまで思いをはせ、彼の日ごろの生活を想像してみようとした。それは世間周知の非凡なすばらしい生活である。だが彼女だってその同じ生活を、もし運命が許しさえしたら送れたかもしれないのだ。自分はあの人と知り合い、愛し合ったかもしれないのだ！　あの人と手に手をたずさえてヨーロッパじゅうの国々を、都から都へと旅しつづけ、あの人の疲れも誇りもともに分かち合い、あの人に投げられる花を拾い、あの人の舞台衣裳を手ずから刺繡《ししゅう》することもできたかもしれないのだ。そして夜ごと劇場の桟敷《さじき》の奥、金色の仕切り格子に身を寄せて、自分だけのために歌ってくれるあの人の魂の声に恍惚《こうこつ》と聞きほれたかもしれないのだ。あの人はきっと歌いながらも舞台から自分のほうを見つめてくれるだろう。そこまで空想したとき、狂気に似た思いが彼女をとらえた。今、げんにあの人は私を見つめているではないか！　そうだ、まちがいない！　彼女は駆け出して行って彼の腕に身を投げ、恋愛そのものの権化《ごんげ》のような力強い彼の胸のなかにかくまってもらいたかった。そして言いたかった、叫びたかった、「わたしをさらってちょうだい、連れて逃げてちょうだい、さあ行きましょう！　わたしの燃える思いも、遠いあこがれもみんなあなたにささげます、みんなあなたのものです！」と。

幕がおりた。

石油ランプのにおいが人いきれに交じっていた。扇子の風が空気をいっそう息づまるようにしていた。エンマは外へ出ようとしたが、廊下もいっぱいの人波だった。胸をしめつけるような動悸《どうき》がして、エンマはまた椅子にくずおれた。シャルルは、彼女が卒倒するのではないかとうろたえて、アーモンド水を買いに食堂へ走った。

席へもどるのが大骨折りだった。コップを両手でささげ持っているので、張った両肱が一歩ごとに人にぶつかった。あげくのはては袖の短いドレスを着たルーアン女の肩へ、コップの中身を半分以上ぶちまけてしまった。女は冷たい水が腰へ流れ込むので、殺されでもしたかのように、孔雀《くじゃく》のような叫び声をあげた。亭主の紡績工場主はこの粗忽《そこつ》者にむかっ腹を立て、細君が桜色タフタのみごとなドレスについたしみをハンカチでふいているあいだじゅう、損害賠償だの、費用だの、弁償だのといった言葉をぶつくさつぶやいていた。やっとのことで妻のそばへたどりつくと、シャルルははあはあ言いながら、

「いやはや、行ったきりで帰れないかと思ったよ！　えらい人混みだ！……たいへんなもんだ！……」

そして彼はつけ加えた。

「階上《うえ》でだれに会ったと思う？　レオン君だよ！」

「レオンさん？」

「そうなんだ。すぐにおまえに挨拶《あいさつ》に来るって言ってた」

その言葉が終わらないうちに、ヨンヴィルの元書記が桟敷《さじき》へはいって来た。

レオンは貴族のような鷹揚《おうよう》さで手を差しのべた。ボヴァリー夫人はとっさに気をのまれたかたちで、思わず手を出した。この人の手を握るのはあの春の夕暮れ以来のこ

とだ。青葉が雨にぬれていたあの宵《よい》、ふたりは窓べに立って別れをかわしたのだった。だがエンマはすぐに場所柄をわきまえ、こうした追憶のぬるま湯にひたろうとする心をひと思いに振り払い、急きこんで《せ》どもりがちな言葉を口にのぼせはじめた。

「まあ、お久しぶり……でも、どうして！　あなたがここに？」

「しいっ！」と平土間から声があがった。第三幕がはじまりかけているのだった。

「では、ルーアンに今おすまいですの？」

「ええ」

「いつから？」

「出てゆけ！　出てゆけ！」

皆が彼らのほうをふり向いた。ふたりは黙った。

しかしそれ以後もうオペラは彼女の耳にはいらなかった。結婚式に招かれた客たちの合唱も、アシュトンとその従者の場も、ニ長調の大二重唱も、まるで楽器の音はかすれ、人物も後退したかのように、すべては彼女にとって遠い世界へと移行した。彼女は薬剤師の家でのトランプや、乳母の家への散歩を、また青葉棚の下の読書、炉ばたの差し向かいなど、あんなにもしめやかに、つつましくもまた優しく、細々とつづいたあの哀れな恋を、そのくせ今まで忘れてしまっていたあの恋のすべてを思い出した。この人はなぜふたたび姿を現わしたのだろう？　どういうまわり合わせでこの人はこうしてまた自分の生活のなかに立ち返って来たのだろう？　そのレオンは桟敷の仕切りに肩をもたせながら、彼女の後ろに立っていた。ときどき、なま暖かい鼻息が髪の毛にかかるのを感じて彼女はおののいた。

「いかがです、おもしろいですか」とレオンはきいたが、エンマの顔の間近までかがみ込んだので、口ひげの先が彼女の頰にふれた。

エンマはつまらなそうに答えた。

「いいえ、たいして」

するとレオンは、劇場を出て、どこかへ氷菓子を食べに行こうと誘った。

「いや、まだまだ！　もっと見てゆきましょう！」とボヴァリーは言った。「あの女、髪を振りみだしたところを見ると、いよいよこれからが見せ場らしい」

しかし狂乱の場はエンマにはつまらなく、プリマドンナは演技過剰に思われた。

「あんまり絶叫しすぎるわ」と彼女はシャルルのほうを向いて言った。シャルルはここぞとばかり聞き耳を立てている。

「うむ……そういえば……多少そうかな」正直楽しい気持と、妻への気がねとにはさまれて、シャルルはどっちつかずに答えた。

やがてレオンは溜息をついて、

「いや、こう暑くちゃあ……」

「たまりませんわ！　ほんとうに」

「おまえ、気分がよくないのかい」とボヴァリーがきいた。

「ええ、息がつまりそうよ、出ましょう」
レオンは長いレースの肩掛けを、慣れた手つきで彼女にかけてやった。そして三人は連れだって、河港にのぞんだコーヒー店のガラス張りの前、外店《テラス》の席に腰をおろした。

最初はエンマの病気の話が出た。しかしエンマは、そんな話はレオンさんにはご退屈よと言って、何度かシャルルをさえぎった。それからレオンが、パリとノルマンディーとでは事務のやり方もしぜんちがうので、こちらのやり方に習熟する目的でルーアンへやって来た、ある大きな事務所に二年計画で勤めているのだとふたりに語った。ついでベルトのことや、オメー一家のこと、ルフランソワの女将《おかみ》のことをたずねた。が、エンマもレオンも、夫のいる前ではそれ以上何も話すことがなかったから、やがて話はとだえた。

オペラがはねた帰りの人たちが「おお麗《うるわ》しの天使、わがリュシー！」と、低声《こごえ》に口ずさみ、また大声にわめきたてながら歩道を通って行く。するとレオンは趣味人(56)を気どって、音楽論をはじめた。タンブリーニもルビーニもペルシアーニもグリージーも見たが、そこへゆくとラガルディーなんぞはただやたらと大げさなだけで比較にならないと言った。

「お言葉だが」とシャルルはラム酒入りのシャーベットをなめなめ異議をとなえて、「ラガルディーは幕切れの場では文句なしにすばらしいという評判ですよ。終わりまで見ないで出たのはなんとしても心残りだ。やっとこれからというところだったのに」

「なに近々またやるそうですよ」と書記は答えた。

しかしシャルルは、自分たちは明日はもう帰る予定だと言った。そして妻のほうを振りかえって、

「それとも、おまえだけ残ることにするか」とつけ加えた。

そういう意外な風向きとなったので、レオン青年はひそかな望みをとげる好機いたれりとばかり、とっさに前言をひるがえして終幕のラガルディーを絶讃しはじめた。いや、なんというか、たいしたものだ、崇高のきわみだ[57]！　するとシャルルは手もなくあおられて、

「おまえは日曜に帰ればいい。ぜひ、そうしなさい！　少しでも体にいいと思ったら、ためらうことはない」

いつのまにか、あたりのテーブルが空《から》になっていた。ボーイがそっと来て、彼らのそばに立った。シャルルはそれと悟って財布を取り出した。すると書記はシャルルの腕をおさえて勘定を払ったばかりか、ぬかりなく銀貨を二枚テーブルの大理石の上に投げ出した。

「これは困る、いやまったく済まん、あなたに払っていただいたりしちゃ……」とシャルルはもごもご言った。

相手は、何をおっしゃると言いたげな気さくな身ぶりをして、帽子を手に取ると、

「では明日の晩、六時に」

シャルルは自分のほうは予定があるからと重ねて断わった。が、家内が残るのはべつに……

「ええ、でも……わたしどうしようかしら……」とエンマは口ごもったが、顔は意味ありげに笑っていた。

「じゃ、まあとっくり考えるさ。明日になりゃ決心がつくだろう。ことわざにもいうとおり、一晩おいて思案せよだ……」

それから、いっしょに歩いているレオンに向かって、

「これからはまたお近くになったんだから、たまには夕食でもやりに来てください」

書記は、ヨンヴィルへは事務所の用事で行くついでもあることだし、近いうちにかならず参上しますと約束した。そして彼らは、大聖堂の鐘が十一時半を打つのを聞きながら、サン＝テルブラン通りの前で別れた。

第3部

1

レオン君は、法律の勉強のあいまには「ラ・ショーミエール」(58)へもそうとうに精勤し、浮気な女工さんたちからやいのやいのと騒がれもした。「品がいい」という、もっぱらの評判だった。事実レオンほどまっとうな学生もいなかった。髪は伸ばしすぎもせず、刈り上げすぎもせず、月のついたちに三ヵ月分の仕送りを使い果たさず、教授連にもいたって受けがよかった。放蕩《ほうとう》などは、気が小さいところへもってきてお淑《しと》やかだから、いつも差しひかえた。

部屋にこもって読書しているときとか、夕方、リュクサンブール公園の菩提樹《ぼだいじゅ》のかげに腰をおろしているときなど、しばしば手にした法典をとり落とす。と、エンマの思い出がよみがえった。エンマをなつかしむこの感情もしだいにうすれはした、そしてほかの幾多の欲情がその上に積み重なった、しかしやはりその感情は底のほうに根強く残存した。それというのもレオンはエンマに対する恋の望みをまったく絶ったわけではなかったからである。彼にとっては、おぼろげながらひとつの見込みのようなものが、夢の国の葉かげに揺れる黄金の果実さながらに未来のかなたに揺曳《ようえい》しつつ、なおも存在したのである。

さて、三年ぶりにめぐり会ってみると、彼の情熱はふたたび燃えさかった。いよいよこの女をものにするのだ、と彼は考えた、断固その決意を新たにすべきときが来た。それに、彼の生来の内気さも学生仲間の悪ふざけを通じて一皮むけた。かくて彼は、パリの大通りのアスファルトをエナメル革靴でふんだことのない人間どもすべてを軽《けい》蔑《べつ》しながら、田舎へ帰って来たのだった。勲章をぶらさげ自家用の馬車を持つ知名の医家の客間で、レースずくめのパリ女の前に出ては、この一介の貧乏書記、子どものようにふるえもしたろう。だが、ここ、ルーアンの桟橋ぎわで、こんな村医者の細君が相手なら、いささかも動ずることはない。はなから上手《うわて》に出て有無《うむ》を言わさぬ自信たっぷりだった。くそ落ち着きも場所がらしだいというもの。アパルトマンの中二階と五階とでは、ものの言い方からして違う。金持の女ともなればその貞操を守るべく、体のまわりコルセットの裏に、札びらのありったけを鎧《よろい》のように着込んでいるとしか見えぬ。

前夜、ボヴァリー夫妻と別れたのち、レオンは町なかを遠くからふたりのあとをつけ、ふたりが「赤十字」旅館の前で止まったのを見とどけてから自分の下宿にとって返し、それから徹夜で計画を練った。

明けて翌日の夕方五時ごろ、彼は「赤十字」の調理場へはいって行った。喉《のど》をつまらせ、頬を青くし、臆病者が何かを思いさだめたときのあの不退転の決心をいだいて。

「ご主人のほうはお発《た》ちでしたよ」と下男が言った。

まずはこのひと言に気をよくして、彼は二階へあがった。

彼が現われたのを見てもエンマは取りみださなかった。それどころか、投宿先を言い忘れたのを申しわけながった。

「いや、たぶんここだろうと思いましたよ」とレオンは答えた。

「なぜですの？」

レオンは、なんとはなし、勘に導かれてここをさがし当てたのですと言い立てた。エンマは笑い出した。ばかなことを言ったと気づいて、レオンはさっそく、じつは午前中かかってルーアンじゅうの旅館を軒なみに当たってみたのですと訂正した。

「ではお残りになることをお決めになったのですね」と彼は語をついだ。

「ええ、でもやっぱり悪かったと思いますの。用事に追われている人間が、柄にもない遊び癖なんかつけるのはいけないことですわ」

「なにも、そんな……」

「いいえ、あなたは女ではいらっしゃらないから、おわかりにならないのです」

しかし男だからといって悩みを知らないわけではないと彼は言い、抽象論で会話がはじまった。エンマは地上の愛のはかなさや、人の心がついに抜け出るすべもない永遠の孤独について大いに語った。

わざと気取ってか、それともついエンマの憂鬱《ゆううつ》ぶりに釣り込まれてそのひそみにならったものか、レオンはパリ遊学の間じゅう、はなはだしい倦怠《けんたい》に悩みとおしたと言った。訴訟手続の勉強などはただもうわずらわしく、自分にはほかの天職があるのではないかと迷ったこと、そこへまた母親は手紙をよこすごとに、うるさく彼を責め立てたことなどを語った。こうしてふたりは、いつしかお互いの悩みの動機を具体的に話すようになり、話すにつれて、ふたりともしだいに深まるこの打ち明け話に少しずつ熱を上げていった。しかし、ときには正直に打ち明けかねる思いもあった。そうなると、それでもなんとかその思いを別の言いまわしで伝えようとつとめるのだった。けっきょくエンマはあだし男を恋したことは告白しなかったし、レオンも彼女を忘れていたとは言わなかった。

おそらくレオンも、舞踏会のあとで、荷揚げ人足に仮装した女たち(59)に夜食をおごったことなどもう忘れていたろうし、エンマのほうでも、早朝、草をふんで男の邸《やしき》へ駆けつけた、あのかつてのあいびきのことなどは思い出さなかったにちがいない。町なかのざわめきはほとんど聞こえてこなかった。そしてこの部屋は、ふたりきりの孤絶感をことさら際立《きわだ》たせるために、わざと小さく造られているように思えた。エンマは綾織《あやおり》の部屋着をまとい、古びた肱掛椅子の背に束ね髪をもたせていた。黄色い壁紙も彼女の後ろにあっては金色の背景かと見えた。姿見が彼女のあらわな髪をうつして、真ん中の白い分け目や、鬢《びん》の下からのぞいている耳朶《みみたぶ》を見せていた。

「まあ、ごめんなさい」と彼女は言った。「いけませんでしたわね！　愚痴ばかりお聞かせして、おいやだったでしょう！」

「どういたしまして！　いやだなんてそんなこと！」

「わたしがどんな夢を見ていたか、ほんとに全部わかっていただけたら！」と、涙がさしぐむ美しい目を天井に向けながら、彼女は答えた。

「それじゃあ僕はどうでしょう！　ああ、僕だってずいぶん苦しみました！　しょっちゅう、家を出ては歩きまわりました。河岸《かし》通りをさまよいました。群衆のどよめきに心をまぎらせようとしました。でもだめです、どこまでも僕の心につきまとう思いを追い払うことはできませんでした。大通りの版画屋に、詩の女神を描いたイタリアの版画がありました。その女神はゆるやかな衣をまとい、ほどいた髪に勿忘草《わすれなぐさ》を挿《さ》して、月をあおいでいます。僕はなんとはなしに引きつけられる思いで、たえずその画を見に行ったものです。そして何時間もそこに立ちつくしていました」

それから、ふるえる声で、

「その女神にはどこかあなたの面影があったのです」

ボヴァリー夫人は、うれしさに思わず口もとがほころぶのを感じながら、それを相手に見られまいとして顔をそむけた。

「あなたに手紙を書いては破り捨てたことも何度かありました」とつけ足す。

エンマは答えなかった。レオンはなおもつづけて、

「ときには、偶然の導きであなたにお会いできるかもしれないとも思いました。ふと町かどであなたのお姿をお見かけしたような錯覚をいだいたこともあります。辻馬車の昇降口にあなたのに似たヴェールやショールがひらめいているのを見れば、かならずそのあとを追って走ったものです……」

エンマは彼に言いたいだけのことを言わせておくつもりらしかった。腕を組み、伏し目になって、部屋履《ば》きの花結びにしたリボンの飾りを見つめていた。そしてときどき、繻子《しゅす》の布のなかで、足の指を小さく動かした。

やがて彼女はほっと溜息をついて、

「でも、何が悲しいといって、今のわたしのように、無用な生活をずるずるべったりにつづけていることほど悲しいことはありませんわ。わたしたちの苦しみがせめても人の役に立つものならば、犠牲だと思ってあきらめもしましょうけれど！」

そこでレオンは美徳と義務をたたえ、無言の犠牲を讃美しはじめた。彼自身、どうにもならない献身の欲求をもてあましているのだと言った。

「わたし、施療院の尼さんになれたらと思いますわ」と彼女が言った。

「ああ！　男にはそういう神聖な使命がないのは悲しいことです。望ましい職業といってもどこにもない……そう、医者ぐらいなものでしょうか……」

エンマはふんとばかりに肩をすくめて彼の言葉をさえぎり、せんだっての病気で死んでしまわなかったことを恨んだ。ほんとに悔やんでも悔やみきれない！　あのとき死んでいれば、今ごろはもう苦しみもなにもなかったろうに！　レオンは打てばひびく呼吸で、「墓の静寂《しじま》」をあこがれ、ある晩のこと、自分は遺言を書いたが、そのなかに、自分の亡骸《なきがら》はぜひともあの美しい膝掛けに、彼女からもらったあのビロード縁《べり》の膝掛けにくるんで埋めてほしいと指定したとさえ言った。まさしくふたりは、そうもありたかった自分たちの過去の姿をしのんでいた。ふたりともおのおの理想の像を夢みては、いまさらにその像に合わせて彼らの過去の生活を裁断しようとしているのだった。しかもそれを口に出すとき、言葉というものは常に感情を引き延ばすローラーの働きをする。

しかし、この膝掛けの作り話を聞いては、さすがにエンマはたずねずにはいられなかった。

「まあ、どうしてですの？」

「どうしてって？」

レオンはためらった。

「あなたを心からお慕いしていたからです！」

やっと言いにくい言葉を口に出せたのにほっとして、レオンは横目づかいに彼女の顔色をうかがった。

彼女の顔は一陣の風が雲を吹き払った空のようだった。青い目に暗いかげを落としていた憂いの思いの集積が、みるみる溶けるかと見えて、顔全体がさっと輝いた。

レオンは待っていた。ついに彼女は答えた。

「ああ、やっぱりそうでしたのね……」

そしてふたりは、今しもその喜びや悲しみを互いにひと言のうちにこめて明かし合った彼らのはるかな過去の生活の、今度はこまごました出来事のかずかずを語り合った。レオンは牡丹蔓《ぼたんづる》の青葉棚や、彼女の着ていた衣裳や、彼女の部屋の家具、はては彼女の家のすべてを回顧した。

「僕が買ってきたあの仙人掌《サボテン》はどうなりました？」

「この冬の寒さで枯れましたわ」

「ああ、僕はどんなにかあの仙人掌のことを思ったでしょう！　夏の朝、日の光が鎧戸《よろいど》にさすと、昔のままのあの仙人掌が目に浮かんできたものでした……そして花のあいだに見えがくれする、あなたのあらわな両腕が……」

「まあ、おやさしいことを！」と言って彼女は手を差しのべた。

レオンはすばやくその手に唇を押しあてた。そして大きく息をつくと、

「あのころ、あなたは僕にとって神秘なひとつの力でした。僕はその力に全身全霊をとらえられていました。たとえば、一度お宅へお伺いしたときのこと、でも、あなたはきっと覚えてはいらっしゃらないでしょう」

「いいえ、覚えていますとも。で、そのときどうでしたの？」

「あなたはちょうどお出かけになるところで、玄関の次の間の、二階から降りて来る階段のいちばん下の段に立っていらっしゃいました。——青い小さな花のついた帽子をかぶっておいでだったのも覚えています。それから僕は、お誘いを受けもしないのに、ついふらふらと外出のお伴をしたのでした。しかし、歩いて行くうちに、どうしておれはこんな無礼なまねをしたんだろうと、気が重くなるばかりでした。僕は、思いきってお伴をしつづける勇気もなく、そうかといってお別れしたくもない気持で、けっきょく、おめおめおそばを歩いていたのです。そのうちに、あなたはどこかの店におはいりになる。僕は外にいて、あなたが手袋を脱いで台の上で釣り銭の勘定をなさるのをショーウィンドー越しに見ていました。それからあなたはチュヴァッシュの奥さんをおたずねになりました。戸があいて、あなたがはいって行かれたあと、僕はあの大きな重い扉の前で、腑《ふ》抜《ぬ》けのようにたたずんだのでした」

ボヴァリー夫人は、その話を聞くうちに、我ながら年をとったものだと感慨をもよおした。ふたたび眼前に繰りひろげられるこうしたすべての物とともに、彼女の生涯もおしひろげられてゆくかに思われた。それは果てしない感傷の広野をたどり返すようなものだった。そして彼女は小声で、瞼をなかば閉じ、何度か相づちを打った。

「そう、そうだったわねえ！　ほんとうに！　そうだったわ……」

ふたりはボーヴォワジーヌ街近辺の方々の大時計が八時を告げるのを聞いた。この界隈《かいわい》は学校の寄宿舎や教会や無人の大邸宅がたくさんあるのだ。ふたりはもう話をやめていた。しかし、じっと互いに顔を見合っていると、見かわす瞳と瞳からある響きが鳴り出るかのように、頭のなかにかすかなさざめきが感じられた。ふたりはいつしか手を握り合っていた。過去も未来も、追憶も夢も、すべてはこの甘い酔い心地のなかに溶けこんでいた。夜闇《よやみ》の色は部屋の四壁に濃くなっていったが、なおも壁には、なかば闇のなかにひたりながら、四枚の版画のどぎつい彩《いろど》りが光っていた。『ネールの塔』(60)の四つの場面を描いた版画で、下のほうにスペイン語とフランス語とで説明が書いてあった。上げ下げ窓をとおして、尖《とが》った屋根のあいだに黒い空の一角が見えていた。

エンマは立ち上がって、簞笥《たんす》の上の二本のろうそくをともした。そしてまたもとの椅子に腰をおろした。

「で？……」とレオンが言った。

「で？……」とエンマも答えた。

レオンが話の接穂《つぎほ》を考えていると、そこへ彼女のほうから言った。

「今まで、あなたのような気持をわたしに語ってくれた人がだれもなかったのは、どうしてなのでしょう？」

それは、こよなく清らかな天性は理解されにくいものだからですと、書記は抗議するように強く言った。しかし彼だけは例外で、最初の一目で彼女を愛したのだという。

もしも運命の恵みにあやかって、ふたりがもっと早く出会えて、互いに偕老同穴《かいろうどうけつ》をちぎることができたのだったら、どんなにか幸福だったろう、それを思うとくやしくて、居ても立ってもいられぬ思いだと言った。

「わたしもときどきそれを考えましたわ」とエンマが答えた。

「ああ、すばらしい夢だ！」とレオンがつぶやいた。

そして、彼女の長く垂れた白地の帯の、青い縁どりをそっとまさぐりながら、

「新規まきなおしをしてはいけないというわけがあるでしょうか……」

「いえ、それはいけません！」と彼女は答えた。

「わたしはもう年をとりすぎました……あなたはまだお若いわ……どうかわたしのことなんか忘れてちょうだい！　あなたを愛するひとはこれからもいくらだっていますわ……そのひとたちを愛してあげなさい」

「あなたを愛するようなわけにはいきません！」と彼は叫んだ。

「わからずやさん！　さあ、おりこうにしましょうね！　お願い！」

彼女はふたりの恋のしょせんかなわぬ道理を説いた。そしてふたりは昔どおり、ただ姉弟のように睦《むつ》み合うだけにしなければならないと言い聞かせた。

それは、はたして彼女の本音だったろうか。彼女自身にもおそらくほんとうのところはわからなかったろう。彼女は男を自分に引きつける楽しさと、しかもあくまで身を守る必要とにすっかり心をうばわれていた。で、しんみりとやさしい眼差《まなざし》で青年を

見つめながらも、彼がふるえる手でこころみる遠慮がちな愛撫をそっと押しのけた。

「ああ、ごめんなさい」と彼は身を引きながら言った。

この気弱さを見て、エンマははじめて淡い危惧《きぐ》の念をおぼえた。ロドルフがかつて両手をひろげて進み寄って来たときの大胆さ以上に、レオンの内気さは彼女にとって危険だった。男がこんなに美しく見えたことはなかった。いとも気高いあどけなさが彼の挙措《きよそ》からにおい出ていた。彼は反った長い睫毛《まつげ》を伏せていた。なめらかな頰の肌はほんのりと赤らんでいる——あれは、と彼女は思った、わたしの体が欲しいからなのだ。エンマはその頰へ唇を持ってゆかずにはいられない欲望を感じた。そこで時間を見るようなふりをして置時計のほうをのぞき込みながら、

「あら、もうこんな時間かしら！　ついおしゃべりをしてしまいましたわね！」

レオンは謎《なぞ》をさとって帽子を取りに立った。

「オペラも忘れていましたわ！　そのために主人はわたしを残して行ってくれたのですのに！　グラン゠ポン通りのロルモーさんが奥さまとごいっしょにわたしを連れてってくださるはずでしたの」

もうこれで機会はない、明日は帰らなければなりませんから、とエンマが言うと、

「ほんとに？」とレオンがきいた。

「ええ」

「でも、僕はぜひもう一度あなたにお目にかからなければなりません。お話ししたい

ことがあるのです……」

「どんなこと？」

「それは……重大な、生きるか死ぬかのことなんです。そうです、あなたはお発《た》ちになりはしません。そんなはずがない！　ああ、わかってください……聞いてください……あなたはそれでは僕の気持をわかってくださらなかったのですか。察してはくださらなかったのですか……」

「察するもなにも、ずいぶんとお上手《じょうず》におっしゃってるじゃありませんか」とエンマは言った。

「ああ、からかっちゃいけません！　よしてください！　どうか、せめてものことにもう一度会ってください……一度だけ……たった一度だけ！」

「じゃ、いいわ……」

彼女は言いさして、思い直したように、

「でも、ここじゃ困りますわ」

「どこでもけっこうです」

「それでは……」

彼女は思案するふうだったが、やがて短く、

「明日、十一時に大聖堂で」

「わかりました！」と彼はエンマの両手を握って叫んだ。彼女は手を引っこめた。

ふたりともしばらくその場にたたずんだ。レオンはエンマの後ろにいた。と、レオンは顔を伏せているエンマの首筋へ身をかがめると、項《うなじ》に長々と接吻した。

「まあ、いやあねえ！　いけません！　いけません！」彼女は接吻が重ねられるたびに、よくひびく小刻みな笑い声を立てながら言った。

するとと彼はエンマの肩越しに顔をのぞき込んで、彼女の目に承諾の色を探ろうとするようだった。しかし彼女の視線は冷ややかな威厳に満ちて彼の上にそそがれた。

レオンは外へ出ようとして三歩さがったが、戸口で立ち止まった。そしてふるえる声でささやいた。

「では明日《あした》」

彼女はうなずいて応じた。そして小鳥のように次の間へ姿を消した。

その晩エンマは書記にあてて、あいびきの約束を破棄するための長い長い手紙を書いた。何もかも終わったものと考えてください。お互いの幸福のためにもうこれ以上お会いしてはならないのですという趣旨だった。しかし、手紙に封をしてしまってから、さてレオンの住所がわからないので困った。

「渡せばいい。どうせあの人は来るだろうから」と彼女は考えた。

翌日、レオンは窓をいっぱいにあけ放つと、露台に出て鼻歌をうたいながら、自分で靴に光沢《つや》出しを塗って塗って塗りまくった。白のズボンに、上物の靴下をはき、緑色の上着を着込み、ハンカチにはありったけの香水を振りかけた。それから髪にウエーヴをかけさせたが、やはり自然な優雅さのほうがいいと思い返してまた伸ばさせた。「まだ早い！」九時をさしている理髪店の鳩時計をながめながら彼は考えた。月おくれの流行雑誌を一冊読みおえて、外へ出た。葉巻を一本吸い、通りを三筋むだに歩き、やっとそろそろ時間だと見はからってノートル＝ダム大聖堂の前庭へとゆっくり足をむけた。

晴れた夏の朝だった。金銀細工店には銀器が輝いていた。日の光が大聖堂に斜めにさして、灰色の石壁の割れ目をきらきら光らせていた。鳥が群れて、クローバ形の飾りを彫った小尖塔のまわりを、青空に舞っていた。広場は人声もにぎわしく、石畳を敷きつめたその縁《へり》には薔薇《ばら》、ジャスミン、カーネーション、水仙、月下香などの花々が咲きかおっていた。それらの花々のあいだにはところどころ、ちくま薄荷《はっか》やはこべなど、露を置いた青草がはえている。中央には噴水が音を立て、大きな傘《かさ》をひろげたかげでは、帽子もかぶらない物売り女たちが、ピラミッド型に積み上げた甜瓜《まくわうり》のあいだに立って菫《すみれ》の花束を紙に巻いていた。

青年はその花束を一つ買った。女に贈り物にする花を買うのはこれがはじめてだった。彼の胸は、そのにおいをかぐと誇らしさにふくらんだ。まるで女にささげようとしている敬意がそのまま彼のほうにはね返って来るかのように。

そのくせ彼は人目につくのがこわかった。そこで思いきって大聖堂のなかへはいった。

ちょうど聖堂守衛が左手の扉を背にして、「踊るマリアンヌ」[61]の真下の敷居の上に立っていた。羽根飾りのある帽子をかぶり、脹脛《ふくらはぎ》までとどく長剣を吊り、杖《つえ》を握ったその姿は、枢機卿《すうききょう》よりもいかめしく、聖体器のように燦然《さんぜん》としていた。

彼はレオンのほうへ歩み寄ると、聖職者が子どもに何か問いかけるときの、あの取り入るような好意の微笑を浮かべて、

「見物の方とお見うけしまするが、聖堂の宝物など拝観なさりませんかな」

「いや、ちがう」とレオンは言った。

そしてまず側廊をひとまわりした。それからまた広場にとって返した。エンマはいない。彼は今度は聖堂の奥まで行ってみた。

中央広間は、水をいっぱいにたたえた聖水盤に影を落としていた。アーチ形の窓の尖頭《せんとう》や、焼絵ガラスもところどころ映っている。しかしガラスの絵の反射は大理石の盤の縁《ふち》に当たって砕け、その向こうの敷石の上に、色とりどりの絨毯《じゅうたん》のように延びている。戸外の明るい日ざしは、前と左右の三つの入口の大扉があけ放たれているので、幅広い三筋の光の束となって堂内にさし込んでいた。ときたま、奥のほうを、ひとりの聖器係の男が通っては、急いでいる信者のするように、祭壇の前で軽く申しわけに膝を曲げた。カット・グラスの釣り燭台はじっとさがって動かない。内陣には銀のランプがともっている。そして両側の礼拝所や、聖堂内の暗い部分からは、仕切り格子をおろす響きが高い円天井にこだまする、そのまた余韻が、ときどき、溜息のように

聞こえた。

レオンはしずしずと壁ぎわを歩いていた。人生はこうも楽しいものか。エンマがもうすぐやって来る。えもいわれぬ美しさで、そわそわと、背後にうかがう人目を気にしながら――腰から下に幾筋も襞《ひだ》飾りをつけたドレスに、金縁眼鏡を胸につるし、軽やかな編上靴をはき、レオンのかつて味わい知らぬあらゆる粋《すい》な好みに身を包み、触れなば落ちん貞操の玄妙の魅惑をただよわせて。聖堂はさながら巨大な閨房《けいぼう》と化し、彼女を迎えんがためにしつらえられたかと見える。円天井は彼女の恋の告解を薄闇《うすやみ》のなかに聞きとろうとして傾き、焼絵ガラスは彼女の顔を照らし出そうと輝き、そして香炉は、彼女が香煙のなかに天使さながらに立ち現われるのを見越して燃えようとする。

しかしエンマは来なかった。レオンは椅子に腰かけた。すると、船頭が魚籠《びく》を運んでいるところを描いた一枚の青い焼絵ガラス(62)が目にとまった。彼は長いこと、念入りにその絵を見つめた。魚の鱗の数、船頭の上着のボタンの穴の数までかぞえた。だが一方、本心の思いはひたすらにエンマを求めてさまよっていた。

守衛は、すこし離れたところに立っていたが、この男が案内も頼まず自分勝手に聖堂見物をしているのを見て、ひそかに忿懣《ふんまん》やるかたなかった。なんたる不遜な態度であるか。これこそは彼、守衛自身に加えられた盗人《ぬすっと》の行為であり、ほとんど瀆神《とくしん》の罪を犯すにひとしいとさえ思われた。

そこへ、敷石の上に絹ずれの音がする、麦藁帽子《むぎわら》の縁、黒のケープが……エンマだ！　レオンは立ち上がって迎えに駆け寄った。

エンマは真っ青な顔をしている。さっさと歩いて来た。

「お読みになって！」一枚の紙を差し出して言った……が、「いえ、いいの！」。と言うなり差し出した手をいきなり引っこめ、側堂の聖母礼拝所に飛び込むと、椅子のそばにひざまずいて祈りはじめた。

青年はこの俄《にわか》信心ぶりにいらいらしたが、そのうち、あいびきの最中に、まるでアンダルシアの侯爵夫人(63)のように、こうして祈りに我を忘れている女の姿はそれなりに一種の風情があるとも思えた。だが、いつまでもきりがないので、やがてのことにくさくさした。

エンマは、何か突然の決心が天から降って来るのを望みながら祈っていた、というより祈ろうと努めていた。神の助けを眼力で引き寄せようとするかのように、聖櫃《せいひつ》の輝きを見つめ、大きな花瓶のなかにいけてある白い銀木犀《ぎんもくせい》の香りを吸い込み、堂内の静けさに耳を傾けた。しかしその静けさはかえって彼女の心の波立ちを増すばかりだった。

彼女は立ち上がった。そしてふたりが外へ出ようとしたとき、守衛が歩み寄って言った。

「奥様は見物のお方とお見うけしまするが、聖堂の宝物なと拝観なさりませんかな」

「たくさんだ！」と書記は叫んだ。

「見てゆきましょうよ」と彼女が言った。

　それというのも、彼女は今やくずおれようとする貞操の全力をあげて、聖母にであれ、彫刻にであれ、墓にであれ、ありとあらゆる機会に取りすがろうとしていたのである。

　さて守衛は「型どおり」のお堂めぐりをはじめるべく、まずふたりを、広場に近い正面入口へ案内し、銘《めい》もなければ鑿《のみ》の跡もない黒い敷石を、大きな輪の形につらねたものを杖でさしながら、重々しく口をきった。

「これなるはかのアンボワーズの名鐘（不詳）の周囲にかたどりましたるもの、鐘の重さは約五千貫、ヨーロッパ全土にならぶものなく、そを鋳造いたしましたる鐘つくりは完成とともに喜び死をとげましたるよしにて……」

「行きましょう」とレオン。

　守衛の爺《じい》さんはまた歩き出した。そして聖母礼拝所へとって返すと、いっきょに全体を説明しようとするような身ぶりで両腕をひろげ、塀《へい》にはわせた丹精の果樹を客に誇る田舎の地主よりも得意満面、

「なんの変哲もなきこの敷石でありまするが、この下にこそはかのブレゼ殿が眠りたもうのでござりまする。一四六五年七月十六日、モンレリーの戦いに討死を遊ばされましたるヴァレンヌとブリサックの領主、ポワトゥー州軍司令官にしてノルマンディ

ー州総督を兼ねたもうたるピエール・ド・ブレゼ殿の御墓《おんはか》」

レオンは唇を嚙《か》みながら、足踏みをしていた。

「さて右つかた、鎧兜《よろいかぶと》に身を固め、後ろ足で立ったる悍馬《かんば》にうちまたがったる貴人は、そのお孫に当たらせたもうルイ・ド・ブレゼ殿、ブレヴァルならびにモンショーヴェの領主、モールヴリエ伯爵にしてモーニー男爵を兼ね、国王陛下の侍従をつとめられてサン＝テスプリ勲章をたまわり、祖父君《ぎみ》と同じくノルマンディー州総督を拝命いたされ、銘に記されましたるとおり、一五三一年七月二十三日、日曜日にみまかられましたるお方にござりまする。してまたその下つかた、墓穴におり立たんとするお姿を刻みましたるは、正しく同じお方にござりまする。諸行無常のことわりを表わしえて妙なるものと、さぞやご見物衆も思われるでござりましょうが？」

ボヴァリー夫人は柄付き眼鏡を手に取った。レオンは石のように突っ立って、エンマを見つめていた。片方はおそるべきおしゃべり、片方はすげない冷淡さ、そのあいだにはさまれてげっそりした彼は、もはやひと言も口をきく気になれず、身ぶりひとつする気もなかった。

とめどない案内人はなおも続けて、

「ただ今申し上げましたるお方のかたわら、ひざまずいて涙にくれておられまするご婦人は奥方のディアーヌ・ド・ポワチエ様、ブレゼ伯爵夫人のご称号のほかにヴァランチノワ公爵夫人とも申し、お生まれは一四九九年、ご逝去《せいきょ》は一五六六年にあらせられまする。さてまた左つかた、幼児を抱かせたもう御像《みぞう》は聖母マリア様。さてご見物衆、つぎにはこちらにお目を向けられませ。これなるはアンボワーズ家のご墓所にござりまする。おふた方[64]ともにルーアンの大司教を勤められ、枢機卿の栄位をきわめられたのでありまするが、わけてもこちらのお方は国王ルイ十二世（在位一四九八〜一五一五）の宰相をも拝命せられ、当聖堂のためには大いなる寄与をなされましたるお方。ご遺言には金貨三万エキュを貧民にほどこすとの仰せでありましたるよしにござりまする」

　息もつがずにしゃべり立てながら、守衛は、手すりのこわれたのがいっぱいはいっている礼拝所のなかにふたりを押し込み、手すりを二つ三つ動かして、そのなかから、どうやら出来そこないの彫像らしい、妙な石塊を取り出した。

「これなるは昔、イギリス王兼ノルマンディー公たりし獅子王リシャールのご墓所の飾りでござりましたるが」と長嘆息して、「それをしもかようなありさまにいたしましたるは、なんとご見物衆、カルヴァン派（新教徒）のしわざにござりまする。これら邪悪なる徒輩は、大司教猊下《げいか》御席の下なる土中にこれをば埋めましてござりまする。さてこれなるが大司教猊下のお住まいへと通じておりまするお出入口。おつぎには怪獣[65]の焼絵ガラスをご覧にいれまする」

　しかし、レオンはすかさずポケットから銀貨を一枚つまみ出すと、エンマの腕を取った。守衛は、まだ他国の見物衆には見のがせないはずのものがたくさん残っているのに、ときならぬ早手まわしの心づけをもらってなんのことやらわけがわからず、あ

っけにとられた。そこでお客の後ろから、

「あ、もしもし！　尖塔《せんとう》をお忘れですよ！　尖塔を！……」

「いいんだ！」とレオン。

「それはいけません！　尖塔は高さ四百四十フィート、エジプトの大ピラミッドに劣るといえども、その差は、わずか九フィート。ことごとく鋳鉄製でござりまして……」

レオンは逃げ出した。無理もない、これでもうかれこれ二時間ほども聖堂内で石のように動きを封じられてきた彼の恋心が、今度は急に煙となってあの尖塔から――物好きな鋳物師《いものし》の気まぐれめいて、いとも不格好にまた頼りなげに聖堂の上にのっかっている、あの先の折れた管(66)のような細長い鐘楼、あの透かし彫りの煙突から、いまにも立ちのぼって虚空《こくう》に消えてゆきそうな気がしたのである。

「どこへ行きますの？」とエンマは言った。

レオンは返事もせず、どんどん歩きつづけた。ボヴァリー夫人はもはや聖水に指をひたしている。と、規則正しく石畳を打つ杖の音にまじって、息を切らせて大きくあえぐ音が背後にせまった。レオンは振り返った。

「もしもし！」

「なんだ？」

またしても守衛だった。分厚い仮綴本《かりとじ》二十冊ばかりをかかえこみ、下腹にのせて平均をとっていた。それは「ルーアン大聖堂に関する参考文献」だった。

「いいかげんにしろ！」レオンはつぶやくと、聖堂を飛び出した。

前庭には小僧がひとりふらついていた。

「辻馬車を呼んで来てくれ！」

小僧はカトル＝ヴァン街を鉄砲玉のように駆け出した。そこでふたりきりになった男女は立ったまま、いくらか照れくさそうに、顔を見合わせた。

「ああ、レオンさん！……ほんとに……もうわたし……このへんで失礼しなくては……」

エンマはそこまでは本心ともなく甘えるように言ったが、やがて真顔になって、

「いけませんわ、おわかりでしょう？」

「わかりませんね、何のことか」と書記は答えた。「パリでは当たり前のことですよ！」

この言葉を聞くと、とうてい言い返せない論拠を突きつけられたかのように、エンマは黙った。

ところが辻馬車はいっこうに来なかった。レオンは彼女がまた聖堂にはいりはしないかと心配になった。やっと馬車が見えた。

「せめて北側口の欄間《らんま》彫刻だけでもご見物なさってお帰りなされまし」と、まだ戸口のところに立っていた守衛が叫んだ。「『主の復活』、『最後の審判』、『天国』や『ダビデ王』、それに地獄の劫火《ごうか》に焼かれる『亡者《もうじゃ》の群れ』がござりまする！」

た。


「旦那、どこへやります？」と御者がきいた。

「どこでもかまわずやれ！」と、レオンはエンマを馬車のなかへ押し込みながら言った。

そして重い馬車は動き出した。

馬車はグラン＝ポン街をくだり、デ・ザール広場からナポレオン河岸《かし》へ出て、ヌフ橋を渡り、ピエール・コルネイユ像の前でがたんととまった。

「もっと先まで！」と内側《なか》から声がした。

馬車はまた走り出し、ラファイエット広小路を過ぎると、あとは下り坂の勢いにまかせて、ギャロップのまま汽車駅の前へ突入した。

「いや、まっすぐだ！」と同じ声が叫んだ。

辻馬車は駅前の鉄柵《てっさく》を出て、まもなく散歩道にはいると、高い楡《にれ》の並木のあいだをゆっくり走った。御者は額をぬぐい、革帽子を膝にはさみ、馬車を歩道の外側、川べりの芝生の近くまで進めた。

馬車は川沿いに、乾いた砂利の敷いてある曳船道《ひきふね》を、長いあいだ、川中につらなる島々を通り越してオワセルへ向かって進んだ。

やがて突然馬車は方向を転じ、カトルマール、ソットヴィルから、グランド＝ショッセ通り、エルブフ街をひと飛びに駆け抜け、植物園の前まで来て三度目の停車をした。

「どんどんやらんか！」前よりいっそう激しく叱るような声がかかった。

そこで馬車はすぐまた動き出して、サン＝スヴェール街から川に突き当たるとレ・キュランディエ河岸を行き、やがて引っ返してオ・ムール河岸を通ってもう一度ヌフ橋を渡り、シャン・ド・マルス練兵場をつっきった。それから黒服姿の老人たちが木蔦《きづた》の青々と茂った築山に沿って、日向《ひなた》ぼっこをしながらそぞろ歩いている養老院の庭の裏手を抜けると、ブーヴルーユ大通りをのぼり、コーショワーズ大通りを端から端までつっ走り、そのままリブーデ峠をそっくり越えてドヴィルの丘にいたった。

そこから引っ返してのあとはもう、行く先も方角もあらばこそ、ただ盲めっぽうにうろついた。サン＝ポルにいたかと思うとレスキュールに、ガルガン山かと見ればルージュ＝マールに、ガイヤールボワ広場に、はてはマラドルリー街、ディナンドリー街、もしくは聖ロマン教会、聖ヴィヴィアン教会、聖マクルー教会、聖ニケーズ教会の前――また税関の前――バス＝ヴィエイユ＝トゥールやトロワ・ピップやモニュマンタル墓地にもこの馬車はいた。御者はときどき御者台の上から居酒屋に絶望的な眼差《まなざし》を投げた。どこまで行ってもいっかな止めたがらぬとは、このお客さんたち、どんな奇病に取っつかれたものやら、動き病《やまい》とでもいうのかなと、ほとほと合点《がてん》がゆかず、ときどき止めようとでもしようものなら、たちまち背中に罵声《ばせい》が聞こえた。そこで彼は汗びっしょりの二頭の駄馬をいよいよ激しく鞭打つのだったが、もうどんなに馬車が揺れようと、あちこち引っかかろうと知ったことかは、ただ情けなく、喉《のど》のかわきと疲れと心細さに泣かんばかりだった。

そして河港の付近では荷車や樽《たる》のあいだで、往来では車よけの石の角で、町の人々は驚きの目を見張り、地方ではついぞ見かけぬこのべらぼうなしろもの、窓掛けをしめきって、墓穴よりもなお閉ざされ、船のように大きく横揺れしながら、こうしてたえず目の前を通り過ぎるこの馬車を呆然として見送った。

一度、真昼どき、野原の真ん中で、ちょうど馬車の古ぼけた銀めっきの角燈に日の光が最も激しく照りつけるころ、小さな黄色い布の窓掛けの下から、あらわな手が一つ出て、こまかく引き裂いた紙きれを外に投げ捨てた。紙きれは風に乗って舞い、道の向こうの原に咲きほこる赤花クローバの上に、白い蝶《ちょう》のように散った。

そして、六時ごろ、馬車はボーヴォワジーヌ界隈《かいわい》のある裏通りにとまった。そしてなかからひとりの女がおり立ち、ヴェールをおろしたまま、振り返りもせずに歩み去った。

2

宿に帰ってみると、ボヴァリー夫人は乗合馬車が見えないのに驚いた。イヴェールは五十三分間待ったあげく、とうとう鞭を上げたのだった。

是が非でも今晩発たねばならぬということもないが、今日じゅうには帰ると言ってある。それにシャルルは待っているだろうと、エンマは今からもう、多くの女にとって不義の罰とも思えるし、また考えようによっては当然払うべき代償とも思えるあの未練な気がねを心にいち早く感じていた。

彼女はあわただしくトランクを詰め、勘定をすませ、宿の中庭に差しまわさせた軽二輪馬車に乗り、御者をさんざん急《せ》き立て、はげまし、今は何時だ、どれだけ走ったとうるさくたずね、カンカンポワ村にさしかかったところでやっと「つばめ」に追いついた。

片すみに腰をおろすとすぐにエンマは目をふさいだが、丘をおりきったとおぼしいころに目をあくと、いきなりフェリシテの姿が遠くに見えた。鍛冶屋《かじや》の前に立って見張っているらしい。イヴェールは馬をとめた。女中は窓のところまで背伸びしてなにやらご大層めかして言った。

「奥様、オメーさんのお宅へまっすぐおいでになるようにとのことでございます。急用でございますと」

村はべつだん平素と変わりなくしずまり返っていた。ただ通りの角という角に、薔薇《ばら》色の小さな山があって湯気を立てている。ほかでもない、ジャム作りの季節なのだ。ヨンヴィルではどの家でもいっせいに同日を期して一年分のジャムを作ることになっている。しかし、薬剤師の店先にかぎってジャムの山は他を圧して大きく、まさに衆目をひきつけるものがあった。その格差のよってきたるところはなんであろう。言わずと知れたこと、薬局は一般村民のかまどに卓越し、公共的需要は個人的嗜好《しこう》に優先するがゆえにほかならぬ。

エンマは薬局へはいって行った。大きな肱掛椅子はひっくり返り、『ルーアンの燈《とも》火《しび》』も床に落ちて、二本の乳棒のあいだに散乱している。エンマは廊下のドアをあけた。台所の真ん中にオメー一家が大人も子どもも勢ぞろいしている。まわりには、すぐりの実を房《ふさ》からもいで詰めた茶色の壺《つぼ》、粉砂糖やかたまりのままの砂糖、テーブルの上には秤《はかり》、かまどの火の上には手鍋《てなべ》。オメー一家はみな顎《あご》まである前だれを掛け、手にフォークを握っている。ジュスタンが首をうなだれて突っ立ち、薬剤師はどなっていた。

「だれが階上倉庫へ取りに行けと言った？」

「いったい何ごとですの？　どうしたんです？」

「どうしたとお思いになる？」と薬剤師は答えた。「私らはこうしてジャムをつくっていました。ジャムは煮えたが、泡が立ちすぎてこぼれそうになったのを見て、私はこいつに鍋をもうひとつ買って来いと言ったのです。するとこの野郎、ずるけやがって、無精をしおって、調剤室の釘にかけてある階上倉庫の鍵を取りに行きおったものです！」

彼が階上倉庫と呼んでいたのは、商売道具や薬品をいっぱい入れておく屋根裏の一室のことだった。彼はしばしばその部屋にこもって数時間を過ごし、レッテルを貼《は》ったり、薬をほかの瓶に移しかえたり、ひもをかけなおしたりした。彼にとってはこの部屋はたんなる物置きではなく、さながら一個の聖域なのであり、彼の手ずから調製した各種の小粒ならびに大粒丸薬、煎薬《せんやく》、水薬、洗滌剤《せんじょうざい》のたぐいは、やがてここを出るや近在近郷に彼の名声をいやがうえにもひろめるのだった。かつてだれひとりここへ足をふみ入れた者はなく、この部屋をうやまうあまりオメーは掃除まで自分でやった。要するに、だれでも出入自由な階下の薬局がオメーの得意顔をひけらかす場所だとすれば、この階上倉庫はオメーがひとりよがりの瞑想《めいそう》にふけり、好き放題をやらかしてよろこぶための隠れ家だった。したがってジュスタンの軽はずみは、オメーにしてみれば言語を絶する不敬行為を構成するのである。果然、オメーはすぐりの実よりも赤くなって繰りかえした。

「あろうことか、階上倉庫の鍵をです！　酸類や腐蝕性《ふしょく》アルカリを入れておくあの部屋の鍵をですぞ！　しかも持ち出すにこと欠いて、予備に取ってあった、蓋《ふた》つきの鍋を持ち出すとは！　あの鍋はこのおれでさえ一生使わないかもしれない鍋なんだぞ！　われら調剤業者の仕事たるや一歩をあやまつことも許されぬ、とりわけて、きびしいものなのだ！　よいか！　物にはおのずから軽重というものがある。いやしくも調剤の用に供する品物を家庭用めいた使途にあてるなどとはもってのほか！　それはいわば鶏をさくに牛刀をもってするにひとしく、また司法官が……」

「あなた、なにもそんなに！……」とオメー夫人が言った。

アタリーは父親のフロックを引っぱりながら、

「お父さん！　お父さんったら！」

「いや、かまうな」と薬屋はつづけた。「お前らは黙っとれ！　おい、ジュスタン、貴様のようなやつは乾物屋にでもなっちまえ！　薬剤師の神聖な務めがわからんのならそれでいい！　遠慮はいらん！　やっちまえ！　ぶっこわせ！　蛭《ひる》をにがせ！　練りギモーヴを焼き払え！　薬瓶に胡瓜《きゅうり》を漬けろ！　包帯をずたずたに引き裂いてしまえ！」

「わたくしになにかご用が？」とエンマが言った。

「まあ、のちほど！――おい、貴様はどんな危険をおかしたのか知っているのか？……左のすみの三段目の棚にあったのはなんだ？　貴様、見なかったのか。さあ、返答はどうだ、なんとか言え！」

「見……見ませんです」と小僧は口ごもった。

「なに、見なかった？　見んはずはない！　黄蠟《おうろう》で封をした青いガラス瓶だぞ。教えてやるが、あのなかには白い粉がはいっている。レッテルにはわしの手で『毒物』と書いてある！　その白色粉末がなんだか知っているか、砒素《ひそ》だぞ！　貴様はそれにさわろうとしたのだ！　そのそばの鍋を取ろうとしたのだ！」

「そのそばのですって！」とオメー夫人は合掌しながら叫んだ。「砒素のそばの？まあ、おまえはわたしたち一家をすんでのことに毒殺しかけたのだよ！」

とたんに子どもたちは、すでにはや内臓に劇痛を感じたかのように、いっせいに悲鳴をあげた。

「それとも患者のだれかを毒殺したかもしれん！」と薬屋は細君の言葉を引き取って、「いったい貴様はおれを重罪裁判所の被告席へすわらせるつもりか。おれが断頭台へひかれるところを見たいのか。薬物の取り扱いに際しては、いかにおれが慎重を期するかを知らんのか、端倪《たんげい》すべからざる多年の習練を積んだこのおれすらがだぞ。おのれの双肩にかかった責任を思えば、われながら空おそろしい気持におそわれることすらある！　そもそも政府はわれらに対して苛酷《かこく》すぎるのだ。われらを統《す》べる不合理な法律は、まったくもって、われらの頭上につるされたダモクレスの剣《つるぎ》(67)だ！」

　エンマはもうなんの用事で呼ばれたのかをきくのも忘れていた。薬剤師は息をはずませて言いつのった。

「それが貴様のおれへの恩返しか！　父親になり代わって親身に世話をしてやったことへの、それがお礼でございますという気か！　いったいおれというものがなかったら、貴様は今どこにどうしていると思うのだ？　貴様に三度の飯を食わせ、ものを教え、着る物を着せたうえ、将来社会に立ち交じって人なみの面《つら》ができるように一から十まで仕込んでくれるのはどこのだれだと思っておるのだ？　いや、やはり世の中へ出てやってゆくには、みずから額に汗して櫂《かい》をこぐのが必要なようだな。世にいう手に胼胝《たこ》をこしらえたうえでなくては話にならん。『鍛冶をすることが鍛冶屋をつくる《ファブリカンド・フィット・ファベール》。

すべからく汝のなしつつあるものをなせ《アゲ・クオッド・アギス》』だ」

ラテン語が飛び出すのは、よほどオメーが興奮した証拠だが、このときはラテン語はおろか、中国語でもグリーンランド語でも引用したろう、知ってさえいたら。それというのも、おりしも彼は、ちょうど暴風雨にもまれた大洋が真っ二つに裂けて、岸べの海藻から深海の底の砂までも見せてしまうように、人間がその魂の全体を洗いざらい何から何までさらけ出してしまう、あの発作に見舞われていたのである。

　そこで彼はなおもつづけて、

「貴様の身柄を引き受けたのが、そもそも大間違いだった、われあやまてりというほかはない！　あのとき貴様を助けることはなかったのだ、貴様が生まれ落ちたあのままに、汚辱と貧困のさなかに放っておいたほうがましだったのだ！　貴様なんぞはせいぜい牛飼いぐらいが性に合っておるのだ！　逆立ちしたって学問などできるがらか！　レッテル一枚満足に貼《は》れぬくせしやがって！　そのくせなんだ貴様は、このおれの家で、のらくら坊主か、餌箱にとっついた雄鶏みたいに、のほほんとぜいたく暮らしをなさろうてんだから恐れ入る！」

　だがそこでエンマは今度はオメー夫人に、

「わたしにご用とおっしゃったのは……」

「ああ、それがあなた」と、人のいい細君は悲しみを面に表わして、エンマの言葉の途中から、「なんと申し上げたらいいのかしら……悪いお知らせなんですのよ！」。

細君の言葉もさえぎられた。薬屋はどなり立てていた。

「とにかくその鍋をあけろ！　きれいに拭《ふ》きとれ！　もとの場所へ返して来い！　何をぐずぐずしとるか！」

そう言ってジュスタンの仕事着の襟をつかんでこづいた拍子に、ポケットから本が一冊落っこちた。

小僧は身をかがめた。が、オメーのほうが早かった。彼は本を拾いあげ、目をかっと見開くと、口をあんぐりあけて、本を見た。

「『夫婦の……愛』！」彼はこうゆっくり区切って題を読みあげると、「なあるほど、いや、お見それ申した！　ふん、たいしたものだ！　おまけに絵入りときた！……やっ、こりゃあんまりだ！」

オメー夫人がのぞきに来た。

「おっと、さわっちゃいかん！」

絵入りと聞いて子どもたちは見たがった。

「ここにいちゃいかん！」彼はおそろしい声で言った。

子どもたちは出て行った。

オメーはまず、本を開いたまま指にはさんで、まるで卒中でも起こしそうに、やたらに目をむき、息づかい荒く、頬をふくらませて、台所じゅうをどしどし歩きまわった。それから、つかつかと薬局見習生のほうへ歩み寄ると、腕組みをして反《そ》りかえった。

た。

「ちんぴらのくせに悪いほうのことばかり発達しやがって、この野郎！……気をつけろ、そのまま行ったらろくなことにはならないぞ！……貴様はいったいどういう了見だ、このけったくその悪い本がひょっとして家の子どもの手に落ちたらどうなる。よからぬ刺激を与えるだろう、アタリーの純潔をけがすだろう、ナポレオンを堕落させるだろうが！　ナポレオンはもう成人に達しておるんだぞ。まさか子どもたちの目にはふれておらんだろうな？　その点はくれぐれも大丈夫だろうな、おい！」

「ところで、お話というのはどういう……？」とエンマが言った。

「ああ、それそれ……実はお舅様《しゅうとさま》がお亡《な》くなりになりましてね！」

話というのはそれで、老ボヴァリー氏は、前々日、食卓から立ったところで卒中を起こし、そのままことときれたのだという。なにぶんにもエンマの神経過敏を恐れぬているシャルルのこととて、彼はこのいまわしい知らせをオメー氏に託し、十分に手心を加えてエンマに知らせてもらうよう計らったのだった。

オメーは文を案じ想を練り、耳ざわりよく、抑揚たくみな一連の言葉を用意した。それは慎重と、流暢《りゅうちょう》と、表現の妙と繊細な思いやりの織りなした宛然《えんぜん》一個の傑作だった。しかし、ときならぬ怒りの突風は、せっかくの美辞麗句を根こそぎ吹き飛ばしてしまった。

エンマは、くわしい話を聞くのはあきらめて、薬屋を辞した。オメー氏がまたもや口ぎたなくののしりはじめたからである。とはいえ、彼もさすがにそのうちに静かになって、今ではトルコ帽で顔をあおぎながら、さとすような口調でつぶやいていた。

「この本の何から何までがけしからんというつもりはないのだ。見れば著者は医者だ。このなかには大人が知っていて悪くない、いや当然知っておらねばならぬといってもいいほどの科学的な面もある。しかしおまえが読むのはまだ早い、早すぎるぞ！　せめておまえがちゃんとした大人になるまでは、体質が固まるまでは待つことだ」

　エンマが玄関のノッカーをたたく音で、待ちかねていたシャルルは両腕をひろげて飛んで出た。そして涙声でエンマに言った。

「ああ、おまえ……」

　シャルルはやさしく身をかがめて接吻した。しかし彼の唇がふれたとき、別の男の思い出がエンマをとらえた。彼女は身をふるわせながら、思わず顔を片手ではらった。

　しかし口にはまともな返事が出た。

「ええ、聞きました……聞きましたわ……」

　シャルルは、母親が大げさな感傷ぬきに事件をありのままに述べてきた手紙を、エンマに見せた。ただ、夫が在郷軍人将校会の仲間と恒例の愛国的晩餐《ばんさん》の集《つど》いをやっての帰り、ドゥドヴィルのカフェの入口の路上で頓死《とんし》したため(68)、宗教の済度が受けられなかったことがかえすがえすも残念だと、母親の感想はそれだけだった。

　エンマは手紙を返した。そして夕食のとき、お体裁《ていさい》に食が進まないようなふりをした。が、夫がたってと言うので、それならとばかり食べはじめた。一方、シャルルは彼女の向かいで、がっくりとうなだれて身動きもしなかった。

ときどきシャルルは顔をあげ、悲嘆にくれた眼差《まなざし》をじっとエンマにそそぐのだったが、ふと溜息まじりに、

「もう一度会っておきたかった！」

エンマは黙っていた。しかしさすがにやがて気がとがめて、

「おいくつでしたかしら、お父さまは？」

「五十八さ！」

「そう！」

あとはまた沈黙。

十五分ほどたって、彼は言い足した。

「お母さんもお気の毒に！……これからどうなさるおつもりだろう」

エンマはそこまではわかりませんと言いたげな身ぶりをした。

エンマがこうまで押し黙っているのを見ると、シャルルはさぞかし心を痛めているのだろうと思い、彼女の胸をふたいでいるこの悲しみをこれ以上かき立てまいと、何も話しかけないように努めた。しかし一度は自分の悲しみを振り払って、きいてみた。

「どうだったね、昨日は！　おもしろかったかい？」

「ええ」

テーブル・クロスが取り去られても、ボヴァリーは立たなかった。エンマも立たなかった。夫の顔をしげしげと見るにつれて、いつに変わらぬこの眼前の景が、彼女の心からすべての哀れみの気持をしだいに追い出していった。夫が情けない、貧弱な、無価値な男に見えた。どことっいって取柄のない、つまらぬ男なのだ。早くどこかへ行ってくれないかしら。今日の晩のまた長いこと！　阿片《あへん》のように何か人を酔わせるものが、エンマの心を麻痺《まひ》させているようだった。

こつこつと床を棒でたたく音が玄関で聞こえた。イポリットが奥様の荷物を運んで来たのである。肩の荷物をおろすのに、彼は難儀そうに義足で四分の一の円を描いた。「この男のこともう忘れている！」赤毛のもじゃもじゃ頭から汗をたらしているこの哀れな男を見ながら、エンマは思った。

ボヴァリーは財布の底に小銭をさぐっていた。イポリットはそこに突っ立っている、その姿はまるでシャルルの度しがたい無能ぶりをきめつける非難の権化ともいうべく、この男がこうして目の前にいるだけでも、どんなにかシャルルは恥ずべきだろうのに、それすら気づく様子もなく、

「おや、おまえ、きれいな花束を持って帰ったじゃないか？」と、マントルピースの上に、レオンのくれた菫《すみれ》の花束を目にとめてシャルルは言った。

「ええ」とエンマは軽く受けながした。「さっき買ったんですの……女の乞食から」

シャルルは花束を手に取り、赤く泣きはらした目にあてて冷やしながら、そっとそ

に行った。

の香をかいだ。エンマはそれを夫の手からひったくるようにして、コップの水へ活け

翌日、ボヴァリー老夫人が到着した。母親と息子は心ゆくまで泣いた。エンマはいろいろ女中に言いつける用事があるからと、席をはずした。

次の日は、みんなで喪服《もふく》のことを相談する段どりになった。裁縫箱を持ち、シャルルもいっしょに、川べりの青葉棚の下へ行って腰をかけた。

シャルルは父親のことを考えていた。今まではこちらからほとんど愛情らしい愛情も感じたつもりのない人なのに、急にこうまでしたわしく思えることが不思議だった。ボヴァリー老夫人も夫のことを考えていた。昔、不幸のどん底かと思った日々すらも、追憶の目にはかえってなつかしかった。あんなにも長かった夫との明け暮れをしのんでは、本能的な哀惜の思いがいっさいを水に流した。ときどき、針を運んでいるうちに、大粒の涙が鼻すじをつたい、しばし鼻の先にとまった。エンマは、つい四十八時間前には、ああ、あの人とふたりきりで遠く浮世を離れ、酔い心地にどっぷりとひたり、互いに顔を見合うのにいくつ目があっても足りないくらいだったのだと考えていた。過ぎ去ったあの日の触知しがたいほどの微細な些事《さじ》までも、ふたたびわが手にとらえようと躍起となった。それには姑《しゅうとめ》や夫のいるのが邪魔だった。ともすれば外界の感覚のなかに消えてゆこうとするこの恋の思いのひたむきさをかき乱されまいと、何も見たくない、何も聞きたくなかった。

彼女はドレスの裏をほどいていた。布切れがまわりに散らかっていた。ボヴァリー老夫人は目を伏せたまま鋏《はさみ》の音をさせ、シャルルはラシャの縁布《へりぬの》で編んだ上靴をはき、部屋着代用の古い焦茶《こげちゃ》のフロックを着て、ポケットに両手を突っ込んだまま、これまただんまりをつづけている、そのそばでは小さな白いエプロンをかけたベルトが、小道の砂をシャベルにすくって遊んでいた。

突然、庭の柵戸から呉服屋のルールー氏がはいって来るのが見えた。

彼は「ご不幸の趣を拝し」何かご用の向きはないかと存じて伺いましたと言った。エンマは今のところ別に用はないと答えたが、商人はそんなことぐらいで退散する男ではない。

「まことに申しかねますが」と彼は言った。「ちょっと内々にご相談いたしたいことがございまして」

それから、声をひそめて、

「例の件でございます……ご承知の……」

シャルルは耳のつけ根まで真っ赤になった。

そして困惑の極、妻のほうを振り向くと、

「やあ、あれな……そうそう」

「おまえ、ひとつ……頼む……」

エンマはのみこんだらしく、立ち上がった。シャルルは母親に、

「いえ、なに！　何かどうせつまらん家事のことでしょう」

手形の一件は母親の耳に入れたくなかった。小言がこわかったのである。

エンマとふたりきりになると、ルールーはずばりとまず遺産相続の祝いを述べた。それから今度は、塀にはわせた果樹のこと、農作物の出来高のことなど、あたりさわりのない話のついでに自分の健康状態に言及し、相変わらず「かすかすやっと、どうかこうか」の暮らしだと言った。まったく、世間ではなんと噂しているか知らないが、自分などはやりくり算段に追われっぱなしで、パンにつけるバタ代ほどのもうけもないありさまだという。

エンマはしゃべらせておいた。この二日間というもの、どうしようもない退屈をもてあましていたのだ！

「ときにお体のほうはもうすっかりおよろしくていらっしゃいますか」と彼はつづけた。「ほんとうに旦那様のご心配のなさりようといったら、はたで見ていてつらくなるほどでしたよ！　いや、りっぱなお方ですな、わたくしどもとはちとまずいこともございましたが」

彼女はまずいこととはなんのことですときいた。シャルルは彼女の病中のあの品物を引き取る引き取らないでもめたことを隠していたのだった。

「何をおっしゃいます、例のあの件でございますよ！」とルールーは言った。「奥様のおあつらえの旅行用トランクと手提鞄のことで」

彼は帽子を目深《まぶか》にかぶりなおすと、後ろ手を組み、変ににやついて口笛を吹きながら、人をくった目つきでまじまじと彼女の顔を見つめた。何か勘ぐっているのだろうか。彼女は急に悪いほうにばかり頭が動いて、くらくらした。しかしルールーはやっと言葉をついで、

「さいわいあの件につきましては旦那様とのお話し合いがつきました。で、今日はまた別途のご相談を申しあげようと存じて参上いたしましたのですが」

それはボヴァリーの署名した手形を書き替えることだった。もっともそれも旦那様のご意向しだいにおまかせする。ことにこれから先いろいろとやっかいな問題もかかえておいでのことだしするから、この際旦那様によけいなご心配をおかけしたくない、というような話に持っていったあげく、

「いっそのこと、どうでございましょう、旦那様の肩代わりをどなたかがなさるというようになさっては。たとえば奥様でもよろしいのです。なに委任状一枚ですむことで、むずかしいことは何もござんせん。そうなされば、あとは奥様とわたくしとのあいだで万事好都合に……」

エンマはどういうことなのかわからなかった。ルールーはその話は打ち切って、商売に移り、奥様が何もご入用でないはずはないといやにはっきり言明し、黒のバレージュ織十二メートル、ドレス一着分を見計らっておとどけいたしましょうと言った。

「今お召しのは、ご普段着には申しぶんございませんですが、ご訪問着ということに

なりますと、どうしてももう一着ご用意になりませんことには。こちらへ伺うなり、わたくし、そう思いましてございます。そこは商売柄目の早いほうで」

彼は布地を送りとどけずに、自分で持って来た。つぎには寸法をとりに来た。それからまたなんのかのと用事にかこつけては小まめに足を運び、そのつど、つとめて愛《あい》想《そ》よく親切にふるまい、オメーに見せたらさしずめ「臣下の礼をとるがごとし」とでも評されそうなかしずきぶりを示した。そして、いつも、委任状の件をそれとなくエンマにすすめて帰った。手形の書き替えのことは全然催促しなかった。彼女のほうもそのことは忘れていた。彼女の病気がよくなりかけたころ、シャルルはその話を妻の耳に入れるだけは入れておいたのだが、それから後エンマの頭はいろいろな動揺を相次いで経験したために、思い出すひまもなかったのである。それに、エンマは金銭上の言い争いになりそうなことを口に出すのはできるだけ避けた。ボヴァリー老夫人は、こうした嫁の変わりように驚き、こうまで気持がなごんだのは、病中に信仰のありがたさを知ったせいだろうと思った。

しかし姑が帰るが早いか、エンマはたちまち実務の才覚をあらわしてボヴァリーの度胆をぬいた。各方面に問い合わせの手紙を出して、遺産の一部が抵当にはいっていないかどうか、遺産に対して権利を申し立てる者があった場合の競売措置、ないしは負債があった場合の決済措置などを必要とするおそれはないかなどの諸点を確かめねばならないと言い、口から出まかせの法律用語をならべたり、整理とか将来とか先見とかいう、もっともらしい言葉を使ったりして、何かにつけては遺産相続の困難さを強調した。そうしておいて、ついにある日、彼女は総括委任状の見本なるものを夫に示した。いわく「何某の財産管理を代行し、すべての借り入れを行ない、すべての手形に署名また裏書きをなし、一切の支払いに応ずる、等々」。果然エンマはルールーの教えを利用する気になったのである。

シャルルはぽかんとして、こんな物をどこから持って来たのだときいた。

「ギヨーマンさんにもらいましたの」

それから、名優ばりのさりげなさでつづけた。

「でも、あの人を信用してるわけじゃありません。公証人なんてみんな悪者ぞろいだっていいますものね！　で、だれかほかの人に相談してみたほうが言いんでしょうけれど……わたしたちの知ってる人では、まあさしづめ……いいえ！　だれもいませんわ」

「さしづめレオン君ぐらいかな……」思案していたシャルルがとっさに答えた。

しかし手紙では双方の意図が十分に通じないうらみがある。そこでエンマは自分が直接会いに行くと言い出した。シャルルはそれには及ばないととめたが、エンマは行くと言ってきかない。夫婦で思いやりの見せ合いになった。とうとう彼女は駄々《だだ》っ児《こ》めかして叫んだ。

「いいえ、お願い、行かせてちょうだい」

「すまないなあ！」シャルルは妻の額に接吻しながら言った。

翌日さっそく、彼女は「つばめ」の客となって、レオン書記と相談すべくルーアンへ発った。そして三日間滞在した。

3

それは満ち満ちた、輝かしい至福の三日間だった。それこそ彼女の真の蜜月だった。

ふたりは河港にのぞんだ「ブーローニュ・ホテル」に泊まっていた。鎧戸《よろいど》をしめ、ドアを閉ざして、日を送った。床《ゆか》には花をまき、朝からアイス・シロップを運ばせて飲んだ。

夕方には屋根のある小舟をやとって、川中の島の一つへ食事に出かけた。造船所の近くでは、船の胴に塡絮《まいはだ》をつめる職工たちの槌《つち》の音がまだ聞こえる時刻だった。瀝青《ピッチ》を煮る煙が木の間をもれ、水面には油のしずくが帯のように幅広く流れて、フィレンツェ青銅の板金がただよっているように、夕日の真紅の光にところどころ照りはえながら波打つのが見えた。

ふたりの小舟は、つながれている何艘《なんそう》もの船のあいだをくだって行った。斜めに張った長い舫《もや》い綱が小舟の屋根にかすかにふれた。

町の物音は、荷車のがらがらと石畳を走る音も、人声のどよめきも、船の甲板にほえる犬の声も、いつとはなしに遠ざかった。エンマは帽子のひもを解きかける。目ざす島が近づいて来た。

ふたりは、入口の扉に黒い網の吊るしてある居酒屋にはいり、天井の低い広間に席を取った。鱒《ます》のフライやクリームや桜桃《さくらんぼう》を食べた。草の上に寝ころび、人目をさけてポプラの木かげに抱き合った。ロビンソン・クルーソーのようにいつまでもこの小天地で暮らしたかった。あまりの楽しさに、ここが世界でいちばんすばらしい場所かと思われた。彼らが木立ちや青空や芝生を見るのは、また淙々《そうそう》と流れる水の音、葉かげをわたる風の音を聞くのは、これがはじめてではなかった。しかし彼らがこれらすべてのものを心から美しいと嘆じたことは、おそらくこれまで一度としてなかったであろう。彼らにとってはあたかも全自然がかつて存在しなかったかのよう、あるいはまた彼らの欲望の充足をまってはじめて全自然が美しくなったかのようだった。

夜に入ってふたりは帰途についた。小舟は島々の岸沿いに進んだ。ふたりはじっと舟底の闇《やみ》にひそんで、どちらからも物を言いかけなかった。四角い櫂《かい》が鉄のクラッチのあいだで鳴っていた。それは静けさのなかにメトロノームのように規則正しい拍子をきざみ、一方、艫《とも》のほうでは水にたれた止《と》め索《づな》がたえまなく波に当たってかすかな優しい音をたてた。

やがて月が出た。すると、ふたりは申し合わせたように美辞麗句をならべ、月はなんと物悲しく詩趣に満ちていることでしょうと言った。エンマは歌さえうたいだした。

かの宵《よい》を思いいでずや、われ君と漕《こ》ぎ……
（ラマルチーヌ『みずうみ』）

彼女のなだらかな、かそけき歌声は波の上に消え、ときに急テンポに高まる節まわしが風に吹き流されるのを、レオンは鳥が身のまわりに羽ばたき過ぎる音のように聞いた。

彼女は舟の屋形の板によりかかって、レオンと向き合っていた。窓の鎧戸が開いているその一つから、月の光がさし込んでいた。黒いドレスの裾襞《すそひだ》は扇形にひろがって、彼女をいっそうすんなりと背高く見せていた。彼女は姿勢正しく、手を合わせ、じっと空をあおいでいた。ときどき彼女の姿は岸辺の柳の影にすっぽり隠れて見えなくなる、と思うとたちまち幻のように月光をあびて現われるのだった。

彼女のそばにひざまずいていたレオンは、ふと真っ赤な絹のリボンを拾いあげた。

船頭はそのリボンに目をとめると、しばらく考えたすえにこんなことを言った。

「ほっ！　そりゃあきっとこないだのお客さんが落としてかれたんでさあ。なにね、男も女もえらく調子のいいご連中が団体で来ましてね、お菓子やらシャンペンやら、コルネットまで持ち込む騒ぎでさ！　そんなかにまた、とびきり愉快なお客さんがいたね、ちょびひげはやした、かっぷくのいい、色男、いや、たいした人気者でしたよ！　なんかっていや、みんなから『おい、頼むぜ、アドルフ！』とか『ドドちゃん！』なんて言われてましたっけ」

エンマは身ぶるいした。

「どうかしたの？」とレオンは寄りそってきいた。

「いえ、なんでもないの。夜風に冷えたのかしら」

「そういやあ、こないだのそのお客さんもご艶福《えんぷく》ぶりは旦那といいとこでしたよ」と老船頭は今夜のお客へのお世辞のつもりで、そっとつけ加えた。

それから両手に唾《つば》をはきかけると、櫂《かい》をにぎりなおした。

別れの時は、それでも容赦なくやって来た！　つらい別れだった。レオンからの手紙はロレーおばさん宛てに出すことにきめた。その手紙はかならず二重封筒よ、とエンマが念を押したので、レオンは彼女の恋ゆえの狡智《こうち》に大いに感激した。

「じゃ、あのことはいいわね？」と彼女は最後の接吻をしながら言った。

「うん、わかってる！」——なんだってまた、あのひとは委任状のことをこうまでくどくど言うんだろう？　と、別れての帰り道で彼はいぶかった。

4

レオンはやがて事務所の同僚たちに何かと見くだしたような態度をとるようになり、仲間づきあいも絶ち、訴訟書類など見向きもしなくなった。

ひたすら女からの手紙を待ち、手紙が来れば三読四読し、返事を書いた。欲情と追憶のすべてをあげて、女の姿を思い描いた。別れて日々にうといどころか、会いたい一念はつのるばかりで、ついにある土曜日の朝、事務所を抜け出した。丘の頂から盆地を俯瞰《ふかん》し、教会の鐘楼にブリキの風見がまわるのを見たときは、百万長者が故郷の村に錦を飾るときの気持はこうもあろうかと思われるほどの、勝ち誇った虚栄心と身勝手な感傷との入りまじった喜びを覚えた。

彼はエンマの家のまわりをうろついた。台所に明かりが一つついていた。カーテンの向こうに思うひとの影を求めてうかがった。が、何もうつらなかった。

ルフランソワの女将《おかみ》は彼を見ると大喜びでわめき立て、「上背《うわぜい》が伸びてやせなすった」と言った。アルテミーズの意見はこれに反し、「日焼けして体つきががっしりなすった」と言った。

彼は昔どおり、例の小部屋で夕食をとった。しかし、収税吏は姿を見せず、ひとりきりだった。というのは、ビネーは「つばめ」の到着を待つのに「あきあきして」、ついに彼の食事時刻を一時間くりあげ、このごろは五時きっかりに食べていたのである。そのくせ、「おんぼろ馬車め、今日も遅刻だ」という口癖を出さないことはほとんどなかった。

レオンは断固、意を決した。医者の家に行き、玄関の戸をたたいた。夫人は自分の部屋にいたが、十五分もしてやっと降りて来た。亭主のほうはレオンの訪問をいたく喜ぶふうだった。が、その晩も、また翌日も終日、亭主は家を明けなかった。

レオンはその夜、夜もふけてから、庭の裏手の路地で、やっと彼女とふたりきりになれた。――前の男とおなじ路地で！　嵐になっていた。ふたりは稲光のさすなかで、相合傘で語り合った。

会えば会ったで別れはいっそうつらかった。

「死んだほうがましなくらい！」とエンマは言った。

彼女は泣きながら、男の腕のなかで身をもだえた。

「お元気で！……お元気でね！……こんどはいつお目にかかれるかしら」

ふたりは引き返してまた抱き合った。そして、そのとき、彼女はレオンに、なんとしてでも会えるようにする、せめて週に一度は心おきなく会える機会を、それも二度や三度のことでなくいつまでもつづく機会を近いうちにかならず見つけると約束した。エンマはほんとうにそう思っていた。それに、事実、あてもあった。金がはいるはずだった。

その金がはいると、エンマは自分の部屋用に、ルールーご自慢のお買い得品、太縞《ふとじま》入りの黄色いカーテンを一対《いっつい》買った。絨毯《じゅうたん》もほしかった。するとルールーは「海の水を飲みほせとでもおっしゃるなら別ですが」、それくらいのご用でしたらなんでもない、さっそくひとつおとどけいたしましょうと辞を低うして請け合った。彼女はもう万事ルールーの世話なしではやってゆけなくなっていた。日に何度となく呼びにやる、と、彼は愚痴ひとつこぼさず、やりかけの仕事をさしおいてでも飛んで来た。いったいこれはどういうことかと村の人たちはいぶかったが、それにもまして不可解なのは、ロレーおばさんがしょっちゅうエンマの家に昼飯をよばれに来て、しかも特別にエンマだけに何やら用事ありげなことだった。

そのころ、というのは冬のはじめのころだったが、エンマは急にたいへんな音楽熱にとりつかれたように見えた。

ある晩、シャルルの聞いているとき、彼女は同じ曲を弾《ひ》きかけては途中で気に入らず、四へんも繰りかえしては、やきもきした。シャルルはどこがまずくて弾きなおすのかてんでわからず、大声で元気づけた。

「うまいぞ！……上出来だ！……いや、やめることはない！　弾いたり、弾いたり！」

「いいえ！　これじゃとてもだめ！　指がすっかり固くなってしまって」

翌日、シャルルは「また一曲聞かせてくれ」と所望した。

「ええ、なってないけど、あなたのためにね！」

聞きながらシャルルは、すこし手が落ちたようだと正直に言った。エンマは譜面を読みちがえて、でたらめを弾いていたのだ。やがて、唐突に弾く手をやめて、

「ああ！　聞けたもんじゃないわ！　先生につかなきゃだめね。でも……」

彼女は唇をかんで、あとを言った。

「一レッスンが二十フランじゃ、いくらなんでもねえ！」

「ふむ、そりゃあまあ……ちとな……」と、シャルルはまのぬけた顔で笑いながら言った。「しかし、そんなに出さないでもやってもらえるんじゃないか？　なまじっかな有名人よりかえって無名の音楽家で腕のたつ人がいるっていうから」

「そんなら、いい先生を見つけてちょうだい」とエンマが言った。

翌日、外から帰って来ると、シャルルは意味ありげな目つきでエンマを見た。そして、けっきょく、こらえきれずに言い出した。

「おまえもときどき、こうと思い込んだら梃子《てこ》でも動かないってところがあるね！　今日はバルフーシェールへ行って来た。で、話のついでにリエジャールの奥さんにちょっと聞いてみたんだが、なんとどうだい！　奥さんの話じゃ、尼僧院の付属女学校へやってあるお嬢さんが三人あって、ピアノのレッスンを受けている、それが一回分二フラン五十サンチームだとさ、しかも名の通った女の先生についてだよ！」

エンマはつんと肩をそびやかした。それっきりピアノをあけなくなった。

そのくせ、ピアノのそばを通るときには（ただしボヴァリーがその場に居合わせたときにかぎり）、溜息まじりに言うのだった。

「ああ、ほったらかしで悪いわね、ピアノさん！」

そして客の顔さえ見れば、きまって自分が音楽をやめてしまったこと、またはじめたいのは山々だが、やむを得ぬ事情でそれもかなわぬことを告げるのだった。するとみな気の毒がった。なんとも惜しい！　やればできる素質をもっておいでなのに！

ボヴァリーにそのことを言って、さかんに非を鳴らす人もあった。なかでも薬剤師はうるさかった。

「先生、そりゃあむちゃです！　天与の才をあたら埋もらせておくのは罪ですよ。それに、あえてご一考をわずらわせたい点はですな、奥様にお稽古をおさせになるってことは、とりもなおさず近い将来において、お宅のお嬢ちゃまの音楽教育に要する費用がはぶけるってことになりますぞ！　そもそも、子どもの教育だけはぜひとも母親自身がこれに当たらにゃならん、とこう私は思っとります。これはルソーの教えです。今の世にはまだ新しすぎる意見かもしれんが、そのうちには、母乳主義や種痘の義務と同様、かならずや世間の常識となるでしょう」

そこでシャルルはまたピアノの問題を蒸し返す破目になった。エンマは今さら何を言うとばかりに、ピアノなんかいっそ売り払ったほうがましですと答えた。ボヴァリーにしてみれば、このピアノ、これまであれほどに自分に得意の思いをさせてくれたピアノが、あわれ行くえも知らず売られてゆくのを見ることは、妻の身の一部が自殺でもするかのような、なんとも言えぬ気持だった。

「おまえさえその気なら……」と彼は言った。「ときたまレッスンを受けるぐらいのことだったら、それくらいの金はなんとかならないでもないだろうが」

「でも、やる以上はつづけてやらなけりゃつまりませんわ」とエンマは答えた。

エンマが、週に一度、恋人に会うために町へ出かける許しを、まんまと夫から取りつけた事のしだいは上記のごとくである。一月後《ひとつき》には、エンマの進境はいちじるしいとさえ言われた。

5

週に一度の木曜だった。エンマは起き出すと、シャルルが目をさまさぬようにそっと着がえをした。こんな早くから支度をするのを見たら、何か言われないものでもない。それから彼女は部屋のなかをあちこち歩きまわった。窓べに立って広場をながめる。明け方のほのあかりが市場の柱のあいだにただよい、まだ鎧戸を閉ざした薬屋の店が、淡い曙光《しょこう》のなかに看板の大文字を見せていた。

置時計が七時十五分をさすと、エンマは「金獅子」へ出かけた。アルテミーズが欠《あく》伸《び》をしながら出て来て戸をあけてくれる。そして奥様のためにと埋《うず》み火をかき立ててくれる。調理場はエンマひとりになった。所在なさにときどき表へ出て見ると、イヴエールがルフランソワの女将《おかみ》のおしゃべりを聞きながらだから無理もないが、いたってのんびりと馬車に馬をつけていた。女将は夜帽をかぶったままの頭を小窓から突き出し、イヴエールに買い物やらことづてやらを言いつけるかたわら、ほかの人間が聞いたらかえってこんぐらかるような注釈をつけ加えていた。エンマは編上靴の底を中庭の石畳に打ちつけて、爪先《つまさき》のかじかむのをふせいでいた。

イヴェールは悠々《ゆうゆう》と食事をすますと、マントを着込み、パイプに火をつけ、鞭《むち》を手に取り、さておもむろに御者台におさまった。

「つばめ」は小刻みの跑《だく》をふんで走り出した。小一里ほどの間、ところどころに止まっては、庭の柵戸の前の道ばたに立って待っているお客を拾って行く。前日から席を予約した連中はなかなか出て来ない。まだ家のなかでベッドにはいったままという図々しいのもいる。イヴェールは呼んだり、叫んだり、ののしったりしたあげくは、御者台から降りて行って、戸口をめったやたらにたたく。ひびのはいった馬車の窓から風が吹き込んでくる。

やっと四つの腰掛けがふさがって、馬車はがらがらと走り出し、りんごの木が一列に窓の外を流れる。街道は、黄色くにごった水をたたえた溝を両側に、地平の果てまで先細りになりながらえんえんとつづいている。

エンマにはこの街道筋の景色は端から端まで知れきっていた。牧場の次には標柱が来る、それから楡《にれ》の木があって、それから納屋《なや》だか道路工夫の小屋だかがある、というふうに。ときには、目をあけたらもうこんなところまで来ていたかと驚きたいばかりに、わざと目をつむることさえあった。が、実際は目をとじていても今どのへんかは、いつもはっきりわかっていた。

そのうち、だんだんと煉瓦《れんが》造りの家が目立ってくる。舗装道路にはいって車輪の響きがひときわ高まる。「つばめ」が家々の庭園のあいだを走り抜けて行くと、格子垣の向こうに、石像や、小道をめぐらした築山や、刈り込まれた水松《いちい》や、ぶらんこなどが見える。やがて、ぱっと一望のもと、ルーアンの市街が目に飛び込んでくる。

市街は擂鉢《すりばち》のふち沿いに傾斜して、霧のなかにおぼれ、橋をつらねてひろがってゆく先のほうは、ぼうとかすんでいる。その向こうには何もない野原が、ただのっぺりとしだいに高まり、はるかにほの白い空の裾にどこからともなくつらなっている。こちらの丘の上からこうして見わたすと、景色全体はまるで一幅の絵のように動きがない。錨《いかり》をおろした船は川の片すみにかたまり、川は緑の丘のふもとをめぐってゆるやかに蛇行《だこう》し、細長い形をした島々は、黒い大魚がじっと浮かんでいるように見える。工場の煙突は巨大な褐色の羽根飾りを吹きあげ、その先のほうはちぎれて飛んでいる。製鉄所のうなりが、霧のなかにそびえる方々の教会の明るい鐘の音といっしょに聞こえてくる。大通りの、葉の落ちた街路樹は、家並みのただなかに紫色の茂みとも見え、雨に光る家々の屋根は、その街区の地勢に応じて、高くまた低くきらめいている。ときおり一吹きの風がまき起こって、サント゠カトリーヌ丘のほうへ雨雲を流し去ると、雲は空を渡る波に似て、崖にあたって音もなくくだけ散るかと思われる。

何かしら眩暈《めまい》を起こさせるようなあるものが、眼下に集積する人々の生活から、エンマに向かって立ちのぼってきた。あたかもこの市街に息づく十二万の人間が、その魂のなかに彼女の想像する情熱のいきれのことごとくを、いっせいに彼女に吹きつけてでもくるかのように。エンマの心はそれを吸ってゆたかにふくらみ、彼女の胸を満たす愛情は広々とした空間を前に果てしなく瀰漫《びまん》し、足もとに寄せてくる漠《ばく》としたどよめきにわけもなくたかぶった。エンマはそのうなり高まる愛情を外へ、広場へ、散歩道へ、町々へそそぎ返した。ノルマンディーの古都は、広漠たる王城さながら、エンマをまねくバビロンの都さながらに、彼女の眼前に展開している。エンマは馬車の窓ぎわに両手をついて身を乗り出し、そよ風を吸い込んだ。三頭の馬は疾駆した。砂利はぬかるみのなかにきしみ、乗合馬車は大きく揺れた。イヴェールは遠くから、街道を行く小型二輪馬車に声をかけて追い越した。また、ボワ＝ギヨームで夜を明かした町の人々は、小さな自家用馬車に乗って、ゆっくりと丘の斜面を降りて行った。

馬車は市門のところでいったんとまる。するとエンマは木底の雨靴を脱ぎ、手袋をはめ替え、肩掛けの前を合わせて、さてそれから二十歩ほど先へ行ったところで「つばめ」からおろしてもらうのだった。

町は眠りからさめようとしていた。(69) トルコ帽をかぶった店員たちは店先のショーウィンドーをみがき、籠を腰にあてて小わきにかかえた物売り女たちは、ときどき町角へ来ると、かん高い呼び声をあげる。エンマは塀ぎわをかすめるように、伏し目になって歩いて行きながら、黒いヴェールのかげで思わず快楽の期待にほくそ笑んだ。

人目をおそれて、たいていは近道をわざと避け、暗い裏通りへはいりこむ。そしてやっとナショナール街のはずれ、噴水のあるそばまでたどり着く時分には、汗びっしょりになっている。そこは劇場と居酒屋と娼婦《しょうふ》の町である。よく荷車がそばを通るのをふと見ると、芝居の書き割りがのっかってぐらぐら揺れている。前掛けをした給仕たちが、歩道のきわの植木鉢を並べたあいだへ砂をまいている。アブサン酒や葉巻や牡蠣《かき》のにおいがどことなくただよっている。

エンマは町角を曲がる。と、彼がいた。帽子からはみ出した縮れ毛で遠目にもそれとわかった。

レオンは歩道を先に立って歩いて行く。彼女はあとを追って、ホテルへ着く。レオンは上がって行き、ドアをあけ、部屋へはいる……ふたりはひしと抱き合う！

接吻につづいて、やっと言葉が堰《せき》を切ったようにほとばしる。一週間のつらかった思い、ふとした胸騒ぎ、手紙のまどろこしさを語り合う。だが今はもうすべてを忘れることができる。ふたりは目と目を見かわしたまま、官能のよろこびに笑い、愛の呼び名を口にする。

ベッドは小舟の形をしたマホガニー材のダブル・ベッドだった。近東産の赤い絹のカーテンが天井からたれさがって、ベッドの枕もたせが下すぼまりになった形に合わせて、ずっと低いところで引きしぼってあった。――エンマがあらわな両腕の肱《ひじ》を合わせて両手で顔をおおい、羞恥《しゅうち》のしぐさを示すとき、このカーテンの真紅《しんく》の色に浮き出した彼女の黒髪と白い肌ほど美しいものがあろうとも思えなかった。

地味な絨毯《じゅうたん》に派手な調度品、そこへおだやかな光線がさし込んでいるこの暖かい部屋こそは、燃えさかる恋をむつまじく語らうのにおあつらえむきといえた。先が矢形にとがったベッドの支柱や、真鍮《しんちゆう》のカーテン桿《ざお》や、暖炉の薪《まき》掛けの球飾りは、日がさし込むとぱっとにわかにかがやいた。マントルピースの上には、二つの枝付き燭台のあいだに、よくあるあの貝殻、耳にあてれば潮騒《しおさい》の聞こえるという桃色の貝殻が二つ飾ってあった。

壮麗豪華と呼ぶにはいささか色あせてはいたが、とにかくこのなつかしい、心おきなく楽しい部屋をふたりはどんなに愛したことか！　家具はいつ行っても同じ場所に、ちゃんとそのまま置かれてあった。ときには、先週の木曜日にエンマの置き忘れたヘヤピンが、置時計の台の下に見つかったりした。ふたりは暖炉の片すみの、紫檀《したん》の象眼をした小さな円卓で食事をした。エンマは肉を切ってレオンの皿に盛ってやりながらも、猫のように甘ったれた言葉を連発する。シャンペンの泡が軽やかなグラスからあふれて指輪をぬらすと、エンマはのけぞって、ふしだらな高笑いをひびかせた。ふたりとも互いの体をむさぼり合うのに夢中なあまり、この部屋がふたりっきりの特別の家のように思え、永遠に若夫婦のまま、こうして死ぬまでここに住むような気がした。ふたりは、わたしたちの部屋と言い、わたしたちの絨毯、わたしたちの肱掛椅子と言った。エンマのふとした気まぐれをレオンがかなえて贈り物にしたスリッパは、エンマのだいじなわたしのスリッパになった。白鳥の毛で縁どった桃色の繻子《しゆす》のスリッパである。彼女がレオンの膝の上に乗ると、足はさすがに床《ゆか》にとどかず宙に浮く。するとそのあだっぽい上履《うわば》きは、踵《かかと》を支える革がないので、素足に指先だけでからくもかかっていた。
レオンは生まれてはじめて貴婦人の得も言われぬ優雅さを味わった。かつてこれほどあでやかな言葉づかい、これほどゆかしい衣裳の好み、まどろむ鳩のようなこれほどしとやかな姿態に接したことはなかった。レオンはわが恋人のひたむきな恋心と、スカートの下のレースを讃美した。しかも、エンマは「上流婦人」だ、おまけに人妻だ！　これこそあこがれの情婦そのものではないか！

　そのときどきの気分のままに、エンマは取りすましたり、はしゃいだり、しゃべったり、だまりこくったり、とりのぼせるかと思えばたちまち素知らぬ顔というぐあい、それがまたレオンの心に無数の欲望をさまざまにかき立て、本能をそそのかし、追憶をよみがえらせた。エンマは、あらゆる小説の恋の女、あらゆる劇の女主人公、あらゆる詩集の不特定な「彼女」だった。レオンはエンマの肩の上に「ゆあみするハレムの女」(70)の琥珀《こはく》色を見た。エンマは封建城主の奥方のように胴長だったから、「バルセロナの青白い女」（不詳）にも似ていた。しかし何よりも彼女は天使だった！

　エンマをじっと見つめるうちに、レオンの魂はエンマのほうへ吸い寄せられていつしか体を抜け出し、彼女の顔のまわりに波のようにひろがり、ついには彼女の胸の真っ白い柔肌《やわはだ》のなかへと引き込まれてゆくような気がすることもよくあった。

　レオンはエンマの前の床にひざまずき、膝の上に両肱をついて、ほほえみながら、じっとエンマを見あげるようにしてうっとりとながめる。

するとエンマは彼のほうに身をかがめ、気もそぞろにあえぎながら、ささやく。

「そうしていて！　動いちゃだめ、何も言わないで！　そのまんまあたしを見ててちょうだい！　あなたの目から何か出てくるわ、とってもうれしい、いい気持のものが！」

エンマは彼を「坊や」と呼んだ。

「坊や、あたしのこと好き？」

その答えは聞こえないのも無理はない、レオンの唇が下からしゃにむに彼女の口におしつけられるからだ。

置時計の上には小さな青銅のキューピッドが、金めっきの花飾りの下に押しつぶされそうになって腕を曲げ、しきりと愛嬌《あいきよう》笑いをしている。ふたりはそれがおかしいといってよく笑った。しかし別れるときがきてみれば、何を見てもおかしいどころか、とたんにすべてが悲愴《ひそう》に見えた。

じっと向き合い、ふたりは繰りかえした。

「木曜にね！……木曜にね！」

エンマはいきなりレオンの頭をかかえ込むと、額に接吻して「お元気で！」と叫び、つと階段を駆けおりる。

その足で髪をなおしにラ・コメディー街の美容院へ行く。日が暮れてくる。店のガス燈がともされる。

どさ回りの役者たちに楽屋入りを知らせる劇場の鈴の音が聞こえる。すると、前の路地を、なまっ白《ちろ》いやさ男や、しおたれた身なりの女たちがぞろぞろ通って、楽屋口からはいって行くのが見えた。

美容院の部屋は狭くて天井が低すぎるところへ、鬘《かつら》だのポマードだのを並べたて、その真ん中でストーブががんがん燃えているのでむんむんした。鏝《こて》のにおいと、髪をいじっている油のしみた手のにおいをかぐうちに、いつしかエンマはぼうっとなって、ドレッシング・ガウンを着せられたまましばらくまどろんだ。髪をゆいながら、小僧が仮装舞踏会の券を売りつけにかかることなどもあった。

さてそれからエンマは帰途につく！　けさ来た街路を逆にたどって、「赤十文字」旅館へ着く。そして馬車の腰掛けの下へ隠しておいた雨靴をはき、早くから乗り込んでいらついている乗客のあいだを通って、自分の席へぐったりと腰をおろす。丘のふもとでほかの客が降りてしまうと、エンマはよく馬車のなかでひとりになった。

道を曲がるごとに市街の夜景がだんだんと眼下にひらけてくる。町じゅうの燈火がやがて、ごたごた立てこんだ家々の上に、大きな光の靄《もや》をたなびかす。エンマはクッションに膝をついて、このまばゆい光のなかに目をさまよわせた。エンマはすすり泣き、レオンの名を呼び、やさしい愛の言葉を、接吻を送ったが、言葉も接吻も吹く風のまにまに消えた。

峠にかかると、一人の乞食がいて、行きかう乗合馬車のあいだを杖《つえ》をついてうろついていた。ぼろの重ね着が肩をおおい、金だらいのように丸くなって形のつぶれたお古の海狸《かいり》帽がすっぽり顔を隠していた。しかしその帽子を脱ぐと、瞼《まぶた》があるはずの場所には、ぱっくりあいた穴ぼこが二つ、血にまみれて現われた。肉は赤くただれて、ぼろぼろになっている。そこから膿《うみ》が流れ出て、鼻の両わきまで緑色の疥癬《かいせん》のようにこびりついている。黒い鼻の穴が痙攣するようにうごめいた。人に物を言いかけるときには、白痴のように笑って、顔を精いっぱいあおのかせた。――すると青っぽい目の玉が、ぐりぐりとこめかみのほうまでつりあがって、生々しい傷のふちへぶつかるのだった。

乞食は馬車のあとについて歩きながら小唄(71)を歌った。

　ぽかぽか陽気にさそわれりゃ、
　娘っ子にも恋の夢。

つづく文句には、小鳥や日の光や青葉が出てきた。

ときどき、乞食は帽子を脱いで、エンマの後ろからぬっと顔を出した。エンマはきゃっと悲鳴をあげて身を引く。イヴェールが乞食をからかいに来る。聖ロマン教会の縁日に小屋掛けを出したらどうだとか、おまえの情婦《いろ》は元気かなどと、笑いながらきく。

馬車が走っているとき、乞食の帽子がいきなり窓から差し出されることもあった。もう一方の手でふみ台に取りつき、前後の車輪がはねあげる泥にまみれている。その声は、最初はかぼそく赤ん坊の泣き声のようだが、しだいに鋭くなりまさり、とりとめない悲しみを嘆く定かならぬ哀訴の声のように、闇《やみ》のなかに嫋々《じようじよう》と続いた。馬につけた鈴の音、木立ちのざわめき、がらんとした馬車の箱のきしみを通して聞くその声には、何かしら遠い思いをさそうものがあって、エンマの胸は立ち騒いだ。それは旋風が深淵の底へ舞いくだるように、エンマを運び去るのだった。しかし、イヴェールは馬車の片側に重みがかかるのに気がつくと、長い鞭を振りおろしてこのめくらをひっぱたく。革のひもはあやまたずめくらの顔の傷に当たる。と、めくらは吠《ほ》えるような声をあげて、ぬかるみのなかに倒れた。

やがて「つばめ」の乗客は眠りこける。ある者は上を向いて口をあけ、ある者は頭をたれて、隣の客の肩にもたれかかったり、吊り革に腕を通したり、いずれも馬車の揺れるのに合わせて几帳面に揺れている。そして外では馬の尻《しり》の上で同じように揺れる角燈の光が、チョコレート色のキャラコの仕切りをとおして車内へさし込み、眠りこけた人々の上に血の色をした影を投げた。エンマはただもうやるせなく、服にくるまってふるえていた。爪先《つまさき》はいよいよ冷え込み、死んでしまいそうに悲しかった。

シャルルは家で待っていた。「つばめ」は木曜日というと決まったように遅れる。

それでもやっと奥様のお帰りだ！　娘におざなりなキスをする。夕食の支度がまだ？　いいのよ、いいのよ！　女中に文句ひとつ言わない。今ではこの小娘に好きほうだいをさせておくつもりらしい。

何度か夫はエンマの顔色があまり青いのを見て、気分が悪いのではないかときいた。

「いいえ」とエンマが言う。

「でも、おまえ、今晩はいくらなんでも変だよ」

「いいえ、なんでもありません！　なんでもないんですったら！」

ときには、帰るなり二階の自分の部屋へあがったきりのことさえあった。そんなとき、たまたまそこにジュスタンが居合わせると、この小僧は足音をしのばせてそのへんの用事をし、なまじっかな小間使いなどよりもずっと上手にエンマの世話をやいた。マッチや燭台や本を取りそろえ、寝間着を用意し、掛蒲団をはねた。

「さあ、いいからもう帰っておやすみ」とエンマは言った。

そうでも言わないことには、ジュスタンはいつまでもそこに突っ立っていたからである。両手をたれ、恍惚《こうこつ》と目を見ひらいて、突然の夢想の網の目に全身くまなくとらわれたかのように。

翌日は堪えがたい一日だった。それにつづく数日というのが、またそれ以上にたまらなかった。幸福をもう一度手に入れるのが待ちきれない思い——あの部屋のイメージが生々《なまなま》しいだけに、いっそう熾烈《しれつ》な欲情がきりきりと胸を焼く。そしてその欲情は、七日目に、レオンの愛撫《あいぶ》のなかにぱっと一時《いっとき》に燃えあがるのだった。レオンの恋のはげしさは、ともすれば讃嘆と感謝の念の表出のかげに隠されがちになる。エンマはレオンのそういう愛し方をそれなりにうれしく受けて、心ひそかにかみしめる一方、彼女の愛情の技巧のすべてをあげてレオンの恋を長びかせようとつとめたが、それでもなおこの恋がいつの日か失われるのではないかと、いくらか不安な気持をおさえかねた。

エンマは憂わしげな声音《こわね》に甘えをこめて、こんなことをよくレオンにささやいた。

「ああ、あなただって今にきっとわたしを捨てるんでしょう?……お嫁さんをもらって!……ほかの人と同じなのね」

「ほかの人って?」

「だれだって男の人はそうじゃないの」とエンマは答えた。

そして、あきらめの身ぶりでレオンを押しのけながら、かてて加えて、

「どうせ男なんて、みんな恥知らずよ!……」

ある日、ふたりがこの世の空《むな》しさをつらつら語り合った際、エンマはふと(レオンの嫉妬心《しっとしん》をためすつもりか、それとももっと素朴《そぼく》に何もかもさらけ出してしまいたい気持に駆られてか)、自分は以前、レオンを知るに先立って、ある男を愛したことがあると打ち明けた。もっとも、すぐに「あなたとのようなことはなかったのよ!」と言い足し、「なんでもなかった」ことを自分の娘の首にかけて誓った。

青年はエンマの言葉を真《ま》に受けた。しかしその人はどういう方面の人だったのかときいた。

「海軍の大佐だったの」

とっさのこの答えは、書記とは畑ちがいの人物をもってきて無用な詮索に釘を打つためということもあったろう。が、同時にまたそこには、当然果敢な性質を予想され、世間の尊敬を受けるにふさわしいこのような人物を魅惑したと自称することで、自分をひときわ偉く見せようとする打算も働いてはいなかったろうか。

書記は果然、自分の地位の低さを痛感した。肩章や勲章や称号がほしくなった。そういうものがエンマは好きなのだ。エンマのふだんのぜいたくさから推して、きっとそうにちがいないと思った。

だが、レオンの予想を上まわる突飛なぜいたくな考えを、口にこそ出さね、エンマはまだまだいっぱい持っていた。たとえばルーアンへ行くのに、青塗りの軽二輪馬車《チルビュリー》がほしかった。そして馬車はイギリス馬にひかせ、ちゃんと乗馬靴をはいた馬丁に手綱をとらせる。こうした気紛れをエンマの心に吹き込んだのはジュスタンだった。彼はエンマの従者を志願していた。とにかく自家用馬車のないことが、あいびきのたびごとに、たとえ着いたときの喜びを減少させはしないまでも、帰るさいのつらい思いをつのらせていることはいなめなかった。

よく、パリの話をし合ったすえに、エンマはつぶやくのだった。

「ああ、パリへ行って暮らせたら、どんなにいいでしょうね！」

「今ぼくたちは幸福でないというの？」と、青年はエンマの髪をなでながらやさしく言い返した。

「ほんとにそうね。わたしばかだったわ、キスして！」

エンマは夫に対して、かつてないほど愛想よくした。ピーナッツ・クリームをこしらえたり、夕食後にワルツを弾《ひ》いたりした。そこでシャルルは自分はなんという果報者かと悦に入り、エンマはエンマでしごく泰平に暮らしているうち、ある晩、だしぬけにシャルルが、

「おまえのピアノの先生は、たしかランプルールさんといったね」

「ええ」

「妙だな、今日リエジャールの奥さんのところでその女の先生に会ったのだ。おまえのことをきいたら、知らないというんだよ」

青天の霹靂《へきれき》だった。しかしエンマはさりげなくかわした。

「まあいやだ！　わたしの名前をお忘れになったのかしら」

「それともルーアンには、女のピアノの先生で、ランプルールさんという名の人が何人もいるのかもしらんね」

「そうかもしれませんわね！」

それから、きっとなって、

「でも先生が署名なさった月謝の受け取りがありますわ、ちょっとごらんになって！」

と言うなり、机のところへ飛んで行くと、引き出しを全部あけてひっかきまわし、書付けをごったまぜにしたあげく、ヒステリー症状を呈したので、シャルルはあきれて、たかが受け取りぐらいのことでそんなに大騒ぎをしなくてもいいと言った。

「いいえ、ないはずはないんです！」とエンマは言い張った。

なるほど、その次の週の金曜日、シャルルが自分の衣類のしまってある薄暗い納戸《なんど》のなかで、長靴の片一方をはこうとすると、靴の底と靴下のあいだに何か紙きれがあるのを感じた。拾って読んでみると、

《一金六十五フラン他、右三ヵ月分授業料並びに雑品代として正に領収いたしました。音楽教師、フェリシー・ランプルール》

「どうしてこれが靴のなかなんぞにはいっていたんだろう？」

「きっと、棚の端にある、あの古い書付け挟みから落ちたんでしょう」とエンマは答えた。

このときを境に、エンマの生活は一から十まで嘘で塗り固められるにいたった。彼女は自分の恋をヴェールの下へ隠すように、嘘のなかにぴったりと包み込んだ。

かくていまや、嘘は方便を通り越して、それ自体ひとつの欲求となり、執念となり、快楽ともなった。だから、もしエンマが、きのう道の右側を歩いたと言ったら、それ

は左側のことだと思えばまちがいがないのである。

ある朝、エンマがいつものように、かなり軽装をして出かけた直後、急に雪になった。シャルルが窓から空模様をながめていると、おりからブールニジャン師がチュヴァッシュ村長の軽馬車《ボック》に便乗して、ともどもにルーアンへ向かうのが見えた。そこでシャルルは階下《した》へ降りて、厚地の肩掛けを坊さんにことづけ、「赤十文字」へ着きしだい家内に渡してやってくださいと頼んだ。旅館へ着くなり、ブールニジャンは、ヨンヴィル村の医者の細君はどこかとたずねた。宿の女将《おかみ》は、あまりこちらにはお見えにならないようですと答えた。そこで坊さんは、その晩、帰りの「つばめ」のなかでボヴァリー夫人の姿を見かけると、まごついたことを話して聞かせた。さいわい、変に勘ぐっているわけでもないらしく、彼はやがてある説教師の礼讃をはじめ、最近大聖堂でのこの人の説教はたいした評判で、ルーアンじゅうのご婦人が押すな押すなとつめかけているという話をした。

だが、そうとばかり気を許してはいられない。司祭はたまたま勘ぐらなかったにしても、もっと小うるさくきき出そうとするような手合いが、これから先いないとはかぎらない。そういう思惑からエンマはルーアンへ行くたびに、ひとまず「赤十文字」に宿をとった体裁にするのが万全の策だと考えた。かくて、ヨンヴィル村のおめでたい連中は、「赤十文字」の階段口にエンマの姿を見かけるに及んでは、もうなんの疑いもいだかなかった。

ところがある日、エンマがレオンと腕を組んで「ブーローニュ・ホテル」を出たとたん、なんとルールーにぶつかってしまった。エンマはルールーが噂を振りまきはしないかと気をもんだ。が、ルールーはそんなおっちょこちょいではなかった。

三日後に彼はエンマの居間にはいって来ると、ドアをしめたうえで切り出した。

「いくらかご都合願えますまいか」

エンマはとても都合がつかないと断わった。ルールーはそこをなんとかと泣きを入れ、彼がこれまで取り計らった便宜のかずかずを数え立てた。

そう言われればそのとおりで、シャルルの署名した手形二通のうち、エンマが今までに落としたのは一通だけで、もう一通はルールーがエンマの頼みをいれて、別の手形二通と取り替えてくれ、その新規の二通もずっと先の返済期日に書き替えられてあった。ルールーはやがてポケットから、貸しになっている納品の書付けを取り出した。カーテン地、絨毯《じゅうたん》、肱掛椅子張りの布地、ドレス数着、各種化粧品、その合計は二千フランなにがしにのぼっていた。

エンマはうなだれた。ルールーはつづけて、

「しかし、現金のお持ち合わせはなくとも、『財産』がおありでいらっしゃるから」と言って、オーマールの近くのバルヌヴィル在にある、たいした収入もあがらないぼろ家のことを話し出した。たしかボヴァリー先生のなくなられた父上が、以前に手放された小さな農場に付いていた家屋でございましたなと、ルールーはすっかり調べ

あげていた。家の坪数から、近所の人の名前まで調べてあった。

「わたくしでしたら、これを売って借金をきれいにしまして、そのうえに余った金を利用いたしますな」

エンマが、売ろうにもそう右から左に買い手がつくまいと言うと、ルールーはなに買い手ぐらい見つかりますよと望みを持たせた。しかしエンマは自分の了見ひとつで売ることがどうしたらできるのかときいた。

「そのための委任状じゃございませんか」とルールーは答えた。

そのひと言は一陣のすず風のようにエンマの胸を吹き渡った。

「さっきの請求書は置いてってちょうだい！」とエンマは言った。

「いや、あれはまたいつでも！」とルールーは答えた。

彼は次の週にまたやって来ると、奔走これつとめたあげく、ラングロワなる男を見つけたと得々と報告した。以前からあの家に目をつけていたらしいが、この男、買い値はまだ伏せていて言い出さないという。

「いくらだっていいわ！」とエンマは叫んだ。

いや、とんでもない、こちらはじっと静観して、やっこさんの出方を研究しなければならぬ。それはそれとして、この話は当方から出向いて行くだけの値うちはあると思うが、奥様ご自身がお出かけになるわけにもゆくまいから、不肖手前が現場へ参ってラングロワと談判いたしましょうと、ルールーは申し出た。さて帰っての話では、向こうは四千フランなら手を打とうと言っているという。

エンマはこの知らせに浮き立った。

「正直言って、そんなところでございましょうなあ」とルールーはつけたした。

エンマはその場で半金を受けとった。例のつけのぶんを払おうとすると、ルールーがこんなことを言う。

「こう申しちゃなんですが、それだけの『まとまった』金額を一度にお支払いいただくのは、わたくしどもといたしましてもまことにどうも心苦しゅうございますな」

そう言われて、エンマはつくづくその紙幣をながめた。そしてこの二千フランがあれば数えきれない回数のあいびきができるのにと思いながら、

「でもねえ、そうかって……」とつぶやいた。

「なんの、なんの！」とルールーは訳知り顔に笑って、「納品明細書はなんとでも書けます。蛇《じゃ》の道は蛇《へび》ってわけでしてな」

彼は二枚の長い書付け（用意して来た嘘の納品明細書）を片方の手の指にはさんでひらひらさせながら、じっとエンマの顔を見ている。ややあって、紙入れをあけ、おのおの千フランの約束手形四通をテーブルの上にならべた。

「これにご署名をいただきます。それでお金のほうは全部お手もとにお置きくだすってけっこうです」

エンマは空恐ろしいことをとばかりに反対した。

「しかし、差額の分は差し上げるのですから、けっきょく奥様のおためじゃございませんか」とルールーは臆面もなく答えた。

そしてペンを取ると、さっきの明細書の下に「上記納品代、金四千フラン正に領収いたしました。ボヴァリー御奥様」と書いた。

「なにもご心配になることはございません。六ヵ月後にはラングロワからの後金《あときん》がはいるのですし、最後の手形の支払期限は後金がはいってからのことにしてありますから」

エンマは胸算用に少々とまどった。早くも金貨の袋がはち切れて、金貨が床にざらざら鳴ってでもいるように耳鳴りがした。やがてルールーは、ルーアンの金貸しでヴァンサールという友だちがいるから、その男にこの四通の手形を割り引いてもらう、そして、つけの実際高との差額は、自分が直接持参して奥様にお渡しする、と説明した。

ところが、ルールーは二千フランのはずを千八百フランしか持参しなかった。かの友人ヴァンサールが(「当然の権利」を行使し)手数料兼割引料として二百フランをはねたのである。

それからルールーは、ことのついでにといった調子で、受取りを請求した。

「ご承知でもございましょう……商売のほうでは……とかくその……おそれいりますが日付けをひとつ、念のために」

どうやら夢が夢でなくなりそうな空想の世界がエンマの眼前にひらけた。彼女としては上出来に三千フランは手つけずにおいて、はじめの手形三通は期限どおりに落とした。ところが四枚目の手形が、思いもかけず、ある週の木曜日にボヴァリー家へ舞い込んで来た。シャルルはあっけにとられたが、じっとこらえて妻の帰りを待ち、訳をたずねた。

手形のことをお話ししなかったのは、暮らし向きのごたごたをお耳に入れたくなかったからですとエンマは言い、夫の膝に乗り、愛撫し、甘ったれた声で、つけで買った品物をながながと数えあげ、どれもこれも入り用なものだったのだと弁明した。

「でも、これだけ買って千フランなら、けっして高くないでしょう?」

シャルルは、よい知恵も浮かばぬまま、けっきょく、いつものルールーに助けを求めた。するとルールーは、二通の手形に先生の署名がもらえれば、かならずかたをつけてお目にかけると誓った。二通のうちの一通は、三ヵ月期限の七百フランのものだった。それを落とす必要に迫られると、今度はシャルルは母親に悲痛な手紙を書き送った。母親は返事を出す代わりに自分でやって来た。おかあさまにいくらか出していただけまして、とエンマが夫にきくと、

「うむ。しかしおかあさんはつけの明細書を見たうえでとおっしゃるんだよ」

明けの日朝まだきに、エンマはルールーの家に駆け込み、千フラン未満の納品明細書を一通別に作ってくれと頼んだ。ほかでもない、四千フランの明細書を見せた日に

は、すでにその三分の二を支払ったことを言わねばならず、ついでに不動産売却の件までばれてしまうからだ。ちなみにこの一件の取引きはルールーが巧みにつくろったので、実際に明るみに出たのはずっとあとのことだった。

　ひとつひとつの品物の値段はいたって安かったが、ボヴァリー老夫人は出費のかさみすぎを言い立てるこの好機を逸するはずもなく、

「絨毯《じゅうたん》なんかなしに済ませなかったのかね。なんだってまた肱掛椅子の布を張り替えたりするんだね。わたしたちの若いころは、肱掛椅子などは一軒の家にひとつありゃ上等で、しかも老人用ときまったもんでしたよ。――わたしの母のところじゃとにかくそうだった。うちのかあさんはそれは分をわきまえた方だったからねえ。だれでも金持のまねをできるってもんじゃなし！　またたとえいくら財産があったにしても、そうとめどなしに使ったんじゃたまりゃしない！　わたしなんかとてもこんなごたいそうなぜいたくは、しろったってやましくてできないね！　この年になって、世話のひとつも見てもらいたいわたしですらそうですよ……あれ、まあ、なんですね、このおしゃれ衣裳に、おめかし道具は！　あきれた！　絹の裏地が二フラン！……十スー（二分の一フラン）どころか八スーも出せば、薄織木綿地のちゃんとしたのがあるだろうが！」

　エンマはソファにそっくり返って、つとめて平静に応答した。

「はいはい、おかあさま、よくわかりました！　よくわかりました！……」

相手はまだまだ説教がしたらず、おまえたちは行く行くは施療院で死ぬことになるだろうと予言した。それというのも、もとをただせばボヴァリーが悪い。あの委任状だけは取りもどす約束をしてくれたのがまだしもだが……

「なんでございます？」

「ええ、はっきりそう約束しましたよ」と老夫人は答えた。

エンマは窓をあけてシャルルを呼んだ。あわれシャルルは、母親に確約させられたことを白状せざるをえなかった。

エンマは出て行くと、すぐもどって来て、大きな紙片をおごそかに姑《しゅうとめ》に差し出した。

「ご苦労さん」と老夫人は言った。

そして委任状を暖炉に投げ込んだ。

エンマはけけけけと笑い出した。かん高く、堰《せき》を切ったように、たてつづけに笑った。ヒステリーである。

「あっ、こりゃいかん！」とシャルルは叫んだ。「おかあさんも困るなあ！　喧嘩《けんか》をふっかけにいらっしゃるんだから！……」

母親は肩をそびやかして、「大げさなまねをおしだよ」とかたづけた。

しかしシャルルは、このときばかりは母親にたてつき妻の肩を持ったので、ボヴァリー老夫人は帰ると言い出し、さっそく翌日出発した。玄関先でシャルルが引きとめようとすると、母親は言い返した。

「いいえ、帰ります。おまえはかあさんより嫁がかわいいんだ。いや、けっこう、おめでとうを言うよ。まあ、どうなるか、それでやってごらん、そのうちわかるときが来るだろうよ！……からだを大事におし！……ここしばらくはおまえがお言いだったように、喧嘩をふっかけに来るのは遠慮させてもらうからね」

母親からはいやみを言われる、エンマの前ではまた頭があがらなかった。エンマはシャルルの背信を恨む気持を隠さなかったから。拝みたおして、やっと委任状をまた受け取ってもらうことにし、シャルルはのこのこ細君の尻についてギヨーマン氏の事務所に出向き、前のと同じ書付けを作製してもらった。

「わかりますよ」と公証人は言った。「学者が日常の些事《さじ》にうといのは世の常ですからな」

シャルルはこのへつらいの言辞に大いに気をよくした。自分の弱味を、崇高な職業という聞こえのいい外見でつくろってもらえたからである。

次の木曜日、いつものホテルのふたりの部屋で、レオンと落ち合ったエンマこそは激しかった！　笑い、泣き、歌い、踊った。シャーベットを取り、煙草を吸いたがった。ふつうじゃない、とレオンは思った。だが、ほれぼれするほどよかった。すてきだった。

エンマの全存在にどんな反動が起こって、こうまでエンマを生の享楽に走らせるのかか、レオンにはそれはわからない。とにかくエンマはいらいらと、飲みたがり食べたがり、色気づいた。レオンと腕を組んで、意気揚々と町なかをのし歩き、「だれに見られたってかまうものですか」と言った。ただ、ときどき、ロドルフに出会うことを思うと、さっと冷や水を浴びたような気がした。彼とは永久に別れてしまったとはいうものの、まだなんとなく逃げきれないような気がするのだった。

ある晩、エンマはヨンヴィルへ帰らなかった。シャルルはうろたえた。ベルトはおかあさまが帰るまで寝ないと言って、わあわあ泣いた。ジュスタンはめくらめっぽう街道を突っ走った。オメーまでが薬局から出て来た。

とうとう十一時になると、もういたたまれず、シャルルは軽馬車《ボック》に馬をつけて、飛び乗ると、あとは鞭を打ちつづけ、午前二時というのに「赤十文字」へ乗りつけた。だれもいない。ひょっとして、書記のレオン君が家内を見かけたかもしれぬ。レオン君の下宿はどこだ？　シャルルは幸い、書記の勤め先の主人の住所を思い出し、そこへ馬車を駆った。

もう夜明けだった。公証人役場の楯形《たてがた》の標識が門の上に見えた。門をたたいた。レオン書記の住所をきくと、だれかが、戸もあけずに大声で所番地を教えてくれたうえ、夜なかに人騒がせもいいかげんにしろと、したたかにどなられた。

書記の下宿には呼び鈴もノッカーもなく、門番もいなかった。シャルルは窓の鎧戸をどんどんたたいた。警官が通りかかった。シャルルはおびえて立ち去った。

「おれもどうかしている」とシャルルは思った。「きっと、ロルモーさんのところで晩飯にひきとめられたのだ」

だがロルモー一家はもうルーアンに住んでいないではないか。

「デュブルーユの奥さんの看病にでも残っておそくなったのかな? おっと、デュブルーユの奥さんは十ヵ月前に死んでいる!……いったいどこにいるんだろう?」

ふと思いついて、その辺のカフェーに飛び込み、『年鑑』を借り、あわただしくランプルール嬢の名前を繰った。住所はルネル゠デ゠マロキニエ街七十四番地とある。

その街路へ足をふみ入れたとたん、当のエンマが向こうの角に現われた。抱くというより飛びつくようにして、シャルルは叫んだ。

「昨日はどうして帰れなかったんだ?」

「気分が悪くなって」

「どうしたんだ?……どこで?……どんなふうになったんだ?……」

エンマは額に手を当てて答えた。

「ランプルールさんのところで」

「やっぱりそうか! 今行くところだった」

「いいの、もういらっしゃらないで」とエンマは言った。「先生はさっきお出かけになったところよ。でも、よくって、これからはそんなに心配なさらないでちょうだい。帰りがおくれたぐらいで、そんな大騒ぎをされたんじゃ、のんびり息もつけませんもの」

　これで、遠慮無用の外泊許可を夫から取り付けたようなものだった。そして、エンマはぞんぶんに、たっぷりとその許可を利用した。レオンに会いたくなると、出まかせの口実を設けて会いに行く、といっても、そんな日にはレオンのほうでは待っていないから、事務所へ連れ出しに行った。

　はじめのうちは、レオンもそれがうれしくてたまらなかった。が、やがてレオンは言いにくそうに白状した、主人がこう仕事に邪魔がはいってはかなわないとこぼしている、と。

「なによ、そんなこと！　行きましょう」とエンマは言った。

　けっきょく、レオンは抜け出した。

　エンマはレオンに黒ずくめの服を着せたがったり、ルイ十三世の肖像に似るように、顎《あご》に先尖《さきとが》りのひげをはやすといいと言ったりした。レオンの下宿を見たがり、見ると殺風景ねと言った。レオンは赤面したが、エンマはおかまいなく、自分の部屋のと同じカーテンを買うようにすすめた。金がかかると言うと、

「あら、ずいぶんこまかいのね！」と笑った。

　レオンは、会うたびに、この前のあいびき以来どこへ行って何をしたかを逐一報告させられた。エンマは詩を贈ってほしいと言った。自分に寄せた、自分をたたえた「恋の詩」をである。レオンは二行目の脚韻でもうまごついてしまい、とうとう贈答《キープセ》

本《イク》にのっているソネットを写し取った。

その気持を見栄《みえ》といってはかわいそうで、ひたすら彼女に気に入られたい一心だった。レオンは彼女の考えには何ひとつさからわず、彼女の好みはすべて受け入れた。彼女が彼の情婦というよりも、むしろ彼が彼女の情婦になった。エンマの武器は甘い言葉と、心をとろかすような接吻とであった。いつのまにエンマは身につけたのであろうか、あまりにも深々と秘められて、ほとんど形なきままにそこはかとなく立ちかおるこの妖艶《ようえん》さを。

6

エンマに会いにレオンのほうから村に出向いて来る際、彼はたびたび薬剤師の家で夕飯のごちそうになった。そこでそのお返しに、こちらからも一席設けねばなるまいと考えた。

「やあ、ありがとう!」とオメーは二つ返事で承知した。「こう村にすっこんでばかりいたんじゃ爺《じじ》むさくなっていかん。ここらで一発のして出んことにゃ。ふたりで芝居でも見て飯を食って、はでに遊んで来ましょうや!」

「まあ、あなた!」はやり立つ夫の行く先に漠とした危険を予感して、オメー夫人はやさしくささやいた。

「なに、何を言うか！　おまえは、おれが間断なき薬物の毒気のなかに日を送って、すでにしたたか健康を蝕《むしば》まれつつあるのがわからんのか！　もっとも、それが女の常でもあろう。こちらが仕事をすればしたで学問に嫉妬《しっと》する。そうしておいて、たまに人が正当な気晴らしをしようとすれば、それをまたやっかむのだ。なあに、レオン君、当てにしててくれたまえ。近々ルーアンへ抜き打ちに現われますぜ。そんときはひとつじゃんじゃか『札びら』を切ろうじゃないか」

　薬屋も昔だったらこんな口のきき方はまさかにしなかったろう。が、今ではすっかりパリ風のいい調子にかぶれて、それを最上の趣味と心得ていた。お向かいのボヴァリー夫人同様、都の流行ばかり気にして書記に伺いを立て、おまけにブルジョワを……つまり俗人を煙にまこうとして隠語まで使う勢いだった。いわく、「テュルヌ」（ねぐら）、「バザール」（あいまい屋）、「シカール」（いかれ野郎）、「シカンダール」（最高にいかす）、「ブレダ＝ストリート」（赤線）、そして「立ち去る《ジュ・マン・ヴェ》」と言う代わりに「ずらかる《ジュ・ム・ラ・カス》」と言った。

　かくて、ある木曜日、エンマは「金獅子」の調理場で旅支度のオメーを見かけて驚くこととなった。その日のオメーのいでたちは、村じゅうのだれもかつて見たことのない古マントに身をくるみ、片手にトランクをさげ、もう一方の手には薬局でいつもはいている裏毛のスリッパを持っていた。オメーは彼の不在による民心の動揺を恐れて、だれにも今日の計画をもらさなかった。

青春の日々を過ごした都市《まち》に久しぶりでまみえることを思えば、うたた感慨をもよおしたものか、オメーは道中のべつ幕なしにしゃべりつづけた。着くが早いか、さっとばかりに馬車から飛び降り、レオンをさがしはじめ、つかまえたが最後、泣こうがわめこうが離すことかは、大カフェー「ノルマンディー」へ引っ張って行き、帽子も取らずにずいとはいった。遊び場で脱帽するがごとき田舎っぺえとは、はばかりながらこのオメーはちがうのである。

エンマは四十五分もレオンを待ったあげく、とうとう事務所へ駆けつけた。それから、ああでもない、こうでもないと案じ果て、レオンの薄情をうらむ一方、自分の心弱さもくやしく、ホテルの窓に額をおしつけたまま午後を過ごした。

男づれふたりは二時になってもまだ食卓に向かい合っていた。ホールはだんだんすいてきた。棕櫚《しゅろ》の葉型のストーブの煙突は、白い天井にその金色の葉の束を丸くのばしていた。ふたりのわきのガラス張りの飾り窓には、日の光を浴びて小さな噴水が大理石の水盤にふりそそぎ、その水盤を皿に見立ててクレッソンやアスパラガスを配したあいだに、ぴんとこわばった伊勢蝦《いせえび》が三匹、横向きに山と積んだ鶉《うずら》のほうまで身をのばしていた。

オメーはご満悦のていだった。料理がうまいよりも、場所の豪華さに陶然としていたのだが、それでもブールゴーニュ産の赤ぶどう酒にほろ酔いきげんになり、ラム酒入りのオムレツが出るころには怪《け》しからぬ女性談義を展開しだした。何がいいと言って、やはり、けっきょくは「シックな味」だ。すてきな家具調度の部屋、そのなかに粋《いき》な身なりの女というのがこたえられない。体つきを言うなら「丸ぽちゃ」なんぞもいいもんだ。

レオンはげっそりして柱時計とにらめっこをしている。薬屋は飲み、食い、かつしゃべった。

「どうだね、さすがに君も」と突然言いかけてきた。「ルーアンじゃ不自由しておるだろう。もっとも君のお目当てはさして遠からぬ某所にありとにらんだが」

相手が赤くなると、

「おっと、隠し立てはご無用！　嘘とは言わせぬ、ヨンヴィルでくどいたろうが……？」

青年は何か言いかけて言葉にならない。

「ボヴァリー先生の奥さんの、それ……」

「だれのことです？」

「女中さんさ？」

オメーは、からかっているのではなかった。しかし、自尊心を傷つけられたレオンは、思わず日ごろの用心を忘れて食ってかかった。だいいち、僕の好みは黒い髪なんだ。

「そりゃあ、わかる」と薬剤師は言った。「そういう女は情が深い」

そしてオメーは相手の耳もとで、女の情の深さを示す徴候のかずかずを伝授した。さらには民族学にまで発展して蘊蓄《うんちく》を傾け、ドイツ女は憂鬱《ゆううつ》症で、フランス女は浮気者、イタリア女は情熱的だと言った。

「じゃ、黒人の女はどうです?」と書記がきいた。

「芸術家好みってところさ」とオメーは答えて、——「ボーイ! 食後のコーヒー二つ!」

「出ませんか」と、レオンはたまりかねて言った。

「イエース」

しかし、オメーは帰る前に店の主人にちょっと挨拶をすると言い出し、主人に愉快な食事だったと礼を述べた。

いまこそ切り上げ時だと思って、レオンは用事を言い立てた。

「よし、送ろう!」とオメーは言った。

そして、連れ立って町を歩いて行く途中、オメーは、細君のこと、子どもたちのこと、子どもたちの将来のこと、薬局のことを話し、自分のあの店が昔はどんなにさびれていたか、それが今はどんなに見ちがえるほど繁盛しているかを物語った。

「ブーローニュ・ホテル」の前まで来ると、レオンはそそくさとオメーに別れをつげて、一気に階段を駆け上がった。恋人は極度の興奮状態にあった。

薬屋が、と聞くやいなやエンマはいきり立った。一方、レオンは弁明にこれつとめた。今日のことは自分のせいではない。オメーがどんな男かはあなたもご存じのはずだ。あんな男の相手をしていたほうがいいなどと、僕が思うわけはないじゃありませんか。いかにももっともな理由である。しかしエンマはそっぽを向いた。レオンは取りすがった。そして、くずおれるように膝をつくと、欲情と哀訴に満ちた悩ましげな姿態で、エンマの腰を両腕で抱いた。

　エンマは立っていた。炎と燃える大きな目が、すさまじいばかりの真剣さでレオンにじっと注がれていた。やがてその目は涙にうるみ、薔薇《ばら》色の瞼《まぶた》がおりた。両手をレオンにまかせ、レオンがその手に口を寄せたとたんに、ボーイが現われて、旦那様にご面会の方があると取り次いだ。

「帰って来るわね？」

「ええ」

「でも、どれくらいかかるの？」

「ほんのちょっと」

「なに、『一手を案じた』までさ」と薬屋はレオンの顔を見るなり言った。「さっきの君の様子じゃ、ここの用件というのがどうやら迷惑そうだったから、早手まわしに切りあげさせてやったんだ。こんどはブリドゥーのところへ行ってガリュス酒（サフラン、肉桂などからつくる薬用酒）を一杯やろう」

　レオンは事務所へ帰らねばならないと言った。すると薬屋は、一件書類や訴訟記録を冗談まじりにこきおろした。

「キュジャス、(72)バルトリの徒、そもなんするものぞ！　たまにはきゃつらに吠《ほ》え面《づら》をかかすがいいのさ。君も男だ、びくびくするない！　さあ、ブリドゥーのとこへ行こう。犬がいてね、こいつがどこにでもいるしろものじゃないんだ！」

それでも書記が我《が》を張るので、

「じゃ、わしも事務所へおともしよう。君が出て来るまで、新聞でも読むか、また法典をひもとくもよしだ」

エンマの立腹、オメーの饒舌《じょうぜつ》、それにどうやら昼食のもたれも手伝って、ぼうとなったレオンは、同じ誘いを繰りかえす薬剤師の呪縛《じゅばく》にかかったかのように、立ち去りもかねてたたずんでいた。薬剤師は繰りかえす、

「ブリドゥーのとこへ行こう！　マルパリュ街といや、すぐそこだ」

ついにレオンは、弱気といったらいいか、愚かしさといったらいいか、とにかく何よりもいやでたまらない行為に、かえってわれわれを引きずってゆくあの名状しがたい気持のままに、ずるずるとブリドゥーの家へ連れて行かれてしまった。ブリドゥーは、狭い庭先で、若い衆が三人がかりでセルツ鉱水製造機の大きな動輪をふうふう言いながらまわしているのを督励していた。オメーは側《はた》からなんのかのと口出しをしたあと、ブリドゥーを抱擁した。ガリュス酒が出た。レオンは幾度も帰りかけた。が、オメーはその腕をおさえて、

「もうちょい待った！　わしも帰るから。『ルーアンの燈火《ともしび》』社へ寄って社の連中に会おう。トマサンに君を紹介するよ」

レオンもさすがに今度は振り切って、矢のようにホテルへ駆けもどった。エンマの姿はすでになかった。

　エンマは腹にすえかねて帰ってしまったところだった。今ではレオンが憎かった。こうまですっぽかされてはあんまりふんだりけったりだ。そして彼女はレオンを自分の心から遠ざけるための理由をほかにもいろいろ見つけようとした。あの人は雄々しいところがない。柔弱で、凡庸で、女よりも腑抜《ふぬ》けで、おまけに金にこまかくて、臆病だ。

　やがて気がしずまってみれば、けなしすぎたらしいことにやっと思いいたった。だがもうおそい。愛する人をいったんそしれば、それだけどうしても心が遠のく。偶像にはふれるべからず。像の金箔《きんぱく》がはげて手につく。

　ふたりは自分たちの恋とは直接関係のない物事を好んで語り合うようになった。エンマからレオンに出す手紙のなかにも、花や詩や月や星がどうしたと、そんなテーマがしきりと取り上げられた。月といい、花といい、さめかけた情熱があらんかぎりの外物に力を借りてふたたび勢いを盛り返そうとする、精いっぱいの可憐なあがきなのだ。エンマは毎回今度のあいびきこそはと期待をかけて、深い愉悦を味わおうとするのだが、その結果はいつも、格別常に変わったこともなかったと認めざるをえなかった。この失望を新たな希望で打ち消して、エンマはふたたび男のもとへ出かけて行く。そしてそのたびごとにいっそう激しく、狂おしく燃え立った。荒々しく脱衣し、コルセットの細ひもを引き抜く。ひもはしゅっと蛇《へび》のすべるような音を立てて腰のまわりを飛ぶ。素足の爪先立ちで、ドアがしまっているかをもう一度たしかめに行く。それから、さっと一糸まとわぬ全裸の姿となる。——そして、青ざめ、物も言わず、真顔で、男の胸にひしとすがって、わなわなとうちふるえるのだった。

しかし、冷たい汗を吹いたこの額の上に、言葉ならぬ言葉をつぶやくこの唇の上に、宙にさまようこの瞳のなかに、抱きしめるこの両腕の力のなかには、何かしら異常な、捕えがたい、忌わしいものがひそんでいた。レオンには、いつしかふたりのあいだに忍び入ったこの怪しい気配が、ふたりの仲を割《さ》こうとするもののように思われてならなかった。

レオンはエンマにきいてみる勇気はなかった。しかしエンマはこんなにすれている。してみるとこれは恋の悩みも喜びもすべて知りつくした、したたかな女にちがいない。そう思うと、はじめのころは彼にとって魅力だったものが、なんとなくこわくなってきた。それに、エンマと会っていると、日ごとに自分の個性が向こうに吸い取られてゆくようなのが腹立たしかった。エンマにぎゅうじられっぱなしなのがくやしかった。もう愛してなんかやるものかとさえ思った、が、いざエンマの編上靴が鳴る音を聞くと、強い酒を前にした酒好きのように、からきし意気地がなくなった。

実際、エンマは彼のために何くれとなく気を配った。食べ物も凝ったものをと心がけ、おめかしも、悩ましげな目つきも彼のためだった。ヨンヴィルから薔薇《ばら》の花をドレスの胸に入れて持って来てレオンの顔に投げつけたり、レオンの健康を案じたり、ふだんの暮らしについての注意を与えたりした。そしてますます彼の思いを自分にひきつけておくために、神のお守りまでも当てにして、レオンの首のまわりに聖母像のメダルを掛けたりした。心ばえ良き母親のように、レオンの付き合い仲間のことまでうるさく立ち入っては、

「そんな人たちに会ってはだめ、遊びに出歩かないで、わたしたちのことだけを考えていてちょうだい。わたしを愛してだけいて！」などと言った。

エンマはできることならレオンの全生活を見張りたかった。だれかに頼んで彼のあとをつけさせたら、とまで考えた。いつもホテルの近くにとぐろを巻いて、旅行客と見ると寄って来て話しかけるルンペン風情《ふぜい》の男がいるが、あの男ならいやとは言うまい……しかし自尊心が反発した。

「ええ、どうとでもなるがいい！　だまされたって、それがなにさ！　わたしとしたことが、そんなことにくよくよするなんて！」

ある日、レオンと早めに別れて、ひとり大通りをもどって来ると、昔自分のいた尼僧院の塀が見えた。そこでエンマは楡《にれ》の木かげのベンチに腰をおろした。あのころはなんと毎日がのどかだったろう！　言うに言われぬ恋の思いなるものを、書物の上で

懸命に想像しては、なんと胸をおどらせたことだったろう！　結婚当初の数ヵ月のこと、森のなかを馬に乗って散歩したこと、ワルツを踊る子爵様、絶叫するラガルディー、すべてが目の前を通り過ぎた……と、急にレオンの姿もほかの男たちと同じ遠景にしりぞいて見えた。

「こんなにあの人を愛しているのに！」と彼女は胸につぶやいた。

だがそれがなんだろう！　彼女は幸福ではない、一度として幸福だったことはない。この人生の満ち足りなさは、そして自分がよりかかろうとするすべてのものが一瞬にして腐臭をはなつというこの不幸は、いったいどこから来るのだろう？……しかし、もしもこの世のどこかに、強く美しい人がいてくれたら、あくまでも激しく、しかも繊細な、男らしい気だての人が、天使の姿に詩人の心、やさしく悲しい祝婚曲を天空高く奏《かな》でる青銅弦の竪琴《たてごと》のような心を持った人がいてくれたらば、自分とてこのような人とふとした機会にめぐり会えぬことがあろうか？　ああ！　しょせんかなわぬあだ望みだ！　そもそも、あこがれ求める値打ちのあるものがこの世にひとつとしてあろうか。何もかも嘘いつわりだ！　あらゆる微笑が倦怠《けんたい》のあくびを、あらゆる喜悦が呪《のろ》いの言葉を、あらゆる快楽が自己嫌悪《けんお》を裏に秘めている。そして感きわまった接吻すらが、より高い逸楽への癒《いや》しがたい心残りを唇にとどめるだけなのだ。

金属性のぜいぜい声が空を渡ったと思うと、尼僧院の鐘の音が四つ鳴るのが聞こえた。四時だ！　すでに永劫《えいごう》の昔からこのベンチにすわっているような気がした。しかし、群衆が狭い場所にひしめくように、無量の情念も一分間のうちにこめられることがある。

　エンマは自分の情念に首までひたって日を送っていた。まるで大公妃のように金のことなど念頭になかった。

　ところがある日、あから顔で禿頭《はげあたま》の、ぱっとしない風采の男が、ルーアンのヴァンサール氏からの使いと称してエンマの部屋にはいって来た。裾の長い緑色のフロックの脇ポケットをピンで留めてふさいである、そのピンを抜き取って袖に刺すと、うやうやしく一通の書類を差し出した。

　それはエンマの署名した七百フランの手形（これについては前に言及がない）で、ルールーが、あれほど堅く約束したにもかかわらず、ヴァンサールに譲渡したものだった。

　エンマはルールーを呼びに女中を走らせた。ルールーは来られないという。

　すると、突っ立ったまま、金色の太い眉毛の下から物珍しげにあたりを見まわしていたかの見知らぬ男は、とぼけた口調で、

「ヴァンサールさんにはどうご返事いたしましょう？」ときいた。

「そうね」とエンマは答えた。「今ちょっと持ち合わせがないから……来週まで……すみませんけれどお待ちくださるようにって……そうおっしゃってちょうだい……そう、来週にはまちがいなく」

　すると男はおとなしく帰った。

ところが、翌日の正午に、エンマは拒絶証書を受け取った。印紙をはった紙に、「ビュシー町執達吏《しつたつり》アラン」と大きな字で幾度も繰りかえし書いてあるのを見ると、エンマはすっかりふるえ上がり、大急ぎで呉服商人のところへ駆けつけた。

ルールーは店にいて、包みにひもをからげているところだった。

「いらっしゃいまし！　ちょっと手が空きますまで」

そう言いおいて、店の用もさせる台所女中といった格好の十三ぐらいの傴僂《せむし》ぎみの女の子に手伝わせて仕事をつづけた。

やがて、店の床板に木靴の音をひびかせながら、ルールーは夫人を案内して二階へあがり、狭い事務室に請《しょう》じ入れた。樅《もみ》材のデスクの上に数冊の帳簿がならび、帳簿の前には鉄の桟《さん》がわたしてあって、それに南京錠がおろしてあるというものものしさだった。壁ぎわにインド・サラサの布切れを積み上げたその下から、金庫が顔を出している。ばかでかい金庫だから、どうやら中身は証書や現金だけではなさそうだ。事実、ルールーは質屋《しちや》もやっていたのである。ボヴァリー夫人の金鎖も、あのかわいそうなテリエ爺《じい》さん（「カフェー・フランセ」の主人）の耳輪といっしょにそこにしまってあった。テリエ爺さんといえば、とうとう店を手放す破目になり、カンカンポワでちっぽけな雑貨店を営んだが、今では店にならべてあるろうそくよりももっと黄色い顔をして、持病の気管支カタルで死にかけていた。

ルールーは、自分用の大きな藁《わら》詰めの肱掛椅子に腰をおろすと、

「何か変わったことでも？」ときいた。

「これです」

　エンマは書類を見せた。

「こりゃ、私のところへお持ちになっても、どうにもね」

　こう突っ放されてはエンマもかっとなり、手形はけっして他人に流さぬという例の口約束を持ち出した。ルールーもそれは認めた。

「しかし、私だってなにも好きこのんでやったわけじゃありません。窮余の一策だったもんでして」

「で、これからわたしのほうはどうなりますの？」とエンマがきくと、

「どうなるもこうなるも、裁判所の判決があって、それから差押え……。『ちょん』でさあ！」

　エンマは相手の顔をひっぱたきたいのをこらえて、ヴァンサール氏をなだめる方法はないものかとおとなしくきいた。

「ははあ、なるほど！　ヴァンサールをなだめるとおっしゃる！　ご存じないから無理もないが、奥さん、あの男はアラビア人そこのけの冷血漢ですよ！」

　そううかがったところで、やはりどうしてもルールーさんに口をきいていただかないことにはと言うと、

「まあお聞きください！　及ばずながら私も今日《こんにち》まで、ずいぶんと奥様のおためを計

ってまいったつもりでございますよ」

　そう言って、一冊の帳簿を開いて、

「ごらんのとおり！」

　と、指先でページを下から上へとたどりながら、

「ざっとまあ、こんなぐあいで……八月三日、二百フラン……六月十七日、百五十フラン……[73]三月二十三日、四十六フラン……四月には……」

　そこまで読むと、何かまずいことでも出てきそうになったのか、ルールーは帳簿を閉じて、

「ほかにも、旦那様のご署名になった分の七百フランと、三百フランの手形がございますが、それはまた別といたしましても、私、これだけたびたびご用立ていたしております！　奥様のお入れになる内金の細々したお立て替えやら、奥様からいただくはずの利子やら、そんなものまでひっくるめれば際限がなく、私にもどれがどれだけあるのやら見当がつかないほどでございます。いやもう、このへんでお付き合いはごめんこうむりたいもので！」

　エンマは泣き出した。ルールーのことを「ご親切なルールーさま」とまで呼んだ。しかし彼はあくまでも、あの「因業なヴァンサール」に責任をなすりつけた。それにだいいち、自分はこのところすっからかんだ。近ごろでは当然はいるはずの金すら満足に払ってもらえない。まったく踏んだり蹴《け》ったりのありさまだから、自分のような

商売人のはしくれが、ひと様にお貸しするなどとはめっそうもないと言う。

エンマは黙って聞いていた。ルールーは鵞《が》ペンの羽根をかんでいたが、エンマのだんまりがさすがに気になったものか、いくらか色をつけて、

「まあ、近いうちにいくらかでも入金がありましたら……なんとかまた……」

「わたしのほうも」とエンマは言った。「バルヌヴィルの残金さえはいれば……」

「なんとおっしゃる！……」

ラングロワがまだ完済していないと聞いて、ルールーはひどく驚いた様子だった。そして、うって変わったやさしい声で、

「私はそれで、どういたせばよろしいので？……」

「あら、あなたのご都合しだいじゃございません？」

するとルールーは目を閉じて思案し、なにか数字を書きちらしたが、やがて、こいつはえらい背負《しよ》い込みだ、あぶない仕事だ、「生血をぬかれるようだ」と言いながら、支払い期限一ヵ月おきの、額面二百五十フランの手形を四通、条項を口授して書かせた。

「ヴァンサールがはたしておとなしく引きさがりますかなあ！　ま、とにかくこれで奥様とはお話し合いがつきました。私は待ったなしの正直もんでしてな」

それから今度は、一応お目にだけかけますが、どうせ奥様のお気に召すような物もございますまいといった調子で、新入荷品をいろいろと見せた。

「こんなドレス生地を、染めが保証つきの売り込みで、一メートル七スーにもつけてくるんでございますからねえ！　でも皆さんけっこうだまって買っていらっしゃいますよ！　お察しのとおり、こちらとしては何もいちいち、ほんとうのことを申しあげる筋合はございませんからなあ」と、ほかの客への抜け目なさをだしに使って、奥様にだけの忠誠ぶりをたっぷり印象づけようという肚《はら》である。

さらに、エンマが帰りかけるのを呼びもどして、最近「ある売り立てで」たまたま見つけてきたという時代ものの手編みレース三オーヌ（一オーヌは一メートル強）を見せた。

「たいしたものでございましょう！　当節こうした品を肱掛椅子の頭当てにお使いになる方がだいぶといらっしゃるようで、流行《はやり》でございますよ」

と言うそばから、手品師もどきのすばやさで、そのレースを青い紙に包んで、エンマの手におしつけた。

「でも、おいくらですの？……」

「いいえ、またおついでで」と答えて、ルールーはくるりとむこうを向いた。

その晩さっそく、エンマはボヴァリーをせっついて母親に一筆書かせ、遺産相続分の残金を至急送ってほしいと言わせた。姑《しゅうとめ》からは折り返して、もう何もない、決算ずみだ。あなたたちの取り分は、バルヌヴィルの家屋と、年金六百フランだけ。年金はまちがいなく送ると言ってきた。

かくなるうえはと、夫人は二、三軒の患家先へ請求書をつきつけた。味をしめて大いにこの手を利用すると、案外それがうまくいった。追伸として、「主人はああいう頑固者《がんこ》ですので、ご内聞に願いあげます……なにとぞ悪しからず……かしこ……」と決まり文句を書き添えた。おこってくる手紙もあったが、その分は握りつぶした。

とにかく金をつくらねばならぬ。エンマは古手袋から古帽子、古い金物《かなもの》まで売りにかかった。売り値はぶっかけて一歩も引かなかった。——親ゆずりの百姓女の血がものを言った。ルーアンに行けば行ったで、売って儲《もう》けるつもりの骨董品《こっとうひん》を買いあさった。引き取り手が見つからなければ、ルールーのところへ持ち込めばなんとかしてくれる。自分用にも、駝鳥《だちょう》の羽根や中国磁器や古櫃《ふるびつ》を買った。金はフェリシテからも、ルフランソワの女将《おかみ》からも、「赤十字」の女将からも、だれかれ問わず、めった借りをした。やっとバルヌヴィルの金がはいると、それで手形を二通だけ落としたが、残りの千五百フランは使い果たした。そこでまた借金、そんなやりくりの連続だった！

たまたま思い立って借金の計算をしてみることもあるにはあった。が、そら恐ろしい金額にお目にかかるので、まさかと信じかね、また計算をやり直すと、すぐにこんぐらかってわけがわからなくなる。そんなことで、けっきょく、うやむやになり、いつしか忘れた。

今や家のなかは闇《やみ》となった！　出入りの商人たちが憤然として帰って行くのが見られた。かまどの上にハンカチがほうり出してある。ベルトは穴のあいた靴下をはいて、オメー夫人を慨嘆させた。シャルルが勇を鼓《こ》して控え目な小言のひとつも呈すると、エンマはわたしのせいではありません！　とぷりぷりして答えた。

妻のこうしたいらだちぶりはどうしたことか？　シャルルは、いっさいをヒステリーの再発と診断した。そして病気の妻の落度を言い立てた自分を責め、自分の身勝手を後悔し、駆け寄って彼女に接吻してやりたいと思うのだったが、

「いや、よそう」と彼は自分に言い聞かせる。「うるさがらせるだけだ！」

そして、やめた。

夕食後、彼はよくひとりで庭を散歩した。ベルトを膝に乗せ、医事新聞をひろげて字を教えようとした。勉強などさせられた覚えのない娘は、すぐに悲しそうなつぶらな目を見開いて泣き出した。するど、彼は子どもをあやしにかかり、如露《じょろ》に水を汲んで来て砂の上に川をこしらえたり、いぼたの木の枝を折って花壇に植林して見せたりした。庭は雑草がぼうぼうに生えるにまかせてあったから、少しぐらいいたずらをしていじっても、見ばえがそこなわれる心配はなかった。そういえば、レスチブードワに払わねばならぬ日雇《ひやと》い賃もだいぶたまっている！　やがて子どもは寒がって、母親を求めた。

「ねえやをお呼び」とシャルルは言った。「いいかい、おまえのおかあさんは子どもがうるさくするのをとてもおきらいなんだよ」

秋口で、木の葉がもう散りそめていた。——ちょうど二年前、エンマの長患《ながわずら》いのこ

ろと同じだ！――いったい、いつになったらこんなことにけりがつくのだろう？……シャルルは両手を背に組んで歩きつづけた。

夫人は自分の部屋にいた。だれも上がって来る者はいない。彼女は満足に着替えもしない姿のまま、麻痺《まひ》したようになって、終日部屋にこもっていた。ときどき、ルーアンのアルジェリア人がやっている店で買ったハレムの香《こう》と称するものを焚《た》いた。夜は夜で、夫にそばに寝られるのをいやがり、あからさまにいやな顔をしてみせたあげく、とうとう三階へ追い上げてしまった。そして自分は、淫蕩《いんとう》な酒宴の場や流血の惨を描いた途方もない本を、夜の白むまで読みふけった。恐怖にとらわれて、思わず金切り声をあげることもあった。シャルルが駆けつけると、

「いいの！　ほっといてちょうだい」と言った。

ときにはまた、邪恋ゆえに燃えしきる胸の炎にひときわ激しく身を焼かれ、息もたえだえに逆上し、欲情のとりことなり果てては、窓をあけ、冷たい外気を吸い込んだ。頭上に重くうっとうしい髪を風に吹きなびかせ、星をながめながら、心は王公の恋にあこがれ、レオンを思った。レオンに会えば身も心も満ち足りる。一度でもいい、レオンに会えさえしたら、もう何もいらないという気になった。

そのあいびきの日こそは、エンマにとっての祭りだった。この日だけはせめて豪奢《ごうしゃ》にしたかった！　そこでレオンがひとりで払い切れないときは、気前よく足し前を出してやったが、けっきょくそれがいつものことになった。レオンは、どこかほかのも

っと安いホテルへ行ってもけっこう楽しめるではないかと言ったが、エンマはきかなかった。

ある日、彼女はバッグから銀台金めっきの小匙《こさじ》を半ダース取り出し（ルオー爺《じい》さんからの結婚祝いの品である）、今すぐこれを自分の代わりに質屋へ持って行ってくれとたのんだ。レオンはしかたなく言いつけに従ったが、内心はいやいやだった。質屋の出入りを人に見られはしないかと心配だった。

それに、考えれば考えるほど、最近のエンマの様子は尋常でない。こんなふうでは、エンマと切れるようにそそのかす者があるのも、案外こちらの身のためを思ってくれる人のしわざかもしれぬとレオンは思った。

ほかでもない、何者かが、レオンの母親に長文の匿名の手紙を書いて、彼が「人妻に入れあげている」ことを密告したのだった。老母は、いつの世にも良家の子弟をおびやかす、かの正体不明の悪女、恋の淵深く面妖《めんよう》にもわだかまる海の魔女、怪物のたぐいを脳裡《のうり》にかいま見て、ただちにレオンの主人デュボカージュに委細を知らせた。公証人デュボカージュのこの際に取った措置は見上げたものだった。レオンを一時間ほど前にすわらせて目を開かせようとし、極力身の破滅を説き聞かせた。そんなことをつづけていては後日開業のさまたげになる。頼むから切れてくれ、もし君自身のためにこの犠牲を払う意志がないなら、せめて私のため、このデュボカージュのためと思って目をつぶってくれ！　と言った。

ついにレオンは二度とエンマには会わないと誓ったのだった。そしてその誓いを守らなかったことを悔やんでいた。朝、事務所のストーブのまわりで仲間たちに冷やかされるぐらいはまだしも、あの女のためにこれから先どんな迷惑がかかり、どんな噂を立てられることやら。それに、主席書記の地位が目の前にぶらさがっているではないか。ここでしっかりしないでどうする。かくて彼はフリュートを断ち、胸の高まりを、夢を捨てた。——レオンにかぎったことではない。いかな俗人といえども、多情多恨の青春の日に、たとえ一日にせよ、一分にせよ、崇高な情熱、遠大な企画の可能性を信じなかった者があろうか。いかな下根《げこん》の蕩児《とうじ》もサルタンの后《きさき》を夢みたことはあるのだし、凡百の公証人も詩人の残骸を身うちに秘めているものだ。

今では、エンマが突然彼の胸にすがって泣きだしたりするのもうるさかった。レオンの心は、一定量の音楽にしか耐えられない人のように、恋の騒音を聞き流して居眠りしていた。以前はその騒音のなかにも妙《たえ》なる楽の音を聞くことができたのに。

ふたりは互いに知りすぎてしまった。互いに相手を自分だけのものと思い合う、あのよろこびはそこに驚きがあればこそ百倍にも感じられたのが、今は驚きがなくなってしまった。レオンが彼女に飽きたのに比例して、彼女もレオンが鼻についた。エンマは道ならぬ恋のなかにも結婚生活の平板さをそっくりそのまま見いだした。

だが、そうかといって抜け出る術《すべ》があったろうか。レオンとの幸福はこんなにもみじめだ、そのみじめさに屈辱を感じながらも、エンマは惰性から、というより泥沼《どろぬま》にはまったような自堕落な気持から執着した。いや、日ましにその執着はつのるばかりで、過大な幸福を期待するあまりに、かえって幸福を元も子もなくしていった。希望が毎回ついえるごとに、まるでレオンが裏切りでもしたかのように、レオンを責めた。ついには、自分から切り出す勇気がないままに、何か突発事が起こってふたりの仲を裂いてくれればいいのにとすら願った。

そのくせ、エンマには、女はかならず恋人に手紙を書くべきものだという固定観念があって、今でもレオンに恋文を書くことはやめなかった。

しかし書いているうちに、ほかの男が目に見えてきた。それは彼女の最も輝かしい思い出と、最も甘美な読書と、最も熾烈《しれつ》な欲望とが織りなした幻影だった。いつしかそれは生きた人のように、手を差しのべればとどきそうになり、エンマははっと胸をとどろかす。だが、すぐそこにいながらも、その男は、異教の神さながらに無限の属性に飾られているあまり、ついにその姿をさだかにとらえることはできない。その男は、月光のもと、花かおるところ、絹の縄梯子《なわばしご》が露台にかかって揺れている青霞《あおがす》む国に住んでいる。エンマは彼を身近に感じる。彼はやって来る、そしてたった一度の接吻《くちづけ》で彼女のすべてを奪い去るのだ。エンマはやがて精根尽きて倒れ伏す。こうして、はかない空想の恋のあがきは、放縦な房事にもまして彼女を疲れさせるのだった。

エンマは今ではたえず体じゅうがぶちのめされたように無感覚だった。召喚状その他印紙をはった書類が、しょっちゅう舞い込んだが、そんなものはろくに見もしなかった。死んでしまうか、それともいつまでも眠りつづけたかった。

四旬節の中日、(74) エンマはヨンヴィルへ帰らずに、夜になってから仮装舞踏会へ出かけた。ビロードのズボンに赤い靴下をはき、項《うなじ》に髪をたばねた古風な鬘《かつら》をつけ、三角帽を横かぶりにした姿で、夜どおしトロンボーンの狂おしい音にのって踊りまくった。エンマのまわりには見物の輪ができた。さて午前何時かになって気がついてみると、劇場の表口の柱廊に、荷揚げ人足や水夫の仮装をした連中といっしょだった。連中はレオンの仲間らしく、皆で朝まだきの夜食を食いに行く相談をしていた。

そこらのカフェーはどこへ行っても満員だった。やっと河港の近くにおよそ安っぽい食堂が見つかった。主人は五階の小さな部屋に一同を通した。

男どもは何やら片すみでひそひそ話をしている。勘定の心配でもしているにちがいない。レオンのほかに書記がもうひとり、医学生がふたり、それに商店員がひとりいた。これがエンマのつれなのか！　女たちはといえば、ほとんどすべてが最下等のすれっからしであることが、声の出し方ですぐわかった。エンマはこわくなったので、椅子をひいて目を伏せた。

ほかの連中は食べはじめた。エンマは食べなかった。額だけがかっかと火照《ほて》り、瞼はちくちくし、肌は氷のように冷たかった。頭のなかでは、舞踏会の床が、踊り狂う無数の足の律動につれて今もなお揺れ動いている、と思うまにポンスのにおいと葉巻の煙でくらくらとなり、倒れそうになった。皆が彼女を窓ぎわへ運んで行った。

夜が明けそめていた。真紅の大きな輝きが、サント＝カトリーヌ丘陵の方角のほの白い空にひろがっている。鉛色の川は風に鳥肌を立て、どの橋にも人影はない。街燈がつぎつぎに消えていった。

やがてエンマは正気づいた。ふとベルトのことを思い出す。今ごろはまだ、遠いむこうで、女中の部屋で眠っているにちがいない。と、そこへ、細長い鉄の薄板をいっぱいに積み上げた荷車が一台、耳を聾《ろう》せんばかりの金属性の響きを家々の壁に投げかけながら通り過ぎた。

エンマはいきなり座をはずすと、仮装を脱ぎ、レオンにもう帰るからと声をかけ、やっと「ブーローニュ・ホテル」でひとりになった。何もかも、自分自身までがいやでたまらなかった。鳥のように飛び立って、どこか遠いかなたの、けがれのない空気のなかに身を洗い、若返りたかった。

外へ出た。大通りからコーショワーズ広場へ、さらに場末の町々を抜けて、方々の庭の見おろせる見晴らしのよい通り（ルナール街）へ出た。エンマは足早に歩いた。大気が心を静めてくれた。いつしか、舞踏会の群衆の顔も仮面も、カドリーユも、シャンデリアも、夜食も、あの女たちも、すべてが風に吹き払われる霧と消えた。それから「赤十文字」へ帰り、『ネールの塔』の版画がかかっている三階の小さな部屋のベッドに身を投げた。夕方四時にイヴェールが起こしに来た。

家へ帰ると、フェリシテが、置時計の後ろに隠してあった鼠《ねずみ》色の書類を見せた。こんな文面が目にはいった。

《執行力ある判決の正本にもとづき……》

判決とはなんだろう？　実は前の日、別の書類が一通送達されたのをエンマは知らなかったのだ。だから次の文句を読んで、エンマは仰天した。

《国王ならびに法と正義の名においてボヴァリー夫人に命ずる……》

それから二、三行読み飛ばすと、書いてあるのが見えた。

《二十四時間の期限以内に遅滞なく》――なんだろう？《八千フランの全額を支払うこと》しかもその先のほうには《あらゆる訴追手段により、とくに家具その他有体動産差押えによって右の実行を強制する》

どうしよう？……二十四時間以内といえば、明日だ！　きっとまた、とエンマは考えた、ルールーがおどしにかかっているのだ。今となっては、さすがのエンマもルールーのすべての駆け引きを、親切ごかしの行く先を見抜いたのである。金額が大きくうたってあることが、かえってエンマを安心させた。

その実、エンマが物を買って払わず、金を借りては手形を濫発し、その手形を書き替え書き替えしたあげくは、手形の総額が期限ごとにふくらむ一方だったのは目に見えた話で、けっきょくエンマはすでにルールーのために一財産を作ってやっていたのだ。そしてルールーは投機事業の当てがあるから、その資本金がころげ込むのを今やおそしと待ち受けていたのだった。

エンマはあわてず騒がずルールーの店に出かけて行った。

「こんどのこと、ご存じでしょう？　もちろん冗談ですわね！」

「とんでもない」

「なんですって？」

ルールーはやおら向きなおると、腕組みをして言葉をついだ。

「奥さん、あんたさんはいったい、この私が孫子《まごこ》の代まで奥さんのために身銭を切って御用商人を相つとめ、お好きなだけの金子《きんす》をご調達申し上げるとでも思っていらしったんですかい。貸しただけの金は返してもらわないじゃ、まったくの話こちらが浮かばれませんやな！」

エンマは借金高があんなになるはずはないと言い立てた。

「今さらそんなことをおっしゃったってご無理というものです！　ちゃんと裁判所が認定して、判決がくだって、通告があったんですからな！　もっとも裁判所へ持ち込んだのは私じゃなくて、ヴァンサールですが」

「なんとかあなたのお力で？……」

「いや、どうしようもありません！」

「でも……そうおっしゃらずに……わたしのほうの言い分も聞いてちょうだい」

そしてエンマはたわ言を口走った。なんにも知らなかったんですもの……不意打ちはひどいわ……

「だれのせいでしょう、それは」とルールーは皮肉に一礼して言った。「私らなどがあくせく働きどおしに働いているあいだ、どうでした奥さんは、さんざんいい目を見ていらしったでしょうが」

「ああ、お説教ならたくさん！」

「耳に痛いこともたまには薬ですよ」とルールーも負けていない。

エンマは意地も張りもなくなって、ルールーに泣きついた。白い華奢《きゃしゃ》な手を商人の膝に置きさえした。

「よしてくださいよ！　色仕掛けみたいなまねは！」

「なんてことを！」とエンマは絶叫した。

「これはまた、えらいけんまくですな！」とルールーは笑っている。

「あなたがどういう人間か村じゅうに言いふらしてやる……うちの人に言いつけてやる……」

「けっこう！　それならこちらもご主人に見ていただくものがある！」と言うと、ルールーは金庫から千八百フランの受取書を取り出した。ヴァンサールに手形を割引いてもらったときに渡したものだった。

「いくらお宅のご主人でも」と彼はつづけた。「これをごらんになったら、奥さんのちょっとした取り込み詐欺に気がつかれるんじゃありませんかな？」

エンマは棍棒でどやしつけられた以上に参って、へなへなと椅子にくずおれた。ルールーは窓ぎわとデスクのあいだを行きつもどりつ、繰りかえした。

「ええ、見ていただきますよ……見ていただきますとも……」

それから、エンマのほうへ寄って来ると、やさしい声になって、

「こりゃ、ま、愉快な話じゃない、それは私もわかっておりますよ。ですが、なあに差押えの一回や二回くらったからって死ぬもんじゃなし、金を払っていただくには、どうにもこれしか打つ手がないんですからな……」

「でも、そのお金をどこで工面しろっておっしゃるの？」とエンマは両腕をよじるようにしてうめいた。

「へっ、へ！　奥さんのようにいい男の方がそこここにいらっしゃるご身分で何をおっしゃる！」

と、何から何まで見通しの、おそろしい目でじっと見つめられて、エンマは腹の底までおののいた。

「お約束します……署名します……」

「もうこりごりです、奥さんの署名は！」

「また売ります……」

「笑わせちゃいけません！」と彼は肩をすくめて、「もう何もないじゃありませんか」

そして、店を見おろすのぞき窓から下に向かってどなった。

「アネット！　十四号の利札三枚、わかってるな」

女中が上がって来た。エンマは追い立てられたのをさとって、最後に「どれだけ持って来たら告訴を取り下げてもらえるか」をたずねた。

「今さら手おくれですな！」

「でも、何千フランか持って上がったら？……全額の四分の一、三分の一でも？　全額をちょっと欠けるぐらいだったら？」

「いや、とてもじゃございませんが！」

彼はエンマをそっと階段のほうへ押しやった。

「一生のお願いです、ルールーさん、せめてもう二、三日！」

エンマはすすり泣いた。

「やれ！　今度は涙か！」

「ひどい方！」

「ひどくて悪うござんしたねえ！」ドアをしめながらルールーはうそぶいた。

7

翌日、執達吏《しったつり》アランが立会人ふたりをしたがえて、差押え調書作成のために現われたとき、エンマは毅然《きぜん》としてこれを迎えた。

彼らはまずボヴァリーの診察室からはじめた。骨相学用の髑髏《どくろ》は「職業上必要な器具」と見なされて、記入をまぬがれた。しかし台所では皿から鍋から椅子から燭台、寝室では棚の上のつまらぬ飾り物まで残らず書き立てた。エンマのドレスや下着や化粧室のなかまで点検した。かくて彼女の生活は、その最も奥深いすみずみまで、まるで解剖台上の死体のように、この三人の男の眼前に残るくまなくさらけ出された。

痩身《そうしん》にぴっちりと燕尾服のボタンをかけ、白ネクタイに、ズボンの踏み革をやけにぴんと張った執達吏アランは、ときどき、

「奥さん、ご免をこうむって、ご免をこうむって」を繰りかえした。

そして何度となく嘆声を発した。

「いや、みごとな品だ！……実にすばらしい！」

さてそれから、左手に持った角《つの》製のインク壺《つぼ》にペン先をひたして、また書きはじめるのだった。

部屋が一通りすむと、今度は屋根裏の物置きへ上がって行った。

エンマはそこにロドルフの手紙を入れた机をしまっておいた。それもあけなければならなかった。

「ほほう、手紙ですな！」とアランは慎み深い微笑を浮かべて言った。「しかし、ご免をこうむって！　箱のなかにほかの物がはいっていないかどうか、ちょっとたしかめさせていただきます」

　そう言って、手紙のあいだから金貨でも振り落とそうとするかのように、手紙の束を軽く傾けた。かつて胸をときめかせて読んだその手紙の上に、ごつい手がかかり、なめくじのようにふくらんだ赤い指が触れるのを見ては、激しい怒りが彼女をとらえた。

　彼らはやっと帰って行った！　フェリシテがもどって来た。ボヴァリー(75)を家へ寄せないように見張りに出しておいたのである。ふたりは差押えの番人を急いで屋根裏へ追い上げた。番人はそこを動かないことを誓った。

　その晩じゅう、エンマにはシャルルが何やら屈託げに見えた。不安に満ちた目で夫の顔色をうかがえば、気のせいか顔の皺《しわ》にも自分への非難が刻まれているようだ。ついで、中国風の衝立《ついたて》を飾ったマントルピースや、ゆったりしたカーテンや、肱掛椅子や、生活の苦さを和らげてくれたこれらすべての物の上に目を転じると、エンマは良心の呵責《かしやく》を感じた、というよりはむしろ限りなく恨めしい気持だった。そして情欲は消えるどころか、その気持ゆえにいっそう胸を焦がした。シャルルは暖炉の薪《まき》掛けに両足をのせて、静かに火をかきたてていた。

一度、番人が隠れ場にあきたのか、かすかな物音を立てた。

「だれか上を歩いているんじゃないか」とシャルルが言った。

「いいえ！　天窓があけてあるのが風で動くんでしょう」

明けての日曜日、エンマはルーアンへ発った。名前を聞き知る高利貸しを一軒残らずたずねてまわった。別荘へ行っているとか、旅行中だとか言われたが、エンマはめげず、たまに会えた人には、さし迫って入用なお金です、かならずお返ししますからとぜひにも頼み込んだ。鼻先でせせら笑う者もあり、けっきょく、だれからも断られた。

二時に、エンマはレオンの下宿へ駆けつけた。ドアをたたいた。返事がない。やっとレオンが出て来た。

「どうしたんです？」

「おじゃま？」

「いいえ……でも……」

でも、実は家主が「女のひと」を部屋に入れるとうるさいのだと白状した。

「ちょっとお話があるんだけど」

レオンは部屋の鍵をしめようとした。エンマはおしとどめて、

「いいえ！　あそこで、わたしたちの部屋で」

ふたりは「ブーローニュ・ホテル」のいつもの部屋に行った。

エンマは着くなり大きなコップに一杯水を飲んだ。真っ青な顔になっている。エンマは言った。

「レオン、あなたにお願いがあるの」

そしてレオンの両手をぎゅっと握って、ゆすぶりながら、

「ねえ、わたし八千フランどうしてもいるの！」

「なんですって！　正気ですか！」

「さいわい今のところはね！」

エンマはただちに差押えのことを話して窮境を打ち明けた。シャルルには何も言ってないのだし、姑《しゅうとめ》はふだんから自分を目のかたきにしている。父のルオーに何ができよう。しかし、レオン、あなたなら、これから八方画策して、待ったなしの八千フランをなんとか工面してくれるわね……

「いきなり、そんなことを言われたって……」

「まあ、意気地なし！」とエンマは叫んだ。

そこでレオンはついばかなことを言った。

「あなたは正直すぎますよ。三千フランも渡せば、いちおう向こうは待ってくれるでしょうに」

それなら、なおさらのことひとはだぬいでほしい。三千フランの金が見つからぬわ

けはない。なんなら、あなたの名義で借りてくだすってもいいではないか。

「さあ！　なんとかしてちょうだい！　すぐに！　急いで！……ねえ、ねえ、お願い！　恩に着ます！」

彼は出て行ったが、一時間ほどして帰って来ると、神妙な面持で、

「三人当たってみました……でも、だめでした」

それからふたりは暖炉の左右に向き合って腰を掛けたまま、じっとおし黙った。エンマはいらいらと足を踏み鳴らしては、肩をそびやかした。エンマがつぶやくように言う声をレオンは聞いた。

「わたしだったら、やってみるけれど……」

「何をです？」

「あなたの事務所よ！」

エンマがじっと見つめた。

爛々《らんらん》たる瞳《ひとみ》から、すさまじい強気がほとばしった。目は色っぽく、けしかけるように細まった。——この女は犯罪をそそのかすのか。その無言の意志の力に青年は全身の虚脱感をおぼえた。こわくなった。そこで、これ以上何も聞かないために、ふと思いついたふうに額をたたいて叫んだ。

「モレルが今晩帰って来るんだった！　あいつに頼めば、なんとかしてくれるでしょう（それはレオンの友人で、羽振りのいい商人の息子だった）。明日じゅうにできた

らおとどけします」と彼は言い足した。

エンマは藁《わら》にもすがると思いきや、それほどうれしそうな顔もしない。どうせ気休めだと感づかれたのか。レオンは思わず赤面して言葉をついだ。

「でも、三時までに伺わなかったら、うまくゆかなかったものと思ってください。じゃ、これで僕は失礼します。さよなら！」

彼はエンマの手を握ったが、その手はなんの反応もなかった。エンマはもはやいっさいの感情を失っていたのである。

四時が鳴った。自動人形のように、ただ習慣の力に駆られて、エンマは立ち上がり、ヨンヴィルへ帰ろうとする。

いい天気だった。ぴりりと肌寒いが、からりと晴れた三月の日和《ひより》で、太陽が青空に明るかった。おりから日曜のおめかしをしたルーアンの市民たちが楽しげにそぞろ歩いていた。エンマは大聖堂前の広場に出た。夕べの祈りが終わったところで、群衆は正面と左右側面の三方の出口から、橋の下の三つのアーチをくぐる川の水のように流れ出ていた。そしてその人波のただなかに、岩よりも不動に聖堂守衛が突っ立っていた。

エンマは思い出した。あの日、ひたすら不安と希望に胸をおどらせて大聖堂の中央広間にはいって行ったときのことを。奥深いあの広間も、彼女の胸の思いに比べては、なお浅いかに思われたのだったが。そしてヴェールのかげで泣きぬれて、心うつろに、足もとも乱れ、いまにも倒れそうに歩きつづけた。

「あぶない！」と叫ぶ声が、門構えのなかから聞こえた。さる大邸宅の大門がさっと開かれたところだった。

エンマははっと立ちどまって、軽二輪馬車《チルビュリー》の梶棒《かじぼう》のあいだにあがく一頭の黒馬をやり過ごした。手綱をとるのは黒貂《くろてん》の毛皮外套《がいとう》を着た紳士である。だれだろう？　どこかで見たような……馬車は駆け去り、見えなくなった。

そうだ、あの方だ、子爵様だ！　エンマはふりかえった。通りには人影もない。やるせなく、悲しい思いに耐えかねて、エンマは塀にもたれて、かろうじて身をささえた。

そんなはずはない、思いちがいだったとエンマは考えた。だが、けっきょくは何もわからない。彼女のうちにあるものも、彼女の外にいる人も、すべてが彼女を見捨てて去ってゆく。もうおしまいだ。深淵に、あてどもなくころげ落ちて行く自分の姿が目に見える。こんな思いだったればこそ、「赤十文字」にたどり着いて、薬品類のいっぱいつまった大箱が「つばめ」に積み込まれるのを見守っている好人物オメーの姿を見かけたとき、エンマの感じた気持はほとんど喜びに近かった。オメーは細君への土産《みやげ》に名代の「シュミノ」を六つ買って、絹のハンカチに包んで持っていた。

四旬節に塩味のきいたバターをつけて食べる、小型のわりに持ち重りのするこの渦《うず》巻《ま》きパンがオメー夫人の大好物だった。これは中世の食物の現代に残った最後の標本ともいうべきもので、その起原をたずねればおそらく十字軍時代にもさかのぼることを得よう。その昔、屈強なノルマン人たちは、黄蠟《おうろう》を塗った松明《たいまつ》のあかりのもと、イポクラス（肉桂入り甘口ぶどう酒）の酒壺や大きな豚肉のかたまりをならべた食卓の上で、さだめし憎き回教徒の首でもむさぼり食う勢いで、このパンをたらふくたいらげたことであろう。薬屋の細君は歯がおそろしく悪いくせに、ノルマン人のひそみにならって猛然とかぶりつくのだった。買う店もマサックル街の名代の製造元ときまっていた。これを土産に持ち帰るのを忘れなかった。そこでオメーはルーアンへ出るたびごとに、これを土産に持ち帰るのを忘れなかった。

「これはまたいいところでお目にかかりましたな！」と、オメーはエンマに手を貸して「つばめ」に乗り込ませた。

それから「シュミノ」を網棚の革ひもにつるし、帽子をぬぎ、腕を組むと、沈思黙考するナポレオンといった格好にかまえた。

しかし、例のめくらが丘のふもとに現われると、オメーは突然叫び出した。

「なんたることぞ！　かかる不埒《ふらち》な商売を、なぜいまだに政府は放任しておるのか！　こんな手合いはよろしく監禁して強制労働に服さしむべきだ！　なんと文明の進歩の遅々たることよ、さながら亀の歩みのごとし！　吾人は今なお未開社会のただなかに足踏みしておるのか！」

めくらは帽子を差し出した。帽子はまるで留め鋲《びょう》がはずれた壁掛け布のたるみのように、昇降口の扉《とびら》のふちで揺れていた。

「これは瘰癧《るいれき》性疾患ですな！」と薬剤師は言った。

そして、この乞食なら前からよく知っているのに、ことさらはじめてお目にかかったような顔をして、「角膜」とか、「不透明角膜」とか、「鞏膜《きょうまく》」とか、「顔貌《がんぼう》所見は」などという専門語をつぶやき、それからいともやさしげに問いかけた。

「おまえはそのような業病《ごうびょう》にとりつかれてからよほどになるのか？　居酒屋に入りびたったりせずと、精々摂生をむねとするがよいぞ」

上等のぶどう酒と上等のビールを飲め、消化のよい焼肉を食えとすすめた。めくらは十八番の小唄《こうた》を歌いつづけた。この男はどうやら頭のほうも白痴に近いらしい。オメーはようやく財布を開いて、

「さあ一スーやるから二リヤール（二分の一スー）釣銭《つり》をよこせ。わしの言ったことをよく守れよ。きっと験《げん》があるからな」

イヴェールはあえてそのききめについて若干の疑念を表明した。が、薬剤師は自家製の消炎軟膏でなおして見せると請け合い、自分の住所を教えた。

「市場横のオメーと言ってきくがよい。ヨンヴィルでは知れた名だ」

「さあさあ！」とイヴェールが言った。「お礼に『芸当』をやって見せな」

めくらはぺたりと膝を折って地面にすわった。そして思いきり頭を後ろへそらせ、緑がかった目の玉をぐりぐりとまわし、舌を出し、胃のあたりを両手でさすりながら、腹をへらした犬のように、陰々と遠吠えに似た声をあげた。エンマは気味悪くなって

肩越しに五フラン玉を投げてやった。彼女の全財産だった。それをこうして投げ与えるのは、気のきいたことのように彼女には思えた。

馬車はふたたび動きだしていた。オメーは急に窓から身を乗り出して叫んだ。

「澱粉質《でんぷん》や乳製品をひかえろ！　毛の肌衣《はだぎ》を着て、患部は松杜《ねず》の実でいぶせ！」

見慣れた景色が目の前に繰りひろげられるにつれて、エンマの現在の苦しみはしだいにまぎれた。ただへとへとに疲れていた。痺《しび》れたように、がっくりと気落ちして、ほとんど眠ったようになって家へ帰り着いた。

「このままどうなとなるがいい」とエンマは心につぶやいた。

それに、だれが知ろう？　今の今にも何か突拍子もない事件が持ちあがるかもしれないではないか。ルールーが頓死《とんし》することだってあり得る。

エンマは朝の九時に、広場の人声で目をさました。市場のまわりには人だかりがしていて、一本の柱に貼《は》り出してある大きな貼り札を読んでいる。ジュスタンが車よけの石の上にのぼってその貼り紙を破ろうとするのが見えた。が、とたんに村の巡査に襟首をつかまえられた。オメーが薬局から飛び出して来た。ルフランソワの女将《おかみ》は人ごみのなかで何やら弁舌をふるっているらしい。

「奥さま！　奥さま！」とフェリシテがはいって来て叫んだ。「ああ、くやしい！」

そして、この哀れな女中はかっとなって、たった今玄関先から引っぺがして来た一枚の黄色い紙を差し出した。エンマは一目で、自分の動産全部が競売に付せられる旨の布告を読んだ。

ふたりは黙って顔を見合わせた。この女中と奥様とは互いに何もかも打ち明け合った仲である。やっと、フェリシテは溜息をついて、

「ねえ、奥様、わたしならギヨーマンさんのところへ行ってみますけど」

「そうかねえ？　おまえ」

この問いの意味《こころ》は次のようなものだった。

「おまえはあの家の下男を通じてあの家のことはよく知っているだろうが、あそこのご主人はわたしの噂《うわさ》などもちょいちょいなさるようかい？」

「はい、いらしってごらんなさいまし、ご損はないと思いますわ」

エンマは着換えをした。黒のドレスに、帽子は黒玉の粒を飾ったフードにした。そして人目を避けて（広場は相変わらずの人だかりだったから）、川べりの小道づたいに村はずれを歩いて行った。

息を切らせて公証人の鉄柵の前に着いた。空は暗く、小雪がちらついていた。

呼び鈴の音に応じて、赤いチョッキを着たテオドールが玄関の石段の上に現われた。自分の友だちでも迎えるような気安げな様子を見せて門をあけると、エンマを食堂へ請《しょう》じ入れた。

磁器製の大きなストーブが、壁の凹所《おうしょ》いっぱいに枝をひろげている仙人掌《サボテン》の下で、ごうごう音を立てて燃えていた。柏《かしわ》の樹皮を模した壁紙の上には、黒い木の額縁にお

さめて、ストゥーベン作の「エスメラルダ」と、ショパン作の「ピュティファールの妻」がかかっていた。(76) 支度の整った食卓、二つの銀製焜炉《こんろ》、カット・グラスのドアの把手《とって》、嵌木《はめぎ》の床《ゆか》から、家具類すべてにいたるまで、残るくまもなくイギリス流の清潔さに光りかがやいていた。窓は四すみが色ガラスで飾ってあった。

「こんな食堂が、うちにもほしいわ」とエンマは思った。

公証人がはいって来た。左手で棕櫚《しゅろ》模様の部屋着の前を合わせながら、右手では、わざと気取って横かぶりにしている栗色ビロードの頭巾を脱いだと思うと、またすぐかぶりなおした。右にずらしたその頭巾の下からは、後頭部から撫《な》であげて禿頭のまわりをまわっている金髪の先が、三つの総《ふさ》になってたれている。

彼はエンマに椅子をすすめると、自分も腰掛けて、重々無礼をわびながら食事にとりかかった。

「ちょっと申しあげにくいのですが、お願いがございまして……」とエンマは言った。

「なんでしょうか。承りましょう」

エンマは委細《いさい》を打ち明けはじめた。

ギヨーマン氏は呉服屋とひそかに気脈を通じているので、そのへんの事情を聞くまでもなかった。抵当貸しを頼まれると、その資本はいつも呉服屋からまわしてもらっていたのである。

だから彼は（エンマそこのけに）あの手形の件のながながしいいきさつはよく知っ

ていた。最初は問題にもならぬほどの少額だったものが、長い支払期限の果てにはたえず書き替えられて、多くの人間が裏書人として名を連ねるにいたったあげく、ついにルールーがこれら裏書人一同の拒絶証書を一手にかき集め、そこはまた村の人たちの思惑をかねて、同じ穴の貉《むじな》のヴァンサールにかこつけ、その名義で必要な訴訟手続を取らせたものである。

エンマは話のあいまにはルールーの因業ぶりを悪《あ》しざまに言い立てる。と、公証人はそれに対してときおり相づちを打つようなないようなあいまいな返事をした。そして骨付きの肋肉《あばらにく》を食い、紅茶をすすっては、空色のネクタイに顎をうずめると、そのネクタイには短い金鎖でつないだダイヤのピンが二本ささっているという寸法だった。顔には変に甘ったるい、あやしげなうす笑いを浮かべていると見ているうちに、エンマの足がぬれているのに気がつくと、

「ずっとこちらへ、さあ、ストーブにあたってください……おみ足をもうそっと上へ……ストーブにじかにおあてください」

エンマは磁器のストーブを泥靴でよごしはしまいかと心配した。公証人はいよいよ調子づいて優男《やさおとこ》ぶり、

「美しいものがさわってよごれることはありませんよ」と言う。

そこでエンマは公証人の心を動かそうとした。それにはまず自分から夢中になって、暮らし向きの不如意、やりくりの憂さつらさを訴えにかかると、わかります、と公証

人は言った、婀娜《あだ》なご婦人のことでいらっしゃるから、それはもう！　そして一方食べる手は休めず、体ごとエンマのほうへ向きなおったので、彼の膝がしらがエンマの編上靴にふれた。靴底はストーブに押しつけられて曲がり、湯気が立っていた。

しかし、いよいよ三千フランの融資を切り出すと、彼は唇をぎゅっと結んだ。そして、こんなことになる前から財産の管理を託されなかったのが、かえすがえすも残念だと言った。自分にさえ相談してもらえたら、ご婦人でもかんたんにできる利殖の道がいくらもあったのに。グリュメーニルの泥炭坑といい、ル・アーヴルの地所といい、万《ばん》まちがいのない絶好な投機の対象だったろうに。確実に手にはいったはずの夢のような大金を目の前にちらつかされて臍《ほぞ》をかむ思いのエンマを、黙ってしばらく見ていた公証人はやおら言葉をついで、

「どうしてまた今まで私のところへいらっしゃらなかったのです？」

「べつになぜってことも……」

「いや、なぜです？　私がそんなに人を取って食いそうな男に見えましたかね？　こちらから奥さんに苦情を言いたいぐらいのもんです！　ろくろくお近づきさえ願えなかったんですからなあ！　しかし私はあなたに心からなる忠誠をささげておりますよ。これまではともかく、今後は信じていただけましょうな？」

彼は猿臂《えんぴ》をのばしてエンマの手を取り、むさぼるようにその手に接吻すると、そのまま自分の膝の上におしつけた。そして、あれこれと甘い言葉をささやきながら、エ

ンマの指をそっともてあそんだ。

白けた彼の声が小川の流れるようにさらさらとつづき、きらりと光る眼鏡越しに彼の瞳から火花が散った。彼の両手はエンマの腕にふれようとして袖《そで》のなかへのびた。エンマはせわしい息づかいを頬に感じた。いやらしい男、身ぶるいが出た。

エンマは飛び上がるようにして席を立つと、言った。

「わたし、あの、待っているんですけれど！」

「何をです？」と、急に真っ青な顔になって公証人は言った。

「お願いしたお金を」

「いや、それは……」

しかし、沸き立つ情欲の激しさに抗しかねて、

「よろしい、ご用立てしよう！……」

彼はひざまずいて、部屋着のよごれるのもかまわず、エンマのほうへにじり寄った。

「お願いです、帰らないでください！　あなたが好きだ！」

彼はエンマの腰を抱いた。

ボヴァリー夫人の顔はさっと紅潮した。男をにらみつけてあとずさりしながら、叫ぶように言った。

「人の弱味につけ込んでなんという破廉恥《はれんち》ななさりようです！　わたしはお情けにすがりには参りましたが、体を売りに参ったのではございません！」

そして彼女は外へ走り出た。

公証人は呆然と取り残されて、目はおのずと自分の足にはいた美しい綴織《つづれおり》のスリッパに落ちた。それはさる女性からの恋の贈り物だった。見ているうちにやっと心がなごんだ。それに、今にして思えば、あんな出来心にひきずられては、どうせあとあとろくなことにはならなかったろう。

「恥知らず！　人でなし！……なんという下劣なふるまいだ！」街道の白楊《はこやなぎ》の並木の下を、わななく足でのがれ行きながらエンマはひとりごちた。はずかしめを受けただけでもくやしいところへ、肝心の商談はお流れになった。神様までが、事あるごとに自分を苦しめようとしていらっしゃるようだ。そう思うとかえって負けるものかという気になり、かつてなく自分に誇りを感じ、また他人に軽蔑《けいべつ》を感じた。好戦的ともいえそうな興奮状態にあった。男どもを束ねてぶんなぐり、顔に唾《つば》を吐きかけて、ひとり残らず踏みつぶしてやりたかった。エンマは青ざめ、ふるえ、怒りに燃えて、涙ぐんだ目で空虚な景色の果てを探りながら、息苦しいほどの憎悪をまるで楽しみ味わうかのように、足早にぐんぐん歩きつづけた。

わが家が見えたとき、急に五体がしびれたようになった。もう一歩も足が踏み出せない。だが、歩かねばならぬ。どこに逃げようにも、逃げて行く先がないではないか！

フェリシテが戸口に待っていた。

「いかがでした？」

「だめだったよ！」エンマは言った。

それから女中とふたりして、十五分もの間、救いの手を差しのべてくれそうなヨンヴィルじゅうの人の名をあれこれと考えてみた。しかしフェリシテがだれかの名をあげるごとに、エンマは言い返した。

「とても、とても！　聞いてくれるものかね！」

「でも、そろそろ旦那様がお帰りのころですわ！」

「わかってるよ……さあもうあっちへ行っておくれ」

できるかぎりのことはしつくした。今となっては打つ手もない。しかたがない、シャルルが帰ったら言ってやろう。

「お退《と》きなさい。あなたの踏んでいらっしゃる絨毯《じゅうたん》はもうわたしたちの物ではないのです。あなたのこの家のなかで、もう家具一つ、ピン一本、わらしべ一すじ、あなたの物といってはないのです。そしてあなたを破産させたのはわたし、エンマです。申しわけありません！」

するとシャルルは声を放って泣くだろう。それから滝の涙を流すだろう。そして最後に驚きがさめると、許すと言うだろう。

「そうだ」とエンマは歯ぎしりしながらつぶやいた。「許すと言うだろう。わたしの目の前に立ち現われたという罪だけでもわたしは断じて許せないあの男、たとえ百万フランくれたって許すことではないあの男が……いやだ、ごめんだわ！」

ボヴァリーが偉そうに自分の上に立つかと思うと、どうにも我慢がならなかった。それに、こちらから白状するまでもなく、どうせこの破局はやがて、まもなく、おそくも明日には夫に知れてしまうのだ。してみれば、どのみちそのうんざりする場面は避けられず、そのときにはいやでも夫の寛大さの重圧に耐えねばならないのだ。もう一度ルルーのところへ行ってみようかという気にもなった。が、行ってどうなる？父親に手紙を書こうか。いやもうおそい。エンマは内心どうやら先刻の男の言うなりにならなかったことを今になって悔やんでいるようだった。と、そこへ、裏手の路地に馬の蹄《ひづめ》の音が聞こえた。シャルルだ。柵戸《さくど》をあけている。その顔色は漆喰《しっくい》の壁よりも青白い。エンマは階段をかけおりると、広場を通ってすばやく逃げ去った。教会の前でレスチブードワと立ち話をしていた村長夫人は、エンマが収税吏の家へはいるのを見た。

村長夫人はただちにカロン夫人にご注進におよび、かくて両夫人はつれだって屋根裏の物置きへあがった。そして竿《さお》に干した洗濯物のかげにかくれて、ビネーの部屋全体を見わたすのに都合のいい場所に陣どった。

ビネーはひとり屋根裏部屋にこもって、例のなんとも名状しがたい象牙《ぞうげ》細工の一つを木で模造している最中だった。細工はいくつもの三日月形と、互いに食い込み合った多くの球形とから成り、全体はオベリスクのようにまっすぐそそり立つというしろものでに何に使うかといえば、使い道はないのである。彼は最後の一片にとりかかっていた。完成間近だった！　仕事場の薄明かりのなかで、疾駆する馬の蹄鉄《ていてつ》から火花が散るように、金色のほこりが轆轤《ろくろ》から舞い上がっていた。二つの勢車《はずみぐるま》がぶんぶん回っていた。ビネーは顎をぐっと引き、鼻の穴をふくらませて、しきりとにたついていた。つまり、およそ埒《らち》もない仕事――むずかしそうでいて実は簡単しごくな、いわゆる勘どころなるものがわれわれの知能を興がらせてくれるような仕事、仕上げること自体に満足感があるだけで、その先にはなんの夢もないような、そういった仕事だけがどうやらわれわれにもたらしてくれるらしいあの絶対の恍惚境《こうこつ》にひたっているところと見えた。

「それ！　はいって来ましたよ！」とチュヴァッシュ夫人が言った。

しかし轆轤の音が邪魔して、エンマの言っていることはほとんど聞こえなかった。

やっと両夫人の耳に「フラン」という言葉が聞き取れたように思えた。チュヴァッシュ刀自《とじ》は相手の耳もとで小声に、

「税金の期限をのばしてもらおうと思って頼んでいますわ」

「頼みごとにかこつけて、の口よ！」と相手は答えた。

そのうち、エンマが部屋のなかをあちこち歩きまわって、壁ぎわにならべてあるナプキン・リングや、燭台や、手すりの玉飾りをながめているのが見えた。ビネーは気をよくして頬ひげをなでている。

「何か注文しに来たのかしら」とチュヴァッシュ夫人。

「いえ、あの人は作った物を売ることはしませんもの！」と相手は反対した。

収税吏はボヴァリー夫人の言うことがのみ込めないといったふうに、目を丸くして聞いている様子だった。彼女は情味たっぷり、泣き落とそうとするような態度で話しつづけた。彼女はビネーのそばに寄った。胸が波打っている。もう双方とも無言だった。

「男に持ちかけているんでしょうか」とチュヴァッシュ夫人が言った。

ビネーは耳のつけ根まで真っ赤になった。エンマは彼の両手を握った。

「あっ！　いくらなんでもこりゃひどい！」

エンマは怪《け》しからぬ申し出をしているに相違なかった。収税吏といえば——かつてバウツェン、リュッツェン(77)の両会戦をはじめとしてフランス国内作戦（連合軍侵入後の）にも参加し、その名は栄《は》えある「叙勲候補者名簿」にまでかかげられた歴戦の勇士だったが、——さすがの彼も今や蛇を見たときのように、はっと後ろへ遠く飛びすさって、叫んだ。

「奥さん！　なんということを！……」

「あんな女は笞《むち》でたたきのめしてやらないことにゃ！」とチュヴァッシュ夫人は言った。

「おや、あの女はどこへ行ったんでしょう?」とカロン夫人。

なるほどエンマの姿は、チュヴァッシュ夫人が所感をのべているわずかの間に、かき消すように見えなくなってしまっていた。やがて、エンマが目抜きの大通りを抜け、墓地へ向かおうとするかのように右手へ折れるのを見たとき、両女史はその行く先の詮議《せんぎ》にくれた。

「ロレーおばさん！」と、乳母の家にたどり着くなりエンマは言った。「息がつまりそう！……コルセットのひもをゆるめてちょうだい！」

彼女はベッドにぶっ倒れて、おいおい泣きじゃくった。ロレーの内儀《かみ》さんはエンマにペチコートをかけてやって、そばにしばらくたたずんでいたが、いっこうに受けこたえがないので、やがて向こうへ行って糸車で麻糸をつむぎはじめた。

「おお！　やめて！」とつぶやいたエンマの耳には糸車の音がさながら轆轤の音と聞こえたのだった。

「何がお気にさわったんだろう？　なぜまたうちへなど来なすったんだろう？」と乳母はあっけにとられている。

ほかでもない、エンマはなんとはなし自分の家から追い立てられるような恐怖感に駆られて、ここに飛び込んだのである。

あおむけに寝たまま、目をすえて、じっと身動きもせず、ただほうけたようにひたすら周囲の物に注意を集中したが、物の形はぼんやりとしか見分けられない。ところどころ漆喰のはげた壁や、寄り添っていぶっている二本の薪《まき》の燃えさしや、頭上の梁《はり》の割れ目をはって行く大きな蜘蛛《くも》などをながめるともなくながめているうち、やっと考えがひとつにまとまった。ああ思い出す……あれはいつのことだったか……レオンと……遠い昔のことだ！……川の上に夕日が映《は》えて、牡丹蔓《ぼたんづる》が咲きかおっていた……と、たちまち、泡《あわ》立つ急流に身をまかせたように、思い出の流れを直下して、エンマの頭に昨日のことがよみがえった。

「いま何時かしら？」とエンマはきいた。

ロレーおばさんは外へ出ると、空のいちばん明るい方角へ右手をかざし、さて、ゆっくりととって返して、こう言った。

「おっつけ三時でござんしょうか」

「そう！　ありがとう！　ありがとう！」

三時といえばレオンの約束の時刻だ。たしかにそう言ってくれた。金の工面もついたにちがいない。だが、自分がここに来ているとは知るよしもないから、きっと家へ行くだろう。そこでエンマは、ひと走り家まで行ってあの人を連れて来てくれと乳母に命じた。

「さあ、さあ！」

「へえ、奥様、ただいま参りますです！　ただいま！」

エンマは、なぜもっと早くからレオンを当てにしなかったのかと悔やまれてならなかった。昨日あの人はたしかに請け合ってくれたのだ。万《ばん》まちがいはあるまい。エンマはもう自分がルールーの事務室のデスクの上に、千フラン札三枚をならべているところを思いやった。さて次には、ボヴァリーに事態を釈明するようなうまい話をでっちあげなければならないが、はて、このほうはどうしよう?

それにしても乳母の帰りがおそい。このあばら家にはどだい時計というものがないのだから、それだけよけいに時のたつのが長く感じられるのかもしれないとエンマは思った。エンマは庭のなかをこつこつ歩きまわったあげく、生垣沿いの小道に出てみては、別の道からロレーおばさんがもう帰っているかもしれないと思いついて急いで取って返す。とうとう待ちくたびれ、ともすれば押し寄せようとする暗い疑念を払いのけ払いのけするうち、百年前からここにいるのか、つい一分前にここへ来たのかもわからなくなって、部屋の片すみに腰をかけ、目を閉じ、耳をふさいだ。柵戸がきしんだ。エンマは飛び上がった。彼女が問いかけるより前に、ロレーおばさんは言った。

「お宅にはどなたもたずねてみえた方はござんせんです!」

「なんだって?」

「へえ、どなたも! 旦那様が泣いてござって、奥様を呼んでござんした。みんなして奥様を探してますです」

エンマは返事もしなかった。ただ血迷った目であたりを見まわし、せいせい息をあえいだ。百姓女はエンマの形相《ぎょうそう》におびえ、奥さんは気が変になんなすったと思って、思わずあとずさりした。突然エンマは額をたたいて、おおと叫んだ。ロドルフの記憶が、闇夜《やみよ》をつんざく大稲妻のように胸底をよぎったのだった。あの人こそは親切な、思いやりのある人、気持の広い人だった！　それに、あの人なら、たとえ金の用立てをしぶるような気配を見せられても、こちらがその気になってちょっと目くばせすれば、たちまち焼けぼっくいに火をつけて有無を言わせぬ自信がある。そこでエンマはラ・ユシェットへの道をたどりはじめた。ついさっきあれほど肚《はら》にすえかねた行為を、今は自分から求めて駆けつける矛盾にも気づかず、今自分がしていることは、ていのいい売春にほかならないなどとはこれっぽっちも思わずに。

8

道々ただ彼女は考えた。「どう言おう？　なんと言って切り出そう？」やがて、歩くにつれて、灌木《かんぼく》の茂みも、木立ちも、丘の上のはりえにしだも、遠くに見える目ざす邸も、すべて見覚えのある景色になった。情事のはじめのころの感覚がよみがえってきた。そして八方ふさがりに締めつけられた彼女のあわれな心臓は、そのなつかしい感覚のなかにのどかにふくらんだ。しっとりと暖かい風が頬をなぶった。雪は溶けて、木の芽から下草の上へしたたり落ちていた。

エンマは昔のように農場の裏木戸からはいって、茂った二列の菩提樹《ぼだいじゅ》にふちどられた前庭にまわった。木は風に鳴り、長い枝をゆさぶらせていた。小屋の犬がいっせいに吠え立てた。しかし、けたたましいその声に応じて出て来る人もなかった。

エンマは、木の手すりのついた幅の広いまっすぐな階段をのぼって行った。とっつきの二階の廊下はほこりまみれの石敷きで、その両側にまるで僧院か宿屋のように、いくつもの部屋のドアが並んでいた。ロドルフの部屋は廊下のはしの、奥の左手にあった。錠前に指をかけたとたん、がっくりと体じゅうの力が抜けた。ひょっとすると留守かなと心配になる気持のそばから、むしろ留守であってくれればいいと願うような気にもなった。だが、これこそ残された唯一の希望、最後の救いの機会なのだ。エンマはしばし心をしずめた。そして、現下の窮境を肝に銘じ、勇を鼓してドアをあけた。

彼は暖炉の前にいた。両足をマントルピースの上に乗せ、パイプをくゆらせているところだった。

「これは珍客！」と彼は驚いて立ち上がった。

「ええ、わたしよ！……ねえ、ロドルフ、聞いていただきたいことがあるの」

と言ったきり、どうにもあとがつづかない。

「変わりませんね、いつ見てもおきれいだ！」

「まあ！」とエンマはにがにがしげに答えた。「きれいでもしかたがないわね、あなたにきらわれたんですもの」

そこでロドルフは自分の仕打ちの弁解にかかった。さりとてうまい文句が見つかるわけもないので、あいまいな逃げ口上に終始した。

エンマはそれでも彼の言葉に、というより彼の声、彼の容姿にひきつけられた。けっきょくエンマは相手のかつぎ出した口実をそのまま受け取るふうをよそおった。いや、心《しん》からそのまま受け取ったのかもしれない。その口実というのは、ある第三者の名誉はおろか生死にもかかわる秘密の事情なるものがあって、そのために余儀なく彼女と別れたのだというのである。

「でもやっぱり、ずいぶんとつらい思いをしましたわ！」と、エンマはやるせなげに男を見つめて言った。

彼は悟り顔で、

「人生とはそうしたものです！」

「でもその人生は」とエンマは引き取って、「お別れして以来、せめてあなたには幸福でして？」

「いや、幸福でもなし……さりとて不幸でもなしといったところです」

「別れなかったほうがよかったかもしれませんわね」

「そう……そうかもしれない」

「そうお思いになって？」と言うと、エンマはすり寄った。

そして、溜息といっしょに言った。

「おお、ロドルフ！　わかってほしいわ！……あなただけはほんとうに愛していました！」

ここで、エンマは男の手を取った。そのままふたりは指と指とをからませて、しばらくのあいだじっとしていた、――あの初めての日、共進会のときのように！　ロドルフはほろりと誘われそうになる気持を、男の意地で、からくもこらえていた。しかしエンマは彼の胸にしなだれて、

「あなたなしに、わたしが生きてゆけるとどうしてお思いになれたの？　いったん知った幸福の味はどうして忘れられるでしょう！　お先真っ暗なあのときの気持！　このまま死ぬのかと思ったわ！　みんな話してあげる、そのうちね。……あなたもひどい方、わたしから逃げてばかりいらしって！……」

そのとおりだった。ロドルフはこの三年というもの、男性の特質をなすあの生来の卑怯《ひきよう》さから、ひたすら彼女を避けてきたのだ。エンマは愛くるしくうなずきながら、じゃれかかる猫よりもなお甘えた様子で言葉をついだ。

「ねえ、あなたはほかにも好きな女の人がいくらもいるんでしょう、ほうら、顔にちゃんとそう書いてあるわ。でも、その人たちの気持はわかるわ。ええ、あたりまえですもの！　あなたがちょっとひっかければ、みんなあなたには首ったけになっちゃう、わたしもそうだったけど。あなたは男らしい男ですもの、どこからどこまで女を夢中にさせるようにできた方ですもの！　わたしたちも、だけど、またやりなおしましょ

うよ、ね？　またふたりで愛し合いましょうよ！　あら、わたし笑ってる、だってうれしいんですもの！……さあなんかおっしゃって！」

涙が一粒、夕立の雨の雫《しずく》が青い萼《うてな》にふるえるように、エンマの目もとにふるえている。その風情《ふぜい》にはえも言われぬ美しさがあった。

ロドルフは彼女を膝の上に引き寄せた。そして、なめらかな髪の毛を手の甲でさすると、おりからのたそがれの薄明かりのなかに、落日の最後の光が金の矢のようにその髪に照りはえた。エンマは額を伏せている。彼はとうとう、唇の先で、そっとやさしくエンマの瞼《まぶた》に接吻した。

「おや、泣いたね！　どうしたの？」

言われてエンマは急にむせび泣きはじめた。恋しさあまっての泣きだなとロドルフは思った。エンマがだまっているのも、最後のはじらいと見てとった。そこで、ロドルフは時いたれりと絶叫した。

「ああ悪かった！　許してください！　私の好きなのはあなただけだ！　私は頓馬《とんま》だった、あなたに悪いことをした！　私はあなたを愛します、いつまでも愛します！……なぜ泣いていらっしゃるのです？　言ってください！」

彼はいつのまにか床《ゆか》に膝を突いていた。

「じゃ、言いますわ！……わたし破産したの、ロドルフ！　三千フラン貸してちょうだい」

「えっ、そりゃまた……」と彼は少しずつ立ち上がりながら言った。と同時に顔つきがきびしくなった。

「ねえ」とエンマは急《せ》き込んでつづけた。「うちの人が全財産を預けておいた公証人が持ち逃げしてしまったの。で、いろいろと借金はかさむし、患者さんは払いが悪いしでしょ。もっともボヴァリーの父の遺産の決算が済めば、そのほうからいくらかはいる当てはあるんだけど、とにかく今三千フランのお金がないんで差押えをされそうなの。もう今の今、一刻を争うのよ。で、わたし、あなたの親切を最後の望みの綱にしてお訪ねしたのよ」

「なるほど、そうしたわけか、この女がやって来たのは！」とロドルフは内心つぶやき、いよいよ真っ青な真顔になった。

やがて落ち着きはらった口調で、

「奥さん、私もそれだけの持ち合わせはないのです」

彼は嘘《うそ》をついているのではなかった。いかにも、金の無心こそは、恋の上におそいかかるすべての突風のなかでも、最も冷たく、最も被害の大きいものであるし、その無心に応ずるなどという善行は金を出す側の人間にとっても概して愉快なものではないが、それにしても、もしロドルフにそれだけの金があったら、彼はまさかに出し惜しみはしなかったであろう。

エンマは断わられた当初、しばらくはじっと彼の顔を見つめていた。

「ないんですって？」

エンマはそれを何度も繰りかえした。

「ないんですって？……わざわざこんな恥をさらしに出かけて来ることはなかったんだわ！　あなたはわたしを愛してなんかいなかったのね！　わかったわ、あなたもほかの男たちと同じなのね！」

思わず本音を吐いていた。取りとめがなくなった。

ロドルフが口をはさんで、自分もこのところ「金づまり」なのだと言った。

「へえ！　お気の毒なこと！」とエンマは言い返した。「それはそれは！……」

そして、壁に掛けた武器飾りのなかに輝いている銀細工の騎銃に目をとめると、

「そんなに貧乏でいらっしゃるなら、銃の台尻にむろん銀なんか飾れはしなくてよねえ！　鼈甲《べっこう》をはめた置時計なんか買えはしなくてよねえ！」と、こんどはブール象眼(78)の時計を指さしながらつづけた。「もちろん、鞭につける金めっきした銀の呼子だって、――とエンマはそれにさわった！――時計の鎖の先につける飾りだってとても買えやしないことよねえ！　あらまあ！　この貧乏人さんの物持ちったらどう！　お部屋のなかにリキュール・セットまであるわ！　みんなこれはあなたのわが身かわいさ、ぜいたく好きの証拠じゃなくて？　農場から山林までついたお邸はある、犬を使って馬を駆っての狩りはなさる、パリへ旅行にはお出ましになる……これだって！　これっぱかしの物とお思いになるかもしれないけれど」とマントルピースの上からカフス

ボタンをつまみ上げると、エンマは叫んだ。「こんなたわいない物だって、売ればお金になるんです!……いいえ! こんな物ほしくない! しまっておきなさい」

言いざまカフスボタンの一対《いっつい》を遠くへ投げつけた。ボタンについた金鎖は壁にあたってふっ切れた。

「わたしだったら、何もかもあなたにあげてしまうわ、なんだって売ってしまうわ、そして自分の腕で働きます、道ばたで乞食でもなんでもします、あなたにたったった一度にっこり笑ってもらえるなら、たった一目こちらを見てもらえるなら、たったひと言『ありがとう!』と言ってもらえるなら! それだのにあなたは、まだこれでもわたしを苦しめ足りないような顔をして、そこにそうやって肱掛椅子にのほほんとしていらっしゃるの? よくって? あなたさえいなかったら、わたしは幸福に暮らせたのよ! なぜわたしなんかに言い寄ったの? だれかと賭《かけ》でもしたんですか? でも、あなたはわたしを愛していらしった、愛してるとおっしゃった……たった今さっきだって……ああ、いっそはじめからわたしをたたき出してくださったらよかったのに! わたしの手にはまだあなたの口づけの暖かさが残っていてよ。そして、ほら、そこで、そこの絨毯の上で、あなたはわたしの足もとにひざまずいて永遠の愛をお誓いになったじゃありませんか。あなたは前にもわたしにそれを信じさせておしまいになった。二年ものあいだ、あなたはわたしを、世にもすばらしい、かぐわしい夢の世界に遊ばせてくださったわ!……ねえ、ふたりして立てたあの旅行の計画、おぼえてらっしゃる？　おお、それからあなたの手紙！　あの手紙が舞い込んで、わたしの胸を千々《ちぢ》に引きさいたんです！　そして今日、わたしはその人のところへもどって来ました。その人はお金持で、仕合わせで、気ままな暮らしをしています！　その人のところへ、泣きの涙で、昔のままの愛情をいだいてもどって来て、どこのだれだってそれくらいのことならいいやとは言わないようなお願いごとをしたら、その人はどうしたでしょう？　三千フランが惜しいからって断わったんです！」

「私にはその持ち合わせがないのです！」と、負けを自認した怒りを楯《たて》のようにおおう、あの完璧《かんぺき》な平静さでロドルフは答えた。

エンマは出て行った。壁は揺れ動き、天井は今にも落ちて彼女をおしつぶすかと思われた。風に吹きたまる落ち葉の山につまずきながら、玄関先の長い並木道をとって返した。ようやく鉄柵門の前の空堀《からぼり》のところまで来た。門をあけるのにあわてて、閂《かんぬき》で爪を割った。門から百歩も行くと、息切れがして倒れそうになって立ち止まった。そこで振り向いて、もう一度、あの非情な館を、周囲の塀を、庭園を、三つの中庭を、正面に並ぶ窓の一つ一つを見やった。

エンマは茫然《ぼうぜん》と石のように立ちつくした。鼓膜を打つ脈の音だけが生き身の証《あか》しだった。その音は自分の体内からほとばしって野にみなぎり、巨大な音楽となって耳を聾するかと思われた。足もとの土は波よりも柔らかく、畑の畝《うね》は寄せ来る褐色の大波かと見えた。頭のなかのすべての記憶や想念が、ひとつの花火がはぜて散る無数の星のように、ぱっと一時に散り輝いた。父親の姿、ルールーの事務室、ふたりのための遠い町中の部屋、また別の景色が見えた。このまま狂うのかと思った。ぞっと総毛立って、なんとか気を静めようとしたが、やっと取りとめたと思ったその気持も、あやふやなものだったらしい。というのは、エンマは自分のこのすさまじい状態の真の原因、つまり金の問題をまるっきり忘れてしまっていたからである。エンマはひたすら恋の痛手に悩んでいた。そしてちょうど瀕死《ひんし》の負傷者が、血を噴《ふ》く傷口から命が流れ出てゆく思いをするのと同じように、エンマは自分の魂が恋のとどめた胸の裂け目から抜け出るように感じていた。

日が暮れかけて、鴉《からす》が飛んでいた。

突然、火の色をした小さな粒々が、炸裂《さくれつ》弾のように空中にばらまかれると、たちまち平らにひろがって、ああ、まわるまわると見るまに、木の枝を縫うようにして雪のなかに溶け込むようだった。粒々の一つ一つの真ん中にロドルフの顔が浮かんだ。いくつにも、いくつにも、粒の数はふえてゆく。そして近づいて来てはエンマの体に吸い込まれ、やがてみんな消えてしまった。エンマは遠く霧のなかにかすむ人家の明かりを認めた。

そのとき、自分の境遇の真相が深淵のように脳裡《のうり》によみがえった。胸も張り裂けそうに息がはずんだ。が、破れかぶれの悲壮感が今はほとんど喜びとなって、エンマは走り出した。丘を駆けおり、牛を渡す板橋を渡り、裏の小道から表通りへ出ると、市場を突っ切って薬屋の前へ着いた。

　店先には人影もなかった。はいろうとしたが、ベルの音がすれば人が出て来る。そこで裏木戸から忍び込むと、息をひそめ、壁づたいに手探りで台所の入口まで進み寄った。台所の竈《かまど》の上にはろうそくが一本ともっている。シャツはだかのジュスタンが料理の皿を運んで行くところだった。

「ああ、ごはんちゅうだ！　少し待とう」

　ジュスタンがもどって来た。窓ガラスをたたいて、そとへ呼び出した。

「鍵《かぎ》を！　そら、わかるでしょ、あの屋根裏の鍵よ！」

「えっ！」

と驚いて見るジュスタンの目に、エンマの顔は夜闇《よやみ》にくっきりと抜けるように白かった。その顔の青白さにあらためてまた驚くとともに、わけても今宵《こよい》はすごいばかりの美しさだ、亡霊のようにおごそかだと思った。奥さんが何をしようとしているのかはわからない。わからないながらも、ジュスタンは、なんとなく不吉な予感がした。

が、エンマは声をひそめた早口で、甘く、とろかすように言いつづけた。

「その鍵がいるのよ！　ねえ、貸してちょうだい」

　仕切りの壁が薄いので、食堂からかちゃかちゃとフォークの皿にふれる音が聞こえた。

　エンマは鼠《ねずみ》がうるさくて眠れないから殺したいのだと言い立てた。

「ちょっと、主人にきいてきます」

「いいえ！　それはだめ！」

それから、さりげなく言い足して、

「いま言わないだっていいわ、どうせわたしがあとで言っときます。さあ、明かりを見せて！」

エンマは調剤室のドアに通じる廊下へはいって行った。壁に「階上倉庫」と札のついた鍵がかかっている。

「ジュスタン！」と薬剤師がどなった。おそいのでおかんむりらしい。

「さあ、上がるよ！」

ジュスタンは、けっきょく、あとに従った。

鍵が錠前のなかでまわった。エンマの記憶はたしかだった。まっすぐに、三つ目の棚へ向かって進み、青い広口瓶をひっつかみ、栓《せん》を抜き、手を突っ込み、白い粉末をひと握りつかみ出すと、いきなり食べはじめた。

「いけません！」とジュスタンがおどりかかって叫んだ。

「しっ！　人が来る……」

ジュスタンはもはやこれまでと、助けを呼ぼうとした。

「だれにも言ってはいけないよ。おまえのご主人の罪になるんだから！」

ふっと気も落ち着き、仕事をなし終えたあとののどけさすら感じて、エンマは帰って行った。

シャルルが差押えの知らせに動転して家に帰ったとき、エンマはどこかへ出かけたところだった。シャルルはわめき、泣き、気絶した。しかしエンマは帰って来ない。いったいどこへ行ったのか。フェリシテを走らせて、オメーの家から、チュヴァッシュ、ルールーの家、「金獅子」、その他心あたりの所々方々を尋ねまわらせた。その間《かん》、さしあたっての心配がまぎれればまぎれたで、地に落ちたわが名声、無一文の境涯、なんの希望もないベルトの将来といった暗い光景が目に浮かぶ。どうしてこんなことになったのだ？……まるっきりわからない！　夕方の六時まで待った。とうとう、じっとしていられなくなって、ことによったらまたルーアンへ出かけたのかもしれないと思い、街道へ出てみた。半道ほど行ったがだれにも会わない。しばらく待ったあげく、家へ引っ返した。

エンマは帰っていた。

「どうしたことなんだ？……なぜなんだい？……わけを聞かせておくれ……」

エンマは机の前にすわって一筆したため、ゆっくり封をすると、日付と時刻を書き足した。それから重々しくきっぱりと、

「明日になったらこれをお読みになって。それまでは、お願い、何ひとつおききにならないで！……よろしくて、何ひとつおっしゃらないで！」

「だっておまえ……」

「寝かしてください！」

と言いざま、エンマはベッドの上にながながと寝そべった。

えがらっぽい味を口に感じて目がさめた。ちらとシャルルを見て、また目を閉じた。

まだ苦しみははじまらないのかしらん？　エンマは体じゅうを神経にして、今か今かと待ちかまえた。いや、まだなんともない！　時計の音も、火のはぜる音も、ベッドのそばに立っているシャルルの息づかいも、みんな聞こえる。

「ああ！　これで死ねるなら、楽なものだわ！」とエンマは思う。「いまにきっと眠くなって、それで終わりなのね！」

エンマはひと口水を飲むと、壁のほうを向いた。

インクの味のような、あのいやな味がまだ消えない。

「のどがかわく！……ああ！　のどがかわく！」エンマはあえいだ。

「どうしたんだ？」と、シャルルはコップを差し出した。

「いえ、なんでもないの！……窓をあけて……息がつまる！」

急に吐き気が来て、枕の下のハンカチを取るのがやっとだった。

「これ持ってって！　捨ててちょうだい！」とエンマは追い立てるように言った。

シャルルは問いただしたが、エンマは答えなかった。動いたら吐きそうで、じっと体を固くしていた。そのうち、しいんと冷たいものが足の爪先《つまさき》から心臓のほうへじわじわとのぼって来るのがわかった。

「いよいよ来たわ！」とエンマはつぶやいた。

「なんだって？」

エンマは舌の上に何かひどく重いものでものせているように、しょっちゅうぱくぱく口をあけては、苦しさに堪えて、ゆるやかに頭を左右に動かしていた。八時にまた嘔吐《おうと》がはじまった。

シャルルは洗面器の底を調べて、何か白い砂粒のようなものが琺瑯《ほうろう》引きの内側についているのを発見した。

「おかしいな！　これゃ変だ！」と彼は繰りかえした。

しかしエンマの答えははっきりしていた。

「いいえ、なにも変なことはありません！」

そこでシャルルは、そっと、ほとんど愛撫《あいぶ》するように、エンマの胃の上に手をあてた。エンマは悲鳴をあげた。シャルルはぎょっとして身を引いた。

やがてエンマはうめきだした。最初は声はかすかだった。が、肩が激しくふるえ、顔色はシーツよりも、わななく指先が食い込んでいるシーツよりも白くなった。脈搏は不整というよりも、もうほとんど感じられなくなっていた。

青ざめた顔の上に滴々と汗が吹き、まるで金属から立ちのぼる濃密な蒸気に包まれたように、顔全体がこちんと小さく固まって見えた。歯はがちがちと鳴り、見開かれた目はうつろにあたりを見まわした。何をたずねても、ただ首を横に振るだけ。二度、三度、ほほえみさえ見せた。うめき声はしだいにたかまった。にぶい遠吠《とおぼ》えのような声も出た。ふと、もうだいぶいいようだから、起きたいと言った。とたんに痙攣《けいれん》がおそった。エンマは叫んだ。

「あっ！　苦しい、助けて！」

シャルルはベッドのわきにひざまずいた。

「正直にお言い！　何を食べたんだ？　言っておくれ、後生だ！」

シャルルの目はこのとき、エンマがいまだかつて見たことのない愛情をたたえていた。

「ええ、そ……それを読んで！……」エンマはかすれる声で言った。

シャルルは机にすっ飛び、封を切り、声に出して読んだ。「だれを責めることがありましょう……」読みさして、目をこすり、またはじめから読み返した。

「やっ！　たいへんだ！　だれか来てくれ！」

彼は「毒を飲んだ、毒を飲んだ！」とただ繰りかえすばかりだった。フェリシテがオメーの店へ駆けつけ、オメーは広場へ出てわめきたてた。ルフランソワの女将《おかみ》は「金獅子」でその声を聞きつけた。ほかにも起き出して隣近所へふれまわる者があり、その夜は夜っぴて村じゅうが聞き耳を立てた。

気もそぞろに、何やらもごもごつぶやきながら、今にも倒れそうになって、シャルルは部屋を右往左往した。家具に突きあたる、髪の毛をかきむしる。さすがの薬屋もこの世にかくもすさまじい光景があり得ようとはついぞ予想もしなかった。

　薬屋は家へ引っ返して、カニヴェ先生とラリヴィエール博士とに手紙を書いた。頭が混乱して、十五枚以上も書きつぶした。イポリットはヌーシャテル（カニヴェの住む町）さして出発した。ジュスタンはボヴァリーの馬に乗って飛ばしたが、めったやたらと拍車を当てたので、ボワ゠ギヨームの丘の中腹で馬は疲労の極、死にかけのありさまとなり、そこからあとは歩かねばならなかった（ラリヴィエールの住むルーアンに向かうため）。

　シャルルは医学辞典を繰ろうとしたが、行がちらついて何も見えない。

「落ち着いて！」と薬屋が言った。「要は何か強力な解毒剤を投与することですな。毒はなんですか」

　シャルルは手紙を見せた。砒《ひ》素《そ》とある。

「さて！」とオメーは応じた。「定性分析を試みる必要がある」

　彼はいかなる中毒症状に対しても、まず分析の必要があることを忘れてはいなかった。すると相手はわけもわからず、ただもうやみくもに答えた。

「それはぜひ願います！　願います！　助けてやってください……」

　それからエンマのそばへもどると、絨毯に膝を突き、ベッドの縁に頭をのせてしゃくりあげた。

「泣かないでちょうだい！」とエンマは言った。「あなたを苦しめるのももうこれが最後ですから！」

「なぜなんだ？　どうしてこんなおそろしいことをしたんだ？」

エンマは答えた。

「しかたがなかったのよ」

「おまえは幸福じゃなかったのかい？　おれが悪かったのか？　でも、おれにできるだけのことはしたつもりだのに！」

「ええ、ええ……ほんとにあなたは……いい方！」

そしてエンマは夫の髪を静かになでた。こころよい感覚がシャルルの悲しみをいっそうつのらせた。今の今こそかえってエンマがかつて覚えぬほどの愛情をあらわに見せてくれているというのに、このエンマを失わねばならぬのかと思うと、絶望のあまり身も心もことごとくつい去るようだった。そのくせ何ひとつしてやることも思いつかない。緊急の決断に迫られたと思えば思うほど、気持の動転は収拾がつかなくなり、彼はいよいよ何もわからず、何をするのもこわかった。

ああ、これでおしまいだ、とエンマは思っていた。裏切りも、卑屈なふるまいも、心をさいなむ無数の欲望も、何もかもこれでおしまいになるのだ。今ではだれを憎む気もない。黄昏《たそがれ》の混沌《こんとん》とした気配がエンマの頭のなかにたちこめた。地上のありとある物音のうちでエンマの耳に聞こえるのは、遠ざかって行く交響曲の最後の響きにも似て、やさしくもまたかそけき鼓動の音、この哀れな夫の心臓の絶えだえな嘆きの声ばかりだった。

「子どもをここへ」と、エンマは片肱をついて上半身を起こしながら言った。

「それじゃ、さっきより気分がいいんだね？」とシャルルはきいた。

「ええ、ええ！」

ベルトは長い寝間着から素足《すあし》をのぞけたまま、女中に抱かれて来た。まだ夢うつつなのか、むずかしい顔をしている。ひっくり返した部屋のなかを不思議そうにながめ、家具の上にところどころともしてあるろうそくの光がまぶしくて、目をぱちぱちさせた。元日や四旬節中日の朝がた、まだ暗いうちから起こされると、ちょうどこんなふうにろうそくの明かりが目にはいる、それから母親のベッドに連れて行かれて贈り物をもらう、そうしたときのことでも思い出したのか、

「どこに置いてあるの？　おかあさま」と言い出した。

だれも返事をしないので、

「ねえ、あたいの靴（クリスマス・プレゼントを入れる）はどこよ！」

フェリシテはベルトを抱いたままベッドのほうへかがみ込んだが、ベルトはやっぱりマントルピースのほうばかり気にしている。

「ばあやがとったの？」とベルトはきいた。

ばあや（ロレーのかみさん）と聞くと、とたんにボヴァリー夫人の思いは邪恋とその不幸のかずかずのほうへと引きもどされ、もっと強烈な別の毒物の味が舌の根にいやらしくこ

びりつくような気がして、顔をそむけた。いつのまにか、ベルトはベッドの上にのせられていた。

「あら！　おかあさまの大きな目！　まあ、お顔が真っ青！　あんなに汗をかいてるわ！……」

母親はじっと子どもを見つめた。

「こわい！」と言うと、ベルトはあとずさりした。

エンマは子どもの手を取ると、接吻しようとした。ベルトは身をもがいて逃げようとする。

「さあ、もういいからあっちへ連れて行け！」と、寝間《アルコーヴ》のなかですすり泣いていたシャルルが叫んだ。

やがて症状は一時持ちなおした。興奮もいくらかおさまったようだ。そこで、無意味な言葉のひとつひとつに、やや平らかになった呼吸のひと息ごとに、シャルルは希望を取りもどした。やっとカニヴェがはいって来たとき、彼は泣きの涙でその腕のなかに飛び込んだ。

「ああ！　お待ちしてました！　遠方をわざわざ、ありがとう！　しかしどうやら取りとめたようで。まあ、見てやってください……」

同業の見立ては正反対だった。カニヴェのいわゆる「くだくだしい説明抜きの」流儀で、胃袋をとにかくからっぽにするため、吐剤を処方した。

　エンマはまもなく血を吐いた。唇はますます引きつった。手足は痙攣《けいれん》し、全身は褐色の斑点《はんてん》におおわれ、脈は張りつめた糸のように、今にも切れようとするハープの弦のように、指の下をかすめた。

　やがてエンマは物すごい絶叫をはじめた。毒をのろい、ののしり、毒のまわりがおそいのを恨んだ。その彼女よりももっと苦しそうな顔をしたシャルルが、何か飲ませようとやっきとなるのを、エンマは硬直した腕で何もかも突きのけた。シャルルはハンカチを口に当てて、あえぎ、泣き、踵《かかと》までふるわせるほどの嗚咽《おえつ》にむせんで、立っていた。フェリシテはうろたえて部屋じゅうを走りまわった。オメーは身動きもせず、大きな溜息をついていた。そしてカニヴェ先生は、相変わらずの落ち着きぶりを示しながらも、内心ひそかに首をひねりはじめた。

「こりゃどうじゃ！……だが……胃はきれいにしたはずだ。原因がなくなった以上……」

「結果もなくなる」とオメーはすかさず、「理の当然ですな」。

「なんとかひとつ助けてやってください！」とボヴァリーは叫んだ。

　そこでカニヴェは、薬剤師が「これもよくなるしるしの発作でしょう」となおも言いつのるたわごとを聞き流し、まさに阿片性解毒剤を投与しようとした。と、そのとき、ぴしりと鞭の音が聞こえ、窓ガラスはことごとく震動して、耳まで泥をはね上げた三頭立ての馬に全速力で引かせた一台の箱馬車が、さっと市場の一角におどり出た。

ラリヴィエール博士だった。

神の出現もこれほどの衝撃は与えまい。ボヴァリーはもろ手をあげ、カニヴェはぴたりと不動の姿勢をとり、オメーは博士のご入来のはるか前からトルコ帽をぬいだ。

博士はビシャ（一七七一～一八〇二フランスの名外科医）の手術衣の袖から発したあの偉大な外科学派に属していた。当今地を払ったあの哲人的臨床医の世代に属する人、それはとりもなおさず熱狂的に医の道にはげみ、感激と英知をかたむけて医をほどこしたあの国手たちの仲間である！　博士の怒号のもと、病院じゅうがふるえおののいた。弟子たちは博士を尊敬するあまりに、一本立ちになるが早いか師の猿真似をきそったから、近辺の町々どこへ行っても、博士と同じ裾長のメリノの綿入れ外套《がいとう》や、大き目に裁った燕尾《えんび》服が弟子たちのからだを包んでいるのが見られたのだった。ところで当の博士の燕尾服の、ボタンをはずした袖口がわずかにおおう両の手は、これこそふっくらと、世にも美しい手であった。苦痛のなかへ差し入れることの一刻も早かれと念ずるごとく、その手はついぞ手袋をはめたことがない。勲章も、肩書きも、学会もなんするものぞ、ただ手厚く寛大に慈悲深く貧者を施療《せりよう》し、美徳を信ぜずしてしかもみずからは美徳を実行する人物、この人こそは才気の鋭さによって鬼神のごとくおそれられることがなかったら、ほとんど聖者と目されもしたであろう。メスよりも鋭い彼の眼光は人の心の深奥につらぬき入り、言いのがれや取りつくろいを排してすべての虚偽を剔抉《てつけつ》した。かくて博士は、偉大な才能の自覚と、そこばくの財産と、倦《う》まずたゆまずいそしんだ非難の余地なき四十年の生涯とが与える温容と威厳に満ちて日を送っていたのである。

口をあんぐりあけて、あおむけに寝ているエンマの死人のような形相を見ると、博士はドアをはいるなり眉をひそめた。そしてカニヴェの報告に聞き入るていで、鼻の下を人差指でなでながら、

「ふん、なるほど」と繰りかえした。

が、やがて博士は目立たぬほどに肩をすくめた。ボヴァリーはそれを見のがさなかった。ふたりの視線が合った。人の苦しみなげくさまを見て今さらおどろく博士ではなかったが、さすがにこのときばかりは胸飾りの上に一滴の涙が落ちるのをとどめ得なかった。

博士はカニヴェを隣室へ連れ去ろうとした。シャルルは追いすがって、

「よほど悪いんですね？　芥子《からし》の湿布はどうでしょうか。なんでもいい、何かしてやれることはないでしょうか！　たくさんの人の命を救ってこられた先生のことです、なんとか方法を見つけてやってください！」

シャルルは両腕を博士の胴体にまわし、なかば失神したように博士の胸に倒れ込むと、おびえたように、泣きつくように、博士の顔をうかがった。

「さあ君、しっかりしたまえ！　お気の毒だが、もう手おくれです」

こう宣告してラリヴィエール博士は向こうをむいた。

「お帰りになるのですか」

「いや、あとでまた」

博士は御者に何か言いつけるためのようにして抜け出した。カニヴェ氏もこれにならった。カニヴェ氏もエンマの最後を見とるお役目は、ごめんこうむりたかったのだ。

薬屋は広場で両医師に追いついた。この男、性分《しょうぶん》として、名士のそばを離れていることができない。そこで彼はラリヴィエール博士に折り入って懇願し、カニヴェ先生とごいっしょに拙宅《せったく》で昼食を召しあがっていただくことにした。

大あわてで「金獅子」から鳩《はと》を、肉屋からありったけの骨つき肋肉《あばらにく》を、チュヴァッシュ家から生クリームを、レスチブードワから卵を取り寄せた。薬屋みずから食卓の用意に立ちはたらいた。一方オメー夫人は室内着の短上着《ドレシング・ジャケット》のひもをしめながら、

「先生、ほんとうに何もございませんで……なにぶんにもこうしたひどい田舎《いなか》のことでございまして、せめて前日からなとわかっておりませんことには……」

「おい、脚《あし》つきグラス！」とオメーが細君の耳もとでどなった。

「町でしたらせめてピエ・ファルシ（豚の脚に、薬味をきかせたひき肉、野菜などをつめた料理）ぐらいはお取りしますのに」

「だまっておれ！……博士、お席へどうか！」

オメーは二皿三皿出たところで、事件の顚末《てんまつ》を物語る時機いたれりと判断した。

「最初、喉頭部《こうとう》に渇感をおぼえ、ついで上腹部に激痛、暴瀉《ぼうしゃ》、昏睡《こんすい》という経過を見ました」

「なぜまた毒を飲んだのかね?」

「それがわかりませんのです、博士。どこであの亜砒酸《あひさん》を手に入れたのかも不明でして」

そのとき皿をたくさん積み重ねて運んで来たジュスタンが、急にがたがたふるえだした。

「どうした?」と薬屋が言った。

そうきかれたとたん、小僧はがらがらっと皿を全部床へ取り落とした。

「ばかもの!」とオメーはどなった。「すっとん狂! 抜け作! おたんこなす!」

しかし、とっさに自制して、

「博士、私は分析を試みたいと存じまして、まず第一《プリモ》、試験管のなかへ慎重に……」

「それよりかいっそのこと患者の喉《のど》へ指を突っ込んでやったほうがましだったね」と外科医は言った。

同業カニヴェは黙っていた。実は先刻ふたりきりのところで、吐剤を処方するとはなにごとかと、博士からこっぴどくたたかれたのである。だから、捩《よじ》れ足手術のときにはあれほど尊大能弁だったカニヴェ先生も、今日ばかりはいともおとなしく、ごもっとも、ごもっともとばかりたえず微笑を浮かべていた。

オメーは主人役をつとめる得意さに酔っていた。ボヴァリーの窮状を思い、しかるにおれはと身勝手な気持で自分をかえりみると、なんとなくよけいうれしさがこみ上げてくる。博士をわが家に迎えたことがまたうれしくてたまらない。彼は博学をひけらかして、芫菁《はんみょう》だの、ユーパス樹（ジャヴァ産いちじく科の毒樹）だの、マンチニール樹だの、蝮《まむし》だの、およそ毒のあるものの名を思いつきしだいに列挙した。

「いや、それどころか、博士、燻蒸《くんじょう》しすぎの腸詰めの中毒で、何人ものひとがいわば電撃的に昏倒《こんとう》した事例を読んだことがございます。最も信頼すべき論文に出ておりました。さよう、わが薬学界に不朽の名をとどめたかの泰斗《たいと》、われら薬剤師の大先達、カデ・ド・ガシクール先生(79)の著《あら》わされた論文で読みましてです！」

オメー夫人が、あのよく家庭で見かける、アルコール・ランプ付きのぐらぐらした道具を運んでまた出て来た。オメーが食卓でコーヒーをいれたがってきかなかったのである。おまけにそのコーヒーは自分で炒《い》り、自分で挽《ひ》き、自分でミクスしたものだった。オメーは砂糖をすすめるのに、

「博士、サッカルムを」と言った。

それからオメーは、子どもらの体格について、ぜひとも博士の所見を承りたいと言い出し、ぞろぞろ二階から連れて来させた。

いよいよラリヴィエール博士が帰ろうとすると、こんどはオメー夫人が一度夫を診ていただきたいと申し入れた。夕食後きまってうとうとするのは、きっと血の循環が悪いせいだろうと言う。

「いや、ご主人は血のめぐりがお悪いどころじゃありませんよ」

通じないらしいこの洒落《しゃれ》にひとりにや、つ、いて、博士はドアをあけた。ところが薬局はいっぱいの人だった。細君がしょっちゅう暖炉の灰に痰《たん》を吐くので、肺炎を心配しているチュヴァッシュ氏、ときどき異様な空腹をおぼえるというビネー氏、体じゅうちくちく痛むと訴えるカロン夫人、立ちくらみのするルールー、リューマチのレスチブードワ、酸っぱい水が上がってくるルフランソワの女将《おかみ》、こうした連中の囲みを突破するのに博士はひと汗かかねばならなかった。やっと三頭の馬が走り出した。いっこうに親切気のない医者だというのが、村の人たち一般の感想だった。

そこへブールニジャン師が聖油をたずさえて市場のわきを通って行ったので、一同の注意はそちらへそれた。

オメーは、日ごろの主義主張に忠実に、聖職者どもを死人のにおいをかぎつけて飛んで来る鴉《からす》の群れになぞらえた。いや、主義主張《スータン》は抜きにしても、オメーは坊主の姿を見るのがただたまらなくいやだった。僧服は屍衣を連想させるから。だからオメーの僧服ぎらいの根底にはいくぶん屍衣への恐怖がひそんでいたのである。

しかし、オメーは彼のいわゆる「使命」の前には敢然として一歩も引かず、カニヴェと連れ立ってふたたびボヴァリー家をたずねた。カニヴェにはラリヴィエール博士が、臨終に立ち会うようにと出発前にきつく言いおいたのである。オメーは、細君さえとめなかったら、ふたりの息子までも同道するところだった。息子たちを幼にしてかかる人生の大事に慣れさせ、あとあとまでこの厳粛な光景が彼らの脳裡《のうり》に焼きついて、教訓とも、いましめともなるようにという配慮からである。

なかへ通ると、部屋は早くも喪を思わせるゆゆしげな気配に満ちみちていた。白布におおわれた裁縫台の上には、銀の皿に綿を丸めたのが五つ六つ（終油の秘蹟を行なうためのもの）、火のともった二本の燭台のあいだ、大きな十字架像のそばに置いてあった。エンマは顎を胸のほうにぐっと引き、目を極度に大きく見開いていた。そして痛々しいその手は、臨終の人がよくする、屍衣をまとう準備をするような、あの無気味な静かなしぐさを見せて、シーツの上をかいなでていた。シャルルは石像のように青ざめ、目を炭火のように真っ赤にして、今はもう泣かず、エンマの真向かいのベッドの足もとに立っていた。司祭は片膝をついて、低声《こごえ》に秘蹟《ひせき》の祈りをとなえていた。

エンマはゆっくりとそちらへ顔を向けた。ふと司祭の紫の袈裟《ストラ》を目にとめると、喜色を浮かべたように見えた。おそらく、死を前にした異常な静謐《せいひつ》のさなかに、遠い昔、神秘なものにあこがれた、あの忘れられたよろこびがよみがえり、同時に今しもはじまろうとする永遠の至福の幻影をかいま見たのであろう。

司祭はつと立って十字架像を手に取った。するとエンマは渇した人のように首をさしのべ、「人となりたまう神《キリスト》」の御像《みぞう》にぴったりと唇をつけ、まさに尽きようとする力のありたけをふるいおこして、生涯を通じての最も熱い愛の接吻をそこにしるした。つづいて司祭は「神はあわれみをたれたもう《ミセレアトゥール》」と「おゆるしを《インドゥルゲンティアム》」の祈りを誦《ず》し、右の親指を聖油にひたして塗油の儀式をはじめた。まず目の上、ありとあらゆる俗世の奢侈《しゃし》をあんなにも焦がれもとめた目の上に。つぎには鼻、あたたかいそよ風や悩ましいにおいを好んでかいだ鼻に。つぎには口、嘘をあれほどついた口、自尊心を傷つけられてはうめき、肉のよろこびに叫んだ口に。つぎには手、快い感触を楽しんだ手に。そして最後には足の裏、かつて欲情の充足を追って走ったときはあんなにも速かった、そして今はもはや歩むことのない足に。

司祭は自分の指をぬぐい、油のしみた綿ぎれを火に投げ入れ、瀕死《ひんし》の女のそばへもどって腰をおろすと、今こそ御身《おんみ》の苦痛をイエス・キリストの苦痛とひとつにし、神のお慈悲にすがらねばならぬと説き聞かせた。

説教を終えると、司祭は、やがて彼女を迎え包もうとする天の栄光の象徴である聖《せい》燭《しょく》をエンマの手に渡そうとした。が、エンマはあまりにも力弱って、指を握りしめるのもおぼつかなかった。ブールニジャン師が手を添えなかったら、ろうそくは床へ落ちるところだった。

しかしエンマはもう前ほど青ざめてはいなかった。秘蹟によって癒《いや》されたかのように、エンマの顔には静かに澄んだ表情が浮かんでいた。

司祭はすかさずそのことを言い立て、主《しゅ》は救霊のためにその必要を認められた場合には、ときに寿命を延べたもうこともあるのだとボヴァリーに説明した。シャルルは、前にもエンマがこのように死に瀕しながら聖体を拝受したことがあったのを思い出した。

「こんども絶望することはなかったのかもしれん」とシャルルは考えた。

それかあらぬか、エンマは夢からさめたとでもいうふうに、ゆっくり周囲を見まわした。そして、はっきりした声で鏡をかしてほしいと言った。しばらくのあいだ鏡をのぞき込んでいる、と見るうち、その目からは大粒の涙があふれ出た。エンマはほっと溜息をつくと、のけぞるように、枕に頭を落とした。

たちまち胸がせわしくあえぎはじめた。舌がだらりと口の外へたれた。目の玉はたえずぎろぎろ動きながらも、消えてゆく二つのランプの丸ほやのように光が失せていった。魂が肉体を離れようとしてあばれているように、肋骨《ろっこつ》がおそろしいほどの息づかいでゆさぶられる。そのいよいよ激しくなりまさるすさまじい動きさえなかったなら、エンマはもう死んだとしか思えなかったろう。フェリシテは十字架像の前にひざまずき、薬剤師までがちょっと膝を曲げた。カニヴェ先生はとりとめなく広場に目をやっていた。司祭はベッドの縁《へり》に額をつけてまた祈りはじめた。黒い僧服《スータン》は後ろの床に長い裾をひいている。シャルルはその向こう側にひざまずいて、両腕をエンマのほうへ差しのべている。彼はエンマの手を取って、ひしと握りしめ、エンマの心臓がひと打ちするたびごとに、廃屋がくずれ落ちるあおりをくったように身ぶるいしていた。断末魔のあえぎが強くなるにつれて、司祭は祈禱《きとう》の調子を速めた。祈禱の声はボヴァリーのしのび泣きと交じり合い、ときにはラテン語の低いつぶやきがすべてを呑《の》んで、弔鐘のように殷々《いんいん》とひびくかと思われた。

突然、歩道の上に、重い木靴の音がした。杖《つえ》をひきずる音も聞こえる。やがて歌う声まで起こった。かすれた声で、

ぽかぽか陽気にさそわれりゃ、
娘っ子にも恋の夢。

エンマは電気をかけられた死骸のように、髪をふりみだし、目を見すえ、あっと息をのんで身を起こした。

鎌《かま》は刈る刈る麦の穂を、
ナネットねえちゃん、お尻《いど》を振って
麦の穂集めに大わらわ、
地の幸《さち》たわわの畝《うね》ぞいに。

「めくらだ！」とエンマは叫んだ。
そしてエンマは笑い出した。ものすごく、破れかぶれに、けたたましく笑った。あの乞食のぞっとする、醜い顔が、永劫《えいごう》の闇のなかに、恐ろしい化物のように立ちはだかるのを見るように思った。

その日は大風、あんれまあ、
短い下袴《ジュボン》が飛んじゃった！

痙攣がエンマをベッドの上に打ち倒した。みんなは枕《まくら》べにつめ寄った。彼女はすでにこときれていた。

9

人が死んだあとには、かならずやその死体から発散する一種痴呆《ちほう》の気ともいうべきものがある。突然に虚無が自分を襲った、そのことを納得し、あきらめるのは当座にあってまこと至難の業《わざ》だ。しかし、エンマが動かなくなったのに気づいたとき、シャルルはただちにエンマの上に身を投げかけて叫んだ。

「南無三《なむさん》、これが別れか！」

オメーとカニヴェが彼を部屋の外へ引きずり出した。

「あきらめるんだ、あきらめるんだ！」

「ああ、わかった」とシャルルはもがきながら、「おとなしくするよ。早まったことはしない。いいからほっといてくれ！　あれの顔が見たいんだ！　おれの女房だぞ！」

シャルルは泣いている。

「お泣きんなるがいい」と薬屋は言った。「泣きたいだけお泣きなさい。それが何よりの薬です！」

子どもよりもたわいがなくなったシャルルは、階下の広間へ連れて行かれた。オメー氏はとりあえず家に帰った。

彼は広場で「めくら」につかまった。乞食は約束の消炎軟膏をもらいに、ヨンヴィルまで不自由な体を運んだあげく、会う人ごとにオメー薬局はどこだときいて来たのである。

「いやはや！　よりによってまたえらいときにやって来おったわい！　いまは困る、日をあらためて来るがいい！」

言いすててオメーは店へ駆け込んだ。

手紙を二通書かねばならない。ボヴァリーには鎮静剤をひと瓶水薬でこさえてやる。死んだ夫人の服毒の事情をどうごまかして、『燈火《ともしび》』紙に記事を書くか。おまけに村の連中がごっそりつめかけて、何か聞き出そうとしている。けっきょくヨンヴィルの野次馬連には、ボヴァリー夫人はヴァニラ・クリームをつくろうとして砂糖とまちがえて砒《ひ》素《そ》を入れたのだという話を聞かせておいて、オメーはもう一度ボヴァリー家に取って返した。

ボヴァリーはただひとり（カニヴェ先生はさっき帰ったので）、窓べの肱掛椅子に腰かけて、広間の石畳の床をぼんやり腑抜《ふぬ》けのようにながめていた。

「ところで式の段取りを先生に決めていただかんことには」と薬剤師は言った。

「なんのことです？　式ってなんです？」

それから、おびえたように口ごもり、

「いや、そんなことってあるもんか！　そりゃ困る、あれは家においといてもらう」

オメーはしかたなく、棚から水差しを取って、ジェラニウムに水をやった。

「こりゃ、すまん！　いや、どうも！」

シャルルは言いかけて、終わりまで言葉がつづかなかった。薬剤師のしぐさを見るにつけても、思い出のかずかずが胸に迫ったのである。

そこでオメーは医者の気をまぎらすために、園芸の話などおりからふさわしいのではないかと思いつき、植物は水分を必要とすると語った。シャルルは賛意を表してうなずいた。

「それに、やがてもう春ですよ」

「ああ春ね！」とボヴァリーは言った。

さすがの薬屋も思案に窮して、窓の小さなカーテンをそっとあけて、さしのぞいた。

「や、チュヴァッシュさんが通る」

シャルルが機械のように繰りかえした。

「チュヴァッシュさんが通る」

これ以上葬式の段取りについて相談を持ちかけることはオメーの力にあまった。けりをつけてくれたのは司祭だった。

シャルルは診察室にこもって、ペンを取り、しばらく嗚咽《おえつ》にむせんでから、次のようにしたためた。

《婚礼の衣裳を着せて埋葬してください。白靴をはかせ、花かずらをかぶせること。髪は両肩をゆたかにおおようにする。棺は三重とする。柏《かしわ》と、マホガニーと、鉛とで。小生は取り乱すまじきゆえ、何もおっしゃってはくださるまじく。棺の覆《おお》いは緑色のビロードをたっぷりと願います。小生の望むところは以上、なにとぞそのとおりにおはからい願います》

これを読んだ薬剤師と司祭は、ボヴァリーの小説じみた着想にあきれ返った。薬剤師はすぐに出向いて、

「このビロードはいくらなんでもあんまり大げさじゃないでしょうか。費用の点からも、こりゃちょっと……」

「わたしの家内の葬式ですよ！」とシャルルは叫んだ。「いらぬお世話だ！　あなたはあれを愛していないからわからない！　お帰りください！」

司祭はシャルルの腕をささえて庭を歩いた。この世のはかなさを縷々《るる》と弁じ、神様

こそは偉大にして、しかも御恵み深きもの、何を不平をこぼすことがあろう、ただ神の仰せのままにかしこみ、神に感謝をこそささぐべきであると説いた。

シャルルは瀆神《とくしん》の言を辞さなかった。

「あんたのおっしゃる神様なんて、そんなもの犬に食われろ！」

「反抗心がまだあなたの身うちに巣くっておるようじゃ」と司祭は長嘆息した。

ボヴァリーはさっさと歩み去ると、塀にはわせた桃の木のそばを大股に歩いた。そして歯ぎしりして、天に向かって呪詛《じゅそ》の目を剝《む》いた。が、そのために木の葉一枚そよぎはしなかった。

小雨が降っていた。シャルルは胸がむき出しなので、しまいにはがたがたふるえだした。彼は台所へ引き返して椅子にすわった。

六時に、金物《かなもの》のぶつかるような音が広場から聞こえて来た。「つばめ」の到着である。シャルルは窓ガラスに額をつけて、乗客がつぎつぎに降りてくるのを最後のひとりまでじっと見守った。フェリシテが広間にベッドのマットレスを持って来てくれたので、その上に身を投げて眠った。

啓蒙《けいもう》思想家オメーも、死者への敬意は心得ていた。そこで、気の毒なシャルルの先刻の無礼は忘れてやることにして、本を三冊と、メモを取るための紙挟みを持ってその晩通夜《つや》に来た。

ブールニジャン師も来合わせた。ベッドは寝間《アルコーヴ》から引き出され、枕もとには二本のろうそくが燃えていた。

薬屋は黙っているのが苦手なので、さっそくこの「薄幸な若夫人」を悼《いた》む演説をぶちはじめた。司祭は今となっては故人のために祈りをささげるほかはないのだと応じた。

「しかし」とオメーはつづけた。「どのみち、二つに一つでしょうが。もしボヴァリーの奥さんが、（教会用語で言う）あの聖寵《せいちょう》とやらを受けて亡くなられたとすれば、なにもいまさら祈ってみてもはじまらない。もしまた、罪の赦《ゆる》しを受けることなく（たしか坊さん方の仲間ではこういいますな）逝《ゆ》かれたとすれば、こりゃどうしたって……」

ブールニジャンはさえぎって、それでもなおかつ祈らねばならぬのだと無愛想に答えた。

「どだいおかしな話だ」と薬屋は反対した。「神様はわれわれの欲するところをちゃんとご存じだっていうのに、祈ってなんになるんですかな？」

「何を言わっしゃる！」と司祭は言った。「祈りがなんになるですと？　あなたはキリスト教徒ではないのですか」

「いや、どうして、どうして、私はキリスト教を讃美しておりますよ。キリスト教はまず奴隷を解放した、第二に普遍的道徳を人類にもたらし……」

「そんなことを言っておるのではない！　聖書の本文は一致して……」

「おっとっと！　その問題なら歴史をごろうじ、イエズス会が聖書の本文を改竄《かいざん》したことは史上まぎれもない事実ですぞ」

シャルルがはいって来た。ベッドのほうへ進み寄ると、そっと垂れ幕を引いた。エンマは頭を右肩寄りにかしげていた。口は開き、その口もとは顔の下部に暗い穴のような影をつくっている。両手の親指はてのひらのほうへ折れ曲がっている。睫毛《まつげ》は白い粉《こ》を吹いたように見え、瞳《ひとみ》はまるで蜘蛛《くも》の巣におおわれたように、薄絹めいた、ねばねばした、青白いものの下に消え入ろうとしていた。掛け布は乳房から膝にかけてくぼみ、足指の先でまた高くなっていた。なにかとてつもない大きなかたまりが、べらぼうな重量がエンマをおしつぶそうとしているようにシャルルには思えた。

教会の鐘が二時を打った。築山の裾を、闇を縫って流れる川のせせらぎが大きく聞こえる。ブールニジャン師はときどきちーんと鼻をかみ、オメーは紙の上にペンをきしらせた。

「さあ、あなたはお引きとりになったがいい」とオメーが言った。「これを見ていてはよけいおつらいでしょう」

シャルルが行ってしまうと、薬屋と司祭は議論(80)のつづきをやりだした。

「ヴォルテールをお読みなさい！　ドルバックをお読みなさい！　『百科全書』をお読みなさい！」と一方が言えば、

「『ユダヤ系ポルトガル人の書簡集』(81)を読みなされ！　元司法官ニコラの『キリスト教本義』を読みなされ！」と他方が応じた。

ふたりは熱狂し、真っ赤になって、相手の言葉に耳も貸さず、同時にがなり立てた。ブールニジャンがそんな大それたことをと憤慨すれば、オメーはそんな眉唾《まゆつば》ものの話があるかとあきれ返った。そしてふたりが今にも互いに畜生呼ばわりをしようとしかけたときに、突然シャルルがまた現われた。やはりなにか得体の知れぬ力が彼を引き寄せるらしく、すぐにまた二階へ上がって行きたくなるのだった。

シャルルは今度はもっとよくエンマの顔が見えるように正面に立ち、余念なくながめ入った。余念なさのあまり、もう悲しさを通り越しているかのようだった。

シャルルは全身硬直の症状を死と取りちがえた話や、動物磁気(82)による蘇生《そせい》の奇蹟を思い出した。一心に思いを凝《こ》らせば、エンマをよみがえらせることもできようかと考えた。一度などはエンマの顔の上へかがみ込むようにして、ささやくように、しかし力をこめて、「エンマ！　エンマ！」と呼びかけてみた。その激しい吐息が、ろうそくの火を壁のほうへそよがせた。

明け方、ボヴァリー老夫人が到着した。シャルルは母親を抱いて、またひとしきり涙にくれた。母親は薬屋の二の舞を演じた。埋葬式の費用がかかりすぎると文句を言ったのである。シャルルの怒りようがあまりすごいので、さすがの彼女も黙った。シャルルは怒りついでに母親をルーアンへ走らせて、入用品を買わせた。

シャルルは午後じゅうずっとひとりでいた。ベルトはオメー夫人のところへあずけてあった。遺骸のそばにはフェリシテとルフランソワの女将《おかみ》がつめた。

晩にシャルルは弔問を受けた。シャルルは客が前に来ると、椅子から立って、言葉もなく、ただ出された手を握った。シャルルは客はそれから向こうへ行って、暖炉をかこんで大きく半円をつくっている仲間のそばに腰をかけた。一同顔を伏せ、脚《あし》を組んで、上に乗せた脚をぶらぶらさせては、ときどき思い出したようにほうっと溜息をついた。みんなどうしようもなく持てあましていた。が、互いに牽制《けんせい》し合って立つ者もない。

オメーは九時になってやって来たが（この二日間、広場は彼のひとり舞台の観があった）、樟脳《しょうのう》や安息香や、その他芳香性植物をわんさとかかえ込み、おまけに毒気を払うためとあって、塩素水《クロール》をつめた瓶までさげていた。おりからエンマの埋葬式のための着付けが終わろうとして、女中とルフランソワの女将とボヴァリー老夫人とが忙《せわ》しく立ちまわっていた。ついにぴんと張ったヴェールが引き下げられ、エンマの体は繻子《しゅす》の靴まですっぽりとその下にかくれた。

フェリシテはしゃくりあげて泣いた。

「まあまあ！　奥様！　おかわいそうに！」

「これ、見てごらんなさいまし」と旅館の女将は溜息まじりに、「ほんにまあ、おきれいな！　今にも起きていらっしゃりそう」。

それから女たちは身をかがめて、冠をかぶせる段取りにかかった。

頭を少し持ち上げねばならなかった。すると口から黒っぽい液体が吐かれたように流れ出た。

「あら、たいへん！　衣裳がよごれる！　気をつけて！」とルフランソワの女将が金切り声をあげた。「ちょいと、手を貸してちょうだい！」と薬屋に向かって、「なによ、こわいの？」。

「おれが、こわいかだと？」オメーは肩をそびやかし、「へっ！　おれたちが薬学科にいたころにゃ、死体なんざあ毎日お目にかかったわ！　市立病院の解剖教室でポンスをこさえちゃ飲みまわしたもんだ！　究理の人、あに死を恐れんや！　我輩つねに公言するごとく、わが遺体のごときは病院に寄付し、死してなお科学に貢献せんことを念じておるのだ」。

司祭は、来るなりボヴァリー先生はどうしておられるかと気づかった。薬屋の返事を聞くと、

「いかにも、まだ日が浅い、無理からぬこと！」と言った。

そこで、オメーは司祭に向かい、あなた方はわれら俗人とちがって愛妻を失う心配がないのはうらやましいしだいだと言った。聖職者の独身生活について、論争の火蓋《ひぶた》を切ろうという魂胆である。

「どだい不自然な話でさあ」と薬屋は吹っかけた。「男が女なしで暮らすってのは！　その祟《たた》りはげんに幾多の犯罪が……」

「何をまた、たわけたことを！」と司祭は大声にさえぎった。「人間、結婚生活の桎《しっ》梏《こく》にとらわれて、どうしてたとえば告解の秘密が守れますかな？」

オメーは告解を非難した。ブールニジャンは弁護にまわって、告解を機縁に立ちなおった人の例をいろいろとあげた。一朝にして泥棒が真人間と化した話のかずかず、告解所におもむく途上で前非を悔いた軍人のこと、またフリブール（スイス西部の州首都）のある司祭は……

敵手は居眠りをしていた。ブールニジャンも、部屋の空気が重ったるくて、少し息苦しいようなので窓をあけた。その音で薬屋は目をさました。

「嗅《か》ぎ煙草を一服いかが！」と司祭がすすめた。「おやんなさい、すっきりしますよ」

どこか遠くで犬の狼鳴《おおかみな》きする声が長く尾をひいてつづいている。

「聞こえますか」と薬屋が言った。

「犬は死人《しびと》をかぎつけると言いますな」と司祭は答えた。「蜜蜂がやはりそうです、人が死ぬといういっせいに巣箱から飛び立ちます」オメーはこの迷信を聞きとがめなかった。ふたたび眠りこけてしまったのだ。

オメーより頑張りのきくブールニジャンは、しばらくは唇を動かして何やらもごもごとなえつづけたが、いつしかやがて顎をたれ、分厚い黒表紙の本を手から放していびきをかきはじめた。

かくて両人はいまやともどもに腹を突き出し、頬をふくらませ、仏頂面《ぶっちょうづら》を向き合わせてすわっていた。久しくいがみ合った末にこのご両所、ついに人間共通の弱点において手を握ったかたちである。これまた眠れるごときかたわらの死者同様、ふたりとも身動きひとつしない。

シャルルがはいって来たときにもふたりは目をさまさなかった。シャルルはいよいよこれが最後の別れを告げに妻のところへ来たのである。

オメーの持ち込んだ匂《にお》い草はまだ煙っていた。青っぽい煙の渦が、外から流れ込む夜霧と窓べでまざり合った。空には星かげがちらほら、しめやかな夜だった。

ろうそくの雫《しずく》が、大粒の涙のようにベッドの掛け布の上にたれていた。黄色い炎の輝きは目に痛かったが、シャルルはじっとろうそくの燃えるのを見守った。

月光のように白々と光る繻子のドレスには木目模様がきらきらとふるえていた。エンマはその下にかくれていた。シャルルは、エンマが彼女自身の外へのがれ出て、周囲の事物のなかへ、しじまのなかへ、闇のなかへ、吹きわたる風のなかへ、ゆらめきのぼるしっとりした香煙のなかへ、いずこともなく溶け込んでゆくような気がした。

それから、突然シャルルはエンマの姿を、トストの庭の茨《いばら》の垣ぎわに置かれたベンチの上に、ルーアンの町なかに、この自分たちの家の玄関先に、あるいはベルトーの中庭に見た。中庭のりんごの木の下で踊りつつ笑いさざめく男の子たちの声がまだ聞こえてくるようだ。ふたりのための寝室はエンマの髪のにおいに満ちていた。そしてエンマの花嫁衣裳はシャルルの腕のなかで、火花のような音を立ててきしった。あのときの衣裳、それがこのドレスなのだ。

こうして長いあいだ、シャルルは過ぎ去ったすべての幸福を、エンマのときどきの様子、ふとした身ぶり、声音《こわね》を思い浮かべた。やるせない思いは次から次へと、いつまでも果てしなく、堰《せき》を切った上げ潮のように押し寄せて来た。

シャルルはおそろしい好奇心を起こした。胸をときめかせながら、指先でそっとヴェールをめくってみた。とたんに彼は恐怖の叫びをあげ、その声で目をさました例のご両所がシャルルを階下の広間へ引っぱって行った。

やがてフェリシテが上がって来て、旦那様が髪の毛をほしがっておいでですと言った。

「切るがいい！」と薬屋が答えた。

フェリシテがびくついて用をなさないので、薬屋がやおら鋏《はさみ》を手にして立ち向かった。ぶるぶるふるえて、鋏の先はこめかみの皮膚をやたらに突くばかり。かくてはならじと身をこわばらせ、めくらめっぽう二、三度じょきじょき切りまくったから、あの美しい黒髪のところどころに白いまだらができてしまった。

薬屋と司祭はひとしきりめいめいの仕事に精を出した。が、ときどきまた舟をこぐのをやめたわけではなかった。そしてふたりは目をさますたびに、互いに相手の居眠りをとがめ合った。するとブールニジャン師は聖水を部屋じゅうにそそぎまわり、オメーは塩素水《クロール》を小出しに床《ゆか》にまいた。

フェリシテの気転で、箪笥《たんす》の上にはコニャックが一瓶と、チーズを添えた大きなパン・ケーキが一つ、ふたりのために置いてあった。そこで薬屋は、明け方四時ごろになると喉《のど》から手が出そうになり、溜息とともに言った。

「どうです、ここらでいっちょう栄養補給といきましょうや！」

坊様はもろ手をあげて賛成した。朝のお勤めに教会までひとっ走り行って帰ると、さっそく薬屋ともども食いかつ乾杯した。ふたりとも、悲しい席に長いあいだ連なったあとのあの漠とした浮かれ気分にひたり、ただわけもなく微苦笑めいた笑いを浮かべていた。最後のグラスを傾けながら、司祭は薬屋の肩をたたいて言った。

「お互い、いまに仲よくなれますな！」

ふたりが階下におりると、玄関で人夫たちのやって来るのに出会った。それから二時間のあいだ、シャルルは板を打つ金槌《かなづち》の音に拷問の苦痛を味わわされた。やがてエンマは柏《かしわ》の棺におさめられ、その棺がまた二重の柩《ひつぎ》におさめられた。しかしいちばん外側の柩は大きすぎたので、マットレスのなかの羊毛をすきまにつめなければならなかった。やっと三枚の蓋が削られ、それぞれの柩に釘で打ちつけた上から、さらにはんだづけされると、柩は戸口の前へ持ち出された。家じゅうすっかりあけ放され、ヨンヴィルの人たちがつめかけはじめた。

ルオー爺《じい》さんが到着した。爺さんは柩をおおう黒いラシャ布が目にはいるとその場に昏倒した。

爺さんが薬剤師の手紙を受け取ったのは、エンマの服毒の三十六時間後だった。しかもオメー氏は老人の心痛をおもんぱかって、ことがらをぼかして書いておいたので、けっきょく、どういうことなのかさっぱりわからなかった。

爺さんは手紙を読んで、まず脳出血の発作におそわれたようにぶっ倒れた。それから、娘はまだ死んではいないのだと思い返した。が、死んでいるかもしれない……とるものもとりあえず、爺さんは上っ張りを引っかけ、帽子をかぶり、短靴に拍車をつけ、わき目もふらずに馬を飛ばした。道々、ルオー爺さんは息も絶えそうに胸苦しく、激しい不安にさいなまれた。一度などは、目はくらみ、あたりに人声が聞こえるように耳鳴りがして、気が狂うかとさえ思われたので、どうにもならず馬からおりたこともあった。

夜が明けた。ふと見ると、一本の木に三羽の黒い雌鶏《めんどり》が眠っている。爺さんはこの凶兆にふるえあがった。そこでただちに聖母マリアに願をかけ、三かさねの上祭服《カズラ》（司祭がミサの際に着る袖なしの上衣）を教会に寄進することと、ベルトーの墓地からヴァソンヴィルの礼拝堂まで跣でお参りすることを誓った。

爺さんは遠くから宿屋の人たちを呼ばわりながらマロンムの村へはいると、宿屋の戸を肩で押しあけ、燕麦《からすむぎ》の袋に飛びつき、燕麦のほかに甘口のりんご酒をまる一瓶、秣桶《まぐさおけ》にぶちまけ、さてまた小馬に打ちまたがった。馬は四つの蹄鉄《ていてつ》から火花を散らした。

娘は大丈夫助かる、お医者さん方がきっと何かよい薬をくださるだろう、何も案ずることはない、と爺さんは自分に言いきかせた。今までに人から聞いた奇蹟で病気がなおったという話のありったけを思い出そうとした。

そのうち娘の死んだ姿が目に見えてきた。エンマはそこに、つい目の前に、道の真ん中にあおむけに倒れている。爺さんは思わず手綱を引いた。と、幻は消えた。

カンカンポワの村で、爺さんは元気をつけようと、コーヒーを三杯ひと息に飲みほした。

ひょっとしたら宛名の書きちがいかもしれぬと思い、ポケットに手紙をまさぐると、手紙はそこにあった。が、あけて見る勇気はなかった。

ついに爺さんは、おおかたこれはいたずらだろうと考えるにいたった。なにか含むところのあるやつのいやがらせか、それとも一杯機嫌のやからのとんでもない悪ふざけのたぐいだろう。それに、もし娘が死んだのなら、ふだんと変わった気配がどこかに認められもしようではないか。ところがどうだ！　野辺《のべ》にはなんの変わりもない。空は青く、木々は風にそよいでいる。羊の群れが通った。ヨンヴィルが向こうに見えだした。村人たちは爺さんが馬の背に伏せ、力まかせに鞭をふるって駆けつける姿を見た。馬の革帯には血がしたたっていた。

爺さんは昏倒からさめると、ボヴァリーの腕に泣きくずれた。

「娘が！　エンマが！　わしの子が！　こりゃいったいどうした……？」

相手もおいおい泣きながら答えた。

「わからない、わからないんです！　呪《のろ》いにかけられたとしか思えない！」

薬屋があいだに割ってはいった。

「あのおそろしい一部始終をおさらいすることはない。こちらには私からお話ししましょう。ほれ、お客が来ます。さあさあ、元気を出して！　ここで大悟一番が肝要ですぞ！」

気の毒なシャルルは強がろうとして、何度も言った。

「おお……しっかりするとも！」

「よし！」と爺さんは叫んだ。「わしも負けぬぞ！　そうとも、ちゃんと野辺送りをして最後まで見とどけてやる！」

鐘が鳴っていた。用意はすべて整った。行列が繰り出すときが来た。

やがて内陣の座席にならんで腰かけたふたりは、三人の聖歌手が詩篇を誦しながらたえず前を往きつもどりつするのを見た。蛇状管楽器《サーペント》奏者は息のかぎり吹いていた。盛装したブールニジャン師は、甲《かん》高い声で歌いながら、両手をさし上げ、腕をのばして、聖櫃《せいひつ》に礼拝していた。レスチブードワは鯨骨《げいこつ》の杖をついて教会のなかを歩きまわっていた。譜面台に近く、四方を大ろうそくに囲まれて、柩《ひつぎ》が安置されてある。シャルルは立って行って、そのろうそくの火を消してしまいたかった。

それでも、シャルルは努めて信仰心をふるい起こそうとした。来世の希望のなかへ飛び込もう、来世でエンマに再会できるのだと信じようとした。エンマはもうずっと前から遠い旅に出ているのだと想像してもみた。しかし、すぐにまた、やっぱりエンマはあの柩のなかにいる、もうどうしようもない、やがてエンマは土の下へ連れ去られるのだという思いにとらわれてしまう。と、狂おしい、どす黒い、破れかぶれな怒りが胸をついた。ときにはまた、すっとなんの感じもなくなるような気もした。すると、自分の情けない心ばせに愛想をつかしながらも、この苦痛のやわらぎを楽しく味わうのだった。

鉄の金具を先につけた杖で、一定の間《ま》をおいて石畳の上をたたくような乾いた音が聞こえた。それは後ろのほうから来て、教会の側廊で止まった。粗末な褐色の上着を着た男が、ぎごちない動作でひざまずく。「金獅子」の下男イポリットだ。彼はとっておきの義足をつけていた。

聖歌手のひとりが喜捨を集めに中央広間から側廊にかけてひとまわりすると、二スー銅貨が間断なく銀の皿に鳴った。

「早いとこ済ませてくれ！　おれは苦しいんだ！」とボヴァリーは叫んで、五フラン金貨を投げ出した。

教会の男はありがたがって、ながながと最敬礼した。

みんな歌ったり、ひざまずいたり、立ち上がったり、いつ果てるともない！　シャルルは結婚したてのころ、一度夫婦そろってミサに列したときのことを思い出した。ふたりは向こう側の右手の壁ぎわに腰かけていたのだった。鐘がまた鳴り出した。椅子をがたがたずらせる音がひとしきり起こった。かつぎ人足が柩の下へ棒を三本差し込んだ。やっと一同は教会を出た。

ジュスタンがそのとき薬局の戸口に姿を現わした。が、とたんに真っ青になって、店のなかへよろめきはいった。

村の人々は行列の通るのを見ようと窓から首を出していた。シャルルは先頭に立ってそっくり返り、懸命のつけ元気で、横町や方々の家の戸口から出て来ては沿道の群衆の仲間入りする人たちにいちいち会釈《えしやく》していた。

柩は両側に三人ずつ、計六人の男がかついで、息さえあえがせながら、よちよちと小刻みに歩いて行った。司祭たちや、聖歌隊や、ふたりの少年歌手は『われ深き淵《デ・プロフンデ》より《イス》』を誦していた。その声はあるいは高く、あるいは低く、波打ちながら野面《のづら》に消えていった。ときどき彼らの姿は小道の曲がりかどで見えなくなった。しかし大きな銀の十字架はいつも木立ちのあいだにひときわ高く見えていた。

女たちは頭巾を後ろへはねた黒い袖なしマントを着てあとにつづいた。手に手に火をともした太いろうそくを持っている。シャルルは、祈りと燈明のこの間断ない繰りかえしと、蠟《ろう》と僧服《スータン》のこのむかつくようなにおいのために、気が遠くなりそうだった。が、あたりにはさわやかな微風《そよかぜ》が吹きわたり、ライ麦や菜種《なたね》は目に青く、露のしずくが道ばたの茨の生垣にふるえていた。四方に楽しげな物音がたちこめている——遠く轍《わだち》をがたごとと行く荷車の音、しきりに鳴きかわす雄鶏の声、りんごの木かげへ逃げ込む姿をちらりと見せる子馬の蹄《ひづめ》の音。晴れた空には薔薇《ばら》色の雲が点々と浮かび、薄青い煙の渦《うず》(83)が、鳶尾《いちはつ》におおわれた藁屋根の上にたなびいている。道沿いの家々の中庭はシャルルの目に親しい。ちょうど今日と同じような日の昼前に、往診を済ませての帰り、妻の待つわが家への道をたどったことをシャルルは思い出していた。

白い涙の模様を散らした黒い掛け布が、ときどき風にあおられて柩をのぞかせた。かつぎ人足たちは疲れて牛の歩みになり、柩は寄せ来る波のひとつひとつに縦揺れする艀《はしけ》のように、たえずぎしぎし揺れながら進んで行った。

墓地に着いた。

男たちは、ずっと奥の、低まった芝生に墓穴の掘ってあるところまではいって行った。

一同は穴のぐるりに立ち並んだ。司祭が祈禱《きとう》の文句をとなえているあいだ、穴のふちに盛り上げた赤土が、端からたえず音もなくこぼれ落ちた。

やがて四本の綱が用意されると、柩はその上へ乗せられた。シャルルは柩が降ろされてゆくのをじっと見守った。柩は果てしなく降りてゆくようだった。

やっと底に当たる音がした。綱がきしみながら上がってくる。そこで、ブールニジャンはレスチブードワの差し出す鋤《すき》を受け取り、右の手で聖水をそそぎながら、左の手で土をたっぷりすくうと、ぐいと押しやった。すると柩の蓋の木に石ころがぶつかって、あの世からのこだまかと聞こえる、あのおそろしい響きを立てた。

司祭は灌水器を隣の男に手渡した。それはオメー氏だった。彼は神妙な顔でそれを振り、つぎにシャルルに渡した。シャルルは穴のなかに首を突っ込むようにして膝まで頭をたれ、「さようなら！」と叫びながら、両手いっぱいに土くれを握って投げ込んだ。彼はエンマに接吻を投げ、エンマといっしょに墓穴にのまれようと、穴のほうへにじり寄った。

皆は彼を連れ去った。すると彼はまもなく落ち着いた。おそらくシャルルもごたぶんにもれず、これでけりがついたという漠《ばく》とした安心感をおぼえたのであろう。

ルオー爺さんは、帰り道でのんびりパイプをふかしはじめた。オメーは内心けしからぬことだと思った。オメーはまた、ビネー氏が顔を出さなかったこと、チュヴァッシュがミサのあとで「こそこそ消えた」こと、公証人の下男のテオドールが「しきたりというものがある以上、借り着でもいいから黒服ぐらい着て来るのが当然だろう！」のに青服を着ていたことなどを見のがさず、さっそくこれらの所感を表明すべく、人々の群れから群れへと飛び歩いた。どの群れでもエンマの死を悼《いた》む言葉が交わされていた。とくにルールーは哀悼《あいとう》の念切なるものがあった。彼はちゃんと埋葬式にも出て来ていたのである。

「いやまったくお気の毒なことでしたなあ、あの奥さんは！　旦那様もどんなにかおつらかろう！」

　薬屋がひきとって、

「そうとも、私がいなかったら、あの人はあと追い自殺もしかねまじきありさまだったんですぜ！」

「あんないい方がなくなるとはねえ！　それも、つい先週の土曜日はうちの店でお目にかかってるんですよ、私は！」

「墓前で追悼の辞でもと思いながら、とうとうその準備をするひまもなかったわ」とオメーは言った。

　家に帰るとシャルルは平服に着替え、ルオー爺さんはまた青い上っ張りを引っかけた。上っ張りはおろしたてだったところへ、爺さんはここへ来る道々その袖で何度も目をこすったので、顔に色が落ちていた。そして涙のあとが、ほこりにまみれた顔の上に筋をつけていた。

　ボヴァリー老夫人もそこにいた。三人とも黙りこんでいた。とうとう爺さんが溜息まじりに口をきった。

「覚えておいでかな、あんたが前の奥さんをなくしてまもないころ、わしは一度トストへ出向いたことがあったろうが。あのときはわしがあんたを慰めたもんだ！　慰める言葉も心得ておった！　それが今度は……」

そして、胸いっぱいの長いうめき声をたてると、

「ああ！　今度という今度はわしもおしまいだ、察してくれ！　女房に先立たれ……それから倅《せがれ》……そして今日は娘をとられてしもうた！」

爺さんは、この家ではとても眠れないから、すぐにベルトーへ帰ると言った。孫娘の顔も見たがらなかった。

「いや、やめておこう！　かわいそうでとても見られん。ただ、わしの代わりに接吻をな、頼みます。ではごきげんよう！……あんたはほんとうによくしておくれだった！　それからな、心配ご無用！」と膝をたたいて、「七面鳥はかならず今までどおり送ってあげるよ」。

しかし、丘の上まで来ると、爺さんは、むかし、娘を見送って別れたとき、サン＝ヴィクトール街道で振り返ったように振り返ってみた。牧場に沈む夕日の斜光に照りはえて、村の家々の窓は火のように赤かった。爺さんは小手をかざした。視界の果てに塀をめぐらした一郭が見えた。木立ちがところどころ、白い墓石のあいだに黒い茂みをなしている。やがて爺さんは、小馬がびっこをひくので、小走りに走らせながら道をつづけた。

その晩、シャルルと母親とは、疲れているにもかかわらず、かなり長いこと語り合った。昔のこと、これからのことを話した。母親はヨンヴィルへ来て住むと言った。

家事のめんどうを見てあげよう、おまえとはもう別れまい。何年も前から離れ去った愛情を取りもどすのが内心うれしくてたまらなかったので、自然うまい、やさしい言葉になった。真夜中の鐘が鳴った。村は、いつものとおり静かだった。シャルルは寝られぬままに、じっとエンマのことを思いつづけた。

ロドルフはその日一日、森のなかを退屈しのぎの猟をしてまわり、邸でぐうぐう寝ていた。そしてレオンも遠くの町で眠っていた。

その時刻に、眠っていない者がもうひとりいた。

樅《もみ》の木立ちにかこまれた、埋めたばかりの墓穴の上に、ひとりの少年がひざまずいて泣いていた。嗚咽《おえつ》に張り裂けんばかりのその胸は、月の光よりも甘く夜闇《よやみ》よりも深い無限の哀愁にひしがれて、暗がりにあえいでいた。突然、鉄柵の門がきしんだ。レスチブードワだった。先刻置き忘れた鋤《すき》を取りに来たのだった。彼は塀をよじのぼるジュスタンの姿を認め、てっきり不届き千万なじゃがいも泥棒の正体を見破ったつもりになった。

11

シャルルは翌日子どもを呼びもどした。おかあさまはときかれて、いまお留守だが、もうじきおみやにおもちゃを持って帰っていらっしゃると答えた。ベルトは同じ問いを何度も繰りかえしたが、しまいにはいつしか忘れてしまった。子どもが元気に騒げば騒ぐでシャルルは悲しかった。それに薬剤師がうるさく述べ立てる慰めの言葉もいやでも聞かされた。

ルールー氏がまたもや相棒のヴァンサールをつついたので、金の問題がやがてまた持ち上がった。シャルルの借金高はべらぼうな額に達した。「あれ」のものだった道具類はどんなつまらぬ物でもこんりんざい手放そうとはしなかったからである。母親はそれを見てかんかんにおこった。するとシャルルは母親以上にむかっ腹を立てた。母親シャルルは今や別人となった。母親は家を出て行った。

こうなると、だれもかれもが「ふんだくり」にかかった。ランプルール嬢は六ヵ月分の授業料を請求した。エンマは（いつかボヴァリーに見せた受取りにもかかわらず）実はただの一回も授業を受けはしなかったのだが、女ふたりのあいだには話がついていたのである。貸本屋は三年分の購読料を請求した。ロレーおばさんは約二十通の手紙の運び賃を請求した。シャルルがわけをきくと、おばさんは気をきかしてこう答えた。

「さあ、なんですか存じません！　ご用のお手紙のようでござんした」

借金をひとつ払うたびに、シャルルはこれでもうおしまいだろうと思うのだった。が、いくらでも次から次へと新手《あらて》の分が降ってわいた。

シャルルは古い往診料のとどこおっていたのを取り立てた。するとエンマが書いた催促の手紙を見せた。けっきょく、こっちがあやまることになった。

フェリシテは今では奥さんのドレスを着ていた。といっても全部ではない。何枚かはシャルルが取っておいて、化粧室に閉じこもってあかずながめるのだった。フェリシテはエンマと背丈が同じくらいなので、シャルルは女中の後ろ姿を見て、思わず錯覚を起こし、それから大声で呼びとめることがよくあった。

「おっ！　ちょっと待った！　そのまま動かずにいておくれ！」

しかし聖霊降臨節(84)の日に、フェリシテはテオドールにかどわかされてヨンヴィルを出奔し、行きがけの駄賃に衣裳簞笥《だんす》に残っているものをいっさいかっさらった。

やはりこの時分のこと、シャルルはデュピュイ未亡人から、《イヴトー市の公証人、愚息レオン・デュピュイ、このほどボンドヴィルのレオカディー・ルブフ嬢と婚約あいととのい》うんぬんの通知状に接した。シャルルが折り返し祝いの言葉を述べた返事のなかには、次の文句があった。

《妻がおりましたら、さぞかしお喜び申したことと存じます》

ある日、家のなかを当てもなくさまよい歩いていたシャルルは、屋根裏部屋まで上がってみると、ふとスリッパが薄い紙の丸めたものを踏んだような気がした。ひろげて、読むと、《しっかりしてください、エンマ、しっかりしてください！　私はあなたの一生を不幸にしたくありません》ロドルフの手紙だった。箱を積み重ねたあいだの床の上に落ちたままでいたのを、天窓をあけたために風がはいって、今しがた戸口のほうへ吹き寄せられたのだった。むかし、エンマがシャルルよりももっと青ざめて、絶望のあまり死のうとしたその同じ場所に、シャルルは呆然と石のようになって立ちつくした。とうとう手紙の二枚目の下のほうに小さなRの字を見つけた。だれだろう? シャルルはロドルフが一時しげしげ来訪したこと、急にぱったり姿を見せなくなったこと、その後二、三度顔を合わせたおりの妙に気まずげな様子などを思い浮かべた。しかしシャルルは手紙のうやうやしげな文面にあざむかれて、

「プラトニックな愛情だったのだろう」と考えた。

それに、シャルルはものごとをつきつめて考える性《たち》の男ではない。彼は証拠を前にして、かえってたじたじとあとずさった。そして彼のさだかならぬ嫉妬《しっと》心は、果てしない悲哀の底にのみ込まれてしまった。

ロドルフはエンマを熱愛したに相違ない、とシャルルは思った。男ならだれしもエンマにこがれぬはずはないのだ。そう思うとエンマがいっそう美しく脳裡によみがえった。そして、彼はいまさらのように狂おしい、小止《おや》みない欲望をエンマに感じた。その欲望は、彼の絶望をいっそう激しくかき立てる一方、今となっては満たす術《すべ》もないだけに、際限もなくふくらむばかりだった。

エンマがまだ生きているかのように、シャルルはエンマの歓心を買おうとして、彼女の好みや考えをとり入れた。エナメル革の長靴を買い、白ネクタイをしめはじめた。口ひげをチックでかため、エンマのまねをして約手に署名した。エンマは墓のかなた

から彼を堕落させたのである。

銀器をひとつひとつ売らねばならなかった。つぎには客間の家具を売った。こうしてどの部屋もやがてからっぽになった。しかし居間は、エンマの居間だけは手をつけなかった。晩飯のあと、シャルルは二階の居間へ上がって行く。暖炉の前に円テーブルを据《す》え、「あれ」の肱掛椅子をテーブルに寄せて、差し向かいに腰をかけた。ろうそくが一本だけ、金めっきの燭台《しょくだい》にともっている。ベルトが、そばで版画に色を塗っている。

ベルトのみすぼらしい身なりを見て、あわれなシャルルは胸を痛めた。編上靴にはひもがないし、上っ張りの袖つけは腰のあたりまで裂けていた。家政婦がほとんどかまいつけないのだ。そのかわりベルトはじつにやさしく、かわいい。小さな顔をあんなにも愛らしくかしげて、みごとな金髪を薔薇《ばら》色の頬にたらしている。それを見ていると、限りない喜びがシャルルをひたした。樹脂のにおいのするできそこないのぶどう酒のような、ほろ苦い喜びだった。シャルルは娘のおもちゃのこわれたのをなおしてやったり、ボール紙で操り人形をこしらえてやったり、人形の破れたお腹をつくろったりした。そんなとき、ふと裁縫箱や、散らばっているリボンが目にはいると、いや、机の割れ目にはさまった縫い針一本を見てさえ、シャルルは物思いにふけりはじめる。父親の悲しそうな顔を見て、娘も同じように悲しくなった。

今では訪問客も絶えてなかった。ジュスタンはルーアンへ逃げ出して食料品店の小僧になったし、薬屋の子どもたちもだんだんベルトと遊ばなくなった。互いの社会的地位の格差が開いたので、オメー氏はもうこれまでのように親しい交際をつづけてゆく気がなくなったのである。

オメー氏処方の軟膏をもってしてもなおらなかっためくらは、ボワ゠ギヨームの丘へ帰ると、薬剤師のでたらめさかげんを道行く人ごとに吹聴《ふいちょう》した。その言い立てぶりがあまりひどいので、ついにオメーはルーアンへ出るときなど、めくらに顔を合わさないように、「つばめ」の窓掛けの後ろに身をひそめるほどだった。オメーはめくらを憎んだ。そして自分の名声の保全のためには彼奴《きやつ》除かずんばあらずと一念発起し、めくらに向かって偽装砲台の火蓋を切ったのであったが、この攻撃こそは、彼の深遠なる智謀と臆面なき虚栄心の全幅を示すものであった。かくて六ヵ月間ぶっとおしに、『ルーアンの燈火』紙の読者は次のような小記事を読まされることとなった。

《ピカルディーの沃野をさしておもむくすべての旅行者は、おそらくボワ゠ギヨームの丘の辺《へ》に、おそるべき顔面瘡傷《そうしょう》ある乞食に目をとめたことであろう。この者は人々につきまとい、脅迫し、通行人より金品を徴発することあたかも通行税を取り立てるにひとしい。吾人は今なお中世紀にあるのか。十字軍遠征の土産たる癩《らい》を、また瘰癧《るいれき》を、浮浪者どもが公共の広場にさらすことを得た、かの忌わしき中世の光景に吾人はなお接しなければならぬのであるか》

あるいはまた、

《浮浪禁止法を尻目に、依然として乞食の群れはわが国大都会の近辺に跳梁《ちょうりょう》しつつある。なかには単身徘徊《はいかい》する者も見受けるが、これとて危険の度は群居の徒にあえて劣るまい。市当局の反省を求める》

さらにオメーはかずかずのルポを捏造《ねつぞう》した。

《昨日、ボワ＝ギヨームの丘では、馬がおびえたために……》というような書き出しのあと、めくらがいたために引き起こされた事故の報告がつづく。しかしやがて放免になる。オメーの奮闘のかいあって、めくらは留置場入りをした。しかしやがて放免になる。と、めくらがまたはじめ、オメーもまたはじめた。とことん勝負である。オメーが勝った。敵は貧民収容所へ終身禁固を宣告されたのである。

オメーはこの成功で増長した。それ以来、郡内でひき殺された一匹の犬、焼失したひと棟《むね》の納屋《なや》、ひっぱたかれたひとりの女房といえども彼の筆による公表をまぬがれることはできなかった。彼を導くものはつねに変わらず、進歩への愛と聖職者への憎悪とであった。彼は公立小学校と教会付属学級との比較を試みては後者をこきおろし、教会へ百フランの補助金が下付された件を取り上げては聖バルテルミーの大虐殺を想起するなど、諸悪をあばき立て、警句を連発した。これが彼の切り札だった。彼は深くえぐり、徹底的にたたいた。彼は畏怖すべき論客となった。

しかし、彼はジャーナリズムの小天地に跼蹐《きょくせき》するのにあき足らなくなった。いまや一巻の書が、著作がなくてはかなわぬ！　彼は『ヨンヴィル地区の一般統計、ならびに気候学的観察』をものし、ついで統計学を通り越して哲学に向かい、社会問題、貧民層の善導教化、養魚法、弾性ゴム、鉄道など諸般の大問題を考究した。ついに彼は俗人《ブルジョワ》たることを恥じるにいたった。「芸術家」をもって任じ、煙草を吸った！　客間を飾るのに、ポンパドゥール・スタイルの「シックな」小彫像を二つ買い込んだ。

　薬局のほうもおろそかにはしなかった。否々！　新発見、新発明は何ひとつとして見のがさず、チョコレート普及の趨勢にも敏感に即応した。彼は「ショ＝カ」（ココア入り小麦粉）と「ルヴァランシア」（豆、大麦などの粉を加えた強化小麦粉）をいちはやく下《しも》セーヌ県に導入した。またヴォルタ電池応用のピュルヴェルマシェール式健康帯を大いに称揚し、みずからも身につけていた。夜になって、彼がネルのチョッキを脱ぐとき、オメー夫人は夫の胴体をびっしり取り巻く金色燦然《こんじきさんぜん》たる螺旋《らせん》を前に、しばし驚異の目を見張り、スキタイ人（古代、カスピ海、黒海方面にいた好戦的騎馬民族）よりもいかめしく身をよろい、古代魔術師さながらに光りかがやくこの男に対して、いよいよ情熱のたかまるのを覚えるのだった。

　オメーはエンマの墓についてもすばらしい創見のかずかずを披瀝《ひれき》した。まず最初は一本の円柱の断片に布をからませたもの、つぎにはピラミッド、それから円屋根の小亭風のヴェスタ（ギリシャ・ローマ神話の炉と火の女神、家庭的幸福の象徴）神殿……さもなくば「廃墟を思わせる小道具の積み重ね」はどうかと言った。そしてどの案にもとにかく枝垂柳《しだれやなぎ》だけは欠かせないと言い張った。これこそは悲哀のシンボルとして絶対のものと見なしたのである。

　シャルルとオメーは連れ立ってルーアンへ行き、ある石屋で墓の見本をいろいろ見せてもらった——ブリドゥーの友人で、しょっちゅう駄洒落《だじゃれ》ばかり言っているヴォーフリラールという画家も相談相手として同行した。百枚あまりの図案を検討し、見積書を書かせ、再度ルーアンに足を運んだあげく、とうとうシャルルは、「火の消えた松明《たいまつ》をかかげる妖精」の図柄を主要な二面に刻んだ霊廟《れいびょう》風の大きな墓に決めた。

碑銘については、オメーの意見では「道行く人よ足をとどめよ《スタ・ヴィアトール》」がやはり最高ということで、それはよいとしてあとがつづかず、オメーはしきりに頭をひねっては、のべつ「スタ・ヴィアトール……」を繰りかえしていたが、やっと「汝の足下に憩うは《アマビレム・コンユ》わがいとしの妻ぞ《ンゲム・カルカス》」というのを思いつき、けっきょく、それが採用された。

奇怪なことに、ボヴァリーは不断にエンマのことを思いながら、しかも彼女を忘れていった。その面影を引きとめようとやっきになるうちにも、それが記憶からのがれてゆくのを感じるのは切なかった。しかしエンマの夢は毎晩見た。いつも同じ夢だった。エンマのほうへ駆け寄る、が、抱きしめたと思うとたんにエンマは腕のなかで朽ち果ててしまった。

一週間のあいだ、夕方になるとシャルルが教会へはいって行く姿が見られた。ブールニジャン師のほうからも二、三度来訪したが、やがて見かぎったと見えて来なくなった。だいたいあの坊主は、とオメーは言う、近ごろとみに不寛容、狂信におちいってきた。時代精神を弾劾《だんがい》することといとも激しく、半月ごとの説教には、自分の糞《くそ》をくらいながら死んだという、あの万人周知のヴォルテールの臨終の話をかならず盛り込むというではないか。

つましい暮らしにもかかわらず、ボヴァリーはどうにも古い借金を片づけることができなかった。ルールーは手形の書き替えはお断わりの一点ばりだった。差押えが迫ってきた。そこでシャルルは母親に救いを求めた。母親は自分の財産の一部を抵当にいれることを承知したが、同じ手紙でエンマのことを口をきわめてののしったのち、自分の払う犠牲の代償としてフェリシテのかすめ残した肩掛けを一枚ほしいと言った。シャルルは断わった。喧嘩《けんか》別れになった。

母親のほうがまず折れて出て、娘を引き取ろう、自分の家に置いて老後の慰めともしたいからと申し出た。シャルルはいったん同意したが、娘がいざ出かけるという段になると、へなへなと決心がくじけた。今度こそはどうにもならない完全な仲たがいとなった。

妻を失い、母親に去られて、シャルルはいよいよますます娘への愛に執着した。しかし、娘の様子はどうもおかしかった。ときどき咳《せき》はするし、頰骨のあたりに赤い斑《はん》点《てん》が出ていた。

シャルルの目の前には、富み栄え、笑いさざめく薬剤師の一家がのさばりかえっていた。世のすべて成らざるはなき勢いである。ナポレオンは調剤室でオメーの助手をつとめ、アタリーは新しいトルコ帽に刺繡《ししゆう》をほどこし、イルマはジャムの壺の蓋にする丸い紙を切りぬき、フランクリンは九九をひと息に初めから終わりまで空《そら》でとなえた。オメーこそは世にも幸福な父親、世にもまれなる果報者か。

さにあらず！　人知れぬ野心が彼をさいなんでいた。オメーは勲章がほしかったのである。資格に不足はないはずだった。

第一、コレラの流行に際し、彼の捨て身の献身ぶりは衆目の見るところ。第二、公益に資すること大なる幾多の著書を、しかも自費を投じて出版した功績。その詳細は……（と、ここはあの『りんご酒、その製法と効用』と題する研究報告をはじめ、ルーアンの科学協会に提出した有毛蚜虫《あぶらむし》の観察、統計学上の近著、ついでに薬剤師資格論文まで列挙すればいい）、加うるにおれは諸学会（と称して実はひとつだが）の会員である。

「さて」とオメーは片足の爪先《つまさき》でくるりとまわって叫んだ。「あとはもう火事場で派手に一働きしただけでも、しぜんところがり込むだろう！」

そこでオメーは権力に接近を計った。選挙に際しては県知事閣下のためにひそかに牛馬の労をとった。ついには身を売り、あからさまに色目を使った。国王にまで嘆願書を呈して、「応分のご沙汰《さた》」を乞うた。国王を「われらの善君」と呼び、アンリ四世になぞらえた。

そして毎朝、薬屋は新聞に飛びついて叙勲の記載を紙面にさぐった。そんなものはなかった。とうとう頭へ来たオメーは、名誉の星形に似せた芝生を庭に造らせ、そのてっぺんから縒《よ》りひものめいた短い草をはわせて綬《じゅ》のつもりにした。オメーは政府の無能と人間の忘恩について思いめぐらしながら、腕組みをしてそのまわりをぐるぐる歩きまわった。

死者への敬意からか、それとも一種の官能的な快感が探究を押し進めるのをひかえさせたものか、シャルルはエンマが生前常用していた紫檀《したん》の机の秘密の仕切りをまだあけて見たことがなかった。ある日、とうとうその前に腰をおろし、鍵をまわし、発条《ばね》を押した。レオンの手紙が全部出て来た。今度こそはもう疑問の余地はない！　彼は最後の一通までむさぼり読むと、さらに部屋のすみからすみへと、あらゆる家具、あらゆる引き出し、壁の後ろまでもしらみつぶしにさがしまわった。むせび泣き、獣のように吠えながら、正体もなく、狂人の体《てい》だった。箱がひとつ見つかったので、踏みつぶすと、ロドルフの肖像がはねあがって顔にぶつかり、恋文が床に散乱した。

村の人びとはシャルルのめっきり気落ちした様子に驚いた。外へ出ることもなく、客にも会わず、往診さえ断わった。「もっぱらこもって酒びたり」という噂《や》だった。

だが、ときおり物見高い男が庭の生垣越しに背のびをしてのぞくと、この家の主人がひげぼうぼうで、きたならしい服をまとい、目を血走らせ、歩きながら声をあげて泣いている姿に仰天した。

夏になると、夕方、シャルルは娘を連れて墓参りをするようになった。帰って来るのはもうすっかり夜もふけて、広場にはビネーの部屋の天窓だけしか明かりも見えないころだった。

しかし、それでもなおシャルルの悲しみへの耽溺《たんでき》は不十分だった。悲しみをともにわかってくれる人がそばにいなかったからである。そこでシャルルは「あれ」のことを話す相手もがなと、ルフランソワの女将《おかみ》をたびたびたずねた。しかし「金獅子」の女将もシャルル同様、心配ごとがあるので、いっこうに身につまされてはくれなかった。ルールー氏が最近ついに「便利乗合」という馬車路線を敷いたのである。そしてイヴェールはかねがね便利屋として名を売っていたところから、給金をあげてくれねば「競争相手」に寝返りをうつとおどしにかかっていたのだった。

ある日シャルルは窮余の一策――馬を売ろうとアルグーユの市《いち》へ出かけた。と、そこでぱったりロドルフに会った。

顔が合った瞬間、ふたりとも真っ青になった。ロドルフは名刺をとどけておいたきりなので、はじめは何やら言いわけを口ごもっていたが、やがてままよとばかり図太くかまえたうえ、（おりから八月のひどく暑い日だったから）居酒屋へビールを一本飲みに行こうとさそいさえした。

シャルルの向かいに肱を突いて、ロドルフはしゃべりながら葉巻をかんでいた。シャルルは、かつてエンマが愛したこの男の顔を前にして物思いにふけっていた。エンマの一部がよみがえって来たのを見るような気がした。ほれぼれと目を見張った。この男になり変わりたかった。

相手は一件をにおわせるような言葉がついのぞきそうになるすきますきまを、当たりさわりのない文句でふさぎながら、作物の話や、家畜の話、肥料の話をとりとめなくつづけていた。シャルルは聞いていなかった。ロドルフもそれに気づき、相手の表情の変化のうちに追憶の影がうつろうのを見定めようとした。シャルルの顔はしだいに真紅《しんく》に染まり、小鼻はぴくぴくと動き、唇はふるえた。一度などは、シャルルが暗い激怒に燃える目でじっとロドルフをにらんだので、ロドルフは思わずぎょっと息をのんだことさえあった。しかし、シャルルの顔はやがてまたいつもの懶《ものう》げな悲しみの色を取りもどした。

「私はあなたを恨みはしません」

ロドルフは黙っていた。するとシャルルは両手で頭をかかえ、弱々しい声で、苦痛に堪えた口調で繰り返した。

「ええ、私はもうあなたを恨んではいません！」

おまけに、シャルルの生涯を通じてただの一度の名台詞《せりふ》をつけ加えた。

「運命のいたずらです！」

その運命の糸を操った当のロドルフにしてみれば、せっかくのこの名台詞も、シャルルの立場で言うにしてはいくらなんでも間が抜けている、いや滑稽《こっけい》で、いささか卑屈ですらあると思われた。

翌日、シャルルは青葉棚の下のベンチへ行って腰をかけた。日の光が格子のあいだからふりそそぐ。ぶどうの葉は砂利の上に影を描き、素馨《そけい》の花はかおり、空は青く、咲き乱れた百合《ゆり》のまわりに芫菁《はんみょう》が羽音をたてている。そしてシャルルは、そこはかとない恋の香に切ない胸をふくらませ、まるで青年のようにあえいだ。

七時にベルトが夕飯に呼びに来た。昼過ぎから父親の顔を見ていない。

父親はあおむけに頭を塀にもたせ、目を閉じ、口をあけて、長い黒髪のひと房《ふさ》を両手に持っていた。

「おとうさま、いらっしゃいな！」

そして父親がわざと聞こえないふりをしているのだと思って、ベルトはそっと突いた。彼は地面に倒れた。死んでいた。

三十六時間後、薬屋の求めに応じてカニヴェ先生が駆けつけた。死体を開いてみたが、何も出なかった。

家屋敷いっさいを売り払うと、けっきょく十二フラン七十五サンチーム残り、それがボヴァリー嬢の祖母のところまで行く旅費になった。老夫人もその年のうちに世を去った。ルオー爺さんは中風なので、ひとりの叔母がけっきょくベルトを引きとった。この叔母は貧乏人で、無駄飯を食わせておく余裕もなく、ベルトは綿糸工場へ働きに出ている。

ボヴァリーの死後、三人の医者が相ついでヨンヴィルに開業したが、ひとりとして立ちゆかなかった。オメー氏が待ちかまえていて、ひねりつぶすからである。氏の顧客はその数知れず、当局は氏をはばかり、世論は氏の肩を持つ。

氏は最近レジオン・ドヌール勲章をもらった。

訳注

（1）ラテン語。ウェルギリウスの『アエネイス』第一巻、第一三五行にあり、海神ネプチューンが、彼の命令なしに立ちさわぐふらちな波どもを大声叱咤した言葉。怒りのあまり「われ汝を……」のあとが続かない。「威嚇の言葉」の意味で慣用される。

（2）正しくは『若いアナカルシスのギリシャ旅行』。フランスの古代史学者ジャン＝ジャック・バルテルミ（一七一六〜九五）が一七八七年に出版した古代ギリシャ物語。

（3）シャルルはすでに医科大学にはいっている。レオン・ボップの『ボヴァリー夫人注釈』によれば、シャルルが中学を退校してから、大学の入学資格試験までの独学の受験勉強時代について、下宿を決めたこと以外の叙述がないのは、フローベールの意図したことか、不注意かは知らず、とにかく脱漏を感じさせるという。

（4）一月六日、東方の三博士がキリストの生誕地を訪れた記念の祭日。

（5）一スーは五サンチーム、すなわち二十分の一フランだから、四十スー、すなわち二フランの貨幣ではきっかり七十五フランは払えない。

（6）原語は「コルク栓」の意で、ぶどう酒瓶用のコルク栓の上に貨幣を載せ、ある距離から投げ板を投げて、これを落とす遊びをいう。

（7）この有名なベルナルダン・ド・サン＝ピエールの小説（一七八七）は、アフリカ東岸寄りのインド洋上にあるフランス島（今日のモーリス島）を舞台に、二人の主人公の幼時からの純愛と悲恋を描く。

（8）フランソワーズ・ド・ラ・ボーム・ル・ブラン（一六四四〜一七一〇）はアンボワーズ城代家老の娘に生まれ、幼時に父を失い、十七歳の年から宮廷に出仕するや、ただちにルイ十四世の寵妾となり、やがてラ・ヴァリエール公爵夫人の称号を授けられた。一六七四年以後は遁世してパリのカルメル会修道院にこもり、悔悛と苦行の生活を送った。

(9) フランスの説教家、文部大臣。一七六五～一八四一。『説教集』は一八二五年に『キリスト教弁護』の題名で出版された。

(10) フランスの文学者、政治家であるシャトーブリアン(一七六八～一八四八)の主著。一八〇二年に刊行された。

(11) メアリー・スチュアート(一五四二～八七)はフランス王フランソワ二世の妃、王の死後帰国してスコットランド女王。非業の死をとげる。
ジャンヌ・ダルク(一四一二～三一)は百年戦争末期にイギリス軍からフランスを解放した聖女。

エロイーズ(一一〇一～六四)はアベラールとの恋愛および往復書簡によって有名な尼僧。

アニェス・ソレル(一四二二～五〇)はジャンヌ・ダルクが戴冠させたシャルル七世の寵妾。

フェロニエール(生没年不詳)はフランソワ一世の寵愛を受けた美女。

クレマンス・イゾールは十四世紀にトゥールーズに生きて、有名な詩会「アカデミー・デ・ジュー・フロロー」を再興したといわれる伝説上の才媛。

(12) 聖ルイ王(一二一四～七〇)は聖者に列せられたフランス国王、ルイ九世のこと。ゴール時代のドルイド教信仰以来中世末まで、柏の木はフランスで神聖な木とされ、ルイ九世はヴァンセンヌの森の一本の柏の木の下に坐して裁判を行なったと伝えられる。
バイヤール(一四七〇～一五二四)はイタリア戦役に武勲をたてたフランスの将軍。

ルイ十一世(一四二三～八三)は王権拡張のために権謀術数を用いたフランス国王。

聖バルテルミーの大虐殺は、一五七二年八月二十四日、カトリーヌ・ド・メディシスおよびギーズ公の一族による新教徒の虐殺事件。

アンリ四世(一五五三～一六一〇)は最初新教を信じていたが、のち旧教に改宗してフランス王位につき、宗教戦乱に終止符をうった。一五九〇年三月、当時はまだアンリ・ド・ベアルンであったアンリ四世は、神聖同盟軍をウール県のイヴリーに破ったが、戦いに先立ち味方の将兵を集めて「もしわが軍の軍旗が奪われたなら、余の兜の白い羽根飾りを目印に集合せよ。余の羽根飾りはつねに名誉と栄光への道を前進しつづけるであろうから」と訓示したと伝えられる。

(13) ルイ十四世（一六三八～一七一五）は絶対王政を確立して、太陽王と呼ばれたフランス国王。

(14) ペルシャ語源の原語 djiaours はふつう giaours と綴り、正確には「トルコ人から見ての異教徒、とくにキリスト教徒」の意。しかしエンマの頭の中では逆に「キリスト教徒から見た異教徒」、ここではとくに「回教徒」の意味で考えられているのであろう。

(15) エンマが愛犬につけたこの名はユゴーの『ノートル＝ダム・ド・パリ』に出てくるジプシー娘のエスメラルダが飼っていた牝山羊の名である。

(16) ジロンド県のクートラでアンリ・ド・ベアルン（のちのアンリ四世）が、ジョワユーズ公麾下のカトリック軍を破った。

(17) 英仏海峡沿いの港ラ・ウーグの沖合で、ルイ十四世の命により、トゥールヴィル伯の率いるフランス艦隊が、イギリス・オランダ連合艦隊を破った。

(18) 「壁にかけた画面がどうして『水平な』と形容しうるのか、どうもよくわからない」（レオン・ボップ、前掲書）

(19) 舞踏会の最後に、一組の男女の踊り手がリードしてさまざまなダンスを踊り、物真似などの遊戯をはさみ、花束や玩具などのおみやげが配られるもの。

(20) ルイ十五世の寵妾だったポンパドゥール侯爵夫人（一七二一～六四）の名をとった十八世紀中ごろの華美な様式。

(21) 復活祭前の四十六日間の精進期間で、二月から三月にまたがるのが普通である。

(21) 緑のビロードが牧場（「緑の」はコナール版による。ガルニエ版、プレイヤード版にはない）、銀の飾り紐が川、マントが麦畑であろう（原稿では「鼠色の大マント」）。

(22) 聖女マリー＝マドレーヌ、すなわちマグダラのマリアは、キリストが七つの悪鬼を払いのけた女（ルカ伝第八章第二節）であるが、一般にはルカ伝第七章第三十七～五十節に述べられている、「多く愛したるがゆえに、多くの罪をゆるされ」た女と同一視される。

(23) ラシーヌ晩年の最後の悲劇『アタリー』（一六九一）は、異端のユダヤ王妃アタリーの死と神の勝利を描いて、宗教的感動にあふれる崇高な傑作とされる。

(24) ベランジェ作（一八一七）。教会や反動勢力の奉ずる神にそむいて、「酒盃を手にしてわれはたたえん楽しくも、われら貧しき者の神をこそ」をリフレインとする歌。

(25) 原語の直訳は「聖母マリアの六週間」であるが、フローベールの下書きの一つに、「これは聖母が産褥を離れるまでに要した期間とされる」と注してある（ガブリエル・ルルー嬢編『ボヴァリー夫人草稿・断片』第一巻三五七ページ参照）。

(26) ベルギー、リエージュ市の教会参事会員だったと伝えられるランスベールが一六三六年に初版を出して以来、十九世紀中ごろまで大いに流布した年間暦。その年の天気予報や、事件の予言、民間療法、はては散髪、瀉血によろしき日取りなどを記した非科学的なものだったらしい。

(27) 「髑髏」に「胸郭」までついているのはおかしいが、原文のまま。もっともフローベールの死後刊行されたカンタン版全集（一八八五）では、刊行者が勝手に「髑髏」を「上半身骸骨」に変えている（ガルニエ版の注参照）。

(28) 正しくはパケット＝ラ＝シャントフルーリという名の女で、その娘のアニェスがジプシーにさらわれて、エスメラルダとなる。

(29) キリストの昇天を記念するこの祭日は復活祭の四十日後にあたるが、復活祭は移動祭日であるから、それに応じて昇天祭は四月三十日から六月三日にわたる。すると、この章の冒頭にあった「四月のはじめ」という設定とは食いちがいを生ずる。

(30) カライブ族は中米大西洋岸から小アンチール諸島にかけて住む好戦的な未開人種。今日はほとんど絶滅した。ボトキュドス族はブラジル原住民のインディアン。

(31) 大革命の勃発（一七八九）からパリ・コミューヌ（一八七一）まで、ほとんど警察に代わるものとして全国的に常置された。

(32) 十七世紀の詩人ラ・フォンテーヌのあだ名。その『寓話詩』の第七巻第三寓話に『浮世を捨てた鼠』と題するものがあり、冒頭を引用すれば、「東方の国につたはる物語／ある鼠、現世の煩はしさが厭になり／喧騒をとほく離れて籠つたは／オランダ出来の乾酪の中で」（市原豊太氏訳）。

(33) 雛菊の花びらを一枚ずつむしりながら、あのひとは私を「ちょっぴり愛している」「とても愛している」「ものすごく愛している」「ぜんぜん愛してない」と四つの場合を一つ一つとなえて繰りかえし、最後がどこで終わるかで占う。

(34) 古代ローマの道徳の典型とされる執政官（紀元前五世紀）。執政官に任ぜられたことを警士が知らせに行ったとき、鋤を手にして耕していたと伝えられる。

(35) 三世紀末のローマ皇帝。老齢におよんで帝位を去ったが、伝説によればちさを植えるのを好んで、ふたたび帝位に復することを肯んじなかったという。

(36) ろうそく型の筒から打ち上げる花火で、空にいったん静止してから、ぱちぱちといくつかの星を散らすもの。

(37) Pied bot の仮訳。後出の stréphopodie（「畸型足」と仮訳）と同義であり、ふつうは「内反足」のことをさすが、以下本文の記述から「捩れ足」ないし「畸型足」は、内反足、外反足、尖足、踵足の総称と考えておく。

(38) ヴァンサン・デュヴァル著『捩れ足治療法』(一八三九、パリ刊)のこと。この著者はルーアンに来て、フローベールの父がなおせなかった十七歳の患者を手術して成功をおさめた(ボップ前掲書、二七一ページ脚注参照)。

(39) 後出の「尖足」と同じもの。ラテン名のペス・エクイヌスを直訳すると「馬の足」となり、また本文でやがてイポリットの足を描写して「まさにその名のごとく馬の蹄ほどの幅があり……」とあるところから、以後「馬蹄足」の仮訳を用いる。

(40) ケルシウスはアウグストゥス帝のころの古代ローマの医者。
アンブロワーズ・パレ(一五一〇ごろ～九〇)はフランス外科医学の父と称せられる医者。

デュピュイトラン(一七七七～一八三五)はパリ市立病院の外科部長で、病理解剖の泰斗として著名。インターンだったフローベールの父をルーアン市立病院に推挙したのはこの人である。

ジャンスール(一七九七～一八五八)はリヨン市立病院外科部長、本文記載の手術の創始者として著名。

(41) 公教会祈禱文中の、前者は『天使祝詞』、後者は『主禱文』の冒頭の一句をとって、それぞれの祈り全体をさす。

(42) はじめは馬毛製硬布、ついで鯨骨や鉄柵で裾を張り広げたスカート。第二帝政末期までの流行だった。

(43) イタリア語で「愛を胸に」の意。フローベールはこれと同じ文句を彫った指輪を愛人のルイーズ・コレから贈られて当惑したことがあった(一八四六年十二月のコレあての手紙参照)。

(44) イギリス国王エドワード四世の弟(一四四九～七八)。国王とのあいだに確執を生じ、大逆罪のかどで死刑に処せられたが、ギリシャぶどう酒の樽のなかに投げ込まれて死んだという噂が立った。一説には公みずからが処刑に先立ちギリシャぶどう酒の樽におぼれて死にたいと望んだともいう。

(45) アンティール諸島に産する有毒樹。樹皮からしみ出る乳状液および果実が劇毒を含み、「死の木」の異名がある。

(46) 酢に薄荷、苦よもぎ、サルビア、ラベンダー、肉桂皮、丁子、にくずく、樟脳など都合十三種の香料を加えたもの。気付け薬として、また古くは手や顔に塗布して疫病除けに用いた。

(47) この箇所はレオン・ボップの解釈によって原文を補って訳した。なおボップによれば、千フランに対する利息（六分）と手数料（一分五厘）の合計は年七分五厘、すなわち七十五フランになるはずであるから、実際の期限は一年より短く、シャルルが手形を振り出したのは九月の末ごろの見当だろうという（前掲書、三二九ページ参照）。

(48) コナール版原文《Sa chair allégée ne pensait plus》によって訳す。しかし草稿も初版も《pensait》は《pesait》になっており、ここは後者が正しいようにも思われる。後者によれば、「身は軽々と、もはや重量もなく虚空にただよって」。

(49) 伝統的権威を重んじ、法王至上主義をとなえたフランスの宗教哲学者（一七五四〜一八二一）。

(50) カトリック教で復活祭（移動祭日で、三月二十一日以後の満月に次ぐ最初の日曜日に行なう）の前の週を「聖週間」と言い、その週の金曜日のこと。この日をキリスト昇天の記念日とし、一般の金曜日同様の肉断ちのほか、一食抜きを命じ、また教会で行事がある。

(51) フランス十七世紀のラテン語詩人ジャン・ド・サントゥールが喜劇について言った言葉。詩人はこれを道化役者ドミニック（イタリア人で本名ドメニコ・ビヤンコレルリ）に与えて、緞帳にかかげるようにとすすめたといわれる。

(52) ベヤール、ヴァンデルビック合作のヴォードヴィル。一八三六年に、ジムナーズ座で初演された。

(53) カマラーノ作詞、ドニツェッティ作曲のイタリア・オペラ・セリア、三幕。一八三五年初演。女主人公リュシーは兄アンリ・アシュトンの陰謀の犠牲となり、相思の恋人エドガールにそむいて宰相の甥のアルチュールと婚約させられる。やがて事の真相を知った彼女は気が狂って、結婚式の当夜、新郎を刺し殺し、みずからも死ぬ。エドガールもそのあとを追って自殺する。

(54) このオペラの原作はウォルター・スコットの小説『ランマムーアのいいなずけ』(一八一八)である。ランマムーアはスコットランド東部の丘陵地帯。

(55) ロメオとジュリエットの場合さながら、エドガールとリュシーの家族は互いに仇敵視している。

(56) 前二者は男、後二者は女のイタリア人オペラ歌手。いずれもいわゆる「ベル・カント」風の歌手として名高い。ラガルディーは架空の名らしく、ルネ・デュメーニルはフランスのテノール歌手、G゠H・ロジェ(一八一五〜七九)をモデルに擬している(ベル゠レットル版の注)。

(57) レオンはさっきは「近々」と言って、明日ラガルディーが出演するとは言っていない。それがここでは当然明日もラガルディーが出るような口ぶりなのは、これまた策略なのであろう(そして前にオメー情報があったことをレオンは知らない、シャルルはおそらく忘れている、エンマは知ってか知らずか……)。

(58) パリのモンパルナス大通りにあった野外舞踊場で、とくに学生と女工たちの遊び場として有名。

(59) 一八三〇年ごろから男女ともに流行したカーニヴァル仮装衣裳。作業衣ふうの上衣をだぶだぶのビロードのズボンに押し込み、ズボンの下に踝をあらわし、真っ赤な帯を結んでたらし、背中までたれた髪をつけた上に小さな鍔なし帽を横かぶりにした姿。

(60) 大デュマとガイヤルデ合作の五幕散文劇(一八三二年初演)。ネールの塔はパリのセーヌ左岸にあったが今はない。この塔を舞台に、十四世紀の初め、ルイ十世の妃マルグリット・ド・ブールゴーニュとそのかつての情人の哲学者ビュリダンとが虚々実々の葛藤を演ずるという、伝説にもとづく歴史劇。

(61) ルーアン大聖堂の正面北門欄間を飾る彫刻の一部。この彫刻は洗者ヨハネの刎首にいたる物語の諸場面を表わしたもので、マリアンヌとはサロメの名を民衆があやまり伝えたものにほかならない。そしてその「踊るサロメ」の姿はフローベールによって、『ヘロデヤ』のなかにそのままに描写されている。

(62) 北側堂の聖ニコラ礼拝所は川舟船頭の組合にゆかりのあるものなので、このような図柄の焼絵ガラスがある（ガルニエ版の注）。

(63) スペイン南部の地方。聖女テレサ以来、スペイン女の神秘的な敬神の情熱は有名だし、またアンダルシア女はとくに美人の聞こえが高い。さらにボップはエンマの黒髪と黒ケープの連想もあろうという（前掲書、三八〇ページ参照）。

(64) ジョルジュ・ダンボワーズ（一四六〇～一五一〇）および同名のその甥（一四八八～一五五〇）。後出「こちらのお方」は前者をさす。

(65) 中世末期から行なわれた伝説によると、ルーアン司教聖ロマンは、付近の沼にすんで住民を悩ます怪獣（異教の象徴とみなされる）を奇蹟によって退治したという。フローベールの草稿には「怪獣の奇蹟を描いた焼絵ガラス」とあり、案内人が伝説を語りだすのをレオンがさえぎるようになっている（ルルー嬢編、前掲書、第二巻二八七ページ参照）。

(66) 十六世紀の建造になる尖塔は一八二二年に落雷のため焼け落ち、全鋳鉄製の新尖塔は一八七七年にやっと完成したのであるから、フローベールがこの作品を書いていたころは事実「先が折れ」ていた（ベル゠レットル版の注）。

(67) 紀元前四世紀のシラクサの僭主ディオニュシオスの臣下にダモクレスという者がいた。僭主は彼を宴席に招き、大いにこれを歓待したが、ダモクレスの頭上には重い剣を馬の尾毛でつるして、これによって僭主たる身の栄華のはかなさを教えようとしたという。

(68) 前ページのオメーの言葉は、エンマに対して「手心を加えた」嘘だったのである。
(69) これは明らかに作者の勘ちがい。後段（四四七ページ）でシャルルが夜中に全速力で馬を飛ばしても、ヨンヴィルからルーアンまでは三時間かかったのだから、「つばめ」が八時に出発したとして、今はもう十一時ごろにはなっているはずである。
(70) アングル、ドラクロワなどに「臥せるハレムの女」の画題はあるが、とくに「ゆあみする〔ひとりの〕ハレムの女」は不詳。草稿には「十六歳の年に、ゆあみする女の版画を見て夢想した、あのゆあみするハレムの女」とある（ルルー嬢編、前掲書、第二巻三六四ページ）。
(71) 十八世紀末の風俗小説家レチフ・ド・ラ・ブルトンヌの長編小説『愛国婦人年鑑』（第一巻、一七九一年刊）のなかにある小唄からの引用（ポミエ、ルルー嬢共編『草稿による《ボヴァリー夫人》』一一四ページ参照）。
(72) ジャック・キュジャス（一五二二〜九〇）はフランスの、バルトリ（一三一四〜五七）はイタリアの、ともにローマ法学者。
(73) 月日をさかのぼって言っているのだから、この「三月」はおそらく「五月」の誤記であろう（ポミエ、ルルー嬢共編、前掲書、五六二ページ参照）。
(74) 四旬節（訳注29参照）の第三週目の木曜日を中日と称す。この日は息抜きの遊楽日としてさまざまの催し物がある。
(75) 帰って行った連中とは別に、当時の習慣で、被差押え人の家に残って、差押え家具その他が持ち出されたりしないように監視する役人。
(76) ストゥーベン（シュトイベン）はフランスで名をなしたドイツ人画家（一七八八〜一八五六）。エスメラルダはユゴーの『ノートル＝ダム・ド・パリ』に出てくるジプシー娘。ショパンは有名な作曲家ショパンの兄で、フランス国籍の画家（一八〇四〜八〇）。

ビュティファールは、旧約聖書でヨゼフの主人、その妻がヨゼフを誘惑しようとした。いずれの絵も版画の形で当時大いに流布した。

(77)ともに東ドイツの町の名。ナポレオンは一八一三年五月二十日から翌日にかけてバウツェンで、同年五月二日にリュッツェンで、プロシャ・ロシア連合軍を破った。

(78)ルイ十四世に仕えた象眼細工師シャルル＝アンドレ・ブール（一六四二～一七三二）が発明して伝えた、金または銅に鼈甲をはめこむ方式。

(79)ルイ＝クロード（一七三一～九九）またはその息子のシャルル＝ルイ（一七六九～一八二一）・カデ・ド・ガシクール。ともに多くの著作のある薬学者であるから、そのいずれをさすかは不明。

(80)ポール＝アンリ・ドルバック（一七二三～八九）は百科全書家のひとりで、唯物論の聖書といわれる『自然の体系』（一七七〇）の著者。『百科全書』はディドロ、ダランベールの編集によるフランス啓蒙思想の集大成、二十八巻、一七五一～七二刊。

(81)『ユダヤ系ポルトガル人の書簡集』（一七六八）はゲネー師の著で、とくにヴォルテールの聖書に関する無知を攻撃したもの。ジャン＝ジャック・ニコラ（一八〇七～八八）の『キリスト教本義』は、彼の主著『キリスト教の哲学的研究』（一八四二～四五）をさすものと思われる。

(82)とくに十八世紀末、メスメルの唱えた、生体から発する一種の放射能をさしている。

(83)コナール版の lumignon（かすかな光）を、草稿によったクリュニー版の fumignon に訂正。

(84)復活祭の五十日後、すなわち五月中旬から六月中旬にかけての移動祭日。

「散文」は生まれたばかりのものである――『ボヴァリー夫人』解説

蓮實重彦

「僕らは自習室にいた」で始まる『ボヴァリー夫人』の導入部には、これといって難解な語彙が書きこまれてはいないのに、読みやすいとはとてもいえない文章が書きつらねられている。その言葉は、例えば、第二部の冒頭でボヴァリー夫妻が移住するヨンヴィル゠ラベイの村の描写に見られるような空間的、時間的なパースペクティヴにおさまることはなく、もっぱら読む意識に焦点を絞らせまいとするかのような配置におさまっている。

実際、「新入生」が「僕ら」の前に登場する「自習室」は、細部の描写を欠いたとらえどころのない空間で、「新入生」が「田舎《いなか》の子」と断定されているから都市部の中学だろうとは想像しえても、それがどことは特定されておらず、舞台装置としての骨格はいたってぼんやりとしている。また、いつから「僕ら」がそこにいるのか明らかにされてはいないので、流れている時間も漠としてとらえがたい。しかも、「僕ら」の誰かが見ている名前も知らされていない「新入生」の年格好、背丈、窮屈そうな身なりなどが語られるばかりで、「校長」から「ロジェ君」と名指されたこの場所の責任者である「自習監督」もいたって存在感が薄く、「二時に始業の鐘が鳴」ろうとするころには視界から遠ざけられてしまう。「ロジェ君」の曖昧な退場を訝るいとまもなく、舞台装置はいつしか「教室」へと移っており、そこには「才人肌」ともいわれる「先生」が教壇に君臨し、「新入生」の頓珍漢な対応をわれがちに揶揄する「僕ら」に「宿題」を「雨あられ」と降らせることになる。だが、時代背景や当時の教育制度にあまり詳しくない者には、この異なる空間への移行がにわかには把握しがたい。ちょっとでも注意を怠ると、「自習室」と「教室」との違いさえ判然とせぬまま、すべては同じ時間の流れる同じ空間でのできごとのように読めてしまうからだ。もちろん、それは誤解にすぎないが、それを誘発しかねぬ記述の読みにくさは、「教室」に「先生」が登場する以前に、「新入生」の膝にかかえられた帽子の奇態さをめぐって、「その黙然たる醜さが白痴の顔のような深刻な表情をたたえている」といった次第に、一〇行にもわたる描写が続くことでなお一層きわだつ。そのことから、ここでの小説的な細部は、いちじるしく均衡を欠いた配置におさまっているといわざるをえない。

その不均衡——描写の過剰と描写の不在との——は、「写実主義《レアリスム》」として知られている小説ジャンルとはおよそ異なる言葉の世界へと読む者を誘う。あたかも目に見えているかのように事態は描かれてはおらず、表象たろうとする意志の希薄な言葉ばかりがつらねられているからだ。言い換えるなら、ここでの記述は、作家が思い描いたものに鮮明な輪郭を与えることをこばんでいるかのように見える。例えば、「僕らは自習室にいた」という一行は、いつ、どこのという限定を欠いているので距離と方向と奥行きの形成をさまたげ、いつとも知れぬ時間、どことも知れぬ空間にわれわれを置き去りにする。その曖昧な時空は「教室」にも受けつがれ、そこでは、細部の描写があまりにも詳細すぎるのでかえって総体のイメージを想像しがたい「新入生」の帽子をめぐる言葉ばかりが異様に肥大してゆく。それを見ている「僕ら」という匿名の集団性も特定の個体におさまることなく、「ロジェ君」さながらに物語の前景からいつのまにか後退してしまう。

小説における語りの形式に多少とも敏感な読者の目に、この長編の導入部が、作者の意図とその文学的な達成との隔たりが修正されぬまま残ってしまった書き損じと映っても不思議ではない。事実、小説的な細部の不均衡な配置や、とりわけ冒頭の「僕ら」という一人称複数の代名詞の挿入を、より慎重な配慮によって避けえたはずの技術的な混乱——一人称の語りを想定していながら、それを一貫しえなかった、等々——だと指摘しながら、フローベールの作家的な未熟さを批判することも辞さぬ批評家は一人や二人にとどまらなかった。ところが、作者自身による最終稿と筆耕による清書原稿——タイプライターさえ存在していない時期には、この種の清書が原稿の印刷には不可欠だった——とを見くらべることが可能となったいま、技術的な混乱による書き損じと見えたものが、作者による意図的な選択にほかならぬことが明らかになっている。では、それは、どのような効果を作品の言葉にもたらしているのか。

　まず、フローベール自身による加筆訂正の跡が残る筆耕の清書原稿を見てみると、「僕らは自習室にいた」という一行が、執筆の最終段階で新たに書きそえられた語句であることが確認できる。しかも、「一時半が鳴ったばかりだった」と書き始められた自筆の最終稿は、「新入生」の「僕ら」の視界への登場が授業開始にあたる午後二時の「一五分」前頃だったことも明らかにしている。この二つの時間的な符牒とともに、「校長」の不意の登場に対する「僕ら」の思い思いの反応がそっくり削除されてしまったことで、「自習室」という空間のとらえどころのなさが助長されるのである。さらに、「ロジェ君」という固有名詞が清書原稿に加筆されたものであることや、最終稿では「新入生」の名前が「ボヴァリー」だと「校長」によって説明されていることなども確かめることができる。つまり、題名が予告している人物の固有名詞が清書原稿から削除され、副次的な人物のそれが加筆されたことで、細部の不均衡はさらに高まるしかないのである。

　こうした事態が明らかにしているのは、描写の不均衡が、印刷直前に作者自身が清書原稿に加えた加筆や訂正や削除によるものだという事実にほかならない。つまり、『ボヴァリー夫人』の導入部の言葉は、最終稿まで、ヨンヴィル＝ラベイの描写におとらず、時間的、空間的なパースペクティヴに過不足なくおさまる読みやすい言葉からなっていたのである。では、作者が、自筆の最終稿までは維持されていた細部の均衡を崩し、あえて読みにくい文章を筆耕の清書原稿に書き加えたのはなぜなのか。

『ボヴァリー夫人』の執筆は一八五一年九月一九日に始まり、五六年四月三〇日に終わっている。完成稿はいくつかの削除を蒙って『パリ評論』誌に手渡され、その年の暮れにかけて同誌に六回にわたって掲載され、連載中に公衆道徳と宗教を冒瀆するものとして司法の追及を受けはしたが裁判では無罪となり、五七年四月にミシェル・レヴィ社から二冊本として刊行される。初版は六六〇〇部、裁判中からパリの話題をさらっていた無名の新人の処女長編は五月に再版され、一五〇〇〇部が完売となる。批評家たちもこぞって新聞の書評欄で論じ、作者はほんの数ヶ月のうちに有名人の仲間入りをはたす。そのとき、一八二一年一二月一二日生まれのフローベールは三五歳になったばかりだ。では、とても若いとはいえないこの新人作家は、それまでの歳月をどのようにして生きてきたのか。

ルーアンの市立病院の外科部長の次男として生まれたギュスターヴは、青年期にかけて、一家の「問題児」と見なされてもおかしくない生活を送っている。長兄は医師として家業をついでいるが、弟はパリ大学の法学部に登録しながらも勉学に集中しえず、仲間が検事になったりしているのに職業にもつかぬまま、ひたすら文学を目指していたのである。その間、神経症の発作で長期の自宅療養を余儀なくされたが、両親の心配をよそに、発表する当てもない長編や短編を書きためていた。社会的には否定的な要素をかかえこんだこの地方在住の文学志望者がどうしてフランス小説史を劃する傑作を書きえたのかをめぐっては、ジャン＝ポール・サルトルの『家の馬鹿息子』に詳しく語られているが、父子関係に還元されたその分析手法は人を充分に納得させるものとはいいがたい。また、作品の起源についてもなお曖昧な部分が残されているが、それは、中近東旅行にギュスターヴに同行し、帰国後は『パリ評論』誌の編集長として『ボヴァリー夫人』の公刊にも貢献したマクシム・デュ・カンの『文学的回想』に、不正確な記述がまぎれこんでいたことと無縁でない。

『文学的回想』には、『ボヴァリー夫人』の起源をめぐる二つの挿話が挙げられている。まず、中近東旅行に出発する直前の一八四九年九月に、クロワッセに招いたデュ・カンとルイ・ブイエの前で、書き上げたばかりの初稿『聖アントワーヌの誘惑』を朗読したフローベールに、二人の友人が、砂漠の聖者を描く文体がとどめている過度の抒情的な高揚感を批判し、「ドラマール事件」のようなありきたりな題材を扱ってみてはどうかと提案したとされている。それは、姦通と借財のかぎりを尽くして自殺した妻を追うように、医師ドラマールが砒素でみずからの命を絶ったという三面記事的な事件なのだが、それをフローベールは「名案だ」と受けいれたという。デュ・カンの書物には、さらに、エジプト滞在中の彼が、ナイル川の第二瀑布を見下ろす高みで、ヒロインはエンマ・ボヴァリーと呼ぶと宣言したという挿話も語られており、その記述から、『ボヴァリー夫人』がノルマンディーの濃霧からは遠く離れたナイル川沿いで胚胎したという神話が流通することになったのだが、それが成立しがたいことがいまでは明らかにされている。

デュ・カンの記述は三〇年後の回想であるだけに、そこにいくつもの思い違いがまぎれこんでいても不思議でない。実際、フローベールがエジプト滞在中に「ボヴァリー」に近い発音の名前に出会ったのは事実であり、それを第二瀑布で口にした可能性は否定しきれない。だが、当初は作品の構想など思い描くこともできなかった旅行中の彼は、五〇年一一月のブイエ宛の手紙で三つの作品の構想を語っており、その一つの「色調」が『ボヴァリー夫人』に流れ込んでいると後に述懐されてもいるのだが、その筋書きは「ドラマール事件」とはまったく無縁である。また、ヒロインの名前は、帰国後に書かれた初期の下書きには「(マリア、マリアンヌ、マリエッタと署名する)・マリ・ボヴァリー夫人」とされており、「エンマ」の名が草稿に姿を見せるのはそれ以後のことなので、それがエジプトで彼の口からもれることはありえない。個人的には、『聖アントワーヌの誘惑』の朗読——あるいはそれに類する三人の討論——が帰国後の一八五一年にもクロワッセで行われ、その折りに、フローベールとデュ・カンの中近東旅行中に自殺した医師ドラマールのことをブイエが話題にしたと考えることは不自然でないと思っている。いずれにせよ、同年七月下旬から八月上旬にかけてのデュ・カンのギュスターヴ宛の書簡に「あの美しいドラマール夫人」や「君のボヴァリー」という言葉が初めて姿を見せているのであり、フローベールが『ボヴァリー夫人』の執筆に踏み切り、その構想を書きとめ始めたのは、フランス帰国後の五一年夏以後のことと推測される。

いうまでもなく、『ボヴァリー夫人』は「ドラマール事件」を題材としたいわゆる「モデル小説」ではない。パリの名高い彫刻家プラディエを裏切り、多くの借金から破産へと追いやられたその妻の回想記めいた『リュドヴィカ夫人の手記』といった手書きの資料や、服毒をめぐっては未発表の自作中編『情熱と美徳』などの記憶が、異なる仕方でこの作品の構想を刺激したことは間違いない。だが、のちにある女性作家に書き送っているように、『ボヴァリー夫人』に「現実の要素はいっさい含まれて」はおらず、それが「徹頭徹尾つくりあげられたお話し」であることはいうまでもない。

この「徹頭徹尾つくりあげられたお話し」が書き始められたのは、一八四八年の二月革命によって王政が終わりを告げ、いわゆる第二共和制が始まって三年がすぎようとしていたときである。それはまた、共和国大統領ルイ・ナポレオンが、一二月二日に非合法的な政権の奪取に成功して大統領権限を強化し、やがて伯父ナポレオンに倣って皇帝ナポレオン三世として即位する直前のことだともいえる。したがって、この小説の執筆は第二共和制下に始まり、第二帝政期に書きつがれて刊行されているのだが、そこに描かれている物語は、共和制下でも帝政下でもなく王政下に推移しており、同時代の風俗を描いたものではないのである。その後の『感情教育』では共和制から帝政への移行期のパリを、『ブヴァールとペキュシェ』では王政期から共和制期、そして帝政期の地方を時代背景としており、構想のみに終わった『ナポレオン三世治下で』では帝政期のパリを描く予定だったフローベールにとって、『ボヴァリー夫人』は、人々がごく自然に王権を受けいれていた時期の「徹頭徹尾つくりあげられたお話し」なのである。

王の権力は、まず、第二部の農業共進会の場面に、県の参事官に対する挨拶に間接的な敬意の表明として登場し、やがて村役場の二階に置かれた「国王の胸像」として、さらには直接話法で再現される参事官の演説に「われらが元首、われらの敬愛する国王陛下」として姿を見せ、さらに、エンマが服毒自殺をはたしてから、叙勲を夢見る薬剤師オメーによって「われらの善君」と呼ばれ、「アンリ四世になぞらえ」られもする国王として、ときおり人々の言葉で喚起されはするが、ふだんは人目に触れぬ権力として、地下水脈のように作品を潤している。「氏は最近レジオン・ドヌール勲章をもらった」という『ボヴァリー夫人』の最後の一行は、オメーの勝利によって作品を閉じる作者のシニシズムの表現と解釈されがちだが、それが王権の不可視の介入にほかならぬことを見落としてはならない。エンマが見はてぬ夢として想像するパリは、国王の住まう都会であるが故に華麗でなければならないからである。作中人物の誰一人として、進歩主義者を気どるオメーさえ、作者自身が体験している革命やクーデタの可能性など思い描けずにいるのであり、副題の「地方風俗」とは、そうした社会的な停滞をも意味しているのである。

一篇の長編小説の執筆に五年もの歳月をかけたフローベールの「文体の苦悩」はつとに有名であり、「クロワッセの隠者」といった苦行僧の比喩さえ流通しているが、それは、優れた文章を書くための作家的な配慮とはいささか性質を異にしている。それは、当時の恋人でもある女流詩人ルイーズ・コレ宛の書簡のいたるところで述べているように、「韻文はとりわけ古い文学の形式」にほかならず、「散文は生まれたばかりのもの」だという認識が彼にあったからであり、事実、それに先立つ時期にも同時代にも、散文によるフィクションとしての小説を本格的に論じた理論的な書物はまったく存在していない。そこで、彼は、書くことの実践者として、「散文に韻文のリズムを与えること（それも、あくまで散文のまま、生粋の散文のままで）、歴史か叙事詩を書くように普通の人生を書くこと（主題を歪めずに）」という「およそ理に適わぬ」試みに専念しなければならなくなる。勿論、それ以前に小説が存在しなかったわけではないし、彼の前にはバルザックもスタンダールもいたのだが、「散文は生まれたばかりのもの」という意識に目覚めてしまったフローベールには、彼らと同じ姿勢で小説と向かいあうことなどできなかったのである。

「散文の危機」ともいうべきその意識は、名高い「何についても書かれていない小説」という概念として結晶化する。「ぼくにとって美しく思えるもの、ぼくの書きたいもの、それは何についても書かれたのではない小説、外に繋がるものが何もなく、地球が支えられなくても宙に浮かんでいるように、自分の文体の力によってのみ成り立っている小説、出来ることなら、ほとんど主題を持たないか少なくとも主題がほとんど目につかない小説です」というのである。彼はまた、こうも書いている。「ぼくが書きたいのは、生きているためには空気を呼吸するだけでいいように、ただ文章を書くだけでよい（とそんな言い方が出来たらのことですが）、そのような作品です」。『ボヴァリー夫人』の導入部をめぐって、表象たろうとする意志の希薄な言葉ばかりがつらねられていると指摘しておいたのは、そこに「散文の危機」ともいうべきものが露呈されており、それが「写実主義《レアリスム》」として知られている小説ジャンルとはおよそ異なる言葉の世界へと読む者を誘うからにほかならない。そこでは、必然的に、「あらゆる典礼的形式、あらゆる規範、あらゆる限界を超えて行き、叙事詩を離れて小説に、詩を離れて散文に向い、正統性というものを認めなくな」るだろう。小説とは、誰も「正統性というものを認めなくな」る時代にふさわしい非＝正統的なジャンルなのである。

　ここでの問題は、書くことの「正統性」が見失われ、「ただ文章を書くだけでよい」ものとしての散文に作家が素肌で対峙しているという非＝歴史的ともいうべき歴史意識である。それは、典拠すべき「規範」が存在する「叙事詩」や「詩」と異なり、それを持たない「散文」は必然的に「文体の苦悩」を生きざるをえず、ひたすら書くことを通して、また書くことによってしか書き終える瞬間は訪れず、しかも、書き終えることの「正統性」を保証するものは、「生きているためには空気を呼吸するだけでいいように、ただ文章を書くだけでよい」という体験でしかないという書くことの背理だといってもよい。

『ボヴァリー夫人』は、作者が「書くことの背理」を徹底することから生まれた最初の小説である。そのことをふまえ、作品に語られている人物や出来事をどう読むかは、個々の読者に委ねられるしかない。『恋愛小説のレトリック――『ボヴァリー夫人』を読む』（東京大学出版会）の工藤庸子とともに、9章の題名である「エロス的身体について」の繊細なレトリックを玩味されるのもよかろうし、『『ボヴァリー夫人』を読む――恋愛・金銭・デモクラシー』の松澤和宏（岩波書店）とともに、その第三章の副題である「結婚・世論・金銭」を中心に読まれるのも面白かろうと思う。個人的には、『文学と感覚』のジャン＝ピエール・リシャールの言葉を引くことでこの解説を終えたいと思う。「要するに、幻想から成り立っている世界、あるいは文学的な世界では、疑念をいだくことだけが致命的なのである。ことによると、『ボヴァリー夫人』に読みとるべきは、小説のもたらす幻想の中に生きるということへの告発というより、むしろ、みずからがいだく幻想を最後まで貫徹しえない小説的な精神への告発なのかも知れない」。

最後に、訳者の山田𣝣（一九二〇〜一九九三）について一言。個人的には「ジャク先生」と呼びかけ、仲間同士でも親しみをこめて「ジャクさん」と呼び合うのが自然だったこのフランス文学者とは、大学入学直後にフランス語の担当教官として出会った。学制改革で一高から東大教養学部に移られたばかりの少壮助教授との出会いの言葉には尽くしがたい幸運を、いまもかみしめている。何しろフランス語既修の一〇人にもみたぬクラスだったので、図々しく何度も成城のお宅に参上したり、クラスの小旅行に無理をお願いして来ていただいたりしたのだが、そんなおりに、あれこれ揺れていた専攻の作家の選択をフローベールとするにあたって決定的な言葉を発されたのが「ジャク先生」だったという意味で、わたくしにとっては「恩師」という名にふさわしい日本で唯一の方である。また、文学部に移られてからは助手としてお仕えしたのだが、酒も飲めないままいくたびとなく酒席にもつらなった酒飲みの嫌いなわたくしが、その酩酊ぶりに甘美な悦びとともにごく自然に同調しえたという点でも、「ジャク先生」はやはり例外的な方だといわねばなるまい。

父上は東大文学部の助教授で図書館司書でもあった山田珠樹、母上は森鷗外の長女で作家の森茉莉、ご両親は早くに離婚され、珠樹氏も若くして亡くなられたが、「𣝣」という名前は祖父鷗外の命名によるものだとうかがった。あるとき、大岡昇平氏が、「ジャクさん」が成城の隣組なんで、うっかり鷗外の悪口も言えねえと苦笑しながらぼやいておられたのを記憶している。「ジャク先生」にしたら、そんなことは気にされなかったはずだが、森鷗外の孫という血縁にこだわっておられる大岡氏の律儀さが、明治以来の日本「文壇」のまぎれもない現存ぶりを印象づけており、懐かしく思い出される。

山田𣝣訳による『ボヴァリー夫人』が中央公論社の「世界の文学」におさめられたのは一九六五年で、その時期は滞仏中だったわたくしは、そのお仕事ぶりには接していない。その後、フローベールの『感情教育』の翻訳が続き、スタンダールやゴンクール兄弟の共訳も存在し、フランス近代文学の専門家と思われがちだが、「ジャク先生」は中世フランス文学にも深い造詣を持っておられ――大学の講義では、しばしば中世文学を担当された――新倉俊一氏との『狐物語』の共訳の威勢の良い日本語などいまも忘れることが出来ない。遺稿集の『フランス文学万華鏡――Ecrits divers』からもうかがわれるように、「ジャク先生」にあっては、もっぱら気に入った作品だけを熟読玩味するという姿勢からごく自然に翻訳が生まれ落ちるのであり、翻訳のための翻訳などに手を染められたことはない。『ボヴァリー夫人』にはいくつもの翻訳が存在しているが、山田𣝣訳の特徴は、フランス語を通りのよい日本語に移しかえるというより、むしろ原文の散文性に忠実な言葉遣いにある。導入部の「新入生」の服装を「平服を着た」とするのは多くの翻訳に共通しているが、それをわざわざ「学校の制服ではないふつうの服を着た」としているところに、山田訳の律儀な散文性があらわれている。

本書は一九六五年に「世界の文学15」、一九九四年に「世界の文学セレクション36」（いずれも中央公論社）に収録された。

Gustave Flaubert:
Madame Bovary

ボヴァリー夫人《ふじん》

二〇〇九年 七 月二〇日 初版発行
二〇二二年一〇月三〇日 4刷発行

著　者　フローベール
訳　者　山田《やまだ》爵《じゃく》

発行者　小野寺優
発行所　株式会社河出書房新社
〒一五一－〇〇五一
東京都渋谷区千駄ヶ谷二－三二－二
電話〇三－三四〇四－八六一一（編集）
〇三－三四〇四－一二〇一（営業）
https://www.kawade.co.jp/

ロゴ・表紙デザイン　粟津潔
本文フォーマット　佐々木暁
印刷・製本　中央精版印刷株式会社

Printed in Japan　ISBN978-4-309-46321-6